산한 가을바람소리

나남
nanam

紅樓夢　홍루몽

4

스산한 가을바람소리

2009년 7월 10일 초판 발행
2010년 4월 15일 초판 2쇄
2012년 2월 20일 2판 발행
2016년 8월 25일 2판 4쇄

저자_ 曹雪芹·高鶚
역자_ 崔溶澈·高旼喜
발행자_ 趙相浩
발행처_ (주)나남
주소_ 경기도 파주시 회동길 193
전화_ 031) 955-4601(代)
FAX_ 031) 955-4555
등록_ 제1-71호(1979.5.12)
홈페이지_ www.nanam.net
전자우편_ post@nanam.net
표지·본문 디자인_ 제다

ISBN 978-89-300-0916-4
ISBN 978-89-300-0919-5(세트)
책값은 뒤표지에 있습니다.

紅樓夢

4

스산한 가을바람소리

조설근 曹雪芹 · 고악 高鶚 지음

최용철 · 고민희 옮김

나남
nanam

❀

사상운이 술에 취해
꽃그늘 아래 잠들다.

제
63
회

🪷

이홍원에서 보옥의
생일잔치를 열다.

우삼저가 치욕을 못 이겨
원앙검으로 자결하다.

희봉이 우이저의 일로
녕국부에서 소동을 일으키다.

❁

대옥이 도화사를
다시 결성하다.

제
70
회

보옥과 자매들이
연날리기를 하다.

제
74
회

❀

대관원을 수색하다.

제 71 회 🌸 가모의 팔순 잔치를 열다.

청문이 억울하게
이홍원에서 쫓겨나다.

보옥이 죽은 청문을
그리워하며 제문을 짓다.

향릉이 설반에게
모진 구박을 당하다.

일러두기

이 책의 번역저본은 중국예술연구원 홍루몽연구소에서 교주校注하고 인민문학출판사에서 간행한 신교주본新校注本《홍루몽》을 사용하였다. 초판은 1982년에 나왔으나 이 책은 1996년에 나온 제2판 교정본을 사용하였다. 이 판본은 전80회는 《경진본庚辰本》을, 후40회는 《정갑본程甲本》 등을 중심으로 교감한 새로운 통행본이다.

————

이 책의 권두 삽화는 청대 손온孫溫의 채색도화인 《청·손온회전본홍루몽清·孫溫繪全本紅樓夢》(작가출판사 간행)을 사용하였으며 따로 청말 《금옥연金玉緣》 판본의 흑백 삽화를 일부 활용하였다.

————

이 책은 매 20회씩 나누어 총 6권으로 하였으며 각권마다 별도의 부제를 붙여서 전체 줄거리의 변화를 보여주도록 하였다. 또 각 회의 회목은 번역문과 원문을 병기하였고 동시에 독자의 빠른 이해를 위해 따로 간편한 제목을 붙였다.

————

작품 속의 시사詩詞 등 운문에는 편리하게 대조할 수 있도록 원문을 병기하였으나 운문의 일부와 산문의 경우는 이를 생략하였다.

————

작품 속의 인명과 지명 등 고유명사는 한글의 한자음을 사용하였으며 처음 등장할 때 혹은 필요하다고 생각되는 곳에는 한자를 병기하였다.

홍루몽

4

스산한 가을바람소리

投忌寶瞞判決平
鼠宛玉贓獄寬兒權

억울함 밝힌 평아

보옥은 그르칠까 장물을 대신 책임지고
평아는 공평하게 사건을 선뜻 매듭짓네
投鼠忌器寶玉瞞贓 判冤決獄平兒行權

유씨댁은 시동에게 욕을 한마디 내뱉었다.

"예끼, 이 원숭이 같은 놈아! 네 아줌마가 외간 남자 만나러 갔다 오는 길이라면 너한텐 삼촌 하나가 더 생기는 일인데 무엇이 의심스럽다고 난리냐! 네 똥통 뚜껑 같은 대갈통에 남은 그 알량한 머리카락 몇 가닥마저 몽땅 뽑아버리기 전에 알아서 기어! 어서 문 열지 않고 뭐 하는 거야."

시동은 그래도 문을 열지 않고 유씨댁을 잡아끌면서 졸랐다.

"아줌마, 지금 들어가시면 어쨌거나 살구라도 훔쳐서 갖다 줘요. 맛이나 좀 보게요. 제가 여기서 언제까지나 기다릴 테니까요. 만일 잊어버리시면 앞으로 한밤중에 술이나 기름 사러 나가실 때 문도 안 열어드리고 아무리 부르셔도 못 들은 척할 거란 말이에요."

유씨댁은 욕을 한마디 퍼부었다.

"이 정신 나간 놈아! 올해는 전 같지 않아. 그런 물건도 여러 할멈들이 나눠 관리하기 때문에 다들 겉으로 드러내놓고 뭐라고는 안 해도 누구든 나무 밑을 지나가면 두 눈을 쌈닭처럼 치켜뜨고 노려보는데 어디 감히 과일 몇 개를 딸 수 있겠어? 어저께도 오얏나무 아래를 지나가는데 하필 벌 한 마리가 얼굴에 달려들기에 손을 휘저었더니 너희 외숙모가 어디선가 보고 있다가 제대로 보지도 못하고 내가 오얏을 따려는 줄로만 알고 목구멍이 찢어져라 소리소리 질러대더라고. '아직 부처님 공양도 안 한 거'라는 둥, '노마님과 마님께서 집에 안 계셔서 아직 드려보지도 못한 것이니 먼저 드리고 나서 나중에 나눠 주겠다'는 둥 난리더라고. 누가 오얏 못 먹고 환장한 사람인 줄 아는가봐. 그래서 나도 고운 말로 답할 수 없어서 한바탕 퍼부어 주었지. 그나저나 너희 외숙모나 이모들이 거기서 관리하는데 어째 거기에다 달라질 않고 되레 나한테 달라고 졸라대냐? 그야말로 '광 속의 쥐가 까마귀더러 식량 꿔달라는 격'으로 지키는 놈한테 없고 나돌아 다니는 놈한테는 있다는 말이더냐?"

시동이 손을 저으며 소리쳤다.

"아이고! 됐어요, 됐어. 없으면 그만이지 웬 말이 그리 많아요. 아줌마도 언젠가는 나한테 아쉬운 소리 할 때가 있을 거 아녜요? 또 오아 누나가 시집간다 해도 결국 부려먹을 날이 많을 테고 우리가 협조해야 할 일이 있을걸요."

"이 원숭이 같은 놈아! 어디서 쓸데없는 장난치고 있어? 오아가 무슨 좋은 시집자리가 생겼다는 게야?"

시동이 빙글빙글 웃으면서 대꾸했다.

"공연히 우릴 속이려고 그러지 말아요. 벌써부터 알고 있다고요. 아줌마만 안에 연줄이 있고 우리는 뭐 안에 아무 연줄도 없는 줄 아세요? 여기서 이렇게 남한테 욕이나 얻어먹고 있지만 그래도 안에는 체통 있는 누나가 두어 명씩 있다는 걸 알아두세요. 뭘 우리를 속이려고 그러세요?"

그때 문 안에서 할멈이 밖에다 대고 질러대는 소리가 들렸다.

"야, 이놈들아! 어서 유씨 아줌마를 찾아 오랬더니 뭐 하느냐! 더 이상 늦으면 안 된다니까."

유씨댁이 듣고 시동과 더 얘기를 나눌 수도 없어 곧장 문을 밀고 들어서며 말했다.

"걱정 마세요. 내가 돌아왔으니까."

주방으로 들어가니 동료 몇 사람이 있었지만 감히 자기들 마음대로 하지 못하고 유씨댁이 돌아와 처리해주기만을 기다리고 있었다. 유씨댁은 주방에 들어서면서 사람들한테 물었다.

"우리 오아는 어디로 갔어?"

"방금 차 끓이는 방으로 자매들 만나러 갔어요."

유씨댁은 고개를 끄덕이며 복령상을 내려놓고 각 방별로 반찬을 나누었다. 그때 영춘 방의 어린 시녀 연화蓮花가 찾아와서 말했다.

"사기司棋 언니가 그러는데요, 부드러운 계란찜 한 그릇만 부탁한대요."

"언제 그렇게 귀하신 신분이 되었냐? 어찌 된 일인지 금년에는 계란이 부족해서 한 개에 십 전을 주고도 구하질 못하고 있어. 어제도 윗분이 친척집에 죽 쑤는 쌀을 보내신다기에 물건 사들이는 네댓 사람이 나가서 겨우 이천 개 정도만 구해 왔는걸. 내가 지금 어디 가서 찾아? 가서 네 언니한테 다음번에 해주겠다고 말해라."

"지난번에 두부를 좀 달랬을 때는 쉰 두부를 줘서 날 한바탕 야단맞게 하더니 이번엔 또 계란이 아예 없다고 우기시네요. 뭐가 대단한 거라고 계란조차 없다는 거야. 난 믿을 수가 없어. 내가 한 번 뒤져볼까요?"

연화는 정말로 주방으로 들어와 찬장 문을 열어 보았다. 과연 안에는 계란 십여 개가 들어 있었다.

"이건 뭐예요? 정말 그렇게 지독하게 굴 거예요? 다 같이 주인이 주는 걸 먹자는데 우리한테 나눠주는 게 그렇게 속이 아파요? 아줌마가 낳은 알도 아니면서 남이 먹을까 봐 그렇게 걱정이 돼요?"

유씨댁은 얼른 손에 들었던 일감을 놓고 달려와 소리쳤다.

"함부로 주둥이 놀리지 마! 그래, 니 어미〔유씨댁 자신을 지칭함〕가 방금 낳은 알이다, 왜? 겨우 남은 게 이것뿐이야. 요리 위에 얹을 고명으로 쓰려고 남겨 놓은 거야. 아가씨들이 말하지 않으면 올리지 않고 있는데 그건 다 급할 때 쓰려는 거란 말이야. 너희가 다 먹어치웠다가 윗분한 테서 한마디 내려오면 다른 건 몰라도 계란조차 떨어졌다고 하면 어떻게 되겠냐? 너희는 크고 넓은 저택의 깊숙한 곳에 들어앉아 물 떠다 주면 손이나 내밀고 밥 갖다 주면 입이나 벌리고 있잖아. 계란 같은 건 하찮게 여기는 모양이지만 바깥세상 시장바닥 시세를 알기나 해? 이런 건 고사하고 언젠가는 초근목피도 없어서 쩔쩔매는 날이 오고 말 거야. 내 너희한테 경고하건대 하얀 쌀밥에 매일 살찐 닭고기와 오리고기를 먹고 있으면 좀 불만이 있더라도 그냥 참으라고 해. 그저 먹다가 질리니까 날마다 난리법석 떨면서 새로 뭘 해내라고 성화들이란 말이냐. 계란에다 두부에다 또 뭐냐, 녹말국수에 무짠지 등 뭐든지 달라고 하여 입맛이나 바꿔보려는 거지. 그러나 그걸 다 들어주지는 못하는 거야. 한 곳에서 한 가지만 달라고 해도 금세 열 가지가 되지. 그래 윗분 상전들 건 제쳐놓고 너희 아래 주인을 위해 준비해야 한단 말이냐?"

연화는 얼굴이 벌겋게 달아올라 소리쳤다.

"누가 날마다 와서 아줌마한테 뭐 해 달랬어요? 왜 그렇게 잔소리를 퍼붓는 거예요? 아줌마 찾아온 건 부탁하려는 거지 다 뭐겠어요? 지난번 소연小燕[1]이 와서 '청문 언니가 쑥갓을 먹고 싶다'고 했더니 아줌마는 얼른 나서서 돼지고기에 볶을까 닭고기에 볶을까 했잖아요. 소연이가

---

1 앞에 나온 춘연과 동일인물.

'고기는 싫고 녹말국수하고 볶는데 기름은 적게 넣어라'고 하니까 아줌마가 '아이고, 내가 정신이 나갔나 봐' 하고는 서둘러 손을 씻고 볶아내서 개가 꼬리 흔들듯이 살랑대며 손수 들고 배달해 줬잖아요. 그런데 오늘은 나를 본보기 삼아 사람들 앞에서 일장 훈계를 하시다니요!"

"아이고야! 정말 나무아미타불이네. 여기 있는 사람들이 다 아는 일이지만, 지난번만이 아니고 오래전에 주방이 생긴 그 옛날부터 각 방의 아가씨들이 어쩌다 한두 가지 요리를 더 보태서 먹고 싶으면 먼저 돈을 보내와서 따로 사들여서 보냈단 말이야. 돈을 내건 안 내건 둘째 치고 그래야 듣기도 좋단 말이야. 그래서 사람들이 내가 아가씨들 식사만 관장하니 일도 줄고 돈까지 남게 된다고 말들 하지만 제대로 셈해보면 정말 속이 뒤집어진다니까. 아가씨들과 시중드는 언니들까지 다 합쳐 사오십 명이나 되는 사람들이 주문하면 하루에도 닭 두 마리, 오리 두 마리, 돼지고기 십여 근에다 야채 한 관 어치가 필요하잖아. 그런데 셈 좀 한 번 해봐. 도대체 뭘 만들 수 있겠어? 하루 두 끼의 식사 값도 부족할 판에 이건 이렇게 해 달라, 저건 저렇게 해 달라고 조르고, 이미 사온 것은 안 먹고 또 다른 걸 사달라고 하니 어쩌란 말이야. 그렇다면 아예 마님한테 말씀드려서 식비를 더 얹어달라고 하든지, 아니면 아예 큰 주방에서 노마님 식사준비 하듯이 세상의 온갖 반찬이름을 칠판에 적어두고 날마다 돌아가며 먹어보고 월말에 결산을 하든지 하는 것도 좋겠지.

지난번에 탐춘 아가씨와 보차 아가씨가 우연히 기름에 볶은 구기자순을 드시고 싶어했을 때도 일하는 언니를 시켜 오백 문을 보내주셨었어. 내가 웃으면서 '두 아가씨가 배불뚝이 미륵 부처님도 아니신데 오백 문 어치 요리를 어떻게 다 드십니까. 이삼십 문 가량 드는 요리라면 저로서도 마련할 수 있습니다' 하고 말했지. 그래서 돌아가 돈을 돌려드렸는데 끝까지 안 받으시며 나한테 술값이나 하라고 상으로 주시더

라고. 그리고 또 '요즘 주방에서 일하다 보면 각 방의 사람들이 찾아가
뭐 해달라고 조르는 사람이 없지 않을 거야. 하지만 소금이고 간장이고
돈 주고 사지 않을 게 어딨어. 내주지 않아도 곤란할 테고 달라는 대로
내주면 자네 돈으로 갚아 넣어야 할 테니 그 돈 가지고 그 사람들한테
평소에 대준 것 값으로 치면 되겠네' 하시더라고. 정말 아랫사람 사정
을 잘 알아주시는 아가씨여서 우린 속으로 탄성을 질렀었지.

그런데 조이랑 말이야. 그 말을 듣고 화를 내며 내가 공짜를 먹는다
고 말하면서 열흘이 멀다하고 어린 시녀를 보내 이거 달라 저거 달라 난
리를 치더라고. 내 원 참 기가 막혀서. 그런데 너희까지 선례를 만들어
서 이거 달라 저거 달라 하면 내가 무슨 수로 그걸 물어낼 수 있겠어."

유씨댁이 한참 너스레를 떨며 장황하게 말하고 있을 때 사기가 보낸
사람이 또 찾아와서 연화를 재촉했다.

"여기서 죽어 자빠졌나, 왜 안 돌아오는 거야?"

연화는 잔뜩 골이 나서 돌아와서는 이말 저말 보태 사기에게 고해바
쳤다. 사기는 그 말에 화가 치밀어 올라서, 영춘의 식사 뒷바라지를 마
치자 곧장 어린 시녀들을 데리고 주방으로 달려왔다. 주방 사람들이 식
사를 하다가 그들이 씩씩거리며 달려들어 오자 얼른 일어나 자리를 양
보하며 앉으라고 권하였다. 하지만 사기는 시녀들에게 호령을 했다.

"상자 속이나 찬장 안에 있는 반찬을 다 꺼내서 개한테나 던져줘라.
어느 누구도 사사롭게 돈을 벌 수 없게 말이야."

시녀들은 대답하기가 무섭게 우르르 달려들어 닥치는 대로 마구 뒤
져서 내던지기 시작했다. 사람들이 달려와 그들을 잡고 말리면서 한편
으로는 빌며 통사정을 했다.

"아가씨, 어린애들의 말을 곧이들으면 안돼요. 유씨댁이 머리가 여
덟 개 달렸어도 아가씨를 화나게 할 수야 없는 거지요. 계란이 사기 어
렵다는 건 사실이에요. 방금 전에 우리도 유씨댁한테 앞뒤 재지도 않고

너무 했다고 뭐라고 했어요. 그게 뭐 대단한 거라고 잠시 변통하면 되는 일인데. 지금 유씨댁도 벌써 후회하고 계란찜을 하고 있어요. 아가씨가 믿기 어려우시면 저 불 위를 한 번 봐요."

사기는 여러 사람들이 좋은 말로 달래는 바람에 기분이 차츰 누그러졌다. 시녀들도 물건을 내동댕이치다 말고 손을 뗐다. 사기는 한바탕 욕설을 더 퍼붓더니 여러 사람들이 말리자 겨우 돌아갔다. 유씨댁은 밥그릇을 내던지고 상을 뒤엎으며 혼자 성질을 부렸지만 그래도 어쩔 수 없이 계란찜을 한 그릇 만들어서 사람을 시켜 보냈다. 하지만 사기는 받자마자 땅바닥에 내동댕이치며 엎어버렸다. 심부름 갔던 사람은 또 말썽이 일어날까 겁이 나서 돌아와서도 그 말은 하지 않았다.

유씨댁은 딸에게 국 한 그릇과 죽 반 그릇을 먹으라고 주고 복령상을 얻어 온 얘기를 했다. 오아가 그 말을 듣고 그걸 덜어서 방관에게 주려는 생각에, 반을 갈라 종이에 싸서 어둑어둑한 틈을 타서 버드나무와 꽃무더기 사이로 몸을 숨기며 찾아왔다. 다행히 도중에 아무도 만나지 않았다. 이홍원 문 앞에 이르렀으나 곧바로 들어가기가 어려워 장미꽃 무더기 앞에 서서 멀리 바라보기만 했다.

한참 서 있다 보니 마침 소연이 나오는 게 보여 얼른 불러서 오라고 했다. 소연은 처음에 누군지 몰라보다가 가까이 이르자 오아임을 알고 왜 그러느냐고 물었다.

"방관을 좀 불러다 줄 수 있겠니. 내가 할 말이 있어서 그래."

오아의 말에 소연이 가만히 웃으면서 말했다.

"언니는 참 성질도 급하네. 좌우간 열흘쯤이면 여기 들어오게 될 텐데 지금 방관의를 찾아서 뭐 하려고 그래? 방금 다른 심부름으로 저 앞쪽으로 갔으니까 좀 기다려야 해. 아니면 무슨 일인지 나한테 말하면 전해줄게. 아마 기다리긴 어려울 거야. 곧 대관원 문이 닫히게 될 테니까."

오아는 복령상을 소연에게 건네주며 이것은 복령상이라는 것인데 어떻게 먹는 것이고 또 어떻게 몸에 좋다는 것을 일일이 설명했다.

"내가 조금 얻은 것인데 방관이한테 주는 것이니까 미안하지만 잘 좀 전해줘."

오아는 이렇게 덧붙여서 말하고는 이내 돌아갔다. 그런데 마침 요서蓼漵 일대를 지날 무렵, 앞에서 할멈들을 데리고 다가오던 임지효댁 일행과 정면으로 마주쳤다. 오아가 미처 피할 도리가 없어 다가가 인사하자 임지효댁이 물었다.

"듣자하니 네가 병이 났다던데 어떻게 여길 들어왔느냐?"

오아는 웃음을 띠면서 말했다.

"요 며칠 조금 좋아져서 엄마를 따라 여기 들어와 바람을 쐬었습니다. 방금 엄마가 이홍원에 물건을 갖다 주라고 시켜서 심부름 다녀오는 길입니다."

"그래? 그것 참 이상하구나. 방금 네 엄마가 나가는 걸 보고 나서 문을 닫아걸었단 말이다. 네 엄마가 너한테 심부름을 시켰다면 어째서 네가 여기 있다는 말을 안 하고 자기가 나가면서 문을 걸어 잠그게 한단 말이냐? 그게 무슨 뜻이지? 네가 거짓말하는 게 분명하구나."

오아는 대답할 말이 궁해지자 겨우 둘러댔다.

"사실은 엄마가 아침에 저한테 시킨 일인데 제가 잊고 있었어요. 저녁 무렵이 되어서야 생각이 나서 들어온 거예요. 엄마는 내가 벌써 나갔다고 생각해서 말씀드리지 않았을 거예요."

임지효댁은 오아의 말에 조리가 없고 얼굴에 당황하는 기색이 있는 것과, 최근에 옥천아가 그쪽 안방에서 뭔가 물건을 잃어버렸는데 시녀 몇 사람을 대질 심문해도 범인을 찾을 수 없었다는 말을 들은 것 때문에 속으로 의심하기 시작했다. 그때 마침 선아와 연화가 어멈 몇 사람과 함께 오다가 그들 일행을 보고 사연을 들은 후에 이렇게 말했다.

"아주머니! 저 애를 잘 조사해 봐야 해요. 요즘 저 애가 이곳에 들락거리는 게 영 수상해요. 몰래몰래 오가면서 뭔가 쑤군거리는 게 무슨 짓거리를 하는지 모르겠어요."

선아도 한마디 더 거들었다.

"그러게 말이에요. 어제 옥천아 언니가 말하길 마님네 곁방에 있는 장롱을 열어보니 몇 가지 자질구레한 것들이 없어졌대요. 희봉 아씨마님께서 평아 아가씨를 보내 옥천아 언니한테 매괴로玫瑰露를 한 병 달라고 했는데 찾아보니 그것도 한 병 없어졌대요. 그걸 찾지 않았더라면 다른 것들 없어진 것도 몰랐을 거예요."

연화가 웃으면서 말했다.

"그 말은 들은 적이 없지만 오늘 매괴로 병을 하나 본 적은 있어요."

임지효댁은 그 일로 인해 지금 골치가 아픈 상태였다. 왕희봉은 매일 평아를 보내 범인을 찾아내라고 재촉하고 있었다. 마침 그런 말을 들으니 눈이 번쩍 뜨였다. 어디서 보았느냐고 되물으니 연화가 대답했다.

"저 애의 엄마네 주방에서요."

임지효댁은 곧 초롱불을 켜들고 사람들을 대동하여 찾으러 나섰다. 당황한 오아가 다급히 소리쳤다.

"그건 보옥 도련님 방에 있는 방관芳官이 저한테 준 거예요."

임지효댁이 말했다.

"방관方官이든 원관圓官이든 그런 건 내 알 바 아니고 장물을 찾으면 난 그대로 보고할 뿐이야. 해명하려거든 나중에 주인님 앞에 가서 해."

그녀는 곧 주방으로 들어갔다. 연화가 따라 들어가 매괴로 병을 갖고 나왔다. 훔쳐 내온 물건이 더 있는지를 살펴보다가 복령상 한 봉지를 찾아냈다. 그것도 함께 가지고 오아를 데리고 이환과 탐춘 있는 곳으로 와서 보고했다.

그때 이환은 가란이 병이 나서 돌보느라고 사무를 잠시 쉬고 있었으므로 탐춘에게 데려가도록 했다. 시녀들은 정원에서 바람을 쏘이고 있었고 탐춘은 안에서 목욕을 하고 있었다. 대서를 시켜 들어가 말하도록 했더니 한참 만에 전갈이 왔다.

"아가씨가 알았다고 하시면서 평아를 찾아가 얘기하고 희봉 아씨께 말씀드려서 처리하라고 하셨어요."

임지효댁은 하는 수 없이 왕희봉의 거처로 찾아가 우선 평아를 만났다. 평아가 희봉에게 보고하니 희봉은 방금 누운 터라 그 말을 듣자 곧바로 독한 벌칙을 내렸다.

"그 애 어미한테는 곤장 사십 대를 치고 내쫓을 것이며 다시는 중문 안으로 들어오지 못하게 하고 오아에게도 곤장 사십 대를 쳐서 곧장 시골집으로 보내서 팔아버리거나 시집보내라고 해라."

평아가 나와서 그 말을 임지효댁에게 전하니 오아가 깜짝 놀라 울고불고 애걸복걸하며 평아에게 엎드려 방관의 일을 소상하게 밝혔다. 평아가 말했다.

"그야 어렵지 않지. 내일 방관을 불러서 물어보면 금방 알 수 있지 않겠느냐. 하지만 복령상은 며칠 전에 누가 보내온 것으로 아직 노마님과 마님께 보여드리지 않아서 감히 건드리지도 못하고 있는 건데 그걸 훔쳐내서야 쓰겠어?"

오아는 또 복령상은 자기 외삼촌이 보내주었다고 말했다.

평아가 듣고는 웃으면서 말했다.

"그렇다면 이애는 아무 죄도 없는데 억울하게 누명을 쓴 셈이로군. 하지만 오늘은 날이 이미 저물었고 아씨께서는 방금 약을 드시고 누우셨으니 이런 소소한 일로 다시 시끄럽게 해드리기 어렵겠어요. 그러니 이애는 오늘밤에 숙직서는 방에 보내 지키게 하고 내일 날이 밝으면 아씨마님께 말씀드려 따져 보도록 합시다."

임지효댁은 그 영을 어길 수 없어서 오아를 데리고 나와 숙직하는 어멈에게 지키도록 하고 자신은 돌아갔다.

한편 연금 당한 오아는 한 발짝도 움직일 수 없게 되었다. 어멈들은 오아를 탓하면서 그런 염치없는 짓은 하지 말았어야 했다고 훈계하기도 하였고, 숙직을 서기도 힘든데 도둑질한 년까지 데려와 자기들한테 지키라고 했다면서 혹시 한눈파는 사이에 자살하거나 도망이라도 치면 그 책임을 뒤집어써야 한다고 원망하는 사람도 있었다. 더구나 평소 유씨댁과 사이가 안 좋았던 사람들은 이런 사태를 보고 아주 잘됐다고 고소해 하며 모두 달려와서 놀리고 조롱하기도 하였다. 오아는 속으로 분하고 억울하였지만 어디다 하소연할 곳도 없었다. 원래 몸이 약하고 병이 있던 오아는 밤새 물 한 모금 차 한 잔 마시지 못하고 잠을 자고 싶어도 이부자리도 없었으므로 그저 울면서 온밤을 꼬박 지새울 수밖에 없었다.

한편 그들 모녀와 사이가 나쁜 사람들은 어떻게든 그들을 내쫓지 못해 안달이었다. 다음 날 혹시나 사태가 역전될까 걱정돼서 다들 일찍 일어나 몰래 평아를 찾아와 뇌물을 바치며 평아의 판결이 아주 결단성 있다고 추어올렸다. 그러면서 평소 그들 모녀가 얼마나 못된 짓을 하였는지 잔뜩 부풀려서 떠들어대기도 하였다.

평아는 그들을 내보내고 즉시 은밀하게 습인을 찾아가서 정말로 방관이 오아에게 매괴로를 주었는지 물었다.
"매괴로를 방관한테 준 것은 확실해. 하지만 방관이 또 누구한테 주었는지는 난 모르지."
습인은 방관을 불러서 물었다. 방관이 듣고 깜짝 놀라 펄쩍 뛰며 그건 자기가 갖다 준 거라고 밝혔다. 방관이 얼른 보옥에게 가서 그 말을 전하자, 보옥도 놀라워하며 말했다.

"매괴로는 여기서 준 거니까 괜찮지만 복령상 얘기는 그 애가 사실대로 대답했을 거란 말이야. 만일 그 애의 외삼촌이 문지기 하다가 얻은 것이라고 한다면 그 사람이 잘못한 것으로 드러나는데 그럼 남에게 호의를 베푼 사람이 오히려 우리 때문에 해를 당하게 되는 게 아니겠어?"

보옥은 얼른 평아와 상의하였다.

"매괴로의 일은 해결됐지만 복령상의 일은 여전히 잘못이 있으니 문제야. 제발 부탁인데 오아에게 몰래 말해서 그것도 방관이 주었다고 말하도록 해줘요."

"그렇지만 어제 저녁에 벌써 여러 사람 앞에서 자기 외삼촌이 줬다고 말해버렸는데 어떻게 다시 여기서 줬다고 할 수가 있어요? 게다가 저쪽〔왕부인 처소〕에서 잃어버린 매괴로도 범인을 못 잡은 상태인데 지금 장물을 보고도 사람을 놓아주면, 범인은 어디 가서 찾을 것이며 설사 잡는다 해도 누가 자백하겠어요? 아마 사람들도 인정하지 않을 거예요."

청문이 다가와서 웃으며 말했다.

"마님 방에 있던 매괴로는 다른 사람이 아니고 보나마나 채운이가 훔쳐다 가환 도련님한테 줬을 거야. 공연히 아무에게나 혐의를 씌우려고 함부로 말하지 말아요."

"그걸 누가 모른대? 하지만 옥천아는 몸이 달아서 울고불고 난리잖아. 몰래 슬그머니 채운에게 물어봐서 자백했으면 옥천아도 그만 손을 떼려고 했고 다른 사람들도 그냥 어물쩍 넘어가려고 했을 거야. 우리가 그런 일로 끝까지 물고 늘어질 필요가 뭐 있겠어? 하지만 독한 것 같으니라고. 채운이가 자백은커녕 오히려 옥천아가 훔쳤을 거라고 거꾸로 범인으로 지목했다는 거야. 그래서 두 사람이 '이불 속에서 폭죽 터뜨리듯' 한바탕 싸운 얘기는 온 집안이 다 알게 되었잖아. 그러니 우리가 어떻게 아무 일도 없었던 듯이 그냥 지나칠 수가 있겠어. 아무래도 조사는 해야지. 잃어버렸다고 신고한 놈이 되레 도둑이었는지도 모르지만, 증거가 없으니 어떻게 함부로 말할 수 있겠어?"

보옥이 듣고 썩 나섰다.

"그럼 됐어. 이 일은 내가 떠맡을게. 내가 그들 두 사람을 골려 주려고 몰래 어머니 물건을 훔쳤다고 하는 거야. 그러면 두 가지 일이 다 해결되잖아."

습인이 듣고 있다가 말했다.

"그거야 남의 죄명을 벗겨주는 것이니까 은덕을 베푸는 일이긴 하지만, 나중에 마님이 들으시면 아직도 세상모르고 철없이 굴었다고 도련님을 야단치실 텐데요."

평아의 말이 이어졌다.

"그거야 사소한 일이지요. 지금 조이랑 방에서 장물을 찾아내는 것도 쉬운 일이지만 그러다가 훌륭한 사람의 체면이 깎이게 될까 봐 걱정이지요. 다른 사람은 상관하지 않겠지만 그분은 또 화를 내실 게 분명하니까요. 난 그분이 걱정이에요. 공연히 쥐 한 마리 잡으려다 옥 화병을 깨뜨리게 되지나 않을까 말이에요."

평아는 말하면서 손가락 세 개를 세워 보였다. 습인은 곧 평아가 말하는 것이 탐춘임을 알아차렸으며, 다들 그 말에 동감을 표시했다.

"그 말이 맞아. 이번 일은 우리 쪽에서 어떻게 해보는 게 옳겠어요."

평아가 또 웃으면서 말했다.

"하지만 채운과 옥천아 두 사람을 불러다 제대로 따져 물어보는 게 좋겠어요. 그렇지 않으면 그 애들은 우리가 능력이 모자라 찾아내지 못했다고 여기면서 덕 봤다고 생각할 거예요. 그리되면 앞으로도 계속 훔치는 사람은 훔치고 상관 않는 사람은 상관 않게 될 거예요."

"그래 맞아. 그렇게 해서 여지를 남겨두어야 하니까."

평아는 곧 사람을 보내 두 사람을 오게 하였다.

"놀라지 마라. 도둑은 이미 잡혔어."

옥천아가 먼저 도둑이 어디 있는지 물었다.

"지금 회봉 아씨 마님 집에 잡혀있지. 뭐든 물으면 자기가 했다고 자백 할 거야. 하지만 난 알아. 그 애는 정말 도둑질 한 게 아니거든. 너무 겁이 나니까 거짓 자백을 하는 거란 말이야. 여기 보옥 도련님도 그걸 아시고 딱하게 생각해서 대신 죄를 뒤집어쓰시겠다는 거야. 내가 하려는 말은 지금 도둑질했다고 한 사람은 평소 나하고 아주 잘 지내는 자매사이란 거야. 훔친 사람은 지금 아주 멀쩡한 척하고 있는데 그걸 밝히면 그 통에 훌륭하신 어떤 분이 체면을 깎이게 된단 말이야. 그래서 진퇴양난이거든. 그래서 결국 보옥 도련님한테 사정하여 대신 자백해서 다들 조용히 지나가게 해달라고 부탁드렸지. 지금 너희 두 사람에게 다시 묻겠는데 어떻게 하는 게 좋겠느냐? 앞으로 다들 서로의 체면을 존중하고 조심해 준다면 보옥 도련님한테 부탁드리는 거고, 그게 아니면 내가 그냥 있는 그대로를 아씨마님께 고할 텐데, 착한 사람이 억울하게 죄를 받지는 않게 해야 하질 않겠어? 자, 어떡할래?"

채운이 평아의 말을 듣고 얼굴을 붉히며 부끄러운 마음이 일어나 고백하였다.

"언니 걱정 마세요. 착한 사람에게 죄를 뒤집어씌울 수는 없어요. 무고한 분의 체면을 손상시킬 수도 없고요. 그 물건은 사실 조이랑 마님이 나한테 두세 번이나 부탁해서 제가 훔쳐다가 가환 도련님한테 준 거예요. 마님이 집에 계실 때도 우리는 물건을 훔쳐서 각자 남들한테 주곤 했어요. 늘 그래 왔어요. 원래는 한 이틀 떠들썩하다가 말겠거니 했는데 지금 다른 사람이 억울하게 누명을 쓰고 있다니 저로서도 더 이상은 견딜 수가 없어요. 언니! 차라리 저를 데려다 아씨마님한테 넘겨주세요. 제가 죄다 밝히겠어요."

듣고 있던 사람들이 채운에게 그런 용기와 담력이 있는 줄은 몰랐으므로 놀라움을 금치 못했다. 보옥이 웃으면서 말했다.

"채운이는 과연 정직한 사람이구나. 이젠 스스로 자백할 필요도 없어. 그냥 내가 몰래 가져다가 너희 두 사람을 골려주려고 했다고 할 테니까. 일이 크게 벌어져서 자백하게 되었다고 말할게. 앞으로는 서로 간에 이런 일이 없도록 조심하면 좋겠어."

채운이 말했다.

"제가 저지른 일인데 왜 도련님이 자백하시겠다는 거예요? 죽든 살든 제가 가서 죄를 달게 받아야지요."

평아와 습인이 얼른 나서며 달랬다.

"그렇게 말하면 안 돼. 네가 자백하면 아무래도 이리저리 조이랑의 이름이 나오게 될 테고 그걸 셋째 아가씨가 듣게 되면 또 화를 내실 거야. 그러니 그냥 보옥 도련님이 대신 자백하시도록 하는 게 낫겠어. 그래야 다들 무사하게 되는 거야. 다만 이들 몇 사람이 절대로 이번 일의 내막을 모르게 해야 해. 그래야 깔끔하게 마무리되는 거야. 앞으로도 제발 조심해. 뭐든 가져가려면 어쨌든 마님이 돌아오시기를 기다려야 해. 그때 가서야 이 집을 누구 준대도 우리하곤 상관이 없는 일이지."

채운이 고개를 푹 숙이고 가만히 생각에 잠겼다가 마침내 그렇게 하겠다고 대답했다.

다들 의논을 끝내고 평아는 두 사람과 방관을 데리고 앞쪽에 있는 숙직실로 와서 오아를 불러내 복령상의 일도 방관이 준 것이라고 말하도록 은밀하게 시켰다. 오아는 감사해 마지않았다. 평아는 그들을 데리고 자기의 집으로 돌아왔다. 그곳에는 임지효댁이 여러 어멈들을 대동하고 유씨댁을 잡아 압송해 와서 기다린 지 오래였다.

임지효댁은 평아에게 말했다.

"오늘 아침 일찍 이 사람을 잡아들이는 바람에 대관원 내의 아가씨들 식사가 늦어질까 걱정돼서 임시로 진현秦顯댁을 보내 준비하도록 했습니다. 아가씨가 그 일까지 함께 아씨마님께 여쭤 주세요. 그 사람은 아주 깔끔하고 조심성이 있는 사람이니 앞으로 계속 써서 뒷바라지를 하도록 하면 될 거예요."

"그래요? 진현댁이라니 누굴 말하는 거예요? 난 잘 모르겠는데."

"대관원 남쪽 문에서 숙직하던 사람이에요. 낮에는 별로 일이 없어서 아가씨가 잘 알지 못하실 거예요. 광대뼈가 툭 불거지고 눈이 커다란 사람인데 아주 깔끔하고 시원한 사람입니다."

옥천아가 곁에 있다가 얼른 말했다.

"그래 맞아요. 언니, 왜 잊었어요? 그 사람은 영춘 아가씨를 따르는 사기의 숙모예요. 사기 부모는 큰 대감 나리 댁에 있지만 숙부는 이쪽에서 일하거든요."

평아가 듣고 곧 생각이 난 듯 웃으면서 말했다.

"아! 이제 생각났어. 진작 그렇게 말하면 될 걸."

그리고 한마디를 더 했다.

"그래도 너무 성급하게 정했군그래. 지금 이 사건은 거의 진상이 드러났어요. 지난번 마님 방에서 잃어버린 것도 밝혀졌고요. 그건 다 보옥 도련님이 어느 날인가 건너가서 이 애들한테 무얼 좀 달라고 했는데 하필이면 이것들이 글쎄 도련님을 놀려주느라고 마님이 안 게시니 내줄 수 없다고 했다는 거예요. 그래서 보옥 도련님께서 두 사람이 조심하지 않는 틈을 타고 들어가 뭔가를 가져 나왔대요. 이 두 사람은 그것도 모르고 놀라서 야단법석을 떨었다지 뭐예요. 지금 보옥 도련님은 엉뚱한 사람이 누명을 쓰게 된 걸 알고 스스로 나서서 내막을 자세하게 말했어요. 내놓은 물건도 보니까 하나도 틀림이 없더군요. 복령상만 하더라도 보옥 도련님이 밖에서 얻은 것인데 이미 여러 사람들한테 나눠 줬던 것이래요. 그래서 습인도 방관 같은 애들한테 주었다고 하더라고요. 그들이 서로 사사롭게 오가며 주고받는 일이야 늘 있는 일이잖아요. 지난번 들어온 두 광주리는 아직도 의사청에 개봉도 않은 채로 그대로 있는데 공연히 사람을 잡아서 억지로 누명을 씌우려고 했으니 대체 어떻게 된 거예요? 내가 우선 아씨께 말씀드릴 테니 기다려 봐요."

평아는 희봉의 침실로 들어가 그 일에 대해 방금 전 한 말을 다시 한번 했다.

희봉이 대답했다.

"그렇기는 하지만 보옥이도 참 큰일이다. 그저 세상사 흑이고 백이고 가리지 않고 덮어놓고 남의 일을 끌어안기만 하니 말이야. 남들이 좋은 말로 사정을 하기만 하면 그만 혹하여 연탄 광주리를 머리에 이라고 해도 받아주지 않는 법이 없다니까. 우리가 믿는 척하면 앞으로 큰일이 닥쳤을 때도 그럴 테니 어떻게 남들을 다스리겠어? 꼬치꼬치 따져야 마땅하지. 내 생각에는 마님 방에 있는 시녀들을 모두 잡아와서 함부로 매질은 할 수 없다 치더라도 햇볕 쨍쨍 내리쬐는 날 기왓장 위에 무릎을 꿇게 한 뒤 물 한 모금 주지 말고 말할 때까지 벌을 세워보는 게 좋겠어. 설사 무쇠 같은 년들이라 해도 결국 언젠가는 자백할 테니까. '금 안 간 계란에는 파리도 꾀지 않는다'고 했으니 유씨댁이 비록 훔친 것은 아니라지만 그래도 뭔가 수상쩍은 데가 있으니 남들이 그렇게 말한 것이겠지. 그러니 도둑으로서 형벌을 가하지는 않더라도 일자리에서 내쫓아 버리는 게 좋겠어. 조정에도 원래 연좌법이라는 게 있으니 그렇게 억울한 일도 아니야."

"아씨도 참 공연히 왜 그렇게 신경을 쓰시는 거예요? '손을 떼야 할 때는 손을 떼'고 했잖아요. 그게 무슨 대단한 일이라고 선심 베풀 생각은 안 하시고 그렇게 엄하게 다스리려고만 하세요? 제 생각에는요, 이 세상에서 아무리 마음 졸이고 온갖 신경을 다 쓴다고 해도 결국 우리는 저 세상으로 가게 마련이잖아요. 공연히 소인배들에게 원수져서 원망 들을 필요가 어디 있어요? 하물며 아씨는 지금 온갖 고초를 다 겪으면서 모처럼 어렵사리 아들 하나 가졌는가 싶었더니 예닐곱 달 만에 그만 유산하고 말았잖아요. 평소 너무 근심 걱정을 하고 신경을 많이 써서 그런지 누가 알아요. 그러니 이제부터는 반쪽만 보시고 반쪽은 못 본 척하는 게 좋겠어요."

평아가 오히려 희봉에게 설교하니 희봉이 웃으면서 대답했다.

"에라, 모르겠다. 네년이 하고 싶은 대로 마음대로 해라. 이제 정신이 좀 들려고 하는데 그런 일 따위로 쓸데없이 화내기도 싫구나."

"이렇게 하는 게 올바르지 않나요?"

평아가 웃으며 대답하고 나와서 그들을 모두 석방하였다.

뒷일이 어떻게 되었는지 궁금하면 다음 회를 보시라.

憨湘雲醉眠芍藥裀　香菱情解石榴裙

제62회

꽃밭에 누운 사상운

상운은 술에 취해 작약꽃 아래 누웠고
향릉은 정에 끌려 석류치마 바꿔 입었네

憨湘雲醉眠芍藥裀　呆香菱情解石榴裙

평아는 밖으로 나와 임지효댁에게 이렇게 분부했다.

"매사에 큰일은 작게, 작은 일은 없게 만드는 게 바로 집안을 일으키는 근본이에요. 만약 작은 일 하나를 제대로 처리하지 못하여 방울을 흔들고 북을 쳐대며 난리친다면 도리가 아니에요. 저들 모녀를 돌려보내고 원래 하던 일을 하도록 해요. 진현댁은 다시 원래 자리로 돌아가도록 하고 더 이상 이 일을 재론하지 마세요. 다만 매일 조심해서 순찰을 도는 것은 잊지 말고요."

평아가 말을 마치고 일어나서 나가자 유씨네 모녀는 얼른 일어나 위를 향해 머리를 조아렸다. 임지효댁은 그들을 데리고 대관원에 들어와 이환과 탐춘에게 결말을 알려주자 두 사람이 모두 입을 모았다.

"알았어요. 아무 일도 없던 것처럼 할 수만 있다면 그게 가장 좋지요."

사기는 공연히 잠깐 동안 헛물만 켰고, 진현댁은 어렵사리 주방의 빈

43

자리에 들어왔다가 겨우 반나절 동안 흥만 내고 좋다가 말았다. 진현댁은 주방에 들어오자마자 가재도구와 식량과 연탄 등을 인계받느라고 부산을 떨다가 모자라는 물건이 적지 않음을 알게 되었다.

"멥쌀이 두 섬 모자라고 일반미는 한 달 치나 더 써버렸으며 목탄도 장부와 숫자가 맞지 않는걸."

그러면서 은밀하게 임지효댁에게 선물을 마련하여 보내는 한편 목탄 한 광주리, 장작 오백 근, 멥쌀 한 섬을 따로 준비하여 밖에서 조카를 시켜 임씨 집으로 보내 주었다. 또 회계를 보는 방에도 예물을 보내고, 요리를 몇 가지 장만해서 함께 일하게 된 동료들을 초청해서 대접하며 말했다.

"제가 들어오게 된 것은 모두 여러분들 덕분입니다. 앞으로 한식구가 되었으니 제가 미처 손이 닿지 않는 곳은 여러분들이 많이 도와주시기 바랍니다."

그렇게 한창 떠들썩하게 인사치레하는 중에 갑자기 누군가 와서 그녀에게 전했다.

"아침 식사준비만 마치고 도로 나가시랍니다. 유씨댁은 원래 아무 죄가 없어서 다시 이 자리로 돌아오게 되었답니다."

그 소리에 진현댁은 혼이 나갈 만큼 놀라 자빠졌다. 진현댁은 기운이 빠져 고개를 숙인 채 곧바로 꼬리를 내리고 보따리를 싸들고 나갔다. 남들한테 보낸 예물은 다 쓸데없이 버린 셈이 되었으며 자신은 또 물건을 팔아서라도 당겨 쓴 돈을 갚아야만 했다. 사기도 화가 치밀어 올라 어쩔 줄을 몰라 했지만 어쩔 수가 없었다.

조이랑은 매번 채운에게서 많은 물건을 받아 두었는데 옥천아가 들춰내는 바람에 들킬까 봐 노심초사하고 있었다. 매일같이 속으로 진땀을 흘리며 소식을 기다리고 있었는데 채운이 돌아와서 말했다.

"모두 보옥 도련님이 대신 자백하기로 했어요. 앞으론 아무 일이 없을 거예요."

그제야 조이랑은 마음을 놓게 되었다. 하지만 그 말을 들은 가환이 오히려 의심하며 채운이 개인적으로 가져다 준 선물을 모두 꺼내서 채운의 얼굴에 내동댕이치며 말했다.

"이랬다 저랬다 하는 년이 준 이까짓 것들을 누가 좋아한대? 네가 보옥 형하고 사이가 좋지 않았으면 왜 너 대신 자백한다고 했겠어? 애초부터 책임지고 나한테 갖다 준 물건이라면 절대로 남한테는 말하지 말았어야지. 벌써 남한테 얘기를 한 마당에 이런 걸 갖고 있으면 내 꼴이 뭐가 되겠어. 정말 재수 없어!"

채운은 깜짝 놀라 절대로 그렇지 않다고 맹세하며 엉엉 울면서 백방으로 변명했지만 가환은 결코 들어주지 않았다.

"평소의 정을 생각지 않는다면 당장 희봉 형수님한테 찾아가서 네가 훔쳐다 나한테 주었다고 말했을 거야. 원래 내가 달라고 한 것이 아니라고 말이야. 잘 생각해 봐."

가환이 말을 마치고 손을 뿌리치며 밖으로 나가자 뒤에서 조이랑이 욕설을 퍼부었다.

"저런, 저런! 망할 놈의 자식 같으니라고. 저렇게 속이 좁아 터져서야 어찌하누."

채운은 분하고 기가 막혀서 눈물조차 마르고 애간장이 끊어지는 것 같았다. 조이랑이 백방으로 채운을 위로하며 달랬다.

"애야! 저놈이 네 정성을 몰라주고 저렇게 난리지만 네 진심이야 내가 잘 알지 않느냐. 이것들은 내가 잘 간수하고 있겠다. 한 이틀 지나면 저놈도 꼭 돌아올 테니 걱정 말아라."

조이랑이 물건을 챙기려고 했지만 화가 난 채운은 한꺼번에 다 싸서 남들 없을 때 대관원 안의 개울 속으로 내던져 버리고 말았다. 물길 따라 가라앉을 것은 가라앉고 떠내려갈 것은 떠내려가 버리고 말았다. 채운은 분한 마음을 이기지 못하고 밤이면 이불 속에 엎드려 몰래 울곤 하였다.

　얼마 후 보옥의 생일날이 되었다. 보금의 생일도 마침 같은 날이었으나, 왕부인이 집에 없었으므로 예년만큼 크게 잔치를 벌이지는 않았다. 장도사가 네 가지 예물과 함께 새로 갈아 넣을 기명부〔寄名符: 이름을 적어 넣은 호신부〕를 보내왔다. 또 몇 군데 절에서 비구나 비구니들이 불공 예물인 수지를 떠서 축하 예물로 보내오고 장수를 비는 수성壽星[1] 인형과 종이로 만든 지마紙馬, 자신의 운명을 맡은 별자리 신령인 본명성관本命星官, 그해의 운명을 관장하는 치년태세値年太歲 등을 상징하는 물건과 해마다 한 번씩 바뀌는 장명쇄 등을 보내오기도 했다. 집에 늘 들락날락하는 여자 이야기꾼인 여선아女先兒도 와서 축수를 하였다. 왕자등의 집안에서는 예년과 같이 옷 한 벌과 신발과 버선 한 켤레, 축수용 복숭아 모양의 과자, 생일잔치에 먹는 상등품 하얀 국수 백 다발 등을 보내왔다. 설부인네 집에서는 한 등 낮춰서 보냈고 나머지 가족 중에서는 우씨가 역시 신발과 버선 한 켤레를 보내왔다. 또 희봉이 궁중에서 사면화합의 의미로 만든 염낭 주머니를 보내왔는데 안에는 금제 수성이 들어있었고 멀리 페르시아에서 들어온 신기한 장난감도 있었다. 가부에서는 각 절에 사람을 보내 시주를 하고 돈을 바치도록 하였다. 따로 보금에게도 예물이 들어왔지만 여기서 일일이 다 설명하지는 않겠다.
　자매들끼리는 대부분 마음 내키는 대로 선물을 했기에 일정치가 않았다. 혹은 부채 한 자루, 혹은 글씨 한 자나 그림 한 장, 혹은 시 한 수를 보내기도 하는 등 상황에 따라 가지각색이었다.
　그날 보옥이 아침 일찍 일어나 관대를 차려입고 밖으로 나와 전청前廳

---

1 별이름으로 남극 노인성(南極老人星)을 말하며 장수의 상징.

의 앞에 이르니 벌써 이귀 등 네댓 명이 천지신명에게 사를 향불을 설치
해 놓고 기다리고 있었다. 보옥은 향에 불을 붙여 예를 행하고 차를 올
리고 지전을 태운 후, 녕국부의 종사宗祠와 조선당祖先堂 두 곳에 가서
절을 올리고 월대月臺로 나와 멀리 가모와 가정, 왕부인 등을 향해 절을
올렸다. 그리고 우씨의 안채로 찾아가 인사하고 잠시 앉았다가 영국부
로 돌아왔다. 그런 다음 우선 설부인네 집에 들렀는데, 설부인이 계속
잡는 바람에 잠시 있다가 설과와 만나 서로 인사를 나누고 대관원으로
돌아왔다. 보옥은 청문과 사월을 뒤따르게 하고 어린 시녀에게 깔개방
석을 들려서 이씨 방을 시작으로 자기보다 나이 많은 사람의 방은 다 돌
아가며 인사하였다.

그리고 중문을 나와 이씨, 조씨, 장씨, 왕씨 등 네 명의 유모에게도
찾아가 인사하고서야 돌아왔다. 여러 사람들이 인사하겠다고 하였지
만 받지 않았으며, 방으로 돌아와서도 습인 등이 모두 함께 축하의 말
을 하는 것으로 때우고 말았다. 전에 왕부인이 말하길 젊은 사람이 남
한테 절을 받으면 수복壽福이 깎일지도 모르니 일체 엎드려 절하지 말
도록 했기 때문이었다.

잠시 쉬고 있는데 가환과 가란이 찾아와서 보옥에게 절을 하려고 하
자, 습인이 얼른 잡아 일으켰다. 그들은 잠시 앉아 있다가 바로 돌아갔
다. 보옥은 웃으면서 피곤하다고 말하고 침상에 누웠다. 차를 반 잔쯤
마셨을 때 밖에서 시끄러운 소리가 들리더니 한 무리의 시녀들이 웃으
면서 함께 들어왔다. 취묵과 소라, 취루翠縷, 입화, 형수연의 시녀인
전아, 유모의 품에 안긴 교저, 채란彩鸞과 수란繡鸞 등 여덟 명이었다.

"생신 축하드리려고 문이 미어져라 비집고 들어왔습니다. 어서 국수
한 그릇씩 내놓으세요!"

곧이어 탐춘과 상운, 설보금, 형수연, 석춘 등도 찾아왔다.

보옥은 얼른 맞으러 나오며 웃으면서 말했다.

"이렇게 많은 분들을 감히 기동하게 하다니 정말 미안하구먼. 어서 좋은 차를 내와!"

방 안으로 들어선 그들은 서로 자리를 양보하며 다들 자리에 앉았다. 습인이 차 쟁반을 받쳐 들고 나와 막 한 모금을 마시고 있는데 꽃처럼 단장한 평아가 찾아왔다. 보옥이 맞아들이며 웃으며 말했다.

"방금 희봉형수 댁에 갔을 때 말을 전하려고 안으로 들어갔지만 만날 수 없었어. 대신 사람을 들여보내 평아 누나에게 내 초청을 받아달라고 전했던 거야."

평아가 웃으면서 대답했다.

"그때 전 아씨 머리를 손질해 드리고 있었죠. 그래서 나올 수가 없었어요. 저를 청했다는 말을 듣고는 황송해서 이렇게 달려와 인사를 올리는 거예요."

"아이고, 내가 오히려 송구스러운걸."

습인은 평아가 앉도록 얼른 자리를 마련하였다. 평아는 허리를 숙여 읍을 하며 복 많이 받으라고 인사했다. 보옥도 연거푸 읍을 하면서 인사를 받았다. 평아가 다시 무릎을 꿇고 엎드려 절하자 보옥도 얼른 무릎을 꿇고 절을 받았으며, 습인이 달려와 부축하여 일으켜 세웠다. 평아가 다시 한 번 읍을 하고 물러나니 보옥도 읍을 하여 받았다.

그러자 습인이 곁에서 보옥을 밀면서 웃으며 권했다.

"도련님! 읍을 한 번 더 하세요."

"벌써 다 끝났는데 왜 또 읍을 하라는 거야?"

"방금은 평아가 도련님 생신을 축하하러 와서 인사를 드린 거예요. 그런데 오늘은 평아의 생일날이기도 하거든요. 그러니 도련님이 평아한테도 축수하는 인사를 올려야죠."

습인의 말에 보옥이 반가워하며 읍을 하면서 인사말을 했다.

"오늘은 평아 누나의 꽃다운 생신이기도 하군 그래!"

평아가 또 답례를 수없이 했다.

그러자 상운이 보금과 수연을 잡아당기며 말했다.

"당신네 네 사람이 서로 생일축하 인사를 하다가는 하루 종일 서로 절이나 올려야 할 거야."

탐춘이 물었다.

"그럼 수연 동생도 오늘이 생일이었단 말이야? 내가 왜 깜빡했을까!"

탐춘은 얼른 시녀에게 명했다.

"넌 얼른 희봉 아씨께 가서 보금 아가씨와 같은 것으로 예물을 한 사람분 더 챙겨서 둘째 아가씨 방으로 보내라고 말씀드려라."

형수연은 사상운에 의해 공개적으로 생일임이 밝혀지자 어쩔 수 없이 각 방을 돌며 인사하였다. 그때 탐춘이 웃으며 말을 꺼냈다.

"정말 재미있는 일이네요. 일 년 열두 달 달마다 몇 사람씩 생일이 있는데 사람이 많다 보니 이렇게 기이할 수도 있군요. 세 사람이 한날이기도 하고 두 사람이 한날이기도 하잖아요. 정월 초하루도 그냥 넘어가지는 못죠, 큰언니가 차지하고 있으니까. 또 그날은 우리 증조할아버님〔가연〕의 생신이기도 하대요. 그리고 정월 보름날이 지나면 바로 노마님과 보차 언니의 생일이죠. 두 사람이 정말 기묘하게 겹쳤잖아요. 삼월 초하루는 마님 생신이고요, 초아흐레 날은 가련 오라버니 생신이지요. 그리고 이월 중에는 더 없나요."

"이월 십이일 화조일花朝日이 대옥 아가씨 생신인데 왜 더 없어요? 우리 집 식구는 아니지만."

습인의 말에 탐춘이 고개를 끄덕였다.

"정말 기억력이 좋기도 하네."

보옥이 습인을 가리키며 말했다.

"응. 그거야 자기 생일이 대옥 누이 생일과 같은 날이니까 너무나 잘 알고 있는 거지."

탐춘이 의아해 하며 물었다.

"그래? 두 사람이 같은 날이었구나. 매년 우리한테 인사 한 번 안 하던데. 평아의 생일도 우린 몰랐는데 오늘에서야 알았네."

제 이름이 거론되자 평아가 나섰다.

"저희 같은 사람이 그런 축에 끼일 수나 있나요? 생일이라고 해도 축하받을 복도 없고 인사받을 직분도 아니죠. 괜히 시끄럽게 해서 뭐 해요. 그러니 조용히 지나가곤 했지요. 오늘 공연히 습인이 떠들어대는 바람에 이렇게 알려진 거예요. 아가씨들께서 방에 돌아가시면 제가 다시 정식으로 인사드리러 갈게요."

탐춘이 말했다.

"일부러 다닐 것까지야 어디 있어? 하지만 오늘은 평아를 위해 잔치를 해줘야 내가 마음이 편안하겠어."

곁에서 보옥과 상운도 한목소리로 찬성했다.

"그래야 하고말고."

탐춘이 곧 시녀들에게 분부를 내렸다.

"너는 가서 평아네 아씨마님께 여기서 우리가 다들 그러더라고 말씀드려라. 오늘 히루만은 평아를 내보내 줄 수가 없다고 말이야. 우리가 조금씩 추렴해서 생일잔치한다고 그래."

시녀는 한참 만에 돌아와서 말했다.

"아씨마님께서 그러시는데요. 아가씨들께서 평아의 체면을 세워줘서 고맙다고 하시면서 좌우지간 생일잔치에 무슨 음식을 먹든 아씨마님을 잊지 않기만 한다면 시끄럽게 잔소리하러 오지 않겠다고 하셨어요."

사람들이 그 말에 와하하 웃었다. 탐춘이 말했다

"오늘 원내의 주방에선 아무것도 안 하고 있어요. 국수 삶고 요리 장만하는 것도 다 밖에서 하거든요. 그러니 오늘은 우리가 돈을 모아 유씨댁을 불러다 원내 주방에서 요리를 만들어 먹는 게 어때요?"

사람들이 다들 좋다고 하자 탐춘은 사람을 보내 이환과 보차, 대옥에게 물어보는 한편 유씨댁을 불러와 원내 주방에서 주안상 두 탁자를 마련하도록 일렀다. 유씨댁은 무슨 까닭인지 영문을 모르고 지금 바깥 주방에서 다 마련하였다고 대답했다. 탐춘이 말했다.

"유씨 아줌마는 아직 모르는 모양인데 오늘은 평아 아가씨의 생일이란 말이야. 밖에서 마련한 것은 윗분들께 드리는 것이고 지금 우리는 각자 돈을 추렴해서 평아에게 상을 차려주려는 거야. 그러니 딴소리 말고 신선한 재료를 준비해서 술상을 멋지게 한 번 차려봐. 계산은 나중에 나한테 와서 받으면 되고."

유씨댁은 웃으면서 대답했다.

"그래요? 오늘은 평아 아가씨의 생일이기도 했군요. 저는 통 몰랐어요."

그리고 얼른 평아에게 다가가 허리 굽혀 절을 올렸다. 평아는 깜짝 놀라며 유씨댁을 일으켜 세웠다. 유씨댁은 이내 주안상을 마련하러 나갔다.

탐춘은 또 보옥을 불러 국수를 먹으러 대청으로 나갔으며, 이환과 보차 등이 오자 다시 사람을 보내 설부인과 대옥도 불렀다. 요사이 날씨가 화창하고 따뜻해서 대옥도 병이 점차 나아졌으므로 모임에 나갔다. 대청 안에는 울긋불긋 아름답게 치장한 꽃다운 아가씨들이 가득 모이게 되었다.

그런데 하필 그때 설과가 수건과 부채, 향, 비단 등 네 가지 예물을 가지고 보옥의 생일을 축하하러 왔다. 그리하여 보옥은 건너가 그와 함께 국수를 먹게 되었다. 두 집에서는 생일축하 주안상이 차려지고 선물을 서로 주고받았다. 정오 무렵이 되자 보옥은 설과와 함께 술을 두어 잔 마셨다. 보차는 보금을 데리고 건너와서 설과에게 인사를 올리게 하고 술잔을 돌렸다. 그러면서 보차가 설과에게 당부했다.

"우리 집 술은 저쪽에 보낼 필요 없어. 그런 형식적인 일은 그만 두고 점원들이나 불러다 먹이도록 해요. 우리들은 보옥이와 함께 안에 들어가 손님을 접대해야 해서 더 이상 앉아 있을 수가 없어요."

설과가 얼른 일어서며 말했다.

"누이와 보옥 도련님은 걱정 말고 어서 들어가세요. 그래야 점원들도 맘 놓고 오죠."

보옥은 일어나 미안하다고 말하고 다른 자매들과 함께 돌아왔다.

대관원의 쪽문으로 들어서자 보차는 할멈에게 문을 걸어 잠그게 하고 열쇠를 받아 자신이 챙겼다.

보옥이 말했다.

"문까지 잠글 필요가 뭐 있어? 사람이 그다지 다니지도 않는데. 더구나 이모님이나 누나, 누이들이 모두 안에 있는데 집에 가서 뭐라도 가려오려면 오히려 귀찮잖아."

보차가 웃으며 말했다.

"그래도 조심해서 나쁠 것 없어요. 그쪽 일을 한번 봐요. 요 며칠 사이에 이런저런 숱한 일들이 일어났지만 저희 집 사람이 연루된 일은 없잖아요. 이곳 문을 잠그니까 그래도 효과가 있는 거예요. 만일 열어 놓았으면 누군가가 우연히 나왔다가 발을 들여놓을 수도 있고 샛길을 간다고 이리 지나갈 수도 있을 텐데. 누굴 막을 수 있겠어요? 차라리 걸어 잠그는 게 나아요. 우리 어머니나 나도 이 문으로 다니지 않는 게 상책이에요. 설사 일이 있다고 해도 이쪽 사람들한테 부탁하면 되고요."

보옥이 웃으면서 물었다.

"그럼 보차 누나는 요즘 일어난 분실사건을 알고 있었던 거야?"

"보옥 동생은 매괴로와 복령상 사건 두 가지만 알고 있겠지만 그건 범인으로 지목된 사람이 나타났기 때문에 불거진 거예요. 만약 그렇지 않았다면 그 두 가지 사건조차도 모르고 지나갔을 거예요. 보옥 동생도 별로 일에 참견하지 않는 성격이니까 내가 얘기해 줄게요. 평아는 사리가 밝은 사람이라 지난번에 내가 벌써 말해 주었어요. 개네 아씨마님이 바깥일을 보지 않기 때문에 평아한테 알고 있으라고 전해준 거예요. 일이 터지지 않으면 누구나 무사하겠지만 만약 무슨 일이 일어나면 평아 마음속에 뭔가 짐작 가는 데가 있어서 공연히 무고한 사람을 억울하게 지목하는 일은 없게 될 거란 말이죠. 제 말을 그냥 듣기만 해요. 앞으로는 그냥 조심하면 그만이니 이 말을 다른 사람에게는 하지 말아요."

말하는 사이에 두 사람은 어느 사이 심방정 가에 이르렀다. 그곳에는 습인과 향릉, 대서, 소운, 청문, 사월, 방관, 예관, 우관 등 여남은 사람이 물고기를 보며 장난을 치고 있다가 두 사람이 걸어오는 것을 보고 말했다.

"작약 꽃밭의 난간 안에 자리를 마련해 놓았어요. 어서 자리에 드세요."

보차 등이 그들을 따라 작약 꽃밭의 홍향포紅香圃에 지은 세 칸짜리 대청에 들어갔다. 우씨까지도 불러와 다들 모였는데 평아만 보이지 않았다.

평아는 뇌씨와 임씨 집을 비롯해서 상중하 각층의 집으로부터 생일 축하 예물이 계속 들어오고 있었기 때문에 뿌리치고 나올 수가 없었다. 평아는 찾아온 사람들에게 돈을 주어 감사의 표시를 하고 각각의 예물을 희봉에게 보여주면서 어떤 것은 받아두었고 어떤 것은 받지 않고 돌려보냈으며, 어떤 것은 받는 즉시 사람에게 나눠주기도 하였다. 그렇게 한참 바쁜 시간을 보내면서 희봉이 국수를 먹을 때까지 기다렸다가 옷을 갈아입고 대관원으로 돌아왔다.

평아가 원내로 막 들어섰을 때 시녀 몇 사람이 그녀를 마중 나와 있었으므로 함께 홍향포로 들어갔다. 그곳은 보석으로 만든 자리에 부용꽃 방석을 깐 듯 화려하게 꾸며져 있었다. 그녀가 들어서자 사람들이 외쳤다.

"오늘의 생일잔치 주인공들이 다 모이셨습니다!"

그리곤 상석의 네 자리에 그들 네 사람더러 앉으라고 강권했다. 하지만 네 사람은 극구 사양하였다. 그때 설부인이 나서서 말했다.

"나는 나이가 많아서 이곳에 모인 사람들과 어울리지 않아. 아무래도 답답해서 차라리 대청마루에 나가 편히 누워 있는 게 낫겠다. 지금은 배가 불러서 아무것도 먹을 수 없고 술도 그다지 마시지 못하니 말이야. 내가 나가면 다들 편안하게 있을 수 있잖니."

우씨는 나가지 말라고 하면서 들어주려 하지 않았다. 우씨가 말리자 보차가 나서서 말했다.

"그러시는 것도 좋아요. 엄마는 나가셔서 편안히 누워 계세요. 뭐든 드시고 싶으신 게 있으면 보내드리면 되고, 그래야 훨씬 자유로우실 거예요. 그리고 저쪽에는 아무도 없으니까 그곳을 보살펴 주실 수도 있고요."

탐춘이 웃으며 말했다.

"그렇다면 원하시는 대로 모시고 나가는 게 좋겠지요."

그래서 모두들 설부인을 의사당으로 모셔서 시녀에게 비단 자리를 깔고 베개와 등받이 등을 마련해 드리도록 했다.

"이모님한테 다리나 잘 주물러 드려. 차나 물을 드시고 싶어하시면 공연히 핑계대지 말고 때맞춰 시중들어 드리고. 조금 있다가 맛있는 것도 갖다 드리면 이모님이 드신 뒤에 너희에게 주실 거야. 어디 가지 말고 여기서 잘 보살펴드리고 있으란 말이야, 알겠니?"

당부하는 말에 어린 시녀들은 모두 잘 알았다고 대답했다.

탐춘 등이 돌아온 뒤에 결국 보금과 수연을 상석에 앉히고 평아는 서쪽을 향해 앉고 보옥이 동쪽을 향해 앉았다. 탐춘은 또 원앙을 데려와서 두 사람이 어깨를 나란히 하고 옆에 배석했다. 서쪽에 있는 좌석에는 보차와 대옥, 상운, 영춘, 석춘이 앉고 또 향릉과 옥천아 두 사람을 끌어와 동서 양쪽 자리에 앉혔다. 셋째 좌석에는 우씨와 이환이 앉고 습인과 채하를 데려다 곁에 앉혔다. 넷째 좌석에는 자견과 앵아, 청문, 소라, 사기 등이 둘러앉았다. 그때 탐춘이 술잔을 잡고 축배를 올리려고 하였다. 보금을 비롯한 네 사람이 다 같이 말했다.

　"그렇게 하면 종일 같이 앉아있을 수가 없어요."

　그래서 축배는 그만두었다. 맹인 이야기꾼인 여선아가 탄사彈詞를 공연하며 축수하겠다고 하자 사람들이 말했다.

　"우리 중에서는 그런 야담이나 들으려고 하는 사람이 없으니 대청에 가서 설씨 댁 마님이나 심심치 않으시게 들려드려요."

　그들이 가는 김에 몇 가지 요리도 골라서 함께 설부인에게 보냈다.

　보옥이 말했다.

　"점잖은 자리라서 재미가 없으니 주령이나 돌리면 좋지 않을까요."

　보옥의 제안에 어떤 사람은 이런 게 좋다하고 어떤 사람은 저런 게 좋다하며 의견이 분분했다. 그러자 대옥이 나서서 말했다.

　"제 생각에는 이렇게 하면 좋겠어요. 붓과 벼루를 가져와 각종 주령을 다 적어 놓은 다음 제비를 뽑아서 하면 되잖아요."

　다들 그게 좋겠다고 말했으므로 바로 지필묵이 마련되었다. 향릉은 최근 들어 날마다 시를 배우고 또 글씨도 연습하고 있었으므로 지필묵이 마련되자 얼른 자리에서 일어서며 말했다.

　"글씨는 제가 쓰겠어요."

　사람들이 각자 생각한 것들을 십여 가지 말하자 향릉이 일일이 적은 다음 돌돌 말아서 제비를 만들어 병 속에 집어넣었다. 탐춘이 평아에게 집으로 했다. 평아가 병 속을 한번 휘젓다가 젓가락으로 하나를 집어 내어 펴보았다. 위에는 '사복射覆'[2]이란 두 글자가 써 있었다. 보차가 웃으면서 말했다.

"주령의 원조가 되는 제목이 나타나다니! '사복'은 예전부터 있던 것인데 지금은 그 전통이 사라지고 이건 후세 사람이 새로 만든 거예요. 다른 어떤 주령보다도 어렵다고 소문난 것이지요. 이 사람들 중 절반은 못할 거예요. 이것 말고 새로 뽑아서 누구나 다 즐길 수 있는 것으로 하는 게 좋겠어요."

탐춘이 반대했다.

"그래도 이렇게 뽑은 건데 어떻게 없앨 수가 있어요? 하나 더 뽑아서 다함께 즐길 수 있는 것이 나오면 저쪽 사람들한테 해보라고 하고 우리는 이걸 그대로 합시다."

탐춘이 이번에는 습인에게 뽑으라고 했더니 손가락을 펴 보이며 승부를 가리는 '무전拇戰'[3]이었다. 상운이 웃으면서 말했다.

"이건 단순하고 명료하니까 우리 기분에 맞는 놀이야. 공연히 기운 빼는 '사복' 놀이는 안 할 거야. 자, 화권劃拳[4]놀이나 합시다."

"상운이만 유독 군령을 멋대로 어기고 있어. 보치 언니 어서 벌주 흰 잔을 내려요!"

탐춘의 말에 보차는 다짜고짜 상운의 입에 술 한 잔을 먹였다.

탐춘이 또 말했다.

"내가 주령관이니 우선 한 잔을 먼저 마시겠습니다. 이제부턴 모두

---

2 원래는 그릇으로 어떤 물건을 덮어놓고 맞히는 놀이이나 주령(酒令) 중 하나이기도 함. 수수께끼를 내는 사람이 시나 성어, 전고 등으로 어떤 사물을 암시하면 맞히는 사람도 이와 관련된 다른 시나 성어, 전고 등으로 답해야 함.

3 주령 중 하나로 두 사람이 동시에 숫자를 말하면서 손가락을 내미는데 두 사람이 말한 숫자의 합과 내민 손가락 수가 같으면 이기는 놀이.

4 무전(拇戰)의 다른 표현.

제 명에 따라야 합니다."

그리고 주사위와 주령 쟁반을 가져오라고 일렀다.

"보금이부터 순서대로 던지도록 해요. 그러다 똑같은 숫자가 나오는 두 사람이 서로 내기를 하는 거예요."

보금이 던지니 세 점이 나왔다. 수연과 보옥이 던진 숫자는 각각 맞지 않았다. 향릉에 이르러서야 다시 세 점이 나왔다. 보금이 웃으면서 말했다.

"자, 물건은 우리 방 안의 것으로 한정합시다. 밖에 있는 물건까지 다 대면 두서가 없을 테니까요."

"물론이지. 세 차례 못 맞히면 벌주 한 잔입니다. 그럼, 보금이가 복〔覆: 문제를 내는 사람〕이 되고, 향릉이가 사〔射: 문제를 맞히는 사람〕가 되는 거예요."

탐춘의 말에 보금이 잠시 생각에 잠기더니 '늙을 로老'자를 말했다. 향릉은 원래 이런 주령에 대해서는 생소했다. 온 방 안을 둘러보아도 노자와 관련 있는 성어가 떠오르지 않았다. 상운이 먼저 듣고 얼핏 둘러보았더니 문설주 위에 붙여진 '홍향포' 세 글자가 눈에 들어왔다. 상운은 보금이 감춰 놓은 것이 '아불여노포吾不如老圃'[5]의 '포圃'자 일거라고 생각했다. 향릉이 맞히지 못하고 있자 사람들은 북을 두드리며 재촉하였다. 상운이 몰래 향릉의 소매를 잡아당겨 '약藥'[6]이라고 가르쳐주다 대옥에게 발각되었다.

"어서 저 사람에게 벌주를 먹여야 해. 몰래 가르쳐주었단 말이야."

대옥이 소리치는 바람에 상운은 어쩔 수 없이 벌주를 한 잔 마시고는 화가 나서 젓가락으로 대옥의 손을 내리쳤다. 답을 못 맞힌 향릉도 벌

---

5 《논어》의 〈자로(子路)〉편에 나오는 구절로 "나는 늙은 농부만도 못하다"라는 뜻.
6 홍향포의 작약란(炸藥欄)에서 착안한 표현.

주를 마셨다.

　다음에는 보차와 탐춘이 점수가 같았으므로 탐춘이 '사람 인人'자를 문제로 냈다. 보차가 웃으면서 말했다.

　"사람 인자는 너무 막연하지 않아?"

　"그럼 한 글자를 덧붙여서 두 글자로 내면 괜찮겠죠?"

　그리고 곧 '창문 창窓'자를 말했다. 보차가 잠시 생각해 보았다. 식탁 위에 닭고기가 있어 곧 탐춘이 숨긴 글자가 '계창鷄窓'[7]과 '계인鷄人'[8] 두 전고임을 알았다. 보차는 '횃대 시塒'라고 대답했다. 탐춘은 자신이 낸 '계서어시鷄棲於塒'[9]의 전고를 맞혔음을 알았다. 두 사람은 함께 웃고 각각 앞의 술잔을 마셨다.

　사상운은 지루하고 답답한 마음을 이기지 못하고 그새 보옥과 화권을 하면서 '삼三'이요 '오五'요 소리를 쳤다. 저쪽에서는 우씨와 원앙이 떨어져 앉아 '칠七'이요 '팔八'이요 소리치며 역시 손가락을 펴 보이며 숫자 맞추기를 하였다. 평아와 습인도 한 짝이 되어 화권을 하는데 손목의 팔찌가 쟁그랑 쟁그랑 소리를 울렸다. 결과는 상운이 보옥을 이겼고, 습인이 평아를, 우씨가 원앙을 이겼다. 이긴 세 사람은 각각 주령에서의 주저와 주면을 내야 했다. 주면은 벌주를 마시기 전에 하는 말이고 주저는 벌주를 마신 뒤에 하는 말이다.

　상운이 말했다.

　"주면은 고문 한 구절, 고시 한 구절, 골패 이름 한 구절, 곡패曲牌 이름 한 구절 그리고 달력에 있는 말 한 구절을 써서 모두 하나의 구절로 만

---

7 진나라 송처종(宋處宗)이 서재의 창가에서 기르던 닭과 하루 종일 학문을 논하다 보니 후에 이름을 날리게 되었다고 하며, 이로부터 서재를 계창이라 하기도 함.
8 궁중에서 제삿날 밤에 백관을 깨우는 낮은 벼슬아치를 말함.
9 "닭은 횃대에 깃들어 산다"는 뜻으로 부역 나간 남편을 그리워하는 시. 《시경》의 한 구절.

들어야 합니다. 그리고 주저는 사람 사는 문제에 관한 과일이름 한 가지입니다."

"저 사람이 내는 주령이 남보다 유달리 복잡하고 까다롭다니까. 하지만 재미는 있겠네."

사람들이 웃으면서 보옥에게 어서 말해보라고 재촉했다.

"누가 이런 걸 해봤어야지. 잠시 생각 좀 하게 기다려요."

보옥이 즉시 대답을 못하고 머뭇거리자 대옥이 나섰다.

"오빠가 한 잔을 더 마셔요. 그럼 내가 대신 말해 줄게."

보옥이 정말로 술 한 잔을 마시면서 대옥이 하는 말을 들었다.

지는 노을에 외로운 물오리 함께 날고,	落霞與孤鶩齊飛,
바람 찬 강가를 지나는 구슬픈 기러기,	風急江天過雁哀,
아아, 다리 부러진 기러기 한 마리,	卻是一隻折足雁,
슬피 우는 소리는 사람의 애간장을 끊이누나,	叫的人九迴腸,
이는 바로 기러기 큰 손님 오시는 일.	這是鴻雁來賓.

사람들이 다 같이 웃으면서 말했다.

"줄줄이 엮어 놓으니까 그것도 꽤 재미있는데요."

대옥은 이어서 개암을 한 알 집어 들고는 주저를 말했다.

개암과는 상관없는 뜰 건너 다듬이돌,	榛子非關隔院砧,
어디서 들려오나 집집마다 다듬이 소리.	何來何來萬戶搗衣聲.

대옥의 주령이 끝나고 원앙과 습인이 모두 속담을 말했는데 모두 생일축하의 의미로 장수를 뜻하는 '수壽'자가 들어있는 것이었다. 이에 대해서는 여기서 끝을 맺으려고 한다.

다들 돌아가면서 떠들썩하게 한바탕 놀고 있는데 상운과 보금이 화권으로 적수가 되었고, 이환과 수연의 주사위 점수가 맞아 떨어졌다. 우선 이환이 '표주박 표瓢'자로 문제를 내니 수연은 '초록빛 녹綠'자로 답을 냈다. 두 사람은 고개를 끄덕이고는 각각 한 모금씩 마시고 끝냈다. 상운은 화권에서 보금에게 지자 주면과 주저의 조건을 내세우라고 요청했다. 보금이 웃으면서 말했다.

"그대는 항아리에 들어가시오〔請君入瓮〕."[10]

"그 전고는 상운에게 정말 딱 어울리는데 그래."

여러 사람이 모두 웃음을 터뜨리며 말하자 상운이 주면을 읊어냈다.

굽이치다가 바위에 부딪치고,	奔騰而砰湃,
강물의 파도가 하늘로 솟구친다,	江間波浪兼天湧,
외딴 배는 쇠사슬로 묶어야 하는 법,	須要鐵鎖纜孤舟,
한번 강바람을 만났으니,	旣遇著一江風,
함부로 출행하지는 마시오.	不宜出行.

상운이 읊어내자 다들 웃으면서 말했다.

"정말 웃다가 장자가 끊어지겠어. 일부러 사람을 웃기느라고 그런 주령을 냈군요."

상운은 이어서 술 한 잔을 마시고 오리고기 한 점을 집어먹었다. 그리고 그릇 속에 오리 대가리가 반쪽 남아 있는 걸 보고는 집어서 씹어먹었다. 사람들이 재촉했다.

---

10 자신이 놓은 덫에 스스로 걸려든다는 뜻. 측천무후(則天武后)가 내준신(來俊臣)에게 명하여 주흥(周興)을 심문하게 하였는데, 내준신이 주흥에게 어떻게 범인의 자백을 받아낼 수 있냐고 묻자 주흥은 사방에 불을 지르고 커다란 독에 가두면 자백하지 않을 수 없다고 하였다. 그 말대로 독을 갖다놓고 주흥에게 독 안으로 들어가라고 하니 주흥은 바로 죄를 인정하였다고 함.

"먹기만 하지 말고 어서 주저를 말해!"

상운은 젓가락으로 오리 대가리를 들고 즉시 읊어 나갔다.

이 '야터우鴨頭'는
저 '야터우丫頭'가 아니니,[11]
대가리에서 어찌 계화기름을 구하랴.

這鴨頭不是那丫頭,
頭上那討桂花油.

사람들은 더 한층 웃음의 도가니로 빠졌다. 청문과 소라, 앵아 등의 시녀들이 우르르 달려와 대들었다.

"상운 아가씨! 남들을 웃기시려고 우리를 웃음거리로 삼으면 어떻게 해요? 어서 벌주 한 잔 하세요! 우리가 계화기름만 바른다는 건 어떻게 아세요? 그럼 한 사람에게 한 병씩 사주세요."

대옥이 웃으면서 끼어들었다.

"상운이는 너희한테 머리 기름 한 병씩을 사주고 싶은 마음이 굴뚝같지만 그러다가 또 무슨 도둑누명이라도 쓰게 될까 봐 걱정하는 거야."

다른 사람은 예사로 여겼지만 보옥만큼은 그게 무슨 소리인지 잘 알고 있어 얼른 고개를 숙이고 말았다. 채운도 마음속에 걸리는 게 있어서 자기도 모르게 얼굴을 붉혔다. 보차가 슬쩍 대옥에게 눈짓을 보냈다. 대옥은 자신이 실언했음을 깨달았다. 원래는 보옥을 놀려주려는 것이었는데 채운을 놀린 격이 되고 말았으므로 후회스러워서 얼른 주령과 화권을 진행시켜 어색한 분위기를 벗어나려고 했다.

잠시 후 보옥이 보차와 주사위 점수가 같게 나왔다. 보차가 '보배 보寶'자를 문제로 냈다. 보옥이 가만히 생각해보니 보차는 자신이 차고 있는 통령보옥을 가지고 말하는 것이라고 짐작되었다.

---

11 오리대가리라는 뜻의 야두(鴨頭)의 중국식 발음은 '야터우'로 시녀라는 의미의 아두(丫頭)와 발음이 같음.

"누나는 나를 놀림감으로 삼으려는 것이겠지만 난 벌써 알아 맞혔어. 답을 밝히면 누나가 화를 내겠지만 말이야. 사실은 누나 이름인 '비녀 차釵'자가 바로 그거야."

사람들이 잘 이해가 안 되자 물었다.

"어째서 그렇게 풀이되는지 말해 보세요."

"저기서 '보'자를 말했으니 자연히 그 아래는 '옥'자 이겠지요. 내가 '차'자라고 한 것은 옛날 시구에 '옥비녀 부러지고 붉은 촛불 차갑구나 [敲斷玉釵紅燭冷]¹² 하는 구절이 있기 때문이에요. 이만하면 분명히 맞힌 거 아닌가요?"

"하지만 그렇게 지금의 일을 말하면 안 되지. 두 사람 다 벌주를 마셔요."

상운이 항의하자 향릉이 대답했다.

"지금의 일이기도 하지만 전고도 있는걸요."

하지만 상운은 지지 않았다.

"뭐라고? '보옥' 두 글자가 무슨 출처가 있어? 설날 대련에나 쓸까 시서의 기록에는 없으니 인정할 수 없어."

그러자 항릉이 구체적인 전고를 들었다.

"전에 잠삼岑參의 오언 율시를 읽다 보니까 '이 마을엔 보옥이 많이도 난다[此鄕多寶玉]'¹³는 구절이 틀림없이 있었다니까요. 아가씨는 생각나지 않으세요? 나중에 이상은李商隱의 칠언 절구를 읽다가 '보차에는 먼지 끼지 않는 날이 없구나[寶釵無日不生塵]'¹⁴ 하는 구절도 보았어요. 그래서 저 두 분의 이름이 알고 보니 당시唐詩 구절에서 온 것이로구나 하

---

12 남송(南宋) 정회(鄭會)의 〈제저간벽(題邸間壁)〉에 나오는 시구.
13 〈송양원위남해(送楊瑗尉南海)〉에 나오는 시구.
14 〈잔화(殘花)〉에 나오는 시구. 원래 시에서는 '무(無)'자가 '하(何)'자로 되어 있음. 단장하는 것을 게을리 하지 않는 여인을 형용하였음.

고 웃으면서 말한 적이 있죠."

"자, 이번에는 상운이 꼼짝 못하게 되었네. 어서 벌주를 마셔!"

여러 사람의 성화에 상운은 아무 말도 못하고 벌주를 마셨다.

사람들은 다시 주사위 점수를 맞추거나 화권을 했다. 그들은 가모와 왕부인이 출타중이어서 단속할 사람이 없다는 이유로 마음껏 즐기며 소리치고 놀았다. 각각 짝을 맞추어 셋이다, 넷이다 소리 지르거나 칠이다, 팔이다 숫자를 맞춰보려고 고함을 쳤다. 온 방 안에는 사람들의 울긋불긋한 옷자락이 휘날리고 차고 있던 옥구슬이 쟁그랑거리며 여간 떠들썩한 게 아니었다. 한바탕 놀이가 끝난 후에 모두들 흩어져 각자 자리로 돌아갔는데 아무리 봐도 상운이 안 보였다. 밖에 무슨 일이 있어 나간 모양이라고 대수롭지 않게 생각했지만 아무리 기다려도 돌아올 기색이 보이지 않아서 각처에 사람을 보내 찾아보았지만 역시 찾지 못했다.

잠시 후 임지효댁이 할멈들을 몇 명 데리고 찾아왔다. 무슨 시킬 일이라도 있는지 물어보려고 온 것이지만 한편으로는 시녀들이 아직 나이가 어려 왕부인이 출타 중에 탐춘 등의 말을 제대로 안 듣고 멋대로 과음하여 체통을 잃는 일이 생길까 걱정되었기 때문이었다. 그들은 탐춘에게 별일이 없는지 물었다. 탐춘은 그들이 찾아온 뜻을 알아차리고 웃으면서 말했다.

"걱정이 되어서 우리를 살펴보러 오신 모양이군요. 그냥 다들 즐겁게 노느라고 술기운을 조금 빌린 것뿐이지 많이 마시지 않았어요. 너무 걱정들 마세요."

이환과 우씨도 다 같이 웃으면서 말했다.

"자네들도 가서 쉬게나. 우리도 저 애들이 많이 마시도록 하지는 않을 테니 말이야."

임지효댁이 웃으면서 말했다.

"저희도 다 알아요. 노마님께서 술을 권하셔도 아가씨들은 잘 마시려 하지 않았잖아요. 지금 마님이 집에 안 계시는데 설마 얼마나 마시겠어요. 당연히 재미있게 즐기시려고 그러시겠죠. 저희는 그래도 무슨 일이 있을까 걱정되어 알아보러 온 거랍니다. 요즘 낮이 길어져 아가씨들께선 한참 노셨으니 뭔가 간식이라도 드셔야 하지 않겠어요. 평소 군것질은 잘 안 하시는 분들이 지금 술을 몇 잔 드셨으니 뭐라도 좀 드시지 않으면 속을 상하게 할 수 있거든요."

"그것 참 옳은 말씀이군요. 우리도 지금 막 뭐라도 먹으려던 참인데."

탐춘은 곧 사람을 시켜 간식을 좀 가져오라고 일렀다. 탐춘이 또 웃으면서 임지효댁에게 말했다.

"좀 쉬었다 가세요. 아니면 이모님 계시는 곳에 가서 얘기나 나누시든지. 우리가 술을 그리로 보낼게요."

"아이고, 어찌 그럴 수야 있나요?"

그들은 잠시 서 있다가 바로 나갔다.

평아가 얼굴을 만지면서 쓴웃음을 지었다.

"정말 제 얼굴이 다 화끈거려서 저 사람들 얼굴을 쳐다볼 수가 없었어요. 이제 그만 노는 자리를 거두시지요. 기분 잡치게 저들이 또 올지도 모르니까요."

탐춘이 웃었다.

"상관없어. 어쨌거나 우리가 진짜 술 먹는 놀이를 하는 건 아니니까 말이야."

그때 마침 어린 시녀 하나가 낄낄 웃으면서 달려와 소리쳤다.

"아가씨들께서 어서 저쪽의 상운 아가씨한테 좀 가보세요. 술에 취해 바람 쐬러 나가셨다가 산석 뒤에 있는 넓적한 검은 돌의자 위에 누워 잠이 들었어요."

다들 그 말에 웃으면서 말했다.

"쉿! 조용히 해."

여러 사람이 달려가 보니 과연 상운은 한적한 곳의 돌의자에 누워 이미 달콤하게 꿈나라로 빠진 뒤였다. 사방에 피어난 작약 꽃잎이 그녀의 몸 위에 가득 떨어져 머리와 얼굴과 옷깃이 온통 붉은 꽃잎에 덮여 있었다. 손에 들었던 부채는 땅에 떨어져 벌써 반쯤은 꽃잎 속에 묻혀 있고 벌과 나비가 어지럽게 그녀의 주위를 에워싸며 날고 있었다.

상운은 하얀 손수건에 작약꽃을 가득 싸서 베고 누워 있었다. 사람들은 그녀의 모습이 너무나 사랑스럽기도 하고 우습기도 하여 얼른 달려들어 흔들어 깨웠다. 상운은 입 속으로 여전히 잠꼬대를 하면서 주령 구절을 외웠다.

샘물이 향기로우니 술맛 또한 좋아라,	泉香而酒冽,
옥 술잔에 담아내니 호박의 빛깔이네,	玉碗盛來琥珀光,
떠오른 달님이 매화 가지에 걸리도록,	直飮到梅梢月上,
취한 몸 부축 받아 돌아갈 적에,	醉扶歸,
좋은 님 만나는 게 더욱 좋아라.	卻爲宜會親友.

사람들은 웃으면서 흔들어 깨웠다.

"어서 밥 먹으러 가요. 이렇게 습기 찬 의자에서 잠들면 병이 날지도 몰라요."

상운은 천천히 가을 물결같이 촉촉한 두 눈을 살그머니 뜨고는 사람들을 바라보았다. 그러다가 고개를 숙여 자신의 모습을 보고는 비로소 자신이 취했음을 깨달았다. 애초에 조용하고 시원한 곳에서 바람이나 쐬려고 찾아 나섰던 것인데 주령놀이에서 벌주 두어 잔을 마신 때문인지 연약한 몸이 술기운을 이기지 못하고 그만 잠이 들었던 것이다. 부끄러운 마음에 얼른 홍향포로 돌아와 진한 차를 한 잔 마셨다. 탐춘은 시녀에게 술을 깨는 성주석醒酒石[15]을 가져오도록 해서 상운에게 주었다. 잠시 후 또 신 매실탕을 가져다 먹였더니 상운은 차츰 술이 깨는 듯했다.

그들은 또 몇 가지 요리를 골라 희봉에게 보내니 희봉 쪽에서도 요리를 좀 보내왔다. 보차를 비롯한 여러 사람은 간식을 먹고 나서 다들 앉기도 하고 서기도 하고 밖에서 꽃구경을 하기도 하고 난간을 잡고 물고기를 감상하기도 하는 등 각자 편하게 웃고 떠들고 있었다. 탐춘은 보금과 바둑을 두기 시작했고 보차와 수연은 옆에서 구경했다. 대옥과 보옥은 한 무더기 꽃나무 아래서 무언가 이야기꽃을 피우고 있었다.

그때 임지효댁과 할멈들이 한 어멈을 데리고 찾아왔다. 그 여자는 얼굴에 수심이 가득해서 상을 찡그리며 차마 대청 안으로 들어서지 못하고 계단 아래 이르자 곧 안을 향해 무릎을 꿇고 소리가 나도록 땅바닥에 머리를 조아리며 용서를 빌었다. 탐춘은 마침 바둑 한 점이 보금에게 에워싸여 있었는데 이리저리 따져서 두 집을 얻는다 해도 결국 대마를 잃게 되어 있었다. 탐춘은 두 눈으로 바둑판만 뚫어지게 바라보면서 한 손으로는 통 속에 담겨있는 바둑알만 달그락 달그락 굴리며 생각에 잠겨 있었다. 임지효댁은 한참 동안 아무 말 없이 기다리고 서 있었다. 그러다가 탐춘이 차를 한 잔 달라고 하면서 고개를 돌릴 때 비로소 그들이 눈에 띄었다.

"무슨 일이에요?"

임지효댁이 어멈을 가리키며 말했다.

"이 여자는 넷째 아가씨 방에 있는 채아彩兒의 어미입니다. 지금 원내에서 뒷바라지를 하고 있는데 입이 거칠기로 소문이 났습니다. 마침 제

---

15 숙취를 풀어줄 수 있는 돌로 알려져 있으며, 여기서는 입 안에 넣는 성주석을 말함.

귀에 못된 소리가 들리기에 지금 죄를 물으려고 하는데 그 말은 차마 아가씨께 옮길 수도 없습니다. 그냥 내쫓는 것이 좋겠습니다."

"왜 큰아씨마님께 말씀드리지 않고?"

"의사청에 계시는 설부인 마님께 가시는 큰아씨마님을 방금 만나 말씀드렸더니 아가씨께 가보라고 하셨습니다."

"그럼 희봉 아씨께 말씀드리지 그랬어요?"

탐춘의 말을 평아가 받았다.

"거기는 가실 필요 없어요. 제가 돌아가서 말씀드리면 되니까요."

탐춘은 고개를 끄덕이면서 말했다.

"기왕에 그렇다면 일단 쫓아내고 마님이 돌아오시면 다시 논의하도록 해요."

말을 마친 탐춘은 여전히 바둑을 뒀다. 임지효댁은 그 사람을 데리고 나갔다. 이 얘기는 여기서 그만하기로 하겠다.

대옥과 보옥은 꽃나무 아래 멀찌감치 서서 이쪽 상황을 대충 알아차렸다. 대옥이 말했다.

"오빠네 셋째 누이는 참 총명한 사람이에요. 자기한테 관리하라고 임무가 주어졌지만 결코 한 걸음도 과분하게 나가는 법이 없어요. 아마 대부분의 보통사람이라면 저런 자리에서 당장 기세등등하게 위세를 부렸을 거예요."

보옥이 대답했다.

"대옥 누이는 아마 다 모를 거야. 누이가 몸져누워 있을 때 탐춘 누이가 여러 가지 일을 아주 솜씨 있게 처리했거든. 우리 대관원도 각각 사람들에게 나누어 관리하도록 해서 지금은 풀 한포기도 함부로 뽑지 못하게 되었지. 또 몇 가지 일도 벌어졌는데 나와 희봉 누님만을 본보기로 삼아 본때를 보여서 다른 사람들을 꼼짝 못하게 했어. 정말 배포가 대단하지. 어찌 총명하다 뿐이겠어."

"정말 그래야 돼요. 우리집에선 너무 낭비가 심해요. 내가 비록 일은 잘 모르지만 그래도 한가할 때 속으로 셈해보면 나가는 게 많고 들어오는 건 적거든요. 지금부터 절약하지 않으면 필시 훗날 제대로 뒤를 대지 못할 것 같아요."

"아무리 뒤를 대지 못할 지경이라 해도 우리 두 사람이야 못살라고?"

대옥이 그 말을 듣더니 곧 몸을 획 돌려 방으로 보차를 찾아 들어갔다.

보옥이 뒤를 따라 들어가려 할 때 마침 습인이 다가왔다. 손에는 옻칠한 연환連環식 작은 찻쟁반에 새 차 두 잔을 받치고 서 있었다.

"대옥 아가씨는 어디 가셨어요? 두 분이 여기서 한참이나 서서 차도 마시지 않고 말씀을 나누고 계시기에 특별히 차 두 잔을 따라 왔는데 그만 가셨네요."

"저기 있잖아. 가져다 줘."

그러면서 보옥이 찻잔 하나를 들자 습인은 대옥을 찾아 들어갔는데, 마침 보차와 함께 있어서 차 한 잔이 모자라게 되었다.

"저쪽에서 보옥 도련님이 목이 마르다며 먼저 한 잔을 가져갔어요. 제가 한 산 더 가져올게요."

보차가 얼른 말렸다.

"난 별로 목마르지 않으니까 한 모금 목만 축이면 돼."

보차가 먼저 찻잔을 가져다 한 모금 마시고 대옥의 손에 건네주었다. 습인이 웃으면서 말했다.

"그래도 따로 한 잔 따라올게요."

대옥이도 웃으면서 말렸다.

"습인도 내 병을 잘 알잖아. 차를 많이 마시면 안 된다고 의원도 얘기했으니 이 반 잔이면 충분해. 생각해줘서 고마워."

대옥은 차를 다 마시고 찻잔을 내려놓았다. 습인은 다시 와서 보옥이 마신 잔도 거두었다. 보옥이 생각난 듯 물었다.

"한동안 방관이 안 보이던데. 어디 갔어?"

습인이 사방을 둘러보고는 말했다.

"방금 여기서 몇 사람과 풀싸움을 했는데, 지금은 안 보이는군요."

보옥은 그 말을 듣고 혹시나 하여 부랴부랴 방으로 돌아와 보았다. 아니나 다를까 과연 방관은 침상에 쓰러져 잠들어 있었다. 보옥은 방관을 흔들어 깨웠다.

"얼른 일어나! 우리 밖에 나가서 놀자. 그래야 조금 있다가 밥 먹을 때 입맛이 나지."

"도련님네들만 술 마시면서 저희한테는 관심도 없었잖아요. 심심해서 죽을 뻔했어요. 그러니 돌아와 잠이나 자는 수밖에요."

방관이 그렇게 투덜대는데도 보옥은 잡아끌며 달랬다.

"우리끼리 저녁에 집에서 같이 마시면 되잖아. 조금 있다가 습인 누나한테 얘기해서 너하고 한 식탁에서 함께 먹도록 해줄게. 그러면 됐지?"

"우관이하고 예관이도 안 가는데 저 혼자 거기 가면 뭘 해요? 난 국수를 별로 좋아하지 않아서 아침에도 잘 먹지 못했단 말이에요. 방금 배가 고파서 벌써 유씨 아줌마한테 말해서 국 한 그릇과 밥 반 그릇을 보내달라고 했어요. 전 여기서 먹으면 그만이에요. 만일 밤에 술이라도 먹게 되면 제발 맘 놓고 실컷 마시도록 막지 말아주세요. 저는 전에 집에 있을 때 혜천주惠泉酒[16] 두세 병은 너끈히 마셨거든요. 여기 와서 이런 거 배운답시고 목소리 버린다면서 몇 년 동안은 술 구경도 못해 봤어요. 오늘 아예 작정하고 재계를 풀어버려야겠어요."

---

16 강소성 무석(無錫)에 있는 혜천(惠泉)의 물로 빚은 술. 혜천은 천하제이천(天下第二泉)으로 이름난 곳으로 이 물로 빚은 술은 맑고 차다고 함.

"그야 물론 어려운 일이 아니지."

그때 유씨댁이 과연 사람을 보내 찬합을 가져왔다. 소연이 받아서 열어보니 안에는 새우살 완자와 닭 껍질을 넣고 끓인 국 한 그릇, 술을 넣고 찐 오리 한 마리, 소금에 절인 거위가슴살 고기 한 접시, 우유와 계란과 잣과 깨를 넣고 밀가루 반죽하여 돌돌 말아 튀긴 과자 네 개가 든 접시 하나, 그리고 윤기가 자르르 흐르는 구수하고 뜨거운 쌀밥이 큰 사발로 한 그릇 들어 있었다. 소연이 식탁 위에 내려놓고 밑반찬과 빈 그릇, 수저 등을 챙겨 와서 우선 밥을 한 그릇 덜었다.

"이렇게 기름기 많은 걸 느끼해서 누가 먹는다고 그래!"

방관은 국에 밥을 말아서 한 그릇 먹고 절인 거위고기 두 점을 집어먹고는 수저를 놓았다. 보옥이 냄새를 맡아보니 전에 먹던 것보다 어딘가 더 나아보였다. 우선 돌돌 말아서 만든 튀김과자를 하나 먹고 소연에게 시켜 밥을 반 공기만 덜어달라고 하여 국에 말아먹으니 아주 별미였다. 소연과 방관이 함께 웃었다. 식사를 마치자 소연은 남은 것을 돌려줘야 하느냐고 물었다.

"네가 먹도록 하려무나. 모자라면 더 달라고 하면 되고."

보옥의 말에 소연이 대답했다.

"아니에요. 이만하면 충분해요. 방금 전 사월이 언니가 저희 먹으라고 간식을 두 쟁반이나 줬거든요. 이거 먹으면 더 먹을 필요 없어요."

소연은 곧 식탁에 서서 먹어치우고 또 튀김과자 두 개를 남겨두었다.

"이건 우리 엄마한테 드릴게요. 그리고 저녁에 술 드시게 되면 저한테도 두어 잔 주세요."

보옥이 웃으면서 물었다.

"너도 술을 잘 마시냐? 우리 오늘밤에 아주 기분 좋게 한잔 하자꾸나. 너희 습인 언니나 청문 언니도 주량이 꽤 된단다. 마시고 싶어도 평소에는 좀 거북했으니까, 오늘은 다들 마음을 푹 놓고 규율을 벗어나서 대판 마셔보자. 그런데 한 가지 너한테 부탁할 게 있는데 깜빡했구나. 지금 생각났으니까 말할게. 앞으로 방관이 일은 네가 잘 돌봐줘야겠어. 혹시 잘못하는 일이 있더라도 네가 잘 가르쳐주도록 해. 습인이 다 보살펴주기가 어려워서 그러는 거야."

소연이 대답했다.

"네, 잘 알겠어요. 걱정하지 마세요. 근데 오아의 일은 어찌 되었나요?"

"네가 가서 유씨댁한테 말해. 내일 곧장 데리고 들어오라고 말이야. 내가 저쪽에 말씀드리면 그만이니까."

방관이 듣고 웃으면서 반가워했다.

"그거야말로 좋은 소식이군요."

소연은 어린 시녀 둘을 불러 보옥이 세수하고 차 마시는 것을 거들도록 하고 자신은 그릇을 챙겨서 할멈에게 건네주고는 손을 씻은 뒤 유씨댁을 찾아갔다.

이 이야기는 여기서 접기로 하겠다.

잠시 후 보옥은 밖으로 나와 다시 홍향포로 여러 자매들을 찾아가려고 하였다. 방관이 뒤쪽에서 수건과 부채를 들고 따라왔다. 이홍원의 대문을 막 나서는데 습인과 청문이 손을 잡고 돌아오고 있었다.

"지금 저쪽에선 뭐 하고 있어?"

"식사를 차려놓고 도련님을 기다리고 있어요."

보옥은 웃으면서 방금 전에 밥을 먹었다고 말했다.

"내가 늘 말하잖아요. 도련님은 식탐이 많아서 고양이 식사라고 말이에요. 그저 냄새만 맡아도 좋다고 하시니. 남의 솥 밥이 더 맛있는 법이기는 하지만. 그래도 건너가서 그분들과 함께 드시는 척이라도 하셔야 해요."

습인의 말에 이어 청문이 방관의 이마를 콕 찍어주면서 말했다.

"요 여우 같은 년아! 무슨 겨를이 있어 달려들어가 벌써 밥을 먹었단 말이냐. 두 사람이 언제 우리한테도 말하지 않고 몰래 약속했을까?"

습인이 나서서 수습했다.

"우연히 집에 들어갔다가 만난 것이지 약속은 무슨 약속이 있었겠어."

"그렇다면 우리가 남아 있어도 아무 소용이 없네. 내일 우린 다 나갈 테니까 방관이 저년만 남아서 시중들게 해야겠어."

"우리야 다 나갈 수 있지만 너만은 절대로 못 나갈걸."

습인이 청문을 지목하여 말하자 청문이 톡 쏘아붙였다.

"내가 첫 번째로 나갈 사람이야. 게으른 데다 멍청하고 또 성질도 더러우니 무슨 쓸모가 있겠어?"

"그러다 만일 공작털 외투에 불구멍이 두어 개 또 나면 누굴 찾아가서 기우라고 나간다는 말을 해? 이젠 나한테 제발 이렇다 저렇다 하는 말 좀 하지 마. 내가 너한테 부탁했을 때는 바늘도 안 잡아보았다는 둥, 실도 꿰지 못한다는 둥 그랬잖아. 내가 사적으로 너를 시키려는 것도 아니고 모두 다 도련님 일이었는데도 절대 하려고 하지 않았었어. 그런데 어떻게 됐었지? 내가 없는 며칠 사이에 넌 죽느니 사느니 병이 들어 끙끙 앓고 있으면서도 밤을 새워가며 목숨 바쳐 그걸 기워드렸으니 말이야. 대체 그게 무슨 까닭이란 말이야? 말 좀 한번 시원하게 해봐! 괜히 모르는 척하고 웃고 있지만 말고. 그런다고 내가 속을 줄 알아?"

그렇게 떠들면서 가다 보니 어느새 대청에 이르렀다. 설부인도 와서 다들 순서에 따라 앉아 밥을 먹기 시작했다. 보옥은 차에 밥을 반 공기 말아서 먹는 흉내만 내다가 식사를 끝냈다. 다들 차를 마시며 자연스럽게 서로 얘기를 나누었다.

밖에서는 소라와 향릉, 방관, 예관, 우관, 두관 등 네댓 명이 정원을 휘돌며 놀고 있었다. 그들은 저마다 꽃을 꺾어 와서 화초 더미에 앉아 떠들썩하게 풀싸움을 시작하였다.

"난 관음 버들觀音柳을 갖고 있어."

"난 나한송羅漢松을 갖고 있어."

"난 군자 대나무君子竹인데."

"난 미인 파초美人蕉야."

"이건 성성취猩猩翠거든."

"이건 월월홍月月紅이라고 해."

"나한테는《모란정》에 나오는 모란꽃이 있어."

"나한테는《비파기》속의 비파枇杷열매가 있는데요."[17]

그렇게 다들 풀이름을 대고 있는데 문득 두관이 말했다.

"나한테는 자매화姉妹花가 있답니다."

아무도 응수하는 사람이 없는가 싶었는데 향릉이 나서서 말했다.

"나한테는 부부혜夫婦蕙가 있지요."

그러자 두관이 따지고 물었다.

"부부혜가 있다는 말은 금시초문인데."

향릉이 설명을 했다.

"한 줄기에 꽃 한 송이가 피는 것을 난蘭이라 하고, 한 줄기에 여러 꽃이 피는 것을 혜蕙라고 하는데 모든 혜초에는 가지가 둘이 있어. 위아래로 붙어있는 것을 형제혜라고 하고 나란히 붙어있는 것을 부부혜라고 하지. 자, 내가 가진 이 꽃은 나란히 붙어있으니 이게 바로 부부혜야. 어째서 없다고 하는 거야?"

두관은 대답할 말이 없어 잠시 조용히 있다가 일어서며 엉뚱하게 달

---

17 비파(琵琶)와 비파(枇杷)는 발음이 같은 동음이의어.

려들었다.

"만일 그 말대로라면 두 가지가 크고 작은 것이 있으면 부자혜이고 두 가지가 서로 반대편에서 났으면 원수혜란 말이지? 낭군님이 집 나간 지 반년이 넘으니까 부부의 정이 그리워져서 혜초에다 부부 이름을 붙이고 난리 친 거잖아? 정말 부끄럽지도 않아?"

향릉은 얼굴이 빨개지며 일어나 두관을 꼬집으려고 하면서 웃음 섞인 욕설을 퍼부었다.

"네년 주둥이를 문드러지게 하고야 말겠다! 주둥이에서 쏟아내는 게 다 무슨 쓸데없는 헛소리야. 내가 네년을 때려죽이나 안 죽이나 한번 봐!"

두관은 향릉이 달려드려는 걸 보고 가만있을 수가 없어 얼른 온몸으로 향릉을 막으면서 예관에게 소리쳤다.

"어서 달려와 날 도와줘. 엉터리 소리만 하는 향릉의 주둥이를 먼저 꼬집어 달란 말이야!"

그러나 누가 거들기도 전에 벌써 두 사람은 한 덩어리로 엉켜 풀밭에서 함께 뒹굴었다.

바라보던 사람들이 박수치며 웃으면서 소리를 질렀다.

"큰일 났어! 거기는 물웅덩이야. 새 치마를 다 버리겠네."

두관이 돌아보니 과연 옆에는 물이 고여 있는 곳이 있었다. 향릉의 치마는 절반가량 이미 젖어버렸다. 두관은 미안한 마음에 얼른 손을 풀고 도망갔다. 구경하던 사람들은 웃음을 멈추지 못하고 있다가 행여 향릉이 자기들에게 분풀이라도 할까 봐 웃으면서 다들 흩어지고 말았다.

향릉이 고개를 숙이고 초록색 물이 뚝뚝 떨어지고 있는 치마를 내려다보고는 원망스러운 마음에 한바탕 욕설을 퍼부었다. 한편 그때 공교롭게도 보옥은 멀리서 그들이 풀싸움하는 걸 보고 자기도 꽃을 꺾어와 함께 끼어보려 했다. 막상 다가와서 보니 다들 흩어지고 향릉 혼자만 서서 고개를 숙이고 치마만 만지작거리고 있었다.

"왜 다들 가버린 거야?"

"나한테 부부혜가 있었는데 저 사람들이 그걸 모르고 되레 나한테 헛소리한다고 그러잖아요. 그래서 실랑이하다가 치마를 이렇게 더럽혔어요."

보옥이 웃으면서 말했다.

"거기 부부혜가 있다면 나한테는 병체릉並蒂菱이 있어."

보옥은 정말로 손에 쥐었던 두 송이가 가지런히 핀 마름꽃을 보여주었다. 그리고 향릉이 갖고 있었던 부부혜를 가져다 만져 보았다.

"부부혜고 병체릉이고 간에 내 치마가 어찌 되었는지 한번 봐 주세요."

보옥이 소리를 질렀다.

"어쩌다가 진흙탕에 뒹굴었어? 이 석류무늬 붉은 비단치마가 얼룩 들면 지우기 힘든데."

"이건 지난번에 보금 아가씨가 가져온 거예요. 우리 아가씨와 저한테 한 벌씩 주신 건데 오늘 처음 입은 거라고요."

보옥이 발을 동동 구르며 안타까워했다.

"자기 집 옷이라면 백 벌을 버린대도 아까울 게 없겠지만 우선 보금 아가씨가 가져온 것이고 또 향릉이와 보차 누나에게 각각 한 벌밖에 없는 것이라니 어쩜 좋아. 아가씨 것은 잘 보관중인데 이게 먼저 더럽혀지면 남의 마음을 저버리는 게 아니겠어? 그리고 또 한 가지. 이모님은 잔소리가 많아 늘 이런 말씀을 하신다고 들었어. '너희는 살림을 할 줄 몰라. 그저 물건을 함부로 막 쓸 줄만 알았지 제대로 아껴 쓸 줄은 모른다고' 라고 말이야. 이걸 이모님이 보시면 또 뭐라고 하실 게 분명해."

향릉은 보옥이 하는 말이 자신의 속마음과 너무나 똑같아 은근히 기쁜 마음이 일었다.

"바로 그 말이에요. 저한테 새 치마가 몇 벌 있지만 이것과 같지는 않거든요. 비슷한 게 있으면 얼른 갈아입고 싶어요. 말씀은 나중에 드리더라도요."

"잠깐! 움직이지 말고 가만히 있어. 안 그러면 속옷과 속바지, 신발까지 다 더럽혀지겠어. 그럴 게 아니라 나한테 좋은 수가 있어. 습인이 지난달 만든 옷이 바로 이 옷과 아주 똑같아. 습인은 지금 상중이라 그 옷을 안 입거든. 그걸 갖다 줄 테니 바꿔 입는 건 어때?"

향릉이 고개를 저으면서 말했다.

"안돼요. 그분들 귀에 들어가기라도 하면 어떡하라고요."

"무슨 걱정을 해? 상중에서 벗어나고 무엇이든 입고 싶으면 그때 향릉이 보내주면 되지 뭘 그래. 그렇게 할 수 있는 것도 향릉의 평소 사람됨됨이 때문인걸. 하물며 남을 속이자는 것도 아니고, 보차 누나한테는 얘기해줘도 괜찮을 테고 다만 이모님께서 화를 내실까 봐 그러는 건데 뭐."

향릉도 잠시 생각하더니 일리가 있다고 여겨 고개를 끄덕이며 웃었다.

"그렇다면 도련님 생각대로 하겠어요. 내가 여기서 기다리고 있을 테니 제발 습인이 직접 가지고 오라고 해주세요."

보옥은 기뻐하며 서둘러 이홍원으로 달려가면서 속으로 가만히 생각했다.

'참 안타깝구나. 저런 애가 부모도 없이 자신의 본성마저도 잊은 채 어려서 유괴되어 남의 손에서 자란 데다 또 하필이면 개망나니 같은 설반한테 팔려왔으니 말이야.'

그리고 또 지난번엔 뜻밖에도 평아가 이홍원에 와서 몸을 피했던 일이 생겼는데, 이번에는 더 의외의 일이 생겼다며 이 생각 저 생각을 하게 되었다. 보옥은 방으로 돌아가 습인을 붙잡고 까닭을 자세히 말해주었다.

향릉에 대해서는 누구든 아끼고 가엾게 여기지 않는 사람이 없었다. 습인은 본시 제 물건을 아끼지 않고 남에게 잘 주는 사람이었고 향릉과는 유독 사이가 좋았기 때문에 그 말을 듣자 곧 옷상자를 열고 옷을 꺼내서 잘 접어들고 보옥을 따라 향릉을 찾아 나섰다. 향릉은 아직 그곳에 서 있었다. 습인이 웃으면서 말했다.

"그래 내가 뭐라고 하던? 너무 장난이 심하다고 그랬지? 기어코 일을 저지르고야 말았군그래."

향릉은 얼굴이 빨개지며 말했다.

"언니, 고마워요. 고 못된 애들이 그렇게까지 할 줄 어찌 알았겠어요."

향릉이 치마를 건네받아 펼쳐보니 과연 자신의 것과 똑같은 것이었으므로, 보옥에게 고개를 돌리라고 하고 자신은 손을 넣어 치마끈을 풀어 새 치마로 갈아입었다.

습인이 말했다.

"이 더러워진 치마는 내가 가져가서 잘 빨아서 보내줄게. 그냥 가져갔다가 남의 눈에라도 띄면 따져 물을 게 아니야."

"언니! 그냥 가져가서 아무나 동생한테 주세요. 난 이걸 입었으니 이제 그건 소용없어요."

"아주 대범하게 선심 한번 잘 쓰는구나."

향릉은 허리 굽혀 읍을 하며 감사의 뜻을 표했다. 습인은 더러워진 치마를 가지고 돌아갔다.

향릉이 돌아보니 보옥은 바닥에 쭈그리고 앉아서 땅에 작은 구덩이를 파고 꽃잎으로 바닥을 깔고 방금 전의 마름과 혜초를 잘 눕히고 다시 꽃잎을 덮어준 다음 흙으로 평평하게 묻어주고 있었다. 향릉은 보옥의 손을 잡아끌며 웃음을 띠고 말했다.

"또 뭐 하시는 거예요? 남들이 다들 도련님이 이상한 짓으로 사람들을 역겹게 한다더니 그 말이 맞네요. 이것 좀 봐요. 손에 더러운 진흙과 이끼가 다 묻었잖아요. 어서 가서 씻으세요."

보옥이 웃으며 그제야 일어나서 손을 씻었으며 향릉도 제 갈 길을 갔다. 그런데 두 사람이 이미 상당히 멀리 떨어져 걷고 있을 때 문득 향릉이 보옥을 불러 세웠다.

보옥은 또 무슨 일인가 하여 흙 묻은 두 손을 내밀며 다가와 벙글벙글 웃으면서 물었다.

"무슨 일인데?"

향릉은 그저 웃기만 했다. 그때 저쪽 편에서 그의 어린 시녀 진아가 걸어와서 향릉에게 말했다.

"둘째 아가씨가 할 말이 있다고 기다리고 계세요."

향릉은 그제야 얼른 보옥에게 작은 소리로 말했다.

"치마 갈아입은 일은 설반 서방님한테는 말하지 않는 게 좋겠어요."

향릉은 말을 마치고 얼른 가버렸다.

"내가 미치지 않고서야 호랑이 아가리에 머리를 들이밀겠어?"

보옥은 중얼거리며 손을 씻으러 돌아갔다.

뒷일이 궁금하면 다음 회를 보시라.

壽怡紅群芳開夜宴
無金丹歌豔埋親喪

이홍원의 밤잔치

생일날 이홍원에선 화려한 잔치 열리고
초상난 녕국부에선 우씨가 장례 치르네

壽怡紅群芳開夜宴 死金丹獨艷理親喪

보옥은 방으로 돌아와 손을 씻은 다음 습인과 저녁에 벌일 주연에 대해 상의했다.

"저녁에 술을 마시며 다 같이 즐겨보려면 절대로 아무것에도 구애받지 말아야 해. 무엇을 마시고 먹을지는 일찌감치 저들에게 알려줘야 미리 준비할 수 있지 않겠어?"

습인이 웃으며 말했다.

"걱정 말아요. 나와 청문이, 사월이, 추문이 네 사람이 각각 은자 닷 푼씩을 내서 두 냥, 또 방관이, 벽흔이, 소연이, 사아四兒 이렇게 네 사람이 각각 서 푼씩 내서 도합 석 냥 두 푼을 벌써 유씨 아줌마한테 주어 저녁에 다과 마흔 접시를 준비해 놓으라고 했어요. 나머지 객으로 들어온 사람은 그만두게 하고 평아한테 잘 익은 소흥주紹興酒[1] 한 병을 받아

---

1 절강성 소흥(紹興)에서 나는 술로 황주(黃酒) 가운데 가장 역사가 오래된 명주.

놓았어요. 우리 여덟 사람이 따로 도련님에게 생신잔치를 해드리는 거예요."

보옥이 그 말에 기뻐하면서도 오히려 걱정했다.

"그 애들이 어디서 돈이 난다고 그래? 걔들까지 돈을 내라고 해서는 안 되는데 말이야."

청문이 듣고 있다가 말했다.

"그 애들이 돈 없다고 하면 우리는 돈이 남아돈다는 말인가요? 다 각자 마음에서 우러나는 대로 하는 거예요. 어디서 훔쳤겠어요? 그냥 정으로 생각하고 받으시면 돼요."

"그래, 청문이 네 말이 맞다!"

습인이 웃으며 말했다.

"청문이 넌 도련님 말끝에 토를 달지 않고는 하루도 못 배기는 모양이지?"

"언니도 정말 버릇이 고약하네요. 옆에서 한다는 말이 고작 사람들 이간질이나 시키고 말이에요."

그 말에 다들 웃었다.

보옥이 말했다.

"그럼 이제 이홍원의 대문을 닫아걸어."

"남들이 도련님한테 일도 없이 바쁜 양반이라고 '무사망無事忙'이라고들 하더니 정말이네요. 지금 대문을 닫아걸면 남들이 의심해요. 조금 더 기다리기로 해요."

습인의 말에 보옥도 고개를 끄덕였다.

"그럼 우린 좀 나갔다 오자. 사아는 물을 길어 오고 소연이는 나를 좀 따라와 봐."

보옥은 그들을 데리고 밖으로 나와 주변에 아무도 없자 조용히 오아五兒의 일을 물었다.

소연이 대답했다.

"제가 유씨 아줌마한테 말했어요. 아주 기뻐하시더라고요. 하지만 오아는 그날 밤 억울하게 고초를 당하는 바람에 집에 돌아가 그만 화병을 얻었대요. 그러니 지금 올 수가 없게 되었죠. 병이 나을 때까지 기다려야 할 거예요."

보옥이 그 말에 후회하고 장탄식을 금치 못하면서 또 물었다.

"습인은 그 일을 알고 있니?"

"전 말 안 했어요. 혹시 방관이 말했는지는 모르지만요."

"나도 말 안 했는데. 알았어. 내가 말해주면 되지 뭐."

보옥은 말을 마치고 방 안에 들어와 일부러 손을 씻었다.

그러다 저녁이 되었다. 불이 밝혀질 무렵에 이홍원 대문 앞에서 갑자기 떠들썩한 소리가 들렸다. 다들 창밖으로 내다보니 임지효댁과 집사 어멈들이 들어오고 있었다. 앞장 선 사람이 커다란 등롱을 들고 불을 밝혔다.

청문이 가만히 웃으면서 말했다.

"저 사람들은 지금 야간 숙직하는 사람을 찾으러 온 거예요. 저 사람들이 나가면 우리 문을 닫아걸어요."

이홍원에서 숙직 설 사람들이 우르르 맞으러 나갔다. 임지효댁은 사람이 많이 나오자 분부를 내렸다.

"노름하지 말고, 술도 먹지 말고, 고개 처박고 날 샐 때까지 잠도 자지 말아야 해. 그런 사람이 있다는 말이 들리면 그냥 두지 않을 거니까 알아서들 해."

"그렇게 담이 큰 사람이 여기 어디 있겠어요?"

임지효댁이 또 물었다.

"보옥 도련님은 잠이 드셨나?"

사람들은 다들 모른다고 말했다. 그때 습인이 얼른 보옥의 등을 밀었다. 보옥이 신발을 신고 달려 나와 웃으면서 맞이했다.

"전 아직 안 자고 있어요. 아주머니! 안으로 들어와 쉬다 가세요."

그리고 얼른 습인에게도 소리쳤다.

"어서 차를 대접해 드려!"

임지효댁이 냉큼 들어와 웃으면서 말했다.

"아직 안 주무셨어요? 요즘엔 날이 길어지고 밤이 짧아졌으니 일찍 주무셔야지 다음 날 일찍 일어날 수 있다고요. 그렇지 않으면 다음 날 늦잠을 자게 되요. 그럼 사람들이 서당에서 공부하는 귀공자가 아니라 그냥 막돼먹은 짐꾼 같다고 비웃을 겁니다."

말을 마치고 임지효댁은 또 웃었다.

보옥도 웃으면서 얼른 대답했다.

"아줌마 말이 맞아요. 난 날마다 일찍 잠자는걸요. 아줌마가 매일 저녁 올 때마다 난 벌써 잠들어서 모르고 있었거든요. 오늘은 국수를 많이 먹어서 체할까 봐 조금 더 놀고 있는 거예요."

임지효댁은 습인에게 말했다.

"보이차普洱茶[2] 한 잔을 우려서 드리려무나."

습인과 청문이 함께 웃으면서 얼른 대답했다.

"네. 벌써 여아차女兒茶[3]를 우려서 두 잔이나 드렸어요. 방금 끓인 것인데 아주머니도 한 잔 드시겠어요?"

청문은 그 사이에 곧 차 한 잔을 따라 왔다.

임지효댁이 또 웃으면서 말했다.

"요즘 듣자하니 도련님이 자주 물건 이름을 바꾸어 부르신다고 하던데 그러면서 여기 아가씨들도 그 이름을 부르게 되는 모양이군요. 비록

---

2 운남성(雲南省) 보이(普洱) 일대에서 나는 명차로 숙취 해소나 소화에 효과가 탁월함.

3 태산(泰山) 일대의 오동나무 싹으로 만든 보이차의 일종.

이 방에 와 있지만 결국 노마님이나 마님 밑에 있는 사람들이니 아무래도 존중해서 부르는 게 좋겠어요. 어쩌다 우연히 그렇게 부르는 거야 괜찮겠지만 그게 입에 붙어서 늘 그렇게 부르면 앞으로 아우님이나 조카님들이 따라 할 텐데 남들의 웃음거리가 되지 않겠어요? 이 집안사람 눈엔 위아래도 없다고 말이야."

보옥이 듣고 얼른 웃으면 해명했다.

"네. 아줌마 말이 맞아요. 그저 어쩌다 잠시 그렇게 부른 것뿐이에요."

습인과 청문이 모두 웃으면서 나섰다.

"하지만 그리 말씀하시면 도련님이 억울하실 거예요. 지금까지 도련님 입에서 누나, 누나 하는 말이 떨어질 날이 없었어요. 그냥 장난치고 놀 때 한두 마디 부른 거지 남들 앞에서는 원래대로 말하고 있어요."

"그러셔야죠. 그래야 학문하고 예의를 아는 사람이 되시지. 스스로 겸손하면 남들이 존중하는 거예요. 몇 대째 이 집안에서 살아온 사람들은 말할 것도 없고 노마님이나 마님 방에서 옮겨온 사람들과 노마님이나 마님방의 강아지나 고양이에 이르기까지 함부로 깔보는 말은 해선 안 되지요. 그래야 제대로 예의범절 배운 대갓집 도련님다운 언행이라고 할 수 있답니다."

임지효댁은 말을 끝내고 차를 마신 뒤에 나가면서 말했다.

"그럼 도련님 잘 쉬세요. 우린 갑니다."

"좀더 쉬었다 가시지 않고."

보옥이 인사치레로 말했으나 임지효댁은 벌써 사람들을 데리고 다른 곳을 살펴보러 밖으로 나갔다.

청문은 곧 이홍원의 대문을 닫아걸도록 명하고 들어오면서 웃었다.

"그 아줌마 어디선가 한잔 마시고 온 모양이야. 온갖 잔소리를 늘어놓으며 한바탕 훈계하는 걸 보니 말이야."

"그것도 호의로 하는 말이 아니야. 나이가 들면 그렇게 한마디씩 당부하는 말을 해야 하는 줄로 알거든. 그렇지 않으면 자기 위엄이 떨어질까 봐 그럴 거야."

사월이 웃으며 한마디 거들면서 주안상을 차리기 시작했다.

습인이 말했다.

"높은 식탁은 소용없어. 이번엔 둥글고 낮은 배꽃 무늬 탁자를 구들 위에 놓고 주안상을 차리자. 넓고 편안하니까."

그러자 여럿이 탁자를 들고 나왔다. 사월과 사아는 한쪽에서 다과를 날라 왔다. 두 개의 큰 차 쟁반에 담아 네댓 번을 오가며 옮기고 있었다. 노파 둘이 밖에서 화롯가에 앉아 술을 데웠다.

"날씨도 더운데 우리 다 같이 웃옷을 벗는 게 좋겠어, 어때?"

보옥의 제안에 다들 웃으면서 대꾸했다.

"벗으려면 도련님이나 벗으세요. 우리는 돌아가면서 인사드리고 앉아야 하니까요."

"그럼 인사나 주고받다가 한밤을 꼬박 새우겠네. 그런 인사치레를 내가 제일 싫어한다는 걸 몰라? 남들 앞에서는 어쩔 수 없다고 하더라도 이런 때까지 날 언짢게 하면 어떡해?"

보옥의 말에 다들 동의했다.

"알았어요, 말씀대로 할게요."

다들 자리에 앉기 전에 먼저 머리 장식을 풀고 웃옷을 벗었다. 격식에 맞는 치장을 벗어던지고 모두들 머리는 적당히 묶어서 늘어뜨렸으며 몸에는 긴 치마와 짧은 저고리만 걸쳤다. 보옥은 붉은 면사 적삼을 입고 아래는 초록색 바탕의 검은 물방울무늬 겹바지를 입었는데 대님은 풀어버렸다. 그리고 각양각색의 매괴꽃잎과 작약꽃잎을 넣은 옥색 베개에 기대어 방관과 화권놀이부터 시작하였다.

그때 방관은 계속 덥다고 소리 지르며 겉옷을 홀랑 벗어던지고 옥색과 홍청색, 붉은색의 세 가지 비단조각을 이어 만들어 논배미처럼 된 겹저고리만 입고 있었다. 허리엔 버들 초록색 긴 수건을 매고 아래는 붉은 바탕에 꽃무늬가 뿌려진 겹바지를 입었으며 역시 대님은 매지 않고 있었다. 머리는 작은 가닥을 땋아서 정수리에 올려놓아 거위 알만 한 똬리를 틀어놓고 나머지는 머리 뒤로 늘어뜨렸다. 오른쪽 귓구멍에 낱알만 한 작은 옥마개를 끼우고 왼쪽 귀에는 은행 크기만 한 딱딱한 금을 상감한 붉은 색 귀고리를 달았다. 방관의 얼굴은 달덩이처럼 더욱 하얗고 눈은 가을 물결처럼 맑게 빛나고 있었다. 사람들은 두 사람을 보고 다 같이 웃으며 말했다.

"저 두 사람이 꼭 쌍둥이 형제 같아 보이는데 그래."

습인이 일일이 술잔을 따라 권하면서 말했다.

"화권 놀이는 조금 있다가 하면 안돼요? 인사치레는 생략하기로 했지만 돌아가면서 한 모금씩은 마셔야죠."

습인이 먼저 술잔을 받쳐 들고 입가에 댔다. 순서대로 한 사람씩 술잔에 입을 대고 비로소 제자리에 빙 둘러 앉았다. 소연과 사아는 구들가에 다 앉을 수가 없어서 의자 두개를 가져다 구들 가까이 붙여 놓고 앉았다. 마흔 개의 요리를 담은 접시는 그 유명한 정요定窯[4]에서 만든 새하얀 도자기로 찻잔 크기 정도 되는 것이었다. 접시 안에는 온갖 산해진미와 국내외의 진기한 것들, 말린 것과 신선한 것, 물에서 나는 것과 뭍에서 나는 것 등 그야말로 온천하의 술안주와 다과가 모두 갖추어져 있었다.

보옥이 또 말했다.

"우리 이번에도 주령을 한 번 해야 재미있지 않겠어?"

---

4 하북성(河北省) 곡양현(曲陽縣)에 있던 백자계의 도요(陶窯). 예전에 정주(定州)에 속해 있었기 때문에 정요(定窯)라고 함.

습인이 말했다.

"좀 점잖게 하는 게 좋겠어요. 남들이 들을지도 모르니까 너무 시끄럽게 소리 지르지 말고. 또 우리는 글을 모르니까 너무 고상한 말로 하면 안돼요."

사월이 웃으면서 말했다.

"그러지 말고 주사위를 던져서 붉은 점의 숫자로 노는 게 좋겠어요."

보옥이 여전히 고집을 부린다.

"아니야. 그건 재미없어. 우리 서로 꽃 이름 뽑기를 하는 게 어떨까."

청문이 웃으면서 나섰다.

"네. 그게 좋겠어요. 나도 바로 그런 걸 하자고 하려던 참이에요."

"그 놀이가 재미는 있지만 사람이 적으면 별로예요."

습인의 말에 이어 소연이 웃으면서 제안을 했다.

"제 생각엔 저희가 몰래 보차 아가씨와 대옥 아가씨를 불러와서 함께 놀면 어떨까 하는데요. 이경까지 놀다가 자도 아주 늦지는 않잖아요."

습인이 걱정했다.

"다시 대문을 열고 나가서 소리 질러 사람을 부르다가 혹시 야경 도는 사람들한테 들키면 어쩌려고 그래?"

보옥이 대담하게 말했다.

"뭘 겁내? 셋째 탐춘이도 술을 마시니까 불러오는 게 좋겠어. 또 보금 아가씨도 부르고…."

사람들이 일제히 말했다.

"보금 아가씨는 그만두세요. 지금 큰아씨네 집에 기거하는데 공연히 떠들다가 발각되기가 쉽거든요."

"괜찮아. 뭐가 겁날 게 있어? 어서 가서 불러와."

소연과 사아는 그 말이 떨어지기가 무섭게 당장 대문을 열게 해서 각자 아가씨들을 부르러 갔다.

청문과 사월과 습인이 또 말했다.

"저 애들 둘만 보내면 보차 아가씨나 대옥 아가씨가 안 오시려고 할 거예요. 우리가 가서 어떻게든 모셔 와야 하겠어요."

습인과 청문이 급히 할멈에게 초롱불을 들게 하고 뒤를 따라 나갔다. 과연 보차는 밤이 야심하다고 하고 대옥은 몸이 불편하다고 핑계 대며 나서려고 하지 않았다. 습인과 청문이 재삼 간청하였다.

"어쨌든 저희 체면을 한번 세워주셔야지요. 잠시 앉아 계시다가 나오시면 되잖아요."

탐춘은 소식을 듣고 오히려 기뻐하였다. 그리고 가만히 생각해보았다.

'이환을 청하지 않았다가 나중에라도 알게 되면 좋을 게 없어.'

탐춘은 곧 취묵을 보내 소연과 함께 이환과 보금을 청해 오도록 한 다음 그들 두 사람과 만나서 함께 이홍원으로 왔다. 습인은 또 죽기 살기로 향릉까지 끌고 왔다. 그런 다음 모두들 구들 위에 탁자 하나를 더 놓고 장방형으로 둘러앉았다.

보옥이 말했다.

"대옥 누이는 늘 추워하니까 이곳으로 와서 벽에 기대앉도록 해."

그리고 등받이를 가져다 받쳐주었다. 습인은 의자를 들어다 구들 가에 더 늘어놓았다. 대옥은 식탁에서 멀리 떨어져서 의자의 등받이에 기대고 앉아 보차와 이환, 탐춘을 향해 웃으면서 말했다.

"그동안 아랫사람들한테 밤마다 모여서 술 마시고 노름한다고 야단만 쳤는데 오늘밤에는 우리도 그러고 있으니 앞으로 어떻게 야단치지요?"

이환이 웃으면서 대답했다.

"아무 상관없어. 일 년 열두 달 밤마다 그러는 게 아니고 생일날이나 겨우 이러는 거니까. 걱정할 것 없어."

그때 청문이 조각을 새긴 대나무 산통을 가져왔다. 안에는 상아에 꽃 이름이 적힌 산가지가 담겨 있었다. 청문은 그걸 한번 흔들어 섞어서 탁자 가운데 놓았다. 또 주사위를 가져와 통 안에 넣고 한참 흔들다 열어보니 오점이었다. 돌아가며 세어보니 바로 보차에게 해당되었다.

보차가 웃으며 말했다.

"내가 먼저 뽑아볼까요. 뭐가 나올지 모르겠지만."

산통을 흔들다가 손을 뻗어 산가지 하나를 뽑아들었다. 다들 함께 들여다보니 거기엔 모란꽃 한 가지가 그려져 있고 '꽃들 중에서 가장 으뜸〔艷冠群芳〕'[5]이라고 쓰여 있었다. 그 아래에는 작은 글자로 당시 한 구절이 새겨 있었다.

아무리 무정해도 사람의 마음을 움직이누나.[6]　　任是無情也動人.

그 밑에는 또 주석이 달려 있었다.

좌석에 앉은 사람은 모두 한잔씩 축하의 술잔을 들라. 이는 꽃 중에서 으뜸인 패이니 군방서 마음대로 명을 내리고 시사 중에 아무 구절이나 하나를 들고 술을 권하라.

사람들이 보고 웃으면서 말했다.

"정말 교묘하게 맞아 떨어졌네요. 보차 아가씨와 모란꽃과 딱 어울리잖아요."

사람들은 다 같이 술잔을 들어 축하했다. 보차가 웃으며 말했다.

---

5 산가지에 그려진 모란꽃과 염관군방(艷冠群芳)이라는 네 글자는 설보차의 아름다움이 다른 어느 여인보다 뛰어남을 비유한 것임.

6 당나라 나은(羅隱)의 〈모란화(牡丹花)〉 중 한 구절로, 역시 설보차의 성격과 운명을 암시하고 있음.

"그럼 방관이 한 곡조 부르지그래."

방관이 대답했다.

"그러시다면 앞에 놓은 잔을 들어주세요. 노래는 제가 부를 테니까요."

일동은 술을 마시고 방관은 '생신잔치 여는 곳 경치가 좋구나〔壽筵開處風光好〕'[7]를 부르려고 했다. 그러자 사람들이 말렸다.

"어서 그만둬. 굳이 방관이 나서서 축수할 필요는 없으니까 자기가 가장 잘하는 것으로 부르면 돼."

방관은 곧 곡을 바꾸어 '꽃구경할 때〔賞花時〕'[8]를 불렀다.

비취빛 봉황의 터럭 빗자루를 매고,	翠鳳毛翎紮帚叉,
한가롭게 천당의 문 앞 낙화를 쓸지요.	閒踏天門掃落花.
보세요! 바람이 옥 먼지를 일으키니.	您看那風起玉塵沙.
사납게 구름 아래 오르게 하지요,	猛可的那一層雲下,
문밖이 바로 하늘의 끝이니.	抵多少門外卽天涯.
황룡선사를 베려는 생각일랑 버리고,	您再休要劍斬黃龍一線兒差,
동로의 집에 술 먹는 일도 삼가세요.	再休向東老貧窮賣酒家.
그대는 나와 함께 구름 노을 바라보아요.	您與俺眼向雲霞.
여동빈 도사여,	洞賓呵,
그대는 사람 얻었으면, 어서 알려 주세요.	您得了人可便早些兒回話,
늦어지면,	若遲呵,
벽도화에 원한만 남게 될 테니까요.	錯教人留恨碧桃花.

방관의 노래가 끝났다. 보옥은 말없이 산가지를 가져다 입속으로 조용히 구절을 읊어보았다. '아무리 무정해도 사람의 마음을 움직이누나

---

7 명나라 희곡 《목양기(牧羊記)》의 한 구절.
8 명나라 탕현조(湯顯祖)의 희곡 《한단기(邯鄲記)》에 나오는 곡패 제목.

〔任是無情也動人〕.' 그리곤 방관의 노래를 듣고 방관의 얼굴을 바라보며 아무 말도 하지 않았다. 상운이 얼른 산가지를 빼앗아 보차에게 던져주었다. 보차는 다시 주사위를 던졌다. 십육 점이 나와 이번에는 탐춘의 차례가 되었다. 탐춘이 웃으면서 말했다.

"나한테는 뭐가 나올지 모르겠네."

탐춘은 손을 뻗어 산가지를 뽑아 먼저 읽어보더니 바닥에 내던지며 얼굴이 빨개졌다.

"이런 건 안 좋아! 이런 주령은 할 수가 없어. 이 주령에는 바깥의 남자들이나 하는 온갖 망측한 말이 있으니 말이야."

사람들이 무슨 일인가 의아해하는데 습인이 얼른 줍자 다들 들여다보았다. 위에는 살구꽃이 그려져 있고 붉은 글씨로 '요지의 서왕모 신선 같은 인품〔瑤池仙品〕'이라고 쓰여 있었는데 시 구절은 이러했다.

햇살 받은 붉은 살구 구름 곁에 심겨있네.[9]　　　　日邊紅杏倚雲栽.

주석에는 다음과 같이 적혀 있었다.

이 구절을 얻은 자는 반드시 좋은 낭군 얻을 것이니 일동은 모두 술잔을 들어 축하하고 다 같이 축배를 들지어다.

내용을 보고나자 사람들은 웃으면서 달랬다.

"우린 또 뭔가 했지. 이건 규방에서 장난삼아 쓰는 구절이야. 두세 개쯤 이런 구절이 있긴 하지만 밖에서 남자들이 쓰는 못된 말은 없어. 이런 게 뭐가 어때서 그래? 우리 집안에 벌써 왕비도 계시는데 탐춘 아가씨가 왕비가 되지 말라는 법이라도 있나 뭐. 아주 좋은 괘야!"

---

9 당나라 고섬〔高蟾〕의 시 〈하제후상영숭고시랑〔下第后上永崇高侍郎〕〉의 한 구절.

다들 축하의 술잔을 올렸지만 탐춘은 받으려고 하지 않았다. 결국 상운과 향릉, 이환 등 서너 명이 달려들어 억지로 마시게 했다. 탐춘은 그것까지만 하고 다른 주령으로 하자고 했지만 사람들이 들으려고 하지 않았다. 상운이 그의 손을 끌어다 억지로 주사위를 던지게 하니 열아홉 점이 나왔다. 이번에는 이환이 뽑는 순서가 되었다. 이환이 산통을 흔들다가 하나를 뽑아보고 웃으면서 말했다.

"아주 좋았어. 자 한번 봐요. 도대체 이런 것이 무슨 뜻인가 말이야."

다들 달려들어 산가지를 보니 늙은 매화 한 가지에 '서리 내린 새벽녘의 차가운 자태〔霜曉寒姿〕'라고 쓰여 있었다. 그리고 시구는 다음과 같았다.

대나무 울타리 초가집에 살아도
즐거운 내 마음.[10]　　　　　　　　竹籬茅舍自甘心.

주석에는 다음과 같이 적혀 있었다.

자신이 한 잔을 들고 다음 사람이 주사위를 던지게 하시오.

"정말 재미있지 않아? 자, 이제 다음 사람이 던져. 난 술이나 한잔 마시면 그만이니까. 여러분들이 좋건 나쁘건 난 상관없어."

이환은 술을 마시고 주사위를 대옥에게 건네주었다. 대옥이 받아 던지니 열여덟 점이 나왔다. 상운이 산가지를 뽑을 차례였다. 상운이 웃으면서 소매를 걷어붙이고 손을 뻗어 산가지 하나를 뽑았다. 다들 함께 보니 그 속에는 해당화 한 가지가 그려있고 '향기로운 꿈속에 달콤하게 빠져있네〔香夢沉酣〕'라고 쓰여 있었다. 시구는 이러했다.

---

10 송나라 왕기(王琪)의 시 〈매(梅)〉의 한 구절.

밤이 깊었으니 꽃들도 아마 잠들었으리. [11]　　　　只恐夜深花睡去.

대옥이 웃으면서 말했다.

"그 시 말이야. '밤이 깊었으니'를 '돌의자도 차가우니'로 바꾸는 게 좋겠어."

사람들은 대옥이 전에 술에 취한 상운이 꽃밭의 돌의자에서 잠들었던 일을 놀려주려고 한 말임을 알고 다들 웃었다. 그러자 상운은 얼른 선반 위에 얹혀있는 증기기선 모형을 대옥에게 가리키며 놀렸다.

"어서 저 배를 타고 집으로 가세요. 쓸데없는 말일랑은 하지 마시고."

사람들이 또 웃었다. 시의 주석에는 다음과 같이 쓰여 있었다.

'향기로운 꿈속에 달콤하게 빠져있네' 라고 했으니 이 산가지를 뽑은 자는 술 마시기 어려우리라. 전후에 있는 사람이 각각 대신 술을 마시도록 하시오.

그것을 보고 상운이 박장대소하였다.

"아이쿠! 나무아미타불! 정말 꼴좋습니다요!"

상운의 앞에는 대옥이, 상운의 뒤에는 보옥이 앉아 있었다. 두 사람은 술잔에 술을 따라 마시는 수밖에 없었다. 보옥이 먼저 반 잔을 마시고 남들이 주목하지 않을 때 방관에게 건네 얼른 받아 마시게 했다. 대옥은 아예 마실 생각은 않고 옆 사람과 얘기만 하면서 술을 모두 타구 속에 부어버렸다. 상운이 주사위를 던져보니 아홉 점이 나왔다. 이번엔 사월의 순서가 되었다. 사월이 산가지를 하나 뽑아내어 다 같이 보았다. 거기엔 도미화荼蘼花 한 가지가 그려져 있고 '태평성대의 음악이 여기에 지극하도다〔韶華勝極〕'라고 적혀 있었다. 또 다음과 같은 시구가

---

11 송나라 소식(蘇軾)의 시 〈해당(海棠)〉의 한 구절.

적혀 있었다.

도미화가 피어난 곳에
꽃의 일은 마무리 되도다. [12]   開到荼縻花事了.

시의 주석에는 또 다음과 같이 적혀 있었다.

좌석에 앉은 사람이 모두 석 잔을 마시고 봄을 보내시오.

이 구절을 어떻게 해석해야 하느냐고 사월이 물었다. 보옥이 상을 찡
그리며 산가지를 감추고 얼른 딴소리를 했다. 이 산가지가 나오면 꽃
이름 뽑기 놀이를 그만두어야 하기 때문이다.
"자, 자. 우리 그만 술이나 마시자고."
다들 입에 술을 세 모금씩 적시면서 마치 술 석 잔을 마신 것처럼 대
신했다. 사월이 주사위를 던지니 열아홉 점이 나왔다. 향릉이 다음 차
례여서 산가지를 뽑았는데 병체화並蒂花였다. '연이은 봄날의 상서로움
맴도네〔聯春繞瑞〕'의 구절에 다음의 시구가 붙여 있었다.

연리지에 새 꽃송이 피었구나. [13]   連理枝頭花正開.

시의 주석에는 또 다음과 같이 적혀 있었다.

산가지를 뽑은 사람에게 석 잔을 바치고 다함께 한잔씩 드시오

---

12 송나라 왕기(王琪)의 시 〈춘모유소원(春暮游小園)〉의 한 구절.
13 송나라 주숙정(朱淑貞)의 시 〈석춘(惜春)〉(혹은 〈낙화(落花)〉라고도 함)의 한
   구절.

이어서 향릉이 주사위를 던지니 여섯 점이 나왔다. 순번에 의하면 대옥이 산가지를 뽑아야 했다. 대옥은 묵묵히 생각에 잠겼다가 말했다.

"앞으로 무슨 좋은 구절이 남아 있어요? 내가 뽑아드릴 테니까."

손을 내밀어 하나를 뽑았는데 곁에는 부용꽃이 그려져 있고 '바람 불고 서리 내릴 때 우러나는 맑은 근심〔風露淸愁〕'이라는 구절이었다. 시구절은 다음과 같다.

동풍을 원망 말고 스스로 한탄하라.[14]   莫怨東風當自嗟.

시의 주석에는 또 다음과 같이 적혀 있었다.

스스로 한 잔을 마시고 모란꽃과 함께 하여 한잔을 마시라.

사람들이 웃으면서 말했다.

"그거 참 좋네요. 보차 아가씨를 제외하면 부용꽃에 비길 사람은 없으니까요."

대옥이도 함께 웃으며 술을 마시고 주사위를 던지니 스무 점이 나왔다. 다음은 습인의 차례로 돌아갔다. 습인은 손을 내밀어 산가지를 하나 꺼냈다. 복숭아꽃이 그려져 있고 '무릉도원의 별유천지 경치로다〔武陵別景〕'라는 구절이 있었다. 시구는 다음과 같았다.

복숭아 붉은 꽃 피어나니
또 새해의 봄이로구나.[15]   桃紅又是一年春.

시의 주석에는 또 다음과 같이 적혀 있었다.

---

14 송나라 구양수(歐陽修)의 시 〈명비곡(明妃曲)〉의 한 구절.
15 송나라 사방득(謝枋得)의 시 〈경전암도화(慶全庵桃花)〉의 구절.

살구꽃이 함께 술을 한잔하고, 좌중에 동갑인 자가 함께 한잔하고, 생일 같은 자가 함께 한잔하고, 성씨 같은 자가 함께 한잔 할지어다.

사람들이 웃으면서 말했다.

"재미있겠는데. 이번엔 여러 사람이 한잔씩 해야겠는걸."

여러 사람이 함께 셈을 해보니 향릉과 청문, 보차 세 사람이 모두 습인과 동갑이고, 대옥이 습인과 같은 생일이지만, 성씨가 같은 사람은 없는 것 같았다. 그때 방관이 얼른 나섰다.

"저도 화씨花氏예요. 제가 습인 언니와 같이 한 잔 해야겠어요."

그러자 다들 술을 따랐다. 그때 대옥이 탐춘에게 웃으면서 말했다.

"좋은 낭군 맞이할 운수대통 아가씨! 살구꽃을 뽑았으니 어서 먼저 마셔요. 그래야 우리도 마실 거 아냐."

탐춘도 웃으면서 대꾸했다.

"무슨 소리 하는 거야? 이환 언니! 옆에 있으니까 제 대신 한 대만 때려줘요!"

이환이 웃으면서 말했다.

"남은 좋은 낭군도 못 얻는데 되레 매를 맞으라니, 차마 못할 짓인걸."

그 말에 사람들이 와하하 웃음을 터뜨렸다.

이번엔 습인이 막 던지려고 할 때 마침 밖에서 누군가 문을 두드렸다. 노파가 얼른 나가 물어보니 대옥을 데려가려고 설부인이 보낸 사람이었다. 그 바람에 다들 지금 몇 시가 되었느냐고 물었다. 누군가 대답했다.

"이경이 지났습니다. 방금 시계 종이 열한 번을 쳤어요."

보옥이 그럴 리가 없다고 생각하며 회중시계를 가져오라 하여 들여다보니 과연 자초 초각 십분〔子初初刻十分: 11시 10분〕이었다.

대옥이 먼저 일어나며 말했다.

"저 먼저 가야겠어요. 돌아가서 약을 먹어야 하거든요."

"그럼 이제 다들 가야 할 때가 되었네."

여러 사람들이 말하면서 모두 일어났다. 습인과 보옥이 나서서 붙들자 이환과 보차가 말했다.

"밤이 너무 늦어서 곤란해요. 오늘 이렇게 늦도록 논 것만도 굉장한 일이야."

습인이 말했다.

"그러시다면 여러분들 딱 한 잔만 더 마시고 일어나세요."

청문과 다른 시녀들이 여러 사람에게 술을 가득 따르고 모두들 마신 뒤에 초롱불을 밝히라고 하였다. 습인과 여러 시녀들이 심방정 물가까지 전송하고 돌아왔다.

대문을 걸어 잠그고 남은 사람들이 다시 주령을 시작했다. 습인이 다시 큰 술잔에 술 몇 잔을 따르고 쟁반에 갖가지 안주와 다과를 골라 담아서 일하는 할멈들에게 먹으라고 주었다. 다들 술이 약간씩 취한 상태에서 시권猜拳[16]을 해서 이긴 사람이 노래를 불렀다. 그러다 보니 어느덧 사경四更, 새벽 누 시가 되어 있었다. 먹으라고 주는 술 이외에도 할멈들이 몰래 슬금슬금 술을 가져다 마셨기 때문에 술독은 마침내 동이 났다. 사람들은 의아해하면서도 그냥 자리를 정돈하고 잠자리에 들었다.

방관은 술이 취하여 양쪽 볼이 연지처럼 발갛게 변하고 눈언저리가 촉촉해져서 더욱 요염해 보였다. 방관은 몸을 제대로 가누지 못하고 습인에게로 쓰러지며 말했다.

"언니! 가슴이 마구 두근거려요."

---

16 무전(拇戰)의 다른 표현.

습인이 핀잔을 주었다.

"누가 너더러 죽어라 퍼마시라고 하던?"

소연과 사아도 몸을 가누지 못하고 일찌감치 잠에 곯아떨어졌으나 청문이 계속 그 애들을 불러댔다. 보옥이 대신 대답했다.

"불러도 소용없어. 그냥 대충 내버려두고 잠이나 자자꾸나."

보옥 자신은 꽃잎을 담은 홍향침紅香枕을 베고 이내 잠이 들어버렸다. 습인은 방관이 술에 너무 취해 혹시 걸어가다 토할지도 모른다는 생각에 가만히 부축하여 보옥의 곁에서 그냥 잠들게 하고 자신은 건너편 침상에 누워 잠들었다.

사람들은 모두 세상모르게 곯아 떨어져서 달콤하게 잤다. 날이 새자 습인이 제일 먼저 눈을 떴다. 밖을 보니 벌써 날이 훤히 밝아 있었다.

"아이고머니나, 늦었네!"

건너편 침상을 보니 방관이 구들 언저리에 머리를 대고 아직 곤하게 잠들어있었다. 습인은 얼른 건너가 방관을 깨웠다. 보옥이도 잠을 깨고 일어났다.

"아! 늦잠을 잤구나."

보옥이 방관의 몸을 흔들며 깨웠다. 그제야 방관이 일어나 앉으며 여전히 정신을 못 차리고 눈을 비볐다. 습인이 웃으면서 놀려댔다.

"부끄러운 줄 좀 알아라. 술 취했다고 어디 아무 데서나 함부로 자빠져 잠을 자니?"

방관이 듣고 그제야 좌우를 살펴보고는 자기가 보옥과 같은 침상에서 잤음을 알았으므로 얼른 웃으면서 내려왔다.

"제가 정말 취했었나 봐요. 그걸 왜 몰랐죠?"

보옥이도 웃으면서 말했다.

"나도 몰랐구나. 알았더라면 얼굴에다 붓으로 먹칠해주는 건데."

잠시 후 시녀들이 들어와 보옥의 세수를 도왔다.

보옥이 웃으며 습인에게 말했다.

"어제는 날 축하해 줘서 고마워. 오늘은 내가 답례로 한턱 낼게."

"됐어요, 됐어! 오늘은 제발 그만 놀아요. 어제처럼 자꾸 놀다가는 말이 날 거예요."

"뭐가 걱정이야? 그래야 두 번인데 뭐. 우리도 술 좀 마시는 축에 끼이는가 봐. 어제는 어떻게 술 항아리가 동이 나게 먹을 수가 있었지? 한참 재미있을 때 하필 술이 떨어질 게 뭐야."

"원래 그 정도라야 재미있는 거예요. 굳이 흥이 깨질 때까지 이르면 되레 썰렁해져요. 어제는 딱 좋았어요. 청문이는 부끄러운 줄도 모르고 노래도 한 곡 불렀잖아요."

습인의 말에 사아가 웃으면서 끼어들었다.

"언니도 잊으셨나봐. 언니도 한 곡 불렀잖아요. 어제 자리에 있던 사람들 모두가 한 곡씩 불렀는걸요."

그 말에 사람들이 각자 얼굴을 붉히며 두 손으로 얼굴을 감싸고 웃음을 참지 못했다.

그때 갑자기 평아가 벙글벙글 웃으면서 찾아왔다. 어제 낮에 한자리에 있던 사람들을 모두 초청한다는 것이었다.

"오늘은 제가 답례로 잔칫상을 준비할게요. 한 분도 빠지시면 안돼요."

사람들이 평아를 맞이하여 앉도록 권하고 차를 대접했다. 청문이 웃으면서 말했다.

"아깝게도 어젯밤에는 빠졌군요."

"어젯밤에 여기서 뭐 했는데?"

평아의 물음에 습인이 대답했다.

"평아한테는 알릴 수가 없었지만, 어젯밤 여기 아주 대단했어. 예전에 노마님이나 마님이 여러 사람들하고 함께 노실 때도 아마 어젯밤보다는 덜했을 거야. 술 한 동이를 우리가 다 마셔버렸다니까. 사람마다 취해서 부끄러운 줄도 모르고, 정신없이 모두 다 노래를 부르다가 새벽녘에야 이리저리 엉켜서 제멋대로 누워 자고 말았어."

평아가 웃으면서 따져 물었다.

"술은 나한테서 받아가 놓고 사람은 청하지도 않았으면서, 자기들끼리 놀았다고 자랑이나 늘어놓는단 말이야? 정말 약만 올리려는 거야, 뭐야?"

청문이 은근히 약을 더 올렸다.

"오늘 다른 분이 답례한다니까 필시 평아 아가씨를 청할 겁니다. 기다려보세요!"

평아가 웃으면서 따졌다.

"도대체 그 다른 분이 누구야? 누가 청한다고 했는데?"

청문이 달려가 웃으면서 평아를 두드리며 말했다.

"아이고 왜 그렇게 귀가 밝으실까? 그 말을 정말로 들으시네."

평아가 말했다.

"좌우지간 지금은 볼일이 많아서 더 이상 말할 수가 없어요. 잠시 후 다시 사람을 보내 초청하면 다들 오도록 하세요. 한 사람이라도 빠졌다간 내가 몸소 달려와서 문을 발로 걸어 찰 테니 그리 알아요!"

보옥이 더 있다 가라고 만류했으나 평아는 벌써 나간 뒤였다.

보옥이 세수를 마치고 차를 마시고 있는데 갑자기 벼루 밑에 눌러둔 종이쪽지에 눈이 갔다.

"이렇게 아무렇게나 물건을 눌러두면 어떡해?"

습인과 청문이 달려와 물었다.

"왜? 또 누가 무슨 잘못을 했어요?"

"저 벼루 밑에 눌려 있는 게 뭐야? 누군가 글씨본을 넣어두었다가 잊고 안 가져간 게 아니야?"

보옥이 가리키자 청문이 얼른 벼루를 들고 끄집어냈다. 그건 명첩名
帖이었다. 보옥에게 건네주니 분홍색 화전지에 다음과 같이 쓰여 있
었다.

　함외인檻外人 묘옥妙玉이 삼가 멀리서 생신을 축하드리옵니다.

보옥이 곧 펄쩍 뛰며 소리 질렀다.

"도대체 이건 누가 받아두었건 거야? 어째서 나한테 말도 안 했어?"

습인과 청문은 보옥이 기겁하는 걸 보고 아주 중요한 인물이 보낸 편
지인 모양이라고 생각하면서 함께 물었다.

"어제 누가 이 서한을 받아두었느냐?"

사아가 뛰어 들어와 웃으며 말했다.

"어제 묘옥 스님이 직접 온 것은 아니고 일하는 어멈을 시켜 보내왔습
니다. 그래서 제가 그곳에 두었는데 술에 취하는 바람에 미처 말씀드리
지 못했어요."

사람들은 의혹이 풀린 듯 말했다.

"난 또 누구라고? 왜 그렇게 놀라 소란을 피우는 거야. 대단치도 않
은 일을 가지고."

하지만 보옥은 급히 소리쳤다.

"어서 종이나 가져와!"

시녀들이 곧바로 종이를 대령하고 먹을 갈았다. 묘옥이 스스로 '함외
인' 세 글자를 쓴 것을 보고 보옥은 자신은 무슨 글자로 회신을 써야 딱
맞을까 고민하였다. 한참 동안 붓을 들고 넋을 놓고 있었지만 보옥은
아무 생각도 나지 않았다.

'보차 누나에게 물으러 가면 필시 황당한 일이라고 탓할 게 분명하니

대옥 누이한테 물어보는 게 낫겠다.'

보옥은 편지를 소매에 넣고 곧장 대옥을 찾아 나섰다. 막 심방정을 지나는데 형수연이 건너편에서 휘청휘청 다가오는 것이 보였다. 보옥이 얼른 다가가 물었다.

"지금 어디 가는 거야?"

형수연이 대답했다.

"묘옥 스님하고 얘기나 하려고요."

보옥이 그 말에 이상하게 생각하면서 말했다.

"그 사람은 성격이 괴팍하여 세속과 맞지 않아. 게다가 세상 사람이 다 자신의 눈에 차지 않는다고 하던데 그나마 수연 누이를 존중하는 걸 보면 수연 누이도 우리 같은 속인은 아닌 모양이군그래."

"묘옥이 진정으로 나를 존중할 리는 없겠지요. 하지만 난 그 사람하고 십 년이나 이웃에서 담을 사이에 두고 살았거든요. 묘옥이 반향사蟠香寺에서 수도할 때 우리 집이 가난해서 그 절의 방을 빌려 십 년을 함께 살았어요. 한가할 때면 늘 절에 가서 함께 놀았지요. 내가 그나마 조금 글공부를 하게 된 것도 다 묘옥에게서 배운 거예요. 우리는 빈천지교貧賤之交를 맺은 사이면서 또 절반은 사제지간의 정도 갖고 있는 셈이지요. 나는 친척집으로 옮겨가게 되었는데 후에 들으니 묘옥은 세상 돌아가는 데 맞지도 않고 권문세가에 아부하지도 못하여 마침내 이곳에 오게 되었다고 하더군요. 그런데 여기서 이렇게 인연이 닿아 다시 만나게 되었던 거지요. 그래도 옛정이 아직 남아 있어서 그 사람도 나를 남다르게 보고 전보다 더 친하게 되었어요."

보옥은 마치 천둥소리를 들은 듯 기뻐하면서 말했다.

"수연 누이가 야학한운野鶴閑雲처럼 초연하다고 하는 말을 사람들이 하던데 정말 그런 내력이 있었군. 사실 지금 난 묘옥 스님이 보낸 축하 서한 때문에 어찌해야 할지 고민 중이야. 누구한테 물어보러 가던 중인데 여기서 수연 누이를 만났으니 정말 기이한 인연이 아닐 수 없네. 어찌하면 좋을지 가르침을 줘."

보옥은 앞서 묘옥에게서 온 종이쪽지를 꺼내 보여주었다. 형수연이 웃으면서 말했다.

"그 사람의 성격은 고치기가 어려운 모양이에요. 그래서 이런 괴팍한 일을 종종 일으키거든요. 전 여태까지 명첩을 보내며 이런 별호를 쓰는 걸 못 보았어요. 이야말로 속담에서도 말하듯이 '스님은 스님답지 않고 속인은 속인답지 않고 여자는 여자답지 않고 남자는 남자답지 않다'고 하는 게 아니겠어요? 그럼 도대체 뭐가 되겠어요?"

"그건 수연 누이가 잘 몰라서 그래. 그 사람을 우리 같은 사람들과 같이 생각하면 안 돼. 세상 사람이 생각할 수 없는 사람이라는 거지. 그 사람은 나도 약간 그런 걸 아는 사람이라고 생각하고 이런 명첩을 보낸 거야. 난 뭐라고 답신을 보내야 좋을까 몰라서 지금 대옥 누이한테 물으러 가다가 누이를 만난 거야."

형수연은 보옥의 말을 듣고 잠시 위아래를 훑어보더니 비로소 웃으면서 말했다.

"세상 속담대로 '백문이 불여일견'이로군요. 과연 묘옥이 이런 명첩을 보낼 만해요. 지난해 도련님한테 매화를 선물로 보냈다고 하던데 그것도 이해가 되네요. 묘옥이 그렇게 대할 정도니 제가 그 까닭을 말씀 드리지 않을 수가 없겠군요. 묘옥은 늘 이런 말을 했답니다. 옛사람의 시 중에서 한나라와 진나라, 오대, 당송 이래로 좋은 시구가 하나도 없는데 오직 이런 구절이 기막히다고요.

천년 가는 쇠 철문 문턱이 있다 해도,　　　縱有千年鐵門檻,
종국에는 흙 만두 속으로 가는 인생.[17]　　終須一個土饅頭.

그래서 자칭 '문턱 바깥에 있는 사람檻外之人'이라고 한답니다. 또 글을 지은이 중에서는 장자만 한 사람이 없다고 칭송하면서 스스로 '세속에 어긋나는 사람畸人[18]'이라고 했거든요. 만약 묘옥이 명첩에다 '기인'이라고 썼다면 도련님은 '세인世人'이라고 답하면 되는 거지요. 기인이란 그 사람 자신이 세상과 어긋난 사람이라는 뜻이니까 도련님은 세상 속에서 구차하게 버둥대고 있는 사람이라고 하면 그 사람이 좋아할 거예요. 그런데 지금 그가 자칭 '함외인'이라고 했다면 이는 스스로 쇠 문턱 밖에 있는 사람이라는 뜻이지요. 그러니까 도련님은 그냥 '함내인'이라고 하면 그 사람 마음에 딱 맞을 거예요."

보옥은 형수연의 말을 듣자 마치 부처님의 불법을 듣고 깨달음을 얻은 것처럼, 마치 우유에서 뽑은 최상의 음료가 머리 위에 뿌려지듯 아! 하고 탄식을 금치 못했다. 그리고 곧 웃으면서 말했다.

"그래서 우리 집 가묘의 절 이름이 철함사鐵檻寺였단 말이지. 그런 얘기가 있었구나. 그럼 수연 누이는 어서 가봐. 난 돌아가서 명첩의 회신을 써야겠어."

형수연은 농취암攏翠庵으로 가고 보옥은 이홍원으로 돌아와 명첩을 썼다. 겉봉에는 '함내인 보옥이 목욕재계하고 경건하게 답례를 올립니다'라고 몇 자 썼다. 그리고 직접 농취암으로 가지고 가서 문틈으로 집어넣고 돌아왔다.

보옥이 돌아와 보니 마침 방관이 머리를 감고 머리카락을 묶어 올려 꽃 비녀를 꽂으려고 하기에 머리 모양을 고쳐보라고 말했다. 또 주변의

---

17 송나라 범성대(范成大)의 시 〈중구일행영수장지지(重九日行營壽藏之地)〉의 한 구절. 쇠 철문 문턱이란 이승에서 저승으로 가는 문턱을 의미하고, 흙 만두는 무덤을 의미함.
18 《장자(莊子)》에 나오는 말로 세상과는 맞지 않는 성정을 타고났지만 하늘의 이치와 통하는 자를 가리킴.

짧은 머리를 깎아내고 파르스름한 머리를 드러내고 머리 정수리에서 가르마를 타라고 했으며, 또 복장에 대해서도 말했다.

"겨울에는 토끼모양의 담비가죽 모자를 쓰고 발에는 호두虎頭에 구름 무늬가 수놓인 작은 오색 전투화를 신어. 만일 대님을 매지 않았을 때 는 흰 버선에 바닥 두꺼운 수놓은 신발을 신도록 하고, 알겠어?"

보옥의 괴팍한 취미는 계속되었다.

"그리고 말이야. 방관이란 이름도 좋지 않아. 아예 남자의 이름처럼 바꾸는 게 낫겠어."

그러면서 방관을 웅노雄奴라고 불렀다. 방관은 오히려 맘에 들어 하 면서 한술 더 떴다.

"기왕에 이름도 바꿔 주셨으니까 도련님이 외출하실 때 저도 데려가 주세요. 누가 묻거든 저도 명연과 같은 시동이라고 하시면 그만이잖아 요."

보옥이 웃으면서 고개를 저었다.

"그래도 다들 알아 볼 거야."

"아유! 그래서 도련님은 재치가 없으시다는 거예요. 우리 집안에도 지금 몇 사람이나 변방에서 온 토착민들이 있잖아요. 저를 변방의 토착 민이라고 하면 그만일 텐데요. 게다가 사람들이 다 제가 땋아 내린 머 리가 보기 좋다고 했거든요. 어때요 그럴듯하지 않아요?"

보옥이 그 말을 듣고 뜻밖에 너무 기뻐서 웃으며 말했다.

"그러면 아주 좋겠어. 전에 늘 관원들의 행차에 외국에서 보내온 포 로의 후예들을 데리고 다니는 걸 보았거든. 그들은 온갖 힘들고 어려운 풍상을 두려워하지 않고 말 타는 솜씨도 일품이었어. 그렇다면 변방족 의 이름을 지어야 하니 아예 '야율웅노耶律雄奴'라고 부르는 게 좋겠다. 웅노라는 글자의 발음은 흉노와도 상통하니 모두 북방 유목민족인 견 융犬戎의 이름이란 말이야. 그들은 모두 요순시절부터 중원지역의 우환

거리였는데 진당晉唐 이래의 여러 조대에 그 피해가 막심했지. 다행히 우리는 복 받은 사람이라 순임금의 후예로 지금 같은 태평성대에 태어난 거야. 우임금의 공덕은 어질고 효성스럽고 하늘까지 미치도록 혁혁하여 천지일월과 함께 억조의 세월이 흐르도록 변치 않을 것이야. 그래서 역대 창궐하던 오랑캐들은 오늘날 단 한 번도 전쟁을 일으켜서 쳐들어오지 않고 멀리서 모두 스스로 공수하고 머리를 조아리며 굴복해 오는 거야. 우리는 그들을 눌러 임금과 조상의 공덕을 빛내야 해."

방관이 듣다 말고 웃으면서 말했다.

"그러시다면 도련님도 당연히 활 쏘고 말 타고 무예를 닦아 출정해서 나라의 반역자를 잡아들여 충성을 다해야 하지 않겠어요? 어찌 우리 같은 여자애들이나 상대하면서 입으로만 나불대며 장난이나 치시면서 공덕을 칭송한다고 하시는 거예요?"

보옥이 웃으면서 대답했다.

"그래서 네가 뭘 모른다고 하는 거란다. 지금처럼 사해四海가 다 복종하고 팔방이 모두 안정되어 천 년 백 년 무기를 쓸 일이 없게 되었으니, 비록 우스개나 연극이라 하더라도 칭송은 해야 이런 태평성대를 누리고 사는 덕에 보답하는 거란 말이다."

방관은 일리가 있다고 여겼다. 두 사람이 합의하여 보옥은 그로부터 방관을 야율웅노로 부르게 되었다.

가씨네 두 집안에는 원래 선조 때부터 당시에 잡았던 오랑캐 포로를 노예로 받은 사람이 몇 사람 있었는데 대부분 마구간에서 잡일이나 했다. 상운은 남달리 특이한 장난을 좋아하고 자기 스스로도 무사의 모습으로 분장하기를 좋아하여, 매번 허리띠를 매고 말 타고 활쏘기 할 때 입는 소매 좁은 옷을 입곤 했다. 그러다 최근 보옥이 방관에게 남장을 시키자 자기도 규관에게 분장을 시켜 시동으로 만들었다. 규관은 본래 머리를 짧게 깎아서 얼굴에 먹칠하기도 편하였고 손발도 재빨라 분장하는 데 어려움이 없었다. 이환과 탐춘도 그렇게 분장한 모습을 보고 귀엽다고 말하고 보금을 따르는 두관 역시 시동으로 분장시켰다. 머리에는 양쪽으로 상투를 묶어 총각總角을 만들고 짧은 저고리에 붉은 신발을 신도록 했다. 얼굴 분칠만 안 했을 뿐 연극 속의 동자와 다를 바 없었다. 상운은 규관을 분장시키고 나서 이름도 바꾸어 '대영大英'이라고 불렀다. 규관의 성씨가 위韋였으므로 이름이 위대영이 되는데 '위대한 영웅 본색'이란 뜻을 담고 있어 제 생각과 맞아떨어졌기 때문이다. 굳이 얼굴을 그리고 칠을 해야 사내라고 할 필요는 없었다.

두관은 아직 나이가 어린 데다 아주 영리하여 이름을 두관이라고 했던 것인데 대관원 사람들은 대부분 애칭으로 아두阿荳라고 불렀다. 어떤 이들은 아예 볶은 콩(炒豆子)이라고도 했다. 보금은 오히려 금동이니 서동이니 하는 이름이 너무 흔하다고 하면서 두荳 자가 운치 있는 글자이므로 두동荳童이라고 부르겠노라고 했다.

아침 식사 후에 평아가 답례로 연회자리를 마련했다. 홍향포는 너무 덥다면서 유음당楡蔭堂에 술상을 차리고 새 술과 좋은 안주를 차렸다. 더욱 기쁜 일은 우씨가 패봉佩鳳과 해원偕鴛 두 시첩을 데리고 건너와서 함께 어울리게 된 것이었다. 그 두 사람도 젊고 아름다운 여자였는데 별로 내왕이 없다가 이번에 대관원에 상운, 향릉, 방관, 예관 등과 같은 여자들과 오랜만에 다시 만나게 된 것이다. 이른바 '사람은 끼리끼리 놀고 물건은 값을 따라 나눈다'고 한 말이 틀린 말이 아니었다. 그들은 우씨의 시중은 시녀들에게 맡기고 자기들은 아랑곳하지 않은 채 웃고 떠들며 다른 사람들과 즐겁게 어울렸다.

그러다 일동은 이홍원에 들어갔는데 보옥이 '야율웅노'라고 부르는 소리를 듣고 패봉과 해원, 향릉이 함께 웃고 있다가 그게 무슨 말이냐고 물었다. 그래서 다들 그 이름을 배우게 되었는데 발음을 잘못하기도 하고 글자를 잘못 쓰기도 하고 심지어는 잘못 알아듣고 '야려자〔野驢子: 당나귀〕'라고도 불러 사람들의 폭소를 자아냈다. 보옥은 사람들의 웃음 거리가 되는 걸 보고 그러다가 방관을 놀리기라도 할까 봐 얼른 다른 말 로 방관을 달랬다.

"서양의 프랑스라는 나라에는 듣자하니 이름난 금성유리라는 보석이 있다는데 그 나라 말로는 원두리나〔溫都里納〕[19]라고 한다는 거야. 지금 방관을 그 보석에 비유하고 싶어서 이름을 원두리나로 고치려고 하는 데 괜찮겠지?"

방관이 더욱 좋아하면서 말했다.

"그렇게 해요."

방관의 이름이 그렇게 바뀌었지만 외래어를 그대로 부르기가 까다로 웠으므로 한자로 번역하여 그냥 '유리〔玻璃〕'라고 부르게 되었다.

한편 사람들은 유음당에 모여 술을 마시며 즐겁게 놀았다. 우선 맹인 여자 이야기꾼에게 북을 치게 하고 평아가 작약꽃을 따서 스무 명 되는 사람들에게 돌리면서 주령을 했다. 분위기가 한창 무르익었을 때 누군 가 들어와 보고를 했다.

"진씨 댁에서 하인 아주머니 두 사람 편에 선물을 보내왔습니다."

탐춘과 이환, 우씨가 의사청으로 나가 그들을 접견했다. 다른 사람 들은 모두 그곳을 나와서 흩어졌으며 패봉과 해원 두 사람은 그네를 타 며 놀고자 하였다.

보옥이 말했다.

"두 사람이 타면 내가 밀어드릴게요."

패봉이 깜짝 놀라 기겁을 하며 말했다.

"됐어요. 공연히 우리 때문에 사단 일으키지 마세요. 우린 그저 야려

---

19 프랑스어 aventurine의 음역.

자나 불러다 밀어달라고 해야겠어요."

보옥이 웃으면서 말했다.

"괜히 장난이라도 그러지 말아요. 그러다가 다른 사람까지 따라서 방관이를 그렇게 부르면 어떻게 해요?"

해원이 계속 패봉에게 말했다.

"정말 웃다 보니 기운이 다 빠져서 어떻게 그네를 타지? 그러다 떨어지면 뱃속의 창자를 거꾸로 처박을 테니 조심해."

패봉이 달려와 해원을 때리려고 하였다.

두 사람이 노느라고 웃음이 그치지 않고 있는데 갑자기 동쪽 큰집에서 몇 사람이 황망히 달려와서 급보를 알렸다.

"대감마님께서 서거하셨습니다."

사람들이 놀라 펄쩍 뛰면서 말했다.

"멀쩡하시던 분이 편찮으시지도 않았는데 어떻게 갑자기 돌아가실 수가 있어?"

하인이 말했다.

"저희 대감마님은 날마다 도를 닦고 수련을 하셨으니 이제 공덕을 다 쌓으시고 우화등선羽化登仙하신 것입니다."

우씨는 그 말을 듣고 당장 막막해졌다. 가진 부자와 가련이 모두 집에 없는 데다 당장 어디서 측근이라고 부를 만한 남자도 없었기 때문이었다. 우선 다급한 대로 머리장식을 풀고 가경賈敬이 지내던 현진관玄眞觀으로 사람을 보내 그곳의 모든 도사들을 억류토록 하였으며, 나중에 나리가 돌아오면 일일이 심문하겠다고 일러두었다. 그리고 곧 뇌승 등의 집사와 어멈들을 데리고 성 밖으로 찾아가는 한편 태의를 불러다 사인이 무엇인가 확인하도록 하였다. 태의들은 사람이 이미 죽은 마당이라 진찰할 수도 없었다. 그들은 평소 가경이 하던 도인술導引術[20]이 다

황당한 것이라고 여기고 있었고 게다가 별자리를 보는 것, 북두칠성을 섬기는 것, 경신일庚申日에 잠자지 않는 것,[21] 불로장생을 위해 단사丹砂[22]를 복용하는 것 등이 모두 허망한 것이라고 여기고 있었다. 그래서 과도하게 신경 쓰고 애를 쓰다가 오히려 목숨을 상하게 하였다고 판단했다.

그들은 죽은 지 얼마 되지 않았는데도 뱃속은 쇠처럼 단단하고 얼굴과 입술이 타서 검붉게 파열된 것을 보고 일하는 어멈들에게 말씀을 전하도록 했다.

"도교 수련 중에 쇠를 먹고 단사를 먹다가 오장이 타고 부어서 돌아가시는 경우가 있습니다."

곁에 있던 도사들은 놀라서 다른 말로 변명하였다.

"대감마님께서 비법으로 새로 만드신 단사 때문에 일을 그르치게 되었습니다. 저희들이 몇 번이나 여쭈어 공功이 아직 이르지 않았으니 복용하셔서는 안 된다고 했습지요. 하지만 뜻밖에 대감마님께서 오늘밤 경신일을 지키신다고 또 몰래 드셨던 모양입니다. 그러시다가 승천하시게 된 것입니다. 어쩌면 이미 경건하신 믿음으로 득도하셔서 고해를 떠나 껍데기를 벗어던지고 자유롭게 유유자적하시게 되었는지도 모르겠습니다."

그들이 그런 말을 하거나 말거나 우씨는 일단 도사들을 계속 억류하도록 하고 가진이 오거든 풀어주겠다고 했다. 그리고는 가진에게 사람을 보내 급보를 알렸다. 또 그곳은 장소가 협소하여 오래 모셔둘 수도

---

20 도교의 장생술(長生術) 중 하나로 요즘의 기공 체조와 비슷함.

21 도교에서는 사람의 뱃속에 있는 삼시(三尸)가 경신일마다 천제에게 가서 그 사람의 죄를 고하여 복과 수명을 줄인다고 믿었으므로, 하늘로 올라가지 못하게 잠을 자지 않는 풍습이 생겼음.

22 주사(朱砂)로 만드는 도가(道家)의 약.

없었고 성내로 시신을 옮길 수도 없었으므로, 서둘러 시신을 잘 싸서 연교軟轎로 옮겨 철함사에 안치하기로 하였다. 손을 꼽아 셈해 보니 아무리 빨라도 반달이나 지나야 가진이 돌아올 것으로 보였다. 이제 날씨는 더워지는데 그렇게 오랫동안 기다리고 있을 수도 없었으므로, 우씨는 마침내 중대한 결심을 하고 스스로 장례를 치르기로 했다. 천문생〔天文生: 택일, 점복, 풍수 등의 일을 맡아보는 사람〕을 불러 날짜를 잡고 염을 하여 입관을 했다. 관목은 일찌감치 준비하여 이 절에 갖다 놓은 것이 있었으므로 다행이었다. 사흘 뒤에 발상發喪을 하고 장례절차에 들어갔으며, 장례식장을 만들어 도교식 제사를 지내면서 가진이 오기를 기다렸다.

영국부에서는 왕희봉이 병으로 나올 수가 없었고 이환은 자매들을 돌보느라 꼼짝 못하였으며, 보옥은 세상물정을 몰랐기 때문에 별달리 도움을 받을 수도 없었다. 바깥일은 잠시 몇 명의 이등 집사들에게 맡기는 수밖에 없었으며, 가빈賈璘, 가광賈珖, 가형賈珩, 가영賈瓔, 가창賈菖, 가릉賈菱에게 각각 일을 맡겼다. 우씨는 집으로 돌아갈 수가 없었으므로 친정에 있는 계모를 불러 녕국부의 일을 맡아보도록 했다. 계모는 아직 출가하지 않은 딸 둘을 남겨두고 올 수 없었기에 함께 데리고 와서 녕국부에 기거하게 되었다.

한편 가진은 부친상 소식을 듣고 서둘러 휴가를 냈다. 하지만 가용은 직책이 있는 사람이라 함부로 할 수가 없었다. 금상폐하께서 효를 극히 존중하시는 분이라 예부에서 독단으로 처리할 수 없어 문서를 준비하여 성지를 청하였다. 금상폐하는 지극히 어질고 효성스런 분이었고 또 공신의 후예에 대해 중히 대하던 터라 상주문을 보고는 곧 가경이 무슨 직위인가를 하문하셨다. 예부에서 사실대로 답을 올렸다.

"진사출신으로 선조의 작위를 그 아들 가진에게 물려주고 가경 자신은 나이 많고 병이 들어 성 밖의 현진암에서 정양하고 있었는데 지금 병

112

으로 도관에서 운명하였다 하옵니다. 지금 아들 가진과 손자 가용이 국상으로 인하여 어가를 따라 이곳에 와 있는바 잠시 휴가를 주어 귀가하여 장례를 치르기를 청하고 있사옵니다."

금상폐하는 곧 특별한 은혜를 베푸는 교지를 내렸다.

"가경은 비록 백의로서 나라에 공을 세운 바는 없으나 조부의 공을 생각하여 오품의 직위를 추서하노라. 자손들은 영구를 북문 아래 문을 통하여 도성에 들어와 사저에서 빈렴殯殮하고 장례를 치른 다음 영구를 원적지로 옮겨가도록 하라. 또 광록시光祿寺에서 전례에 따라 제사비용을 받도록 하고 조정에 있는 왕공 이하 관료들의 조문을 허락하노라."

성지가 내려지자 가부의 사람들은 성은에 감읍하고 조정의 모든 대신들이 칭송하기를 그치지 않았다. 가진 부자는 밤낮을 달려 집으로 돌아왔다. 중도에 또 가빈과 가광이 집사를 데리고 달려와 마중하고 있다가 가진을 보자 말에서 뛰어내리며 문안 인사를 했다. 가진이 급히 물었다.

"여기서 무얼 하고 있느냐?"

"형님과 용이 조카님이 돌아오시면 노마님 곁에 지킬 사람이 없을까 염려하신 형수님께서 저희 둘을 보내 노마님을 살펴드리라고 하셨습니다."

가빈의 말을 듣고 가진이 참 잘했다고 칭찬하며 집안의 일은 어떻게 처리하고 있는지를 물었다. 가빈은 그동안 도사들을 감금한 일과 유해를 가묘에 모신 일, 집안을 보살필 사람이 없어 이환의 친정어머님과 두 사람의 동생을 불러와 안채에 거주하게 한 일 등을 일일이 보고했다. 가용도 그때 말에서 내려 있었는데 두 이모가 왔다는 말을 듣고 가진과 마주 보고 빙긋이 웃음을 띠었다.

가진은 몇 번이나 "잘했다"고 말하고는 채찍을 휘둘러 말을 달렸으며, 중도에 역참에도 들르지 않고 밤낮으로 달려 며칠 만에 도성에 도착했다. 그들은 먼저 철함사로 달려갔다. 그날은 이미 새벽 두 시나 되었지만 숙직하는 사람들이 소식을 듣고 급히 사람들을 깨웠다. 가진이 말에서 내려 가용과 함께 방성대곡을 하며 대문 밖에서부터 무릎으로 기어서 관 앞에까지 이르러 머리를 조아렸으며, 날이 샐 때까지 목이 쉬도록 곡을 하고는 비로소 멈추었다. 우씨와 다른 가족들이 모두 나와 맞이했다. 가진 부자는 서둘러 예법에 따라 상복으로 갈아입고 관 앞에서 부복하고 있었다. 하지만 자신이 상사를 처리해야 하였기 때문에 '눈으로 보지 말고 귀로 듣지 말라'는 법도를 그대로 지킬 수가 없었고 어쩔 수 없이 슬픔을 참아가며 하인들을 지휘하였다. 가진은 황제의 은혜로운 성지를 다시 한 번 친지들에게 들려주면서 가용을 먼저 집으로 보내 영구를 모시고 문상객 맞을 준비를 하도록 하였다.

가용은 명을 받자 나는 듯이 말을 달려 집으로 돌아와서 우선 대청 위의 탁자와 의자, 칸막이 들상 등을 모두 치우게 하고 장례용 장막을 드리우게 하였다. 또 문 앞에는 악사들이 앉을 자리와 패루를 마련토록 하였다. 가용은 일을 끝내고 서둘러 안으로 들어가서 외조모와 두 이모에게 인사를 드렸다.

우씨의 친정 계모는 나이가 연민하여 늘 눕기를 좋아하였고 지금도 잠이 들어 있었다. 가용의 큰이모와 작은 이모는 시녀들과 바느질을 하고 있다가 가용이 들어오자 얼른 위로의 말을 했다. 하지만 가용은 빙글빙글 웃으면서 큰이모에게 말했다.

"큰이모! 우리 아버지가 얼마나 보고 싶어하는지 몰라요."

우이저尤二姐는 얼굴이 빨개지며 가용을 야단쳤다.

"용아! 나한테 며칠에 한 번씩 욕을 얻어먹지 않으면 살아가기 힘든 모양이구나. 도대체 체통이라곤 눈곱만큼도 없으니 말이야. 그래서야 어찌 매일같이 학문에 힘쓰고 예의를 배우는 대갓집 귀공자라고 할 수 있겠느냐? 점점 더 구덩이 파는 천한 일꾼보다도 못해 가는구나."

우이저는 마침 곁에 있던 인두를 뽑아서 때리려고 하였다. 놀란 가용이 머리를 감싸고 곧장 그녀의 가슴 속으로 파고들며 잘못했다고 용서를 빌었다. 우삼저尤三姐가 달려들어 가용의 입을 찢는 시늉을 하였다.

"언니가 돌아오면 우리 저놈을 일러바쳐요!"

가용이 얼른 구들 위에 무릎을 꿇고 앉아 용서를 비는 시늉을 하니 두 사람은 웃고 말았다. 가용은 또 두 이모가 먹고 있던 축사밀縮砂密의 씨를 빼앗아 얼른 입에 넣었다. 우이저가 씹고 있던 입안의 찌꺼기를 가용의 얼굴에 뱉자, 가용은 혓바닥으로 그걸 핥아서 먹어버렸다. 곁에 있던 시녀들이 보다 못해 모두 웃으면서 한마디 했다.

"서방님은 지금 상중이시잖아요. 외할머니께서 방금 잠이 드셨고 저 두 분이 비록 젊으시지만 그래도 이모는 이모인데 서방님이 너무 막 대하시는군요. 나중에 대감마님께 말씀드리면 아마 혼쭐나실 걸요."

가용은 이모들을 제쳐놓고 이번에는 시녀들을 얼싸안고 입을 맞췄다.

"아이고 귀여운 것들! 그래 네 말이 다 구구절절 옳은 소리야. 하지만 우리는 저 두 사람을 아주 애타게 기다리고 있었거든."

시녀들은 가용을 밀치면서 앙칼지게 소리쳤다.

"도대체 무슨 짓이에요? 서방님은 남들처럼 부인도 있고 시녀도 다 있는데 왜 굳이 우리한테 이러시려는 거예요? 아는 사람은 그저 장난이거니 하겠지만 모르는 사람이 보거나 공연히 남의 흉보기 좋아하는 못된 사람이 떠벌려서 저쪽 작은댁에 소문이라도 나면 우리가 제멋대로 된 집안이라고 뒤에서 수군대지 않겠어요?"

가용이 그 말을 듣고도 웃으면서 천연덕스럽게 대답했다.

"각각 다른 집인데 누가 누굴 간섭하겠어? 다들 그렇게 사는 거야! 옛날부터 지금까지 한나라 때나 당나라 때나 다 그렇게 살았단 말이야. 지금도 사람들이 '더러운 당나라, 지저분한 한나라'라고 하잖아? 우리 같은 대갓집에서야 어느 집치고 그런 풍류가 없겠어? 공연히 나한테 말

시키지 않는 게 좋아. 저쪽 작은댁의 큰 대감님은 그렇게 엄한 분인데도 가련 숙부는 하인 여편네랑 그렇고 그런 사이란 말이야. 희봉 아줌마는 또 그렇게 완강한 사람인 것 같은데도 가서 숙부가 어떻게 한번 해보려 했었던 여자라고. 내가 어느 한 가지인들 모를 줄 알아?"

가용이 입에서 나오는 대로 제멋대로 지껄이고 있을 때 외조모인 우씨 할머니가 잠에서 깨어났다. 가용은 얼른 다가가 인사를 올렸다.

"할머니께서 오셔서 돌봐 주시느라고 걱정이 많으십니다. 두 분 이모님들도 고생이 많고요. 저희 부자는 그저 감사할 따름입니다. 이번 장례가 끝나면 저희 온 식구가 따로 찾아뵙고 정식으로 인사를 올리겠습니다."

우씨 할머니는 고개를 끄덕였다.

"아이고, 우리 용이가 아주 의젓하게 말솜씨도 좋아졌구나. 친척이라면 당연히 해야 할 일인데 뭘 그러냐. 네 아버지는 건강하시냐? 언제 소식을 듣고 달려온 게냐?"

"방금 도착했어요. 아버님이 먼저 저를 보내서 할머님께 인사드리라고 하셨어요. 어쨌든 일이 다 끝날 때가지 여기 머물러 주세요."

가용은 말을 하면서도 두 이모에게 눈을 찡긋해 보였다. 우이지는 가만히 이를 악물고 웃음을 머금은 채 야단쳤다.

"말만 번지르르한 원숭이 같은 녀석! 우리를 잡아두고 너희 아버지한테 줘서 어미로라도 삼겠다는 거냐?"

가용은 능청을 떨면서 할머니한테 말했다.

"할머니 걱정 마세요. 우리 아버님은 두 분 이모님 때문에 늘 걱정하고 계신답니다. 집안 좋고 재물 많고 나이 젊고 풍류도 있는 이모부 두 사람을 구해서 두 분 이모님을 시집보내 드리려고 말이에요. 지난 몇 년 사이 그렇게 구하려 해도 못 구했는데 글쎄 공교롭게도 며칠 전 길에서 마침내 적당한 사람 하나를 찾아냈답니다."

우씨 할머니는 정말인 줄 알고 어느 집안 사람이냐고 정색하며 물었다. 두 자매는 바느질감을 내려놓고 달려와 웃으면서 가용에게 달려들어 때렸다.

"엄마! 제발 이 벼락 맞을 놈의 말을 믿지 마세요."

옆에 있던 시녀들까지 거들었다.

"하늘이 내려다보고 계시니 벼락 맞지 않도록 조심해야 할 걸요."

그때 마침 당직 서는 사람이 와서 아뢰었다.

"일을 끝냈습니다. 서방님께서 나와서 한번 보시고 대감나리께 여쭈어 주세요."

가용은 여전히 싱글벙글 웃으며 밖으로 나갔다.

뒷일이 궁금하면 다음 회를 보시라.

幽淑女悲題五美吟
浪蕩子情遺九龍佩

제64회

오미음 읊은 대옥

얌전한 대옥은 슬픔 속에 오미음 지었고
방탕한 설반은 정에 빠져 구룡패 주었네

幽淑女悲題五美吟 浪蕩子情遺九龍珮

가용은 집안일을 제대로 처리하고 나서 곧장 절로 달려가 가진에게 보고하였으며, 밤낮으로 여러 가지 일을 집사들에게 분배하고 장례에 필요한 명정 등 일체의 물품을 준비하도록 했다. 가진은 초나흗날 묘시卯時로 시간을 잡아 영구를 성내로 옮기기로 하고 사람을 보내 일가친척과 친지들에게 알렸다.

그날이 되자 장례는 화려하고 성대하게 진행되었고 조문객은 구름처럼 모였으며 철함사에서 녕국부에 이르는 연도에 구경꾼이 수만 명을 넘었다. 그중에는 탄식하는 사람도 있고 부러워하는 사람도 있었으며 또 질투심이 많은 선비 중에는 '장례식은 사치스럽게 하는 것보다 검소하게 하는 법'[1]이라고 비난하는 등 의론이 분분하였다. 미시未時와 신시申時 무렵이 되자 영구를 본채 마루에 안치하고 제물을 올리고 곡을 하

---

1 《논어》의 〈팔일〉 편에 나오는 구절.

였다. 친척과 친지들이 점차 흩어지자 일가족만 남아서 조문객 접대와 배웅 등의 일을 맡았으며, 근친 중에서는 형부인의 동생인 형대구邢大舅가 남아서 도와주고 있었다.

가진과 가용은 이때 예법에 따라 영구 옆에 거적을 깔고 흙덩이를 베고 자야 했으므로 상주노릇이 고되다고 괴로워했다. 문상객이 돌아간 후에는 잠깐씩 틈을 내어 처제들과 함께 뒹굴고 놀았다. 보옥이도 매일 녕국부로 가서 상복을 입고 지키다가 저녁에 사람들이 흩어지면 대관원으로 돌아오곤 했다. 희봉은 몸이 완쾌되지 않았으므로 그곳에 가 있지는 못하였지만 제단을 열고 독경할 때는 억지로 건너가 우씨의 일을 돕기도 하였다.

어느 날 아침상식上食을 올리고 났을 때다. 이때는 낮이 좀 길었으므로 가진 등은 연일 계속되는 피로에 영구 옆에서 잠깐 잠이 들었다. 보옥은 문상객이 오지 않자 집으로 돌아와 대옥을 보러 가려고 하였다. 그러기에 앞서 보옥은 먼저 이홍원으로 들어갔는데 문 안으로 들어서니 안은 쥐 죽은 듯 고요하였다. 할멈 몇 명과 어린 시녀들이 회랑 아래서 바람을 쐬고 있었다. 그중에 어떤 이는 누워서 잠들어 있고 어떤 이는 앉아서 꾸벅꾸벅 졸고 있었다. 보옥이 그들을 깨우고 싶지 않아서 살그머니 발걸음을 옮기려니까 마침 사아四兒가 보고 얼른 달려 나와 주렴을 제쳐주었다. 그때 방관이 안에서 정신없이 웃으며 밖으로 뛰어나오다가 하마터면 보옥과 정면으로 부딪쳐서 그대로 가슴에 안길 뻔하였다. 방관은 보옥을 보고 얼른 멈춰 서서 웃음을 머금고 말했다.

"도련님! 어떻게 이 시간에 돌아오셨어요? 빨리 청문언니나 잡아주세요. 절 막 때리려고 하잖아요."

그 말이 채 끝나기도 전에 방 안에선 와르르 하면서 무엇인가 땅바닥에 쏟아지는 소리가 났으며, 곧이어 청문이 뒤따라 달려 나와 욕을 해댔다.

"요년아! 어딜 도망치려고 그래. 졌으면 당연히 맞아야지. 보옥 도련님이 집에 없으니까 누가 와서 구해주나 한번 보자꾸나."

그 순간 보옥이 웃으며 얼른 청문을 막아섰다.

"방관은 아직 어린애인데 너한테 무슨 잘못을 했는지 모르지만 내 체면을 봐서라도 용서해 줘."

청문도 보옥이 그 순간에 나타나리라고는 생각지 못했으므로 보자마자 갑자기 웃음이 터져 나왔다.

"방관이 무슨 꼬리 아홉 달린 구미호라도 되나 봐요. 귀신을 맘대로 부리고 주문을 외운다고 해도 이렇게 빨리 불러오진 못했을 거야."

그리고 다시 방관에게 달려들었다.

"네년이 진짜 신령님을 불러 왔다고 해도 내가 겁낼 줄 알아?"

청문은 여전히 방관을 잡으려고 난리였지만, 방관은 벌써 보옥의 몸 뒤에 바짝 붙어서 숨었다.

보옥은 한 손으로 청문을 잡고 한 손으로 방관을 잡은 채 방 안으로 들어섰다. 서쪽 구들 위에는 사월과 추문, 벽흔, 그리고 자소紫綃 등이 공기놀이를 하면서 이긴 사람이 이마를 튕기는 벌을 주고 있었다. 방금 전에 방관이 청문한테 지고는 맞지 않으려고 밖으로 도망쳤는데, 청문이 방관을 쫓아가다가 잘못하여 품에 넣고 있던 공기알이 땅바닥에 와르르 쏟아졌던 것이다. 보옥이 기분이 좋아서 말했다.

"이렇게 길고 긴 날, 내가 집에 없으면 다들 심심해서 어떻게 지낼까 걱정이 태산이었어. 밥 먹고 바로 낮잠이나 자면 탈이 날 텐데 이렇게 다들 재미있는 일을 찾아 즐기고 있으니 얼마나 좋아!"

그런데 습인이 보이지 않았다. 보옥이 물었다.

"너희 습인 언니는 어디 갔어?"

청문이 투덜대듯 말했다.

"습인으로 말할 것 같으면 도를 닦느라고 혼자 방 안에서 면벽참선을 하고 있죠! 한참 동안 안 들어가 봐서 모르겠는데, 아무 소리도 안 들리는 걸 보니까 지금쯤 뭐가 됐는지 모르겠네. 어서 들어가 보세요. 혹시 벌써 도통했을지도 모르잖아요."

보옥이 웃으면서 안으로 들어가 보았다. 습인은 창가의 침상에 앉아 손에 회색 실끈을 들고 매듭을 만들고 있었다. 보옥이 들어가자 습인은 얼른 일어나서 웃으며 말했다.

"밖에서 청문이 그것이 제가 이상한 걸 한다고 못된 소리를 했죠? 이 매듭을 얼른 마저 끝내려니 저 애들하고 놀 시간이 없었던 거예요. 그래서 그냥 그랬죠. '너희나 나가 놀아. 난 도련님이 안 계신 이참에 조용히 참선이나 하고 있을 테니까.' 그랬더니 무슨 면벽이니 참선이니 하면서 쓸데없는 말을 늘어놓은 거예요. 좀 있다가 나가면 고 입을 찢어 놓아야겠어요."

보옥이 웃으면서 습인에게 가까이 다가앉아 매듭 만드는 모습을 내려다보며 말했다.

"이렇게 해가 긴 날에는 너도 좀 쉬는 게 좋아. 애들하고 같이 놀든지, 아니면 대옥 아가씨한테 가보든시 말이야. 이렇게 더운 날 그런 걸 해서 뭐 하게?"

"도련님이 갖고 다니는 부채주머니 말이에요. 그건 어느 해인가 동쪽 큰집의 가용 아씨 장례 때 만든 거예요. 그 검은색은 친척이나 친지의 여름 장례식 때나 차고 다니는 거니까 일 년에 겨우 한두 번이나 쓰게 되잖아요. 평소에는 만들 일도 없고요. 지금 또 큰집에 큰일이 났으니 날마다 차고 가야 하잖아요. 그래서 지금 따로 하나 만드는 거예요. 매듭을 다 만들고 나면 그 헌것하고 바꿔드릴게요. 도련님이야 이런데 신경도 안 쓰시지만 노마님이 나중에 보시면 저희가 게을러서 도련님 차고 다니는 물건도 제대로 챙겨드리지 않는다고 저희를 나무라실 걸요."

보옥이 웃으면서 대답했다.

"그거 정말 꼼꼼하게도 생각했군그래. 그래도 그렇게 급히 만들려고 할 필요는 없어. 더위 먹는 게 더 큰일이라고."

그 사이에 방관이 시원한 냉수에 식힌 차 한 잔을 받쳐왔다. 원래 천성적으로 허약했던 보옥은 평소 여름에도 얼음을 쓰지는 못하였다. 그래서 새로 길어온 우물물에 차를 주전자째 담가 식혀서 수시로 갈아 시원하게 마셨던 것이다. 보옥은 방관이 손에 들고 있던 찻잔에 입을 대고 그대로 반잔쯤 마시고 습인에게 말했다.

"방금 전에 명연이한테 일러서 가진 형님 댁에 귀한 손님이 오면 곧장 나한테 알리라고 했거든. 별다른 일이 없으면 다시 안 가도 될 거야."

방문을 나서다가 다시 벽흔과 다른 시녀들에게 말했다.

"만일 일이 있으면 대옥 아가씨네 처소로 날 찾아와."

보옥은 곧장 소상관으로 대옥을 만나러 갔다.

심방교를 지나는데 마침 설안이 할멈 두 사람을 데리고 손에는 마름과 연근과 오이 등을 가지고 마주오고 있었다.

보옥이 얼른 설안에게 물었다.

"너희 아가씨는 그렇게 찬 것들은 먹은 적이 없었는데 오이는 뭐 하려고 가져가느냐? 혹시 어느 집 아가씨나 아씨마님이라도 초청하려는 거야?"

설안이 웃으면서 대답했다.

"말씀드릴게요. 하지만 절대로 우리 아가씨한테 전하면 안돼요."

보옥이 고개를 끄덕이면서 그렇게 하겠노라고 했다. 설안은 할멈들에게 말했다.

"이 오이를 먼저 자견 언니한테 전해 주세요. 저를 찾거든 볼일이 있어 좀 있다가 온다고 말해요."

할멈들은 먼저 가자 설안이 비로소 입을 열었다.

"우리 아가씨는 요 며칠사이에 몸이 좀 좋아지셨어요. 오늘 아침식사 후에 탐춘 아가씨가 오셔서 희봉 아씨댁에 문병을 가자고 하시더군요. 근데 아가씨는 안 가셨어요. 또 무슨 생각이 나셨는지 잠시 슬퍼하시더니 붓을 들어 시인지 사인지 무슨 글씨를 한참 쓰시더군요. 그리고 저희한테 오이와 과일을 가져오라고 하셨지요. 자견을 불러 방 안에 칠현금 탁자를 밖에다 내다 놓으라고 했어요. 또 용무늬 작은 솥 향로를 탁자 위에 올려놓으라고 하고 과일을 가져오면 향을 피우겠다는 것이었어요. 만일 손님을 청하시겠다면 굳이 먼저 향로를 내놓으실 필요가 어디 있겠어요. 향을 피우실 요량이면 우리 아가씨는 평소 방 안에서 신선한 꽃이나 과일 모과 등을 제외하고는 옷에 향을 쏘이기도 좋아하지 않으셨어요. 설사 향을 피운다고 해도 늘 기거하는 침실에서 피워야하지 않겠어요? 혹시 할멈들이 방을 더럽혔다고 향내를 쏘이려고 그러는지는 모르겠지만, 도대체 무슨 까닭인지 저도 모르겠어요."

설안은 말을 마치고 곧 가버렸다.

보옥은 고개를 숙인 채 내심 깊은 생각에 잠겼다.

'설안의 말대로라면 필시 무슨 까닭이 있을 것이다. 만일 어떤 자매와 한가롭게 만나 얘기라도 나누려고 했다면 결코 이처럼 제기를 차려놓지는 않았겠지. 혹시 고모나 고모부의 기일인가 싶어도 내 기억에 매년 그때가 되면 할머님이 먼저 따로 제수를 준비하도록 해서 대옥 누이가 제사를 지내곤 했는데 그때는 벌써 지났어. 그렇다면 칠월달이 과일의 계절이라 집집마다 모두 산소에 성묘하고 가을 제사를 지내고 있어서 대옥 누이가 필시 마음에 걸리는 게 있었나 보다. 자기 방에서 혼자 제사를 올리려고 한 모양이야. 아마 《예기》에서 이른바 봄가을로 제철 음식을 바치고 제사를 지낸다고 한 것을 따른 것이겠지. 하지만 이럴 때 내가 가서 대옥의 아픈 마음을 풀어주려고 애쓰다 보면 오히려 더욱 속으로 맺히게 될까 걱정이야. 하지만 그렇다고 위로하러 가지 않는다

면 대옥 누이가 혼자 깊이 슬퍼해도 아무도 위로할 사람이 없으니 그것
도 큰일 아닌가. 두 가지 일이 모두 대옥 누이의 병만 생기게 할 것이니
우선은 희봉 누님 댁에 가서 보고 잠시 앉았다가 돌아와 보자. 만일 대
옥 누이가 슬퍼하고 있으면 그때 생각해서 풀어주도록 하고 너무 깊이
슬퍼하지만 않는다면 애통한 마음을 조금은 내비칠 것이니, 그렇게만
된다면 마음속에 한이 맺히지는 않겠지.'

보옥은 생각을 정하고 대관원을 나와 곧장 희봉의 거처로 찾아갔다.

그곳에는 여러 명의 집사들과 할멈들이 찾아와 업무보고를 마치고
뿔뿔이 흩어지고 있었다. 희봉은 문가에 서서 평아와 얘기를 나누다 말
고 보옥이 들어서자 웃으며 말했다.

"보옥이는 지금 돌아온 거야? 그렇지 않아도 방금 임지효댁한테 사람
을 보내 특별한 일이 없으면 기회를 봐서 돌아와 쉬라고 하려던 참이었
어. 그쪽에는 사람들이 너무 많으니 그런 분위기를 어떻게 견딜 수가
있겠어? 그런데 마침 잘 돌아왔구나."

"생각해줘서 고마워요. 오늘은 별일 없는 것 같은 데다 누님이 어제
오늘 저쪽 큰댁에 오지 않아서 몸이 좀 나아지셨는지 궁금해서 찾아와
본 거예요."

"어쨌든 지금은 그냥 이 정도로 지내고 있어. 한 사흘은 나았다가 한
이틀은 좋지 않고 그래. 노마님이나 마님이 집에 안 계시는데 어멈들은
도대체 뭘 하는 거야? 아이고! 어느 하나 분수를 지키는 것들이 있어야
지. 그저 매일 다투거나 입씨름만 벌이고 노름하고 도둑질까지 일삼고
있으니 말이야. 벌써 두세 건이나 일어났잖아. 탐춘 아가씨가 일을 맡
아서 거들고 있다고는 하지만 시집도 안 간 처녀인지라 알려줄 만한 것
도 있지만 말하기 어려운 일도 적지 않거든. 그래서 억지로라도 신경
써야 하니 결국 한순간이라도 마음 놓고 조용히 지낼 날이 없어. 병이
완쾌되는 건 생각지도 못하고 더 보태지만 않아도 다행일거야."

"그렇기는 하지만 누님도 몸을 소중히 여기고 잘 돌봐야지요. 신경을 덜 쓰는 게 좋아요."

보옥은 잠시 한가로운 얘기를 나누다가 인사하고 나와 곧장 대관원으로 들어갔다.

소상관의 대문 앞에 이르러 바라보니 향로에는 아직도 남은 연기가 피어오르고 있었으며 제사 지낸 술이 아직 남아 있었다. 자견은 탁자를 안으로 옮기고 진설을 거두는 사람들을 살펴보고 있었다. 제사를 마쳤다고 생각한 보옥은 방으로 들어갔다. 대옥은 침상에 누워 있었다. 병들어 마른 몸매가 힘이 없어 보여 더욱 안쓰러웠다. 자견이 옆에서 말했다.

"보옥 도련님이 오셨어요."

대옥은 그제야 천천히 일어나 웃음을 띠며 앉으라고 권했다.

"요 며칠 사이에 몸은 좀 나아졌어? 기색은 좀 맑아진 것 같은데 왜 또 상심한 거야?"

"없는 말을 지어내고 있군요. 멀쩡하게 있는 사람한테 상심은 무슨 상심을 했다고 그래요?"

보옥이 웃으면서 말했다.

"대옥이 얼굴에 눈물자국이 분명한데 왜 나를 속이려는 거야? 난 그저 누이가 평소 병이 많으니까 모든 일에 마음을 크게 먹고 소용없는 걱정은 과도하게 하지 말라는 뜻에서 말한 거야. 그러다가 몸이라도 상하면 난 어쩌라…."

여기까지 말하다가 보옥은 다음 말은 차마 잇지 못하고 얼른 입을 다물어버렸다. 보옥은 대옥과 어려서부터 함께 자라 오면서 마음이 서로 맞아 생사를 함께 하기를 원했지만 마음속으로만 생각했을 뿐 입 밖에 낸 적은 없었다. 더욱이 대옥은 의심이 많은 사람인지라 매번 말을 꺼내다가 오히려 경솔하게 실언을 하여 대옥의 화를 돋운 일이 많았다.

오늘은 대옥의 상심을 풀어주려고 왔으므로 또 말을 잘못해서 일을 크게 하고 싶지 않았던 것이다. 보옥은 얼른 말을 중단하고 당황해하면서 대옥이 화를 낼까 걱정하였다.

그러나 생각해보니 자신의 마음은 정말 호의에서 나온 것인데 이렇게 당황스러워하다 보니 어느새 마음이 슬픔으로 가득차면서 자신도 모르게 눈물이 주르르 흘러내렸다. 대옥은 처음에는 보옥이 경중을 모르고 말한다고 화를 내려다가 지금 보옥이 울고 있는 모습을 보자 마음속이 뭉클해졌다. 본래 눈물을 잘 흘리는 대옥인지라 그 순간 참을 수 없어 마주 대하고 말없이 눈물만 뚝뚝 흘리고 있었다.

그때 자견이 차를 받쳐 들고 들어와서 그 광경을 보자, 두 사람이 또 무슨 일로 말다툼을 한 모양이라고 여기며 보옥에게 핀잔을 했다.

"우리 아가씨가 겨우 몸이 좀 나아지려는 참인데 도련님이 오셔서 자꾸 울리니 도대체 왜 그러시는 거예요?"

보옥이 눈물을 닦으며 얼른 웃음을 머금고 말했다.

"내가 어떻게 감히 누이를 울리겠어?"

그러면서 쑥스러운 기분에 일어나서 방 안을 왔다 갔다 하다가 문득 벼룻돌 밑에 붓글씨 종이가 접혀 눌려있는 것이 삐쭉이 나와 있는 것을 보고 얼른 손을 뻗어 끄집어냈다. 대옥이 벌떡 일어나 달려들어 빼앗으려 했지만 벌써 보옥이 가슴 속에 집어넣고 웃으며 사정했다.

"제발 나한테 좀 보여줘 봐."

"뭐든지 남의 방을 맘대로 뒤진다니까."

그 말이 미처 끝나기 전에 보차가 들어왔다.

"무엇을 보려는 건데 그렇게 난리야?"

보옥은 아직 종이 위에 쓰여진 글씨를 보지 못한 데다 대옥이 어떤 생각을 하는지 몰라서 감히 경솔하게 대답도 못하고 그저 대옥을 바라보며 웃기만 했다. 대옥은 보차에게 자리를 권하면서 웃음을 띠고 말했다.

"아, 아무것도 아녜요. 전에 재색이 뛰어났던 옛날 여자들 얘기를 보다 보니까 그들의 평생 사적이 기쁨과 두려움을 느끼게 하고 슬픔과 탄식도 느끼게 하지 뭐예요. 마침 오늘 아침 조반 후에 할 일이 없기에 그중 몇 사람을 골라 아무렇게나 시로 지어서 제 느낌을 적어 보았어요. 마침 탐춘이 와서 나한테 희봉 언니에게 문병가자고 했지만 난 몸이 개운치 않아서 가지 않았어요. 시 다섯 수를 짓고 나니 노곤해져서 그 종이를 저기 놓고 잠시 쉬고 있는데 오빠가 와서 그걸 찾아내가지고 보려는 거였어요. 사실 오빠가 봐도 안 될 것은 없지만요. 하지만 오빠는 함부로 남들한테 보여주니까 그게 싫어요."

"내가 언제 남한테 보여줬다고 그래? 어제 그 부채는 내가 워낙 백해당화시를 좋아해서 내가 직접 작은 해서체로 적어 두었다가 손에 들고 다니며 자주 보려고 그랬던 것일 뿐이야. 규중의 시사나 붓글씨를 함부로 밖으로 전해선 안 된다는 걸 내가 왜 모르겠어. 대옥이 뭐라고 말한 뒤부터 절대로 대관원 밖으로는 갖고 나가지 않는걸."

보차도 곁들여서 말을 이었다.

"대옥이 걱정하는 것도 일리는 있어요. 부채에다 시를 써두었다가 어쩌다 깜박하고 그걸 들고 바깥 서재로 나가면 문객들이 보는 일이 생길 수 있는 게 아니겠어요. 아무래도 누가 지은 거냐고 묻지 않을 리가 없겠지요. 그러다 만일 밖으로 널리 소문이 나면 얼마나 불미스러운 일이에요? 자고로 '여자는 재주가 없는 것이 덕〔女子無才便是德〕'이라고 했으니 어쨌든 정숙이 가장 중요하고 그 다음에 침선 재주가 둘째지요. 그밖에 시를 짓는 재주는 규방의 유희일 뿐이기 때문에 할 줄 알아도 그만이고 몰라도 그만인 거예요. 우리 같은 이런 대갓집의 아가씨라면 그런 재주로 이름나는 일은 마땅히 삼가야지요."

보차는 이어서 대옥을 향해 덧붙여 말했다.

"그나저나 어서 꺼내 보여줘 봐. 괜찮아. 보옥 도련님이 밖으로 가져

가지 않도록 하면 되잖아."

"그런 말씀이라면 언니도 볼 필요가 없어요."

대옥은 또 보옥을 가리키며 웃었다.

"오빠가 진작 채가기도 했고요."

보옥이 품에서 종이를 꺼내 보차 곁으로 가서 함께 자세히 살펴보았다.

서시[2]	西施
일대의 경국지색 거품 따라 사라지니,	一代傾城逐浪花,
오나라 궁궐에선 공연히 고향 그리네.	吳宮空自憶兒家.
동쪽 마을 못난 여자 비웃지를 마시게,	效顰莫笑東村女,
백발이 성성해도 그 물가에서 빨래하리.	頭白溪邊尚浣紗.
우희[3]	虞姬
애끊는 말은 밤바람에 울고 있고,	腸斷烏騅夜嘯風,
한 맺힌 우희는 님과 마주 앉아있네.	虞兮幽恨對重瞳.
경포와 팽월이 소금에 절여질 때,	黥彭甘受他年醢,
어찌 초나라서 자결한 우희에 비하랴.	飲劍何如楚帳中.
명비[4]	明妃
절세의 가인이 한나라 궁궐 떠났네,	絕艷驚人出漢宮,

---

2 서시는 춘추(春秋)시대 월(越)나라의 미인. 오(吳)나라에 패한 월왕 구천(勾踐)의 충신 범려(範麗)는 호색가인 오왕 부차(夫差)에게 서시를 바쳤는데, 오왕은 서시의 미색에 빠져 나라를 돌보지 않다가 결국 오나라는 망하였음.

3 우희는 초나라 패왕(覇王)인 항우(項羽)의 애첩. 항우가 패하자 우희는 항우를 따라 자결하였음.

4 명비는 한나라 원제(元帝)의 후궁 왕소군(王昭君)을 가리킴. 원제는 흉노의 선우(單于)와의 화친을 위하여 왕소군을 보내게 되었는데, 화공이 일부러 밉게 그려서 알아보지 못한 그녀의 아름다움에 발을 굴렀다고 함.

홍안미인 박명은 고금이 한가지라.　　　　　　　紅顏命薄古今同.
임금이 제아무리 궁녀 얼굴 경시한들,　　　　　君王縱使輕顏色,
어찌하여 화공 손에 운명을 맡겼는고?　　　　予奪權何畀畫工?

녹주5　　　　　　　　　　　　　　　　　　　綠珠
자갈이든 명주든 아낌없이 버렸거늘,　　　　　瓦礫明珠一例拋,
석숭이 언제 한번 귀히 여긴 적이 있나.　　　何曾石尉重嬌嬈.
그래도 인연을 얻어 생전에 즐거웠고,　　　　都緣頑福前生造,
죽어서도 함께 가니 적막함을 덜리라.　　　　更有同歸慰寂寥.

홍불6　　　　　　　　　　　　　　　　　　　紅拂
늠름하게 인사하고 논하던 영웅의 자태,　　　長揖雄談態自殊,
가난 속의 태산을 본 미인의 뛰어난 안목.　美人具眼識窮途.
숨죽이고 살아가던 양소의 거처에서,　　　　屍居餘氣楊公幕,
여장부가 어찌하여 불들려 살아가리.　　　　豈得羈縻女丈夫.

　보옥이 다 보고 절찬을 금치 못하며 말했다.

　"대옥 누이가 쓴 시가 마침 다섯 수니까 이것을 한꺼번에 다섯 미인을 읊은 시라는 뜻으로 《오미음五美吟》이라고 이름 붙이는 것이 좋겠어."

　보옥은 더 이상 다른 의견도 듣지 않고 곧장 붓을 들어 시의 끝에다 오미음 세 글자를 덧붙여 놓았다. 보차도 한마디 했다.

　"시란 어떤 제목이든 간에 옛사람의 뜻을 잘 반영해야 하는 거예요. 남들 하는 대로 흉내만 내면 글귀가 아무리 정교하다고 해도 결국 이류

---

5 녹주는 진나라 부호인 석숭(石崇)의 시첩. 권세가인 손수(孫秀)가 녹주를 달라고
　하였으나 석숭이 주지 않자, 손수는 거짓으로 황제의 명령이라고 하며 석숭을 체
　포하였고 이에 녹주는 투신자살하였다고 함.
6 홍불은 당나라 두광정(杜光庭)의 소설 《규염객전(虯髯客傳)》에 나오는 여주인
　공. 수나라 양소(楊素)의 시녀였는데 후에 당태종이 된 이정(李靖)을 만나 한눈
　에 영웅임을 알아보고 함께 야반도주한 인물.

에 불과한 거죠. 좋은 시가 될 수는 없어요. 예를 들면 옛사람들이 왕소군을 노래한 시가 아주 많지만 그중에는 소군의 운명을 함께 슬퍼한 것도 있고 화공 모연수毛延壽를 원망한 것도 있고 한나라 황제가 화공에게 어진 신하나 미인을 그리게 한 일을 풍자한 것도 있어요. 가지가지 내용이죠. 훗날 왕안석王安石이 지은 구절 중에 이런 구절이 있지요.

마음의 자태는 그려낼 수 없는 법이니,　　　　　意態由來畫不成,
그때 모연수 억울하게 처형되었네.　　　　　　當時枉殺毛延壽.

또 구양수歐陽修도 이런 시구를 썼어요.

눈앞에서 보는 바가 겨우 그러하거늘,　　　　耳目所見尚如此,
만리 밖의 북방 흉노 어찌 제압하리오.　　　　萬里安能制夷狄.

이 두 분의 시를 보면 벌써 남다르지 않아요? 오늘 대옥의 다섯 수도 정말 지금까지 없던 새로운 발상에 남다른 뜻을 담았으니 독특하다고 할 수 있어요."

보차가 계속 말을 이으려 할 때 하인이 전하는 소리가 들렸다.

"가련 서방님께서 돌아오셨습니다. 방금 전에 들으니 동쪽 큰댁에 가신 지 한참 되셨다고 하니, 지금쯤은 돌아오셨을 겁니다."

보옥이 얼른 일어나 대문으로 나가서 기다렸다. 그때 마침 가련이 밖으로부터 말에서 내려 걸어 들어오고 있었다. 보옥은 가련을 맞으면서 엎드려 가모와 왕부인의 안부를 먼저 여쭙고 이어서 가련에게 인사했다. 두 사람은 손을 잡고 함께 들어왔다.

이어서 이환과 희봉, 보차, 대옥, 영춘, 탐춘, 석춘 등이 안채 마루에서 기다리고 있다가 일일이 서로 인사를 나눴다. 가련이 말했다.

"노마님은 내일 아침 일찍 집에 당도하실 것입니다. 그동안 기력이 좋아지셨어요. 오늘 저를 먼저 보내 집안일을 살펴보라고 하셨습니다. 내일 새벽 성 밖으로 다시 나가 맞이하여 모셔올 생각입니다."

사람들은 오는 길에 별고 없었는지 물은 뒤 먼 길을 달려온 가련이 어서 돌아가 쉴 수 있도록 서둘러 헤어졌다. 그날 밤의 일은 일일이 이야기하지 않겠다.

다음 날 조반 전후에 가모와 왕부인 일동이 모두 돌아왔다. 서로 인사를 나누고 잠시 앉아 차를 마시고 나서 왕부인을 모시고 녕국부로 건너갔다. 안에서는 벌써 곡소리가 천지를 진동하였다. 가사와 가련이 가모를 모시고 먼저 당도했기 때문이었다. 가모가 안으로 들어가니 가사와 가련이 종실 사람들을 데리고 곡을 하며 맞으러 나왔다. 두 부자는 각각 양쪽에서 가모를 부축하여 영전으로 나아갔다. 가진과 가용이 끓어앉아 있다가 가모의 품으로 달려들며 통곡하였다. 가모는 나이가 들었지만 그런 모습을 보고는 역시 가진과 가용을 끌어안고 한바탕 통곡하며 멈추지 않았다. 가모는 가련이 옆에서 한참 위로한 뒤에야 겨우 울음을 그쳤다. 하지만 우씨 고부를 만나자 서로 붙잡고 또 한바탕 통곡했다.

울음을 그치자 여러 사람들이 앞으로 나아가 일일이 문안인사를 하였다. 가진은 가모가 방금 돌아와 아직 휴식을 취하지 못했고 이곳에 남아있으면 아무래도 점점 더 상심할 것이라 여겨져서 집으로 돌아가 쉬시도록 극력 권하였다. 왕부인도 재삼 재촉하는 바람에 가모는 부득이 못이기는 체 집으로 돌아왔다. 나이가 연로한 노인이라 그날 중도에 찬바람을 쐬고 또 상심하였던 까닭에 결국 밤중에 머리가 어지럽고 눈이 침침하고 코가 막히고 목소리가 갈라지는 몸살감기에 걸리고 말았다. 곧 의원을 불러 진맥하고 약을 짓느라 밤새 소동을 겪었다. 다행히 열이 차츰 내렸고, 경락을 통해 다른 곳으로 옮겨지지는 않았다. 삼경까지 땀을 좀 내자 맥이 고요해지고 열이 내렸으므로 다들 안심하였다. 가모는 다음 날도 약을 먹고 조리하였다.

며칠이 지나고 가경의 발인 날짜가 되었다. 가모는 여전히 완쾌하지 않았으므로 보옥을 남겨 시중들게 하였으며, 희봉도 역시 몸이 좋지 않아 장례식에 가지 않았다. 나머지 가사와 가련, 형부인과 왕부인 등이 집안의 노복들을 데리고 철함사까지 모시고 갔다가 돌아왔다. 가진과 우씨 그리고 가용은 여전히 철함사에 남아 영구를 지키고 백 일이 지난 후에 영구를 고향으로 모셨다. 집안일은 여전히 우씨 모친과 우이저, 우삼저가 대신 보살폈다.

한편 가련은 평소 우씨 자매의 이름을 익히 들어오던 터였으나 인연이 없어 만나보지 못함을 애석해하고 있었다. 그러던 차에 며칠 새 가경의 영구가 집에 안치되어 매일 우이저, 우삼저와 만나볼 수 있는 기회가 생기고 차츰 친숙하게 되자 어떻게 좀 할 수 없을까 하여 더욱 군침을 흘리게 되었다. 가진과 가용이 평소 그녀들과 함께 어울려 부자가 함께 난잡하게 지낸다는 추문을 들었던지라 더욱 만만하게 생각되었고 기회가 닿으면 온갖 방법으로 수작을 걸어볼 심산이었다.

가련이 보아하니 우삼저는 냉담하게 대했지만 우이저는 은근히 끌리는 듯한 기색이었다. 하지만 보는 눈들이 많아서 쉽사리 손을 쓸 수 없었다. 가련은 또 가진이 질투하지나 않을까 걱정되기도 하여 경거망동할 수도 없었다. 가련과 우이저는 다만 속으로만 마음을 주고받으며 냉가슴을 앓을 뿐이었다.

발인이 끝나자 가진의 집에는 사람이 많이 줄어들었다. 우씨 모친은 우이저와 우삼저를 데리고 막 부리는 시녀와 할멈 몇 사람과 함께 안채에서 거주하고 있었고 나머지 시첩들은 모두 절로 따라간 상태였다. 밖에는 노복들이 있었지만 밤에는 야경을 돌고 낮에는 문을 지키고 있을 뿐으로, 한낮에는 아무 일이 없어 안으로 들어오지 않았다. 그래서 가련은 그 기회에 손을 쓸 작정이었다. 가진과 동반해야 한다는 구실로 철함사에 가서 묵기도 하고 또 가진을 대신하여 집안일을 돌봐 준다는 핑계로 수시로 녕국부에 들어와 우이저와 노닥거리기도 했다.

그러던 어느 날 젊은 집사인 유록俞祿이 가진을 찾아왔다.

"지난번 장례식 때 천막 사용과 상여꾼이나 악대 일꾼들을 부린 비용이 천백십 냥이 들었습니다. 이미 지급한 은 오백 냥 외에 아직도 육백십 냥을 빚진 상태입니다. 어제 두 군데 장사꾼이 받으러 와서 재촉하였습니다. 소인네는 대감나리의 분부를 받으러 왔습니다."

"회계담당한테 가서 받아 가면 그뿐인데 무얼 굳이 나한테 와서 묻고 그러느냐?"

"어제 받으러 갔더니 노대감님이 돌아가신 이후로 각처에서 상당히 많은 돈을 수령해 갔고, 남은 것으로는 백 일 도장과 철함사의 제사용으로 써야 한답니다. 그래서 지금 지급할 수가 없다고 합니다. 그래서 오늘 대감나리께 특별히 여쭙는 것입니다. 대감나리께서 가지신 것으로 잠시 변통하시거나 다른 항목에서 대신 지불하도록 분부해 주시면 곧 처리하겠습니다."

가진이 웃으면서 유록의 말을 받았다.

"넌 아직도 내가 전과 같이 돈을 쌓아두고 안 쓰는 줄로만 아느냐? 네가 어디서 빌리든 간에 구해서 갖다 줘라."

"만일 일이백 냥이라면 소인으로서도 어찌 해보겠습니다만 오륙백 냥이나 되는 돈을 소인이 갑자기 어디서 빌릴 수 있겠습니까?"

가진은 잠시 생각하다가 가용에게 말했다.

"너는 지금 네 모친한테 가서 어제 발인한 후, 강남 진씨甄氏네 집에서 보내온 부의금 오백 냥을 아직 회계담당한테 넘기지 않았으면 그걸 받아다가 먼저 저 사람한테 주도록 해라."

잠시 후 가용이 돌아와 또 우씨의 말을 가진에게 전했다.

"어제 받은 그 돈은 벌써 이백 냥을 썼고 남은 삼백 냥은 사람을 시켜 집으로 보내 외할머님께 맡겨뒀다고 하십니다."

"그렇다면 저 사람을 데리고 네 외할머니한테 가서 그 돈을 달라고 전해라. 그리고 집안에 별일 없는지도 잘 살펴보고 네 이모들도 잘 지내는지 물어보고 오너라. 모자라는 돈은 유록이 자네가 어디서 빌려다 채우고 말이야."

가용과 유록이 함께 밖으로 막 나가려는데 마침 가련이 찾아왔다. 유록이 가련에게 문안 인사를 올리자 가련은 무슨 일이냐고 물었다. 가진은 일의 전말을 세세히 가련에게 말했다. 가련은 잠시 속으로 생각에 잠겼다.

'이번 기회에 녕국부에 들어가서 우이저를 만나야겠다.'

그러면서 가진에게 말했다.

"그게 무슨 큰일이라고 그래요? 왜 굳이 남한테서 빌리려고 하세요? 어제 막 들어온 돈이 조금 있는데 아직 안 쓰고 있는 게 있어요. 그것으로 보태 쓰시면 간단하잖아요?"

"그렇다면 얼마나 좋겠나! 그럼 우리 애한테 한꺼번에 받으러 가라고 하면 되겠군."

"그 돈은 제가 직접 가야 꺼낼 수 있어요. 또 요 며칠간 집에도 못 갔으니 돌아가서 할머님과 저희 부모님께 문안인사드리고 형님네 큰댁에도 가서 일꾼들이 무슨 말썽이나 부리지 않나 살펴보고 또 사돈마님께도 인사드리고 오겠습니다."

가진이 웃으며 대답했다.

"공연히 힘들게 하는 것 같아서 말이야. 그럼 내가 미안하지 않나."

"같은 형제끼리 그게 무슨 말씀이세요?"

가진은 또 가용에게 분부하였다.

"그럼 너는 숙부를 따라 작은댁에 가서 노마님과 두 분 어르신께도 문안드리고 오너라. 그리고 나하고 네 어머니의 인사도 대신 전해 드리고 노마님의 몸은 좋아지셨는지, 약은 드시고 계신지 여쭈어 보아라."

가용은 일일이 대답하고 가련을 따라 밖으로 나와 시동을 몇 사람 데리고 말에 올라 성으로 들어왔다.

가는 도중에 숙질간에 싱거운 얘기를 주고받게 되었다. 가련은 마음에 두고 있는 말을 꺼내기 시작했다. 우이저에 대해 언급하면서 참 예쁘게 생겼고 인품도 훌륭하며 행동거지가 바르고 말씨도 얌전하여 어느 한군데 나무랄 데가 없다고 입이 마르도록 칭찬했다.

"사람마다 모두 우리 집사람이 대단하다고 하지만 내가 보기엔 네 큰이모에 비하면 어림도 없더구나."

가용은 벌써 그 속내를 알아차리고 웃으면서 물었다.

"아저씨가 그렇게 우리 이모를 좋아하시면 제가 아예 중매를 서 드릴게요. 따로 맞아들여서 살림을 차리시는 게 어때요?"

"너 그게 진담이냐, 농담이냐?"

"제가 말씀드리는 건 진담이에요."

"나야 좋나 뿐이겠냐? 하지만 네 숙모가 들으려고 하지 않을 거다. 또 너희 외할머니도 원하실지 모르고. 게다가 듣자하니 우이저는 벌써 신랑감이 있다고 하지 않더냐?"

가련이 걱정하자 가용이 말했다.

"그건 걱정하실 필요 없어요. 큰이모와 작은 이모 모두 우리 외할아버지 친딸이 아니에요. 외할머니가 재혼하면서 데려온 딸이에요. 저도 들었는데요, 외할머니가 전 남편과 살면서 큰이모가 아직 뱃속에 있을 때, 황실 장원관리를 하던 장씨네한테 혼인을 허락했다나 봐요. 후에 장씨네가 송사를 당하여 몰락하고 우리 외할머니도 그 집에서 나와 우리 외할아버지한테 시집왔던 거예요. 벌써 십여 년이 되도록 양가에선 서로 소식을 모르고 지내죠. 외할머니도 늘 후회하면서 그 집과의 혼약을 물리려고 하고 있어요. 우리 부친께서도 큰이모를 다른 곳에 시집보내려고 애쓰는데 지금 좋은 상대를 찾던 참이에요. 장씨네에게는 돈푼이나 쥐어주고 파혼한다는 종이 한 장을 받아내면 되는데, 가난한 장씨네가 듣지 않을 까닭이 없을 거예요. 또 외할머니로서도 우리 집안의 형편을 잘 알기 때문에 허락하지 않을 리가 없고요. 아저씨 같은 분이 둘째 부인으로 들이겠다는데 외할머니나 우리 부친이나 왜 원하지 않겠어요? 제가 장담할게요. 하지만 희봉 아주머니 쪽은 설득하기 어려울 거예요."

가련은 그 말을 듣고 답답했던 속이 확 풀리며 말도 잊은 채 넋을 잃은 듯 흐뭇한 표정으로 빙긋이 웃기만 했다. 가용은 또 잠시 생각하다가 이윽고 말했다.

"아저씨께서 배짱이 있으시면 제 말씀대로 하시는 것도 괜찮으실 거예요. 돈이 좀 들기는 하겠지만요."

"그래? 무슨 좋은 계책이라도 있느냐? 어서 말해 보아라. 내가 안 들을 리가 있느냐."

"아저씨는 집에 가서서 절대로 눈치를 내보여선 안돼요. 제가 부친께 말씀드리고 외할머니께 제대로 말을 꺼내서 허락받은 다음에 저희 집 부근에 집 한 채와 살림살이를 마련하고 남녀 노복을 데려와 시중을 들도록 하자는 거예요. 그래서 좋은 날짜를 정해서 귀신도 모르게 혼인하고 하인들에게는 절대 비밀이 새나가지 않도록 단속하면 될 거예요. 희봉 아주머니야 깊은 저택 안에 살고 있는데 어떻게 알 수가 있겠어요? 아저씨는 두 곳을 오가면서 지내다가 일 년쯤 지나면 설사 발각되더라도 기껏해야 할아버님한테 야단이나 맞을 뿐이겠지요. 그때 아저씨는 희봉 아주머니가 아들을 못 낳아 대가 끊이지 않게 하려고 몰래 밖에서 그렇게 일을 저질렀다고 하면 그만일 거예요. 희봉 아주머닌들 이미 다

된 밥인데 더 이상 어찌겠어요. 그때 노할머님께 말씀드려서 허락을 얻으면 걱정 없이 다 끝나는 거예요."

예로부터 '탐욕에 눈이 먼다'는 말이 있다. 가련은 우이저의 미모를 탐하는 데 눈이 어두워서 가용의 말을 더할 수 없이 완벽한 계책인 줄로만 여기게 되었다. 지금 이 순간 상중에 있으면서 조강지처를 버려두고 새 마누라를 얻는 일이 얼마나 부당한지, 엄하기 그지없는 부친과 질투의 화신인 본처가 있어 그것이 얼마나 위험한 일인지를 모두 잠시 잊고 말았다. 또한 가용의 계책이 반드시 호의에서 나온 것만은 아닌 점도 알아채지 못했다. 가용은 평소 이모들과 은연중 정을 나누며 살았는데 가진이 중간에 끼어 있어 늘 불편하고 마음대로 기를 펴지 못했었다. 그런데 지금 가련이 우이저를 첩으로 맞아들이면 필시 밖에다 방을 구해 살 것이므로, 가련이 집에 없을 때는 몰래 왕래하기가 좋을 것으로 생각했기 때문이었다. 가련이야 그런 일은 상상조차 못했으므로 그저 가용에게 인사하며 고마워할 따름이었다.

"조카! 정말 고맙네. 과연 그 말대로만 된다면 내가 아주 예쁜 시녀를 사서 너한테 줄게."

그렇게 말하는 사이에 두 사람은 벌써 녕국부의 대문 앞에 이르렀다. 그때 가용이 말했다.

"아저씨께서 먼저 들어가셔서 저희 외조모께 돈을 달래서 유록에게 전해주세요. 저는 노할머님께 인사드리러 가겠어요."

가련은 웃음을 머금고 고개를 끄덕이며 말했다.

"할머님 앞에서 내가 너와 함께 왔다는 말은 하지 마라."

"알았어요."

가용은 또 가련의 귀에 대고 속삭였다.

"오늘 우리 큰이모를 만나시면 절대로 성급하게 굴면 안돼요. 그러다 소동이 일어나면 앞으로 일을 성사시키기가 어렵게 되거든요."

"쓸데없는 소리 그만하고 어서 들어가기나 해. 여기서 기다릴 테니까."

가용은 안으로 들어가 가모에게 안부 인사를 했다.

가련이 녕국부에 들어가니 집사가 곧장 대청으로 안내하였다. 가련은 일일이 한 가지씩 물었지만 모두 겉치레 말뿐이었다. 가련은 그들을 돌려보낸 뒤 혼자 안으로 들어갔다. 가련은 평소 가진과 허물없이 가깝게 왕래하는 사이인 데다 형제간이었으므로 거리낄 것이 없었다. 자연히 안에 통보하기를 기다리지 않고 곧장 안방으로 들어갔더니 낭하에 기다리던 할멈이 주렴을 열고 안으로 모셨다.

가련이 방 안으로 들어가 보니 남쪽의 구들 위에 우이저가 시녀 둘을 데리고 바느질을 하고 있었다. 마침 우씨 모친과 우삼저는 자리에 없었다. 가련은 얼른 앞으로 다가서며 인사하였다. 우이저는 웃음을 띠며 자리를 권했다. 가련은 동쪽에 세운 병풍 앞에 기대앉았다. 가련은 여전히 머리를 내밀고 우이저에게 인사를 건네며 몇 마디 말을 걸었다.

"사돈 마님과 동생은 어디 가셨나요? 어째 안 보이시는군요."

"방금 일이 있어서 뒷켠에 나갔어요. 곧 올 거예요."

그때 심부름하는 시녀들이 차를 준비하러 나가고 자리에 없었다. 가련은 연신 눈을 굴려 우이저의 표정을 살폈다. 우이저는 고개를 숙이고 살며시 웃기만 할 뿐 상대하지 않았다. 가련은 함부로 경거망동을 할 수 없었다. 그런데 마침 우이저가 주머니에 달려있는 비단수건을 만지작거리고 있기에 가련은 실실 웃으면서 다가가 그걸 손으로 만졌다.

"마침 깜빡하고 빈랑檳榔[7] 주머니를 안 가져 왔네요. 빈랑이 있으면 나한테 하나 먹여 줄래요?"

---

7 아열대에서 자라는 종려나무과의 열매로 중국 사람들은 늘 가지고 다니면서 식사 후 즐겨 씹음.

"빈랑이 있기는 있지만 내 빈랑은 한 번도 남한테 먹으라고 주어 본 적이 없는걸요."

가련은 웃으면서 몸을 더욱 가까이 다가가면서 뺏으려고 했다. 우이 저는 남들이 보면 곤란하다고 생각하여 웃으면서 얼른 던져주었다. 가 련은 주머니를 받아서 쏟더니 반쯤 먹다만 것을 골라 입에 털어 넣었 다. 그리고 나머지는 도로 넣어서 주머니를 돌려주었다. 그 순간 두 시 녀가 차를 들고 들어왔다. 가련은 차를 받아 마시면서 자신이 차고 있 던 한옥漢玉 구룡패九龍珮[8]를 몰래 풀어 슬쩍 손수건에 싸서 시녀가 고 개를 돌리는 틈에 우이저 쪽으로 던졌다. 우이저는 못 본 척하며 그걸 줍지 않고 가만히 앉아 차만 마시고 있었다. 그때 뒤에서 문발 열리는 소리가 나더니 곧 우씨 모친과 우삼저가 두 시녀를 데리고 들어왔다. 가련은 우이저에게 눈짓을 보내 얼른 노리개를 주워 넣으라고 했다. 하지만 우이저는 여전히 못 본 척하고 시침을 떼고 있었다. 가련은 우 이저가 도대체 무슨 생각에서 저러는가 싶어 안달이 났다. 하지만 얼 른 우씨 모친과 우삼저에게 인사하지 않을 수 없었다. 인사하고 우이 저를 바라보았지만 우이저는 그저 아무 일 없다는 듯이 웃고만 있었다. 다시 살펴보니 손수건은 벌써 보이지 않았다. 가련은 그제야 마음을 놓았다.

모두 함께 앉아서 한담을 나누다가 가련이 용건을 말했다.

"이 집 형수님께서 지난번 누가 보내온 돈을 사돈마님께 맡겨 놓았다 고 하시던데요. 오늘 돈을 받아가야 하는 사람이 와서 형님께서 저더러 그 돈을 받아오라고 했습니다. 겸사겸사 집안에 별일이 없는지 잘 살펴 보라고도 하셨고요."

우씨 모친은 곧 우이저에게 돈을 가져오게 했다.

---

8 오래된 옥에 아홉 마리 용을 새겨 넣은 노리개.

"그렇잖아도 저 역시 사돈마님께 문안인사 올리고 두 분 아가씨한테도 인사하러 올 생각이었습니다. 사돈마님께선 안색이 좋으신 것 같아 다행인데 아가씨들은 이곳에 와서 고생이 많으시군요."

우씨 모친이 웃으면서 말했다.

"우리는 서로 가까운 친척사이인데 무슨 그런 말씀을 하시나요. 집에서 지내나 여기 와서 지내나 매일반이랍니다. 솔직하게 말하면 우리 집에선 바깥양반이 먼저 가신 뒤로 집안형편이 좀 어렵답니다. 모두 이곳 사위한테 신세지면서 살아가고 있지요. 지금 사위한테 이런 큰일이 생겼으니 우리가 다른 일은 몰라도 집 봐주는 일 정도야 뭐가 고생이 되겠어요?"

얘기를 주고받는 가운데 우이저가 돈을 찾아와 자기 모친한테 건네주었다. 우씨 모친이 그 돈을 가련에게 건네주자 가련은 어린 시녀에게 할멈을 불러오게 했다.

"할멈은 이 돈을 유록한테 전해주도록 하고 그 사람한테 밖에서 날 기다리라고 전하게."

할멈이 대답하고 나갔다.

마침 밖에서 가용의 목소리가 들려오더니 잠시 후 방으로 들어와 외할머니한테 안부 인사를 하고 또 가련에게도 웃으면서 말했다.

"방금 전에 아저씨네 큰 대감님께서 아저씨가 어디 있느냐고 찾으셨어요. 무슨 일인가 아저씨한테 시키실 모양이었어요. 원래는 절에 사람을 보내 찾으려 했는데 제가 아저씨는 이곳에 와 있다고 대감님께 말씀드렸더니 아저씨더러 어서 오라고 하시던데요."

가련이 얼른 일어나서 나가려는데 가용이 자기 외할머니한테 하는 말이 들렸다.

"언젠가 제가 할머니께 말씀드렸잖아요. 우리 아버지가 이모한테 신랑감을 구해준다고 말이에요. 지금 이 아저씨하고 얼굴이나 몸매가 아주 비슷하거든요. 할머니는 어떻게 생각하세요?"

가용은 가만히 손가락으로 가련을 가리키며 우이저에게는 입을 삐죽이 내밀어 신호를 보냈다. 우이저는 난처하여 아무 말도 못하는데 우삼저가 웃는 것도 아니고 노한 것도 아닌 표정으로 가용에게 달려들었다.

"이 못된 원숭이 같은 놈아! 할 소리 못할 소리 다 하는구나. 내 언젠가는 네 입을 찢어주고야 말겠어!"

가용은 웃으면서 벌써 문밖으로 달아나고 있었다. 가련도 웃으면서 하직인사를 하고 대청으로 나와 하인들에게 노름이나 술타령 하지 말고 잘 살피라고 일렀다. 또 가용에게는 얼른 돌아가서 부친에게 잘 말하라고 조용히 부탁했다. 가련은 유록을 데리고 나와 돈을 보태서 가져가도록 하고 가사를 찾아가 인사하고 가모에게도 문안 인사를 올렸다.

한편 가용은 유록이 가련을 따라 돈을 가지러 가자 자신은 할 일이 없어져 다시 안으로 들어왔다. 그리곤 두 이모와 한참 노닥거리다가 천천히 일어나 저녁에야 절로 돌아가서 가진에게 보고했다.

"돈은 이미 유록에게 건네주었습니다. 노마님께서도 몸이 많이 좋아지셔서 지금은 약도 안 드시고 계십니다."

말을 마치고 잠시 기회를 타서 가용은 가진에게 집에 가던 도중에 가련과 나누었던 말을 하면서, 가련이 우이저를 첩으로 들이겠다는 뜻을 전하고 밖에 방을 구하여 살게 하면 희봉이 모를 것이라는 계책까지 말했다.

"사실 지금 그렇게 하는 것은 우선 뒤를 이을 아들을 보기 어렵기 때문입니다. 게다가 큰이모는 서로 잘 아는 사람이고 친척으로 맺어지는 거라서 다른 곳에서 전혀 속 모르는 사람을 데려온 것보다 낫기 때문이기도 하고요. 그래서 가련 아저씨가 부친께 잘 좀 말씀드려 달라고 했습니다."

다만 가용은 자기가 먼저 그런 생각을 꺼냈다는 말은 쏙 뺐다. 가진도 속으로 생각해 본 다음 웃으면서 말했다.

"그래 그것도 좋은 방법이구나. 너의 큰이모가 속으로 원하는지는 모르겠지만. 내일 네가 먼저 네 외조모께 상의드려 보고, 외조모께서 큰이모한테 똑똑히 물어본 다음에 결정하는 것이 좋겠구나."

가진은 가용에게 일일이 필요한 사항을 말해주고 나서 우씨에게 건너가 그 얘기를 상세하게 말했다. 우씨는 그렇게 하는 일이 온당치 못하다고 생각하고 극력 말렸다. 하지만 가진의 생각이 이미 굳어졌고 평소에 우씨가 늘 남편의 생각에 순종하였던 데다가, 그녀들이 자신과는 배가 다른 자매들이라 더 이상 깊이 관여하기가 곤란하였다. 그리하여 결국은 그들이 무슨 짓거리를 하든지 상관 않기로 하였다.

다음 날 아침 일찍 지난밤 정한 대로 가용은 성내로 들어가서 외조모를 만나 부친의 생각을 전하면서 가련의 사람 됨됨이에 대해 늘어놓기 시작하였다. 그리고 지금 희봉이 병들어 있는데 이미 소용없게 된 터라 우선 임시로 밖에서 방을 정해 두고 한 일 년쯤 지내다가, 희봉이 죽으면 즉시 우이저를 정실로 들여와 살게 될 것이라는 등 여러 가지 말을 덧붙였다. 또 부친이 어떻게 시집을 보내려 하고, 가련 쪽에서는 어떻게 혼례를 치르려 하며 앞으로 외조모는 어떻게 모시고 작은 이모도 장차 대신 시집보내려고 한다는 등 제멋대로 온갖 소리를 지껄여댔다. 우씨 모친은 그만 거절할 명분이 없었다. 하물며 평소에 전적으로 사위인 가진의 도움을 받아 살아가고 있는 데다 이번에 혼사도 가진이 주선한 마당이고 혼수품도 따로 살 필요가 없다고 하며, 가련 또한 아직 젊은 공자로 장화張華에 비하면 열 배는 훌륭하기 때문이었다.

우씨 모친은 얼른 우이저에게 가서 의향을 물었다. 우이저는 본래가 물과 같이 부드러운 사람인 데다 이미 형부와 애매한 관계에 있었고 장화에게 허혼하여 종신대사를 망치게 된 것에 대해 진작부터 늘 원망하고 있던 터였다. 지금 가련 쪽에서 먼저 마음이 있고 형부가 혼인을 주선한다고 하니 역시 거절할 까닭이 없었다. 우이저는 고개를 끄덕여 허락을 표시했다. 이 소식은 곧 가용에게 전해졌고 가용은 다시 가진에게 보고했다.

가진은 다음 날 사람을 보내 가련을 철함사로 오라고 하여 직접 우씨 모친이 허락한 일을 알려주었다. 가련은 기쁨에 넘쳐 가진과 가용 부자에게 심심한 감사의 표시를 했다. 두 사람은 서로 상의하여 하인을 보내 거처할 방과 머리장식 등을 마련하도록 하고, 우이저의 화장품과 신방에 필요한 살림도구를 구입하도록 했다. 며칠 안 지나서 모든 준비가 다 끝났다. 가련은 녕영가寧榮街의 뒤편 한 마장쯤 떨어진 소화지小花枝 골목 안에 스무 칸짜리 집 한 채를 구하고 시녀 두 사람을 함께 사들였다.

가련은 또 자기집 하인 포이鮑二 부부를 불러들여 새집에서 우이저를 맞은 뒤에 시중들도록 했다. 포이 부부는 새로운 임무를 부여받고 좋아라 하며 달려 왔다. 그런 다음 가련은 또 장화 부자를 불러오게 해서 우씨 모친과 함께 이혼장을 쓰도록 종용했다. 장화의 조부는 원래 황실 장원의 우두머리였다. 조부가 죽은 뒤, 장화의 부친이 그 일을 맡게 되었는데 우씨 모친의 전남편과 사이가 좋았던 관계로 우이저가 뱃속에 있을 때 장화와의 혼인을 정하게 되었던 것이다. 훗날 장씨네는 관가에 고발되어 가산을 몰수당하고 먹고사는 것도 해결하기 어려울 지경으로 몰락하고 말았다. 따라서 며느리를 맞아들일 생각은 아예 하지도 못했다. 또 우씨 모친도 그 집을 떠나 재혼하였으므로 양가는 십여 년 동안 서로 왕래가 없었다.

장화 부자는 지금 가씨 집안사람에게 불려와 우이저와의 혼인을 파기하도록 강요당하자니 속으로는 비록 원하지 않았지만 가진의 세도가 무서운지라 따르지 않을 수 없어 이혼장을 쓰고 말았다. 우씨 모친은 스무 냥을 건네주고 양가에선 더 이상 혼인의 일을 거론하지 않기로 하였다. 가련은 일이 온전하게 다 해결되자 황도길일黃道吉日인 유월 초사흘날로 혼인날을 잡아 우이저를 맞이하기로 하였다. 그야말로 다음 시 구절과 같은 형국이었다.

뒷일이 궁금하면 다음 회를 보시라.

형제간에 색욕을 탐내다가,   只爲同枝貪色慾,
부부간에 반목만 일으키누나.   致使連理起干戈.

賈二舍偷娶尤二姨
尤三姐思嫁柳二郎

남몰래 첩이 된 우이저

가련은 몰래 우이저에게 장가들었고
우삼저 내심 유상련에게 시집가려네
賈二舍偸娶尤二姨 尤三姐思嫁柳二郎

    가련과 가진, 가용 등 세 사람은 서로 상의하여 사전준비가 다 끝나
자 초이튿날 먼저 우씨 모친과 우삼저를 신접 살림방으로 들여보냈다.
우씨 모친이 살펴보니 비록 가련이 큰소리치던 만큼 화려한 것은 아니
었지만 그런대로 제대로 갖추어져 있었으므로 두 모녀의 마음에 들었
다. 포이 부부는 그들을 보자 추위에 화롯불을 만난 듯 반가워하며 우
씨 모친에게 달려와 말끝마다 외할머님 혹은 노마님으로 부르며 살갑
게 대했고, 우삼저에게도 둘째 이모님 혹은 이모님이라고도 불렀다.
    다음 날 새벽녘이 되자 별다른 장식을 하지 않은 깔끔한 가마 하나가
우이저를 태우고 들어왔다. 각종 향촉과 지마紙馬, 깔개와 술상이 벌써
부터 모두 마련되어 있었음은 물론이다. 잠시 후 가련이 요란하지 않은
복장으로 작은 가마를 타고 들어왔다. 두 사람은 천지신명께 절하고 지
마를 태웠다. 우씨 모친은 우이저가 입은 옷과 머리장식이 예전에 집에
서 못 보던 것이었기에 마음에 흡족해 하면서 부축하여 신방으로 들게

했다. 그날 밤 가련과 우이저가 서로 사랑을 나누며 달콤한 시간을 보낸 것은 더 말할 것도 없다.

가련은 우이저를 보면 볼수록 사랑스러워서 어떻게 해야 우이저를 즐겁게 할 수 있을까 노심초사하였다. 포이 등 하인들에게 둘째니 셋째니 하는 말을 빼고 아예 아씨마님으로 부르도록 하고 자신도 늘 아씨라고 불렀다. 그 순간부터 왕희봉의 존재는 사라진 것이나 마찬가지였다. 가련은 때때로 집에 돌아가면 동부 큰댁에서 일이 많았었다고 둘러댔으며, 희봉은 그가 가진과 친하게 지내고 있으므로 자연히 여러 가지 일들을 상의하느라고 그랬는가 보다 하고 의심하지 않았다. 또 집안에는 하인들이 비록 많았지만 다들 그런 일에는 상관하지 않았다. 간혹 할 일 없이 건들거리며 남의 일에 기웃거리는 사람도 있었지만 모두 가련에게 잘 보이려고 하는 자들인지라 기회를 봐서 덕이나 보려고 하였지 감히 누설하려 들지는 않았다. 가련은 가진에게 진심으로 고마워했다. 가련은 우이저에게 생활비로 한 달에 은자 다섯 냥을 주었다. 가련이 오지 않을 때는 세 모녀가 함께 식사하였고 그가 오면 부부가 겸상을 하고 두 모녀는 다른 방에서 먹었다. 가련은 자신이 수년 동안 모아두었던 비밀자금을 몽땅 우이저에게 주면서 보관토록 하였다. 또 베갯머리, 이불 속에서 평소 희봉의 사람 됨됨이나 행동거지 등을 일일이 다 얘기하면서 그녀가 죽기만 하면 우이저를 아내로 맞아들이겠다고 공언했다. 우이저는 당연히 원하던 바였다. 이렇게 이곳의 열 명 가까이 되는 사람들은 비교적 풍족하게 지내고 있었다.

어느덧 두어 달이 지났다. 어느날 가진은 철함사에서 불사를 마치고 저녁에 집으로 돌아오는 길에 오랫동안 만나지 못한 처제들이 생각나 우이저의 집을 찾아가려고 하였다. 그래서 먼저 시동을 보내 가련이 와 있는지 알아보라고 했다. 시동이 와서 가련이 없다고 하자 가진은 기뻐하면서 좌우의 시종들을 집으로 돌려보내고 심복 두 사람만 남겨서 말을 끌도록 하여 신접살림을 차리고 있는 집으로 갔다. 때가 벌써 저녁 무렵이었으므로 가진은 남모르게 살짝 안으로 들어갔다. 시동은 말을 마구간에 매고 하인방에서 대기하도록 했다.

가진이 들어가서야 방 안에 불이 켜졌다. 가진은 먼저 우씨 모녀를 찾아가 인사하였으며, 잠시 후 우이저가 나와 가진에게 인사를 올렸다. 가진은 우이저를 여전히 전에 부르던 대로 처제라고 불렀다. 그들은 함께 차를 마시며 잠시 한담을 나누었다. 가진이 웃으면서 말했다.

"내가 중매를 잘 섰지? 그런 사람을 놓쳤다간 등불을 켜들고 찾아다녀도 못 찾을걸. 며칠 있다가 큰언니도 예물을 준비해서 보러 올 거야."

이야기하는 중에 우이저는 벌써 시녀들을 시켜서 술상을 마련토록 하였다. 문을 닫아거니 다들 한집안 식구였으므로 아무것도 거리낄 것이 없었다. 포이가 얼른 달려와 문안인사를 하자 가진이 말했다.

"너는 그래도 양심이 있는 놈이니까 너를 불러 시중을 들라고 시킨 것이니라. 앞으로 크게 쓰일 날이 있을 테니 절대로 밖에서 술이나 마시고 말썽부리면 안 된다. 네가 잘만 하면 자연히 상을 받게 될 거야. 가련 서방님이 지금 일이 많고 그쪽에 상황이 복잡하니까 만일 여기에 부족한 것이 있으면 넌 주저할 것 없이 즉시 나한테 말하도록 해라. 우리는 형제 사이라 남들하고는 다르니까 말이야."

포이가 대답했다.

"네, 잘 알겠습니다. 만일 소인이 정성을 다 바치지 않으면 이 머리통을 날려주십시오."

가진이 고개를 끄덕이며 말했다.

"네 놈이 알고 있으라고 하는 말이다!"

포이가 나가고 그 자리에서 네 사람이 함께 술을 마셨다.

우이저는 재빠르게 눈치를 채고 모친을 불러 함께 나가자고 말했다.

"엄마, 저 혼자 나가려니까 겁이 나서 그러는데, 저와 함께 좀 나가

주시겠어요?"

우씨 모친도 눈치를 채고 시녀들만 남겨둔 채 우이저와 밖으로 빠져 나왔다. 가진은 곧 우삼저에게 가까이 다가가 어깨를 맞대고 얼굴을 부비며 온갖 추태를 다 부리기 시작했다. 시녀들은 보다 못해 하나둘씩 빠져나가면서 두 사람만 남아 무슨 짓거리든 하며 실컷 즐기라고 했다.

가진을 따르던 시동 둘은 주방에서 포이와 술을 마셨다. 포이 마누라 는 안주를 만들고 있었는데 그때 시녀 둘이 시시덕거리면서 들어와 술 을 마시겠다고 하자 포이가 말했다.

"너희까지 술시중도 안 들고 이렇게 도망쳐 나오면 어떡하니? 그러다 갑자기 사람이라도 부르는데 아무도 없으면 난리가 날 게 아냐?"

포이 마누라가 험악한 욕을 해댔다.

"저런 멍청한 얼간이 같은 인간을 봤나! 당신은 그냥 술이나 처먹으면 되지 무슨 상관이야. 술 취하면 가랑이에 제 물건이나 잘 끼고 송장처럼 자빠져 자면 그만이지, 남이야 부르건 말건 웬 참견이냐구요. 내가 다 알아서 하면 당신한텐 불똥 하나 튀지 않을 테니 걱정 말란 말예요."

포이는 원래 마누라 덕분에 출세한 데다 요즘 들어 점점 더 덕을 많이 보고 있었다. 자기는 돈푼이나 벌어 술이나 마시는 일 외에 아무 일에 도 상관하지 않고 지내고 있었다. 가련조차도 마누라 얼굴을 봐서 자기 를 별로 야단치지 않았으므로 포이로서는 마누라를 제 어미 모시듯 백 이면 백 하자는 대로 다 따르고 있었다. 그래서 술을 실컷 먹었다 싶으 면 곧 들어가 잠에 빠져들었다. 남은 포이 마누라는 시녀와 시동을 대 접하면서 그들한테 잘 보이려고 애썼다. 그러는 건 결국 가진에게 잘 보이기 위한 것이었다.

그렇게 네 사람이 한창 즐겁게 노닥거리고 있는데 밖에서 문 두드리 는 소리가 났다. 포이 마누라가 얼른 나가서 문을 열어보니, 가련이 말에서 내리며 별일 없느냐고 묻는 것이었다. 포이 마누라가 가만히 속삭였다.

"큰 나리께서 오셔서 서쪽 행랑채에 계십니다."

가련은 그 말을 듣고 곧장 침실 쪽으로 갔다. 우이저와 우씨 모친이 방 안에 있다가 가련을 보고 얼른 일어나 어색하게 웃으면서 맞이했다. 가련은 모르는 척 시침을 떼고 분부했다.

"어서 술상이나 봐 오시오. 우리 두어 잔 마시고 잡시다. 오늘은 아주 피곤하구먼!"

우이저는 얼른 웃음을 띠며 옷을 받아 걸고 차를 따라 올리면서 이것저것 상냥하게 물었다. 가련은 기분이 좋아지며 몸이 근질근질해서 견딜 수가 없었다. 곧 포이 마누라가 술상을 들고 오자 두 사람이 함께 마시기 시작했으며, 장모는 술자리에 끼지 않고 자기 방으로 잠자러 갔다. 시녀 둘이 각각 나눠서 한 방씩 시중을 들었다.

가련의 심복 시동인 융아隆兒가 말을 매러 마구간으로 가니 이미 말 한 필이 매어 있었는데 가만히 보니 가진의 말이었다. 속으로 사태를 짐작하고 주방으로 들어갔더니 그곳에는 희아喜兒와 수아壽兒가 앉아서 술을 마시고 있었다. 융아가 오는 걸 보고 벌써 짐작하고 웃으며 둘러댔다.

"하필이면 이럴 때 만나는구나. 나리의 말을 따라가지 못해서 야간 통금에 걸릴까 봐 이곳으로 하룻밤 지내러 온 거야."

"잠자리는 얼마든지 있는데 뭐가 걱정이야? 맘대로 자고 가. 나리께서 한 달 생활비를 아씨께 갖다 드리라고 해서 온 거니까. 나도 오늘밤에는 안 돌아가."

희아가 말했다.

"우린 벌써 많이 마셨어. 이리 와서 한잔 해."

융아가 막 앉아서 술잔을 드는데 마구간에서 후다닥거리며 소동이 일어났다. 말 두 마리를 같은 구유에 매 놓았기 때문에 서로 양보하지 않고 발길질하며 싸운 것이었다. 융아 등은 놀라 얼른 술잔을 놓고 쫓아 나와서 말 두 마리를 겨우 진정시킨 뒤 고삐를 따로 매놓고 들어왔다. 그러자 포이 마누라가 웃으면서 말했다.

"그럼 세 사람은 여기서 놀다가 자도록 해. 차도 이미 끓여 놓았으니까. 난 이제 그만 자러 가야겠어."

그러면서 포이 마누라는 문을 닫고 나갔다. 남아 있던 희아는 술 몇 잔에 벌써 눈매가 게슴츠레해졌다. 융아와 수아가 문을 닫아걸고 돌아보니 희아가 구들 위에 큰 대자로 뻗어 누워 있었으므로 그를 흔들면서 말했다.

"희아야, 일어나서 잘 좀 누워 자. 혼자서만 그렇게 누워 있으면 우린 어떻게 자란 말이야?"

"오늘밤 우리 공평하게 한 화덕에서 떡이나 구워 보자고. 공연히 잘난 체하는 놈이 있으면 그놈 에미랑 붙어먹을 거야!"

희아가 막말을 하자 융아와 수아는 그가 너무 취했다고 생각하고는 더 이상 대꾸하지 않고 얼른 불을 끄고 잠들었다.

한편 방 안에선 우이저가 말들이 다투는 소리를 듣고 속으로 불안하게 생각하며 이 말 저 말로 가련의 주의를 다른 곳으로 끌었다. 가련은 술을 몇 잔 마시자 춘흥이 일어 술상을 치우게 한 뒤 문을 닫고 옷을 벗었다. 우이저도 붉은색 속저고리만 입고 있었는데 검은 머리를 적당히 뒤로 묶고 얼굴은 발그레하니 춘색이 올라 있어 낮에 보는 것보다 훨씬 더 예뻐 보였다. 가련은 곧바로 그녀를 끌어안으며 말했다.

"사람들은 우리집 야차 같은 마누라를 정갈하게 생겼다고 말하지만 내가 보기엔 당신 발밑에서 신발 신겨주는 사람노릇도 못할 거야."

우이저가 말했다.

"글쎄요. 제가 인물이야 그렇다손 치더라도 품행이 바르지 않은걸요. 아무래도 인물 못난 게 더 나을 거예요."

가련이 의아해 하면서 물었다.

"그게 무슨 말이야? 난 이해를 못하겠네."

우이저는 눈물을 흘리면서 말했다.

"당신들은 나를 바보 취급하시는군요. 제가 뭘 모르겠어요? 저는 이제 서방님과 부부가 된 지 두 달밖에 안 되었어요. 비록 얼마 되지는 않았지만 당신도 바보가 아니란 걸 잘 알아요. 전 이제 살아서도 서방님 사람이고 죽어서도 서방님의 귀신이에요. 지금 부부가 되었으니 종신토록 의지하고 살아갈 텐데 어찌 손톱만큼이라도 숨기는 게 있을 수 있겠어요. 저야 의지할 곳이 생겼다고 하지만 제 동생은 앞으로 어떡하면 좋아요? 제가 보기에 지금 같은 상태로 오래 둔다는 건 결코 바람직하지 못해요. 아무래도 장래를 생각해서 계책을 세워야 하질 않겠어요?"

가련이 듣고 웃으며 대답했다.

"그런 일이라면 걱정 안 해도 돼. 나는 결코 질투나 하는 부류는 아니야. 전에 있었던 일도 다 알고 있으니 놀랄 필요도 없고. 다만 동생의 짝이 형이 된다는 게 아무래도 거북하고 불편하겠지. 차라리 지금 가서 그런 거북함을 깨부수는 게 좋겠어."

가련은 곧 일어나서 서쪽 행랑채로 갔다. 창문으로 휘황한 불빛이 흘러나오고 두 사람은 한창 술을 마시며 즐기고 있었다.

가련이 문을 밀고 들어가 웃으며 말했다.

"형님께서 왕림하여 계신다기에 이렇게 아우가 인사차 왔습니다."

가진은 부끄러움에 몸 둘 바를 모르고 할 말을 잊은 채 일어나 자리를 권했다. 가련이 웃으면서 말했다.

"형님, 굳이 그렇게까지 하실 게 뭐 있습니까? 우리 형제지간이 전에는 어땠습니까? 형님이 저를 위해 얼마나 애를 쓰셨는지 저는 잘 압니다. 오늘 제가 분골쇄신한다 하더라도 감사한 마음을 다 갚을 길이 없습니다. 만약 형님이 저를 의심하신다면 제가 어떻게 마음을 놓을 수 있겠어요? 앞으로 형님이 전처럼 대해주시기를 바랍니다. 그렇지 않으면 형제간의 의리도 끊을 수밖에 없으며 다시는 이곳에 오지도 않을 것입니다."

가련은 말을 마치고 곧 가진의 앞에서 무릎을 꿇었다. 가진은 깜짝 놀라 얼른 가련을 붙잡아 일으키며 말했다.

"동생이 그렇게 생각하면 동생이 하자는 대로 하겠네."

가련은 하인을 불러 명했다.

"어서 술상을 새로 차려오너라. 우리 형님하고 한잔 해야겠다."

그리고 우삼저를 끌어다 놓고 말했다.

"자, 이리 와요. 여기 시동생과 함께 앉아 술 한 잔 해야지."

가진이 비로소 웃으면서 말했다.

"동생! 과연 자네답구먼그래. 그렇다면 형도 이 술잔을 비워야겠네."

가진은 목을 젖혀 술잔을 기울였다.

우삼저는 구들 위에 서 있다가 가련을 가리키며 웃었다.

"형부는 우리한테 굳이 그렇게 입에 발린 말로 수작부리지 않아도 돼요. 맑은 맹물에 잡면을 말면 그냥은 먹기 어렵죠.[1] 어떻게 먹나 한번 보겠어요. 그림자 연극에서 오린 종이 들고 들어가면 어쨌든 종이는 찢지 말아야 하겠죠. 공연히 쓸데없는 생각일랑 마세요. 우리가 당신네들 집구석의 일을 아무것도 모를 줄 아세요? 지금 냄새나는 몇 푼 내서 당신네들 두 형제가 우리 두 자매를 무슨 기생처럼 데리고 놀 심산인 모양인데 그게 다 잘못 생각한 거라고요. 우리도 당신 마누라가 함부로 건드리기 어려운 지독한 여자라는 거 잘 알고 있어요. 지금 우리 언니

---

1 녹두 찌꺼기 같은 것으로 만든 거친 음식으로, 매우 뻑뻑하여 기름기가 없으면 먹기 어려움.

를 꾀어서 첩을 만들어 놓고, 훔쳐온 꽹과리 두드릴 수 없다고 감춰두고 있는 게 아닙니까? 나도 희봉 아씨 좀 만나러 가봐야겠어요. 그 사람이 머리통이 몇 개나 되고 팔이 몇 개나 있는지 한번 직접 봐야겠어요. 그래서 서로 화기애애하게 얘기를 나눌 수 있다면 그만이지만 만일 조금이라도 거슬리게 한다면 나도 가만있지 않을걸요. 당신네들 뱃속에 우황牛黃이나 구보狗寶[2] 같은 못된 심보를 다 까발리고 당신의 그 악랄한 마누라하고 머리채 잡고 한번 겨뤄볼 생각이라고요. 그렇게 못할 바엔 내 감히 우삼저라고 하지도 않을 거예요. 술 마시는 거? 뭐가 겁나요! 우리 한번 질펀하게 마셔 보시자고요!"

우삼저는 자신이 직접 술병을 들어 한 잔 가득 따라서 먼저 반잔을 마시고 가련의 목덜미를 잡고 한손으로 술잔을 입에 대고 먹이기 시작했다.

"나하고 당신 형은 벌써 많이 마셨으니까 이제 우리 둘이 한번 친하게 지내보자고요."

깜짝 놀란 가련은 마셨던 술이 다 깰 지경이었다.

가진도 우삼저가 그렇게 부끄러운 줄도 모르고 대담하고 노련하게 나올 줄은 생각도 못했기 때문에 놀라긴 마찬가지였다. 가진과 가련 형제는 본래 여자들과 놀아나는 데는 이골이 난 사람들이었지만 오늘 이처럼 규방의 한 처자한테 한바탕 훈계를 듣게 될 줄은 몰랐다. 우삼저는 여전히 좌중을 압도하며 소리를 질러댔다.

"언니도 어서 와서 우리 네 사람이 한번 진탕 놀아보자고요. 속담에도 '좋은 것은 남한테 넘겨주지 않는 법'이라고 했잖아요. 저분들은 형제지간, 우리는 자매지간, 서로 남남도 아니니 얼마나 좋아요. 자, 어

---

2 우황은 병든 소의 담석이고 구보는 문둥병 걸린 개의 담석인데 여기서는 시커먼 뱃속에 든 나쁜 마음을 비유한 말임.

려워 말고 한번 붙어보자고요."

우이저는 매우 난처하게 되었다. 가진은 틈을 보아 살짝 도망치려고 했지만 우삼저가 그냥 놓아줄 리가 만무했다. 가진은 그제야 비로소 후회했지만 소용이 없었다. 우삼저가 그런 사람일 줄은 미처 몰랐으므로 오히려 난잡한 언행을 할 수가 없게 되었다. 그건 가련도 마찬가지였다.

우삼저는 머리카락을 풀어헤치고 붉은 적삼을 반쯤 벌린 채 파르스름한 가슴가리개를 드러내고 눈같이 하얀 젖가슴을 드러내 보였다. 아랫도리는 연두색 바지에 빨간색 신발을 신었는데 작고 앙증맞은 발을 까딱까딱 움직이며 잠시도 가만있지 않았다. 귓불에 달려있는 귀고리는 그네처럼 흔들리고 있고 등불 아래 드러난 버들잎 같은 눈썹은 푸른 안개 서린 듯하였다. 향기로운 입술은 붉은 단사를 찍은 듯 아리땁게 빛나고 가을 물같이 서글서글한 두 눈은 술을 마신 뒤라 게슴츠레하여 더욱 요염한 빛을 발하고 있었다.

이 순간의 우삼저는 제 언니를 능가할 뿐만 아니라 가진이나 가련이 상하귀천을 막론하고 지금까지 보아온 모든 여자를 능가하였다. 이처럼 요염하면서 풍류가 넘치는 여자는 일찍이 본 적이 없었다. 두 사람은 온몸이 근질근질하고 뼈마디가 녹는 듯, 무엇에 홀린 듯 일른 손이라도 대보고 싶었지만 그녀의 음란한 자태와 기풍에 오히려 기가 죽고 말았다.

우삼저가 솜씨를 부려 시험해 본 결과, 그들 두 형제는 어떠한 식견이나 재주도 전혀 없고, 입으로 그럴듯한 농담 한마디 대꾸하지 못하는 위인들이었다. 그저 주색 두 글자나 아는 정도였다. 우삼저는 마음껏 고담준론을 펼치고 제멋대로 한바탕 휘저으며 두 형제를 데리고 한껏 놀았다. 그건 분명히 두 형제가 우삼저를 희롱한 것이 아니라 우삼저가 두 형제를 데리고 희롱한 것이었다. 얼마 후 주흥이 끝나가자 그녀는 두 형제를 더 이상 앉아있지 못하게 내쫓은 채 문을 닫아걸고 잠자리에 들었다.

그 후로 우삼저는 시녀나 할멈들이 잘못하는 일이 있으면 가련과 가진, 가용을 싸잡아서 소리소리 지르며 그들 세 남자가 자기들 과부 모녀를 속여먹은 것이라고 욕을 해댔다. 가진은 그날 돌아간 이후 다시는 함부로 그 집을 찾아가지 않았다. 간혹 우삼저가 스스로 기분이 내키면 시동을 시켜 가진을 부르곤 했는데 그럴 때나 겨우 찾아가서는 그녀가 하자는 대로 놀다가 나오곤 했다.

우삼저는 천성적으로 괴팍한 성미를 타고난 여인이었다. 자신의 풍류와 반반한 인물을 빌미로 멋지게 차려입고 그 누구도 따르지 못하는 음란한 교태를 무기로 사내들의 애간장을 다 녹여 넋이 나가고 군침을 흘리게 했다. 남자들은 그녀에게 가까이 가고자 하나 범접하기 어려웠고 또 멀리하자니 아까워서 정신이 나가도록 빠지고 말았는데 그녀는 바로 그런 점을 즐기고 있었다. 그녀의 모친과 언니가 옆에서 극력 말렸지만 그녀는 오히려 당당하게 말했다.

"언니도 참 바보야. 우리처럼 금옥 같은 자매가 어떻게 저런 쓸모없는 건달패한테 더럽혀지고만 있으란 말이야? 그러면 무능한 거지. 게다가 그 집에는 지독한 여자가 있다는데 지금이야 속여먹고 있으니까 안심이지만 언젠가 발각되는 날에는 조용히 지나갈 까닭이 있어? 한바탕 소동이 일어나고야 말 텐데 그렇게 되면 누군가 죽든지 살든지 해야 할 거 아냐. 아직 멀쩡할 때 우리가 먼저 저들을 데리고 놀며 철저하게 짓밟아 희롱해야 해. 그러지 않았다가 그때 가서 공연히 추악한 이름만 남긴다면 후회한들 무슨 소용이 있겠어?"

우삼저는 그렇게 말하면서 어머니와 언니가 아무리 타일러도 도무지 말을 들으려고 하지 않았다. 두 사람은 하는 수 없이 그저 가만히 내버려두는 수밖에 없었다. 우삼저는 날마다 입는 것과 먹는 것을 가지고 까다롭게 굴었다. 은장식을 한댔다가 금세 금장식을 달래거나, 진주를 달랬다가 또 보석을 달래는가 하면, 살찐 거위고기를 먹고 나서 이번에는 또 살찐 오리고기를 내라고 했다. 그러다가 음식이 맘에 들지 않으면 상을 뒤집어엎었다. 옷도 시원찮으면 새 옷이든 비단옷이든 가리지 않고 가위로 싹둑싹둑 잘라 버리거나 찢으면서 욕을 해대곤 했다. 결국 가진은 매일 비위를 다 맞춰주면서 공연히 명목 없는 돈만 헛되이 날리고 있었다.

가련 역시 그 집에 가서는 우이저의 방에서만 지내며 속으로는 은근히 후회하는 마음도 일기 시작하였다. 그러나 우이저는 정이 많은 사람이라 가련을 종신토록 의지할 사람으로 믿고 있었고 매사에 가련의 아픈 곳, 가려운 곳을 잘 알아주었다. 온순하고 부드러운 성격으로 일어나는 일마다 반드시 가련과 상의했고 혼자 멋대로 처리하는 법이 없었으니, 희봉보다도 열 배는 더 나은 인물이었다. 생김새나 언행으로 보아도 절반은 더 나았다. 다만 지금은 비록 행실을 고쳤지만 일찍이 몸을 버려 음란함의 딱지를 붙이고 있는 마당이라 아무리 좋게 보려고 해도 역시 좋은 사람으로 보기는 어려웠다. 그렇지만 가련은 생각을 돌려 스스로를 달래곤 했다.

'세상에 잘못 없는 사람이 어디 있어? 잘못을 알고 이미 고쳤으면 그만이지.'

그래서 지나간 음란함은 더 이상 거론치 않고 지금의 착함만을 강조하며 아교와 옻칠처럼, 물과 물고기처럼 살아서도 죽어서도 함께 하겠다고 일편단심 마음먹고 있었다. 가련의 마음속에는 벌써 희봉이나 평아의 존재는 없어진 지 오래였다.

우이저는 잠자리에서 자주 가련에게 좋은 말로 청했다.

"당신이 형님하고 잘 상의해서 잘 아는 사람을 골라 우리 셋째를 시집보내는 게 좋겠어요. 저 애를 그냥 집에 두는 게 좋은 방법이 아닌 것 같아요. 결국에 일을 터뜨리면 어떻게 해요?"

"지난번에 나도 형님한테 말씀드려 보았지만 그냥 놓아주기는 섭섭한 모양이더라고. 그래서 내가 그랬지. '기름진 양고기는 뜨거워서 입을 데고, 장미꽃은 예쁘지만 손을 찌른답니다. 우리가 그 기를 꺾지도 못할 바에는 적당한 사람을 골라 시집보냅시다'라고 말이야. 형님도 그렇게 생각하는 것 같았지만 손을 떼기가 쉽지는 않은 모양이야. 그러니 난들 어떻게 하겠어?"

"걱정 말아요. 내일 저희가 먼저 동생을 잘 달래보고서 그렇게 하겠다면 소란을 피우게 하잔 말이에요. 그럼 아주버님께서도 소용이 없게 되면 시집보내는 수밖에 더 있겠어요."

가련이 우이저의 생각에 동의했다.

"그렇게 하는 게 좋을 것 같소."

다음 날 우이저는 따로 술상을 마련했으며 가련도 외출하지 않고 있었다. 그들은 한낮이 되자 우삼저를 건너오라고 하여 모친과 함께 상좌에 앉게 했다. 우삼저는 벌써 그 뜻을 알아차리고 술이 삼배 돌자 언니가 말하기도 전에 눈물을 뚝뚝 흘리며 먼저 입을 열었다.

"언니가 오늘 저를 이렇게 청해 말하고자 하는 것은 자연 저의 장래 일에 관한 것이 분명할 것입니다. 저도 그렇게 어리석은 사람은 아니에요. 또 지나간 날들의 불미스러운 일들은 저도 다 알고 있으니 일일이 말할 필요가 없고 말해도 도움이 되지 않을 것입니다. 언니는 지금 좋은 자리를 구하여 의지할 곳이 생겼고 어머니도 의탁할 곳이 생기셨으니 저도 좋은 곳을 찾아가야 마땅하겠지요. 하지만 종신대사란 죽을 때까지의 일로, 결코 애들 장난이 아니질 않겠어요? 저도 이제는 잘못을 뉘우치고 안분지족하여 평소 마음에 있던 사람을 골라 저의 장래를 의탁하고자 합니다. 만약 형부나 언니가 골라줘서 돈 많은 석숭石崇이나 재주 많은 조식曺植이나 아니면 인물 좋은 반악潘岳같은 사람을 만난다

해도 제 마음에 들지 않으면 아무 소용이 없는 거예요."

가련이 웃으면서 물었다.

"그거야 뭐가 어려워? 처제가 좋은 사람을 골랐으면 그대로 정하면 되는 거지. 혼수나 혼인 절차는 모두 우리가 할 테니까 장모님도 근심하실 필요가 없어요."

우삼저는 울면서 말했다.

"언니는 알고 있을 거예요. 제가 말할 필요도 없어요."

가련이 누구냐고 물었지만 우이저도 갑자기 생각이 나지 않는지 말을 못했다. 다들 누굴까 생각하는 중인데 가련이 먼저 입을 열었다.

"이 사람이 틀림없어!"

가련은 손뼉을 치며 웃었다.

"그래, 내 이제 알았다. 그 사람이 틀림없어. 과연 안목이 대단하구먼!"

우이저가 그게 누구냐고 물었다. 가련이 대답했다.

"다른 사람이 어떻게 맘에 들겠어? 틀림없이 보옥일 거야."

우이저와 우씨 모친도 그럴 거라고 생각했다. 우삼저는 흥! 하고 콧방귀를 뀌면서 쏘아붙였다.

"우리 집에 딸이 열 있다면 당신네들 형제 열 명한테 다 시집가야 한단 말이에요? 이 집 말고는 천하에 좋은 남자가 하나도 없는 줄 아세요?"

그래서 또 다들 이상하게 생각했다.

우삼저가 웃으면서 말했다.

"어떻게 눈앞에 보이는 사람만 생각하세요? 오 년 전의 일을 생각하면 언니는 알 수 있을 거 아녜요?"

그때 가련의 심복 시동인 홍아興兒가 찾아와 가련에게 아뢰었다.

"대감마님께서 나리를 급히 찾고 계시대요. 저는 얼른 외숙부댁에 가셨다고 둘러대고 이리로 달려왔습니다."

"어제 집에서는 찾은 사람이 없었더냐?"

"제가 아씨마님께는 나리께서 절에 가셔서 가진 나리와 백일 제사를 지낼 준비를 논의하시느라 돌아오지 못하신다고 말씀드렸어요."

가련은 얼른 일어나 말을 끌고 오라고 분부하면서 융아를 뒤따르게 하고 흥아는 남겨서 사람들이 찾아오면 일을 처리하도록 했다.

우이저는 요리 두 접시를 준비하여 흥아에게 큰 술잔에 술을 따라 주면서 구들가에 앉아서 먹으라고 하면서 이런저런 얘기를 건넸다. 집의 아씨마님의 나이가 몇이며 성질은 어떠한지, 노마님의 나이와 마님의 나이는 어떠하며 아가씨는 몇 명이나 있는지 등 이것저것 집안 사정을 물었다. 흥아는 빙글빙글 웃으면서 구들가에 앉아 한편으로는 먹으면서 한편으로는 영국부 안의 사정을 세세하게 그들 모녀에게 들려주었다.

"저는 중문을 지키는 문지기인데요, 우리는 두 반으로 나뉘어 있고 한 반에 네 명씩 모두 여덟 명이에요. 이 여덟 명 중에서 몇 사람은 아씨의 심복이고 몇 사람은 나리의 심복이랍니다. 아씨의 심복들한테는 저희가 함부로 대들지 못하지만 나리의 심복에게 아씨의 심복들은 맘대로 달려들곤 하지요. 우리 아씨로 말씀드리면 마음속이 지독하고 입은 칼날같이 빠르고 명쾌하답니다. 우리 나리님은 그런대로 좋으신 분이신데 아씨 앞에서는 꼼짝 못하죠. 아씨 아래에 있는 평아 아가씨가 사람이 좋아요. 아씨와 함께 한통속이기는 하지만 뒤로 아씨 몰래 좋은 일을 많이 하거든요. 저희가 무슨 잘못이라도 했을 때, 아씨가 절대 용서하지 않는 것도 평아 아가씨한테 잘 말하면 그냥 넘어갈 수가 있어요. 지금 온 집안에서 노마님과 마님 두 분을 빼놓고는 우리 아씨마님을 원망하지 않는 사람이 없어요. 그냥 겉으로만 떠받들고 있는 거예요. 그게 다 우리 아씨가 남들이 자기보다 못하다고 깔보고 노마님과 마님의 눈에만 들려고 하기 때문이에요. 또 돈은 모아서 산처럼 쌓아놓고 싶어서 안달이에요. 그래야 노마님이나 마님한테 살림 잘한다는 소리를 듣게 되겠지요. 아랫사람들을 괴롭혀서 자기 혼자 호감을 얻으려고 한다는 건 조금도 생각지 못해요. 좋은 일이 있으면 다른 사람이 먼저 말하게 내버려두지 않고 선수를 치고, 나쁜 일이나 자기가 잘못한 일이 있으면 목을 움츠리고 남한테 책임을 떠넘기지요. 그리곤 옆에서 공연히 화를 내곤 한다니까요. 지금은 글쎄 말이에요. 우리 아씨의 진짜 시어머니인 큰마님조차도 싫어하고 미워하면서 이렇게 말하고 있어요. '참새가 모이 많은 곳에 날아들고 검은 암탉이 한우리에 들려고 하는 꼴이야. 제 집 일은 제쳐두고 남의 집에 가서 극성을 부리고 있단 말이야!' 노마님이 안 계셨더라면 벌써 우리 아씨는 제 집으로 쫓겨났을 거예요."

우이저가 웃으며 말했다.

"네 녀석이 그렇게 남의 말이라고 함부로 네 아씨의 흉을 보고 있으니 앞으로 그쪽에 가서 내 흉을 또 얼마나 볼지 모르겠구나. 나야 그분보다도 한층 모자라는 사람이니 할 말이 더 많겠지."

홍아는 그 말에 당황하면서 얼른 꿇어앉아 말했다.

"아씨 말씀대로라면 저는 벼락에 맞아도 쌉니다. 만일 저희들이 복이 있어서 우리 나리께서 부인을 맞이하실 때 아씨 같은 분을 먼저 맞이하셨더라면 저희들도 꾸중을 덜 듣고 매도 덜 맞고 노심초사하지 않아도 되었을 겁니다. 지금 나리를 따르는 사람들 중에서 어느 하나 앞에서나 뒤에서나 이곳 아씨의 품성을 칭송하지 않는 사람이 없어요. 저희는 서로 아씨한테 와서 시중들게 해달라고 나리께 부탁하려고 상의하는 중인 걸요."

우이저가 웃으면서 말했다.

"이 원숭이자식 같은 놈아! 어서 발딱 일어나지 않고 뭐 하느냐? 장난으로 몇 마디 했더니 아주 정색하고 사설을 늘어놓는구나. 너희가 오긴 뭘 하러 온단 말이냐? 내가 너의 아씨마님을 만나러 들어갈 작정인데."

그 말에 흥아가 손을 내저었다.

"아씨! 제발 들어가려고 하지 마세요. 이건 아씨한테 정말로 말씀드리는 건데 한평생 그 사람은 안 보는 게 상책입니다. 입으로는 달콤하고 마음속은 쓰디쓴 사람입니다. 칼날과 칼등처럼 앞뒤가 전혀 다른 사람이라고요. 얼굴엔 웃음을 띠면서 다리로는 걸어 넘어뜨리는 사람이고요, 불같이 뜨겁게 반가워해도 속으로는 몰래 칼을 품고 있다고요. 세상에 온갖 못된 것은 안 가진 게 없어요. 아마도 작은 이모의 입심으로도 당해내지 못할 거예요. 그럼요! 아씨같이 점잖고 선량한 분이 어떻게 그런 사람의 적수가 될 수 있겠어요!"

우이저가 여전히 웃으며 말했다.

"내가 예의로서 점잖게 대해 드리면 그 사람인들 어떻게 할 수 있겠어?"

"이건 제가 술 한 잔 먹었다고 해서 함부로 드리는 허튼 말씀이 아니에요. 아씨는 예의로서 점잖게 대하시겠지만 그 사람이 아씨가 이처럼 자기보다 잘생기고 남의 인심을 더 얻은 것을 보면 가만있을 줄 아세요? 그 사람은 질투 덩어리라고요. 아주 식초 단지 같은 질투의 화신이라니까요. 비록 시녀라 하더라도 우리 나리께서 두어 번만 눈길을 주면 그 사람은 바로 그 자리에서 그 시녀를 짓이겨 놓는다니까요. 시첩인 평아 아가씨가 집 안에 같이 있지만 두 사람이 같이 있을 수 있는 건 아마도 일이 년에 겨우 한 번쯤이나 될 걸요. 그런데도 그걸 가지고 한 열 번은 바가지를 긁어댔을 거예요. 결국은 평아 아가씨도 화를 내고 울면서 항의한 적이 있었답니다. '내가 원하던 것도 아니고 아씨가 억지로 나를 밀어 넣었잖아요. 처음부터 내가 싫다고 했는데 거역할 거냐고 하면서 나를 윽박지르시더니 이제 와서 또 왜 이러시는 거예요?' 라고요. 그 사람도 그때는 어쩔 수가 없었던지 평아 아가씨한테 사과했더랍니다."

"그게 다 거짓말이겠지? 그런 야차 같은 사람이 어떻게 자기가 데리고 있는 사람을 겁내겠어?"

"그래서 속담에도 '세상에 올바른 이치만은 벗어날 수가 없는 법'이라고 했잖아요. 평아는 원래 어려서부터 데리고 있던 시녀예요. 시집올 때 데려온 아이가 모두 넷인데 시집갈 사람은 가고 죽은 사람도 있고 해서 지금 남아있는 심복이 바로 평아예요. 그 사람이 평아를 시첩으로 앉히게 된 것은 첫째로 자신이 어질다는 이름을 드러내려는 목적도 있지만, 둘째는 나리의 마음을 잡아두려는 점도 있어요. 그 밖에 또 한 가지 이런 이유도 있어요. 이 댁의 가법으로 도련님들이 자라서 어른이 되면 장가들기 전에 먼저 시녀 두 사람을 붙여서 시중들게 되어 있답니다. 그래서 나리한테도 원래 두 사람이 있었는데 우리 아씨가 시집오고 반년도 안 되어서 어찌 된 일인지 무슨 잘못을 꼬투리 잡더니 모두 내쫓고 말았어요. 남들은 이를 두고 말하기가 거북했는데, 자기가 체면이 서지 않았던 모양인지 억지로 평아 아가씨에게 강요해서 시첩으로 만들어버린 거예요. 평아 아가씨는 마음이 똑바로 박힌 사람이라 그런 일을 마음에 두고 있지 않아요. 또 본처를 제치고 남편을 독차지하려는 짓도 하지 않고 오로지 전심전력으로 자기 시중을 다 들어주니까 용납하고 있는 거라고요."

우이저가 웃으면서 말했다.

"그렇구나. 하지만 내 듣기에 너희 집에는 또 과부가 된 아씨마님도 계시고 아가씨들도 몇 분이 있다는데 그 사람이 그렇게 지독하게 하는 것을 어떻게 용납한단 말이냐?"

홍아가 손바닥을 치면서 웃었다.

"아씨께서는 모르시는 말씀이십니다. 우리 집 그 과부 아씨께서는 별명이 '부처님'이시랍니다. 그야말로 부처님 반 토막같이 덕성이 많은 분이시죠. 우리 집의 가법은 엄격하여 과부 아씨는 살림은 않고 다만 청정하게 수절만 하게 되어 있지요. 집안에 또 아가씨들이 많아서 그들을 보살피고 계시지요. 아가씨들이 책 읽고 글씨 쓰고 바느질 배우고 여러 가지 예의범절을 익히도록 하는 게 그분의 임무랍니다. 그것 외에는 아무것도 모르시고 또 상관도 하지 않으세요. 다만 요즘 들어 우리 아씨마님이 병이 난 데다 일은 많으므로 큰아씨마님께서 얼마간 돌봐주고 계시지만 별로 관여하는 건 없고 전례대로 처리할 뿐이에요. 우리 아씨처럼 부질없이 일을 만들어 재주를 보이려고 하지도 않으신답니다. 그리고 우리 집 큰아가씨는 말할 필요도 없지요. 조그만 잘못이라도 있었다면 그렇게 큰 복을 받지는 못하셨을 거예요. 둘째 아가씨는 별명이 '나무토막'이에요. 바늘로 찔러도 아야 소리 한번 할 줄도 모른답니다. 그리고 셋째 아가씨는 별명이 '매괴화玫瑰花'예요."

우씨 자매는 그게 무슨 뜻이냐고 물었다.

"매괴화는 붉고 향기로워서 누구든지 좋아하지 않는 사람이 없지요. 다만 가시가 있어 손을 찌르게 되잖아요. 하지만 역시 대단한 분이에요. 마님 소생이 아닌 것이 안타깝지만요. '까마귀 둥지에서 봉황이 난 격'이라고나 할까요. 넷째 아가씨는 아직 나이가 어린데 가진 나리와는 어머니가 같은 친동생이에요. 어려서 모친을 여의었기 때문에 노마님의 명으로 마님이 데려다 지금까지 키웠던 거예요. 그 아가씨 역시 별로 집안일에는 상관하지 않는 성격이에요. 아씨께서는 모르시겠지만 우리 집 아가씨 말고 따로 두 분의 아가씨가 있어요. 정말 천상에서든 지하에서든 짝이 없을 만큼 훌륭한 인물들이죠. 한 분은 우리 집 고모마님의 딸인데 성이 임씨이고 이름은 대옥이라고 해요. 얼굴이나 몸매나 여기 작은 이모님과 비슷할 거예요. 문장실력이 아주 뛰어나지만 몸에 병이 많아서 이런 날씨에도 겹옷을 입어야만 해요. 바람만 쐬면 꼭 병이 나서 몸져눕곤 하지요. 그래서 아무렇게나 지껄이는 우리 같은 사람들은 '병든 서시'라고 부른답니다. 또 한 분은 이모님의 딸인데 성은 설씨이고, 이름은 보차라고 해요. 꼭 눈 속에서 굴러 나온 사람 같아요. 매번 그분들이 외출할 때나 수레에 오르실 때 혹은 정원 안에서 언뜻 엿보기라도 하면 우리는 정말 넋이 나갈 것 같다고요. 그 두 분을 보면 숨도 제대로 쉬기가 어려워요."

우이저가 웃으면서 물었다.

"너희 같은 대갓집의 예법이라면 비록 아직 어린애라 하더라도 너희가 들어갔을 때 아가씨들을 만나면 마땅히 멀찌감치 피해야 되지 않겠니?"

홍아가 손을 저으며 말했다.

"아녜요, 그런 게 아녜요. 당연히 예법에 따라 멀찌감치 몸을 피해야 하는 게 맞죠. 그건 말할 것도 없는데 몸을 피해서도 감히 숨을 크게 쉴 수가 없다는 거예요. 숨을 크게 내쉬면 임대옥 아가씨가 쓰러질까 걱정이고 숨을 따뜻하게 내쉬면 설보차 아가씨가 녹아버릴까 걱정이니까요."

홍아의 농담에 방 안에 있던 사람들은 모두 웃음을 터뜨렸다.

뒷일이 궁금하면 다음 회를 보시라.

情小妹耻情歸地府
冷二郎心冷入空門

제66회

파혼당한 우삼저

다정한 우삼저 수치심에 자결하고
냉정한 유상련 후회하며 출가하네
情小妹恥情歸地府 冷二郎一冷入空門

홍아의 말이 익살스럽게 끝나자 포이 마누라가 웃음을 띠고 그를 한
번 때리며 말했다.

"당초에는 진짜 같았는데 알고 보니 네놈이 점점 쓸데없는 말을 엮어
내고 입에서 나오는 대로 제멋대로 지껄였던 게로구나. 이런 걸 보면
너는 우리 나리의 시동이 아니라 꼭 보옥 도련님을 따라다니는 시동처
럼 보인단 말이야."

우이저가 또 무엇인가 물으려고 하는 참에 마침 우삼저가 웃으며 먼
저 물었다.

"그런데 너희 집에 그 보옥 도련님은 서당에 나가는 일 말고 또 무엇
을 하고 지내시느냐?"

홍아가 웃으면서 계속 말을 이었다.

"작은 이모님, 아예 묻지도 마세요. 아마 제가 말씀드려도 믿지 않으
실 테니까요. 도련님은 지금까지 그렇게 장성하시도록 정식으로 서당

169

에 가서 제대로 공부한 적이 없답니다. 우리 집안 어르신 가운데 조상
님부터 우리 나리님에 이르기까지 어느 한 분이라도 서당에서 십 년씩
공부하지 않은 사람이 있었나요? 그런데 하필 보옥 도련님만큼은 공부
를 지독히도 싫어하신답니다. 그래도 노마님한테는 장중보배인지라
대감님께서 한때 제대로 훈계를 주려고 했지만 이제는 거의 상관할 수
없게 되었어요. 매일 정신이 오락가락 하는 사람처럼 떠드는 말조차 보
통사람은 무슨 말인지 잘 알아듣지도 못하고, 하는 일조차 무슨 일인지
남들은 알 수 없다니까요. 바깥사람들이 보면 아주 그럴싸하고 훤하게
잘생겼으니까 당연히 속으로도 총명하겠거니 할 테지만, 그 해맑은 모
습 속에 혼탁함이 가득한 줄을 누가 알겠어요. 사람을 만나도 한마디
말도 안 한답니다. 그나마 갖고 있는 좋은 점이라고는 비록 공부를 제
대로 하지 않았지만 다행히 글자를 좀 안다는 것이에요. 매일 글씨 연
습도 하지 않고 무술 연습도 하지 않으며 또 사람 만나기도 두려워해
요. 다만 계집애들 사이에서 소란을 피우며 지낼 뿐 강함이나 유약함의
구분도 없어서 어쩌다 우리를 보면 기분이 좋을 때는 위아래도 없이 함
께 어지럽게 어울려 놀고, 기분이 안 좋을 때는 우리가 제멋대로 해도
내버려둬요. 우리가 앉아 있거나 누워있거나 간에 상관도 안 하고, 도
련님을 보고 본체만체해도 야단치지도 않아요. 그러니 아무도 그를 두
려워하는 사람이 없지요. 누구든 각각 제멋대로 해도 아무 문제가 없는
걸요."

우삼저가 웃으며 끼어들어 말했다.

"주인이 너그러우면 너그러운 대로 너무 너그럽다고 탓하고, 엄하면
엄하다고 또 원망을 해댈 테니 너희는 정말 상대하기가 어렵구나."

우이저가 말했다.

"우리가 보기에 보옥 도련님은 괜찮은 사람 같았는데 정말 그렇다면
참으로 아까운데 그래."

"언니! 저런 애들이 제멋대로 하는 말을 다 믿어요? 우리가 어디 한두 번 만나 보았던가요? 행동거지나 말이며 먹고 마시는 모습에서 여자 같은 데가 없지는 않았지만 그거야 늘 집안에 박혀있었으니 습관이 된 게 아니겠어요? 바보라니 도대체 어디가 바보 같다는 거예요? 언니도 기억하잖아요? 지난번 상중에 우리가 같이 있었는데 그날 중들이 들어와 영구를 둘러싸고 독경을 하자 그가 앞쪽에 서서 우리를 막고 있었잖아요. 남들은 모두 그가 예의범절을 모르거나 눈치가 없어서 그런다고 말했지만 나중에 가만히 우리한테 말했었지요. '누님들은 모를 거예요. 내가 눈치가 없어서가 아니라 중들이 더러워서 냄새가 누님들한테 배기라도 할까 봐 막아섰던 거예요'라고 말이에요. 그리고는 그가 차를 마셨는데 그때 언니도 차를 마시려고 했잖아요. 할멈들이 그가 사용한 찻잔을 쓰려고 하니까 얼른 '그건 이미 더러워진 것이니까 따로 씻은 찻잔을 가려오라'고 말했지요. 그 두 가지 일만 가지고 냉정하게 보더라도 저는 그가 본래 여자애들하고 어쨌든 잘 지낼 것이라고 생각했어요. 단지 다른 사람들과는 어울리는 방식이 달랐기 때문에 아마도 그들이 모르는 것 같아요."

우이저가 웃으며 말했다.

"네 말대로라면 너는 진작부터 보옥 도련님과 서로 의기투합했다는 것이로구나. 그럼 아예 너를 그 사람한테 시집보내면 더욱 좋질 않겠느냐?"

우삼저는 홍아가 앞에 있으므로 뭐라고 말하기가 거북해서 고개를 숙이고 수박씨만 까고 있었다.

홍아가 웃으며 말했다.

"얼굴모습이나 행동거지나 사람 됨됨이를 본다면 아주 좋은 한 쌍이 되고말고요. 하지만 도련님한테는 벌써 짝이 있어요. 단지 아직 드러내 놓고 말하지 않았을 뿐이지만, 앞으로 임대옥 아가씨로 정해질 거예요. 임대옥 아가씨가 병약하고 아직 나이가 어려서 그 문제를 거론치 않을 뿐이에요. 한 이삼년만 지나서 노마님께서 한마디만 하시면 그렇게 되지 않을 까닭이 없을 거예요."

그때 마침 융아가 다시 찾아왔다.

"대감님께서 아주 중요한 일로 비밀리에 나리님을 평안주平安州로 출장을 보내신답니다. 사나흘 뒤에 길을 떠날 예정인데 오가는 데 반 달은 걸릴 거라고 하는군요. 오늘은 못 오시게 되었으니 이곳 마님께서 아씨와 함께 그 일을 잘 상의하셔서 내일 나리께서 오시면 곧바로 결정할 수 있게 하라고 하셨습니다."

융아는 말을 마치고 홍아를 데리고 돌아갔다. 우이저는 곧 대문을 닫아걸게 하고 일찍 잠자리를 펴고 누워서는 밤새 우삼저의 심중을 상세히 물어두었다.

이튿날 오후에 가련이 오자 우이저는 오히려 나무랐다.

"중요한 사무가 있는데 뭐 하려고 일부러 여길 오셨어요? 저 때문에 일을 그르치시면 절대 안 돼요."

"별일은 아니고 하필이면 멀리 출징가야 히는 일이 생겨서 그렇다오. 내달 초에 길을 떠나면 한 보름은 있어야 돌아올 것 같소."

"그러시다면 아무 걱정 말고 다녀오세요. 이곳의 일은 서방님께서 걱정하실 필요가 없으세요. 제 동생은 아침저녁으로 변덕을 부리는 애가 아니어서 기왕에 지난날을 후회하고 개과천선한다고 했으니 필시 마음을 고쳐먹을 거예요. 그리고 그 애가 벌써 신랑감을 정했으니 그대로 따라주는 게 좋겠어요."

가련이 그게 누구냐고 묻자 우이저가 웃으면서 대답했다.

"그 사람은 지금 이곳에 없고 언제 돌아오려는지도 알 수 없어요. 하지만 그 애 안목은 그래도 대단해요. 그 애가 스스로 말하기를 그 사람이 안 돌아오면 일 년이든 십 년이든 기다리겠답니다. 만일 그 사람이 죽어서 영영 돌아오지 않는다면 자기도 머리 깎고 중이 되어, 염불하면서 한평생을 보낼 각오라는 거예요."

가련이 궁금하여 다그쳐 물었다.

"도대체 누구기에 처제의 마음을 그렇게도 사로잡았다는 건가?"

우이저가 차근차근 말했다.

"말하지만 사연이 길어요. 오 년 전 우리 외할머니 댁에서 생일잔치를 했는데 어머니와 우리도 그곳에 갔었어요. 그때 그 집에서 전문적인 배우는 아니지만 공연을 하는 연극배우 한 패를 불러 공연했는데 그중에 소생小生 역할을 했던 유상련柳湘蓮이란 사람이 있었어요. 동생이 글쎄 그 사람에게 마음을 두고 있었나 봐요. 그 사람한테만 시집가겠다고 하니 말이에요. 지난해인가 유상련이 무슨 말썽을 일으키고 도망쳤다는 말을 들었는데 돌아왔는지는 모르겠네요."

"아! 그런 일이 있었소? 난 또 누구라고! 그 사람이었군. 과연 안목이 보통이 아니야. 하지만 당신은 모를 거야. 유상련과 같이 잘생긴 사람은 얼굴이나 마음이나 쌀쌀하고 냉정하기 이를 데 없는 사람이오. 대부분의 사람한테는 무정하고 의리도 없게 대하지만 보옥이하고는 아주 친하게 왕래하는 사이였지. 지난해 개망나니 설반을 흠씬 두들겨 패주고는 우리 보기가 미안하니까 그대로 어디론가 도망쳐 버렸다오. 나중에 들으니 돌아왔다고는 하지만 정말인지는 모르겠소. 보옥이 시동들한테 물어보면 금방 알 수 있을 거야. 다만 만약 안 돌아왔다면 종적이 묘연한 사람이니 몇 년이 지나야 올지 모르는데 공연히 아까운 세월만 보내게 되지 않을까?"

"그렇지만 우리 셋째는 한다면 진짜 하는 사람이에요. 뭐라고 말하든 그대로 따르는 수밖에 없어요."

두 사람이 말을 나누고 있을 때 마침 우삼저가 들어왔다.

"형부! 아무 걱정 마세요. 우리는 남들처럼 말과 행동이 다른 그런 사람이 아니에요. 뭐든 한번 말하면 그대로 한답니다. 만약 유씨 그분이 돌아오면 그 사람한테 시집갈 거예요. 오늘부터 저는 고기를 끊고 염불을 하며 어머님 시중이나 들면서 기다렸다가 그분이 오시면 제 일생을 맡길 거예요. 백 년이 되어도 돌아오지 않으면 저는 출가하여 수행이나 할 겁니다."

우삼저는 자신의 단호한 뜻을 보여주기 위해 옥비녀를 꺼내 두 동강이 나게 부러뜨렸다.

"제 말이 한마디라도 틀리면 이렇게 되고 말 거예요."

우삼저는 말을 마치고 제 방으로 돌아갔다. 그야말로 앞으로는 예가 아니면 움직이지 않고 예가 아니면 말하지 않겠다는 굳은 태도를 보여주었던 것이다. 가련은 더 이상 어찌할 수가 없어서 우이저와 집안일을 의논한 뒤 다시 본가로 돌아와 희봉과 길 떠나는 일에 대해 상의하였다. 그러면서 가련은 보옥의 시동인 명연을 불러 유상련에 대해 물었다.

"저희들은 전혀 모르고 있습니다. 아마 돌아오지 않았을 겁니다. 만일 왔더라면 제가 알았을 텐데요."

명연은 모른다고 했다. 한편 그가 거처하던 곳에도 알아보도록 했는데 역시 돌아오지 않았다는 말만 들었다. 가련은 있는 그대로 우이저에게 사실을 전했다. 출발 날짜가 다가오자 집에다가는 이틀 전에 길을 떠난다고 말해 놓고 곧장 우이저의 거처로 가서 이틀 밤을 더 묵은 뒤에 그곳에서 몰래 장도에 올랐다. 그 뒤로 과연 우삼저는 완전히 딴 사람이 되어 버렸고, 우이저는 알뜰하게 살림을 꾸려나가고 있었으므로 가련은 마음을 놓게 되었다.

한편 가련은 집을 떠나 곧장 평안주로 향해 길을 달려가고 있었다.

새벽에 일어나 길을 재촉하고 밤이면 주막에 들어 쉬었고, 목이 마르면 물을 마시고 배가 고프면 밥을 먹으며 사흘간을 정신없이 달렸다. 그날도 길을 가고 있는데 맞은편에서 한 무리의 짐을 실은 말떼가 오고 있었다. 그중에 주인과 노복 십여 명이 말을 타고 있었는데 가까이 다가오는 걸 보니 뜻밖에도 다름 아닌 설반과 유상련이었다. 가련이 이상히 여기며 얼른 말을 몰고 다가가서 반갑게 맞았다. 세 사람은 인사를 나누고 주점으로 함께 들어가 쉬면서 천천히 지나간 얘기를 나누게 되었다.

가련이 웃으면서 말했다.

"두 사람이 다투고 소동을 일으킨 다음에 내가 곧 두 사람을 청해서 화해를 시켜주려고 했는데 유형이 그만 감쪽같이 종적을 감추고 말았으니 어떡하겠소? 그런데 지금 두 사람이 함께 있으니 대체 어찌 된 영문이오?"

설반 역시 웃으면서 대답했다.

"글쎄 말입니다. 세상에 이렇게 기이한 일이 또 있겠습니까? 제가 우리 점원들과 장사하려고 지난봄에 집을 나와 다니는 동안 처음에는 별 탈이 없었습니다. 그러다 얼마 전 평안주의 변경으로 들어오다 돌연 강도떼를 만났지 뭡니까? 그때 물건을 빼앗기고 목숨이 위태로운 지경에 이르렀는데 뜻밖에도 상련 아우가 오다가 마침 우리를 발견하여 강도를 쫓아버리고 물건을 되찾아 주었을 뿐만 아니라 우리 생명도 구해주었습니다. 제가 사례하려고 해도 끝내 사양하는 통에 저희는 의형제를 맺고 생사를 초월하는 사이가 되었답니다. 지금 경성으로 돌아가는 중인데 지금부터 저희는 친형제나 다름없습니다. 앞쪽의 갈림길에서 일단 헤어져 저 사람은 남쪽 이백 리쯤 되는 곳에 계신 고모님을 찾아가 인사드릴 예정이고, 저는 먼저 경성으로 들어가 제 일을 처리하고 나서 상련이 살 집을 마련한 뒤 좋은 자리를 골라 혼인시켜서 모두 화목하게 잘 지낼 작정입니다."

"아, 그런 일이 있었구면! 우린 그것도 모르고 공연히 걱정만 하고 있었네그려."

가련이 또 설반으로부터 유상련의 혼처를 알아본다는 말을 듣고 얼른 말을 꺼냈다.

"그렇지 않아도 여기 상련 아우에게 아주 잘 어울리는 좋은 혼처를 알고 있네."

이어서 가련은 자신이 우이저를 첩실로 맞아들인 일과 우삼저를 시집보내려고 한다는 일을 말했다. 그러나 우삼저 스스로 유상련을 지목하여 선택했다는 말만은 밝히지 않았다. 또 장차 아들을 낳게 되면 자연히 알게 될 테니까 지금은 집에 돌아가서도 우이저의 일을 절대로 발설하지 말라고 설반에게 신신당부했다.

설반은 기뻐하면서 말했다.

"진작 그렇게 하셨어야지요. 그게 다 저희 이종사촌 희봉 누이 탓인 걸요."

유상련이 곁에서 웃으면서 설반의 입을 막았다.

"형님은 또 인정머리 없는 소리를 하는군요. 어서 그만두세요."

설반은 하던 말을 멈추고 얼른 다른 말로 돌렸다.

"그렇다면 이번 혼사는 꼭 성사시켜야 하겠군."

유상련이 말했다.

"저도 원래부터 절세가인을 원하고 있었습니다. 지금 두 분 형님께서 이처럼 두터운 우의로 말씀해 주시니 다른 걸 돌볼 겨를이 있겠습니까? 정하여 주신 대로 명을 따르도록 하겠습니다."

"지금 말만 하고 증거는 없지만 상련 아우가 한번 보기만 하면 우리 처제의 인품과 용모가 고금에 둘도 없는 절세미인임을 알 수 있을 것이네."

가련의 말에 유상련이 크게 기뻐하면서 말했다.

"그러하시다면 제가 고모님을 만나 뵙고 이번 달 안에 상경할 것이니 그때 정하면 어떠하겠습니까?"

가련이 웃으며 말했다.

"우리 여기서 한마디로 약속을 정하기로 하세. 하지만 상련 아우는 늘 부평초처럼 떠돌아다니는 사람이라 내가 미덥지가 못하니 만일 시일이 지체되어 돌아오지 않는다면 공연히 사람을 기다리게 해서 대사를 그르치게 하는 게 아니겠는가? 약혼을 증명하는 예물을 무언가 남겨주게나."

"대장부가 어찌 신의를 저버릴 수가 있겠습니까? 저는 집안이 원래 가난한 데다 지금 객중에 있으니 창졸간에 납폐를 마련할 수가 없습니다."

설반이 곁에서 거들었다.

"나한테 조금 가진 게 있으니 조금만이라도 형님께 드리면 안 될까요?"

가련이 웃으며 말했다.

"돈이나 비단을 말하는 게 아니고 필히 상련 아우의 몸에 지니고 있는 신물信物이어야 하네. 물건의 귀한 것이든 아니든 가리지 말고 내가 가져가서 믿을 만한 것이기만 하면 된다는 말이네."

유상련이 그 말을 듣고 곧 자루에서 검을 하나 꺼냈다.

"그러시다면 차고 다니는 이 칼이야 호신용이니 풀어 드릴 수가 없을 것 같고 저에게 별다른 물건은 없으니 제 배낭 속에 들어 있는 원앙검 한 자루를 드리겠습니다. 가문 대대로 내려오는 가보이므로 함부로 쓸 수가 없어서 늘 소중하게 간직하고 있는 것입니다. 가련 형님께서 이걸 가져 가셔서 약혼의 예물로 삼으시지요. 제가 아무리 흐르는 물에 떠도는 꽃잎 같은 사람이라 해도 이 보검만큼은 결코 버릴 사람이 아닙니다. "

　말을 마치고 다 같이 술을 몇 잔 더 마신 후에 각자 말을 타고 길을 떠났으니, 마치 다음의 시구와 같았다.

| 장군은 말에서 내리지 않고, | 將軍不下馬, |
| 제각각 갈 길을 서둘러 가네. | 各自奔前程. |

　한편 가련은 어느 날 마침내 평안주에 이르러 절도사를 만나서 공무를 처리하였다. 절도사는 시월 달 전후에 한 번 더 다녀가도록 당부하였으며, 가련은 명을 받고 나서 이튿날 바로 귀경길에 올랐다. 가련은 집으로 돌아오자 곧 우이저의 거처로 찾아갔다.

　우이저는 가련이 길을 떠난 뒤 생각보다 훨씬 알뜰하게 집안일을 꾸려나가고 있었으며, 매일 문을 닫아걸고 바깥의 소식에는 귀도 기울이지 않고 있었다. 우삼저도 과연 강철같이 강직한 사람이라 매일 노모를 모시고 언니와 더불어 분수를 지키며 살고 있었다. 비록 한밤이면 홀로 잠자리에 들면서 적적함을 이기기 어려울 때도 있었지만, 이미 독한 마음을 먹고 남들한테 선언한 마당이라 오로지 유상련이 일찌감치 돌아와 종신대사를 마무리해주기만 기다리고 있었다.

　집에 돌아온 가련은 그들의 변한 모습을 보고 여간 기쁘지 않았다. 가련은 우이저의 품성에 감복하였다. 다들 모여 안부 인사를 하고 나서 가련은 도중에 유상련을 만났던 일을 말하고 원앙검을 꺼내 우삼저에게 보여주었다.

　우삼저가 원앙검을 받아 살펴보았다. 칼집에는 용과 외발짐승[1]이 어울려 다투는 모양이 새겨져 있고 칼을 뽑아보니 두 자루가 한 쌍으로 되

---

1 기(夔)라고 하는 용과 모습이 비슷하며 외발을 가진 상상 속의 동물. 옛날 거울이나 정(鼎) 등에는 주로 이 동물의 모양이 장식으로 새겨졌음.

어 있는데 한 자루에는 원鴛자가 새겨져 있고 다른 한 자루에는 앙鴦자가 새겨져 있었다. 그야말로 한기가 일고 살벌한 빛이 번득이는 것이 마치 차디찬 가을 물 같았다. 우삼저는 생각지도 못한 기쁨이 닥치자 얼른 원앙검을 받아들고 자기의 침실 위에 걸어놓았다. 그리고는 매일같이 바라보며 이제 비로소 종신토록 의탁할 곳이 생겼다는 생각에 은근한 미소를 짓곤 했다.

가련은 이틀이 지난 뒤에 집으로 돌아가서 부친에게 보고를 하고 식구들과 만나 인사를 나누었다. 그때 희봉은 이미 몸이 완쾌되어 드나들며 살림을 돌보고 있었다. 가련은 유상련의 일을 가진에게도 말했다. 가진은 요즘 새 사람을 사귀는 중이라 그 일은 전혀 신경쓰려 하지 않고 가련의 마음대로 처리하도록 했다. 다만 가련이 혼자 부담하기에는 힘이 부칠까 봐 돈 삼십 냥을 따로 내주었고, 가련은 그 돈을 우이저에게 맡겨서 혼수 준비를 하도록 했다.

한편 팔월이 되자 유상련이 상경하였고, 그는 곧 설부인을 찾아가 인사를 드리고 설과와도 만났다. 그때 설반은 객지에서 비바람을 맞고 땅과 물이 설었던 탓에 귀경하자 이내 병이 들어 의원의 치료를 받고 있었다. 유상련이 왔다는 말을 들은 설반은 그를 와병중인 침실로 불러 만나보았다. 설부인은 지난날의 원망은 다 잊고 새로 입은 은혜만 생각하며 심심한 감사의 뜻을 표시하였다. 이어서 유상련의 혼사 이야기를 꺼내면서 모든 준비는 다 끝내놓았으며 택일만 기다리고 있노라고 하였다. 그 소리를 듣고 유상련은 감격해 마지않았다.

다음 날 유상련은 보옥을 만났다. 두 사람은 물고기가 물을 만난 듯 반가워하였다. 유상련은 가련이 남몰래 첩실을 들인 일에 대해 말을 꺼냈다. 보옥이 웃으면서 대답했다.

"나도 명연이 같은 애들이 하는 말을 듣기는 했지만 내 눈으로 보지 않은 일이니 감히 뭐라고 말할 수는 없네. 또 명연이가 하는 말이 가련 형님이 자네의 행방을 물었다고 하던데 대체 무슨 까닭인가?"

유상련이 도중에서 있었던 일을 모두 보옥에게 말하자, 보옥은 자기 일처럼 기뻐하며 축하의 말을 했다.

"그것 참 축하할 일이네. 축하해! 그렇게 천하의 절색을 얻게 되기란 쉽지가 않지. 정말 고금의 절세가인이 분명하니 자네의 배필로서 안성맞춤일세."

"그렇게 절세미인이라면 어디 신랑감이 없어서 한사코 나 같은 사람한테 혼담을 건넨단 말인가? 더구나 나는 평소에 그 사람과 친하게 왕래하지도 않았고 그럴 만큼 서로 관심을 기울여준 적도 없는데 말이야. 바쁜 여행 도중에 그렇게 서두르며 우겨서 겨우 정한 것인데 오히려 신부 쪽에서 신랑 쪽을 쫓아오며 다그치는 형국이 되었으니 이상하지 않은가? 나는 아무래도 그 점이 이상해. 원앙검을 주지 말았어야 했나 후회하고 있다네. 그래서 보옥 형이 생각나서 아무래도 형에게 그 내막을 상세히 물어보는 게 좋겠다는 생각이 들었다네."

"자네는 원래 똑똑한 사람인데 어찌하여 기왕에 혼약을 했으면서 이제 와서 의심한단 말인가? 자네는 애조부터 절세가인을 원한다고 하지 않았는가? 지금 과연 절세가인을 얻었으면 그만이지 굳이 무슨 의심을 한단 말인가?"

"자네는 가련 형님이 첩실을 들인 일도 모른다고 하면서 어이하여 그 사람이 절색이라는 걸 안단 말인가?"

"그 사람은 가진 형님네 형수님의 친정 계모가 데려온 두 처제 중 한 명일세. 내가 장례식 때 그 집에서 한 달간이나 지냈는데 어찌 모를 수가 있단 말인가. 정말 대단히 뛰어난 인물이네. 그 성씨도 우尤씨라고 하지 않던가?"

유상련이 그 말을 듣고 발을 동동 구르면서 한탄했다.

"이번 일만은 안 되겠네. 절대로 이루어질 수 없는 혼인이야. 자네 동쪽 큰댁이라면 대문 앞의 돌사자 두 마리 빼고 누구하나 깨끗한 사람이 없질 않은가? 아마 고양이나 강아지조차도 깨끗하지 못할 거야!"

보옥은 얼굴이 벌겋게 달아올랐다. 유상련은 자신이 실언했음을 깨닫고 얼른 일어나 허리 굽혀 읍을 하며 말했다.

"내가 쓸데없는 말로 죽을죄를 졌네. 하지만 어쨌든 그 사람의 품행이 어떠한지 나한테 알려주게나."

"자네가 잘 알고 있으면서 묻기는 왜 물어보나? 나도 깨끗하지 못하기는 마찬가지일 텐데."

유상련은 웃으며 말했다.

"잠시 내가 실언을 했군그래. 언짢게 생각하지 말게나."

"왜 자꾸 그런 소릴 하는 건가? 그러면 되레 마음속으로 그런 생각을 한다는 얘기가 아니겠나."

유상련은 읍을 하고 나갔다. 설반을 찾아가려니 와병중이라 불편했고 또 경박한 사람이라 상의하기가 어려웠다. 차라리 직접 가련을 찾아가서 혼약의 증거로 준 물건을 찾는 게 낫겠다고 생각한 상련은 마음이 정해지자 곧장 가련의 거처로 찾아갔다.

그때 가련은 신혼집에 있다가 유상련이 왔다는 말을 듣고 기뻐하며 서둘러 맞이하러 나왔다. 가련은 유상련을 방 안으로 데리고 들어와 우선 우씨 모친에게 인사를 시켰다. 유상련은 읍을 하면서 우씨 모친을 노백모老伯母 님이라고 칭하고 스스로는 소생이라 말했다. 당연히 장모님이라 부르고 스스로 사위될 사람이라고 말할 줄 알았던 가련은 이상하게 여겼다. 차를 마시며 얘기를 나누는 가운데 유상련이 말문을 열었다.

"객지에서 우연히 만나 창졸간에 약속을 했습니다만 고모님께서 벌써 사월 중에 결혼할 사람을 정해놓고 계셨습니다. 일이 이렇게 되고 보니 저로서는 고모님께 뭐라고 아뢸 말씀이 없었습니다. 가련 형님의 뜻을 따르자니 고모님의 호의를 저버리는 격이 될 것이므로 어쩔 수가 없겠습니다. 제가 드린 혼약의 물건이 만약 돈이나 비단이라면 절대로 다시 찾고자 하지 않았을 겁니다. 하지만 그 원앙검은 조부님께서 남겨 놓으신 가문의 유물이오니 바라옵건대 돌려주시면 감사하겠습니다."

가련은 그 말을 듣고 언짢아하며 소리를 질렀다.

"정定이란 정한다는 뜻이란 말이야. 원래 그 말이 나중에 후회할까 봐 분명히 미리 정해 놓는다는 뜻인데 어찌 혼사를 놓고 이랬다저랬다 한다는 말인가?"

유상련은 여전히 웃으면서 사정했다.

"말씀이 지당하오니 저로서는 질책을 달게 받겠사옵니다. 다만 절대로 형님의 명에 따라 혼인할 수는 없습니다."

가련이 좀더 설득하려고 했지만 유상련은 벌떡 일어서며 말했다.

"형님, 밖으로 나가서 말씀을 나누시지요. 여기서는 말씀드리기가 곤란하군요."

그때 우삼저는 방 안에서 유상련의 말을 분명히 들었다. 어렵사리 기다리던 님이 찾아왔는데 그의 입에서 겨우 후회한다는 말이 나오다니. 분명코 가씨 집안에서 무언가 말을 들었기 때문일 것이라고 생각했다. 틀림없이 자기를 부끄러움도 모르는 음란한 여자라고 여기고 아내로 삼을 수 없다고 하는 것이리라. 지금 만약 그를 내보내어 가련과 파혼 얘기를 하도록 내버려둔다면 가련으로서도 어쩔 수가 없을 것이니 자기만 우스운 사람이 되고 말 것이다. 지금 유상련이 가련과 함께 밖으로 나가자고 하는 소리를 듣자 우삼저는 벌떡 일어나 벽에 걸어두었던 원앙검을 벗겨들고 자웅검雌雄劍 중에서 자검雌劍을 빼어 몰래 팔꿈치 뒤에 숨긴 채로 앞으로 썩 나서며 소리쳤다.

"두 분께서는 굳이 나가서 말씀하실 필요도 없습니다. 여기 약혼 예

182

물을 돌려드리겠습니다."

우삼저는 눈물을 비 오듯 흘리며 왼손으로 원앙검과 칼집을 유상련에게 건네면서 오른손으로는 팔꿈치를 들어올려 날카로운 칼로 자신의 목을 향해 주욱 긋는 것이었다. 가련하도다! 우삼저의 목숨이여!

복사꽃 흩어지니 땅을 붉게 물들이고,   揉碎桃花紅滿地,
미녀가 쓰러지니[2] 붙잡을 수 없구나.   玉山傾倒再難扶.

방초 같고 혜초 같은 영혼은 아득히 사라져 어디론가 가버리고 말았다. 사람들은 소스라치게 놀라 달려들어 구해보려고 했지만 이미 소용이 없었다. 우씨 모친은 통곡하면서 유상련에게 욕을 퍼부었다. 가련은 현장에서 상련의 멱살을 거머쥔 채 하인을 시켜 묶어서 관청에 보내라고 소리쳤다. 그러자 우이저가 얼른 눈물을 멈추고 가련을 막아서며 달랬다.

"서방님, 공연히 일만 벌이려고 하지 마세요. 그 사람이 우리 삼저를 위협한 적도 없고 제 스스로 짧은 생각을 한 것인데, 그 사람을 관청에 보낸들 무슨 소용이 있겠어요. 쓸데없이 문제만 시끄럽게 만들고 못된 소문만 무성하게 될 게 아니겠어요? 차라리 그 사람을 그대로 보내서 뒤탈이 없게 하는 편이 낫질 않겠어요?"

그 순간 가련도 어찌할 바를 모르고 쩔쩔 매다가 우이저의 말을 듣더니 손을 놓아 유상련을 풀어주며 어서 꺼지라고 소리쳤다. 하지만 유상련은 되레 꼼짝도 않고 울음을 터뜨리며 곡을 하는 것이었다.

"난 정말 이 사람이 이처럼 강직하고 절개가 굳은 현명한 아내감인 줄은 몰랐소이다. 정말 훌륭한 여자인 것을! 우러를 만한 여자인 것을!"

---

2 원문의 옥산경도(玉山傾倒)는 옥산이 무너진다는 뜻으로 미녀의 죽음에 대한 은유.

유상련은 우삼저의 시신을 끌어안고 한바탕 통곡을 하였다. 관 사올 때를 기다려 염습하는 것을 다 지켜본 후, 다시 관에 엎드려 목을 놓아 곡을 하더니 하직인사를 하고 문을 나섰다. 하지만 그는 대문을 나서서도 어디로 가야할지를 알지 못했다. 눈앞이 아득해지며 방금 일어났던 일이 다시 생각났다. 천하절색인 우삼저가 또 그처럼 강직하고 절개가 곧은 것을 생각하니, 생각하면 할수록 실로 후회막급이었다. 그런 생각을 하면서 발걸음을 옮기고 있는데 설반의 시동이 자신을 찾으러 왔다. 유상련이 넋을 놓고 있노라니, 시동은 그를 인도하여 신혼 방으로 데리고 들어갔다. 방 안은 모든 것이 깔끔하게 가지런히 놓여 있었다. 그때 짤랑짤랑 패물 흔들리는 소리가 들려오더니 우삼저가 밖에서 들어오는 것이었다. 우삼저는 한 손에는 원앙검을 들고 다른 한 손에는 책 한 권을 들고서 눈물을 흘리며 유상련에게 말했다.

"소첩은 어리석게도 오 년 동안이나 낭군님을 기다렸사옵니다. 하지만 뜻밖에도 낭군께서는 과연 얼음처럼 차가운 마음과 차가운 얼굴을 갖고 계셨더군요. 소첩은 죽음으로써 어리석은 정을 보답하려고 합니다. 소첩은 지금 경환선녀의 명을 받잡고 태허환경으로 들어가 모든 사랑에 빠져 죽은 귀신들의 이야기를 정리하는 일을 맡게 되었사옵니다. 소첩은 차마 그냥 헤어지기가 섭섭하여 이처럼 한 번 찾아와 뵙는 것이옵니다. 이제 앞으로 다시는 만나 뵐 수가 없게 될 것이옵니다."

우삼저는 말을 마치자 곧 나가려고 했다. 유상련은 차마 그냥 보낼 수가 없어서 얼른 달려들어 붙잡고 물으려고 하자, 우삼저가 먼저 노래하듯 단호하게 말했다.

"저는 사랑의 하늘에서 왔다가 이제 사랑의 땅으로 떠납니다. 전생은 사랑에 미혹되었으나 지금은 부끄러움을 깨달았으니, 당신과는 이제부터 아무 상관없는 몸입니다."

우삼저는 쌀쌀하게 말을 마치고 어디선가 휙 불어오는 향기로운 바람과 더불어 흔적도 없이 사라졌다. 유상련이 깜짝 놀라 깨어보니 마치 꿈인 듯 아닌 듯 아득한 느낌이 들었다. 눈을 뜨고 바라보니 그곳에는 설반의 시동도 보이지 않고 신혼방도 아닌 다 허물어진 낡은 절간이었으며, 곁에는 절름발이 도사가 앉아서 이를 잡고 있었다. 유상련은 도사에게 머리를 조아리며 물었다.

"이곳이 어디이옵니까? 선사의 법명은 어떻게 되시는지요?"

도사가 웃으면서 대답했다.

"나도 이곳이 어디인지 알 수 없고 내가 누구인지도 모른다오. 그저 잠시 다리를 쉬고 있을 뿐이오."

유상련은 그 말을 듣고 자기도 모르는 사이에 차디찬 기운이 뼛속을 스며드는 듯하였다. 그는 곧바로 원앙검의 웅검雄劍을 꺼내 자신의 온갖 번뇌의 근원인 머리카락을 단번에 잘라버리고 도사를 따라 어디론가 가버렸다. 그가 어디로 갔는지는 아무도 모른다.

다음 회를 보시라.

염탐하는 왕희봉

임대옥은 고향 생각 잠기고
왕희봉은 어린 시동 심문하네

見土儀顰卿思故里 聞秘事鳳姐訊家童

　우삼저가 자결한 후에 우씨 모친과 우이저, 가진과 가련 등이 비통함을 이기지 못했음은 말할 것도 없다. 그들은 서둘러 염습하여 성 밖으로 나가 우삼저의 시신을 매장하였다. 유상련은 우삼저가 죽자 어리석은 치정에 얽매어 연연하다가 도사의 몇 마디 냉정한 깨우침을 받고 미망에서 깨어나 스스로 머리를 깎고 출가하였다. 그는 미친 도사를 따라 표연히 어디론가 사라졌는데, 그가 어디로 갔는지는 알 수가 없었다. 그 일은 잠시 접어두기로 하겠다.

　한편 설부인은 유상련이 이미 우삼저와 정혼하였다는 소식을 듣고 마음속으로 기뻐하며 즐거운 마음으로 그를 위해 신혼집을 마련하고 가재도구를 사들이며 날짜를 잡고 혼례를 올릴 날만 기다렸다. 설부인은 이렇게 백방으로 아들을 살려준 은혜를 갚으려고 하고 있었던 것이다. 그런데 갑자기 하인이 뛰어 들어오며 "우삼저가 자결했답니다!"하고 소리쳤으므로, 시녀가 그 말을 듣고 얼른 설부인에게 전해주었다.

설부인은 대체 무슨 까닭인지를 몰라 속으로 안타까워하며 한숨을 쉬었다. 그렇게 궁금해 하던 차에 보차가 대관원에서 나와 집으로 돌아왔기에, 설부인은 보차에게 사연을 물었다.

"애야! 네가 무슨 소식이라도 들은 바가 있느냐? 저 큰댁 가진의 처제인 우삼저 말이다. 네 오빠와 의형제를 맺은 유상련하고 정혼한 사이가 아니더냐? 도대체 무슨 까닭으로 자결했는지 모르겠구나. 유상련도 어디로 사라졌는지 모른다는구나. 정말 이상한 일이야. 사람들이 생각지도 못했던 일이 아니냐!"

보차는 그 말을 듣고도 별로 개의치 않는 표정으로 말했다.

"옛날 속담에도 '하늘의 풍운조화는 헤아릴 수가 없고 인간의 길흉화복은 뜻하지 않게 찾아온다'고 하였잖아요. 그것도 다 그들이 전생에 맺어 놓은 운명이기 때문일 거예요. 얼마 전부터 어머니께선 그 사람이 오빠를 구해주었다고 대신 혼례준비를 해주고 계셨잖아요. 하지만 지금 죽을 사람은 죽고 떠날 사람은 떠난 마당이니 제 생각엔 그냥 잊어버리시는 게 좋겠어요. 어머니께선 그 사람들 때문에 애통해 하실 필요도 없으세요. 그것보다도 오빠가 강남에서 돌아온 지 스무 날이나 되고 사들여온 물건도 생각건대 지금쯤은 다 배송이 되었을 거예요. 함께 갔던 점원들도 고생고생 하였고 먼저 돌아온 지 몇 달이 지났으니 어머니께서 오빠와 상의하여 그들이나 한번 청해서 대접하는 일이 더 중요할 듯 싶군요. 남들이 보면 세상 이치를 모른다고 할지도 모르니까요."

모녀 사이에 그런 얘기를 나누고 있을 때 설반이 밖에서 들어왔다. 눈에는 아직도 눈물이 홍건하게 고여 있었다. 대문을 들어서자마자 모친을 향해 손바닥을 치면서 소리쳤다.

"어머니! 유상련과 우삼저의 일을 들으셨어요?"

"나도 방금 들었다. 지금 네 누이동생과 그 얘기를 하던 참이다."

"그럼 유상련이 어떤 도사를 따라갔다는 말도 들으셨나요?"

"점점 이상한 일만 생기는구나. 유공자처럼 젊고 똑똑한 사람이 어쩌다 잠시 머리가 돌아서 도사를 따라갔단 말이냐? 내 생각에는 그 사람은 부모형제도 없고 혈혈단신이었는데 너희가 한때 의형제를 맺은 사이니만큼 아무래도 각지를 뒤져 그 사람을 찾아보는 게 좋겠구나. 그 도사가 아무리 멀리 갔다고 한들 이 근방에 있는 절이나 사당이 아니겠느냐."

"당연히 그렇겠지요. 그래서 저도 소식을 듣자마자 시동들을 데리고 각처를 찾아보았는데 그림자조차 보이지 않더군요. 사람들한테 물어봐도 아무도 못 보았다고 하고요."

설반의 대답에 설부인이 계속 말을 이었다.

"네가 사방으로 찾아도 못 찾는 데야 어떻게 하겠니? 너는 의형제로서의 의리는 다한 셈이다. 그 사람도 출가한 뒤에 좋아졌을지도 모르는 일이 아니냐. 너도 이젠 장사에나 신경 써야 하겠다. 그리고 너 장가가는 일이나 어서 서둘러야 하지 않겠느냐. 속담에도 말하듯이 '자신 없는 참새가 먼저 날아간다'고 했지 않았느냐. 우리같이 일손이 적은 집안에서는 막상 큰일이 닥치면 이것저것 미처 준비가 덜되어서 일을 그르치게 될 수도 있는데 그러면 남들한테 망신만 당하고 웃음거리가 되지 않겠느냐? 그리고 방금 네 누이도 말했듯이, 너도 집으로 돌아온 지 반달이 넘었고 사온 물건도 다 배송되었을 테니 너하고 함께 갔던 점원들을 데려다 술상이라도 차려 대접하면서 고맙다고 해야겠다. 그들은 너와 함께 이삼천 리 길을 멀다않고 네댓 달씩이나 함께 고생하며 수고를 하였고 도중에 너 때문에 또 놀라운 봉변까지 당하지 않았더냐?"

"어머니 말씀이 지당하십니다. 누이가 아주 주도면밀한 생각을 해주었군요. 저도 그런 생각을 하긴 했는데 그동안 물건 배송에 분주했고 또 유상련의 일로 며칠간 바빠서 정신이 없었어요. 쓸데없는 일만 한바탕 벌이고, 정작 중요한 일은 깜빡 잊고 있었네요. 이참에 내일이나 모레 청첩장을 보내 초대하도록 하지요."

"그건 네 마음대로 알아서 해라."

그 말이 끝나기도 전에 밖에서 하인이 들어와 아뢰었다.

"총지배를 맡고 있는 장집사가 사람을 시켜 물건을 두 상자 보내왔습니다. 그리고 이것은 나리께서 개인적으로 사들였던 것으로 화물장부에도 없는 것이라고 했습니다. 본래 일찌감치 보내드리려고 했지만 다른 화물 상자에 눌려 있어서 꺼낼 수가 없었답니다. 어제 물건배송이 다 끝나서 오늘에야 가져올 수 있었답니다."

하인 두 사람이 포장용 판자를 대서 묶은 종려나무 상자를 들고 들어왔다. 설반이 보더니 어이없다는 듯이 말했다.

"아이고! 내 정신 좀 봐! 제가 어떻게 이런 지경에 이르렀죠? 이건 특별히 어머니와 누이동생을 위해서 준비한 선물인데 집으로 가져오는 걸 까맣게 잊었네요. 결국 집사가 보내오다니 말이에요."

그러자 보차가 웃으면서 빈정거렸다.

"그래도 말씀은 특별히 사온 선물이라고 하시네요? 이십 일이나 놔두었다가 가져오면서. 특별히 가져온 선물이 아니라면 아마도 연말까지는 누었다가 겨우 보내올 뻔했겠군요. 오빠는 참 민사에 너무 덜렁대며 신경을 안 쓰는 게 문제라니까요."

설반도 웃으면서 대꾸했다.

"글쎄 말이다. 아마 길에서 강도를 만났을 때 나갔던 혼백이 여태껏 안 돌아온 모양이야."

그 말에 사람들이 한바탕 웃고 나서 시녀에게 말했다.

"나가서 시동들한테 물건을 안에 들여다 놓고 돌아가라고 전하여라."

설부인은 보차와 더불어 궁금해 하며 물었다.

"그런데 도대체 무슨 선물이기에 이렇게 꽁꽁 묶었단 말이냐?"

설반은 시동 두 사람을 들어오라고 해서 끈을 풀고 포장용 판자를 떼어낸 다음 상자를 열게 했다. 상자 속에는 각종 비단과 서양 물건 등 일상용품이 가득 들어 있었다. 설반이 웃으며 말했다.

"저쪽 상자는 누이한테 주려고 산 거야."

설반은 그러면서 몸소 상자를 열어 보였다. 모녀가 함께 들여다보니 붓과 먹, 종이, 벼루, 각종 화전지, 향주머니, 향나무 염주, 부채, 부채 주머니, 화분, 연지 등이 가득 들어 있었다. 그 밖에도 소주蘇州의 호구虎丘에서 가져온 자동인형, 주령에 쓰이는 물품, 수은을 넣어 만든 재주넘는 작은 인형, 도자기 등롱, 파란색 비단 함 속에 넣은 연극 무대의 진흙 인물상 등이 들어 있었다. 또 호구산의 진흙으로 빚은 설반의 작은 인물상도 있었는데 설반의 모습과 똑같았다. 보차는 다른 것에는 아무 말이 없었지만 설반의 인물상만큼은 손에 들고 자세히 들여다보았다. 그러다가 자기 오빠를 바라보니 둘이 너무 닮아서 결국 웃음을 터뜨리고 말았다. 잠시 후 앵아를 불러 할멈 몇 사람을 데리고 그 물건을 상자째로 대관원으로 가져가라고 일렀다. 그리고 모친과 오빠와 더불어 잠시 더 얘기를 나누다가 대관원으로 돌아왔다. 집에 남은 설부인은 물건을 꺼내 하나하나 살펴보고 세어본 다음, 시녀인 동희同喜에게 시켜 가모와 왕부인 등에게 나누어 보냈다.

한편 설보차는 자기 방으로 돌아와 선물을 하나씩 찬찬히 살펴보고 자기가 필요한 것을 제외하고는 나눠줄 사람에 따라 물건을 배분하였다. 어떤 이에게는 지필묵연紙筆墨硯 등 문방사우의 물건을, 어떤 이에게는 향주머니와 부채, 향나무 장식, 어떤 이에게는 연지와 분, 머릿기름을, 어떤 이에게는 장난감 하나만을 준 곳도 있었다. 하지만 대옥에게만은 다른 이와 달리 두 배나 많은 물건을 넣어두었다. 설보차는 일일이 살펴보고 나서 앵아를 시켜 할멈과 함께 각처에 보내도록 전하라고 하였다.

자매들은 각각 선물을 받고 나서 물건을 가져온 시녀에게 상을 내리며 다음에 만나면 직접 감사의 말을 올리겠다고 하였다. 하지만 대옥만은 자기 고향에서 온 선물을 보면서 오히려 마음이 찡하였다. 돌아가신 부모님이 생각났고, 형제자매도 없어 친척집에 의탁하고 있는 자신의 신세가 생각났으며, 그런 자기에게 누가 고향의 물건을 가져다줄 것인가를 생각하니 자기도 모르게 마음속에서 깊은 슬픔이 솟구쳐 올라왔다.

자견은 대옥의 마음을 훤히 알고 있었지만 말로 드러내지는 못하고 다만 옆에서 조용히 달래면서 말했다.

"아가씨는 병이 많아서 아침저녁으로 약을 복용하신 덕에 요 며칠간은 약간 차도가 있었어요. 원기가 좀 회복되었다고는 하지만 온전하게 완쾌하였다고는 할 수 없습니다. 지금 보차 아가씨께서 이런 선물을 보내신 것을 보면 보차 아가씨가 아가씨를 얼마나 소중하게 생각하고 계신지를 알 수 있을 것입니다. 마땅히 기뻐해야 옳은 일인데 어찌하여 되레 슬퍼하시다니요? 아가씨 슬퍼하라고 일부러 선물을 보내지는 않았을 거 아녜요? 나중에라도 보차 아가씨가 들으시면 오히려 미안하게 생각하실 거예요. 또 이곳의 노마님도 아가씨 병 때문에 온갖 신경을 다 쓰시며 좋은 의원을 불러다 약을 처방하게 하시는데, 그게 다 아가씨 병이 나으라고 하시는 거 아니겠어요? 요즘 조금 나을 만한데 이렇게 눈물이나 흘리고 계신다면 스스로 몸을 상하게 하는 게 아니고 뭐겠어요? 노마님께는 또 얼마나 걱정을 끼쳐드리는 일이고요? 더욱이 아가씨의 병은 평소 너무 걱정을 많이 해서 혈기를 상하게 하는 바람에 생긴 것이니, 아가씨는 천금같이 소중한 옥체를 스스로 소중하게 여기도록 하셔야 해요."

자견이 대옥을 달래고 있을 때 밖에서 어린 시녀가 외치는 소리가 들려왔다.

"보옥 도련님이 오셨습니다!"

자견이 얼른 일어나 맞았다.

"도련님, 어서 오세요!"

보옥이 방 안으로 들어오자 대옥이 자리를 권하였다. 보옥은 대옥의 얼굴에 눈물 자국이 가득한 것을 보고 대뜸 물었다.

"대옥 누이! 누가 또 누이의 화를 돋웠어?"

대옥은 억지웃음을 띠면서 말했다.

"누가 화를 냈다고 그래요?"

옆에 섰던 자견이 보옥을 향해 입을 삐죽 내밀며 침상 뒤편의 탁자 위에 놓여 있는 선물들을 가리켰다. 보옥이 얼른 눈치를 채고 그쪽을 보니 수많은 물건이 쌓여있는데, 모두 보차가 보내온 것임을 알아채고 대옥에게 농담조로 말했다.

"이게 다 뭐야? 대옥 누이가 설마 잡화 상점을 열려는 건 아니겠지?"

대옥은 아무 대답도 하지 않았고, 자견이 웃으면서 말했다.

"도련님은 왜 또 선물 얘기를 꺼내시는 거예요? 보차 아가씨가 보내오신 선물을 보고 아가씨가 슬퍼하셔서 제가 지금 달래는 중이었어요. 도련님 마침 잘 오셨어요. 지금부터 제 대신 잘 달래 보세요!"

보옥은 대옥이 그러는 까닭을 분명히 알고 있었지만 노골적으로 말하지는 못하고 짐짓 웃으면서 다른 말로 자견에게 말했다.

"너희 아가씨가 그러시는 까닭은 다름 아니라 필시 보차 아가씨가 주신 선물이 너무 적어서일 거야. 그래서 마음이 언짢으신 거야. 대옥 누이! 걱정 마. 내가 내년에는 강남으로 사람을 보내서 배 두 척에 가득 실어다 줄 테니까 말이야. 그럼 그때 더 이상 눈물 따위는 흘릴 필요가 없을 거야."

대옥은 보옥이 자기 마음을 풀어주려고 그런다는 것을 알고 있었으므로 되받아치기도 뭣하고 그렇다고 그냥 듣고만 있을 수도 없어서 입을 열었다.

"제가 아무리 세상 물정을 모른다고 해도 그렇게까지 모를 리가 있나
요? 보내준 선물이 적다고 화를 낸다면 말이 되겠어요? 제가 세 살짜리
어린애도 아니고, 오빠도 참 사람을 너무 우습게 보시는군요. 저야 저
나름대로 까닭이 있어서 그런 거지요. 오빠가 그걸 어떻게 알겠어요?"

대옥은 말하면서 다시 눈물을 주르륵 흘렸다. 보옥은 얼른 침상 가까
이 다가가 대옥의 옆에 붙어 앉아서 선물을 하나하나 가져다 이리저리
살펴보고 일부러 이것은 무엇이냐, 이름은 무엇이라고 부르느냐, 무엇
으로 만들었기에 이렇게 잘 만들었느냐, 이것은 무엇이고 어디에 쓰는
거냐 하고 이것저것 물었다. 그러면서 또 이것은 앞에다 놓으면 좋겠고
저것은 긴 탁자 위에 골동처럼 놓으면 좋겠다는 둥 쓸데없는 말을 한참
늘어놓으며 대옥의 마음을 풀어주려고 했다.

대옥은 보옥이 그렇게까지 애를 쓰자 속으로 미안한 생각이 들었다.

"공연히 여기서 시끄럽게 하지 말고 우리 보차 언니한테나 가 봐요."

보옥은 어떻게 해서든지 대옥의 우울한 마음을 풀어주고 슬픔을 덜
어내려고 하려던 참이라 얼른 맞장구를 쳤다.

"그래 맞아! 보차 누나가 우리한테 선물을 보내 주었으니 우리도 가
서 고맙다고 인사해야지."

"우리 자매들끼리는 그런 의례적인 인사는 필요 없어요. 다만 설반
오빠가 돌아와서 남방의 명승고적에 대해서 말했을 테니까, 보차 언니
한테 가서 그 얘기나 좀 듣고 싶어서 그래요. 고향에 돌아간 셈 치고 말
이죠."

한편 설반은 어머니의 말씀을 듣고 곧 청첩장을 보내 사람을 청하고
술자리를 마련했다. 네 명의 점원을 청했는데, 다음 날 그들이 모두 모
이자 자연히 물건 구매나 장부 정리, 배송의 일에 대한 화제가 이어졌
다. 잠시 후 그들을 상석에 앉히고 설반은 순서대로 술을 따라주며 노고
를 위로했다. 설부인도 사람을 보내 감사의 뜻을 전했다. 다들 술을 마

시며 이런 저런 얘기를 나누고 있는데 그중 한 사람이 이런 말을 했다.

"오늘 이 자리에는 꼭 모셔야 할 두 분이 빠지게 되었군요."

다들 궁금해서 그게 누구냐고 묻자 그 사람이 대답했다.

"누구긴 누구겠어요? 가씨 댁의 가련 나리와 우리 나리와 의형제를 맺었던 유상련 나리이지요."

다들 과연 그렇다고 여기며 설반에게 다그쳐 물었다.

"어째서 가련 나리와 유상련 나리를 청하지 않으셨습니까?"

설반은 그 말을 듣고 이마를 찡그리며 한숨부터 쉬었다.

"가련 형님은 또 평안주로 출장을 떠났다오. 이틀 전에 장도에 올랐소. 그리고 유상련 얘기는 아예 꺼내지도 마시오. 천하에 제일 가는 기이한 일이라오. 유 나리는 무슨 나리, 지금쯤은 어디로 사라졌는지도 모르는 유 도사가 되었소."

사람들이 의아해 하며 물었다.

"그게 무슨 말씀이십니까?"

설반이 유상련의 전후 사정을 이야기하자 사람들이 듣고 점점 더 의아하게 여기며 말했다.

"그러고 보니 며칠 전에 우리가 점포에서 일하고 있을 때 사람들이 떠드는 소리를 얼핏 들었던 것 같기도 해요. 한 도사의 서너 마디 말로 어떤 사람이 깨닫고 출가를 하였다는 둥 일진광풍이 사람을 휩쓸어 갔다는 둥 말이 많았지만 누군지는 모르고 있었죠. 저희는 화물배송 때문에 바빠서 자세히 알아볼 수도 없었고요. 지금까지도 그 말을 믿을 수도 없고 안 믿을 수도 없었는데 그게 유상련 나리였단 말입니까? 진작 알았더라면 우리가 한번 잘 달래보기라도 할 걸 그랬군요. 설사 어떻게 되더라도 그냥 보내서는 안 되는 걸 그랬어요."

그중의 한 사람이 그들 말에 끼어들었다.

"꼭 그런 것만은 아닌 것 같습니다."

사람들이 까닭을 물으니 그 사람이 대답했다.

"유 나리처럼 똑똑한 사람이 정말로 도사 따위를 따라갔다고 볼 수는 없습니다. 그 사람은 본래 힘도 세고 무술도 할 줄 아는 사람이니, 그 도사가 요망한 도술이나 허튼 짓을 하는 것을 알아차리고 일부러 따라가서 나중에 처치하려고 했는지도 알 수 없잖아요."

설반이 말했다.

"과연 그렇기라도 하다면 괜찮으련만. 세상에 그런 요망한 말로 혹세무민하는 사람을 단번에 없애치우는 사람이 왜 없는지 모르겠소."

"나리께서 아시고 난 뒤에 찾아보시진 않으셨나요?"

"성안과 성 밖을 다 찾아보았지요. 당신들이 웃을지도 모르겠지만 그 사람을 찾아내지 못해서 난 한바탕 통곡을 하기도 했다오."

설반은 말을 마치고 길게 한숨을 몰아쉬고 나서 넋을 잃은 듯 앉아 있었다. 평소의 설반답지 않은 모습이었다. 점원들은 설반이 그처럼 낙심하여 있자 더 이상 자리에 앉아 있기도 거북하여 술을 몇 잔 더 마신 뒤에 밥을 먹고 곧 흩어졌다.

한편 보옥은 대옥과 함께 보차의 거처인 형무원으로 찾아갔다. 보옥은 보차를 보자 입을 열었다.

"설반 형님이 온갖 고생을 겪으면서 지방에서 갖고 온 선물인데 여기 남겨서 쓰지 않고 우리한테까지 나눠주었으니 고마워서 어떻게 해."

보차가 웃으며 대답했다.

"뭐 그리 대단하게 좋은 물건들도 아니지만 그저 멀리 남방에서 가져온 토산품이라 다들 신기하게 여길 것 같아서 좀 나눠 준 거야."

대옥이 말했다.

"이런 건 우리가 어릴 때 쳐다보지도 않던 것들인데 지금 보니까 정말 새롭게 느껴지네요."

보차가 역시 웃으며 말했다.

"대옥이도 잘 알겠지만 속담에도 '물건이란 제고장을 떠나면 귀하게 여겨진다'고 했거든. 사실은 별거 아닌 물건들이야."

보옥은 그 말이 방금 대옥의 마음을 아프게 한 원인임을 알고 얼른 화제를 바꾸었다.

"내년에도 설반 형님이 다시 가실 텐데 우리한테 갖다 줄 선물을 많이 사달라고 해."

대옥이 눈을 흘기며 말했다.

"오빠가 갖고 싶으면 오빠만 얘기해. 공연히 나까지 끌고 들어가지 말고. 보차 언니! 이것 좀 봐. 보옥 오빠는 언니한테 고맙다는 인사를 드리러 온 게 아니고 내년에 받고 싶은 물건을 예약하러 온 사람 같잖아."

세 사람은 이런 저런 얘기를 나누다가 병에 대해 말이 나왔다. 보차가 대옥에게 당부를 하였다.

"대옥 동생도 몸이 좀 이상하다 싶으면 억지로라도 나와서 좀 걸어 다녀봐. 답답한 마음도 풀어낼 수 있어서 방 안에만 박혀 있는 것보다 낫다니까. 나도 지난번에 몸이 늘어지고 신열이 나서 드러누워 있고 싶었는데 시운이 안 좋아서 병이 날까 봐 오히려 일거리를 찾아서 열심히 몰두하다 보니까 지금은 훨씬 좋아졌거든."

대옥이 말했다.

"언니 말이 다 맞아요. 저도 그렇게 생각하는걸요."

세 사람은 한참 동안 더 앉아서 얘기를 나누다가 헤어졌으며, 보옥은 다시 대옥을 소상관 문 앞까지 데려다 주고 이홍원으로 돌아갔다.

한편 조이랑은 보차가 가환에게까지 선물을 보내오자 속으로 기뻐하면서 생각에 잠겼다.

'사람마다 모두 설보차의 성품이 좋고 사람 됨됨이가 훌륭하며 인심이 후하다고 하더니 과연 틀림없구나. 자기 오빠가 선물을 얼마나 가져 왔기에 집집마다 한 집도 빼놓지 않고 선물을 보낸단 말인가. 박한 데 도 없고 후한 데도 없이 우리처럼 이렇게 운 없는 집까지도 생각을 해주 는구나. 만일 임대옥이었다면 우리 모자를 제대로 한번 쳐다보려고 하 지도 않았을 테니 선물은 무슨 선물을 보냈겠어.'

조이랑은 속으로 생각에 잠겨서 보내온 선물을 이리저리 만져보다가 문득 보차가 왕부인의 친척임을 생각해내고는 왕부인한테 달려가서 칭 찬을 하여 선심을 사려고 했다. 조이랑은 곧 주섬주섬 선물을 집어 들 고 왕부인의 거처로 찾아가 옆에 서서 웃음을 띠며 말했다.

"이건 보차 아가씨가 방금 우리 집 환이한테 보낸 선물이에요. 보차 아가씨는 젊은 나이인데도 정말 생각이 깊고 면밀하네요. 대갓집 아가 씨답게 의젓하고 후덕하니 정말 탄복하지 않을 수가 없네요. 노마님과 마님께서 매일같이 보차 아가씨를 칭찬해 마지않으시더니 과연 그 말 씀이 틀림없사옵니다. 저도 그냥 받을 수만은 없어 마님께 보여드리려 고 일부러 찾아왔습니다. 마님께서도 좋아하실 거예요."

왕부인은 조이랑이 찾아온 뜻을 알아차렸다. 그녀의 말이 말 같지 않 았지만 그렇다고 상대하지 않을 수도 없어서 한마디 건넸다.

"잘 가지고 있다가 환이에게 주어 장난감으로 갖고 놀도록 하게."

조이랑은 신이 나서 기분이 들떠 찾아왔다가 덤덤한 그 한마디에 머 쓱해져서 속으로 화가 치밀어 올랐으나 감히 드러내지는 못하고 불편 한 심기를 감춘 채 나왔다. 조이랑은 자기 방으로 돌아와 방금 그 선물 을 한편에 내동댕이치면서 투덜댔다.

"이게 다 뭐야? 별거 아니잖아!"

조이랑은 털썩 눌러 앉아 속으로 분을 삭이고 있었다.

한편 앵아는 할멈을 대동하고 선물을 다 돌리고 돌아와서 보차에게 여러 사람들한테 고맙다는 말과 상으로 준 돈도 받았다는 말을 전했다.

할멈이 나가자 앵아는 보차의 곁에 바짝 다가서며 귓속말로 조용히 말했다.

"방금 전에 희봉 아씨마님 댁에 갔을 때 보니 아씨께서 노기등등한 모습이더라고요. 그래서 제가 선물을 전하면서 가만히 소홍에게 물어보았지요. 그랬더니 방금 아씨께서 노마님 계신 곳에서 왔는데 전처럼 즐거워하는 빛이 없이 곧바로 평아를 불러 뭐라고 얘기를 하시는데, 보아하니 무언가 큰일이 일어난 모양이라고 하더라고요. 아가씨도 노마님 쪽에서 무슨 큰일이 일어난 걸 들으신 게 있으신가요?"

보차가 듣고 의아하게 생각하며 궁금해 했다. 왕희봉이 무슨 일로 그처럼 화를 내는지 알 수가 없었기 때문이다. 보차는 한숨만 내쉬며 말했다.

"누구든 각자의 일이 있게 마련이야. 우리가 그런 것까지 관여할 바가 아니야. 넌 어서 차나 우려내어 따라라."

그 말에 앵아는 차를 따르러 나갔다. 그 얘기는 그만 하기로 하겠다.

한편 보옥은 대옥을 바래다주고 집으로 돌아오면서 대옥이 외로워하고 있음을 생각하니 자신도 마음이 아팠다. 들어가서 습인에게 그 말을 해주려고 했으나 마침 습인은 없고 사월과 추문이 방 안에 있었다.

"습인 언니는 어디 갔니?"

"대관원 안에 저택이 몇 개나 있다고 그러세요. 어딘가 가 있을 텐데 잃어버리기라도 할까 봐 그러세요? 잠깐 안 보인다고 그렇게 찾으실 건 뭐예요?"

"내가 뭐 습인을 잃어버릴까 걱정되어서 그러는 줄 알아? 방금 대옥누이한테 갔는데 대옥이 슬퍼하고 있기에 왜 그러냐고 물었더니 보차 누나가 선물을 보내왔는데 고향의 토산물이라서 그걸 보니 자연히 고향생각과 부모님 생각이 나서 그랬다는 거야. 그래서 습인이가 틈날 때

가서 위로 좀 해주라고 말하려고 그랬던 거야."

그때 마침 청문이 들어오면서 물었다.

"돌아오자마자 대체 누구를 위로하러 보낸다는 거예요?"

보옥은 방금 사월에게 한 말을 한 번 더 되풀이했다.

청문이 말했다.

"습인 언니는 방금 나갔는데 희봉 아씨네 집으로 갔다는 것 같아요. 아마 대옥 아가씨한테도 갔을지 모르죠."

보옥은 입을 다물고 아무 말도 안 했다. 추문이 차를 따라주자 보옥은 입을 헹구고 잔을 어린 시녀한테 건네주었다. 보옥은 아무리 생각해도 마음속이 편치 않아서 아무렇게나 침상에 드러눕고 말았다.

한편 습인은 보옥이 외출하고 없자 바느질을 시작하였다. 그러다 갑자기 희봉이 생각났다. 몸도 불편한데 벌써 며칠째 문병을 가보지 못한데다 지금 가련이 먼 길을 떠났다고 하므로 다들 모여서 얘기라도 나누면 좋을 것이라고 생각되었기 때문이었다. 그래서 청문에게 말했다.

"집을 잘 보고 있어. 모두 나가버리지 말고. 도련님이 돌아와서 일 시킬 사람이 없으면 안 되니까."

"에구머니나! 이 집안에 언니 한 사람만 도련님을 생각하는 줄 아는 모양이지? 우리는 모두 멀쩡하게 놀면서 공짜 밥만 먹고 있는 줄 아나 봐!"

청문이 빈정대자 습인은 웃기만 한 채 대꾸도 않고 곧바로 나갔다. 심방교沁芳橋 가에 이르렀을 때였다. 그때는 마침 여름의 끝, 가을 초입이어서 연못에는 새로 돋은 연잎과 시든 연잎이 어우러져 있었고 붉은 연꽃 아래 푸른 연잎이 받쳐주고 있었다. 습인은 걸으면서 냇가에서 한참 구경하다가 갑자기 머리를 들어 바라보니 포도 시렁 아래 누군가 먼지떨이로 무엇인가를 털고 있는 것이 보였다. 가까이 다가가서 보니 축씨袘氏 할멈이었다. 할멈은 습인이 오는 걸 보고 벙글벙글 웃으며 맞이하였다.

"아가씨께서는 오늘 어떻게 한가한 틈이 나서 이렇게 산책을 나오신 거예요?"

"그러게 말이에요. 희봉 아씨한테 문안이나 하려고 찾아가는 거예요. 그나저나 할멈은 거기서 뭐 하고 있어요?"

"지금 꿀벌을 쫓아내는 거예요. 금년 삼복에는 비가 안 와서 포도나무에 온통 벌레투성이라서요. 포도를 갉아먹어서 떨어지는 게 태반이에요. 아가씨는 모르실 거예요. 이 말벌이란 놈은 고약하기 그지없답니다. 한꺼번에 서너 개씩 갉아먹으면 갈라진 틈에서 흘러나온 단물이 다른 멀쩡한 것에 떨어져서 결국 다 같이 썩어버린다니까요. 아가씨, 이것 좀 보세요. 우리가 얘기하는 사이에 안 쫓아냈더니 벌써 숱하게 붙었잖아요."

습인이 말했다.

"그렇게 쉴 새 없이 손을 놀려 쫓아내봤자 몇 마리를 쫓아낼 수 있겠어요? 그러지 말고 아예 구입담당한테 말해서 구멍 숭숭 뚫린 망사를 구해 주머니를 만들어서 한꺼번에 하나씩 뒤집어씌우도록 하세요. 바람도 통하고 벌레도 달려들지 않을 거예요."

"아가씨가 참 옳은 말씀을 해주셨군요. 저는 금년에 처음 이 일을 맡아서 그런 기막힌 방법이 있는지 몰랐어요."

할멈은 웃으면서 말을 계속했다.

"금년엔 포도가 벌레를 좀 먹었지만 맛은 아주 그만이에요. 못 믿겠으면 한번 따서 맛을 보세요."

습인이 정색을 하고 말했다.

"그럴 수야 있나요? 익지 않은 건 먹을 수도 없거니와 설사 잘 익었다고 해도 윗분들한테 올리지도 않았는데 우리가 먼저 먹어서는 안 되지요. 할멈은 이 집에서 평생을 지낸 사람이 그만한 법도도 모른단 말이에요?"

축씨 할멈이 웃으며 말했다.

"아가씨 말씀이 지당하세요. 아가씨를 만나니 반가워서 감히 함부로 말이 나왔던가 봐요. 당연히 법도에는 맞지 않지요. 제가 잠시 정신이 어떻게 된 모양이에요."

습인이 말했다.

"그렇다고 뭐 대단한 건 아니니 걱정 마세요. 다만 나이든 할멈들이 먼저 앞장서서 법도를 어기는 일을 하면 안 된다는 거예요."

습인은 말을 마치고 곧장 희봉의 거처로 갔다.

대문을 들어서니 희봉이 악을 쓰며 소리치는 말이 들려왔다.

"하늘도 무심하시지, 내가 여기서 고생만 하고 있는데 오히려 나쁜 년이 되고 말았어!"

습인은 그런 소리를 듣자 뭔가 까닭이 있을 거라고 여겨져서 들어가기가 꺼려졌다. 하지만 그냥 돌아설 수도 없고 그냥 들어가기도 어려운 어정쩡한 상황이라 발걸음 소리를 크게 내며 인기척을 알리고 창문을 통해 평아를 불렀다.

"평아 언니! 집에 있어요?"

평아가 얼른 나와 맞이했다.

"아씨마님께서 집에 계셔? 몸은 좀 좋아지셨는지 궁금해서 왔어."

습인의 몸은 벌써 방 안으로 들어서고 있었다.

희봉은 일부러 침상에 누워있는 척하다가 습인이 방 안으로 들어오자 억지로 웃으면서 일어나 앉았다.

"응, 많이 좋아졌어. 걱정해 줘서 고맙네. 요즘엔 어쩐 일로 우리한테 놀러오지도 않았던 거야?"

"아씨 몸이 편찮으시다고 해서요. 본래는 매일 찾아와서 문안을 드리고 싶었지만, 아씨 몸이 완쾌되지 않아서 오히려 번거로워 하실까 봐 걱정이 되어서요. 아무래도 조용히 쉬시는데 낫다고 생각했어요. 우리가 와서 시끄럽게 하면 아씨가 되레 골치 아프시잖아요."

희봉이 웃으며 대답했다.

"골치는 무슨 골치가 아프다고 그래? 보옥 도련님 방에 사람이 비록 많지만 모두 습인 한 사람한테만 의지하고 있는 판이니 시간을 내기가 어려웠겠지. 평아한테 들으니 네가 항상 내 걱정을 많이 해주고 있다고 하더구나. 늘 내 안부를 물어주니 그게 바로 정성을 다한 거지 뭐야."

희봉은 평아를 불러 등받이 없는 의자를 침상 옆에 가져다 놓게 하고 습인더러 앉으라고 했다. 풍아豊兒가 차를 받쳐 들고 나오자 습인이 얼른 일어나 받았다.

"너도 좀 앉으렴."

습인이 앉아서 이런 저런 얘기를 나누고 있는데 어린 시녀가 바깥방에서 가만히 평아에게 말했다.

"왕아旺兒를 데려 왔어요. 지금 중문 밖에서 대기하고 있습니다."

평아가 가만히 이르는 소리도 들렸다.

"알았어. 우선 나가 있으라고 하고 잠시 후에 다시 오라고 해. 문 앞에 서 있지 말라고 하고."

습인은 무슨 일인가 있어서 그러는가 보다 라는 생각이 들어서 하던 얘기를 대충 마무리 짓고 일어나며 인사를 했다. 그러자 희봉이 말했다.

"한가하면 놀러와서 얘기나 나누자꾸나. 나도 심심한데 기분도 풀 겸 말이야."

그러면서 희봉은 평아에게 습인을 잘 배웅해 주라고 분부했다. 습인이 평아와 함께 밖으로 나와보니 어린 시녀 두서너 명이 숨을 죽이고 서서 대기하고 있었다. 습인은 무슨 일인지 모른 채 집으로 돌아갔다.

평아는 습인을 보내고 돌아와 희봉에게 말했다.

"방금 왕아가 왔었는데 습인이 와 있어서 우선 밖에서 기다리라고 했어요. 지금 당장 불러올까요, 아니면 기다렸다가 부를까요? 아씨께서 분부를 내려주셔요."

"당장 불러 와!"

평아가 시녀를 시켜 왕아를 들어오라고 했다. 그 사이에 희봉이 평아에게 물었다.

"그래, 도대체 넌 어디서 그런 소리를 들은 게야?"

"먼저 어린 시녀가 하는 말을 들었어요. 그 애 말이 중문에서 바깥을 오가는 두 시동이 하는 말을 들었다는 거예요. '이번에 새로 들어온 아씨마님이 지금의 아씨마님보다 얼굴도 잘생겼고 마음씨도 훨씬 곱다니까'라고 했다는 거예요. 그랬더니 왕아인지 누군지가 두 사람을 야단치면서 '새로 든 아씨마님이든 지금의 아씨마님이든 간에 조용히 못하겠느냐. 그러다 안에서 알기라도 하면 너희는 혓바닥을 뽑히고 말 거야!'라고 했대요."

평아가 이야기하는 도중에 시녀 하나가 들어와서 말했다.

"왕아가 밖에서 기다리고 있사옵니다."

희봉이 듣고 차갑게 웃으면서 소리쳤다.

"당장 들어오라고 해!"

시녀가 나가서 밖에서 대고 소리를 질렀다.

"아씨마님께서 들어오라고 부르십니다."

왕아가 얼른 안으로 들어와서 안부 인사를 하고 바깥방에서 두 손을 내리고 시립하여 섰다. 그러자 희봉이 말했다.

"이리 가까이 오너라. 내가 물어볼 말이 있다."

왕아는 비로소 안쪽 방으로 들어와서 문 옆에 고개를 숙이고 섰다.

"나리께서 바깥에다 몰래 사람을 구해 놓고 살림을 차렸다는데 넌 알고 있겠지?"

왕아는 허리를 굽히고 고개를 숙이면서 공손하게 아뢰었다.

"저는 날마다 중문에서 심부름이나 하는데 어떻게 나리께서 바깥에서 하시는 일을 알 수가 있겠습니까요?"

희봉이 차갑게 비웃었다.

"물론 너야 모르는 일이었겠지. 네가 만일 알았다면 어떻게 남의 입을 막으려고 그렇게 애를 썼겠느냐?"

왕아는 그 말을 듣고 곧 방금 전에 자신이 했던 말이 벌써 밖으로 새어 나갔음을 짐작했다. 더 이상은 속일 수 없다는 걸 깨닫고 얼른 무릎을 꿇고 엎드려 아뢰었다.

"소인네는 정말 모르는 일이옵니다. 방금 전에 홍아와 희아가 쓸데없는 말을 지껄이기에 제가 두어 마디 호통을 쳐주었을 뿐이옵니다. 속의 깊은 내막이야 저는 모르는 일이오라 함부로 말씀을 올릴 수도 없사옵니다. 아씨마님께서는 밖에서 늘 나리를 따라다니는 홍아를 불러 물어보시기 바라옵니다."

희봉이 그 말을 듣고 있는 힘을 다해서 침을 탁 뱉으며 욕을 퍼부었다.

"이런 양심이라고는 털끝만치도 없는 더러운 녀석들 같으니라고! 너희 놈들이 다 한통속이지 뭐란 말이냐. 흥! 내가 다 모를 줄 아느냐. 당장 가서 홍아란 개자식을 불러오너라. 너도 꼼짝 말고 같이 있어야 해! 그놈한테 자세히 물어보고 다시 너한테 따져야겠다. 그래, 잘한다! 잘해! 이런 놈들이 내가 지금까지 오랫동안 부려먹던 놈들이란 말이냐?"

왕아는 머리를 몇 번 조아린 뒤 일어나서 홍아를 찾으러 나갔다.

홍아는 바깥의 물품 출납소에서 시동들과 장난치고 있다가 희봉이 부른다는 소리를 듣고 제풀에 깜짝 놀랐다. 하지만 그 일이 발각되었을 것이라고는 전혀 생각지도 못하고 왕아와 함께 서둘러 안으로 들어왔다. 왕아가 먼저 들어가 아뢰었다.

"홍아를 데리고 왔습니다."

그 말이 떨어지기가 무섭게 희봉의 날카로운 목소리가 터져 나왔다.

"당장 들여보내!"

홍아는 칼날 같은 희봉의 목소리를 듣는 순간 벌써 넋이 저만치 달아나서 어떻게 해볼 엄두조차 나지 않았으나, 마음을 크게 먹고 용기를 내서 들어갔다. 희봉이 홍아를 보자마자 불호령을 내렸다.

"네 이놈! 네놈이 우리 나리를 모시고 기가 막힌 짓을 했다면서? 당장 이실직고하지 못할까!"

홍아는 희봉의 불벼락 치는 소리를 듣고 또 양쪽에 도열해 있는 시녀들을 보고는 일찌감치 오금이 저려서, 자기도 모르게 무릎을 꿇고 엎드려 머리를 땅바닥에 대고 조아렸다.

희봉이 말했다.

"이 일을 따지자면 나도 네놈이 직접 관련되지 않았다는 건 들어서 잘 알고 있다. 하지만 네놈이 일찌감치 찾아와서 나한테 고하지 않은 건 큰 잘못이야. 지금이라도 이실직고한다면 내가 용서해줄 수 있지만 만일 한마디라도 허튼 소리를 한다면 네놈을 가만두지 않겠다!"

홍아는 덜덜 떨면서 머리를 땅바닥에 조아리며 말했다.

"아씨마님! 무슨 말씀을 하시는지요? 소인이 나리를 모시고 무슨 잘못을 저질렀다고 그러십니까?"

희봉이 그 말에 화가 머리끝까지 나서 불호령을 내렸다.

"따귀를 갈겨라!"

왕아가 달려들어 따귀를 때리려고 하니 희봉이 또 욕을 퍼부었다.

"이 병신 같은 자식아! 저놈더러 제 따귀를 때리라고 하란 말이다! 네가 때릴 필요도 없어. 조금 있다가 네놈도 제 따귀를 때릴 때가 있을 테니 걱정 말고!"

홍아는 정말로 자기 뺨을 좌우로 번갈아 가며 십여 차례나 후려쳤다. 희봉이 호통을 쳤다.

"당장 멈춰!"

희봉이 또 물었다.

"나리께서 바깥에다 아씨마님을 새로 두셨다는데 새 마님의 일을 네 놈이 모른다고 할 참이냐?"

흥아는 결국 그 일이 터지고야 만 것을 눈치채고 더더욱 당황하여 어쩔 줄을 몰라 했다. 그는 즉시 모자를 벗고 땅바닥의 벽돌 위에 머리를 쾅쾅 찍어 대며 애원했다.

"아씨마님 제발 살려주세요! 소인이 단 한마디 거짓도 없이 다 말씀 드리겠사옵니다."

"당장 말해라!"

흥아는 무릎을 꿇은 채 허리를 펴고 아뢰었다.

"이번 일은 소인네도 알지 못하는 일이었습니다. 어느 날인가 동쪽 큰댁의 가진 나리네 장례식 때 발인하는 날이었을 것입니다. 유록이 절로 가진 나리께 돈을 받으러 갔다가 우리 집 나리께서 가용 도련님과 동부인 녕국부에 가시게 되었습니다. 도중에 우리 나리님과 가용 도련님이 큰아씨마님네 친정 동생인 두 이모 아씨에 대해서 얘기를 나누게 되었답니다. 나리께서 이모 아씨가 좋다고 칭찬하니까 가용 도련님이 우리 나리님한테 알랑거리며 그럼 둘째 이모 아씨하고 맺어주겠다고 하였습니다."

희봉은 여기까지 듣다가 있는 대로 욕을 마구 퍼부었다.

"흥! 정말 염치도 없는 망할 자식들! 그년이 너한테 도대체 언제부터 이모 아씨가 되었더냐?"

흥아가 깜짝 놀라 다시 머리를 땅에 박으면서 말했다.

"죽을죄를 졌습니다."

그리고 위를 쳐다보며 감히 말을 잇지 못했다.

"할 얘기를 다 했단 말이냐! 어째 말을 하다가 안 하느냐?"

홍아가 희봉에게 다시 아뢰었다.

"아씨마님께서 용서해 주신다고 해야 소인이 감히 말씀드릴 수 있겠사옵니다."

희봉이 버럭 소리를 질렀다.

"헛소리하고 자빠졌구나. 이놈이! 용서는 무슨 말라비틀어진 용서야! 당장 말을 계속해. 그래야 너한테도 좋을 거다."

홍아는 말을 계속했다.

"나리께서는 그 말을 듣고 좋아하였습니다. 그 뒤로 어떻게 그 말이 참말이 되었는지 저는 알지 못하옵니다."

희봉은 가만히 냉소를 띠면서 말했다.

"그거야 당연히 그럴 테지. 네가 그걸 어떻게 알 수가 있었겠어? 네놈이 알고 나면 골치 아파질 테니까. 어쨌든 계속 내막을 말해보란 말이야."

"후에 가용 도련님이 나리를 대신해서 집을 얻어주었습니다."

희봉이 서둘러 물었다.

"그래 그 집이 지금 어디 있느냐?"

"네, 바로 저희 저택의 뒤편에 있습니다."

희봉이 신음소리를 내더니 평아를 돌아보고 말했다.

"우린 다 죽은 사람이나 마찬가지야. 평아야! 너도 들었지!"

평아는 감히 아무 말도 못하고 입을 다물고 있었다.

홍아가 계속 아뢰었다.

"가진 나리께서 장씨네 집에 돈을 얼마나 주었는지 모르겠지만 장씨네 집에서는 더 이상 말이 없었어요."

희봉이 의아해 하며 물었다.

"그 와중에 장씨니 이씨니가 왜 끼어드는 게냐?"

"아씨마님께선 모르십니다. 새 아씨마님께선….."

홍아는 여기까지 말을 하다가 얼른 멈추고 또 자기 뺨을 후려쳤다. 희봉은 그만 웃음을 터뜨렸다. 양쪽에 시립하고 서 있던 시녀들도 입을 가리며 웃었다.

홍아는 속으로 잠시 생각하다가 이윽고 말했다.

"큰댁 큰아씨마님의 친정 동생은⋯."

희봉이 다그쳤다.

"그래서? 빨리 말하지 못해!"

"큰댁 큰아씨마님의 동생은 원래 어려서 약혼한 사람이 있었대요. 장 씨인데 이름이 뭐 장화라고 하던가요. 지금은 가난뱅이가 되어 밥이나 빌어먹고 있답니다. 가진 나리께서 돈을 쥐어주고 파혼시켰답니다."

희봉은 여기까지 듣고 나서 고개를 끄덕이며 시녀들을 돌아보고 동 의를 구했다.

"너희도 다 들었지? 저런 망할 놈의 자식! 이렇게 다 알면서도 처음 에는 모른다고 딱 잡아떼다니!"

홍아가 계속 아뢰었다.

"그러고 나서 우리 나리께서 신방을 깨끗하게 도배하도록 하여 신접 살림을 시작했던 거예요."

"그래 어디서 데리고 간 거냐?"

"우씨 노모의 집에서 데려갔습니다."

"흥! 그래? 혼례 때는 누가 후행자로 따라갔느냐?"

"가용 도련님이었습니다. 그리고 시녀와 할멈 몇 사람이 따라왔고 다 른 사람은 없었습니다."

"그쪽 집 큰아씨마님은 안 따라 왔느냐?"

"큰아씨마님은 이틀이 지난 뒤에 세간을 가지고 찾아오셨더랬습니 다."

희봉은 웃으면서 평아를 돌아보고 빈정거렸다.

"그래, 어쩐지 그때 나리가 큰아씨 칭찬을 침이 마르도록 하더라니."

그리곤 다시 흥아를 향해 굳은 얼굴로 엄하게 물었다.

"누가 그 시중을 다 들었단 말이냐! 물론 너였을 테지?"

흥아는 얼른 머리를 땅바닥에 조아리며 입을 다물었다.

희봉이 다시 물었다.

"지난번 여러 날 동안 큰댁의 일을 봐준다고 하면서 나가 있을 때 그 일이라는 게 바로 이 일을 말하는 것이렷다!"

"실제로 일이 있을 때도 있었고, 신혼 방에 가실 때도 있었습니다."

"누가 거기서 함께 살고 있는 거냐?"

"그 어머니하고 동생이 함께 살고 있었는데 엊그제 동생은 목을 베고 죽었습니다."

희봉이 놀라 물었다.

"그건 또 왜?"

흥아는 유상련의 이야기를 한바탕 늘어놓았다.

희봉이 말했다.

"그 사람 그래도 운수가 좋은 편이구먼. 하마터면 소문난 바람둥이 여우한테 걸려들게 될 뻔했는데 말이야. 다른 일은 또 없느냐?"

"다른 일에 대해서는 소인도 전혀 모르옵니다. 방금 말씀드린 것은 모두 사실입니다. 그중 한마디라도 거짓이 있을 때는 소인을 때려죽이신다고 해도 원망하지 않겠습니다."

희봉은 잠시 고개를 숙이고 있다가 흥아를 가리키며 엄하게 말했다.

"원숭이 새끼같이 뺀질거리는 너 같은 놈은 때려 죽여야 마땅하다! 그래 나를 속이려고 들었어? 나를 감쪽같이 속이고 네 멍청이 같은 나리 앞에서 아양이나 떨고 네 새아씨한테서 귀여움이나 받으려고 했으니 마땅히 네 다리 몽둥이를 부러뜨려야 하겠지만, 방금 전에 그나마 두려움에 떨며 거짓말을 못하고 다 털어놓은 것을 봐서 용서하겠다."

희봉은 호통을 쳤다.

"어서 꺼져버려!"

홍아는 머리를 조아리고 겨우 일어나 밖으로 나갔으나 감히 떠나지 못하고 머뭇거렸다. 희봉이 다시 소리쳤다.

"다시 이리 와 보아라! 또 할 말이 있다."

홍아는 얼른 돌아와서 두 손을 내리고 무슨 말인가 하고 귀를 기울였다.

"왜 그렇게 서둘러서 나가려고 하느냐? 새아씨가 너한테 상이라도 주려고 기다리고 있다더냐?"

홍아는 감히 고개를 들지 못했다.

"오늘부터 너는 절대로 그곳에 가지 못한다. 내가 언제든 부르면 당장 달려와야 해. 한 걸음이라도 늦으면 가만두지 않을 테다. 나가 봐!"

홍아는 연신 네! 네! 하면서 밖으로 나갔다. 희봉이 다시 불렀다.

"너 지금 네 나리께 당장 말씀드리러 가는 길이지? 그렇지?"

"아, 아닙니다! 제가 감히 어떻게…."

"밖에 나가서 한마디라도 하는 날이면 혼쭐날 줄 알아라!"

홍아는 연신 대답하고 그제야 나갔다.

희봉이 생각난 듯이 불렀다.

"왕아는 어디 있느냐?"

왕아가 대답하며 달려 들어왔다. 희봉은 눈을 부릅뜨고 한참 동안 노려보다가 비로소 입을 열었다.

"그래 됐어. 잘했다. 그럼 나가 봐. 바깥사람들이 누구든 한마디만 거론하게 되면 그게 다 네놈 책임이다. 알겠느냐?"

왕아는 알겠노라고 대답하고 나갔다.

희봉이 차를 따르라고 하자 시녀들은 그 뜻을 알아차리고 모두 밖으로 나갔다. 희봉은 비로소 평아에게 말했다.

"너도 다 들었겠지? 음…. 이를 어쩌면 좋겠니?"

평아도 감히 말을 하지 못하고 다만 어색하게 웃음 지을 뿐이었다.

희봉은 생각하면 할수록 화가 치밀어 올랐다. 베개를 베고 드러누워 넋을 잃고 있다가 갑자기 이마를 찡그리며 한 가지 계책을 생각해냈다.

"평아야! 이리 와 봐!"

평아가 얼른 대답하며 다가갔다.

"내 생각에 이 일은 이렇게 하는 게 좋을 듯싶구나. 굳이 나리가 돌아올 때까지 기다려서 해결할 필요도 없어."

과연 희봉이 어떻게 처리하였는지 궁금하면 다음 회를 보시라.

善尤娘
贍人
大觀園
酸鳳
姐大閙
寧府

녕국부의 대소동

불쌍한 우이저 대관원에 끌려 들어가고
샘 많은 왕희봉 녕국부를 발칵 뒤집었네
苦尤娘賺入大觀園 酸鳳姐大鬧寧國府

　　가련은 집을 떠나 장도에 올랐는데 하필 그때 평안절도사가 자리를 비우고 지방순시를 나가서 한 달이나 있어야 돌아온다고 했다. 가련은 확실한 회답을 얻을 수가 없자 거처에 남아 기다리기로 했다. 일이 이렇게 되고 보니 절도사가 돌아와 만나보고 일을 마무리한 후에 집으로 돌아오는 데 거의 두 달이나 지나게 되었다.

　　그때 왕희봉의 계략은 이미 확고하게 정해진 뒤였다. 가련이 돌아오기 전에 일을 해결하려는 것이었다. 우선 동쪽의 세 칸짜리 곁방에다 자신의 안채와 똑같이 장식과 가구를 꾸미게 하고, 열나흘 날에는 가모와 왕부인에게 찾아가 보름날 아침 일찍 고자묘姑子廟에 향을 피우러 간다고 말씀을 드렸다. 다음 날 희봉은 평아와 풍아, 주서댁, 왕아댁 등 네 사람만 데리고 나가면서, 수레를 타기 직전에 내막을 일동에게 말해 줬다. 그리고 나서 남자들에게는 소복으로 갈아입도록 하고 가마에는 흰 천을 덮게 하여 집을 나섰다. 홍아가 앞에서 길을 인도해서 곧바로 우이저의 문 앞에 당도하여 문을 두드렸다. 포이댁이 문을 열자 홍아가 웃으면서 말했다.

"어서 새 아씨께 말씀드려요. 지금 큰아씨께서 오셨어요."

포이댁은 혼비백산하여 헐레벌떡 뛰어 들어가서 우이저에게 말했다. 우이저도 놀라기는 했지만 기왕에 찾아온 마당에 예의를 갖춰 맞이할 수밖에 없다고 생각했다. 부랴부랴 옷을 차려입고 문 앞에 나가니 희봉이 막 수레에서 내려 안으로 들어오고 있었다. 우이저는 희봉의 차림새를 살펴보았다. 머리에는 하얀 은색 장식을 꽂고 몸에는 하얀 비단 저고리에 검은색 비단의 바람막이 외투를 걸치고 하얀 능라 치마를 입고 있었다. 버들잎 같은 눈썹은 끝이 양쪽 끝이 치켜 올라가 있고, 붉은 봉황의 눈처럼 가로누운 눈에서는 정기가 이글거려 유난히 빛나고 있는 것이 마치 봄날의 복숭아처럼 아름답고 가을의 국화같이 청초하였다. 주서댁과 왕아댁이 희봉을 부축하여 마당 안으로 들어섰다. 우이저는 웃음을 머금고 맞이하며 무릎을 살짝 굽혀 인사를 올리며 말했다.

"형님께서 오시는데 미리 마중을 나가지 못해 죄송하옵니다. 창졸간에 어쩔 수 없었음을 용서해 주세요."

우이저는 '만복萬福'을 언발하며 인사를 그치지 않았으며, 희봉도 쉬지 않고 답례하였다. 두 사람은 손을 잡고 함께 방 안으로 들어갔다.

희봉이 윗자리에 자리를 잡고 앉자 우이저는 시녀를 시켜 방석을 가져오라고 하여 큰절을 올렸다.

"저는 아직 나이가 어려서 이곳으로 온 뒤로 모든 일은 모친과 큰언니가 상의하여 처리하고 있습니다. 오늘 다행히도 이렇게 형님을 만나 뵙게 되었으니 형님께서 저같이 비천한 몸을 버리지 않으신다면 매사에 형님의 가르침을 따르고 성심성의껏 형님을 받들어 모시겠습니다."

말을 마치고 우이저는 또 절을 했다.

희봉은 얼른 자리에서 내려와 답례하면서 이렇게 말했다.

"그게 모두 내가 속 좁은 아녀자의 마음으로 오로지 서방님에게 몸조심하라고 했기 때문입니다. 부모님께 걱정을 끼쳐드리지 않기 위해 밖에서 함부로 몸을 굴려 화류계에 들지 말도록 하였던 것이지요. 그게 모두 우리가 어리석은 생각을 했기 때문입니다. 하지만 나리께서 내 뜻을 잘못 이해하시게 될 줄은 몰랐어요. 기생집 출입이야 저를 속이려 한다면 그럴 수도 있겠지만 지금 아우님을 둘째 부인으로 맞아들이는 일은 가문의 대사이니 마땅히 행례行禮를 해야 할 아주 중요한 일이지요. 그런데 나한테는 말 한마디 않다니요. 나도 일찍부터 우리 서방님께 일찌감치 새로 예를 올리고 사람을 맞아들여 자식을 보아야 한다고 권해 왔습니다. 그런데 나리께서는 나를 질투만 일삼는 여자로 치부하셔서 나한테는 일언반구 없이 몰래 이런 큰일을 치르고 말았군요. 나는 누구한테도 억울함을 호소할 길이 없었습니다. 오직 천지간에나 그 뜻을 밝힐 뿐이지요. 벌써 열흘 전에 풍문을 들어 알게 되었습니다만 나리께서 언짢아하실까 먼저 발설하지 않았던 것입니다. 지금 공교롭게도 나리께서 먼 길을 떠나가셨으므로 내가 몸소 찾아와 인사를 하는 것이니 아우님께선 내 마음을 헤아려주시기 바랍니다. 아우님이 머무는 자리를 옮겨 집으로 들어오도록 하십시오. 우리 자매가 나란히 함께 살며 피차 합심하여 일심으로 나리를 모시면서 세상일을 신중하게 하고 신체를 보양한다면 그야말로 가정사의 올바른 법도가 세워지는 게 아니겠습니까? 지금 아우님이 밖에 계시고 내가 안에 있으면 내 마음이 어찌 편안할 수가 있겠습니까? 또 바깥사람이 듣는다 해도 곱게 보이지 않을 것입니다. 나를 욕하는 소리야 아무래도 상관이 없고 나도 원망하지 않겠지만, 우리 서방님의 명성이 더럽혀지는 것은 중요한 문제이지요. 그러므로 일생일대의 명성과 절개가 오로지 아우님의 결단에 달려 있습니다. 하인이나 소인배들은 내가 평소에 집안 단속을 엄하게 한다고 해서 뒷구멍으로 쑥덕공론이 많은 모양인데 그것들이 뭔가 말을 더

하고 빼서 한 것이 분명합니다. 아우님이 어떤 분이신데 그런 말을 다 진정으로 여기시겠습니까? 내가 만일 정말로 나쁜 구석이 있었다면 위로는 층층이 시부모가 계시고 곁에는 수많은 자매와 동서들이 있으며 하물며 가씨 집안은 대대로 명문 대갓집인데 오늘날까지 어찌 나를 용납했겠어요. 지금 우리 서방님이 밖에서 아우님을 둘째 부인으로 맞으신 일에 대해서도 마찬가지예요. 만일 다른 사람 같으면 화를 내고 소란을 피우겠지만 나는 천만다행으로 여깁니다. 그야말로 천지신명께서 내가 소인들로부터 비난받는 것을 차마 보지 못하셔서 이런 일이 생기게 만든 것이기 때문입니다. 내가 오늘 와서 아우님께 부탁하고자 하는 것은 나와 함께 들어가 나란히 살면서 모든 것을 함께 쓰며 함께 시부모와 서방님을 잘 보필하자는 것입니다. 그래서 기쁜 일은 함께 기뻐하고 슬픈 일은 함께 슬퍼하여 친형제나 친자매보다 더 가깝게 살아가자는 것이지요. 그러면 저 소인들은 스스로 전에 나를 잘못 보았던 것을 후회할 것이며 나리께서 집에 돌아와서 보시더라도 남편 된 도리로서 속으로 후회하는 바가 있을 것입니다. 그렇게 보면 아우님은 나의 커다란 은인이 되는 것이며 지난날 나의 오명을 말끔히 씻어낼 기회를 주게 될 것입니다. 만일 아우님이 나를 따라 함께 들어가지 않는다면 나도 이곳에 남아 함께 살기를 원하는 바입니다. 내가 오히려 동생이 되어 매일 곁에서 모시고 시중을 들 테니, 우리 나리님 곁에서 나 대신 좋은 말씀을 해주시어 내 한 몸을 용인하도록만 해준다면 나는 죽어도 여한이 없겠습니다."

희봉은 기나긴 하소연을 마치면서 훌쩍훌쩍 울기 시작했다. 우이저도 그러한 희봉의 모습에 감동을 받아 함께 눈물을 흘렸다.

두 사람은 다시 서로 예를 행하고 윗자리 아랫자리에 나누어 앉았다. 그때 평아가 얼른 나와 엎드려 절하려고 하자 우이저는 그녀가 평범한 옷차림이 아닌 데다 용모와 행동거지가 남다름을 보고 필시 평아라고 생각하여 얼른 일어나 잡아 일으키며 만류하였다.

"아우님은 제발 이러지 마세요. 우리 두 사람은 신분이 같은데 이럴수가 있나요?"

희봉이 일어나 웃으며 말했다.

"당치도 않은 말씀입니다. 저 애는 원래 우리 집 시녀였으니 앞으로는 아우님께서 그런 말씀은 하지 마세요."

희봉은 이어서 주서댁에게 보자기에 싸 가지고 온 최고급 비단 네 필과 금비녀와 진주 귀고리 네 쌍을 예물로 내놓도록 하였다. 우이저는 얼른 절하며 공손히 받았다.

두 사람은 차를 마시고 지나간 일들을 얘기하였다. 희봉은 입으로 온통 스스로를 원망하고 잘못을 자책하며 말했다.

"다른 사람 원망할 게 뭐 있겠어요. 그저 아우님이나 나를 가엽게 여겨줘요."

우이저는 희봉이 이렇게까지 말하는 것을 듣고 소문과는 달리 희봉이 아주 무던하고 좋은 사람이라고 생각했다. 소인배들은 언제나 주인을 나쁘다고 헐뜯기 일쑤니까 소문이 그렇게 난 것이라고 여기며 자신의 속마음을 다 털어서 보여주었다. 한참 얘기를 더 나누다 보니 아예 희봉이 자신의 진정을 알아주는 지기知己처럼 보였다. 주서댁이 옆에서 평소 희봉이 베푸는 인정을 입이 마르도록 칭송하면서, 다만 마음이 너무 곧고 고지식하여 남의 원망을 살 뿐이라고 말했다.

"둘째 아씨마님을 위해 신혼방도 마련해 놓았으니 함께 들어가셔서 보시면 아실 것입니다."

우씨 자신도 벌써 마음속으로 함께 들어가 사는 게 좋겠다는 생각을 정한 터라 그 말을 듣자 허락하지 않을 까닭이 없었다.

"당연히 형님을 따라 들어가야 하는데 이곳은 어떻게 처리해야 할지 몰라서…."

"그게 무슨 걱정이에요? 아우님의 장롱이며 귀중품 등은 하인들을 시켜서 옮기면 될 것이고 나머지 세간 중에서 불필요한 것은 사람을 시켜 지키도록 하면 될 거예요. 집은 지킬 만한 사람을 시켜서 관리하도록 하면 되지요."

"오늘 형님을 첫 상면하여 인사를 드렸으니 이제 형님을 따라 안으로 들어가면 모든 일은 형님한테 맡기겠어요. 저는 들어온 날도 얼마 안 되는 데다 살림을 해보지도 않았고 세상물정을 잘 모르는데 어떻게 제 마음대로 할 수 있겠어요? 여기 장롱하고 몇 가지만 가지고 들어가면 되고 실상 다른 물건도 별로 없어요. 그래봤자 다 나리님의 것이고요."

희봉은 곧 주서댁을 시켜 하나하나 적어두게 하고 부중의 동쪽 곁방으로 가져가도록 하였다. 그리고 우이저를 재촉하여 옷을 차려입고 몸단장을 하도록 해서 두 사람이 손을 잡고 수레에 올라 함께 자리를 잡고 앉았다. 그때 희봉이 조용히 귓속말로 우이저에게 말했다.

"우리 가문의 법도가 비교적 엄하거든요. 이 일은 노마님께서 전혀 모르고 계시는데 만일 나리가 상중에도 불구하고 아우님을 맞이하여 장가든 걸 아시면 아마 나리를 때려죽이려고 하실 거예요. 그러니 일단은 노마님과 마님을 만나지 마세요. 우리 집에는 아주 큰 정원이 있거든요. 우리 집 자매들이 사는 곳이라 다른 사람들은 쉽사리 들어올 수도 없는 곳이니까 일단 오늘 그곳으로 들어가서 며칠 묵은 후에 내가 적당히 방도를 생각해내서 말씀드린 다음에 만나 뵈어야 될 것 같아요."

"무엇이든 형님의 뜻대로 하세요."

수레를 따르는 하인들에게도 미리 말해 두었던지라 이번에는 대문으로 들어가지 않고 곧장 후문으로 살짝 들어갔다. 수레를 내려서 다른 사람을 다 내보낸 다음 희봉은 우씨를 데리고 대관원의 후문으로 해서 이환의 거처로 들어가 인사를 시켜주었다. 그때 대관원에 있는 사람들은 열 가운데 아홉은 우이저의 일을 알고 있었다. 그런데 지금 희봉이 갑자기 우이저를 데리고 들어오자 많은 사람들이 호기심이 동하여 달려와 보게 되었다. 우이저는 일일이 인사를 나누었다. 그녀는 몸매가 아름답고 얌전한 성격이라 모두들 칭찬하지 않는 사람이 없었다. 희봉은 여러 아랫사람들에게 절대로 비밀을 지키도록 당부했다.

"절대로 소문이 새나가지 않도록 해야 한다. 만약 노마님이나 마님이 아시게 되면 내 너희를 먼저 잡아다 족칠 것이야."

대관원의 할멈들이나 시녀들은 모두 희봉을 겁내는 사람들이었다. 또 지금 가련이 국상에다 집안의 상중에 빚어낸 일이라 일이 발각되면 대단히 크게 번지게 된다는 것을 알고 있으므로 그 일에 대해서는 모르는 체했다. 희봉은 우선 이환에게 며칠 데리고 있으라고 조용히 부탁했다.

"며칠 후에 어른들께 말씀드리고 나면 자연히 데리고 갈 것입니다."

이환은 희봉의 거처에 따로 방을 마련해 둔 데다 또 지금 상중이라 함부로 발설할 수 없는 일임을 알고 있었으므로 이렇게 하는 것만이 옳은 선택이라 믿고 잠시 맡아주었다. 희봉은 곧 우이저의 시녀들을 모두 내보낸 다음 자신의 심복 시녀에게 우이저를 시중들게 하였다. 그리고 대관원의 어멈들에게도 조용히 당부하였다.

"잘 감시해야 한다. 만약 잘못되거나 도망이라도 간다면 자네들한테 모든 책임을 묻겠어."

그리고 희봉은 따로 몰래 일을 처리하기 시작했다. 사람들은 속으로 의아하게 생각했다.

'아무래도 뭔가 이상해. 희봉 아씨가 어찌하여 저렇게도 어질고 착하게 변했단 말인가?'

우이저는 어쨌든 잠시라도 있을 곳이 있는 데다 대관원의 자매들이 다들 잘 대해주고 있어서 편안한 마음으로 안분지족하며 스스로 제자리를 찾았다고 만족해했다. 하지만 뜻밖에도 사흘쯤 지나자 시녀인 선저善姐가 우선 말을 안 듣기 시작했다.

"머릿기름이 떨어졌는데 큰아씨께 말씀드려서 좀 가져오렴."

우이저의 말을 듣고 선저는 장황하게 대꾸했다.

"둘째 아씨! 어떻게 세상물정을 그렇게도 모르고 눈치도 없으세요. 우리 아씨마님은 날마다 노마님의 분부를 들으셔야 하고 또 이쪽 마님과 저쪽 마님의 말씀도 들어야 하거든요. 여기 동서들과 아가씨들에다 위아래 남녀 노복 수백 명이 날마다 일어나면 모두 우리 아씨마님의 분부를 기다리고 있는걸요. 하루에 줄잡아도 큰일만 스무 건 남짓 일어나고 작은 일은 사오십 건이나 생긴다고요. 밖으로는 궁중의 귀비마마로부터 왕후백작의 대갓집에 이르기까지 오고가는 수많은 예물을 살펴야 하고, 안으로는 가족과 친지들을 보살피며 천 냥 만 냥에 이르는 돈거래도 다 우리 아씨의 손과 마음과 입을 거쳐 정해야 해요. 그런데 어떻게 그런 자질구레한 일로 아씨마님을 귀찮게 해드릴 수가 있겠어요. 그냥 좀 참고 지내세요. 사실 아씨는 뭐 제대로 중매 세워서 떳떳하게 시집온 것도 아니잖아요. 그런데도 세상에서 천고에 드물게 어질고 착하신 그분이 둘째 아씨를 그렇게 잘 대해 드린 거예요. 만일 그렇지 않은 사람이었으면 그런 말을 듣고 당장 야단을 치며 아씨를 밖에다 내다버리고 죽건 말건 상관하지도 않았을 거예요."

우이저는 할 말을 잊고 그만 고개를 푹 숙였다. 스스로 그런 말을 한 것이 아무래도 무리였던 모양이라고 여기고 꾹 참고 지냈다.

시녀인 선저는 점점 밥도 제대로 차려다 주기를 싫어하면서 혹은 아침 한 끼, 혹은 저녁 한 끼만 주기도 하고 그나마 제대로 먹을 수도 없는 먹다 남은 음식을 주기도 하였다. 우이저가 참다못해 두어 번 얘기를 했지만 선저는 되레 먼저 달려들며 오히려 야단을 해댔다. 우이저는 또 남들이 자신에게 안분지족하지 못한다고 말할까 걱정되어 여전히 꾹 참고 지냈다. 한 닷새나 여드레쯤에 한 번씩 희봉을 만났는데 희봉은 오히려 뱅글뱅글 웃으면서 살가운 낯빛으로 대하고 입으로는 온통 아우님, 아우님하고 친절하게 대하는 척했다.

"만일 아랫사람이 잘못 대하는 것이 있으면 아우님은 절대로 그 애들의 기를 누를 수 없을 테니까 언제든 나한테 말해요. 내가 그 애들을 두들겨 줄 테니까."

그리고는 또 시녀들과 어멈들을 야단쳤다.

"내가 너희 심보를 너무나 잘 안다. 연약한 사람한테는 속이려고 달려들고 강한 사람한테는 두려워 떨고 있는 게 너희 생리 아니냐. 내 눈은 절대 속이지 못할 것이다. 만일 둘째 아씨가 나한테 한마디를 꺼내기라도 하면 내가 당장 가만두지 않을 것이다."

우씨는 희봉이 그렇게 알뜰하게 보살펴주려고 하자 속으로 생각했다.

'저분이 저렇게까지 나를 생각하는데 내가 굳이 일을 더 크게 벌일 까닭이 어디 있겠는가? 하인들이 뭘 모르고 달려드는 일은 원래 늘 있는 일인데 내가 그걸 고자질하면 저들이 구박받을 테고 오히려 남들은 내가 현숙하지 못하다고 욕할 테지.'

우이저는 오히려 하인들을 감싸고 변명하며 아무 일 없다고 둘러댔다.

희봉은 왕아旺兒를 시켜 바깥에 나가 우이저의 일을 조사하게 시켜서 소상히 알게 되었다. 우이저는 원래 시집갈 곳이 있었는데 신랑 될 사람은 이제 열아홉 살이고 날마다 밖에서 노름과 기생질로 세월을 보내며 생업을 팽개치고 가산을 탕진하였으며, 부친이 밖으로 내쫓아 지금은 도박장에서 겨우 은신하고 있다는 것과 부친은 우씨 노파로부터 은자 열 냥을 받고 약혼을 파기했는데 신랑감은 아직 그 사실을 모르고 있으며, 그 젊은이 이름은 장화라는 것이었다.

희봉은 전후 사정을 하나하나 다 파악하고 나서 마침내 왕아에게 은자 스무 냥을 주면서 몰래 장화를 찾아가서 고소장을 한 장 써서 관가에 가련을 고발하라고 부추겼다. 가련의 죄목은 '나라의 국상과 가문의 상중임에도 불구하고 천자의 교지를 어기고 부모를 속여서 재물과 권세를 믿고 강제로 약혼을 파기하도록 하여 본처를 버려놓고 새로 첩을 들인 죄'라고 말하도록 일렀다. 장화도 그 말이 너무나 엄중한지라 감히 따르지 않았다. 왕아가 희봉에게 그렇게 보고하니 희봉이 화가 나서 욕설을 퍼부었다.

"정말 꼴값 떠는 병신 같은 놈이 다 있네. 비루먹은 개는 받쳐줘도 담을 오르지 못한다더니 그놈이 바로 그런 격이로구나. 너 그놈한테 자세하게 일러줘라. 우리 집안은 모반한다고 고발해도 아무 일 없을 테니 걱정 말라고 해. 다만 한바탕 소란을 겪어 체면을 깎이게 할 뿐이라고 말이야. 일이 커지게 되면 자연 우리가 나서서 무마할 테니까."

왕아가 명을 받고 다시 장화를 찾아가 말했다. 희봉은 또 왕아에게 당부했다.

"그가 너를 고소하면 너는 이렇게 대답해라."

그리고 이런저런 얘기를 해주면서 자연히 대처할 궁리가 되어 있다고 말했다. 왕아는 희봉이 나서서 다 조치해 준다고 했으므로 장화를 찾아가 고소장에 자신의 이름을 덧붙여 넣으라고 종용했다.

"넌 그냥 아무 소리 말고 내가 나가서 우리 서방님을 꼬드겼다고만 하면 되는 거야."

장화는 그렇게 하기로 하고 왕아와 논의한 끝에 고소장을 한 장 써서 다음 날 도찰원都察院[1]에 나가서 억울함을 호소하면서 내밀었다. 도찰원에서 고소장을 보니 가련을 고발하는 것이었다. 고소장에는 왕아의 이름도 있었으므로 사람을 가부로 보내 왕아를 불러 대질하도록 하였다. 관청의 포교들은 함부로 가부로 들어갈 수 없었으므로 문 앞에 이르러 안으로 연락하도록 했다. 왕아는 그 일로 대기 중이었던지라 소식

---

1 각종 사건을 조사하고 심의하는 최고행정사법기관.

이 오기도 전에 골목 안에서 기다리고 있다가 포교들이 오자 웃기까지 하며 맞았다.

"여러분께 공연히 수고를 끼쳐 미안합니다. 필시 저를 찾으시는 모양 인데 여기서는 말씀드리기 어려우니 어서 포승을 묶어 데려가 주시오."

포교들은 감히 그렇게는 못하고 그냥 가자고 했다.

"어서 그냥 갑시다. 소란을 피울 필요도 없으니."

왕아는 도찰원 대청 아래 이르러 무릎을 꿇고 엎드렸다. 도찰원의 장관은 고소장을 내밀며 보라고 일렀다. 왕아는 일부러 한번 보는 척하며 머리를 조아리고 말했다.

"이 일에 대해서는 소인이 소상하게 모두 아는 바이옵니다. 소인의 주인 서방님이 그러한 일을 저지른 것은 분명하오나 장화가 소인과 평소에 원한이 있던 관계로 소인의 이름을 끌고 들어간 것이옵니다. 이 일에는 또 한 사람이 연루되어 있으니 그 사람을 문초하여 주시기 바랍니다."

장화는 머리를 땅바닥에 부딪치며 말했다.

"다른 한 사람이 있기는 하오나 소인은 감히 고발할 수가 없는지라 하인만을 고발한 것입니다."

왕아는 일부러 화내는 척하며 소리를 질렀다.

"이 바보 같은 놈아! 어서 이실직고하지 못하고 무엇 하느냐. 여기는 조정의 관청에서 하는 공판정이니 아무리 주인님이라고 해도 말할 수밖에 없는 거야."

장화는 못이기는 체하며 가용의 이름을 댔다. 도찰원에서는 그 말을 듣고 부득이하게 가용을 불러들였다. 희봉은 따로 경아慶兒를 보내 상황을 알아보게 하는 한편 왕신王信을 불러오게 하여 이 일을 알려주고 도찰원에 가서 이 사건을 허장성세로 놀라도록 하게 하라고만 부탁하게 했다. 또 은자 삼백 냥을 싸서 왕신에게 주며 그날 밤으로 도찰원의 사택으로 찾아가 건네주고 단단히 일러두라고 했다. 도찰원에서는 내막을 알게 되었고 뇌물도 받은 마당이라 다음 날 공판에서 호통을 치며 장화가 무뢰하여 가부의 돈을 빚지고 허위로 조작하여 멀쩡한 사람을 무고하였다고 판결하였다. 도찰원은 평소 왕자등王子騰과도 잘 아는 사이였고 지난밤에 왕신도 찾아와 말한 바가 있는 데다 가부의 사람을 함부로 어떻게 할 수도 없는지라 사건을 적당히 마무리하지 않을 수 없었다. 다만 가용만 불러다 대질시키기로 하였다.

한편 가용은 가진의 일로 바쁘게 일하는 중에 갑자기 누군가 와서 소식을 전하여 자신을 고발한 사람이 있어서 여차여차 하다고 하며 어서 대책을 강구하라고 하였다. 가용은 깜짝 놀라서 얼른 가진에게 아뢰었다. 가진이 말했다.

"나도 그런 일이 있을까 하여 미리 대비하느라고 했는데 그놈이 담이 크기도 하구나."

가진은 즉시 은자 이백 냥을 도찰원으로 보내는 한편, 하인을 보내 말을 전하라고 이르고는 대책을 논의하는 중에 홀연 밖에서 전하는 소리가 들렸다.

"서쪽 작은댁의 아씨마님께서 오셨습니다!"

가진이 듣고 깜짝 놀라서 가용과 함께 몸을 피하려고 하였지만 벌써 희봉이 안으로 들어 와 앞을 막아서며 소리쳤다.

"정말 훌륭하신 형님이시네요! 아우라는 사람을 데리고 참 기가 막힌 일을 저질렀더군요!"

옆에 있던 가용이 얼른 나서며 인사를 올렸다. 희봉이 가용을 끌고 안으로 들어오자 가진이 웃으면서 말했다.

"네 숙모님을 잘 모시도록 해라. 그리고 하인들한테 가축을 잡고 반찬 만들어서 식사를 잘 준비하라고 일러라."

가진은 말을 마치기가 무섭게 얼른 말을 대령하라고 해서 다른 곳으로 도망치듯 가버렸다.

희봉은 가용을 데리고 안방으로 쳐들어갔다. 우씨가 맞으러 나오면서 희봉의 낯빛이 평소와 다른 것을 보고 얼른 웃음을 띠면서 물었다.

"무슨 일이기에 이렇게 화가 났어?"

희봉은 다짜고짜 우씨의 얼굴에 대고 침을 탁 뱉으면서 악을 쓰기 시작했다.

"당신네 우씨 딸들을 아무도 달라는 남자가 없어서 모두 몰래 가씨네 집에 보낸단 말이야? 가씨네 남정네들이 다 좋은 것도 아닌데 대체 왜 그런 거야? 온 세상 남자들이 다 죽어 없어졌단 말이지. 남한테 주고 싶으면 의젓하고 떳떳하게 중매를 내세우고 세상에 다 알려서 보내야 체통이 서는 일이지 않겠어? 대체 뭐에 씌인 거야? 담이 허파 구멍을 막은 거야, 기름덩이가 혼 구멍을 덮은 거야? 하필이면 나라에 국상 나고 집안에도 상중이라 겹겹이 초상인데 사람을 남몰래 들여놓다니 어쩌려고 그래! 이제 남들이 우리 집을 고소까지 했고 난 또 다리 잘라낸 게 모양으로 어쩔 수도 없이 꼼짝 못하고 있는데, 관가에 내가 지독하고 시샘 많은 사람이라고 알려져서 지금 당장 나를 지목하며 내쫓겠다고 할 텐데 난 어쩌면 좋단 말이야? 내가 이 집에 들어와서 대체 무슨 잘못을 저질렀다고 나를 이렇게 해코지하는지 말 좀 해봐! 혹시 노마님이나 마님이 당신들한테 은밀하게 지시라도 내려 나한테 올가미를 씌워서 쫓아내라고 하시기라도 했단 말이야? 지금 당장 우리 둘이 관가에 가서 분명히 밝히고 돌아옵시다. 그런 뒤에 온 집안사람 다 불러다 놓고 다들 보는 앞에서 사실대로 밝혀보자구요. 그리고 난 다음 그래도 나한테 이 혼장을 들이민다면 그때는 내가 그냥 말없이 떠나가겠어."

희봉은 쉬지 않고 악을 쓰며 엉엉 소리 내어 울면서 우씨를 끌고 관가로 함께 가자고 난리를 부렸다. 당황한 가용은 그 자리에 얼른 엎드려 땅바닥에 머리를 찧으면서 용서를 빌었다.

"숙모님! 제발 화를 푸세요."

희봉은 울면서 손을 들어 가용을 마구 두드리며 욕을 퍼부었다.

"벼락을 맞고 귀신한테 온몸이 갈기갈기 찢겨질 양심도 없는 놈아! 하늘 높은 줄도 모르고 땅이 두터운 줄도 모르고 온종일 이리저리 머리 굴려 이간질만 시키더니, 염치도 없이 국법에도 없는 집안 망할 짓거리를 골라서 했더구나. 죽은 네 어미의 혼령이라도 용서치 않을 거고 조상이라도 용납하지 않을 텐데 나를 말리겠다고?"

가용은 머리를 땅바닥에 조아리며 얼른 소리쳤다.

"숙모님 제발 화내지 마세요. 숙모님 손이 아프실 테니 제 손으로 제 뺨을 때리겠어요. 제발 진정하세요."

가용은 자신의 손으로 자신의 양쪽 뺨을 갈기면서 스스로를 책망하는 것이었다.

"앞으로 또 쓸데없는 일에 끼어들어 분별없이 일을 저지를 거야? 앞으로 또 숙부의 말만 듣고 숙모님의 말씀은 안 들을 거야?"

주변에서 달려들어 가용을 붙잡고 말리면서, 웃음이 터져 나오려고 했지만 감히 웃지는 못했다. 희봉은 곧장 우씨의 가슴팍으로 달려들면서 하늘이 무너져라 대성통곡하며 슬피 울기 시작했다.

"형님이 시동생한테 첩을 얻어주었다고 해서 제가 성질부리는 게 아니에요. 왜 하필이면 국상 중에 성지를 위배하고 친상 중에 부모를 속여서 그 더러운 오명을 저한테 뒤집어씌웠느냔 말이에요. 포졸들이 잡으러 오기 전에 우리 같이 관가로 가자고요. 그리고 노마님과 마님 그리고 사람들을 다 불러다놓고 모두 한번 따져보자고요. 내가 만일 어질지 못하고 질투가 심해서 서방님이 새장가를 못 들게 하고 첩을 들이지 못하게 했다면 당장 나한테 이혼장을 쓰게 하세요. 그럼 전 그 즉시 나가겠어요. 형님 동생도 내가 직접 가서 벌써 집으로 불러다 놨어요. 노마님이나 마님께서 역정을 내실까 봐 아직 말씀조차 못 드렸고요. 지금 시시때때 차 대접하고 끼니마다 밥 차려 올리며 금쪽같고 은쪽같은 하인과 시녀들에게 시중들게 하여 대관원 안에 잘 모셔두고 있어요. 그리고 우리 집에 방 한 칸을 잘 마련하여 내 방하고 아주 똑같이 꾸며 놓고 맞아들일 준비를 다 해놓았고요. 이제 노마님한테 말씀드리고 맞아들여서 각각 본분을 지키며 잘 지내려고 했던 거예요. 지난 일은 더 이상 따지지 않고 말이에요. 그런데 대체 이게 뭐예요? 그 사람한테 벌써 정해놓은 남자가 있었다니요? 도대체 이 집에선 무슨 짓을 한 거예요? 난 도대체 뭐가 뭔지 전혀 모르는데 저를 고소했지 뭐예요. 제가 관가에 불려간다 할지라도 결국은 여기 가씨 집의 체면을 잃는 것이 아니겠어요? 그래서 어쩔 수 없이 마님의 돈 오백 냥을 몰래 꺼내서 뇌물로 보냈단 말이에요. 우리 집 하인이 아직도 그곳에 잡혀 있는 상태라고요.”

희봉은 말하다 말고 또 한바탕 울음을 터뜨리고, 울다 말고 또 한바탕 욕을 퍼붓다가 결국에는 대성통곡을 하면서 조상과 부모까지 들먹이며 죽느니 사느니 머리를 찧고 난리였다.

그 바람에 우씨는 몸이 온통 밀가루 반죽처럼 되었고, 옷은 눈물과 콧물로 잔뜩 적셔져 있었다. 우씨는 아무 말도 할 수가 없었다. 입을 열어 가용에게만 욕을 퍼부을 뿐이었다.

“이 못난 놈아! 네 아비하고 어울려서 기가 막힌 짓거리를 벌이더니 그래 꼴 한번 좋구나. 내가 뭐라더냐. 그러면 안 좋다고 말하지 않았더냐?”

희봉이 그 말을 듣고 울면서 두 손으로 우씨의 얼굴을 잡아당겨 바짝 들이대면서 따지듯이 물었다.

“정신 나간 거 아니에요? 형님 입에 가지라도 물려 있었단 말인가요, 아니면 저 양반들이 그 입에 재갈이라도 물려 놓았단 말인가요? 왜 저한테 진작 말하지 않았단 말이에요? 그때 저한테 말했으면 아무 일도 없었을 거 아니에요? 공연히 관가를 들썩거리게 하지도 않고 이렇게 소란을 피우게 되지도 않았을 거 아니에요? 지금 와서 저 양반들을 원망하고 있으니 말이 되는 얘기예요? 옛날부터 '아내가 어질면 남편한테 재앙이 적다'고도 했고 '바깥이 튼튼한 것보다 속으로 튼튼한 게 낫다'는 말도 있는데 형님이 그저 오냐오냐 하니까 저 양반들이 이런 짓을 벌인 거라구요. 형님은 그저 재주도 없고 말솜씨도 없어서, 주둥이 잘라낸 조롱박처럼 오로지 조심조심 어질고 착하다는 말만 들으려고 하니 저 양반들이 무서워할 줄도 모르고 말도 안 듣는 거예요."

희봉이 그렇게 몇 번이고 우씨를 몰아세우니 결국 우씨도 울음을 터뜨리며 희봉에게 말했다.

"내가 왜 가만히 있었겠어? 믿어지지 않으면 저 애들한테 한번 물어보면 될 거 아냐? 그저 그러면 안 된다고 말려도 내 말은 듣지를 않으니 낸들 어떡하겠어? 자네가 화내는 것도 당연한 일이지. 내가 꼼짝없이 들을 수밖에 없는 일이야."

여러 시첩들과 시녀, 어멈들이 새까맣게 둘러싸고 있다가 다 같이 웃음을 띠며 용서를 빌었다.

"아씨마님! 어질고 현명하신 분이시니까 비록 저희 아씨께서 잘못이 있으셨더라도 그만하면 실컷 분풀이하신 셈이니 노여움을 풀고 그만하세요. 하인들 앞에서 아씨들께서 그동안 얼마나 사이좋게 지내셨어요? 이제 우리 아씨 체면을 생각해서라도 그만 고정하세요."

그러면서 차를 갖다 바쳤다. 그러나 희봉은 찻잔을 내동댕이치면서 울음을 멈추고 머리카락을 훑어 올리면서 가용에게 욕을 퍼부었다.

"어서 나가 네 아버지를 불러 오너라. 내가 직접 대면해서 따져 물어야겠다. 큰아버지상을 당해서 한달 닷새밖에 안 되었는데 조카가 첩을 얻어 새장가를 드는 것이 도대체 무슨 예법인지 모르겠다고 말이야. 내가 잘 좀 물어놨다가 앞으로 자손들한테 잘 가르쳐주려고 그래!"

가용은 땅에 엎드려 머리를 조아리며 그저 잘못했다고 말할 뿐이었다.

"사실 이 사건은 저희 부모님과는 상관없는 일입니다. 모두 제가 순간적으로 환장해서 숙부님을 꼬드겨 저지른 일일 뿐입니다. 저의 부친도 모르시는 일이었습니다. 저의 부친은 지금 할아버님의 발인문제를 상의하러 나가셨는데, 숙모님이 자꾸 그러시면 이 불초자식은 그저 죽을 수밖에 없습니다. 그리고 이번 소송사건은 숙모님이 처리해주시기만을 간청드리옵니다. 이 불초자식은 그런 큰일을 해본 적이 없습니다. 숙모님이 어떤 분이십니까? 속담에 '팔이 부러져도 소매 안에 들어있다'고 하지 않습니까? 이 불초자식이 너무나 바보 같아 개나 고양이같은 불초한 일을 저지르고야 말았습니다. 숙모님께서 꾸짖으시는 걸 보니 식견이 저같이 못난 놈과 비할 바가 아니십니다. 그러니 수고스러우시겠지만 바깥의 일이 잘 무마되도록 애 좀 써주십시오. 애초에 숙모님이 저 같은 불초자식이 있어서 이처럼 재앙을 입게 되신 것이고 억울한 일이 생긴 것이니 이 불초자식을 불쌍히 여겨주세요."

가용은 연신 머리를 조아리며 희봉에게 용서를 빌었다.

희봉은 가용 모자가 그렇게까지 나오자 더 이상 무리하게 계속 다그칠 수가 없어서, 얼굴색을 바꾸고 말투를 누그러뜨리면서 우씨에게 예를 갖추며 말했다.

"제가 나이 어리고 세상 물정을 모르는 사람이라 어떤 사람이 고소했다는 말을 듣고 그만 정신이 휙 돌아버렸습니다. 방금 전 제가 형님한테 무슨 죄를 저질렀는지도 모르겠어요. 그래도 방금 이 조카가 '팔이 부러져도 소매 안에 들어있다'고 말한 것처럼 형님이 저를 헤아려주시기 바랍니다. 그리고 저를 대신하여 시숙께 잘 말씀드려서 우선 재판에 기소된 일이나 해결해 주시면 좋겠습니다."

우씨와 함께 가용이 얼른 말을 받았다.

"그 점에 대해선 숙모님 걱정 마세요. 어쨌든 숙부님께 연루되지는 않도록 조치하겠습니다. 이미 쓰셨다고 말씀하신 5백 냥은 저희 집에서 마련해서 보내드릴 테니, 벌충해 넣으시기 바랍니다. 하지만 한 가지, 노마님이나 마님들께는 잘 말씀드려서 그런 말씀을 빼주시기 바랍니다."

가용의 말에 희봉은 싸늘하게 웃으면서 말했다.

"그동안 내 머리를 짓누르고 제멋대로 그따위 일을 저질러놓고 이제 와선 나보고 일을 제대로 잘 좀 해결해 달라구요? 내가 바보이긴 해도 그렇게까지 바보는 아니란 말이에요. 형님의 시동생이면 바로 내 서방님인데 후손이 끊어질까 걱정이면 제가 형님보다 더 후손 끊길 것을 걱정하지 않았겠어요? 또 형님의 동생이면 바로 제 동생이나 마찬가지가 아닌가요? 제가 그 소식을 듣고 밤새 잠도 설쳐가며 기뻐하면서 얼른 사람을 시켜 새살림 꾸릴 방을 마련하라고 한 것도 다 데리고 들어와서 함께 살려고 했던 거예요. 그래도 못된 하인 놈들은 소견이 짧아서 나를 보고 하는 말이 '아씨께서 마음이 너무 좋으신 것 같아요. 저희 같았으면 우선 노마님과 마님께 말씀드려서 뭐라고 하시는지 들어본 후 방을 꾸미고 맞아들여도 늦지는 않을 텐데요'라고 합디다. 내가 그 말을 듣고 그럼 나더러 때리고 욕이라도 하란 말이냐고 했더니 가만있더군요. 그런데 하필 내 뜻대로 안 되고 되레 나를 골탕 먹이려는지 아닌 밤중에 홍두깨처럼 장화란 놈이 나타나 고소했다고 하지 뭡니까. 전 너무나 깜짝 놀라 밤새 눈도 한번 붙이지 못했어요. 그렇다고 떠들썩하게 드러낼 일도 못 돼서 사람을 시켜 장화란 자가 대체 어떤 놈이기에 그렇게 대담한지 알아보도록 했더니, 그놈은 무뢰하기 짝이 없는 거렁뱅이라고 하더군요. 저는 아직 나이도 젊고 세상 물정도 몰라 그냥 웃으면서 물었지요. '대체 그놈이 무엇을 고발했다는 거냐'고 했더니 하인 놈이 하는 말이 '본래 새아씨는 그 사람하고 약혼했던 사이였는데 지금 그 사람이 궁해져서 얼어 죽든 굶어 죽든 죽는 건 매한가지라고 생각하고 고발했답니다. 사실 나리께서 그 일을 너무 성급하게 처리하셨던 거예요. 국상중인 것이 한 가지고, 가문의 상중인 것이 또 한 가지 죄목이며, 부모 몰래 장가든 것이 한 가지 죄목이고, 본처를 버려두고 중혼한 것이 또 한 가지 죄목인 것입니다. 속담에도 제 한 몸 능지처참 당하는 판이면 황제라도 말에서 끌어내린다고 했답니다. 그놈이 째지게 가난하여 미칠 지경인데 무슨 짓인들 못하겠습니까. 지금 그럴 만한 이유가 버젓이 있는데 고소를 안 하고 가만히 앉아서 모시러 올 때만 기다릴 까닭이 있겠습니까'라고 하더라구요. 형님 한번 말씀 좀 해보세요. 제가 설사 한신韓信이나 장량張良²이라고 하더라도 무슨 수가 있겠어요? 하인의 말을 듣고 나니 멍해져서 아무런 궁리도 할 수가 없었어요. 지금 우리 서방님도 집에 안 계시니 누구와 상의할 수 있겠어요. 어쩔 수 없이 돈으로 막는 수밖에 더 있겠어요? 그런데 또 누가 알았겠어요? 돈이란 게 쓰면 쓸수록 남한테 칼자루를 쥐어 주는 꼴이 되어 점점 쥐어짜려고 든단 말이에요. 제가 가지고 있는 돈이라는 것도 그저 쥐꼬리에 난 부스럼 정도니, 피고름이 난들 얼마나 나겠어요. 그래서 다급한 마음에 열이 올라 이렇게 형님한테 달려온 거예요."

우씨와 더불어 가용이 그 말이 끝나기도 전에 얼른 말했다.

"걱정 마세요. 그것은 당연히 해결해 드릴 겁니다."

가용은 이어서 또 말을 덧붙였다.

"그 장화란 놈은 하도 궁핍하여 살길이 막막하다 보니 제 목숨 내걸고 고소한 겁니다. 그래서 저희가 한 가지 방법을 생각해 냈습니다. 그놈한테 돈을 좀 쥐어주고 자신이 사실이 아닌 일을 거짓으로 고발했다고 죄를 자백하게 하는 겁니다. 그런 다음 또 우리는 관가에 뇌물을 먹여서 없던 일로 무마시키고, 그놈이 풀려 나왔을 때 돈을 좀 쥐어주면 될

---

2 한신은 유방(劉邦)을 도와 한나라를 세우는 데 혁혁한 공을 세웠으며, 장량 역시 한나라의 개국공신으로 선견지명이 있는 뛰어난 책사(策士)로 유명함.

것입니다."

희봉이 웃으면서 말했다.

"이것 봐, 참 머리가 잘도 돌아가네그래. 하기야 그렇게 하나만 생각하고 둘은 모르니 그런 일을 저질렀겠지. 어쩜 그렇게 바보 같은 소리만 하는지 모르겠군. 만약 그 말대로 한다면 재판하고 나서 돈을 얻었으니 잠시는 일이 끝나겠지. 하지만 그런 사람이란 무뢰하기 짝이 없는 놈인데 돈이 떨어지고 빈손이 되면 다시 찾아와서 협박하려고 할 거야. 만일 이 일로 소란을 피워대면 비록 겁날 거야 없겠지만 그래도 끝내 걱정거리로 남을 거란 말이지. 그놈이 뒤가 구리지 않으면 왜 자기한테 돈을 주었겠느냐고 떠들고 다닐 게 뻔하니 결국은 해결책이 못 된다는 거지."

가용은 워낙 총명한 사람인지라 희봉의 말을 듣고 이내 알아듣고 웃으면서 말했다.

"그렇다면 저한테 또 한 가지 좋은 수가 있습니다. '결자해지結者解之'란 말처럼 아무래도 제가 나서서 해결해야 하겠군요. 지금 제가 가서 장화에게 의도하는 바가 무엇이냐고 묻겠어요. 반드시 사람을 되찾아 오려는 것이냐 아니면 돈을 얻어서 새사람을 맞아들이려는 것이냐 하고 말이에요. 만약 끝내 원하는 것이 사람이라면 어쩔 수 없이 둘째 이모한테 말해서 원래 약혼자한테 시집가도록 하는 거죠. 그리고 만약 돈을 원한다고 하면 돈을 쥐어줘야 할 거구요."

희봉이 얼른 그 말을 막으면서 말했다.

"비록 그렇지만 난 절대로 너희 이모를 내주지는 못하겠어. 결코 그냥 나가게 하지는 않을 거야. 그러니 제발 날 생각해서 그놈한테 돈을 좀더 쥐어 주더라도 사람은 데려가지 않도록 해줘."

가용은 그 순간 희봉이 말은 그렇게 번지르르하게 하지만 속으로는 본인이 스스로 어진 부인임을 드러내고 싶어 안달이라는 걸 훤히 꿰뚫어보고 있었다. 그러나 지금은 희봉이 뭐라고 말하든 그대로 따르지 않을 수가 없었다.

희봉은 마침내 기분이 풀려 흐뭇해하면서 말했다.

"바깥일은 그렇게 처리한다고 하지만 집안의 일은 어떻게 하지요? 형님이 저하고 함께 건너가서 말씀드리는 것이 옳지 않겠어요?"

우씨가 깜짝 놀라 희봉을 붙잡으면서 어떻게 거짓말을 하면 좋겠는지 생각 좀 해보라고 사정했다. 그러자 희봉이 냉소를 지으면서 말했다.

"그만한 능력도 없으면서 그따위 짓은 왜 했어요? 이제 와서 그런 소리를 하다니요? 정말 못 봐주겠네. 그렇지만 무슨 방도를 생각해내지 않을 수도 없군요. 나는 마음이 약하고 모질지 못해서 남들이 나를 조롱하고 멋대로 해도 그저 어리석게 맡아서 해결할 수밖에 없네요. 정 그렇다면 내가 나서서 어떻게 해볼 테니까, 여기서는 나서지 말아요. 내가 형님 동생을 데리고 노마님과 마님한테 인사시켜 드리면서 내가 마음에 들어서 데려온 것이라고 하겠어요. 본래 내가 아들을 낳지 못해 걱정하고 있어서 두어 사람을 사들여서 방에 넣어줄까 했었는데 마침 이 동생이 아주 좋아 보이고 또 친척간이라 더욱 잘되었다는 생각이 들어서 서방님의 측실로 삼으려고 했다고 하겠어요. 그런데 이 사람은 집안의 부모자매 등 가까운 사람이 모두 죽고 날마다 살아가기도 어려운 처지로, 백 일 뒤를 기다리자니 집도 없고 일거리도 없어서 딱한 형편이라고 말씀드리고, 그래서 제 뜻대로 맞아들여 이미 행랑채에 방을 마련하여 잠시 지내게 하였다가 복을 벗으면 합방하게 할 예정이라고 말이에요. 내가 낯부끄러움을 무릅쓰고 죽거나 살거나 어떻게 해볼 테니 만일 잘못이 생긴다고 해도 이 집을 찾을 일은 없을 거예요. 그렇게 하면 어떻게겠는지 두 분이 한번 생각해보세요."

우씨와 더불어 가용이 웃으면서 말했다.

"아무튼 숙모님은 생각이 깊고 도량도 크십니다. 지략도 대단하시고요. 일이 끝나면 저희 둘이 따로 찾아뵙고 감사드리겠습니다.”

우씨는 시녀들에게 명하여 희봉의 화장을 고치는 데 시중을 들도록 하고 주안상을 차리라고 했다. 우씨는 또 몸소 술을 권하고 안주를 집어주면서 희봉에게 들라고 했다. 하지만 희봉은 더 이상 앉아있지 않고 끝내 고집을 부리며 일어섰다. 대관원으로 돌아온 희봉은 우이저에게 그 일을 알려주면서 자신이 어떻게 마음 졸이며 알아보았고 또 무슨 방법으로 해결하려 했으며 앞으로 어떻게 해야 많은 사람들을 구할 수 있는지를 설명하고, 어쩔 수 없이 자신이 이 문제를 떠맡아서 해결해야만 다들 원만하게 살아갈 수 있다고 말했다.

뒷일이 어떻게 될지 궁금하면 다음 회를 보시라.

弄小巧用借劍殺人
覺大浪吞生金自逝

끝내 자살한 우이저

왕희봉은 꾀부려 남의 칼로 살인하고
우이저는 절망하여 생금 삼켜 자살하네
弄小巧用借劍殺人 覺大限呑生金自逝

우이저는 그 말을 듣고 진심으로 감사해 하며 희봉이 하자는 대로 따라 나섰다. 우씨로서도 함께 건너오지 않을 수 없었으므로 희봉과 함께 가모에게 인사하러 갔다. 그것이 마땅히 지켜야 할 법도였기 때문이었다. 희봉이 웃으면서 말했다.

"형님은 그저 아무 말도 하지 말고 가만히 계시기나 하세요. 내가 가서 말할 테니까요."

우씨가 대답했다.

"그야 물론이지. 하지만 뭔가 잘못되어 문제가 생기면 모두 자네 탓으로 떠넘길 테니까 알아서 해."

그들은 모두 함께 가모의 방으로 들어갔다. 그때 마침 가모는 대관원의 자매들과 웃고 떠들며 즐겁게 놀고 있던 참이었다. 갑자기 희봉이 예쁜 색시 하나를 데리고 들어오기에 얼른 쳐다보며 말했다.

"이게 대체 누구네 새아기냐? 아주 귀엽게도 생겼구나."

희봉이 가까이 다가가서 웃으며 말했다.

"할머님! 한번 자세히 들여다보세요. 어때요? 좋으세요?"

희봉은 얼른 우이저의 손을 잡아당기며 말했다.

"이분이 바로 시할머님이셔. 어서 큰절을 올려!"

우이저는 얼른 엎드려 큰절을 올리고 일어섰다. 이어서 희봉은 자리에 앉아있던 자매들을 일일이 가리키며 누구누구라고 소개했다.

"동서는 우선 먼저 알아두고 마님을 뵙고 나서 다시 정식으로 인사하도록 해."

우이저는 일부러 한 사람 한 사람 이름을 다시 물어본 후 고개를 숙이고 옆자리에 섰다. 가모는 위아래를 한번 훑어보고 나서 웃으면서 물었다.

"그래. 성씨는 무엇이냐? 올해 몇이나 되었지?"

희봉이 얼른 나서서 웃으며 대답했다.

"할머님, 그런 건 묻지 마시고 저하고 비교해서 더 예뻐요, 안 예뻐요? 그거나 먼저 말씀하세요."

가모는 안경을 꺼내 쓰면서 원앙과 호박琥珀에게 분부했다.

"저 애를 이리 가까이 데려오너라. 내가 한번 자세히 살펴봐야겠다."

사람들은 입을 가리고 웃으면서 가까이 가보라고 우이저의 등을 떠밀었다. 가모는 자세히 한번 훑어본 뒤에 다시 호박에게 명했다.

"손을 한번 만져보자꾸나."

원앙은 한수 더 떠서 우이저의 치마도 살짝 들어 발까지 보여주었다. 다 살펴본 뒤에 가모는 안경을 벗어 들면서 웃으며 말했다.

"정말 온전하게 잘생긴 아이야. 너보다 더 나은 것 같구나."

희봉이 그 말을 듣자 곧 무릎을 꿇고 엎드려 머리를 조아리며 우씨네 집에서 있었던 지금까지의 얘기를 하나에서 열까지 세세하게 한바탕 늘어놓았다. 그러고 나서 애원했다.

"할머님께서 가엽게 여겨주셔서 우선 저 사람을 우리 집으로 들어와 함께 살도록 해주세요. 그리고 일 년쯤 있다가 혼례식을 올리도록 허락해 주세요."

가모가 듣고 말했다.

"그게 무슨 잘못이 있겠느냐? 네가 그처럼 어질고 착한 마음을 지녔다면 아주 다행스런 일이지. 하지만 식은 일 년 뒤에나 가서 올리는 수밖에 없겠구나."

희봉이 그 말에 다시 머리를 조아려 간청했다. 가모가 어멈 두 사람을 시켜 우이저를 데리고 형부인과 왕부인에게 찾아가 인사드리게 하고, 할머니의 뜻으로 우이저를 데리고 들어온다는 말을 전하도록 해달라는 것이었다. 가모는 흔쾌히 허락하고 두 사람을 시켜 형부인 등에게 보내 인사를 올리게 했다. 왕부인은 우이저의 소문이 좋지 않아 걱정하던 참이었는데 지금 이렇게 예의범절을 제대로 차리는 걸 보고 적이 마음을 놓으면서 기뻐했다. 그리하여 우이저는 이로부터 공식적으로 버젓이 얼굴을 들고 가씨 집안으로 들어와 희봉의 곁채에 와서 살게 되었다.

한편 희봉은 따로 몰래 사람을 보내 장화로 하여금 자기의 본처를 달라고 우기기만 하면 여기서 여자와 함께 수많은 예물과 돈과 살아갈 집까지 마련해 주겠다고 구슬렸다. 장화는 본래 가씨 집안을 고발하고 나설 만한 배짱도 없었고 또 그럴 생각도 없었다. 그런데 나중에 보니 가용이 하인을 보내 항변하면서 이렇게 말하게 하는 것이었다.

"장화가 먼저 약혼을 취소하였던 것이고 우리는 본래 친척간이라 집으로 데려와 함께 있었던 것은 사실이지만 혼인한 사실은 없습니다. 그건 모두 장화가 우리 채무를 갚지 않고 있어서 재촉했더니 우리 주인님을 무고한 것입니다."

도찰원에서는 모두들 가씨나 왕씨 가문과 관계가 있었고 또 뇌물도 받은 터였으므로 장화가 무뢰같이 떼를 쓰며 가난 때문에 사기 치려고 한 것이라면서 고소장도 받지 않고 곤장을 쳐서 내쫓았다. 가씨네 하인 인 경아가 밖에서 적당히 일러두었으므로 곤장도 적당히 시늉만으로 때웠던 것이다.

그런데 이번에는 또 경아가 와서 장화를 꼬드기며 고소하도록 하였다.

"약혼은 본래 자네네 집에서 정한 것이 아니던가? 그냥 무조건 혼례 하겠다고 우기기만 하면 관청에서도 여자를 돌려주도록 할 것이 틀림 없어."

그 말만 듣고 장화는 다시 고소를 했다. 왕신王信은 또 몰래 그런 사 정을 도찰원의 판관에게 전하여 고소를 받아들이도록 했다.

"장화가 빌린 돈은 기한 내에 갚도록 하고 본래 정했던 약혼대로 힘이 닿을 때 여자를 데려오도록 하라."

판관은 장화의 부친까지 관청으로 불러다 놓고 그렇게 판결을 내렸 다. 장화 부친에게도 경아가 은근히 속사정을 말했으므로 돈과 여자 가 동시에 생기는 일이라 그들은 좋아하며 가씨 집으로 사람을 찾으러 갔다.

희봉은 놀라는 척하며 가모를 찾아와 호들갑을 떨었다. 모두 가진네 큰아씨가 일을 분명하게 처리하지 못하고 장화네 집과 분명히 파혼절 차를 밟지 않아서 고발당해 관청의 판결을 받게 된 것이라고 원망했다. 가모는 그 말을 듣고 우씨를 불러 일을 제대로 처리하지 못했다고 나무 랐다.

"네 여동생은 일찍이 뱃속에 있을 때 약혼하였다고 하는데 제대로 파 혼하지 않아서 지금 남이 고소까지 하였다니 이를 어쩌면 좋으냐?"

우씨는 사실대로 말할 수밖에 없었다.

"그 사람이 돈도 다 받아갔는데 어째서 파혼이 안 되었다고 하는지 모 르겠어요."

242

희봉이 옆에서 따지듯이 말했다.

"장화의 진술에 의하면 돈은 본 적도 없고 사람도 온 적이 없다고 했답니다. 장화 아버지도 말하기를 '원래 그 여자의 어머니가 그런 말을 한번 하기는 했지만 허락한 적은 없고 그 여자의 어머니가 죽고 나면 사람을 데려가 첩으로 삼겠다'고 말했다는 거예요. 이렇게 증거를 남기지 않아서 저들이 멋대로 떠들고 다니게 할 수밖에 없으니 어쩌면 좋아요. 아직 우리 나리가 돌아오지 않아서 정식 혼례를 올리지 않았으니 그나마 다행이지만 그렇다고 사람을 데리고 들어온 마당에 이제 어떻게 돌려보낼 수 있단 말입니까? 체면이 말이 아니게 생겼어요."

가모가 말했다.

"그래, 아직 혼례를 올린 것도 아니니 남의 유부녀를 강점하고 있다는 소리를 들을 필요는 없겠다. 소문도 안 좋을 테니 그냥 돌려보내는 것이 좋겠어. 어디서든 좋은 여자 하나 구할 수 없겠느냐?"

우이저가 듣고 보니 가만있을 수 없어서 가모에게 아뢰었다.

"저희 어머니는 실제로 모년모일에 그 사람에게 은자 열 냥을 줘서 분명히 파혼했어요. 그 사람이 돈이 궁하다 보니 전날의 약속을 뒤집은 것이지 결코 저희 언니가 잘못 처리한 것은 없습니다."

가모가 말했다.

"그래서 원래 무뢰한 속인들은 다루기가 어려운 거야. 그렇다면 희봉이 네가 알아서 처리하도록 하여라."

희봉도 그 말에는 어쩔 수가 없어서 가용을 찾으러 사람을 보냈다. 가용은 희봉의 뜻을 잘 알고 있었다. 만약 장화가 와서 우이저를 데려가도록 내버려둔다면 가씨 가문의 체통이 뭐가 되겠는가? 그래서 부친인 가진에게 말하자 가진은 암암리에 하인을 보내 장화를 설득했다.

"지금 돈도 많이 생긴 마당에 이제 와서 굳이 사람을 달라고 해서 뭐하겠는가? 만일 그래도 고집을 부리고 생각을 바꾸지 않았다가 우리 집

대감님의 노여움을 사기라도 한다면 결국 빌미가 잡혀서 자네는 죽어도 묻힐 곳조차 없게 될 걸세. 지금 자네 수중에 돈도 있으니 고향에 돌아가서 좋은 여자를 얼마든지 구해서 살 수 있지 않겠는가? 고향으로 돌아간다고 하면 내가 노자 돈까지 얹어주겠네."

장화가 생각해보니 과연 그 말이 맞았다. 그는 부친과 상의하여 백냥 가량의 돈을 얻어서 다음 날 아침 새벽에 부자가 함께 고향으로 떠났다.

가용은 장화가 떠나버린 것이 사실임을 확인하고 나서 가모와 희봉에게 와서 말했다.

"장화 부자는 망령되게 무고하였음이 밝혀지자 그 죄가 두려워서 밤새 도망을 쳤답니다. 관청에서도 그 사실을 알고 더 이상 추궁하지 않기로 하여 사건은 모두 마무리되었다고 합니다."

희봉은 속으로 가만히 생각해 보았다.

'만일 기어이 장화더러 우이저를 데려가게 한다면 가련이 돌아와서 다시 돈을 들여서라도 데려오려고 할 것이고 장화로서도 듣지 않을 수 없을 것이다. 그러니 우이저를 보내지 말고 함께 데리고 있는 게 더 낫겠다. 그 다음 일은 다시 생각해 보도록 하자. 하지만 장화는 어디로 갔는지 알 수가 없고 만일 그 일을 남에게 얘기해서 훗날 꼬투리가 잡혀 이런 비리가 밝혀지게 되면 자승자박이 아니겠는가? 애초에 그렇게 칼자루를 남한테 주는 게 아니었는데 후회가 되는구나.'

희봉은 다시 한 가지 계책을 생각하여 몰래 왕아旺兒를 시켜 사람을 보내 장화를 찾아내서, 도둑질했다는 죄를 씌워서 관가에 고발하여 처형시키거나 아예 남몰래 죽여 없애도록 하라고 일렀다. 장화를 죽여 후환을 미리 없애야 자신의 명예를 지킬 수가 있었기 때문이었다. 명을 받고 나온 왕아는 집으로 돌아와 가만히 생각해 보았다.

'사람은 어디론가 가버리고 사건도 완결되었는데 굳이 또 일을 벌일 까닭이 어디 있단 말인가. 사람의 목숨은 하늘에 달려있는 것으로 결코 아이들 장난이 아니질 않는가. 그러니 우선은 속여서 적당히 대꾸하고 나중에 어떻게 해보기로 하자.'

그리하여 왕아는 바깥에서 며칠간 보내다가 돌아와서 희봉에게 보고 했다.

"장화란 놈은 돈 몇 푼이 생기자 도망쳐 나간 지 사흘 만에 경성 경계 에서 새벽녘에 강도를 만나 맞아죽고, 그 아버지도 그 소식에 놀라 여 관에서 죽었답니다. 관가에서 검시하고 시신은 벌써 매장했답니다."

희봉은 그 말이 믿어지지 않아서 엄포를 놓았다.

"내가 다시 사람을 보내 알아봐서 네놈이 거짓말 한 것이 들통 나면 네놈 머리통을 박살내 놓을 줄 알아라."

말은 그렇게 했지만 희봉은 더 이상 따지지 않았다. 희봉은 그로부터 우이저와 아주 사이좋게 지내면서 친자매보다 열 배나 더 화목한 것처 럼 보였다.

그러는 사이에 가련은 일을 마치고 집으로 돌아왔다. 경성에 도착하 자마자 곧장 신혼집으로 달려갔지만 집에는 자물통이 걸려있고 안은 조용하였다. 집을 보는 늙은 하인만이 하나 남아 있었는데 가련이 까닭 을 묻자 그동안 있었던 사연을 일일이 말해 주었다. 가련은 초조한 마 음에 발을 동동 구르며 말을 달렸다. 가련은 우선 가사와 형부인에게 가서 출장 간 일을 무사히 끝냈다고 보고하지 않을 수 없었다. 가사는 대단히 기뻐하며 쓸모가 있다고 칭찬하면서 백 냥의 하사금을 내리고 또 자신의 방에 있던 열일곱 살짜리 추동秋桐이란 시녀를 시첩으로 주 었다. 가련은 머리를 조아려 인사를 드리면서 기뻐서 어쩔 줄을 몰랐 다. 가련은 가모와 집안사람들을 다 만나고 나서 집으로 돌아와 희봉을 만났는데, 얼굴에는 미안하고 부끄러운 기색을 감출 수가 없었다. 그런데 희봉은 예전과는 전혀 다르게 반가운 기색으로 우이저와 함께 나와 맞으면서 그동안의 안부를 묻는 것이 아닌가. 그러자 가련은 또 추동을 하사받은 말까지 하면서 득의만만하며 자랑스러워하였다. 희봉은 얼른 어멈 두 사람을 보내 가마로 추동을 데려오라고 일렀다. 물론 마음속으로는 기왕의 가시 하나를 뽑지 못해 애쓰고 있는 마당에 엉뚱하게 또 하나의 가시에 찔리게 되었으니 화가 나지 않을 수 없었다. 그렇지만 희봉은 꾹 참으면서 웃는 얼굴로 속마음을 가릴 수밖에 없었으며, 우선 술자리를 마련하여 피로연을 준비하는 한편 추동을 데리고 가모와 왕부인 등에게 인사시켰다. 가련은 속으로 희봉의 돌변한 태도가 자못 이상하게 생각되었다.

그러는 가운데 어느덧 섣달 열이틀이 되었다. 가진은 영구를 모시고 고향으로 길을 떠나기 전에 먼저 가문의 사당에 제사를 지내고, 다시 건너와서 가모에게 인사를 올렸다. 일가친척들은 쇄루정灑淚亭까지 배웅하고 돌아왔으나, 가련과 가용 두 사람만은 꽤 멀리까지 따라갔다가 사흘 낮 사흘 밤을 지내고 돌아왔다. 가진은 그동안 집안일을 잘 보살피고 있으라고 당부하였으며, 두 사람은 명심하겠노라는 대답과 함께 예의를 갖춰 의례적인 몇 마디 인사말을 올렸다. 여기에 대해서는 자세히 언급하지 않겠다.

한편 희봉은 집에서 겉으로는 우이저를 아주 잘 대해 주었지만 속마음으로는 다른 생각을 품고 있었다. 희봉은 주위에 아무도 없을 때 우이저에게 이런 말을 하기도 했다.

"자네의 명성이 좋지 않다는 건 노마님이나 마님들도 다들 알고 계셔. 누군가 이런 말들도 한다는 거야. 자네가 처녀 적에 몸가짐이 좋지 않았고 형부하고도 애매한 관계라던데 왜 남들이 데려가지 않는 사람을 굳이 골라왔느냐면서 말이야. 이혼시키고 좋은 사람으로 새로 맞이하라고 한다는군. 난 너무나 화가 치밀어서 뒤로 자빠질 지경이야. 누가 그런 말을 하는지 조사하여 알아보려고 했지만 찾을 수도 없어. 쇠털같이 많고 많은 날, 내가 어떻게 아랫것들 앞에서 얼굴을 들고 뭐라고 할 수 있겠냐 말이야! 하필이면 골치 아프게 생선 대가리만 갖다가 바르고 있는 격이니 이게 다 뭐 하는 짓인지 모르겠어."

희봉은 그런 소리를 두어 번 하다가 제풀에 화병이 나서 자리에 누워 버렸다. 물도 밥도 안 넘기는 것이었다. 평아를 제외한 나머지 시녀들과 어멈들은 모두들 빈정대면서 뒤에서 이러쿵저러쿵 우이저를 헐뜯지 않는 사람이 없었다.

추동은 본래 가사가 내려준 몸이라 그 누구도 자신을 넘볼 수 없다고 여기고 희봉이나 평아조차 안중에 없었으니 우이저를 그대로 두고 볼 리가 없었다. 추동은 우이저에게 아예 겉으로 대놓고 욕을 해대는 것이었다.

"먼저 붙어먹고 나중에 첩으로 들어앉은 년이 무슨 유세야? 아무도 데려가려는 사내 하나 없는 화냥년이 감히 어디라고 내 앞에서 잘난 척을 하려고 해?"

희봉은 그 소리를 듣고 속으로 쾌재를 불렀지만 우이저는 속으로 부끄럽기도 하고 화도 치밀었다. 희봉은 병을 핑계로 우이저와는 함께 밥도 먹지 않았다. 매일같이 사람을 시켜 밥과 반찬을 따로 차려 그녀의 방에 갖다 주게 했는데 그 밥상이란 것이 아주 형편없었다. 평아가 보다 못해 자기 돈을 내서 먹을 만한 반찬을 사다 주기도 하고 때로는 대관원으로 놀러가자고 하여 원내의 주방에서 따로 탕을 끓여 먹이기도 하였다. 아무도 감히 희봉에게 고자질하지 못했건만 추동만은 그런 장면을 보자 얼른 희봉에게 가서 혓바닥을 놀려댔다.

"아씨의 명성을 평아가 죄다 망치고 있어요. 여기서 만든 좋은 밥과 좋은 반찬은 안 먹으면서 되레 대관원에 들어가 몰래 훔쳐 먹이고 있잖아요, 글쎄."

희봉이 평아를 욕했다.

"남의 집 고양이는 쥐도 잘 잡는다는데 우리 집 고양이는 오히려 닭만 물고 있으니 어찌 된 일이냐?"

평아는 아무 말도 못하고 그로부터 자연히 우이저를 멀리하게 되었다. 속으로 추동이 원망스러웠지만 그렇다고 입 밖에 드러낼 수도 없었다.

대관원의 자매들이나 이환, 영춘, 석춘 등은 모두 희봉이 좋은 뜻으로 그러는 줄로만 생각했지만 보옥과 대옥 등은 벌써부터 속으로 우이저의 장래를 걱정하고 있었다. 남의 일에 참견할 수는 없는 노릇이었지만 우이저가 불쌍하게 생각되어 볼 때마다 늘 위로해 주곤 하였다. 매일 남들이 없을 때면 우이저는 눈물을 흘리기는 했지만 감히 희봉을 원망하지는 않았다. 희봉이 조금이라도 나쁜 인상을 내비치지 않았기 때문이었다.

가련은 집에 돌아올 때면 희봉이 현숙하고 어질게 행동하는 것을 보고 별다른 걱정도 하지 않았다. 평소에 가련은 가사에게 희첩이 많은 것을 보고 늘 음흉한 마음을 먹고 있었지만 감히 손을 대시 못하고 안달만 하고 있었다. 추동 같은 아이들은 모두 가사에게 원망이 많았었다. 늙어서 기력도 없는데 욕심만 부려서 숱한 여자를 잡아두고 있다는 것이었다. 그래서 그나마 예의와 염치를 아는 몇 사람을 제외하고 나머지는 중문 밖의 하인들하고 시시덕거리며 희롱을 하기도 하였다. 심지어 가련과 눈빛이 오가면서 몰래 만날 생각을 하기도 했지만 가사의 위세에 눌려 노골적으로 손을 대지는 못하고 있었다. 이 추동이란 아이도 가련에게 은근한 뜻이 있었지만 한 번도 기회가 없던 터였는데 이번에 하늘이 내린 기회로 그에게 상으로 내려지게 되었으니 그야말로 마른 장작에 불이 붙듯이, 칠에 아교가 녹아 붙듯이 신혼재미에 푹 빠진 두 사람은 날이면 날마다 붙어서 떨어질 줄을 몰랐다. 그러다 보니 가련이 한때 우이저에게 쏟던 정도 점점 식어서 오로지 추동에게만 목숨이라도 걸듯이 매달리고 있었던 것이다.

희봉은 비록 추동이 미워 죽을 지경이었으나 그녀의 손을 빌려 우이저를 제거할 생각으로 속으로는 은근히 기뻐하고 있었다. 자기는 목을 움츠리고 '남의 칼로 사람을 죽이는' 수법을 써서 '먼 산에 앉아 호랑이 싸움'이나 구경하면서 추동이 우이저를 없애기를 기다렸다가 나중에 자기가 추동을 없애면 되겠다는 생각을 암암리에 굳히고 있었다.

계책이 정해지자 희봉은 아무도 없는 틈에 추동을 불러 은근히 부추기는 말을 했다.

"넌 아직 나이가 젊고 세상 물정을 몰라서 그러는데, 우이저는 지금 버젓이 둘째 부인이라는 명목이 있고 나리가 가장 아끼는 사람이란 걸 잊지 마라. 나도 그 사람한테 어느 정도는 양보하고 있는 판인데 네가 그 사람하고 정면으로 부딪치려고 하다니 죽을 작정을 한 거나 진배없는 일이 아니냐?"

추동이 그 말에 더욱 화가 치밀어서 욕을 퍼부으며 희봉에게 말했다.

"아씨는 마음이 약한 분이라 어질게 은혜를 베푸시지만 난 절대 그렇게 못해요. 아씨의 평소 당당한 위세는 다 어디로 갔어요? 아씨는 도량이 넓으시니까 그러시겠지만 제 눈에 든 모래알을 그냥 두고만 있을 줄 아세요? 제가 그 음탕한 화냥년을 어떻게 해치우는지 한번 두고 보면 알 거예요."

희봉은 방 안에 처박혀서 끽소리도 못하는 체하며 조용히 있었다.

우이저는 그런 소리를 듣고 화가 나서 방 안에서 울기만 했다. 밥도 넘어가지 않았지만 또 감히 가련에게 말하지도 못했다. 다음 날 가모가 우이저를 만났을 때 눈이 퉁퉁 부어올라 벌겋게 되었으므로 까닭을 캐

물었으나 우이저는 아무 말도 하지 못했다.

그러자 추동은 이때야말로 절호의 기회라고 생각하여 살그머니 가모와 왕부인 등에게 가서 우이저를 모함하는 것이었다.

"글쎄 말입니다. 저 사람은 죽으려고 환장을 한 모양이에요. 매일같이 초상난 사람처럼 방 안에서 소리 내어 울고만 있다니까요. 뒷구멍으로는 아씨마님하고 저를 죽으라고 기도하면서도 말이에요. 그래서 나리를 독차지해서 살겠다는 심보겠지요."

가모가 그 말을 듣고 대꾸했다.

"사람이 너무 예쁘면 시샘이 많은 법이지. 희봉이가 그렇게 잘 대해주는데도 그 사람이 그렇게 맞서서 질투를 하다니 천성이 아주 못된 것이로구나."

그로부터 가모도 점점 우이저를 싫어하게 되었다. 가모가 우이저를 싫어하자 사람들도 자연히 그녀를 천대하게 되었다. 우이저로서는 죽으려고 해도 죽을 수 없고 살려고 해도 살 수 없는 형편이 되었다. 다행히 평아가 사정을 알고 늘 희봉이 몰래 찾아와서 위로를 해주곤 하였다.

우이저는 본래 꽃처럼 고운 마음씨에 눈같이 하얀 살결을 가진 연약한 여자였으므로, 이처럼 모진 시달림을 견뎌내기가 어려웠다. 겨우 한 달가량 구박을 받은 셈이었지만 벌써 온몸으로 병이 퍼져 사지가 나른하고 물도 밥도 넘어가지 않았으며 몸은 점차 누렇게 말라가고 있었다. 밤에 자리에 누워 눈을 감고 있으면 동생인 우삼저가 원앙검을 손에 들고 나타나서 말하는 것이었다.

"언니! 언니는 평생 너무나 어수룩하고 마음이 연약하여 결국은 남의 해코지를 받게 될 모양이에요. 그 독살스러운 여자의 감언이설을 절대로 믿지 말았어야 했어요. 그 사람은 바깥으로는 현숙한 척하지만 안으로는 흉악하고 교활하여, 그 여자가 한을 품었으면 언니를 죽이고 나서야 분을 풀 거예요. 제가 살아 있었다면 언니를 절대로 그곳으로 들어가게 내버려두지 않았을 거예요. 설사 집 안으로 들어갔다고 해도 그여자가 그렇게 하도록 결코 내버려두지는 않았을 거예요. 하지만 이것도 운명인가 봐요. 언니하고 저는 생전에 음란하고 제멋대로 굴어서 남들의 인륜을 거슬렀기 때문에 죗값을 치르는 모양이에요. 언니는 이 칼로 그 독살스런 여자를 죽여 버리고 함께 경환선녀 앞에 와서 판결을 받고 처분을 기다리세요. 그렇지 않으면 언니만 아깝게 목숨을 잃게 되고 아무도 언니를 불쌍히 여겨 주지 않을 거예요."

우이저는 울면서 말했다.

"삼저야! 내 일생 동안 행실이 부정하였으니 이제 와서 업보를 받는 것이야 당연하겠지. 거기다가 사람을 죽이고 원한을 만들 필요까지야 뭐 있겠니? 내가 참을 데까지 참아볼 테니 만일 하늘이 가련히 여겨 내 병을 낫게 하신다면 둘 다 좋은 일이 아니겠느냐?"

우삼저가 웃으면서 말했다.

"언니! 언니는 아직도 그렇게 바보 같은 생각만 해요? 옛날부터 '하늘의 법망은 넓고도 커서 비록 성기기는 하지만 빠뜨리는 법은 없다'고 했잖아요. 하늘의 도는 갚아주기를 좋아한다고 했으니 언니가 비록 과거의 잘못을 뉘우치고 새사람이 되었지만 남의 부자와 형제를 불륜의 구렁텅이로 끌어들였으니 하늘이 어찌 언니를 용서하여 편히 살게 놔두겠어요?"

우이저가 울면서 말했다.

"정녕 하늘이 용서하지 않아서 살아갈 수 없다면 그 이치가 당연하니 나도 원망하지 않겠어."

우삼저는 그 말을 듣더니 장탄식을 하며 사라졌다. 우이저가 놀라 깨어나니 그것은 한바탕 꿈이었다. 가련이 찾아오자 주위에 아무도 없을 때 우이저는 울면서 말했다.

"제 병은 이제 나을 가망이 없습니다. 제가 이 댁에 들어온 지 반년이 되었군요. 그 사이에 저는 아이를 가졌습니다. 아들인지 딸인지는 알 수 없지만 만일 하늘이 어여삐 여겨 아이를 낳게 해주신다면 모르거니와 그렇지 않으면 제 목숨도 부지하기 어려울 터에 뱃속의 아이야 더 말해 뭐하겠습니까?"

가련도 눈물을 흘리며 말했다.

"걱정 마오. 내가 용한 의원을 불러 병을 고쳐주도록 하겠소."

가련은 나와서 곧바로 의원을 청하였다. 하지만 왕태의는 군대를 따라 종군 중이어서 집에 없었다. 나중에 돌아와서 훈공으로 작위라도 얻기 위해서였다. 하인들은 성이 호씨이고 이름은 군영君榮이라고 하는 태의를 데려왔다. 호태의는 들어와서 우이저를 진맥을 하고 말했다.

"월경이 고르지 못하니 크게 보양해야 할 것입니다."

가련이 말했다.

"벌써 석 달 째 월경이 없고 늘 토해서 태기가 있는 것으로 생각되는데…."

호군영이 그 말을 듣고 다시 할멈에게 명하여 우이저의 손을 내밀게 하였다. 우이저는 어쩔 수 없이 휘장 안에서 손을 뻗어 내밀었다. 호군영은 한참 동안 맥을 짚어보고 나더니 말하는 것이었다.

"만일 태기라면 마땅히 간맥肝脈이 강해야 합니다. 하지만 목木이 성하면 화火가 일어나는데 월경불순도 간목肝木으로 인하여 생기는 것입니다. 저로서는 외람되오나 아씨마님의 존안을 한번 뵈올 수 있을는지요. 기색을 한번 살피면 처방을 내릴 수 있을 것입니다."

가련은 어쩔 수 없이 명을 내려 휘장을 살짝 젖히고 우이저의 얼굴을 내밀게 하였다. 호군영이 그 얼굴을 한번 보더니 그 아름다움에 곧 혼비백산하여 혼이 구천으로 날아가고 온몸이 마비되듯 정신이 멍해지고 말았다. 잠시 후에 휘장을 내리고 가련이 그를 데리고 밖으로 나와 어떠하냐고 물었다.

호군영이 말했다.

"태기가 아니옵니다. 어혈이 응결하여 그러하오니 어서 어혈을 풀고 경수를 통하게 하는 것이 중요합니다."

그리고 처방을 써놓고 나갔다. 가련은 곧 사람을 시켜 약을 지어서 달여 먹이도록 하였다. 그러나 한밤중에 우이저는 복통이 심하게 일면서 마침내 이미 다 만들어진 사내아이를 유산하고 말았다. 하혈이 멈추지 않던 우이저는 그만 기절하는 지경에까지 이르렀다. 가련이 이 소식을 듣고 호군영을 욕하면서 사람을 보내 다른 의원을 불러 치료하게 하는 한편 호군영을 찾아 고발하게 했다. 소문을 들은 호군영은 일찌감치 보따리를 싸서 도망을 쳤다. 새로 청해 온 태의가 우이저의 증상을 보고 말했다.

"본래 기혈이 허약하신 데다 태기가 있은 뒤로 분함을 속으로 억눌렀기 때문에 응결이 되었던 모양입니다. 앞서 진맥한 의원이 극약을 쓰는 바람에 원기를 십중팔구는 상하게 하고 말았으니 지금 곧 회복되기는 어려울 듯싶습니다. 달인 약과 환약을 동시에 쓰시되 쓸데없는 말은 듣지도 말고 신경도 쓰지 말아야 나을 가망이 있습니다."

말을 마치고 태의가 돌아가자 가련은 화가 치밀어 올라서 도대체 누가 호가 놈을 불러왔느냐고 호통을 쳤다. 심부름 갔던 하인을 찾아내어 반은 죽을 만큼 매를 때리고 나서야 가련은 겨우 분을 삭였다.

희봉은 가련보다 열 배는 더 원통해 하는 것처럼 말했다.

"우리 팔자에 아들 하나가 없었는데 이제 겨우 하나 생기는가 싶더니 그런 정신 나간 돌팔이 의원놈을 만나 허사가 되었구나."

희봉은 천지신명 앞에 향을 피우고 절을 하며 정성껏 치성 드리는 시늉을 하였다.

"제가 병이 들어도 좋으니 제발 우리 작은 댁 우이저의 몸이 완쾌하여 다시 한 번 아들 하나 점지해 주시옵소서. 그렇게만 해주신다면 저는 목욕재계하고 염불하며 지내겠습니다."

가련과 주변의 여러 사람들도 누구나 희봉을 칭찬하지 않는 사람이 없었다. 가련이 추동과 함께 있을 때 희봉은 또 국을 끓여서 우이저에게 보내면서 평아를 욕하였다.

"너도 나같이 어지간히 복도 없는 년이다. 나야 병이 많아서 그렇다 치더라도 넌 병도 없이 건강한데 왜 애가 들어서지 않는단 말이냐? 지금 둘째 마님이 저렇게 된 것은 다 우리가 복이 없어서 그런 것이거나 아니면 뭔가를 범하여 살이 뻗쳐서 그럴 것이야."

희봉은 사람을 보내 점을 치게 했는데 점을 치고 돌아온 사람이 말했다.

"토끼띠 여자의 살이 뻗쳐서 그렇게 되었답니다."

모두들 셈을 따져보니 추동이 하나만이 토끼띠였다. 그래서 다들 그 살을 맞아서 불상사가 난 것이라고 수군댔다.

추동은 최근 가련이 의원을 청한다 약을 짓는다 하고 의원을 잘못 데려온 하인에게 매질을 하는 등 우이저를 끔찍하게 생각해주고 있었으므로 속으로 시샘이 가득했다. 그러던 판에 지금 자신의 살이 뻗친 것이라고 하는 데다 또 희봉이 "잠시 몇 달간 어디론가 피했다가 오라"고 달래는 말까지 듣게 되자 울화가 치밀어서 앞뒤 가릴 것 없이 욕을 퍼부어댔다.

"그따위 망할 놈의 잡소리를 다 곧이듣는단 말이야? 나하고 그년은 우물물과 냇물처럼 전혀 상관없는데 어째서 내 살이 뻗쳤다는 거야? 그렇게 사랑받는 귀염둥이가 밖에서 어떤 놈을 못 만나 하필이면 여기 들어와서 나한테 살을 받는단 말이야! 내 원 참, 기가 막혀서. 아무 근거도 없이 애는 무슨 애를 뱄다고 그래! 공연히 솜같이 여린 우리 서방님 귓가에 속삭여서 속여먹은 게 분명해. 애가 있었다고 한들 그놈이 장가인지 왕가인지 알 게 뭐야. 아씨는 그런 종자를 귀하게 여기는 모양이지만 난 발톱의 때만큼도 안 여긴다고. 나이가 차면 누군들 애를 낳아 기르지 못할 줄 알아? 한 일 년쯤 지나면 하나 낳아 바칠 테니 두고 봐! 잡종 하나 안 섞인 진짜배기로 말이야!"

사람들은 마구 욕하는 추동의 말이 우습기도 하였지만 또 감히 웃을 수도 없었다. 그때 마침 형부인이 건너오자 추동은 형부인 앞에 가서 하소연을 하기 시작했다.

"나리님과 아씨께서 저를 내쫓으려고 해요. 이제 저는 몸 둘 곳이 없어졌으니 마님께서 어쨌든 저 좀 구해주세요."

형부인이 그 말에 놀라 희봉을 한바탕 야단치고 또 가련을 욕했다.

"뭘 모르는 이 못된 놈아! 아무리 그 애가 맘에 안 든다고 해도 네 부친이 내려주신 사람인데 밖에서 들어온 사람 때문에 그 애를 내쫓으려고 한단 말이냐? 네 눈에는 아비도 없느냐? 그 애를 쫓아내려거든 차라리 네 부친한테 다시 돌려드려라."

형부인이 화를 내며 돌아가자 추동은 더욱 득의양양하고 기고만장해져서 우이저의 창문 아래서 울고불고 소란을 피우며 욕을 퍼부었다. 그 욕을 고스란히 들어야 하는 우이저는 더할 수 없는 괴로움에 휩싸였다.

저녁이 되자 가련은 추동의 방에 머물렀으며 희봉은 잠자리에 들었다. 희봉이 잠든 사이에 평아가 우이저를 찾아가 가만히 위로하였다.

"저런 짐승 같은 년은 신경도 쓰지 말고 몸이나 잘 돌보도록 해요."

우이저는 평아의 손을 잡고 눈물을 흘리면서 말했다.

"언니! 제가 이곳에 온 뒤로 언니의 도움을 참 많이 받았어요. 나 때문에 언니도 쓸데없는 야단을 많이 들었고요. 내가 만일 목숨을 부지하게 된다면 기필코 이 은혜를 갚도록 할게요. 하지만 지금으로 봐서는 목숨을 부지하기가 어려울 것 같아요. 다음 세상이나 기다려야 할까 봐요."

평아는 자기도 모르게 눈물을 흘리며 위로했다.

"생각해보니 모두 내가 아씨를 이렇게 만든 것 같아요. 나는 바보같이 어리석어서 한 번도 희봉 아씨를 속여본 적이 없어요. 아씨가 밖에서 살림하고 있다는 말을 듣고 어찌 말을 하지 않을 수가 있어야지요. 그런데 결국 이렇게까지 될 줄은 정말 몰랐어요."

우이저가 얼른 대답했다.

"아가씨, 그런 말 마세요. 설사 아가씨가 그 말을 안 했다 하더라도 저 사람이 알아내지 못했을 것 같아요? 다만 아가씨가 먼저 말한 것뿐이에요. 하물며 나도 이곳에 들어오는 게 체통이 서는 일이라고 속으로 생각했는데 그게 어디 아가씨 탓이겠어요."

두 사람은 함께 통곡을 했다. 평아는 또 몇 마디 당부의 말을 하고 밤이 깊어지자 제 방으로 돌아갔다.

방에 남은 우이저는 가만히 생각에 잠겼다.

'병은 이미 뿌리가 깊어서 도저히 나을 가망이 없어졌고 뱃속의 태아도 낙태를 하였으니 마음에 걸릴 것도 없어진 마당이다. 이제 굳이 남의 속이나 끓이면서 살아갈 까닭이 무엇인가. 그냥 죽어버리면 깨끗할 것을. 전에 듣자하니 생금을 먹으면 즉시 죽는다고 하던데 목을 매거나 칼로 자결하는 것보다 깨끗하지 않겠는가.'

생각을 굳힌 우이저는 겨우 몸을 일으켜 장롱을 열고 생금 한 덩이를 찾아냈다. 무게가 얼마나 되는지도 몰랐다. 우이저는 눈물을 머금고 억지로 그 생금을 입안에 집어넣었다. 몇 번이나 목에 힘을 주어서야 생금을 목구멍으로 넘길 수가 있었다. 그리고 즉시 새 옷을 갈아입고 머리 장식을 단정하게 하고 구들 위에 바르게 누웠다. 우이저의 행동은 하인들도 전혀 눈치를 채지 못하고 귀신도 몰랐다.

이튿날 아침 시녀와 어멈들은 기다려도 우이저가 저희들을 부르지 않자 속으로 좋아라하며 제각각 세수하러 갔다. 희봉은 추동과 앞채로 갔다. 평아가 보다 못해 시녀들을 꾸짖었다.

"너희같이 양심도 없는 인간들은 그저 때리고 욕이나 해야 부려먹을 수가 있어. 사람이 병들어 누워 있는데도 불쌍하게 여길 줄 모르다니. 작은아씨가 마음이 좋아서 아무 소리 안 하셔도 너희는 조금이라도 아랫사람 시늉은 해야 하지 않겠어. 너무 지나치게 그러면 안 되는 거야. 무너지는 담장에 여러 사람 달려든다더니 너희가 바로 그런 격이로구나."

시녀가 급히 방으로 들어가 보니 우이저는 단정히 차려입고 구들에 반듯하게 누워서 죽어 있었다. 깜짝 놀란 시녀가 소리를 지르자 평아가 달려 들어가서 우이저의 시신을 붙들고 통곡을 했다. 사람들은 비록 희봉이 두렵기는 했지만 사실 우이저가 훨씬 따뜻하고 부드럽게 아랫사람을 대해 주었다는 생각이 들었다. 그 점에서는 희봉보다 훨씬 좋았다고 생각하여 지금 죽은 우이저를 앞에 두고 다들 마음이 아파 눈물을 흘렸다. 다만 희봉에게는 그런 모습을 보이지 않으려고 할 뿐이었다.

소식이 온 집안에 전해지자 가련이 달려와서 시신을 끌어안고 통곡하였다. 희봉도 달려와서 속에도 없는 거짓 눈물을 흘리면서 원통하다고 울부짖었다.

"이 무정하고 독한 사람아! 어찌하여 나만 남겨두고 혼자 가버린단 말인가. 내가 얼마나 위해 주려고 했는데 내 마음도 몰라주고 그냥 갔는가!"

우씨와 가용도 달려와서 곡을 하고 가련을 위로하였다. 가련은 당장 왕부인에게 보고하고 시신을 이향원에 닷새 동안 안치했다가 철함사로 옮겨가게 해달라고 청했다. 왕부인이 그렇게 하라고 허락하자 가련은 곧 명을 내려 이향원의 문을 열고 안채를 깨끗이 청소하여 영구를 안치하라고 했다. 가련은 뒷문으로 영구가 나가면 불길하다고 생각하여 이

향원의 정면으로 난 담을 헐어 거리로 통하는 대문을 하나 만들도록 하였다. 또 양쪽에는 천막을 치고 제단을 만들어 독경을 하고 재를 올리도록 하였다. 바닥을 부드럽게 한 침상에 비단 이불을 깔고 우이저의 시신을 눕혀 홑이불을 덮어서 여덟 명의 시동과 몇 명의 어멈들이 에워싸고 안쪽 담을 따라 이향원으로 메고 가도록 하였다. 그곳에는 염습할 시간을 정해주는 천문생이 벌써 당도해 있었다. 비단 이불을 벗겨보니 우이저의 살아있는 듯한 얼굴이 훨씬 더 아름다워 보였다. 가련은 다시 한 번 끌어안고 통곡하였다.

"여보! 당신은 억울하고 원통하게 죽었구려. 내가 당신을 이 지경으로 만들었소!"

가용이 얼른 다가가 위로하며 달랬다.

"숙부님 이제 그만 고정하세요. 우리 이모님이 복이 없어서 그런걸요."

가용은 말을 하면서 손가락으로 대관원과 경계를 이루고 있는 담을 가리켰다. 가련이 눈치를 채고 가만히 발을 구르며 말했다.

"내가 그만 소홀히 생각했어. 결국에는 밝혀지겠지. 내가 당신을 위해 원수를 갚아주겠어."

천문생이 말했다.

"아씨께서는 금일 묘시 정각〔正卯時: 아침 6시〕에 운명하셨으니 오일에는 발인할 수 없습니다. 삼일이나 칠일에 발인해야 하고 내일 인시〔寅時: 새벽 3시〕에 입관해야 길합니다."

가련이 말했다.

"삼일장은 안 되고 칠일장으로 합시다. 숙부님이나 큰댁 형님이 모두 밖에 나가 계시고 소상小喪이니까 오래 안치할 수는 없고 밖에 나가서 35일재를 지내고 천도재를 마치면 내년에 강남으로 가서 장사지낼 생각입니다."

천문생이 응낙하고 앙방殃榜[1]을 써주고는 돌아갔다.

그때 보옥은 진작부터 건너와서 함께 곡을 하고 있었고 일족의 사람들도 모두 와서 참석하고 있었다.

가련은 안으로 희봉을 찾아가 관을 사고 장례비용에 쓸 돈을 달라고 하였다. 희봉은 시신이 나가는 걸 보고 나서 병을 핑계로 이렇게 대답했다.

"노마님과 마님께서는 모두 제가 병이 들었으니 삼방三房[2] 출입을 금해야 한다고 말씀하시면서 장례에 가지 말라고 하셨어요."

희봉은 소복도 하지 않고 대관원으로 들어가서 산을 돌아 북쪽 끝 담장 밑으로 가서 바깥쪽에서 희미하게 전해오는 몇 마디 말을 엿듣고는 돌아와서 가모에게 이러쿵저러쿵 말을 전했다.

가모가 화를 버럭 냈다.

"그놈이 헛소리를 해대는구나. 어느 집에서 폐병으로 죽은 애를 태워서 없애지 않고 제대로 장례를 지내고 땅을 파서 매장한다더냐? 기왕에 애첩으로 부부노릇을 했던 사이니까 삼십오일 재나 지내고 나서 내다 태우거나 아무렇게 묻어버리면 그만이지."

희봉이 맞장구를 쳤다.

"그러게 말이에요. 하지만 제 말은 듣지도 않는걸요."

그때 시녀가 와서 희봉을 찾았다.

"나리께서 아씨를 찾으십니다. 돈을 내달라고 하세요."

희봉이 하는 수 없이 집으로 돌아와서 가련에게 물었다.

"무슨 돈을 말하는 거예요? 지금 집안이 어려워진 걸 당신은 모르신

---

1 음양가(陰陽家)가 망자(亡者)를 위해 써주는 문서로 망자의 수명 및 혼을 불러들이는 구절 등이 적혀있음.

2 신방(新房), 아이 낳은 방〔産房〕, 영구를 모신 방〔靈房〕을 가리키며, 병자가 들어가는 것을 금하였음.

단 말이에요? 우리 월급조차도 다달이 제때를 맞추기 어려운 지경인걸
요. 들어오는 돈이 나가는 돈보다 모자라서 닭도 다음 해 모이를 먹어
야 할 판이에요. 어제도 내 금목걸이 두 개를 삼백 냥에 저당 잡혀서 돈
을 마련해 왔다니까요. 당신은 지금 꿈을 꾸고 계신 거예요? 자, 여기
이삼십 냥은 있으니까 가져다가 쓰려면 쓰세요."

희봉은 평아한테 가져오라고 하여 가련에게 건네주었다. 그리고는
다시 가모가 할 말이 있어 부른다는 핑계로 휭 하니 나가버렸다.

가련은 울화가 치밀어 올랐지만 할 말이 없었다. 우씨의 장롱을 열어
자기가 전에 맡겨 놓았던 비상금을 찾았다. 하지만 한 푼도 남아있지
않았다. 부러진 비녀나 찌그러진 장식 혹은 낡은 비단 옷 등속이 남아
있었다. 평소 우이저가 늘 입던 것들이었다. 가련은 마음이 아파 통곡
하며 보자기로 그것을 모두 싸서 하인이나 시녀에게 시키지 않고 자신
이 직접 들고 불에 태우려고 했다.

평아가 그걸 보고 우습기도 했지만 역시 마음이 아파서 부스러기 돈
이백 냥이 든 주머니를 슬그머니 가져다가 곁방으로 가서 가련에게 쥐
어주며 말했다.

"여기서 그렇게 소리 내어 우시면 어떡해요. 울고 싶으면 나가서 실
컷 우시면 되지 공연히 여기 들어와서 눈물 짤 건 또 뭐예요?"

"그래. 네 말이 맞구나."

가련은 돈을 받아들고 치마 하나는 평아에게 건네주며 말했다.

"이건 그 사람이 입던 건데 네가 잘 보관하고 있어라. 보고 싶을 때
꺼내 보게 말이야."

평아는 하는 수 없이 치마를 받아서 눈에 띄지 않게 잘 간수해두었
다. 가련은 돈을 주면서 관을 사오도록 했다. 하지만 하인들이 돌아와
서 좋은 것은 비싸고 보통 것은 마음에 들지 않는다고 하는 것이었다.
그러자 가련이 말을 타고 직접 고르러 나가더니 과연 저녁이 되자 좋은

관을 하나 메고 들어왔다. 값은 오백 냥인데 외상으로 산 것이었다. 밤새 관을 짜게 하고 사람을 보내 영구를 지키게 하는 한편 자신도 집에 들어가지 않고 그날 밤 내내 우이저 곁에서 지켰다.

다음 회를 보시라.

林黛玉重建桃花社史湘雲偶填柳絮詞

제70회

다시 세운 시모임

임대옥은 도화시사 다시 세우고
사상운은 버들개지 가사 지었네

林黛玉重建桃花社 史湘雲偶塡柳絮詞

가련은 이향원에서 영구를 지키며 이레 밤을 지내면서 날마다 중과 도사를 불러 재를 올리게 하였다. 가모는 그를 불러 우이저의 영구를 가묘로 데려가지 말라고 분부했다. 가련도 어쩔 수가 없어 시각時覺에게 명하여 죽은 우삼저의 무덤 옆에 구덩이를 하나 더 파고 매장하였다. 그날 발인할 때 가족 중에선 왕신王信 부부와 우씨 고부가 참석했을 뿐이었다. 희봉은 전혀 상관하지 않고 가련이 스스로 처리하도록 맡겨놓았다.

연말이 가까워졌으므로 여러 가지 일들이 몰려들어 산처럼 쌓여있는데 임지효林之孝가 사람들의 명단을 들고 들어와 희봉에게 내밀었다. 스물다섯 살이 되도록 장가들지 못해 혼자 살고 있는 하인 여덟 명의 명단이었다. 마땅히 색시를 얻어 살림을 꾸려가야 하는 총각들이었으므로, 집안에 있는 시녀들 중에서 내보낼 나이가 된 여자애들과 짝을 지어 살림을 차려주기 위한 것이었다. 희봉이 먼저 받아보고 나서 가모와 왕부인에게 의향을 물어가며 다들 함께 상의하였다. 비록 내보내야 하는 아이가 몇 명 있었지만 개인마다 각각 나가지 못할 이유가 있었다.

첫째 대상자인 원앙鴛鴦은 맹세코 나가지 않겠다고 했으니 어쩔 수가 없었다. 지난번 그 사건 이후로 원앙은 보옥과는 전혀 말 한마디 하려 하지 않았고, 옷치장이나 화장도 제대로 하지 않고 지냈다. 사람들은 그녀의 굳은 뜻을 알고 억지로 강권하지 않았다. 둘째 대상자는 호박琥珀인데 지금 병이 나서 이번에는 어려울 것 같았다. 다음 채운彩雲은 최근에 가환과 사이가 틀어진 후에 고치기 어려운 중병에 걸린 상태였다. 그러다 보니 희봉과 이환의 방에서 막일을 하는 나이든 시녀를 내보내는 수밖에 없었으며, 나머지는 나이가 아직 어렸으므로 안에서 배필을 구하지 못하게 된 하인들은 밖에서 따로 짝을 찾도록 하였다.

이때까지는 희봉이 병이 나서 이환과 탐춘이 집안 살림을 대신 맡아보느라 틈을 내지 못했고, 연이어 설날과 대보름 등의 명절을 보내느라고 허다한 잡일에 시달린 탓에 시를 짓는 모임은 거의 잊고 있었다.

이제 따뜻한 봄날로 접어들어 비록 여가가 충분히 생겼지만 이번에는 보옥이 그동안 생긴 일들로 인해 무척 심란해했다. 유상련은 세상을 등지고 출가하였으며, 우삼저는 원앙검으로 목을 그었고, 우이저도 생금을 먹고 자진하였으며, 유오아는 감금당한 이후 화병이 심하여 몸져 누워버렸기 때문이다. 연거푸 발생한 이러한 일들로 인해 공연한 근심과 통한이 겹쳐서 보옥은 점점 바보같이 변하고 하는 말도 두서가 없는 것이 마치 신경질적인 조울증에 걸린 듯하였다. 놀란 습인은 감히 가모에게 고하지도 못하고 백방으로 나서서 보옥의 기분을 풀어주려고 애쓰고 있었다.

어느 날 아침 보옥이 일찍 깨어나니 바깥방에서 낄낄거리는 웃음소리가 그치지 않고 들려왔다. 보옥이 무슨 일인가 하고 있는데 습인이 웃으면서 말했다.

"도련님, 어서 나가서 저 애들을 좀 말려주세요. 청문이하고 사월이 둘이서 원두리나〔방관〕를 누르고 간지럼을 태우고 있어요."

보옥이 얼른 친칠라 털외투를 걸치고 나가 보니 세 명의 시녀가 이불도 개지 않고 속옷 바람으로 한 덩이가 되어 뒹굴며 장난치고 있었다. 청문은 항주산 초록색 비단저고리에 붉은 명주속바지를 입고 있었으며, 잘 때 신는 붉은 색 신발을 신고 머리를 풀어헤친 채 웅노〔방관〕의 몸에 올라타고 있었다. 사월은 붉은 능단의 가슴 가리개를 하고 낡은 옷을 대충 몸에 걸친 채 웅노의 겨드랑이를 간질이고 있었다. 웅노는 구들에 누워 천정을 바라보는 자세로 있었는데 꽃무늬가 알록달록한 몸에 달라붙는 옷을 입고 붉은 바지에 초록 양말을 신고 있었으며, 간지럼에 못 이겨 두 다리를 버둥대면서 숨이 넘어갈 듯이 깔깔대고 있었다.

보옥이 다가가서 웃으며 말했다.

"큰 애 둘이서 어린애 하나를 그렇게 못살게 굴면 어떡해? 내가 도와줄 테다."

그러면서 보옥이 구들에 올라가 청문의 겨드랑이를 간질였다. 그러자 청문은 간지럼을 이기지 못하고 깔깔대면서 웅노에게서 손을 떼고 보옥에게 달라붙어 간질였다. 그 순간 웅노가 몸을 일으키더니 이번에는 청문을 타고 앉아서 겨드랑에 손을 넣어 간지럼을 태웠다.

습인이 웃으면서 말했다.

"그러다 감기 걸리겠어. 옷이나 입고 놀아야지."

습인이 보기에 네 사람이 한 덩이가 되어 나뒹구는 모습이 우스웠다.

그때 마침 이환의 시녀 벽월碧月이 찾아왔다.

"어제 저녁 우리 아씨께서 손수건을 떨어뜨리고 가신 것 같다는데 혹시 못 봤어요?"

소연이 말했다.

"있어요, 있어. 제가 어제 땅바닥에서 주워 놓았어요. 어느 분 것인지 몰라서 방금 빨아서 말리고 있는데 아직 안 말랐어요."

그때 벽월이 구들 위에 네 사람이 뒹굴고 있는 모습을 보고 웃으면서 말했다.

"여긴 아주 즐겁고 떠들썩하군요. 아침부터 낄낄거리며 한데 어울려 장난치고 있으니 말이에요."

"너희 집에도 사람이 적지 않잖아? 너희도 놀면 되지 뭘 그래?"

보옥의 말에 벽월이 대답했다.

"우리 아씨는 놀기를 좋아하지 않는 성격이라 두 이모 아가씨와 보금 아가씨도 자연히 그 분위기에 눌려서 조용하게 지내요. 지금 보금 아가씨는 또 노마님한테 가셨으므로 더욱 적막한 분위기예요. 올해가 지나고 내년 겨울이면 두 이모 아가씨도 가실 테니 더더욱 썰렁해지겠죠. 보차 아가씨네를 한번 보세요. 향릉이 한 사람이 나가고 나니 얼마나 썰렁해졌는지요. 상운 아가씨만 외톨이가 되고 말았어요."

그때 마침 사상운이 취루翠縷를 보내서 말했다.

"도련님 어서 나와서 멋진 시를 좀 보시랍니다."

"어디에 멋진 시가 있다는 거야?"

취루가 대답했다.

"지금 아가씨들이 심방정 위에 모여 계세요. 가보면 아실 거예요."

보옥이 얼른 세수를 하고 나가보았더니, 과연 대옥과 보차, 상운, 보금, 탐춘이 모두 그곳에 모여서 시 한편을 들고 보고 있었다. 그들은 보옥이 나타나자 다 같이 웃으며 말했다.

"이렇게 늦게까지 안 일어나고 있었단 말이에요? 우리 시사가 열리지 못한 지 일 년이나 되었는데 아무도 흥을 돋우지 않아 다시 모이지 못했지요. 지금은 초봄으로 만물이 새롭게 성장하고 있으니, 우리도 이때 시모임을 다시 열어 활동해보기로 해요."

상운이 이어서 말했다.

"처음 시모임을 열었을 때는 가을이었지요. 그래서 그런지 제대로 발전해 나가지 못했어요. 그런데 지금은 만물이 봄을 맞아 모두 성장하려는 때이고, 더욱이 이 도화시桃花詩도 기막히게 좋아요. 그러니 해당화 시모임〔海棠社〕을 도화 시모임〔桃花社〕으로 바꾸면 어떻겠어요?"

보옥이 고개를 끄덕이며 동의했다.

"그러는 게 좋겠어."

그러면서 보옥이 시를 보려고 하니까 다들 말했다.

"우리 도향노농稻香老農을 찾아가 의논하고 결정합시다."

그래서 그들은 다함께 도향촌을 향하여 걸어갔다. 보옥은 걸어가면서 종이에 적힌 〈복사꽃桃花行〉 한 편을 찬찬히 읽어보았다.

복사꽃	桃花行
복사꽃 주렴 밖 봄바람이 부드럽고,	桃花簾外東風軟,
복사꽃 주렴 안에 새벽 화장 늦구나.	桃花簾內晨妝懶.
주렴 밖엔 복사꽃 주렴 안엔 아가씨,	簾外桃花簾內人,
아가씨와 복사꽃은 주렴 놓고 마주하네.	人與桃花隔不遠.
봄바람 맘에 있어 주렴 걷으려 하고,	東風有意揭簾櫳,
꽃이 보려 해도 주렴이 안 열리네.	花欲窺人簾不卷.
주렴 밖에 복사꽃이 활짝 피어도,	桃花簾外開仍舊,
주렴 안의 아가씨는 말라만 가네.	簾中人比桃花瘦.
꽃이 불쌍히 여기면 꽃도 괴로울 것,	花解憐人花也愁,
주렴 너머 봄소식 바람에 보내누나.	隔簾消息風吹透.
바람은 주렴에 불고 꽃은 뜰에 가득한데,	風透湘簾花滿庭,
뜰 앞의 봄빛에 더욱 애달프구나.	庭前春色倍傷情.

이끼 낀 정원에 대문은 닫혀있고,　　　　閑苔院落門空掩,
해지는 저녁 홀로 난간에 기대었네.　　　斜日欄杆人自憑.
난간에 기댄 사람 봄바람에 눈물짓고,　　憑欄人向東風泣,
붉은 치마 복사꽃 옆 남몰래 기대었네.　　茜裙偸傍桃花立.
복사꽃 복사 잎은 한데 어지러워,　　　　桃花桃葉亂紛紛,
꽃에선 붉은색 잎에선 녹색이 물어만 나네.　花綻新紅葉凝碧.
안개 연기 감싸 안은 만 그루 복사나무,　霧裏煙封一萬株,
누각과 담벼락 붉은빛에 물드네.　　　　烘樓照壁紅模糊.
선녀의 베틀에서 붉게 핀 원앙비단,　　　天機燒破鴛鴦錦,
봄꿈을 깨어나서 산호베개 밀쳐내네.　　春酣欲醒移珊枕.
시녀가 금 대야에 샘물을 담아오니,　　　侍女金盆進水來,
물속의 연지 그림자 차갑게 비치네.　　香泉影蘸胭脂冷.
연지 바른 예쁜 얼굴 무엇에 비길까,　　胭脂鮮艶何相類,
복사꽃 빛이요, 아가씨의 피눈물이라.　　花之顏色人之淚,
아가씨 눈물을 복사꽃에 비하면,　　　若將人淚比桃花,
눈물은 하염없고 복사꽃은 아름답네.　　淚自長流花自媚.
그 눈으로 꽃 보면 눈물도 마르고,　　淚眼觀花淚易乾,
눈물지고 봄이 가면 꽃마저 지리라.　　淚乾春盡花憔悴.
초췌한 꽃이 초췌한 사람 가릴 제,　　憔悴花遮憔悴人,
꽃 지고 사람 지치면 황혼이 다가오리.　花飛人倦易黃昏.
두견새 울음 속에 봄날도 가고 마니,　一聲杜宇春歸盡,
적막한 주렴 안엔 달빛만 남으리라!　寂寞簾櫳空月痕!

보옥은 시를 다 보고 나서 미처 칭찬도 하기 전에 먼저 눈물부터 주르
륵 흘렸다. 그 시가 대옥이 지은 것임을 알았기 때문이었다. 하지만 눈
물 흘린 것을 다른 사람이 볼까 걱정되어 얼른 닦아내고 나서 물었다.

"이 시는 어디서 난 거야?"

보금이 웃으면서 되물었다.

"누가 지은 건지 한번 맞혀 봐요."

"당연히 소상비자[대옥]의 원고겠지."

보금이 보옥의 말에 웃으며 아니라고 했다.

"아니에요. 이건 방금 제가 쓴 거라고요."

보옥이 말했다.

"그럴 리가 없어. 이 시의 기풍이나 격조가 형무군의 것과는 전혀 다르거든. 그래서 보금의 말을 믿지 않는 거야."

보차가 듣다가 웃으며 말했다.

"그래서 사람들이 보옥 아우가 통달하지 못했다고 하는 거예요. 두공부杜工部의 시라고 해서 설마 항상 '국화 떨기 두 번 피니 지난날의 눈물이오〔叢菊兩開他日淚〕'라는 구절만 나오겠어요? 때때로는 '붉은 꽃잎 쏟아질 때 매실이 익어가네〔紅綻雨肥梅〕'나 '물풀은 바람을 끌어 푸른 띠가 길어라〔水荇牽風翠帶長〕'와 같이 아름답고 멋진 구절도 있는 법이니까요."

보옥이 웃으면서 대답했다.

"물론 그렇기는 하지만 누나는 절대로 보금 누이에게 이처럼 가슴 아리고 애달픈 구절을 쓰게 하지는 않을걸. 보금 누이도 그럴 만한 재주는 있지만 그런 구절을 절대로 쓰려고 하지는 않을 거야. 대옥 누이가 일찍이 부모를 여의는 슬픈 경험을 했기 때문에 이렇듯 애상적인 시를 짓는 것과는 비할 수가 없지."

사람들이 듣고 모두 웃었다. 그러는 사이에 일동은 도향촌에 이르러 그 시를 이환에게 보여주니 역시 칭송해 마지않았으며, 시모임에 대한 얘기를 꺼내 상의하였다.

다음 날이 바로 삼월 초이틀인데 시모임을 바로 다음 날부터 시작하기로 하고 원래 〈해당시사〉라고 했던 이름을 고쳐 〈도화시사〉로 바꾸도록 했다. 그리고 이번에는 대옥이 모임의 회장이 되어 다음 날 조반 후에 소상관에서 만나기로 결정되었다. 이어서 시의 제목을 정하는 애기가 나오자 대옥이 먼저 의견을 냈다.

"도화시의 제목에 운자를 백 가지 쓰는 것으로 하는 게 어때요?"

"그건 안 될 말이야. 예전부터 도화시는 너무 많으니까 지었다고 해도 필시 낡은 투에 빠지게 될 테고, 지금 대옥이 지은 이런 고풍시에는 따를 수 없게 될 거야. 그러니 다시 생각해 보는 게 어때?"

그때 하인이 소식을 전했다.

"외숙모님께서 오셨습니다. 아가씨들께서는 모두 인사드리러 오시랍니다."

그래서 모두 앞채로 나와 왕자등의 부인에게 인사를 올리고, 함께 앉아 얘기를 나누다가 식사를 하였다. 그러고 나서 그들은 그녀를 모시고 대관원으로 들어와 각지를 돌아보며 구경을 시켜 드렸다. 왕자등의 부인은 저녁식사를 마치고 등불이 켜질 무렵에야 돌아갔다.

다음 날은 마침 탐춘의 생일날이었다.

원춘은 아침 일찍 궁중에서 두 명의 어린 내시를 보내 몇 가지 장난감을 보내왔고, 온 집안에서도 모두 생일축하 선물을 전달했음은 물론이다. 식사가 끝난 후에 탐춘은 예복으로 갈아입고 각처를 다니며 인사를 올렸다. 그 모습을 보고 대옥이 여러 사람들에게 웃으면서 말했다.

"에이, 우리 시모임 날짜를 하필이면 잘못 잡았어요. 오늘이 딤춘의 생일날인 줄도 모르고 날을 잡았잖아요. 술상 차리고 연극무대 올리며 생일잔치를 거창하게 하는 건 아니라고 해도 노마님과 마님 앞에서 함께 떠들고 놀기는 해야 할 텐데 무슨 틈이 나겠어요?"

그리하여 시모임의 날짜는 초닷새 날로 미루어졌다.

이날 자매들이 큰방에서 아침밥을 다함께 먹고 났을 때 가정賈政의 서신이 당도하였다. 보옥은 먼저 가모에게 인사를 올리고 나서 가정이 가모에게 올리는 안부편지를 대신 읽어드렸다. 서신 중에는 인사말 외에 유월 중에는 상경한다는 내용이 들어있을 뿐이었다. 나머지 집안일

270

에 대한 별도의 편지는 가련과 왕부인 등이 뜯어서 읽었다. 모두들 가정이 육칠월 경에는 귀경한다는 말을 듣고 기뻐해 마지않았다. 또 이즈음에는 왕자등의 딸을 보령후保寧侯의 아들과 혼인시키기로 하여 오월 초열흘날로 혼례날짜를 잡아두었으므로 희봉이 더욱 바빠져서 사나흘씩 집을 비우기 일쑤였다. 이날도 왕자등의 부인이 또 희봉을 데리러 와서는 여러 자매들에게 함께 하루 와서 놀다 가라고 청하였다. 가모와 왕부인은 보옥과 탐춘, 대옥, 보차 등 네 사람에게 명하여 희봉과 함께 다녀오도록 하였다. 그들은 감히 분부를 어길 수가 없어서 방으로 돌아와 따로 몸단장을 하고 다섯 사람이 함께 나갔다가 저녁 무렵이 되어서야 돌아왔다.

보옥이 이홍원에 돌아와 잠시 쉬고 있는데 습인이 기회다 싶어서 보옥에게 마음을 다잡고 시간이 있을 때 책을 좀 보라고 권했다. 공부를 좀 해두었다가 부친이 돌아오시면 대비하라는 뜻이었다. 보옥이 손을 꼽아보더니 말했다.

"아직은 괜찮아."

습인이 말했다.

"우선 책 공부를 해두어야 하고요, 둘째는 붓글씨 공부예요. 그때 가서 책 속의 내용은 외울 수 있다고 해도 붓글씨는 갑자기 어떡하겠어요?"

"평소 써 두었던 게 있었는데 그걸 모두 모아두지 않았었나?"

"왜 안 모아 두었겠어요? 어제 도련님이 집에 안 계실 때 제가 갖다 하나하나 세어보니 오육십 편쯤 되던데요. 삼사년 동안 겨우 그 정도뿐이라면 되겠어요? 내일부턴 다른 생각일랑 다 접어두고 날마다 글씨 몇 장씩을 꼭 써둬야 해요. 비록 매일같이 채울 수는 없다고 해도 대강 비슷하게는 만들어 놓아야 하지 않겠어요?"

보옥이 직접 점검을 해보았더니 과연 그대로 적당히 때워 넘길 수는 없는 분량이었다.

"내일부터 하루에 백 자씩은 써야겠어."

그런 얘기를 하다가 다들 잠이 들었다.

보옥은 이튿날 아침 일어나 세수를 마치고 나서 창가에 앉아 먹을 갈아서는 반듯한 해서체로 서첩을 본받아 붓글씨를 쓰기 시작했다. 가모는 아침부터 보옥이 보이지 않자 혹시 몸에 탈이라도 난 줄 알고 사람을 보내 물었다. 그제야 보옥은 얼른 가모에게 건너가서 아침인사를 올리고 붓글씨 쓴 얘기를 하였다. 보옥은 가모에게 이제부터 매일 아침 시간에 붓글씨를 먼저 쓴 다음 다른 일을 할 작정이며 오늘 아침에는 그 바람에 늦게 되었다고 말씀드렸다. 그 소리를 듣고, 가모는 기분이 좋아서 분부를 내렸다.

"앞으로는 글씨 쓰고 공부만 열심히 하여라. 아침인사는 오지 않아도 돼. 네 어머니한테도 가서 말씀드리려무나."

보옥이 왕부인 방에 가서 그 말을 전하자 왕부인이 말했다.

"싸움터에 가서 창을 벼리는 건 이미 소용없는 짓이야. 진작 날마다 글씨 쓰고 책을 읽어 두었으면 아무리 많아도 다 해놓았을 것을 지금 와서 벼락치기로 서둘러 하느라고 난리로구나. 그렇게 다그치다가 되레 병이라도 나면 어쩌려고 그러느냐."

왕부인의 걱정에 보옥은 괜찮다고 대답했다. 한편 가모도 보옥이 그렇게 서둘러서 벼락치기를 하다가 병이 도지지 않을까 노심초사하였다. 그러자 탐춘과 보차 등이 웃으며 말했다.

"할머님 너무 걱정하시지 마세요. 글공부야 대신 해줄 수 없지만 붓글씨는 대신 만들어 줄 수도 있잖아요. 저희가 매일 한 편씩 써서 주면 그런 정도는 메울 수 있을 거예요. 그럼 대감마님께서 귀가하셔서 화를 내시지도 않으실 테고 보옥 오빠가 서두르다가 병이 나는 일도 없을 거 아녜요?"

가모가 그 말을 듣고 좋아했다.

대옥은 가정이 귀경한다는 소식을 듣고 가정이 집에 돌아오면 필시 보옥에게 그동안 공부한 것을 따져 물을 것이며, 그렇게 되면 보옥이 당황하여 혼쭐이 나게 될지도 모른다는 생각이 들었다. 그래서 일부러 자신이 귀찮아하는 것처럼 가장하여 시모임을 열지도 않고 있었으며, 다른 일로 보옥의 주의를 끌지도 않았다. 탐춘과 보차도 매일 해서체 붓글씨 한 편씩을 써서 보옥을 도와주었다. 보옥 자신도 매일 노력하여 이백 자나 삼백 자씩 일정치 않게 모아 삼월 하순에 이르자 상당수가 모이게 되었다. 그러던 어느 날 보옥이 속으로 셈해보니 오십 편이 더 모아지기만 하면 대충 넘어갈 수 있을 것 같았다.

그때 자견이 보옥에게 글씨 다발 한 꾸러미를 가져왔다. 펼쳐보니 모두 죽지竹紙에 가지런하게 종요鍾繇와 왕희지王羲之[1]의 서체를 본받아 작게 쓴 해서체 붓글씨였으며, 글씨 모양이 자신의 것과 아주 비슷하였다. 보옥은 너무 기뻐서 자견에게 허리 굽혀 읍을 하면서 고맙다는 인사를 하고 또 몸소 건너가서 대옥에게 감사의 뜻을 표했다. 상운과 보금 두 사람도 몇 편을 써서 보내왔다. 그럭저럭 모은 것이 비록 정해준 숙제만큼은 안 되었지만 그런대로 채울 만하기는 하였다. 보옥은 비로소 마음을 놓고 이번에는 또 숙제로 주어진 글공부를 하느라고 날마다 몇 편의 문장을 읽고 외우기에 힘썼다.

그런데 뜻밖에도 해안지방에서 해일이 일어나 백성들이 재난을 입게 되었다. 지방관리들이 상소문을 올리자 황제는 교지를 내려 가정에게 상경하는 도중에 그곳에 들러 구제하도록 명하였다. 그러한 연고로 다시 날짜를 셈해 보니 가정은 동지冬至 무렵이나 되어야 귀경할 수 있게 되었다. 보옥은 그 소식을 듣자 글공부와 붓글씨 숙제는 잠시 접어두고

---

1 종요는 삼국시대 위(魏)나라의 뛰어난 서예가이고, 왕희지는 동진(東晉)의 명필임.

여전히 예전처럼 제멋대로 놀 궁리만 하였다.

봄이 끝나가고 있던 어느 날, 심심하여 몸이 근질근질하던 상운이 버들개지가 솜처럼 휘날리는 걸 보고는 문득 짧은 형식의 사인 소령小令 한 곡을 지어냈다. 곡조는 〈여몽령如夢令〉이었다.

버들개지 · 여몽령	柳絮 · 如夢令
비단 실밥 방금 뱉어낸 듯,	豈是繡絨殘吐,
반쯤 걷힌 주렴에 향기로운 안개,	捲起半簾香霧,
섬섬옥수 내밀어 가볍게 잡으면,	纖手自拈來,
두견과 제비는 공연히 시샘을 하네.	空使鵑啼燕妒.
제발 그만두어요!	且住, 且住!
봄날이 이대로 그냥 가게 하지나 말고.	莫使春光別去.

상운은 스스로 자신이 지은 작품이 마음에 들어 종이에 잘 적어서 보차에게 보여주는 한편 대옥에게도 가지고 찾아왔다. 대옥이 보고 나서 웃으며 말했다.

"좋아, 좋아! 아주 신선한 발상이야. 난 도저히 이렇게 지을 수 없겠는걸."

"우리가 그동안 시모임을 여러 차례 가졌지만 사를 지어보지는 못했잖아. 언니가 내일 시모임을 소집하여 사를 지어보자고 하면 어떻겠어? 취향을 좀 바꿔 보면 새로운 맛이 날거야."

상운의 말에 대옥이도 흥미가 일었다.

"그래, 그 말이 옳아. 그럼 다들 모이도록 한번 소집해 봐야겠네."

그러면서 대옥은 당장 몇 가지 다과를 준비하도록 하고 시녀를 보내 다들 모이라고 하였다. 대옥과 상운은 종이에 '버들개지'를 제목으로 쓰고 몇 가지 곡조로 제한하여 벽에 붙여두었다.

사람들이 와서 보니 '버들개지'라는 제목에 몇 가지 소령으로 곡조가 제한되어 있었다. 그리고 또 상운이 지은 소령을 보고서 다들 칭찬하였다.

먼저 보옥이 웃으며 말했다.

"사는 그동안 별로 지어보지 못했으니 아무렇게나 지을 수밖에 없네."

일동은 제비를 뽑아 소령의 곡조를 하나씩 받게 되었다. 보차는 〈임강선臨江仙〉, 보금은 〈서강월西江月〉, 탐춘은 〈남가자南柯子〉, 대옥은 〈당다령唐多令〉, 그리고 보옥은 〈접련화蝶戀花〉를 짓게 되었다. 자견이 몽첨향夢甛香 하나에 불을 붙여 시간을 재기 시작하자, 다들 골똘히 생각에 잠겼다.

제일 먼저 대옥이 시상이 떠올라 다 지어서 종이에 적었고, 이어서 보금과 보차가 그 뒤를 이었다. 세 사람이 다 쓰고 나서 서로 바라보니까 보차가 웃으며 말했다.

"내가 너희 둘 것을 먼저 보고 나서 그 다음에 내 것을 봐."

그때 탐춘이 웃으며 말했다.

"아이고! 오늘 이 향은 왜 이렇게 빨리 타들어가는 거야? 난 겨우 절반밖에 못 지었는데 벌써 십 분의 삼만 남았네."

그리고는 보옥에게 다 되었느냐고 물었다. 보옥은 비록 짓기는 했지만 아무래도 시원치 않다는 생각이 들어서 모두 지우고 다시 쓰는 중이었다. 돌아보니 향은 벌써 다 타들어가고 있었다. 그때 이환이 웃으며 말했다.

"이번엔 도련님이 진 거야. 초하객〔탐춘〕은 반수라도 어서 써서 내시고."

탐춘은 얼른 적어냈다. 다들 살펴보니 종이 위엔 반수만 적은 〈남가자南柯子〉가 적혀 있었다.

버들개지 · 남가자   南柯子

쓸데없이 걸린 실오라기 하늘하늘,   空挂纖纖縷,
부질없이 늘어진 실밥만 주렁주렁,   徒垂絡絡絲,
매어 두기도 잡아두기도 어렵나니,   也難綰系也難羈,
동서남북 멋대로 흩어지게 두리라.   一任東西南北各分離.

이환이 말했다.

"그런대로 괜찮은데 왜 뒷부분을 잇지 않았어?"

보옥은 향이 이미 다 탄 것을 보고 스스로 졌다고 인정하면서 더 이상 억지로 지을 생각을 않고 붓을 내려놓았다. 그리고는 탐춘이 지은 사의 전반부를 보러 왔다. 보옥은 후반부가 완성되지 못한 것을 보더니 홀연 시흥이 솟구쳐서 얼른 붓을 들어 나머지 부분을 이었다.

떨어져 가버린들 아쉬워 마라,   落去君休惜,
날아서 돌아오면 스스로 알리니.   飛來我自知.
꾀꼬리도 나비도 슬퍼하는 늦은 봄,   鶯愁蝶倦晚芳時,
그래도 내년 봄 다시 만날 기약하리!   縱是明春再見隔年期!

그러자 사람들이 한마디씩 했다.

"자기 몫은 제 시간에 짓지 못하면서 남의 것은 잘도 지었네. 잘 짓기는 했지만 그래도 도련님이 지었다고 칠 수는 없어요."

이번에는 대옥의 〈당다령唐多令〉을 보았다.

버들개지 · 당다령   唐多令

백화주에 떨어진 꽃잎,   粉墮百花洲,
연자루에 남은 향기.   香殘燕子樓.

둥글게 뭉쳐 공이 되었네.	一團團逐對成毬.
떠도는 신세는 박명한 삶,	飄泊亦如人命薄,
그리움도 풍류도 다 헛일.	空繾綣, 說風流.
풀이라도 슬픔은 아는 듯,	草木也知愁,
푸른 청춘은 백발이 되네!	韶華竟白頭!
버들개지 인생 그 누가 거두는지?	嘆今生誰舍誰收?
춘풍에 맡긴 몸 봄조차 아랑곳 않고,	嫁與東風春不管,
그대 뜻대로 가는 길, 잡아두긴 어려워라.	憑爾去, 忍淹留.

사람들은 고개를 끄덕이며 감탄했다.
"좋기는 좋지만, 내용이 너무 애상적이야."
다음에는 보금이 지은 〈서강월西江月〉을 보았다.

버들개지 · 서강월	西江月
한나라 궁궐엔 버들개지 적었지만,	漢苑零星有限,
수나라 제방엔 많기도 많았어라.	隋堤點綴無窮.
봄날의 일이란 봄바람에 부치고,	三春事業付東風,
명월과 매화는 한바탕 꿈이었네.	明月梅花一夢.
뜰 안에 여기저기 꽃잎 지는데,	幾處落紅庭院,
어느 집 주렴에 버들개지 날리나?	誰家香雪簾櫳?
강남과 강북이 다를 바가 없건만,	江南江北一般同,
떠도는 원한만 더욱 깊어 가누나!	偏是離人恨重!

여러 사람이 다 같이 웃으면서 말했다.
"그래도 역시 보금이 작품이 비장하구먼. '여기저기'라든가 '어느 집' 같은 구절이 아주 절묘하단 말이야."
하지만 보차는 다른 말을 했다.

"아무래도 너무 애상적이에요. 버들개지는 원래 뿌리도 줄기도 없이 가볍게 휘날리는 것이잖아요. 내 생각에는 오히려 그걸 좋게 묘사하는 게 상투적이지 않을 것 같아요. 그래서 한번 읊어봤는데, 자 한번 내가 지은 걸 보세요. 마음에 드실지 모르겠네요."

"너무 그렇게 겸손해하지 마. 한번 다 같이 감상이나 해봅시다. 물론 멋지게 지었겠지."

그리하여 다들 보차가 지은 〈임강선臨江仙〉을 보ぐ 가.

버들개지 · 임강선	臨江仙
백옥당 앞에서 너울너울 춤을 추니, 봄바람에 휘감겨 골고루 퍼지누나.	白玉堂前春解舞, 東風捲得均勻.

끝까지 다 보기도 전에 상운이 먼저 웃으며 탄성을 질렀다.

"'봄바람에 휘감겨 골고루 퍼지누나'라는 표현이 정말 멋진걸! 남들이 생각도 못하는 구절이야."

이어서 다음 구절을 보았다.

벌과 나비처럼 어지러워라. 물 따라 흐르기도 하지만, 먼지처럼 가라앉지도 않네. 천 갈래 만 갈래 한결같아서, 뭉쳐지고 흩어지고 멋대로라네. 뿌리 없다고 비웃지 마라, 산들바람에 힘을 얻어서, 청운의 높은 하늘로 날아오르리!	蜂圍蝶陣亂紛紛. 幾曾隨逝水, 豈必委芳塵. 萬縷千絲終不改, 任他隨聚隨分. 韶華休笑本無根, 好風頻借力, 送我上青雲!

사람들은 탁자를 치며 기가 막히다며 칭찬해 마지않았다.

"과연 아주 멋지게 드러냈군. 자연히 이 작품이 최고라고 할 수 있겠어. 애잔한 슬픔을 묘사하는 데는 소상비자〔대옥〕가 최고이고 아름다운 정취를 그려내는 데는 침하〔枕霞舊友: 상운〕가 으뜸이야. 오늘은 소설〔小薛: 보금〕과 초객〔蕉下客: 탐춘〕이 낙제이니 벌주를 받아야겠어."

보금이 웃으면서 말했다.

"우리야 물론 벌주를 받겠지만 아예 백지를 낸 사람은 어떻게 벌을 주죠?"

이환이 대답했다.

"그건 걱정 말아. 아주 엄중한 벌을 내릴 테니까. 다음번을 위해서라도 선례를 남겨야해."

그 말이 채 끝나기도 전에 창밖의 대나무 위에서 무슨 소리가 들렸다. 마치 덧창문이라도 떨어지는 것 같은 소리였으므로 모두들 깜짝 놀랐다. 시녀들이 얼른 달려 나가 살펴보고는 주렴 밖에서 소리쳤다.

"아주 커다란 나비연〔蝴蝶鳶〕이 대나무 가지에 걸렸어요."

다른 시녀들 여럿이 웃으면서 말했다.

"아주 멋지고 고운 연인데 도대체 누가 날리다가 끈이 끊어진 걸까? 얼른 저걸 끌어내려 봐."

보옥이 그 말을 듣고 밖으로 나가서 바라보았다.

"이 연이 누구 것인지 알겠어. 큰아버님 댁에 있는 교홍嬌紅이 날리던 연이야. 얼른 끌어내려서 돌려주도록 해."

자견이 웃으며 말했다.

"세상에 똑같은 연이 그렇게 없으려고요? 어떻게 꼭 그 애 연이라고 할 수 있어요? 어쨌든 난 몰라. 내려서 내가 갖고 놀 테야."

탐춘이 말했다.

"자견이도 쩨쩨해졌는걸. 여기도 비슷한 게 얼마든지 있는데 왜 굳이 남의 것을 주워서 가지려고 그래? 꺼림칙하지도 않아?"

대옥이 웃으며 대신 대꾸했다.

"글쎄 말이야, 누가 아니래. 누군가 액운을 날려 보내려고 일부러 줄을 끊은 것인지도 모르니까 어서 내다 버려. 그리고 우리들 연을 가지고 나와서 우리도 한번 액을 날려 보내는 게 어때?"

자견은 어린 시녀를 시켜 연을 끌어내려서 대관원 대문에서 숙직하는 할멈에게 보냈다. 만일 누가 와서 찾으면 그들한테 찾아가라고 하면 그만일 것이었다.

시녀들은 연을 날린다는 말을 듣고 다들 좋아하면서 우르르 달려가서 미인연을 가지고 나왔다. 높은 의자를 옮겨오는 사람, 대나무 끝에 가지 벌어진 꼬챙이를 걸어 놓는 사람, 얼레를 가져와서 줄을 감는 사람 등 시녀들은 바쁘게 이것저것을 챙겼다.

보차 등은 그 즉시 모두 대문 앞으로 나가 넓은 공터에서 연을 날리게 했다. 보금이 웃으며 말했다.

"저 미인연은 별로 예쁘지가 않아요. 그보다는 탐춘 언니의 날개 연한 봉황연이 더 좋겠어요."

"정말 그래."

그러면서 보차는 곧 취묵翠墨을 돌아보고 일렀다.

"네가 가서 너희 것을 좀 가져와 날려 봐."

취묵이 좋아서 싱글벙글하며 달려가더니 과연 자기네 연을 가지고 나왔다. 보옥은 금세 기분이 좋아져서 어린 시녀를 집으로 보내며 말했다.

"얼른 가서 어제 뇌씨賴氏 아주머니가 나한테 보내주신 큰 물고기연을 좀 가져오너라."

어린 시녀는 집으로 돌아간 지 한참 만에 빈손으로 돌아와서 웃으며 대답했다.

"청문 아가씨가 어제 날려 보냈답니다."

"에이! 아직 한 번도 안 날려본 건데…."

탐춘이 옆에서 달랬다.

"어쨌거나 청문이가 액운을 날려 보낸 셈이니까 그럼 된 거지 뭐예요."

"그렇다면 할 수 없지 뭐. 그럼 어서 가서 큰 게연을 가져와."

시녀가 이홍원으로 돌아가더니 이번엔 여러 사람과 함께 커다란 미인연과 함께 얼레를 가지고 돌아왔다.

"습인 언니가 그러는데 게연은 어제 가환 도련님한테 드렸다면서 이것으로 가져가래요. 이건 임지효댁 아주머니가 방금 보내주신 거라고요. 이것으로 날리도록 하세요."

보옥이 가만히 살펴보니 아주 정교하게 만든 미인연이었으므로, 속으로 기뻐하며 가져가서 어서 날리라고 시켰다. 이때 탐춘의 연도 가져와서 취묵이 어린 시녀를 여럿 데리고 산등성이에 올라 이미 날리기 시작하고 있었다. 보금이도 자기네 박쥐연을 가져와서 날리게 하였다. 보차도 기분이 좋아져서 하나 가져오라고 했는데 일곱 마리 기러기가 한 줄로 이어진 것이었다. 그것을 날리니 아주 가관이었다. 그런데 웬일인지 다른 연은 다 잘 날고 있는데 오직 보옥의 미인연만이 제대로 날지 않았다. 시녀들이 잘할 줄 몰라서 그런가 싶어서 보옥이 직접 나서서 한참 동안이나 애를 쓰며 날려보았지만 겨우 지붕 높이만큼 오르다가 떨어지곤 하였다. 다급해진 보옥은 구슬땀을 흘리며 애를 썼다. 사람들이 그 모습을 보고 곁에서 웃자 보옥은 화가 나서 연을 땅바닥에 내동댕이치며 소리를 질렀다.

"미인연만 아니었으면 당장 발로 짓밟아 버렸을 거야."

대옥이 웃으면서 달랬다.

"그건 연줄을 잘못 매서 그런 거예요. 갖고 나가서 연줄을 새로 매도록 해보세요."

보옥이 사람을 시켜 연줄을 새로 조정하여 매도록 하는 한편 또 다른 연을 가져와 날렸다. 모두들 고개를 들고 바라보니 하늘에는 여러 개의 연들이 바람을 타고 높이 날고 있었다.

그때 시녀들이 여러 가지 모양의 종이 밥〔送飯的〕[2]을 가지고 와서 큰 연에 매달고는 흥겹게 놀았다. 자견이 웃으며 대옥에게 말했다.

"연이 바람을 타고 잘 날고 있으니까 아가씨도 한번 날려보세요."

대옥은 손수건으로 손을 받치고 주춤주춤 연줄을 손으로 잡아당겨 보았더니 과연 바람을 잘 타서 연줄이 팽팽했다. 얼레를 받아든 대옥이 연이 오르는 기세에 맞춰 얼레를 풀자 얼레는 순식간에 와르르 소리를 내며 다 풀리고 말았다. 대옥이 다른 사람에게 연을 날려 보내 달라고 하자 사람들이 웃으며 말했다.

"우리도 하나씩 다 있어요. 대옥 아가씨가 먼저 날려 보내세요."

"날려 보내는 것도 재미있겠지만 차마 그럴 수가 없어서 그래요."

이환이 말했다.

"연을 날리는 건 바로 그 재미로 하는 건데 뭘 그래. 그래서 액운을 날려 보낸다고 하는 거잖아. 아가씨는 더더욱 많이 날려 보내야 돼. 그래야 병을 뿌리째 날리는 격이 되거든."

자견이 웃으며 말했다.

"우리 아가씨는 점점 소심해지고 있어요. 해마다 연을 날리지 않은 때가 있었나요? 그런데 올해는 왜 갑자기 마음이 아프다고 저러시는지. 아가씨가 안 날리시면 제가 대신 날려드릴게요."

자견은 곧 설안에게 은으로 만든 작은 서양 가위를 가져오라고 하여

---

2 연이 공중에서 날게 되면 연줄에 매서 바람에 부풀며 연줄을 타고 올라가게 만든 것.

얼레 끝에서 한 치도 안 남기고 연실을 싹둑 잘라버렸다.

"자, 이젠 우리 아가씨의 병도 송두리째 다 날아갔습니다!"

대옥이 날리던 연은 바람을 타고 훨훨 날아올라 멀리멀리 사라져 갔다. 대옥의 연은 잠시 후에 아주 작은 달걀만 해지더니 눈 깜짝할 사이에 하나의 검은 점으로 남았다가 그나마 눈앞에서 사라지고 말았다. 사람들은 고개를 들고 눈길을 모아 바라보면서 소리쳤다.

"야! 재미있다, 재미있어!"

그러나 보옥은 쓸쓸해하며 말하는 것이었다.

"하지만 어디쯤 가서 떨어질지 알 수가 없네. 그래도 만일 사람이 사는 곳에 떨어져서 어린아이들이 줍기라도 하면 좋겠지만 만일 아무도 없는 황량한 들판에라도 떨어지면 너무 쓸쓸해서 어떻게 해. 그러니 내 연도 함께 날려 보내서 자기들끼리 친구라도 하도록 하는 게 좋겠어."

보옥은 가위로 자기 연줄도 끊어서 대옥의 연처럼 멀리 날려 보냈다.

탐춘도 자기 봉황연의 연줄을 자르려고 하고 있는데 하늘에 또 하나의 봉황연이 나타났다.

"대체 누가 또 저 연을 날리는 거야?"

사람들이 재미있다는 듯이 말했다.

"잠깐! 아가씨 연을 자르지 말고 계셔 보세요. 저 연이 연싸움을 하자고 달려드는 것 같아요."

그때 저쪽 봉황연이 점점 다가오더니 마침내 두 연이 엉키고야 말았다. 이쪽 연의 줄을 당기니 저쪽에서도 줄을 당기며 좀처럼 물러설 기세가 아니었다. 그때 또 문짝만큼 커다란 '희喜'자연이 공중에서 종소리만큼이나 요란한 폭죽소리를 내면서 가까이 다가오고 있었다.

다들 더욱 흥미진진해져서 웃으며 말했다.

"저 '희'자연도 싸움을 걸려고 오는가 봐. 그럼 연줄을 당기지 말고 내버려둬 봐요. 세 연이 뒤엉키면 더 재미있으니까."

과연 '희'자연은 두 봉황연과 한꺼번에 어지럽게 엉키더니, 어떻게 된 일인지 연줄이 모두 끊어져서 연 세 개가 동시에 바람에 날려 멀리 날아올라갔다. 그러자 사람들이 박수를 치며 좋아하였다.

"와! 정말 멋지다, 멋져! 저 '희'자연은 누구네 것인지 모르지만 어쩌면 저렇게 심술꾸러기일까."

그때 대옥이 피곤한 듯 말했다.

"난 연도 다 날려 보냈으니 들어가 쉬어야겠어요."

보차가 잠시 말렸다.

"잠깐만. 우리 연도 다 날려 보내고 나서 다 같이 돌아가자꾸나."

다른 자매들의 연도 다 날려 보내고 나서 모두들 흩어졌으며, 대옥은 방으로 돌아와 지친 몸을 눕혔다. 뒷일이 궁금하면 다음 회를 보시라.

嬌滴人有
心生嬌滴
鴛鴦女無
意過鴛
鴦

사기와 반우안의 밀회

속 좁은 형부인은 절로 미움 생기고
뜻밖에 김원앙은 원앙 한 쌍 만났네
嫌隙人有心生嫌隙 鴛鴦女無意遇鴛鴦

가정은 귀경한 후 모든 일을 제대로 마친 뒤 한 달간의 휴가를 얻어 집으로 돌아왔다. 이미 노령에 접어든 가정은 그동안 임무가 막중하고 몸도 쇠약해진 데다 근년 들어 수년 동안 외지에서 지내느라 가족들과 떨어져 있었으므로 적잖이 힘들어 했다. 그러다가 이제 집으로 돌아와서 편안하게 가족들과 함께 지내게 되자 가정은 여간 기쁜 것이 아니었으며, 집안의 대소사는 뒤로하고 조용히 독서만 할 뿐이었다. 가정은 가끔 답답하면 문객들과 바둑을 두거나 술을 마시곤 하였고, 때로는 낮에 안채로 들어가 모자간이나 부부사이의 정을 나누며 소일하기도 하였다.

그런데 올해 팔월 초사흗날은 가모의 팔순 생신이 되는 날이었다. 자연 일가친척과 손님들이 모여들 것이었으므로 주연 자리를 베풀지 않을 수 없게 되었다. 가정은 우선 가사와 가진, 가련 등과 상의하여 칠월 스무여드레부터 팔월 초닷새까지 영국부와 녕국부 두 곳에 잔칫상을 차려서 녕국부에서는 남자 손님만 받고 영국부에서는 여자 손님만 받아 대접하기로 하고, 대관원의 철금각綴錦閣과 가음당嘉蔭堂 등 몇 곳을 치워서 임시 휴식장소로 삼기로 했다. 스무여드레에는 황친과 부마, 왕공, 공주, 군주,[1] 왕비, 국군, 태군, 부인[2] 등을 청하고, 다음날에는 각하, 도부, 독진[3]과 그들의 부인을 청하고, 그믐날에는 각 부처의 장관과 부인 및 원근의 친지와 부인들을 청하기로 하였다. 그리고 팔월 초하룻날에는 가사의 집에서 잔치를 열기로 하였다. 뒤이어 초이튿날에는 가정의 집에서 잔치를 열며, 초사흗날에는 가진과 가련이 이어서 잔치를 열고, 초나흗날에는 가씨 부중의 여러 사람들이 추렴해서 잔치를 열기로 하였으며, 마지막 초닷새날에는 임지효 등의 집사들이 모아서 축하잔치를 열기로 결정하였다.

칠월 상순부터 축하예물이 줄지어 끊임없이 들어오기 시작했는데, 예부에서는 교지를 받들어 금과 옥의 여의 각 하나씩, 채단 네 필, 금옥의 반지 각 한 개씩, 내탕금 오백 냥을 공식적으로 하사하였다. 원춘은 또 내시에게 명하여 금으로 만든 수성 노인상, 침향나무 지팡이, 침향나무 염주 한 개, 수복향壽福香 한 곽, 금덩이 한 쌍, 은덩이 한 쌍, 채단 열두 필과 옥 술잔 네 개 등을 보내왔다. 나머지 친왕과 부마 및 대소 문무관원들 가운데 평소 서로 왕래하는 자들은 모두 예물을 보내왔는데, 이를 일일이 다 기록하지는 못하겠다.

안채의 가운데 방에 커다란 탁자를 펴서 붉은 담요를 깔고 정교한 예물은 그곳에 모두 진열하여 가모로 하여금 살펴보도록 하였는데, 가모

---

1 공주(公主)는 황제의 딸, 군주(郡主)는 친왕의 딸을 가리킴.
2 국군(國君)은 종실 친왕의 모친, 태군(太君)은 고위 관리의 모친, 부인(夫人)은 고위 관리의 부인에 대한 봉호.
3 각하(閣下)는 내각의 대학사(大學士), 도부(都府)는 각 부의 장관, 독진(督鎭)은 각 성의 독무(督撫)를 가리킴.

는 하루이틀간은 기뻐하면서 찾아와 살펴보더니 그 뒤부터는 그것도 귀찮은지 더 이상 보려고 하지 않으면서 말했다.

"우선 희봉이에게 받아두도록 하고 나중에 살펴봐야겠다."

스무여드레가 되자 양 부중에서는 붉은 비단에 매듭장식을 한 등불을 높이 걸었고, 난새와 봉황의 병풍을 둘러쳤으며 부용꽃이 새겨진 자리를 깔았다. 생황과 피리와 북이 어우러진 음악소리는 골목을 건너고 큰길을 넘어 울려퍼졌다. 녕국부에서는 이날 북정왕, 남안군왕, 영창부마, 낙선군왕 및 오랜 세교가 있는 공작과 후작들의 방문이 있었고, 영국부에서는 남안왕 태비와 북정왕비 그리고 세교가 있는 공작과 후작의 고명부인들이 찾아왔다. 가모 등은 각각 작위의 품계에 따라 예복을 갖춰 입고 온갖 치장을 다 하고서 손님들을 맞이하였다.

사람들은 다들 인사를 나눈 후에 우선 대관원의 가음당으로 가서 차를 마시고 옷을 갈아입은 다음, 영경당榮慶堂으로 옮겨 정식으로 팔순 생신을 축하하는 인사를 드렸다. 그리고 나서 다들 서로 양보하며 뒤로 물러나 있다가 한참 만에 겨우 각각 자리를 잡고 앉았다.

상석 두 자리에는 남안태비와 북정왕비가 앉았고 아래 좌석에도 순서에 따라 여러 공작과 후작의 부인이 앉았다. 왼쪽 아래 좌석에는 금향후錦鄕侯의 부인과 임창백臨昌伯의 부인이 함께 앉았으며, 오른쪽 아래 좌석이 가모의 자리였다. 형부인과 왕부인은 우씨와 희봉 그리고 어멈들을 몇몇 데리고 양편으로 길게 늘어섰고 가모의 뒤쪽으로는 임지효댁과 뇌대댁이 어멈들과 함께 대나무 발 밖에서 시중을 들며 요리와 술을 나르고 있었다. 또 주서댁은 시녀들과 함께 병풍 뒤에서 연락을 맡았으며 손님을 따라온 시종들은 일찌감치 따로 다른 곳에서 접대하고 있었다.

잠시 후 무대 위에서는 연극배우들의 인사가 있었고 무대 아래에서는 열두 명의 어린 시동들이 시중을 들고 있었다. 곧이어 한 시동이 연극 제목이 적힌 종이를 들고 계단 아래에 이르러 먼저 일하는 어멈에게 전하였다. 어멈은 곧 그것을 받아 임지효댁에게 전했고 임지효댁이 다시 그 종이를 작은 찻쟁반에 받쳐 휘장 안으로 들어와서 우씨의 시중을 들고 있는 패봉에게 전했다. 패봉이 그것을 우씨에게 전하자 우씨는 상석으로 가지고 갔다. 남안태비南安太妃가 굳이 사양하다가 결국 생신을 축하하는 의미에서 희문戲文 한 곡을 청하더니 또다시 사양하였다. 북정왕비北靜王妃도 한 곡을 청하였으며, 다른 사람들은 아무거나 듣기 좋은 것으로 고르라고 명하였다.

잠시 후에 요리도 네 가지가 나왔고 탕도 한 번 나왔으며 손님을 따라 온 사람들에게도 상을 내렸다. 그런 다음 모두들 자리에서 일어나 옷을 갈아입고 다시 대관원으로 돌아가서 좋은 차를 마셨다.

그러던 중 남안태비가 보옥에 대해 묻자 가모가 웃으며 대답했다.

"오늘은 여러 곳에서 《보안연수경保安延壽經》을 독경한다고 하여 그걸 들으러 갔습니다."

이번에는 여러 자매들에 대해 묻자 가모가 역시 웃으면서 대답했다.

"그 애들 중에는 병이 든 아이, 몸이 약한 아이, 부끄러워서 남 앞에 못나서는 아이가 있어서 그냥 집이나 보고 있으라고 했습니다. 우리 집에는 연극배우가 얼마든지 있으니까 그쪽에서도 아마 연극을 무대에 올려 이모네 자매들과 함께 구경하고 있을 겁니다."

"그렇다면 이리로 좀 불러오도록 하시지요."

가모는 남안태비의 말에 따라 희봉에게 상운과 보차, 그리고 대옥을 데려오라고 했다.

"그리고 셋째 아이 탐춘이도 함께 오라고 일러라!"

희봉이 가모의 방으로 가 보니 자매들은 모두 그곳에 모여 다과를 먹으면서 연극을 구경하고 있었다. 보옥도 마침 그때 절에서 독경을 다 듣고 돌아와 있었다. 희봉이 가모의 말을 전하자 보차, 보금, 대옥, 탐춘, 상운 등 다섯 자매가 모두 대관원으로 가서 인사를 올리게 되었는데, 서로 간에 안부를 묻고 자리를 권하는 등 예의를 갖췄다. 그중에는 이미 만나보았던 사람도 있었고 처음 보는 사람도 몇몇 있었는데 한결같이 이구동성으로 자매들의 아름다움에 찬탄을 금치 못했다. 남안태비는 그중에서 상운이 가장 낯이 익었으므로 웃으면서 농담을 했다.

"네가 여기 있었으면서도 내가 왔다는 소릴 듣고도 먼저 나와보지 않다가 부르니까 겨우 얼굴을 내민단 말이냐? 내가 나중에 네 숙부한테 좀 따져야겠다."

그러면서 남안태비는 한 손으로는 탐춘의 손을 잡고 다른 한 손으로는 보차의 손을 잡고서 나이가 몇이냐고 물으며 칭송을 그치지 않았다. 이번에는 또 두 사람의 손을 놓고 대옥과 보금의 손을 잡으며 자세히 얼굴을 살펴보더니 다시 한 번 입에 침이 마르도록 칭찬하며 또 웃으면서 말했다.

"하나같이 다들 훌륭하니 내가 누구를 칭찬해야 할지 모르겠군요."

그러는 사이에 벌써 하인이 그 다섯 사람에게 나눠줄 예물을 준비해서 가지고 왔는데, 금과 옥으로 된 반지 다섯 개와 향나무 염주 팔찌 다섯 개였다.

남안태비가 웃으면서 말했다.

"너무 약소하지만 비웃지 말고 받아두었다가 나중에 시녀들에게라도 상으로 주도록 해요."

다섯 사람은 절을 하고 받았다. 북정왕비도 다섯 가지 선물을 따로 내놓았고 나머지 사람들도 내놓았지만 여기서 일일이 말하지는 않겠다.

그들은 차를 마시고 대관원을 한 바퀴 둘러보았다. 그런 다음 가모 등이 다시 안으로 들어가 자리에 앉도록 권했으나 남안태비는 몸이 불편하다면서 자리에서 일어났다.

"오늘 와서 인사드리지 않으면 정말 예의가 아니라고 생각되어 억지로 왔던 것입니다. 먼저 돌아가고자 하오니 용서하시기 바랍니다."

가모로서도 억지로 남아 있도록 하기가 어려워서 서로 인사를 나눈 후 대관원 정문까지 배웅했다. 남안태비는 가마를 타고 떠났으며, 이어서 북정왕비도 잠시 더 앉아 있다가 자리에서 일어났다. 남은 사람 중에는 끝까지 자리에 있던 사람도 있고 먼저 자리를 떠난 사람도 있었다.

가모는 이날 하루 종일 손님을 접대하느라고 지친 나머지 이튿날에는 손님을 만나지 않고 모두 형부인과 왕부인이 나서서 접대하도록 했다. 명문 귀족의 자제들이 축하인사 드리러 오면 대청에서 배례하게 하고 가사와 가정, 가진 등이 답례한 후 녕국부로 옮겨가서 접대하였다. 그 얘기는 그만 하기로 하겠다.

이 며칠 동안 우씨는 저녁에도 녕국부로 돌아가지 않고 낮에는 손님을 접대하고 저녁에는 대관원 내 이환의 거처에서 잠을 잤다. 이날 저녁 가모의 식사시중을 마쳤을 때 가모가 우씨에게 말했다.

"나도 피곤하니 너희도 힘들겠구나. 어서 가서 뭘 좀 먹고 일찌감치 돌아가 쉬려무나. 내일도 아침부터 법석을 떨어야 할 테니 말이야."

우씨는 희봉의 방으로 가서 저녁밥을 먹었다. 그때 희봉은 손님이 예물로 보내온 새 병풍을 살펴보러 다락방에 올라가 있었고 평아가 방에서 희봉의 옷을 개고 있다가 우씨를 맞았다.

"너희 아씨마님은 식사를 하셨느냐?"

평아가 대답했다.

"식사를 하시려면 어떻게 큰댁 아씨마님을 부르지 않고 혼자 드실 수가 있겠어요?"

우씨가 웃으며 말했다.

"그렇다면 난 다른 곳에 찾아가서 밥을 좀 얻어먹어야겠어. 배가 고

파서 견딜 수가 있어야지."

그러면서 곧장 나오려고 하는데 평아가 웃으며 다시 불러 세웠다.

"아씨마님 어서 들어오세요. 여기 간단한 간식이 있으니까 잠시 요기라도 하시고 조금 있다가 식사하시지요."

"여긴 정신없이 바쁘니 난 대관원에 들어가서 아가씨들하고 함께 먹으련다."

그렇게 말하면서 우씨가 그냥 나가자 평아는 더 이상 붙잡을 수 없어서 그냥 두었다.

우씨가 대관원에 이르러 보니 대관원 정문과 각처의 쪽문은 닫혀 있지 않고 여전히 오색 등롱이 환하게 걸려 있었다. 우씨는 어린 시녀를 시켜서 숙직하는 어멈들을 불러오라고 했다. 시녀가 숙직실로 찾아갔으나 아무도 없어서 우씨에게 아뢰니 우씨는 곧 집사 어멈한테 연락을 취하라고 명했다. 시녀는 명을 받고 곧 중문 밖의 행랑채 사이에 있는 낮고 작은 방으로 찾아갔다. 그곳은 집사 어멈들이 늘 모여서 일을 의논하는 곳이었다. 두 명의 할멈이 거기서 요리를 나눠 담고 있었기에 시녀가 물었다.

"집사 아주머니는 어디 계신가요? 동부東府 아씨마님께서 분부하실 말씀이 있다고 지금 찾고 계시거든요."

하지만 두 할멈은 들은 척도 하지 않고 그냥 하던 일만 계속하면서, 동부의 아씨마님이란 말을 듣고 별로 대수롭지 않다는 듯이 대꾸했다.

"집사 아주머니는 방금 돌아갔어."

"그럼 어서 안채에 연락하여 불러주세요."

"우린 여기서 방이나 지키는 사람이지 사람 찾으러 보내는 심부름꾼이 아니야. 전갈하는 일이라면 그런 사람을 찾도록 해."

할멈들의 말을 들은 시녀는 발끈 성을 내며 소리쳤다.

"에구머니! 정말 아씨마님 명을 거역하자는 거예요? 어째서 말씀을 전하지 않는다는 거예요? 새로 들어온 애들한테나 그러면 몰라도 어떻게 나를 얕보고 그렇게 말할 수가 있어요? 할멈들이 전하지 않으면 누구더러 전하라는 거예요? 지금 자기한테 조금이라도 이로움이 있는 심부름이거나 어느 집사아주머니한테 내리는 상이라도 받으러 가라고 하면 아마도 꼬리 흔드는 개처럼 먼저 가지 못해서 안달을 하겠죠? 누가 누군지 모르시는구먼! 희봉 아씨마님이 시켜도 그냥 그렇게 대답할 수 있어요?"

할멈들은 지금 술을 한 잔 걸친 데다 어린 시녀한테 평소 아픈 데를 찔리자 부끄러움이 노기로 변하여 더욱 화를 냈다.

"이년아! 너나 잘해라. 우리 일이야 전갈하든 말든 너하고 무슨 상관이냐? 괜히 우리 흠이나 잡을 생각하지 말고 너나 잘 생각해 봐. 네 애비 에미가 저쪽 집의 집사 나리 앞에서 어떻게 아양이나 떨고 있는지 말이야. '네가 맑은 물에 국수 말아 먹으면 나도 똑똑히 본다'는 말처럼 너희 하는 일을 우리도 훤히 알고 있다고. 제각각 맡은 일이나 제대로 하면 그만이야. 능력 있으면 그쪽 사람 보내면 되잖아. 이쪽에 와서 잔소리하기는 아직 이르단 말이야."

시녀는 화가 나서 얼굴이 하얗게 질리며 앙칼지게 소리 질렀다.

"좋아요, 좋아! 그 말 한번 잘했어요!"

그러면서 시녀는 얼른 우씨에게 일러바치려고 달려 나왔다.

그때 우씨는 벌써 대관원에 들어와 있었고, 습인과 보금, 상운 세 사람은 지장암의 두 여승과 옛날이야기를 하며 놀고 있었다. 우씨가 배가 고프다며 이홍원으로 들어서자, 습인이 얼른 몇 가지 요리와 반찬을 마련해서 우씨에게 차려주었다. 보금과 상운은 차를 마시며 여전히 이야기에 빠져 있었다. 그때 어린 시녀가 달려와서 씩씩거리며 방금 전에 할멈들이 하던 말을 그대로 고해바쳤다. 그러자 우씨가 차갑게 웃으면서 말했다.

"그 할멈 둘은 도대체 뭐 하는 것들이냐?"

두 여승과 보금, 상운은 우씨가 그 소리를 듣고 역정을 낼까 봐 염려돼서 얼른 다가가 말렸다.

"그럴 리가 없어요. 저 애가 잘못 들은 걸 거예요."

여승이 시녀를 밀치며 슬쩍 나무랐다.

"애는 참 끄떡하면 화를 내는구나. 그런 늙은 할망구가 헛소리한 걸 가지고 아씨마님한테 말씀드리면 어쩌자는 거냐? 지금 우리 천금 같은 아씨마님이 연일 힘들게 애쓰시면서 식사도 제대로 못하셔서 우리가 지금 겨우 위로해 드리는 중이란 말이야. 아직 절반도 위로해 드리지 못했는데 네가 와서 그런 말을 하면 어떻게 한단 말이냐?"

습인이 얼른 달려와 웃으면서 시녀를 붙잡으면서 말했다.

"애야. 넌 잠깐 바깥방에 나가 쉬고 있어라. 내가 사람을 시켜 그 할멈들을 부르러 보낼 테니까."

그러자 우씨가 나서서 시녀에게 말했다.

"사람을 부를 필요는 없고 네가 가서 그 할멈 둘을 바로 이리 불러오너라. 그리고 저쪽 집에 가서 희봉 아씨도 불러오고."

습인이 얼른 나섰다.

"제가 다녀오겠어요."

우씨가 단호하게 말했다.

"안 돼. 네가 갈 일이 절대 아니야!"

두 여승이 얼른 일어서서 만면에 웃음을 띠고 우씨를 말렸다.

"아씨마님은 평소 아랫사람에게 더할 수 없이 관대하신 분이셨잖아요. 그리고 지금은 노마님의 생신잔치가 열리고 있는 때인데 아씨마님이 이렇게 역정을 내시면 아무래도 남들이 입방아를 찧지 않겠어요?"

보금과 상운 두 사람도 웃으면서 좋은 말로 권했다.

그러자 우씨가 말했다.

"노마님의 생신만 아니었으면 절대로 가만두지 않았을 거야. 내 이번 만큼은 그냥 넘어가겠어."

그 사이에 습인은 벌써 시녀를 하나 내보내 대관원 정문 밖에서 집사를 찾아오도록 했다. 시녀는 마침 주서댁과 마주쳤으므로 방금 전의 일을 모두 주서댁에게 전했다. 주서댁은 비록 이런 일에 관여하는 사람은 아니었지만 평소 왕부인의 배방陪房이라는 직함으로 지위가 상당했고, 성격이 부드럽고 능글맞아서 각처의 상전들에게 비위도 잘 맞추는 사람이었다. 그래서 각처의 주인들도 다들 그 사람을 좋아했다. 주서댁은 그 말을 듣자마자 당장 이홍원으로 달려와서는 문을 들어서기 무섭게 호들갑을 떨었다.

"아이고! 누가 아씨마님을 노엽게 해드렸나요? 큰일이로군요! 우리 집안에선 지금 말도 안될 만큼 아랫사람에게 관대하게 대하고 있어요. 제가 옆에 없었으니 망정이니 제가 있었더라면 당장 따귀를 올려붙이고 며칠 안으로 요절을 내고 말 거예요."

우씨는 주서댁이 그렇게 나오자 웃으면서 말했다.

"자, 주서댁도 한번 생각해 봐. 이런 시간에 대문을 활짝 열어놓고 등불을 대낮같이 밝혀두고 있으면 들락거리는 사람도 각양각색인데 그러다 무슨 일이라도 생기면 어떡한단 말인가? 그래서 숙직하는 사람을 불러다 불을 끄고 대문도 닫게 하려고 했던 건데 한 사람도 없다는 게 아닌가?"

"저런! 저런! 그게 될 말씀인가요? 며칠 전에도 희봉 아씨께서 그 사람들한테 분부를 내리셨다니까요. 요 며칠 사이에 일도 많고 잡다한 사람들도 많이 들락거리게 될 테니, 저녁이 되면 꼭 대관원 대문을 닫고 불을 끈 다음 대관원 사람이 아니면 절대로 안으로 들여보내지 말라고 엄명을 내리셨어요. 그런데 오늘 숙직실에 사람이 없었다니요! 아무래도 며칠 뒤에 단단히 혼을 내야 정신을 차리겠군요."

우씨는 아까 시녀가 했던 말을 주서댁에게 전했다. 그러자 주서댁이 말했다.

"아씨마님께서는 너무 노여워 마세요. 제가 집사에게 말해서 그 두 사람을 단단히 혼내주도록 하겠어요. 도대체 누가 감히 '각각 남의 집'이란 말을 한단 말입니까? 그리고 제가 벌써 등을 끄고 대문과 쪽문을 다 달도록 해놓았으니 그건 염려 마세요."

그때 희봉이 사람을 보내 우씨에게 저녁 먹으러 오라고 전갈을 하자 우씨가 말했다.

"나도 이젠 배가 안 고파. 방금 과자 몇 개를 먹었더니 말이야. 너희 아씨나 어서 드시라고 해라."

주서댁은 잠시 후 밖으로 나와서 곧장 희봉에게로 찾아가 방금 전에 있었던 일을 소상히 고해바쳤다. 그러면서 이런 말을 덧붙였다.

"그 할멈 둘이 바로 집사인 듯이 거들먹거리는 것들이에요. 평소 저희가 말할 때도 마치 벌레를 대하듯 했거든요. 아씨께서 이번 기회에 단단히 혼을 내지 않으면 큰댁 아씨마님의 체면도 깎이게 될 겁니다."

희봉이 대답했다.

"그렇다면 두 사람의 이름을 적어 두었다가 며칠 지난 다음에 묶어서 저쪽 댁에 보내 큰아씨의 처분을 받도록 하면 되겠군. 매를 몇 대 치든지 아니면 은덕을 베풀어 용서해주든지 그쪽 마음대로 하라고 해. 그게 뭐 그리 대단한 일이라고 야단이야?"

평소 그 사람들과 사이가 좋지 않았던 주서댁은 그 말을 듣고 기다렸다는 듯이 얼른 나와서 시동 하나를 임지효의 집으로 보내 희봉의 말을 전하고 즉시 들어와서 큰아씨마님을 뵈라고 하였다. 그리고 또 사람을 보내 두 할멈을 꽁꽁 묶어서 마구간에 처넣고 감시하도록 하였다.

임지효댁은 벌써 점등할 시간인데 대체 무슨 일이 일어났기에 그러는지 몰라 부랴부랴 수레를 타고 들어와서 먼저 희봉을 만나보려고 중문에 이르러 안에 기별하였다. 그러자 시녀들이 나와서 말했다.

"아씨마님은 벌써 자리에 드셨습니다. 큰아씨마님은 원내에 계시니 그쪽에 가서 큰아씨마님을 뵈시면 된다고 하십니다."

임지효댁은 대관원 도향촌으로 찾아갔다. 시녀가 말을 전하니 우씨가 되레 미안해하면서 얼른 불러들이라고 했다. 그리고 웃으면서 말했다.

"사실 난 그저 사람을 찾으려고 했다가 못 찾아서 자네를 불러보라고 한 것뿐이야. 기왕에 집으로 건너갔으면 그만이지. 뭐 그다지 큰일도 아닌데 누가 또 자네를 불러들였단 말인가. 공연히 헛걸음만 하게 만들었구먼. 대단한 일도 아니라서 난 벌써 손을 떼었네."

임지효댁도 웃으면서 말했다.

"희봉 아씨께서 사람을 보내 저에게 말씀하시길 큰아씨께서 분부하실 말씀이 있다고 직접 찾아뵈라고 하셨거든요."

"그건 또 무슨 말인가. 그거야 자네가 아직 귀가하지 않은 줄 알고 그랬지. 그건 또 누가 일을 보태서 희봉 동서한테 말했단 말이야? 아마도 주서댁이 그런 모양이구먼. 어서 집에 돌아가 쉬게나. 별일도 아니니까."

이환이 나서서 까닭을 말해주려고 하자 우씨가 못하게 막았다.

임지효댁은 그런 모습을 보고 그냥 인사하고 대관원을 빠져 나왔다. 그런데 하필 그때 조이랑과 마주치자, 조이랑이 웃으면서 말을 걸었다.

"에구머니나! 아주머니! 이런 시간에 아직도 집에 못 가고 무슨 일로 이렇게 바쁘게 나다니는 거예요?"

임지효댁은 웃으면서 집에 진작 돌아갔지만 이러저러한 일이 있어서 다시 들어오게 되었다고 말하고 전후 사정을 들려주었다. 조이랑은 본래 이런 일이라면 귀를 쫑긋 세우고 듣는 사람이었다. 게다가 집사를 맡고 있는 여자들과 평소 잘 지내면서 쿵작이 잘 맞는 편이었다. 방금 그 일에 대해서도 벌써 어디선가 열에 여덟아홉은 들어서 알고 있었다. 조이랑은 임지효댁의 말을 듣고 나자 이러쿵저러쿵 한바탕 뭐라고 떠들어댔다. 임지효댁이 그 말을 듣고 웃으며 대답했다.

"알고 보면 그 일은 개방귀만도 못한 일이에요. 선심 쓰려면 그냥 눈 감아 주면 될 테고 고까운 생각이 들면 곤장이나 몇 대 치고 나면 될 걸 가지고 야단들이니, 원!"

조이랑이 말했다.

"아주머니! 별거 아닌 일인데도 그 사람들은 요란하게 떠벌여서 공연히 아주머니나 불러들이고 야단들이잖아요. 그건 분명코 아주머니를 조롱하고 골탕 먹이려는 게 아니고 뭐예요? 어서 돌아가 쉬세요. 내일 또 할 일이 많을 텐데. 차를 들고 가라고 붙들지도 못하겠네요."

말을 마치고 임지효댁이 나오려는데 곁문 앞에서 방금 말하던 그 두 할멈의 딸들이 기다리고 서 있다가 달려들어 울고불고 애원하였다. 임지효댁이 말했다.

"이 바보 멍청이들아. 너희 어미들은 왜 공연히 술 마시고 쓸데없는 소리를 지껄여서 이렇게 일을 저질러 놓았느냔 말이야. 나도 그런 일을 저지른 줄은 몰랐지. 희봉 아씨가 묶어두라고 분부를 하시는 바람에 나까지 잘못을 추궁 받게 생겼는데 내가 누구한테 찾아가서 사정을 봐달라고 하겠어?"

이 아이들은 겨우 일고여덟 살짜리 시녀들이었는데 세상 물정을 모르는 애들인지라 오로지 울고불고 임지효댁한테 매달려 통사정을 하는 것이었다. 꼼짝없이 붙잡히게 된 임지효댁은 어쩔 도리가 없자 다른 방도를 하나 말해주었다.

"이 바보 멍청이들아. 좋은 방도가 있는데 왜 나한테만 이렇게 매달리는 거야? 네 언니가 지금 큰마님의 배방인 비씨費氏 할멈의 아들한테 시집가지 않았더냐? 네가 언니한테 말하고 너희 사돈이 큰마님한테 한 말씀드리기만 하면 안 되는 일이 어디 있겠어?"

그 말에 한 아이가 정신이 번쩍 들었다. 다른 아이가 자기는 어떻게 하느냐고 여전히 매달리자 임지효댁이 야단쳤다.

"넌 정말 멍청이구나. 저 애가 가서 말하면 자연히 풀려나게 될 거야. 절대로 저 애 엄마만 놓아주고 너희 엄마를 곧장 칠 리는 없단 말이야."

임지효댁은 그렇게 말하고 수레를 타고 집으로 돌아갔다.

이 어린 시녀는 과연 자기 언니를 찾아가서 사정을 말했고, 그러자 그 아이 언니는 다시 자기 시어머니인 비씨 할멈에게 청을 넣었다. 비씨 할멈은 본래 형부인의 배방이었다. 한때는 잘 나가기도 했지만 차츰 가모가 형부인을 별로 좋아하지 않게 되자 아랫사람들도 덩달아 위세를 잃었다. 그래서 늘 가정 쪽의 체면깨나 있고 위세 등등한 사람들에 대해서 가사賈赦 쪽 사람들은 꼬투리를 잡으려고 호시탐탐 기회만 엿보던 참이었다. 이 비씨 할멈도 마찬가지여서 나이가 좀 들었다는 핑계로 거드름을 피우며 형부인의 위세를 등지고 늘 술이나 마시고 함부로 원망의 말을 내뱉으며 악담을 퍼붓곤 하였다.

지금 비씨 할멈은 가모의 팔순 생신과 같은 큰 경사에 남들만 수완을 부려 일을 처리하고 이리저리 호령하며 재주를 뽐내고 있는 걸 그냥 보고만 있자니 뱃속이 뒤집혀서 견딜 수가 없을 지경이었다. 공연히 닭을 가리키며 개를 욕하는 격으로 아무한테나 화풀이를 해보기도 했지만 이쪽 사람들은 그녀를 아예 상대조차 하려고 하지 않았다. 그런데 지금 주서댁이 자기네 사돈을 묶어서 가두었다는 말을 듣고 보니 타오르는 불에 기름을 부은 격이 되었다. 그녀는 술기운을 빌려 담 건너편에서 한바탕 욕설을 퍼부은 후에 곧장 형부인을 찾아가서 자기 사돈이 잘못한 일이 없다고 우겼다.

"그냥 저쪽 동부 큰아씨마님의 어린 시녀와 한두 마디 말다툼이 있었을 뿐이었답니다. 그런데 주서 마누라가 중간에서 이간질하여 희봉 아씨를 부추겨 할멈들을 꽁꽁 묶어다 마구간에 처넣고 며칠 지나면 곤장을 치겠다고 벼른다는 겁니다. 마님께 애원하옵니다. 우리 사돈은 칠팔십 세가 넘은 할멈이랍니다. 마님께서 희봉 아씨한테 말씀하셔서 이번 한 번만 용서해주라고 하시옵소서."

형부인은 원앙의 일이 실패로 돌아가자 가모가 점점 더 냉담하게 대하고 있었고 희봉의 체면은 오히려 자기보다 높아진 것 같아서 기분이 언짢은 참이었다. 엊그제 남안태비가 와서 자매들을 불러 면담시킬 때도 가모는 탐춘만 불러오라고 했지 영춘은 말조차 꺼내지 않았으므로 속으로 원한이 들끓었지만 내심 드러내지 않고 있었을 뿐이었다. 그런 상황에서 소인배들이 옆에서 자기들끼리의 질투와 원한을 감히 노골적으로 드러낼 수가 없으니 이런 일을 기회로 주인을 들쑤셔서 이간질하고 있는 것이었다. 그들은 처음에는 저쪽 집 하인을 못마땅하게 여기며 고자질하다가 나중에는 차츰 희봉에게까지 화살을 돌리는 것이었다.

그저 노마님의 마음에만 들도록 온갖 아양을 다 떨며 그러는 가운데 자신이 위세를 부리고 있으며, 가련 서방님을 짓눌러서 마음대로 휘두르고 왕부인을 부추기는가 하면 이쪽 진짜 시어머님은 아예 눈에 넣지도 않고 있다고 말했다. 그러다 결국에는 왕부인의 험담까지 늘어놓는 것이었다.

"노마님이 큰마님을 좋아하지 않으시는 것은 모두 작은 마님과 희봉 아씨가 안 좋게 얘기를 해서 그렇게 된 일입니다."

이런 상황에서 형부인이 설사 무쇠나 청동으로 된 심장이라고 해도 아무래도 여자인지라 시기하는 마음이 일지 않을 수 없었다. 최근 들어 정말로 희봉을 미워하는 마음이 굳어지는 마당에 이런 얘기를 들었으니 더 이상 따질 것도 없었다.

다음 날 아침 일찍 가모에게 인사를 드리고 난 후 대소가 일가친척이 다들 모여 자리를 잡고 앉아 연극을 구경하려고 하였다. 가모는 기분이 매우 좋았다. 이날은 달리 먼 친척이 온 것도 아니고 모두 일가 내의 자제들뿐이라 평상복 차림으로 나와 대청에서 절을 받기로 하였다. 중앙에 나무 침상을 하나 마련하여 베개와 팔걸이가 없는 의자, 발 받침대를 모두 마련해 놓고 자신은 침상 위에 비스듬히 기대고 있었다. 침상 전후좌우에는 모두 작은 의자를 놓고 보차, 보금, 대옥, 상운, 영춘, 탐춘, 석춘 자매들이 둘러앉았다. 가빈賈瑞의 모친이 딸 희란喜鸞을 데려오고 가경賈瓊의 모친은 딸 사저아四姐兒를 데리고 왔으며 다른 여러 집의 손녀들도 모두 와서 스무 명 남짓은 되었다. 가모는 희란과 사저아가 남달리 예쁘고 말씨와 행동이 고와서 마음에 들어서 두 아이를 불러 침상 곁으로 다가와 앉으라고 하였다. 보옥은 침상 위에서 가모의 다리를 주물러 드리고 있었다.

가장 윗자리에는 설부인이 자리 잡았고 다음에는 항렬 순으로 두 줄로 앉았다. 주렴 밖에는 부중의 남자 손님이 순서대로 앉았는데, 먼저 여자 손님이 한 무리씩 절을 올리고 이어서 남자 손님이 절을 올렸다. 가모는 나무 침상에 앉아서 '그만두도록 하라'고 명했으나 배례는 이미 끝난 뒤였다. 배례가 끝나자 뇌대가 여러 하인을 데리고 의문에서 대청까지 엎드려 기어 들어와서 머리를 조아리며 절을 올렸다. 다음에는 집안의 모든 여자 하인들이 인사를 올리고 각 방의 시녀들이 뒤를 이어 배례하였다. 이처럼 번거로운 인사치레는 대략 한나절이나 지나서야 끝났다. 그러자 이번에는 많디많은 새장을 들고 들어와 정원 가운데서 날려 보내는 의식을 행하였으며, 가사 등이 천지신명과 수성에게 소원을 비는 소지를 한 다음 연극 공연이 열리고 술 마시는 잔치가 시작되었다. 개장희開場戲가 끝나고 본 연극이 시작될 때 비로소 가모는 안으로 쉬러 들어가면서 나머지 사람들에게는 편하게 놀도록 분부하였고 또 희봉에게는 희란과 사저아를 며칠간 더 놀다가게 하라고 당부하였다.

희봉이 나와서 아이들 어머니에게 그 말을 전하니 평소 희봉의 보살핌을 받던 두 모친은 말할 것도 없이 얼른 허락하였으며, 자기들도 아이들과 대관원에 남아서 놀다 가고 싶었으므로 저녁이 되어도 돌아가지 않았다.

형부인은 저녁이 되어 헤어질 때 여러 사람들이 있는 자리에서 일부러 웃음을 띠고 희봉에게 애원하듯이 말을 뱉었다.

"듣자하니 어제 저녁에 네가 역정을 내며 주서댁을 보내 할멈 두 사람을 묶어다 가두었다는데 무슨 죄를 저질렀기에 그렇게 했는지 모르겠구나. 이치대로라면 내가 감히 애원할 입장이 못 되지만, 오늘은 노마님의 팔순 생신이라 좋으신 날이니 돈을 뿌리고 쌀을 나눠주며 가난한 사람과 노인들은 구제해야 할 판에 우리 집에서 먼저 남들을 괴롭히고 있다니 도대체 말이 되느냐? 내 얼굴을 봐서가 아니라 노마님의 입장을 봐서라도 그 할멈들을 용서해주는 게 좋겠구나."

형부인은 말을 마치자 곧바로 수레를 타고 자리를 떠났다.

희봉은 많은 사람들이 보는 앞에서 시어머니한테 그런 말을 듣자 부끄럽고 화가 나서 도대체 어디서부터 어떻게 갈피를 잡아야 할지 몰라 얼굴이 금세 새파랗게 질렸다. 그녀는 뇌대의 아내를 향해 입을 열었다.

"이게 무슨 말씀이신가요? 어젯밤에 이쪽 사람들이 큰댁의 큰아씨한테 잘못을 저질렀다기에 큰아씨마님이 언짢아하실까 봐 큰아씨의 처분대로 하시라고 했을 뿐이에요. 나한테 잘못을 저질러서 그런 것이 결코 아니에요. 그런데 도대체 누가 그렇게 고자질을 했단 말인가요?"

왕부인이 곁에서 무엇 때문에 그러느냐고 물었다. 희봉이 어젯밤에 있었던 일을 웃으면서 말씀드리자, 우씨도 얼른 웃으며 말했다.

"그건 나도 몰랐던 일이야. 동서가 너무 지나치게 생각해서 일을 처리한 게로군그래."

"그거야 형님 체면을 생각해서 형님이 직접 처분하시라고 그랬던 것뿐이에요. 예를 지키느라고 그랬던 거지요. 제가 만일 그쪽 댁에 갔을 때 저한테 누군가 잘못을 저질렀다면 형님도 역시 그 사람을 잡아다 저한테 보내서 처분대로 하라고 하셨을 거 아니에요? 아무리 잘난 하인이라고 하더라도 그런 예법에서 벗어날 수는 없는 일이죠. 그런데 지금 도대체 누가 그걸 일거리로 삼아서 쓸데없이 고자질했는지 모르겠군요."

왕부인이 조용히 말했다.

"그래도 네 시어머님 말씀이 옳아. 가용 어미도 아주 남은 아니니 그런 겉치레 예의범절은 차릴 필요가 없고, 더욱이 노마님의 생신 잔치가 훨씬 중요한 일이니 할멈들을 훈방하는 게 좋겠어."

왕부인은 따로 기다릴 것도 없이 두 할멈을 풀어주라고 아랫사람에게 직접 명했다. 희봉은 생각하면 할수록 화가 나고 창피해서 견딜 수가 없었다. 희봉은 분한 마음에 끝내 슬픔이 복받쳐 올라 눈물을 주르륵 흘렸으며, 자기 방으로 돌아와 엎드려 통곡하기 시작했다. 그러나 남들이 눈치채게는 하지 않았다. 그때 가모가 시녀인 호박을 보내와서 힐 말이 있다면서 오라고 하였다. 호박이 희봉을 바라보며 이상하게 느끼고 물었다.

"멀쩡하게 계시다가 갑자기 왜 그러시는 거예요? 저쪽에서 노마님이 찾고 계세요."

희봉이 얼른 눈물을 훔친 뒤 얼굴을 씻고 지분을 바른 다음 호박과 함께 건너오자 가모가 물었다.

"지난번 손님들이 보내온 예물 중에 몇 집에서 병풍을 보내왔느냐?"

"열여섯 집에서 병풍을 보내왔는데 열두 개는 큰 것이고 네 개는 구들 위에 놓는 작은 병풍이에요. 그중에서 가장 좋은 것은 강남 진씨 댁에서 보내온 큰 병풍으로 열두 폭짜리인데 다홍색 비단 바탕에다 만상홀

滿床笏[4]을 수놓은 것이고 뒷면에는 금실로 새긴 백수도百壽圖[5]를 넣은 것이에요. 또 월해粵海 장군 오씨鄔氏 댁에서 보내온 유리 병풍도 괜찮은 것이고요."

"그렇다면 그 두 가지는 건드리지 말고 잘 두어라. 내가 나중에 누구한테든 선물해야겠다."

희봉이 알았다고 대답했다. 그때 원앙이 희봉에게 다가오더니 얼굴을 빤히 보았다. 그러자 가모가 물었다.

"왜 그러느냐? 모르는 사람이라 그렇게 쳐다보는 것이냐?"

"아씨 눈이 퉁퉁 부었기에 이상하다는 생각이 들어서 쳐다본 거예요."

가모가 원앙의 말을 듣고 희봉을 가까이 오라고 하여 얼굴을 살펴보자 희봉이 웃으면서 말했다.

"방금 전에 가려워서 좀 비벼댔더니 부어올랐어요."

원앙이 가만히 있지 않고 슬쩍 떠보는 것이었다.

"누가 또 아씨마님의 심사를 건드리신 게 아닌가요?"

"누가 감히 나를 화나게 한단 말이야. 설사 분한 일이 있더라도 할머님의 생신날 기분 좋게 지내야지 감히 어떻게 울겠어?"

가모가 말했다.

"그럼 그래야지. 지금 저녁을 먹을 참이니까 네가 여기서 저녁 시중을 좀 들어 주도록 해라. 남으면 너하고 가용 어미가 먹도록 하고. 너희 두 사람은 여기서 두 스님과 함께 불두佛豆[6]를 좀 주워 담아 장수를 빌어다오. 지난번에는 자매들과 보옥이 와서 콩을 주워 담아 주었단다. 그

---

4 책상 가득 홀(笏)이 널려 있다는 뜻으로 가문에 고관대작을 지낸 사람이 많음을 의미함. 홀은 신하들이 천자를 알현할 때 손에 쥐는 물건.
5 목숨 '수(壽)'자를 여러 가지 다양한 글씨체로 도안한 그림.
6 생일날 가족들이 함께 염불하며 콩을 주워 담았는데 이를 불두라고 함.

래서 이번에는 너희한테 주워달라고 하는 거야. 내가 편애한다는 말은 듣지 말아야 할 게 아니냐."

그때 소식 밥상이 차려져 들어왔으므로 두 비구니 스님이 식사하였다. 잠시 후에 다시 요리 밥상이 들어와 가모가 식사를 마치고, 밖으로 내보내어 우씨와 희봉이 식사를 하는 도중에, 가모가 희란과 사저아를 불러 두 사람도 함께 밥을 먹으라고 하였다. 식후에 손을 씻은 다음 향을 피우고 나서 콩 한 되를 담아 오자, 두 여승이 먼저 게문偈文을 외우고 나서 한 알씩 주워서 광주리에 담았다. 콩 한 알을 담을 때마다 한 번씩 염불을 했다. 다음 날 이 콩을 삶아서 사람을 시켜 사거리에 나가 행인들에게 나눠주면서 수연壽緣을 맺어 노마님의 장수를 기원하려는 것이었다. 그러는 동안 가모는 의자에 기대고 앉아 두 비구니가 얘기하는 불교의 인과응보 이야기를 듣고 있었다.

한편 원앙은 일찌감치 호박에게서 희봉이 눈물을 흘렸다는 말을 전해들은 데다 또 평아에게 물어서 앞서의 사연을 알게 되었으므로 저녁에 다들 흩어질 무렵에 가모에게 이 사실을 고했다.

"희봉 아씨가 울었던 것은 사실이에요. 큰마님이 여러 사람 듣는 데서 공개적으로 희봉 아씨한테 체면 깎이는 말을 하였던 모양입니다."

가모가 까닭을 묻자 원앙이 전후 사정을 다 밀해 주었다. 가모가 다 듣고 나서 말했다.

"그건 희봉이 예의범절을 잘 알고 있다는 뜻이야. 내 생일날이라고 해서 아래 것들이 제멋대로 한 집안의 주인한테 잘못을 저질렀는데도 그냥 내버려둔다는 건 말도 안 돼. 그건 틀림없이 너희 큰마님이 평소 감정이 있어도 풀지 못하고 감히 위세를 부릴 수 없었기 때문에 오늘 그걸 핑계로 여러 사람 앞에서 희봉에게 망신을 주었던 것일 게야."

그때 보금 등이 건너왔으므로 그 얘기는 더 이상 계속하지 못했다. 가모가 보금에게 물었다.

"너는 어디서 오는 거냐?"

"대관원 내 대옥 언니네 집에서 여러 사람들과 얘기하다 왔어요."

가모가 무언가 생각난 듯 얼른 할멈을 하나 불러와서 분부했다.

"대관원 각처에 있는 어멈들한테 당부의 말을 꼭 전하도록 해라. 남아 있는 희란과 사저아는 집안이 비록 가난하지만 우리 집 아가씨들과 다를 바가 없으니 다들 신경 써서 잘 대접하라고 말이야. 우리 집에서 일하는 남자나 여자는 모두 '부귀의 마음 하나와 체면만 보는 두 눈'을 가지고 있으므로 그 두 사람이 눈에 들지 않을 수도 있을 테니까. 만일 누구든 그 애들을 무시하기만 하면 내가 가만두지 않겠다고 반드시 전하여라."

할멈이 나가려고 할 때 원앙이 나서서 말했다.

"제가 말하러 갈게요. 할멈이 말해봤자 들으려고 하지도 않을 거예요."

원앙은 곧장 대관원으로 달려갔다. 먼저 도향촌으로 들어가니 이환과 우씨가 마침 집안에 없었다. 시녀한테 물으니 모두 탐춘 아가씨네 집으로 갔다는 것이었다. 원앙은 추상재 안에 있는 효취당曉翠堂으로 향했다. 과연 그곳에는 원내의 사람들이 모두 모여서 함께 웃고 떠들고 있다가 원앙이 오는 것을 보고 다 같이 웃으면서 말했다.

"이번에는 또 여기까지 누굴 찾아온 거야?"

다들 자리를 권하며 앉으라고 하자 원앙이 웃으며 말했다.

"저는 바람도 쐬러 다니지 못하나요?"

원앙이 방금 전 가모의 말을 전하자 이환이 얼른 일어나서 분부를 듣더니 즉시 사람을 시켜 각처에 있는 우두머리 한 사람씩을 불러오라고 일렀다. 그리고 그들에게 모두한테 알리라고 하였다. 그 얘기는 그만하기로 하겠다.

우씨가 웃으며 또 말했다.

"노마님은 생각이 참 빈틈없이 주도면밀하시다니까. 우리같이 혈기
왕성한 젊은 사람 열 명을 묶어도 노마님 한 사람을 따라갈 수가 없을 지
경이야."

이환이 이어서 말했다.

"희봉 동서는 그나마 남달리 귀신같은 총명함을 가지고 태어났으니
노마님 뒤꿈치에라도 가까이 따라갈 수 있지만 우리 같은 사람이야 아
예 당해낼 수가 없지요."

원앙이 그 말끝에 말을 이었다.

"그런 말씀 마세요. 봉鳳아가씨고 호虎아가씨고 간에 입에 올리지도
마세요. 그 양반도 불쌍하기는 마찬가지예요. 비록 지난 몇 년간 노마
님이나 마님 앞에서 큰 잘못을 저지르진 않았지만 그런 와중에 속으로
는 얼마나 여러 사람들에게 미움 받는지 몰라요. 결론적으로 사람노릇
하기란 참으로 어렵다는 거지요. 너무 곧이곧대로 하면 변통이 없어서
시부모님도 너무 얌전하기만 하다고 싫어하실 것이고 집안의 아랫사람
들도 두려워하는 마음이 없게 되겠지요. 만약 약간의 변통을 부리다보
면 한쪽을 신경 쓰다가 또 다른 쪽은 소홀하게 되거든요. 지금 우리 집
의 형편을 보면 알 수 있어요. 요즘 새로 발호하는 하인 중에서 마님 행
세하는 분들 한 사람 한 사람을 만족시키려면 어떻게 해야 할지 모른다
니까요. 조금이라도 불만스럽게 하면 뒷구멍에서 혓바닥을 놀려대고
입방아를 찧으면서 온갖 이간질을 다 해댄답니다. 노마님이 역정 내실
까 봐 제가 조금도 내색하지 않아서 그렇지 정말 그걸 다 말씀드리면 아
마 다들 조용한 날을 보낼 수 없을 거예요. 여기 셋째 아가씨가 계시다
고 해서 말씀드리는 건 아니지만 노마님이 보옥 도련님을 너무 편애하
신다고 해서 뒤에서 원망하는 건 그래도 괜찮아요. 편애하시는 건 사실
이니까요. 지금 와서는 또 노마님이 셋째 아가씨를 너무 귀여워하신다

고 그것도 좋지 않게 말들을 하고 있단 말이에요. 도대체 얼마나 우스운 일이에요?"

탐춘이 웃으며 말했다.

"세상물정에 어두운 사람이 많은 법인데 그걸 일일이 따져서 뭐 하겠어? 그래서 내가 늘 말하잖아. 식구 적은 단출한 가정이 훨씬 낫다고 말이야. 비록 사람이 적고 가난하긴 하지만 늘 즐겁고 재미있게 함께 지낼 수 있을 게 아니겠어? 우리 같은 대갓집에서는 식구가 많아서 밖에서 보기에는 천금 같은 아가씨들이 얼마나 즐거우랴 싶겠지만 이런 곳에는 말할 수 없는 고통이 훨씬 심하다는 걸 남들은 아마 모를 거야."

보옥이 말을 이었다.

"누가 셋째 누이 탐춘처럼 그렇게 생각이 많고 일이 많겠어? 늘 내가 권했잖아. 그런 쓸데없는 말은 듣지도 말고 하찮은 일은 생각지도 말라고. 그냥 주어진 대로 부귀영화나 잘 누리고 살면 돼. 그 사람들은 우리 같은 좋은 복을 타고나지 못했으니까 그렇게 추하게 난리법석을 피우는 거야."

우씨가 나섰다.

"도련님 같은 사람이 어딨겠어요? 아무것도 근심 걱정할 필요 없이 그저 자매들과 웃고 떠들다가 배고프면 밥 먹고 잠이 오면 잠자고 몇 년이 지나도 여전히 그러할 테니 뒷일 같은 건 조금도 걱정이 없잖아요."

보옥이 대꾸하였다.

"그냥 자매들이랑 같이 하루라도 즐겁게 놀다가 살 때까지 살다 가면 그만이지 뒷일은 무슨 뒷일을 걱정한다고 그래요?"

이환 등이 모두 웃으면서 말했다.

"또 그런 허튼 소리를 하시네요! 도련님이야 설사 출세도 못하고 변변치 못해서 여기서 그냥 늙어간다고 해도, 여기 있는 자매들마저 시집도 안 가고 늙어 죽을 때까지 그냥 함께 산답니까?"

우씨가 웃으며 말했다.

"남들이 다들 도련님한테 겉만 번지르르하다고 하더니만 정말 바보에다 멍청이군요."

그렇게 핀잔을 주었지만 보옥은 여전히 웃으면서 말했다.

"사람의 일이란 알 수 없는 거예요. 누가 살아남을지 누가 먼저 죽을지 어찌 알겠어요. 오늘 내일 살다가, 혹은 올해나 내년까지 살다가 내가 먼저 죽는다면 결국 평생의 소원은 이뤄지는 셈이죠."

사람들은 그 말을 다 듣기도 전에 얼른 입을 막았다.

"또 광증이 도진 게 아니에요? 아예 도련님하고는 얘기하지 않는 게 좋겠어요. 함께 얘기하다 보면 꼭 바보 같은 소리가 아니면 미친 소리만 내뱉는단 말이야."

듣고 있던 희란이 웃으면서 한마디 했다.

"보옥 오빠! 이제 그런 말은 그만 해요. 여기 있는 언니들이 다 시집가고 노마님과 마님께서도 쓸쓸해하시면 제가 와서 친구 해드릴게요."

이환과 우씨 등이 모두 웃으면서 말했다.

"희란 아가씨도 그런 바보 같은 말은 하지 말아요. 아가씨는 시집 안 가나요? 그런 말을 누가 믿는다고 그래?"

그 말에 희란은 고개를 푹 숙이고 말았다. 때는 이미 초경初更 무렵인지라 다들 일어나 헤어져서 각자 자기 방으로 돌아가 쉬었다. 다른 사람의 일은 잠시 덮어두기로 하겠다.

한편 원앙은 곧장 처소로 돌아오다가 대관원의 문 앞에 이르러 보니 쪽문이 대충 지그려진 채로 아직 빗장은 걸려있지 않았다. 그때 대관원 안에는 오가는 사람 없이 숙직실에만 불빛이 환하게 비치고 있었으며 희미한 달이 하늘에 떠있을 뿐이었다. 원앙은 함께 가는 사람도 없이 등불도 들지 않고 발걸음도 조용조용 옮기고 있었으므로 숙직하는 사람도 미처 알아채지 못했다. 원앙은 그때 하필 소변이 마려워서 작은 오솔길로 들어가 풀숲의 적당한 곳을 찾느라고 호산석湖山石[7] 뒤의 계수 나무 그늘 아래로 갔는데 문득 옷자락 스치는 소리가 들리는 것이었다.

원앙이 소스라치게 놀라 걸음을 멈추고 가만히 살펴보았더니 그곳에 두 사람이 함께 있다가 원앙이 오는 걸 보고 황급히 돌 뒤의 나무숲으로 숨는 것이었다. 원앙은 밤눈이 밝아서 그 순간에도 희미한 달빛만으로 사람을 알아보았다. 붉은 치마에 흐트러진 머리, 큰 키에 뚱뚱한 몸집으로 보아 영춘의 방에 있는 시녀인 사기司棋가 분명했다. 원앙은 사기가 다른 여자애와 함께 이곳에서 역시 소변을 보다가 자기가 오는 걸 보고 일부러 놀라게 하려고 숨는 것으로만 생각하고 웃으면서 불러냈다.

"사기야! 너 어서 나오지 못해! 나를 놀라게 하려고 하면 내가 먼저 소리를 질러서 도둑놈 잡으라고 소란을 피울 테야. 다 큰 계집애가 아직도 밤낮을 가리지 않고 그런 장난에만 빠져 있으면 어떡해?"

그렇게 당장 나오라고 소리친 것은 애초에 원앙이 농담으로 한 것이었다. 하지만 도둑이 제발 저리다고 그들은 원앙이 처음부터 다 봤다고 여겼으며, 그녀가 소리를 질러서 남들에게까지 발각된다면 더욱 큰일이다 싶었다. 그런 생각이 들자 평소 원앙과 친하게 지냈던 사기는 나무 뒤에서 달려 나와 원앙을 붙잡고 무릎 꿇고 매달리며 애원하였다.

"언니! 살려줘요. 제발 소리 지르지 마세요."

원앙은 무슨 까닭인지 몰라서 사기를 일으키며 웃음을 띠고 말했다. "무슨 소릴 하는 거야?"

사기는 얼굴이 새빨개진 채 눈물을 흘리고 있었다. 원앙이 가만히 생각해보니 얼핏 보기에 나머지 한 사람은 집중팔구 하인 녀석인 것 같았다. 그러자 원앙은 오히려 자기가 부끄러워서 귀밑이 달아오르며 한편

---

[7] 구멍이 숭숭 난 태호석(太湖石)으로 정원의 가산(假山)을 꾸밀 때 사용되는 돌.

으로는 겁도 나기 시작했다. 잠시 후 원앙은 정신을 차리고 나지막하게
물었다.

"저 애는 누구냐?"

사기는 다시 무릎을 꿇고 앉으며 말했다.

"저의 고종사촌 동생이에요."

원앙은 사기를 호되게 꾸짖었다.

"이년아! 너 정말 죽으려고 환장을 했구나!"

사기가 뒤를 돌아보며 낮은 목소리로 불렀다.

"언니가 다 보았으니까 숨어있을 필요 없어. 어서 나와서 잘못했다고
빌어!"

시동은 나무 뒤에서 기어 나오더니 절구질하듯 머리를 조아렸다. 원
앙은 난감해서 얼른 몸을 돌려 가려고 하였다. 다급해진 사기는 원앙을
붙잡고 매달리며 눈물을 쏟으면서 애원했다.

"저희 두 사람의 목숨은 오로지 언니한테 달렸어요. 제발 저희들을
살려주세요."

"그건 걱정 마. 아무튼 난 아무한테도 말하지 않을 테니까."

원앙의 대답이 채 끝나기도 전에 쪽문 쪽에서 숙직하는 사람의 말이
들려왔다.

"원앙 아가씨도 나갔으니 이제 문을 닫아겁시다."

사기에게 붙잡혀서 몸을 뺄 수가 없었던 원앙은 그 소리를 듣자 그쪽
을 향해 소리쳤다.

"나 아직 여기 있어요. 잠깐만 기다려요. 곧 나갈 테니까."

그 바람에 사기는 조용히 손을 놓고 원앙을 놓아줄 수밖에 없었다.

王熙鳳恃強
羞說病
來旺婦倚
勢霸
成親

끝내 병난 왕희봉

왕희봉은 독한 맘에 자기 병을 숨기고
내왕댁은 힘을 믿고 억지 혼인 바라네
王熙鳳恃强羞說病　來旺婦倚勢霸成親

　　원앙은 쪽문을 나선 후에도 여전히 얼굴이 달아오르고 가슴이 벌렁 벌렁 뛰었다. 정말 뜻밖의 일을 보게 된 것이었다. 이 일은 보통 일이 아니므로 함부로 지껄이면 큰일이었다. 은밀한 간음이나 도둑질은 모두 목숨이 오락가락하는 중대사이며 주변사람까지 연루되는 일이기 때문이었다. 어쨌든 원앙은 자신과는 상관없는 일이었으므로 가슴속에 묻어둔 채 어느 누구에게도 말하지 않기로 마음먹었다. 방으로 돌아온 원앙은 방금 심부름 갔던 일을 가모에게 아뢰고 나서 잠자리에 들었다.

　　이때부터 저녁이면 원앙은 대관원에 발을 들여놓으려고 하지 않았다. 또한 대관원에 이처럼 기이한 일이 일어날진대 하물며 다른 곳이야 말해 무엇 하랴는 생각에 다른 곳에도 거의 나다니지 않으려고 했다.

　　사기는 어려서부터 고종사촌 동생과 소꿉장난하면서 아이들끼리 장난삼아 서로 다른 곳에 시집장가 가지 않기로 맹세를 한 적이 있었다. 그러던 두 사람은 차츰 나이가 들어감에 따라 점점 용모도 멋져지고 남녀 간의 연정도 조금씩 알게 되었다. 사기가 가끔 집에 돌아가게 되면 두 사람은 눈빛을 주고받으며 옛정을 잊지 못하였으나 기회가 없어 막상 밀회는 하지 못하였다. 또한 부모님이 허락하지 않을까 걱정하던 차에 두 사람이 각각 안팎에서 대관원의 문지기 할멈들을 매수하여 대관원 안에서 몰래 만나기로 하였던 것이다. 마침 오늘 집안 잔치로 북적거리는 틈을 타서 처음으로 안에 들어와 관계를 맺었던 것인데, 비록 짝을 이루진 못했지만 산과 바다를 두고 굳게 맹세하고 사사로이 정표를 건네며 한량없는 사랑에 빠져들어 있었다.

그런데 생각지도 않게 원앙에게 현장을 들키자 혼비백산한 사내놈은 일찌감치 버드나무와 꽃밭 사이를 빠져 쪽문 밖으로 내빼고 말았다. 뒤에 남은 사기는 방으로 돌아와 밤새 눈도 붙이지 못하고 후회했으나 이미 소용없는 일이었다. 다음 날 원앙을 대하고 보니 저절로 얼굴이 붉어지면서 여간 괴로운 것이 아니었다. 속으로 켕기는 바가 있으니 차 맛도 밥맛도 다 없어지고 앉으나 서나 넋이 나간 듯하였다. 그렇게 이틀가량 아무런 동정이 없었으므로 사기는 다소 마음을 놓게 되었다. 그런데 그날 저녁 할멈 하나가 찾아와서 슬그머니 사기에게 소식을 전해 주는 것이었다.

"네 사촌동생이 도망을 쳤다는구나. 벌써 사나흘이나 집에 안 돌아오고 있대. 그래서 사방으로 사람을 보내 찾고 있나 보더라."

사기는 뒤로 나자빠질 정도로 화가 치밀었으며, 이런 생각도 들었다.

'설사 발각되었다고 해도 함께 죽어야 할 처지가 아닌가! 사내라면서 어떻게 먼저 도망을 친단 말인가? 나를 사랑하는 마음이 없는 게 아닐까?'

사기는 생각할수록 더욱 화가 치밀어 올랐으며, 다음 날이 되니 속이 상한 나머지 온몸에 맥이 쭉 빠지는 것이었다. 그러더니 결국 침상에 드러누워 크게 앓게 되고야 말았다.

원앙은 저쪽에선 시동이 까닭 없이 어디론가 도망치고, 이쪽에선 사기가 중병을 앓게 되어 밖으로 내보내지게 되었다는 소식을 듣고, 아무래도 두 사람이 죄가 두려워서 지레 겁을 먹고 그렇게 된 것으로 여겼다.

'내가 발설할까 봐 놀라서 그러는 모양이구나.'

그렇게 생각하니 아무래도 견딜 수가 없었다. 원앙은 일부러 사기를 찾아와서 사람들을 내보내고 사기 곁에서 절대로 그런 일이 없을 거라고 맹세했다.

"내가 만일 누군가에게 말을 한다면 난 즉시 벼락을 맞아 죽을 거야. 그러니 아무 걱정하지 말고 너는 병이나 나을 궁리를 해. 공연히 아까운 목숨을 헛되이 버리지 말고."

사기는 원앙에게 와락 달려들며 울음을 터뜨렸다.

"언니! 우린 어려서부터 아주 다정하게 잘 지냈잖아. 언니도 나를 남으로 생각지 않았고 나도 언니를 친언니로 섬겨왔어. 내가 지금 잘못을 저질렀지만 언니가 남들한테 말만 하지 않으면 언니는 우리 친엄마나 다를 바 없는 거야. 앞으로 내가 살아가는 하루하루는 언니가 다 주는 셈이야. 이제 병이 낫게 되면 난 언니의 장수를 비는 패를 모셔놓고 날마다 향을 피우고 절을 하며 언니가 일생동안 복 받고 오래 살기를 빌게. 내가 죽으면 노새가 되고 개가 되어서라도 언니한테 은혜를 갚겠어. 사실 속담에도 '천릿길에 펼친 천막도 걷지 않는 잔치는 없는 법'이라고 했듯이 한 이삼년만 지나면 우리 모두 여기서 떠나야 하잖아. 또 이런 속담도 있잖아. '떠도는 부평초라도 만날 날이 있다하니 우리네 인생 어디서 한번은 만나지 않으랴'라고 말야. 그러니 앞으로 우리가 서로 만나게 되면 그때는 내가 언니의 은덕을 어떻게든지 꼭 갚을게."

사기는 말끝에 참지 못하고 울음을 터뜨렸다.

사기의 말에 원앙의 마음도 아팠다. 원앙은 함께 눈물을 흘리면서 고개를 끄덕이며 말했다.

"그래, 바로 그렇다니까. 내가 집사도 아닌데 굳이 네 이름을 더럽힐 까닭이 어딨겠어? 게다가 그런 일은 내가 입을 열고 남들한테 말하기도 거북한 일이잖아. 그러니 안심해. 그리고 앞으로는 몸조리나 잘하면서 더 이상 쓸데없는 짓은 그만 하고 조용히 제 분수나 지키고 있으란 말이야."

사기는 베개머리에서 연신 고개를 끄덕였다.

원앙은 한참 동안 사기를 위로하고 밖으로 나왔다. 가련이 집에 없는 동안 요즘 희봉이 전에 없이 힘들어하는 것이 생각난 원앙은 돌아가는 길에 찾아가 문안을 하고자 하였다. 원앙이 희봉의 집 정원에 들어서자 중문을 지키던 사람이 원앙을 보고 벌떡 일어나 안으로 안내했다. 원앙이 막 대청에 들어서는데 평아가 안에서 나오다 그녀를 보고 얼른 웃으면서 조용한 목소리로 말을 건넸다.

"아씨는 방금 점심밥을 드시고 낮잠을 주무시고 계셔. 그러니 이리로 와서 잠깐 앉도록 해."

원앙은 평아를 따라 동쪽 곁방으로 들어갔다. 어린 시녀가 차를 따라오자 차를 마시며 원앙이 가만히 물었다.

"아씨마님은 요 며칠 사이에 좀 어떠시니? 내가 보기에 힘들어하시는 것 같던데."

평아는 방 안에 아무도 없자 한숨을 내쉬며 말했다.

"우리 아씨가 기운이 없는 게 어디 어제 오늘의 일이야? 벌써 한 달 전부터 그러기 시작했는걸. 게다가 지난 며칠간 더욱 바쁘게 애를 쓴 데다가 공연히 화까지 내는 바람에 병이 도졌어. 요 며칠 사이엔 이전보다 병이 더해져서 견디지 못할 지경에까지 이르러서 남들한테 알려지게 되었구."

"그렇다면 일찌감치 의원을 불러다 치료해야 할 거 아냐?"

318

원앙의 말에 평아는 또 한숨부터 쉬었다.

"아이고! 이 사람아. 우리 아씨의 성깔을 몰라서 그러는 거야? 의원을 불러다 진맥하고 약 드시라는 말은 아예 꺼내지도 못해. 그냥 보다 못해서 내가 몸이 좀 어떠냐고 물어보기만 해도 화를 버럭 내면서 병이 나라고 저주하는 거냐며 난리치시니 낸들 어떡해? 형편이 그런데도 날마다 이것저것 살피고 챙기시며 자기 몸은 돌볼 줄 모르시니 큰일이야."

"그렇지만 아무래도 의원을 불러다 무슨 병인지는 알아봐야 할 거 아냐? 그래야 조금이라도 맘을 놓을 수가 있지."

"병으로 말하자면 병도 그냥 가벼운 병이 아니야."

원앙이 궁금하여 얼른 다그쳐 물었다.

"대체 무슨 병인데 그래?"

평아가 원앙에게 가까이 다가서며 귀에다 소곤댔다.

"지난달 월경이 있은 뒤로 한 달 내내 그치지 않고 줄줄 흐르니 이게 큰 병이 아니고 뭐겠어?"

"에구머니나! 네 말대로라면 그건 필시 혈붕증血崩症[1]이 분명해."

평아는 얼른 원앙을 나무라고 또 조용히 웃으면서 말했다.

"처녀아이가 못하는 말이 없네. 악담이 될라."

원앙은 자기도 모르게 얼굴이 빨개지며 또 가만히 웃으며 말했다.

"실은 나도 뭐가 혈붕인지는 잘 몰라. 하지만 너도 생각 안나? 우리 언니가 바로 그 병으로 먼저 갔잖아. 나도 그게 어떤 병인지 몰랐는데 무심코 엄마하고 사돈마님이 하시는 말씀을 듣고 궁금해하니까 나중에 엄마가 자세히 알려줘서 겨우 조금 알게 되었을 뿐이야."

그제야 평아가 웃으며 말했다.

---

1 월경 기간이 아닌데 하혈하는 병증.

"그래 넌 그래서 잘 알겠구나. 내가 그걸 생각 못했어."

두 사람이 그렇게 얘기하고 있을 때 어린 시녀가 평아에게 전했다.

"방금 주씨朱氏 아줌마가 왔었어요. 아씨께서 방금 낮잠에 드셨다고 하니까 마님한테 간다고 하면서 나갔어요."

평아가 고개를 끄덕이자 원앙이 물었다.

"주씨 아줌마란 대체 누구를 말하는 거야?"

"관매파官媒婆2를 하는 그 주씨 아줌마 말이야. 손대인孫大人인가 누군가가 우리 집에 청혼했다면서 요 며칠 동안 날마다 명함을 들고 와서 죽어라 하고 끈덕지게 달라붙고 있다니까."

그 말이 끝나기도 전에 어린 시녀의 목소리가 들렸다.

"나리께서 돌아오셨습니다."

그 사이에 벌써 가련은 대청에 들어서며 평아를 찾았다.

평아가 대답하며 맞으러 나가려는데 가련이 벌써 방 안으로 들어서고 있었다. 문 앞에 이르러 원앙이 구들 위에 앉아 있는 것을 본 가련은 얼른 걸음을 멈추고 웃으면서 반갑게 말을 걸었다.

"원앙 누님이 오늘은 어인 일로 이런 누추한 집에까지 어려운 걸음을 하셨나요?"

원앙은 앉은 채로 웃으며 인사를 받았다.

"나리와 아씨께 문안 인사차 찾아온 거예요. 그런데 하필 한 분은 출타 중이시고 한 분은 오수를 즐기고 계신지라 이렇게…."

가련이 웃으며 대꾸했다.

"누님은 일 년 내내 노마님을 모시며 애쓰는데도 이쪽에서 문안 인사하러 가보지는 못할망정 되레 우리한테 문안 인사하러 오시다니 참으

---

2 아문(衙門)에서 여자 죄수를 체포하거나 압송하는 일, 여자 노예들을 관리하는 일 등을 맡았던 여자. 중매를 직업으로 삼는 여자를 가리키기도 함.

로 황송하기 그지없소이다. 그런데 나도 마침 원앙 누님을 찾아가려고 했는데 잘되었군요. 도포를 입고 있으니 너무 더워서 일단 집에 돌아와 두꺼운 도포를 갈아입고 찾아가려던 참이었소. 뜻밖에도 하늘이 불쌍히 여겨서 발품을 덜게 누님이 먼저 이곳에 와서 기다리고 계셨군요."

가련은 온갖 아양을 다 떨며 말을 마치고 의자에 앉았다.

원앙이 물었다.

"무슨 하실 말씀이라도 있으신 거예요?"

가련은 말도 꺼내기 전에 웃음부터 먼저 터뜨리고 말을 이었다.

"한 가지 일을 깜빡 잊고 있었는데 아마 원앙 누님은 기억할 거야. 지난해 노마님 생신 때 밖으로 돌아다니는 행각승 한 분이 황색 밀랍동석 蜜蠟凍石[3]으로 만든 불수감佛手柑을 선물로 주고 갔는데 노마님께서 그걸 마음에 들어 하셔서 즉시 가져다 방안에 진열하도록 하셨잖아. 마침 노마님 생신날, 골동 장부를 정리하다 보니 그게 적혀 있어서 지금 그 물건이 어디 있는지 궁금해서 말이야. 골동품을 관리하는 자도 몇 번인가 찾아와서 그걸 물었는데 내가 자세히 알아서 알려주겠다고 했거든. 그래서 원앙 누님한테 물어 보는 거야. 지금도 노마님 장식장에 진열되어 있는지 아니면 다른 사람 손에 넘어갔는지 알고 싶어서 말이야."

원앙이 말했다.

"그때 노마님이 며칠간 장식장에 진열했다가 금세 싫증이 나신다고 하셔서 이 집의 아씨마님께 드렸었는데 지금 되레 저한테 물으시면 어떡해요? 전 그 날짜까지 기억하고 있는걸요. 왕씨 아주머니한테 시켜서 보내드렸어요. 나리께서 잊으셨다면 아씨마님이나 평아한테 물어 보세요."

마침 그때 평아가 옷을 가지러 갔다가 그 소리를 듣고 말했다.

---

3 동석은 반투명한 돌로 연마재(硏磨材)나 조각 등의 재료로 쓰임.

"그때 저희한테 보내왔어요. 지금 다락 위에 그대로 있는걸요. 아씨께서 벌써 사람을 보내 이곳에 받아두었다고 알렸는데, 그 사람들이 정신이 나갔는지 잘 적어놓지도 않은 채 별로 중요하지도 않은 일을 가지고 왜 그렇게 난리를 피우는지 모르겠어요."

가련이 웃으면서 말했다.

"그렇다면 내가 왜 몰랐을까? 날 속이려는 건 아니겠지?"

"아씨께서 서방님께도 말씀드렸댔어요. 서방님이 남한테 주겠다고 하시는걸 아씨가 안 된다고 하시며 겨우 남겨두셨잖아요. 그런 걸 이제 와서 깡그리 잊어먹고 되레 우리가 속이려고 한다고 하시니 어이가 없네요. 그게 뭐 대단한 거라고 생전 구경도 못한 것처럼 그러세요? 그것보다 열 배는 좋은 것들도 단 한 번인들 속인 적이 없는데, 아무 가치도 없는 그런 걸 왜 탐을 내겠어요?"

가련은 고개를 숙이고 웃음을 머금은 채 가만히 생각해보더니 손뼉을 치며 말했다.

"그래, 그래! 내가 정신이 없었나 봐. 이것저것 다 까먹고 남한테 원망만 듣게 되었으니 내 머리도 예전과는 아주 딴판이란 말이야."

원앙이 나서서 웃으며 말했다.

"그러신 것도 무리가 아니에요. 일은 많으시고 사람들 말도 많은 데다가 또 나리께서 술이나 두어 잔 마시게 되면 그 많은 것들을 어떻게 다 똑똑하게 기억할 수 있겠어요?"

가련은 얼른 일어나 서서 원앙에게 말했다.

"원앙 누님! 잠시 앉아 있어 봐. 내가 부탁할 일이 있으니까."

그리곤 어린 시녀를 야단치며 말했다.

"너희는 어서 좋은 차를 우려서 대접해 드리지 않고 뭐 하고 있느냐? 어서 가서 뚜껑 달린 깨끗한 찻잔을 가져오지 못하겠느냐? 어제 들어온 새 녹차를 한 찻종 따라오너라."

그러고 나서 가련은 원앙에게 통사정하였다.

"지난 며칠 동안 노마님 팔순 잔치 때 갖고 있던 수천 냥 은자를 모두 써버렸어. 몇 군데의 집세나 소작료는 구월이나 돼야 들어올 테니 이번에는 그걸 기다릴 수도 없게 되었고 말이야. 내일 남안왕부에 예물을 보내야 하고, 또 궁중의 원춘 마마께 보낼 중양절 예물도 마련해야 할 뿐더러 몇 군데 집의 애경사에 이삼천 냥은 써야 한단 말이야. 그런데 한꺼번에 어디서 빌려낼 수도 없을 것 같아. 속담에도 '남한테 사정하느니 차라리 자신한테서 구하라' 하는 말이 있잖아. 절대로 원앙 누님한테 누를 끼치지 않을 테니, 노마님이 찾아내지 못하는 금은보화와 장식품을 한 상자 몰래 실어내어 잠시 전당포에 맡겨 천여 냥을 변통해서 쓰도록 해줘. 반년도 안 지나서 돈은 들어올 테니까 내가 찾아와서 돌려주면 되잖아. 절대로 원앙 누님한테 허물이 가도록 하진 않을 테니까 걱정하지 말고."

원앙이 웃으면서 말했다.

"정말 나리께선 갖은 방법을 다 생각해 내시네요. 어떻게 그런 생각을 다 하시게 되셨을까요."

"내가 거짓말하는 게 아니야. 원앙 누님 말고도 손안에 천 냥쯤 주무르는 사람이야 있기는 하지만 그 사람들은 원앙 누님만큼 사리에 밝지 못하기 때문에 그러는 거야. 내가 한마디 하면 그 사람들은 오히려 놀라 자빠지고 말 테니까. 그래서 차라리 '북을 삼천 번 치느니 금종을 한 번 울리는 게 낫다'고 생각한 거지."

그 말이 미처 끝나기도 전에 가모 쪽에서 어린 시녀가 황급하게 찾아와 원앙을 불러냈다.

"노마님께서 언니를 한참이나 찾으셨어요. 사방을 다 찾아다녔는데 언니가 여기 계신 줄은 몰랐네요."

원앙이 부랴부랴 가모에게 돌아가자 가련은 희봉에게 건너갔다. 그때 희봉은 벌써 잠에서 깨어나 두 사람의 얘기를 다 듣고 있었다. 하지만 가련이 원앙에게서 물건을 빼내 저당 잡히려 한다는 말을 듣고 그냥 잠들어 있는 체 침상에 누워 있었던 것이다. 원앙이 돌아가고 가련이 방으로 들어오자 희봉이 물었다.

"그래 원앙이 말을 들어주겠대요?"

"비록 분명하게 대답하진 않았지만 아주 안 된다고는 하지 않았으니 당신이 저녁때 한 번 더 말해보구려. 그럼 아마 될 거야."

"난 끼어들지 않는 게 좋겠어요. 설사 된다고 해도 지금은 번지르르하게 말하다가도 돈이 생기면 딴소리할 게 분명한데, 누가 당신 아쉬운 거 해결하는 일에 말려들겠어요? 게다가 행여나 노마님이 아시게 되면 그동안 잘 가꿔놓은 체면도 모두 날아가 버리고 말잖아요."

가련이 계속 웃으면서 사정을 했다.

"여보, 제발! 당신이 성사만 시켜준다면 내가 단단히 사례하겠어."

"정말이세요? 무엇으로 저한테 사례하실 작정인데요?"

"당신이 원하는 것이라면 뭐든지 좋아."

평아가 곁에서 웃으며 말했다.

"아씨한테는 그런 사례가 필요 없어요. 어제 당장 무슨 일로 백 냥인가 이백 냥인가 모자란다고 하셨으니까 돈을 빌려오면 거기서 일이백 냥을 덜어내어 쓰면 바로 해결되지 않겠어요?"

희봉이 웃으며 맞장구쳤다.

"그래, 그래. 네가 잘 귀띔해 줬구나. 그럼 그렇게 합시다."

가련이 웃으면서 죽는 소리를 했다.

"정말 너무들 지독하네, 그래. 당신들 지금 실력으로는 천 냥짜리 저당 잡힐 물건이 아니라 사오천 냥의 현금을 내라고 해도 별 어려움이 없을 거 아니오? 당신들한테서 안 빌리고 말지. 지금 겨우 한마디 도와달라고 하는데 그렇게 이자를 달라고 하니 정말 지독하기 짝이 없네."

희봉이 말을 듣고 벌떡 일어나며 말했다.

"나한테 삼천 냥이 있든 오만 냥이 있든 무슨 상관이에요? 당신한테서 빼앗은 게 아니면 그만이지. 지금 온 집안 안팎에서 저를 두고 뒷말들이 많은데 이제 당신까지 그렇게 말하는군요. 세상일이란 '집안 식구가 바깥 귀신을 끌어들이는 법'이라더니 과연 그 말이 맞네요. 우리 친정 왕씨 집에서 갖다 쓰는 돈이 몽땅 당신네 가씨 집에서 가져갔던 돈인 줄 아세요? 제발 속 뒤집히는 말씀 좀 하지 마세요. 당신도 한 번 보세요. 당신들 가씨 집이 무슨 석숭石崇이나 등통鄧通⁴네 집쯤 되는 줄 아시나 본데, 우리 왕씨네 마당 귀퉁이만 쓸어도 당신네들이 한평생 먹을 만큼이 된다고요. 그런 말 하고도 부끄럽지 않나요? 당장 그 증거가 있잖아요. 마님이나 내가 시집올 때 가지고 온 혼수품만 해도 당신들 것과 한번 비교해 보세요. 어느 것 하나 당신들보다 못한 게 있는지 말이에요."

가련이 웃으면서 말했다.

"내가 농담 삼아 한 마디 한 걸 가지고 그렇게까지 말할 게 뭐 있어? 그까짓 일이백 냥쯤 가지고 뭐가 대수라고 그래? 먼저 갖다 쓰라고. 먼저 쓰고 나서 나중에 의논하면 되잖아. 어때, 그러면 되겠소?"

"내가 지금 저승 갈 때 필요한 돈 내놓으라고 하는 것⁵도 아닌데 뭘 그리 서두르세요?"

"그럼 왜 그렇게 성질부리면서 펄쩍 뛰고 그러는 거야?"

희봉이 듣고 자신도 웃으면서 말했다.

"내가 펄쩍 뛴 게 아니고 당신이 남의 속을 콕콕 찌르는 말만 해서 그런 거예요. 나는 그저 내일모레가 먼저 간 우이저 아우님의 일주기 제

---

4 석숭은 진나라 부호이고 등통은 한나라의 부호임.
5 옛날 장례식에서는 죽은 자를 염할 때 입에 쌀을 넣고 관의 바닥에 돈을 깔아 주었음.

삿날이라는 게 생각나서 그랬죠. 어쨌거나 우리가 잠시라도 한때 의좋
게 지낸 사이였으니 다른 건 못 해도 동서지간으로 같이 지냈던 정을 생
각해서 산소에 가서 소지라도 해야 하지 않겠어요? 우이저 동서가 비록
자식을 낳지는 못했지만 '앞사람이 먼지 일으켜 뒷사람 눈 못 뜨게 하는
일'이야 없어야 하지 않겠어요?"

희봉의 말 한마디에 가련은 할 말이 없어졌다. 가만히 고개를 숙이고
생각에 잠겨 있다가 겨우 말했다.

"당신이 그런 생각을 다 하고 있었구려. 난 깜빡 잊고 있었소. 만일
모레 써야 한다면 내일 돈을 구해 놓을 테니까 바로 갖다 쓰도록 하구
려."

그때 마침 왕아旺兒댁이 들어오자 희봉이 물었다.

"그래, 일은 성사가 됐어?"

왕아댁이 말했다.

"아무래도 아씨마님께서 나서서 해주셔야 될 것 같습니다."

가련이 궁금해서 물었다.

"또 무슨 일이 있소?"

"뭐 별로 대단한 일은 아니에요. 왕아한테 아들이 하나 있는데 열일
곱 살이래요. 아직 장가들지 않았는데 마님 방에서 시중드는 채하彩霞
가 마음에 있었나 봐요. 그동안 마님의 생각을 몰라 별다른 말씀을 꺼
내지 못했는데 지난번 마님이 채하가 나이 들고 병도 잦기 때문에 은혜
를 베풀어 내보내시면서 그 애 부모한테 적당히 사윗감을 골라 시집보
내라고 하셨어요. 그래서 왕아네 집 사람이 날 찾아와 말을 꺼내기에
제 생각에 두 집안이 그만하면 잘 어울리겠다고 생각하고 한마디만 하
면 곧 성사되겠거니 했던 거죠. 그런데 지금 듣다시피 일이 잘 안 되었
다고 하잖아요."

가련이 말했다.

"그게 무슨 대수라고 그래? 채하보다도 좋은 애들이 얼마든지 있잖아."

왕아댁이 만면에 웃음을 띠고 말했다.

"나리께서는 그렇게 말씀하시지만 그 사람들마저도 저희를 무시하는데 다른 사람들이야 더 말해 뭐하겠어요? 겨우 마음에 맞는 며느릿감 하나를 찾아냈기에 나리님이나 아씨님의 은덕이라고 하면서 일을 성사시키려고 했던 거예요. 그런데 아씨께서 그 사람들이 틀림없이 허락할 거라고 하셔서 중매꾼을 시켜서 알아보라고 했지요. 그런데 글쎄 뜻밖에도 거절당하고 말았지 뭐에요. 애는 정말 괜찮거든요. 평소에 은근히 그 애의 속뜻을 알아보기도 하였는데 특별히 뭐라고 거절하지도 않았어요. 다만 그 집의 아비 어미가 고집을 부리고 눈이 높아서 그러는 것이지요."

그녀의 말이 희봉과 가련의 마음을 움직여 놓았다. 다만 희봉은 가련이 옆에 있었으므로 입을 다물고 있으면서 가련의 눈치만 살폈다. 가련은 지금 속으로 다른 걱정을 하고 있던 참이라 그런 얘기가 귀에 들어올 리 없었다. 다만 왕아댁은 희봉의 배방이고 평소 자기들을 위해 애를 많이 써줬으므로 체면상 그대로 넘어갈 수 없었다. 그래서 말 참견을 했다.

"뭐가 그리 큰 일이라고 애걸복걸하고 그래? 걱정 말고 가 보게나. 내가 내일 중매를 서서 체면이 설 만한 사람 둘을 시켜서 약혼예물을 함께 보내면서 내가 주선한 일이라고 하면 그 사람도 따르지 않을 수 없을 거야. 그래도 계속 거절하면 나한테 데려오도록 해."

왕아댁이 희봉을 바라보니 희봉은 입을 삐죽 내밀어 보였다. 왕아댁은 그 뜻을 알아차리고 얼른 땅에 엎드려 머리를 조아리며 사례하였다.

그러자 가련이 얼른 말하는 것이었다.

"자네는 아씨한테나 인사드리게. 지금 비록 그렇게 하면 되겠다고 말은 했지만 아무래도 아씨가 사람을 보내 그쪽 여자를 오라고 해서 좋게 좋게 말해야 성사가 될 걸세. 내뜻이라고 하면 허락이야 할 테지만 이런 일은 원래 억지로 윽박질러서 되는 일이 아니야."

희봉이 나서며 말했다.

"당신까지 이렇게 나서서 도와주고 애를 써주시면 저야 당연히 수수방관할 수 없지요. 왕아댁도 다 들었지? 이 일이 잘 끝나면 내가 부탁한 일도 잘 해결해야 하네. 자네 남편한테 잘 말해서 밖에다 꾸어준 돈을 정리하여 연말까지는 모두 거둬들이게 하란 말이야. 한 푼이라도 모자라면 내가 가만있지 않을 테니까. 요즘엔 내 평판이 너무 안 좋아서 일 년이라도 더 돈놀이했다간 다들 생으로 날 잡아먹으려고 난리일 거야."

왕아댁이 웃으면서 말했다.

"아씨도 왜 그렇게 겁이 많아지셨어요? 누가 감히 아씨에 대해 왈가왈부하겠어요? 만약 돈을 다 거둬들이면 솔직히 말씀드려서 저희도 일이 줄어들고 남들한테 말도 듣지 않게 되겠지요."

희봉이 차갑게 웃으면서 말했다.

"사실은 나도 공연한 걱정 때문에 쓸데없는 일을 한 셈이지 뭐야. 내가 그따위 돈을 벌어서 뭐에다 쓰려고 그러겠어? 그게 다 생활비로 나가는 건 많고 들어오는 수입은 적기 때문이야. 이 집안에 있는 것 없는 것 다 합치고, 나와 우리 서방님한테 지급되는 월급에다 네 명의 시녀 월급을 다 보태도 겨우 일이십 냥밖에 안 되니 그것으로는 겨우 사나흘이나 쓰고 나면 그만일 뿐이야. 내가 백방으로 수를 써서 돈을 마련하지 않았으면 지금쯤 벌써 다 찌그러진 오두막 신세를 면하지 못했을 거야. 그런데 지금 나는 고리대금으로 돈놀이나 하는 파락호 같은 사람으로 호가 났으니 이젠 돈을 거둬들이려는 거야. 만일 우리가 모두 죽치고 앉아서 쓰고 싶은 대로 쓰기만 하면 이 집구석이 얼마나 버틸 수 있겠어? 지난번 일이 바로 그런 꼴이지 뭐야. 노마님 생신 때 마님이 두 달 동안이나 어쩔 방도를 생각하지 못하여 안달하고 계셨을 때, 그래도 내가 한마디 해서 뒤편 다락에 있는 불요불급한 놋그릇 네댓 상자를 내다가 은자 삼백 냥을 마련하여 마님의 체면을 겨우 세워드렸잖아. 자네들도 잘 알다시피 내가 자명종 금시계를 오백육십 냥에 팔았잖아. 그런데 반달도 안 되어 큰일 작은 일 해서 열 가지 정도를 치르고 나니 모두 동이 나고 말았어. 지금 서방님이 관장하는 바깥쪽 살림에서도 돈이 모자라 도대체 누가 그런 생각을 해냈는지 모르겠지만 노마님의 물건까지 몰래 손을 대려고 하고 있단 말이야. 이렇게 일 년쯤 지나면 아마 각자의 머리 장식이나 옷가지까지 내다 팔아야 할지도 모르겠어. 그러면 정말 꼴좋겠군."

왕아댁이 웃으며 말했다.

"사실 마님이나 아씨들의 머리 장식이나 의복을 돈으로 바꾸면 한평생을 쓰고도 남을 거예요. 단지 그렇게 하지 않으시려는 것뿐이지요."

희봉이 말했다.

"내가 자신이 없어서 하는 말은 아니지만 그렇게는 할 수가 없어. 어젯밤 꿈에 한 사람이 나타났는데 얼굴은 익었지만 누군지 이름은 생각나질 않았어. 내가 무슨 일로 찾아왔느냐고 했더니 궁중의 귀비 마마가 자신을 보내서 비단 백 필을 달라고 한다는 거야. 어느 귀비 마마냐고 물었더니 그 사람 말이 우리 집 귀비 마마는 아니라고 했어. 그래서 내가 안 주려고 했더니 달려들어 막 빼앗아 가는 거야. 난 안 빼앗기려고 발버둥을 치다가 그만 잠이 깨고 말았어."

왕아댁이 웃으면서 말했다.

"아씨께서 낮에 궁중의 일로 접대하는 데 너무 신경을 쓰시다 보니까 그런 꿈을 꾸셨나 봐요."

그 말이 끝나기도 전에 밖에서 아뢰는 소리가 들렸다.

"하태감夏太監의 부중에서 하실 말씀이 있다면서 젊은 태감을 보내오셨습니다.”

가련이 그 말을 듣자 상을 찡그렸다.

“또 무슨 말을 하려고 그럴까? 일 년 내내 그 사람들이 가져가는 것만 해도 적지 않은 마당에 말이야.”

희봉이 말했다.

“당신은 어서 들어가 숨으세요. 내가 만나보고 나서 별일 아니면 다행이고 중요한 일이라면 적당히 대처해 볼 테니까요.”

가련은 곧 안으로 들어가서 골방에 숨었다. 희봉은 젊은 태감을 모시고 들어오라고 하여 의자를 권하면서 무슨 일이냐고 물었다.

“저희 하태감 나리께서는 오늘 우연히 집 한 채를 보시고 마음에 들어서 장만하려고 하셨는데, 마침 수중에 은자 이백 냥이 모자라 이렇게 저를 아씨댁으로 보내 찾아뵙도록 하신 것입니다. 우선 현금 일이백 냥만 변통해 주시면 하루이틀 지나서 곧 갚겠다고 하셨습니다.”

희봉은 그 말을 듣고 일부러 호탕하게 말했다.

“갚기는 뭘 갚는다고 그러시나요. 돈이야 얼마든지 있으니 우선 갖다 쓰시고 다음번에 저희가 요긴할 때 빌리러 가면 마찬가지 아니겠습니까?”

젊은 태감이 또 말했다.

“저희 하태감 나리께서 또 말씀하셨습니다. 지난번 두 차례에 걸쳐 빌려갔던 은자 천이백 냥도 아직 되갚지 못했지만 금년 연말에는 한꺼번에 갚겠다고 하셨습니다.”

희봉이 여전히 웃으며 말했다.

“하태감 나리께서도 참 소심하십니다. 그런 사소한 일을 왜 마음에 새겨두고 계시는지 모르겠군요. 제가 한 말씀 올리겠습니다만 그렇게 똑똑하게 기억하고 갚으시려면 얼마를 갚아야 할지 모르실 겁니다. 저희한테 없다면 모를까 돈이 이왕 있으니 언제든지 마음 놓고 가져다 쓰시기 바랍니다."

그리고 곧 왕아댁을 불러 분부했다.

"나가서 어디서든 이백 냥만 마련해 오게."

왕아댁도 무슨 뜻인지 눈치채고 웃으면서 말했다.

"저도 방금 다른 곳에서 염출할 데가 없어 아씨께 찾아와 돈을 내주십 사고 했던 것이옵니다."

희봉이 말했다.

"자네들은 어째 안에 와서 돈을 내놓으라고만 할 줄 아는가? 밖에서 염출해 오라고 하면 어째서 할 줄을 모르는가 말이야?"

이어서 희봉은 평아를 불러냈다.

"내 금목걸이 두 개를 가지고 나가서 우선 4백 냥을 마련해 오너라."

평아가 한참 있다 비단 보석함을 하나 들고 들어왔는데 안에는 비단 보자기로 싼 두 개의 보석이 들어있었다. 열어보니 하나는 금실로 연 밥만 한 크기의 진주를 꿴 목걸이였고 다른 하나는 보석을 박은 비취였 다. 두 가지 물건은 모두 궁중의 물건과 별반 차이가 없는 귀중한 것이 었다. 평아는 곧 갖고 나가더니 과연 4백 냥을 구해 왔다. 희봉은 젊은 태감에게 절반을 싸서 건네주고 나머지 절반은 왕아댁에게 주며 팔월 추석 명절을 준비하는 데 쓰라고 하였다. 젊은 태감이 인사하고 돌아 가려고 하자 희봉은 사람을 시켜 돈을 들고 대문 밖까지 배웅하도록 하 였다.

그제야 가련이 나오면서 어이가 없어서 웃었다.

"저런 날강도 같은 놈들은 언제나 없어질꼬!"

희봉도 웃으며 말했다.

"방금 돈 얘기를 꺼내자마자 진짜 돈 달라고 달려온다니까요."

"어제는 주태감이 와서 천 냥을 빌려달라는 게 아니겠어? 내가 좀 꺼 려하면서 주저했더니 금세 언짢은 표정을 짓더라니까. 앞으로 남들한테 얼마나 또 밉게 보일지 모르겠어. 지금 한 이삼백만 냥쯤 있었으면 좋겠는데 말이야."

그런 얘기를 하는 동안 평아는 희봉이 세수하는 것을 시중들었다. 세수를 마친 희봉은 옷을 갈아입고 가모의 거처로 가서 저녁 시중을 들었다.

한편 가련이 밖으로 나와 바깥 서재에 이르니 마침 임지효가 찾아왔다. 무슨 일이냐고 물었더니 임지효가 대답했다.

"방금 듣자하니 가우촌 나리가 좌천되었다고 합니다. 무슨 까닭인지는 모르겠는데요. 혹시 뜬소문이 아닐까요?"

가련이 말했다.

"사실 여부를 떠나서 그 사람의 벼슬자리는 그다지 길지 않을 것 같아. 앞으로 그 사람한테 일이 터지면 우리한테 연루될지도 모르니 차라리 그 사람을 좀 멀리하는 게 좋을 거 같아."

임지효가 말했다.

"그렇지 않아도 그렇게 생각하고 있답니다. 하지만 갑자기 소원하게 대하기도 쉽지가 않아요. 지금 동부의 가진 나리도 그 사람하고 더욱 친해지셨고, 저희 큰 대감님도 그 사람을 좋아하셔서 서로 늘 왕래하고 계시는 건 누구나 다 알고 있는 사실입니다."

가련이 말했다.

"어쨌든 그런 사람하고 함께 일만 꾸미지 않는다면 상관없겠지. 자네가 한 번 더 사실여부를 잘 알아보고 왜 그렇게 되었는지도 알아보게나."

임지효는 대답하고 나서도 나갈 생각은 않고 아래쪽 의자에 걸터앉아 가련과 얘기를 나누기 시작했다. 그러다 지금 집안 살림의 어려움에 대한 말이 나오자 기회를 타서 말했다.

"지금 집안에 딸린 식구가 너무 많습니다. 어느 날이든 시간이 되시면 노마님과 대감나리께 말씀드려서 전에 성실하게 일했던 늙은 하인 중에서 지금 쓸모없는 사람들은 은혜를 베푸셔서 돈을 주어 내보내는 것이 좋겠습니다. 그렇게 한다면 첫째로는 그들 자신들이 일거리를 찾아 생계를 꾸려갈 것이고 둘째로는 집안의 일 년 예산에서도 식량과 월급이 얼마간 절약될 수 있을 것입니다. 또한 안에도 시중드는 시녀들이 너무 많습니다. 속담에도 '갈수록 전보다 못하다'고 했습니다. 지금 예전에 잘 나가던 때를 얘기해서는 안 됩니다. 이제는 다들 고생이 되더라도 여덟 명을 부리던 분은 여섯 명으로 줄이고, 네 명을 부리던 분은 두 명으로 줄여야 합니다. 그렇게 해서 각 방을 합쳐보면 일 년에 역시 많은 식량과 월급이 절약될 수 있습니다. 게다가 지금 안에서 시중드는 시녀들도 다들 나이가 차서 시집보낼 사람은 보내야 하질 않겠습니까? 살림을 하게 되면 또 아이들도 생기게 될 테구요."

가련이 말했다.

"나도 그렇게 생각하고 있었네. 다만 대감 나리께서 지금 막 귀경하셨기 때문에 여러 가지 일들도 아직 다 말씀드리지 못했는데 이런 일부터 말씀드릴 수가 있어야지? 지난번 관청의 매파들이 경첩庚帖[6]을 가지고 와서 혼인을 요청했지만 마님께서는 대감님이 막 돌아오셔서 가족이 다 모였음을 즐거워하고 계신데 돌연 그런 일로 마음 아프게 해드릴지도 모른다고 생각하셔서 그 일을 꺼내지 않았던 것이네."

임지효가 말했다.

"옳으신 말씀이십니다. 마님께선 아주 생각이 깊으십니다."

"그렇다네. 아참! 마침 한 가지 일이 생각나서 말하겠네. 우리 집 왕아의 아들이 마님 방에서 일하던 채하한테 장가들고 싶다고 한다면서 왕아가 어제 나한테 왔었네. 난 그게 별로 어려운 일도 아니어서 누구

---

6 남녀가 정혼할 때 이름과 본적, 사주팔자 등을 적어서 교환하는 붉은색 종이.

든지 가서 한마디 하면 될 것이라고 생각하는데 지금 누구든지 시간이 되는 사람을 보내서 내 말이라고 전하라고 할 참이니 그리 알게나.”

임지효가 건성으로 대답하고 한참 있더니 웃으면서 입을 열었다.

“제 생각에는 말입니다요, 나리께서는 이 일에 나서지 않으시는 것이 좋을 듯합니다. 왕아의 자식 놈은 어리기는 하지만 밖에서 술 마시고 노름하는 등 세상에 못하는 짓이 없는 못된 놈입니다. 비록 다 같이 하인들이라고는 하지만 그래도 혼인이란 각자의 평생이 걸린 일입니다. 채하라는 아이는 듣기에 아주 말쑥하게 잘 자란 처녀애라고 하던데 굳이 그런 놈한테 보내서 일생을 망칠 까닭이 뭐 있겠습니까.”

“그 어린 녀석이 벌써부터 술까지 퍼마시고 돼먹지 못하게 군다고?”

“술과 노름만 하는 게 아니라 밖에서 온갖 못된 짓을 다 한답니다. 저희는 그저 그 사람네가 아씨마님네 사람이라서 반쯤 눈감고 못 본 척하고 있는 겁니다요.”

“난 그런 줄도 몰랐네. 그렇다면 그 녀석한테 색시를 구해주기는커녕 먼저 곤장부터 친 다음에 그놈 부모한테 물어봐야 하겠구나.”

“굳이 지금 그러실 필요까지야 있겠습니까. 그놈이 잘못을 저지르고는 있지만 앞으로 그놈이 다시 일을 저지르면 저희가 나리께 아뢸 테니 그때 처분하셔도 될 것입니다. 지금은 일단 용서하십시오.”

가련은 그 말을 듣고 입을 다물었으며, 잠시 후 임지효는 돌아갔다.

저녁이 되자 희봉은 벌써 사람을 보내 채하의 어머니를 불러 혼사 얘기를 꺼냈다. 채하의 어머니는 속으로는 원하지 않았으나 희봉이 직접 나서서 그런 말을 하였으므로 체면을 생각하여 마지못해 겉으로는 좋은 척하고 허락해버렸다. 희봉은 저녁에 가련이 돌아오자 채하의 중매에 관해 얘기했는지를 물었다.

“원래 내가 말하려고 했는데 들어보니까 그 녀석이 인간이 돼먹지 못했다는 거요. 그래서 아직 말하지 않았소. 정말 못된 놈이라면 먼저 야단쳐서 인간을 만든 다음 장가보내도 늦지 않을 것 같아서 말이오."

"당신은 누구한테 그 아이가 돼먹지 못하다는 말을 들은 거예요?"

"누구는 누구겠어? 집안에 있는 사람한테서지."

"우리 왕씨네 집의 사람이라면 저까지도 그 사람들 눈에 들 리가 없을 테죠. 그러니 하인의 일이야 말할 게 뭐가 있겠어요? 내가 직접 그 애의 어머니한테 말했더니 아주 좋아하면서 허락했다고요. 그럼 지금 불러 와서 그만두라고 말하란 말이에요?"

"당신이 벌써 말했으면 그만이지 뭘 그럴 필요가 있겠소? 나중에 그 녀석 아비한테 잘 타이르고 단속하라고 하면 될 일이지."

그러면서 가련과 희봉이 나눈 얘기에 대해서는 더 이상 이야기하지 않겠다.

한편 채하는 며칠 전 제 집으로 나가 부모가 정해주는 사람을 기다리고 있었다. 마음속으로는 가환과의 옛정이 남아있었지만 아직까지 아무것도 결정된 것은 없었다. 그런데 지금 왕아네 집에서 매일 찾아와 혼담을 꺼내고 있는 것이 아닌가. 일찍부터 듣자하니 왕아의 아들이 술 먹고 노름하는 사람인 데다 얼굴까지 추하게 생기고 쓸 만한 재주 하나 없다고 하여 속으로 걱정이 태산이었다. 왕아가 희봉의 세력을 믿고 강제로 혼인을 결정하게 된다면 채하로서는 평생의 한으로 남게 될 것이 분명하였으므로 더욱 조급한 마음이 되었다.

채하는 저녁에 조용히 여동생 소하를 시켜 조이랑을 찾아가 내막을 알아보게 하였다. 조이랑은 평소 채하와 잘 맞았으므로 가환에게 주어 자신의 오른팔로 삼고 싶은 생각이 간절했었다. 그런데 뜻밖에 왕부인 이 그대로 내보낼 줄은 생각지도 못했다. 조이랑은 가환을 부추겨서 채하를 달라고 해보라고 교사하였지만 가환은 부끄러워서 말을 꺼내지 못했을 뿐만 아니라 자신도 간절한 생각이 없어져서 채하를 그냥 흔한 시녀로만 여기게 되었다. 그래서 그녀가 가버려도 새로 좋은 아이가 올 것이라고 생각하여 시간을 끌며 말하지 않았던 것이다. 말하자면 가환의 생각으로는 그냥 손을 떼려는 것이었다. 하지만 조이랑은 아직 연연해하고 있었고 또 채하의 여동생이 찾아와 애원하였으므로 저녁에 틈을 내서 가정에게 먼저 간청하였다. 그러자 가정이 말했다.

"그런 일을 왜 그렇게 서두르는 거요? 그 애들이 한두 해라도 공부를 더 하고 나서 사람을 붙여줘도 늦지 않을 텐데 말이야. 내가 벌써 시녀 두 사람을 잘 보아 두었네. 하나는 보옥에게 주고 하나는 환이에게 주려고 해. 다만 아직은 나이가 어린 데다 공부를 게을리 하게 될까 봐 한두 해를 더 기다리자는 거야."

그 소리를 듣고 조이랑이 말했다.

"보옥이한테는 그런 사람이 생긴 지 벌써 이 년이나 되었어요. 나리께서는 아직 모르고 계셨나요?"

가정이 조이랑에게 다그쳐 물었다.

"누가 벌써 보옥에게 첩을 들여줬단 말이오?"

조이랑이 막 말을 하려는데 밖에서 덜커덩하며 뭔가 떨어지는 소리가 들렸으므로 다들 화들짝 놀랐다.

뒷일이 궁금하면 다음 회를 보시라.

痴丫頭誤拾繡春囊
懦小姐不問累金鳳

춘화 수놓은 주머니

어리석은 사대저는 춘화낭을 잘못 줍고
마음 약한 가영춘은 봉황비녀 찾지 않네

痴丫頭誤拾繡春囊　懦小姐不問累金鳳

조이랑趙姨娘이 가정에게 고해바치려는 순간 밖에서 갑자기 무언가 떨어지는 듯한 소리가 들려왔다. 깜짝 놀라 무슨 일인가 알아보라고 했더니 바깥 창문의 들창 고리를 단단히 걸지 않아서 떨어졌다는 것이었다. 조이랑은 시녀한테 몇 마디 야단을 치고 자신이 시녀를 데리고 가서 제대로 걸어 잠그고 들어와 가정의 잠자리를 잘 보살펴 주었다. 그 얘기는 그만 하기로 하겠다.

한편 이홍원에서는 보옥이 막 잠자리에 들었고 시녀들도 각처에 흩어져 잠을 자려고 하는데 갑자기 누군가 대문을 두드리는 소리가 났다. 할멈이 문을 열어보니 조이랑의 방에 있는 소작小鵲이란 시녀였다. 무슨 일이냐고 하자 소작은 대답은 않고 곧장 방 안으로 들어와서 보옥을 찾았다. 그런데 보옥은 막 잠자리에 들었고 청문 등이 아직도 침상가에서 웃고 떠들고 있다가 그녀가 온 것을 보고 물었다.

"대체 무슨 일이야? 이렇게 늦은 시간에 무슨 일로 왔어?"

소작이 웃으면서 보옥에게 말했다.

"한 가지 급한 소식을 전하러 왔어요. 방금 우리 마님이 대감님 앞에서 이러쿵저러쿵하며 도련님에 관해 말씀드리는 걸 들었거든요. 내일 아침에 대감님께서 도련님을 불러 물어보실지도 모르니까 조심하셔요."

소작은 말을 마치자 곧 돌아가려고 했다. 습인이 차를 대접하겠다면서 잠시 있으라고 해도 소작은 문이 닫힐지 모르니까 얼른 가야한다면서 가버렸다.

보옥은 자다 말고 일어나 그 말을 듣자 마치 손오공이 머리 조임테를 조이는 삼장법사의 주문소리를 들은 것만큼이나 놀라 순식간에 사지가 뻣뻣해지고 오장육부가 거북해지기 시작했다. 아무리 생각해보아도 별다른 뾰족한 수가 없었다. 보옥은 아무래도 책을 숙독하여 내일 시험에 대비해야겠다는 생각이 들었다. 입으로 막힘없이 줄줄 외워대면 다른 잘못이 있더라도 그럭저럭 넘어갈 수 있을 것이기 때문이었다.

이렇게 생각을 정한 보옥은 얼른 일어나서 옷을 걸치고 책을 읽으려고 하였다. 하지만 책을 들고 생각해보니 정말 후회막급이었다. 요즘 들어 말만 꺼냈을 뿐 거의 책을 손에 댄 적이 없었기 때문이었다. 진작 알았더라면 어쨌든 날마다 복습을 했어야 했다. 속으로 따져보니까 겨우 《대학》과 《중용》, 《논어》 등은 주석까지 외울 수가 있지만 《맹자》 상권은 절반가량이 생소하여 아무 구절이나 꺼내어 외우라고 하면 이어서 외워낼 수 없을 것 같았고 《맹자》 하권은 거의 잊어버린 상태였다. '오경五經'으로 말하자면 요즘 시를 짓느라고 《시경》을 늘 읽은 바 있어서 비록 익숙하지는 않더라도 그럭저럭 땜질을 할 수는 있을 것 같았다. 다른 것은 잘 모르더라도 평소에 가정이 읽으라고 직접 분부한 대목이 아니었으므로 크게 상관없을 것 같았다.

하지만 '고문'은 문제였다. 지난 몇 년간 읽어본 것으로는 《좌전》, 《전국책》, 《공양전》, 《곡량전》 및 한나라와 당나라의 글 겨우 수십 편에 불과한데 지난 수년간 제대로 복습조차 하지 못했기 때문이었다. 비록 한가할 때 한두 번 펴보기는 했지만 그나마 일시적으로 흥이 나서 그랬을 뿐이고 읽자마자 잊어버렸으며 제대로 노력을 기울인 적이 없으니 어떻게 외울 수가 있겠는가. 그러니 이것만은 절대로 적당히 넘길 수가 없을 것이었다. 더군다나 팔고문八股文[1] 같은 것은 보옥이 평소 대단히 싫어하던 것이었다. 그것은 애초부터 성현께서 만들어 내신 것이 아니니 성현의 오묘한 진리를 밝혀낼 수도 없는 것이라고 생각했고, 다만 후인들이 쓸데없는 이름과 녹봉을 타내기 위해 만든 것이라고 생각했기 때문이다.

그래서 가정이 지방으로 떠나면서 보옥에게 백여 편을 정해주고 읽으라고 했지만 보옥은 제대로 읽어보고 깊이 생각해 볼 생각을 하지 않았던 것이다. 다만 우연히 그중에서 한두 편을 보거나 승제承題와 기강起講[2] 중에서 정교하게 지어진 것이나 매끄럽게 지어진 것, 슬픔을 잘 표현하여 감동적인 것 등을 우연히 읽은 바는 있지만 그나마 일시적 흥미에 끌렸던 것이지 전체를 꼼꼼히 살펴 깊이 천착한 것은 아니었다.

지금 이것을 복습하려니 저것을 물어볼까 걱정되고 또 저것을 공부하자니 이것을 물어볼까 걱정되어 보옥은 도통 갈피를 잡을 수 없었으며, 더구나 하룻밤 사이에 모두를 다 익힐 수도 없으니 초조함만 더해 갔다.

---

1 팔고문이란 파제(破題), 승제(承題), 기강(起講), 입제(入題), 기고(起股), 허고(虛股), 중고(中股), 후고(後股), 결속(結束)으로 구성된 문장 형식으로, 명청대에 과거시험에 응시하기 위해서는 반드시 익혀야 했음. 형식주의의 극치를 보여준 과거제도의 폐단 가운데 하나.
2 승제는 팔고문 중 두 번째 형식으로 파제의 주제를 연결하여 언급하는 것이고, 기강은 세 번째 형식으로 주제의 뜻을 드러내는 것.

그동안 공부를 못한 책임은 결국 이날 밤 방 안의 시녀들까지 모두 잠을 못 이루게 만들고야 말았다. 습인과 사월, 청문 등 나이 든 시녀는 말할 것도 없이 곁에서 촛불 심지를 자르거나 차를 따르면서 함께 밤을 지새웠지만 나이 어린 시녀들은 몽롱한 눈으로 꾸벅꾸벅 졸면서 몸을 앞뒤로 흔들고 있었다. 청문이 그 모습을 보고 욕을 해댔다.

　"애들은 대체 뭐 하는 애들이야? 밤낮으로 송장처럼 늘어지게 잠만 자더니 어쩌다 좀 늦게까지 있다고 해서 그걸 못 참아내고 이렇게 난리야? 정 그렇다면 내가 바늘로 두 차례씩 찔러주마."

　그런데 그 말이 채 끝나기도 전에 밖에서 쿵! 하는 소리가 들려왔다. 얼른 나가보니 어린 시녀가 앉아서 졸고 있다가 벽에 머리를 부딪친 소리였다. 꿈속에서 깨어난 어린 시녀는 청문이 야단치는 소리를 잘못 듣고 자신이 청문에게 맞은 줄로만 착각하여 울음을 터뜨리며 애원했다.

　"언니! 잘못했어요. 다신 안 그럴게요."

　다들 그 소리에 웃음을 터뜨렸다.

　보옥이 얼른 말렸다.

　"그 애를 용서해 줘. 애들은 어서 재우는 게 마땅해. 너희도 번갈아 자도록 하고."

　습인이 말했다.

　"도련님! 도련님 공부에나 신경 쓰세요. 공부할 시간이 오늘밤밖에는 없으니 우선 그 책에나 마음을 두세요. 이번 고비만 넘기고 나서 다른 일에 신경 써도 늦지 않잖아요."

　듣고 보니 습인의 말이 간절하였으므로 보옥은 다시 책에만 신경을 쓰고 읽기 시작했다. 몇 글자 안 읽었을 때 사월이 차를 한 잔 우려 와서 목을 적시라고 했다. 보옥은 차를 받아 마시며 사월이 치마도 벗어놓고 짧은 속옷만 걸치고 있는 모습을 보고 한마디 했다.

　"밤도 깊어 날이 쌀쌀한데 그래도 제대로 옷을 갖춰 입어야지."

사월이 웃음을 띠고 책을 가리키며 말했다.

"도련님은 지금 우리는 잊어버리고 마음을 온통 이 책에만 두셔야 해요."

그때 금성유리〔방관〕가 뒷방에서 달려오며 소리쳤다.

"큰일 났어요! 누군가 담장을 넘어들어 왔어요!"

사람들이 그 소리에 놀라 어디! 어디! 하며 자는 사람을 깨워서 여기저기 찾아보느라 소란을 부렸다. 청문은 보옥이 공부하느라 밤새도록 신경 쓰며 고생한다 해도 내일까지 온전하게 외우기는 어렵겠다는 마음이 들어서 보옥이 이 난관을 무사히 지나갈 무슨 방도가 없을까 골똘히 생각하고 있었다. 그러던 중 마침 누군가 담을 뛰어넘었다는 말에 놀라면서 한 가지 꾀를 생각해냈다. 청문이 보옥에게 말했다.

"도련님! 이 기회에 얼른 병이 난 것처럼 하세요. 놀라서 병이 났다고 하면 되잖아요."

그 말이 보옥의 마음에 꼭 들었으므로 숙직하는 사람을 불러오라고 하여 등롱을 들고 밖에 나가 사방을 찾아보도록 했다. 하지만 별다른 흔적이 없었다.

"나이 어린 시녀들이 졸린 눈에 밖에 나갔다가 바람에 흔들리는 나뭇가지를 보고 사람이라고 잘못 본 모양입니다."

다들 그렇게 대답하자 청문이 야단쳤다.

"쓸데없는 소리를 하지 말아요. 당신네들이 제대로 찾아보지도 않고 자기들 잘못이 탄로 날까 봐 겁이 나니까 그런 말로 변명하려는 게 아니고 뭐예요? 방금 그 일을 한 사람만 본 것도 아닌데 무슨 소리에요? 지금 보옥 도련님과 우리가 다 같이 잠깐 나갔다가 함께 봤어요. 지금 도련님이 놀라서 얼굴이 파랗게 질리고 온몸에 열이 나서 안채에 사람을 보내 안혼환安魂丸 약을 가지러 보냈으니, 마님께서 물으시면 분명히 대답해야 해요. 그냥 그렇게 제멋대로 말씀드리려는 건 아니겠죠?"

숙직하는 사람들은 놀라서 감히 찍소리도 하지 못하고 어쩔 수 없이 각처로 흔적을 찾으러 나갔다. 청문과 금성유리 두 사람은 과연 약을 구하러 나갔다. 일부러 사람들에게 보옥이 놀라서 병이 났음을 알리고자 하는 의도에서였다. 왕부인이 듣고 놀라서 얼른 사람을 보내 살펴보도록 하고 약을 보내는 한편 다시 숙직하는 사람들에게 자세히 수색하도록 명했다. 그 밖에도 중문 밖 다른 정원의 담장 가에서 숙직하는 시동들에게도 찾아보도록 하여 대관원 내외는 온통 등롱과 횃불을 들고 밤새 시끄럽게 야단법석이었다.

날이 밝자 집사를 맡은 남녀 하인들에게 단단히 조사해보라고 명하는 한편, 내외의 숙직하는 하인들을 일일이 탐문하도록 하였다.

가모는 보옥이 밤사이에 놀라서 병이 났다는 말을 듣고 그 까닭을 상세히 물었다. 사람들이 감히 아뢰지 않을 수가 없어서 전후 사정을 말씀드리자 가모가 말했다.

"나는 그런 일이 일어날 줄 벌써부터 알고 있었느니라. 지금 각처에 숙직하는 사람들이 모두 제대로 조심하지 않는 건 둘째 치더라도 그들이 바로 도둑일지도 모르니까 그게 더 큰일이란 말이야."

그때 형부인과 우씨 등이 건너와 문안 인사를 하였다. 희봉과 이환 등의 자매들도 식사 시중을 들고 있었는데 가모가 그런 말을 하자 다들 대답할 말이 없어서 입을 다물고 있었다. 그때 탐춘이 자리에서 일어나 웃으면서 입을 열었다.

"요즘 희봉 언니가 몸이 불편한 동안 대관원 내의 일하는 사람들이 전보다 기강이 해이해지고 훨씬 방자하게 된 것은 사실이에요. 전에는 그래도 몰래 한 시간이나 반시간쯤, 혹은 숙직을 서면서 서너 사람이 한군데 모여 주사위를 던지거나 골패놀이를 하는 정도여서 그저 심심풀이로 졸음이나 쫓아보자는 것이었지요. 그런데 지금은 점점 방탕해져서 아예 도박판을 열어서 심지어 물주까지 두고 삼십 관이나 오십 관,

일이백 관까지도 판돈을 걸고 큰 노름판을 벌인다니까요. 보름 전에는 그러다가 싸움까지 대판 일어났었어요."

가모가 듣고 얼른 물었다.

"네가 그렇게 알고 있었다면 어째서 우리한테 일찌감치 말하지 않았어?"

"저는 마님께서 일이 많으셔서 연일 힘들어하시므로 말씀드리지 못했어요. 그 대신 큰아씨와 집사들에게 말해서 몇 차례 단속을 시키긴 했어요. 그래서 요즘은 조금 나아진 셈이에요."

"너희 같은 아가씨들이 그러는 가운데 얼마나 무서운 일이 일어나는지를 알기나 하겠느냐? 너는 그게 그저 푼돈이나 가지고 장난치는 것으로 여기고 싸움 일어나는 것만 겁을 내지만, 한밤중에 돈내기를 하면 자연 술을 마시게 될 것이고 술을 마시면 대문을 제멋대로 열었다 닫았다 하게 될 것이다. 들락날락하면서 물건을 산다, 사람을 찾는다 하다가 조용한 밤중에 인적이 드물면 누군가 도둑을 끌고 들어오거나 간음하는 사람들이 생기는 등 무슨 일이든 안 생기리란 법이 있겠느냐. 하물며 대관원 내의 자매들 거처에 있는 사람들이 모두 시녀나 어멈들인데 개중에는 못된 사람들도 끼어 있으니 도둑맞는 일이야 별게 아니라지만 다른 일이라도 터져서 조금이라도 물들게 되면 문제가 보통 커지는 게 아니란다. 이런 일을 어떻게 가볍게 용서할 수 있겠느냐?"

탐춘은 가모의 말을 듣고 묵묵히 입을 다물고 제자리로 돌아갔다. 희봉은 아직 몸이 완전히 쾌차한 것은 아니지만 지금은 정신이 많이 맑아졌으므로 가모의 말을 듣자 앞으로 나서며 말했다.

"하필이면 제가 병이 나는 바람에 일이 이렇게 되었습니다."

그리고 사람을 보내 임지효댁 등 가사를 총괄하는 집사어멈 네 사람을 불러오라고 하여 가모의 면전에서 한바탕 훈계를 하였다. 가모는 즉시 노름꾼의 우두머리를 조사하라고 명령하면서 자수하여 용서를 빌면 상을 주고, 숨기고 말하지 않는 자는 벌을 주도록 하라고 했다. 임지효댁은 가모가 이처럼 크게 역정을 내는 것을 보고 감히 사사로이 감출 수가 없어 원내로 들어가 모든 사람을 일일이 조사했다. 잠시 서로 발뺌을 하기는 했지만 결국은 진상이 훤히 밝혀져서 큰 노름꾼 물주 세 사람과 작은 노름꾼 물주 여덟 사람이 밝혀졌다. 여기에 참가한 노름꾼은 모두 이십여 명이었다. 이들은 모두 잡혀서 가모 앞으로 끌려와 마당 아래에서 무릎을 꿇고 머리를 조아리며 용서를 빌었다. 가모가 먼저 큰 물주에게 이름과 판돈의 크기를 물었다. 그 세 사람 중에서한 사람은 다름 아닌 임지효댁의 이종사촌네 사돈이었고, 다른 한 사람은 원내 주방을 맡은 유씨댁의 동생이었으며, 또 한 사람은 영춘의 유모였다. 이들 셋이 노름판의 주범이었으며 나머지 사람은 일일이 다 밝히지 않겠다.

가모는 주사위 골패를 모두 불태우고 노름판의 판돈은 모두 몰수하여 다른 사람들에게 나눠주었으며, 물주들은 곤장 마흔 대를 쳐서 밖으로 내쫓아 다시는 안에 발을 들여놓지 못하게 하였다. 그리고 나머지는 각각 곤장 스무 대를 치고 석 달 치 월급을 공제한 후 변소 청소를 맡겼다. 가모는 또 임지효댁에게 한바탕 호되게 꾸중을 내렸다. 임지효댁은 자신의 친척이 포함되어 있고 또 그의 뺨을 때리게 되어 기분이 언짢았으며 그 자리에 있던 영춘도 유모의 일로 인해 마음이 편치 않았다. 대옥과 보차, 탐춘 등이 영춘의 유모가 인루된 것을 보고 동병상련의 마음으로 함께 일어나 가모에게 애원하였다.

"이 유모는 평소에 별로 노름하고 싶은 생각이 없었는데 우연히 흥에 겨워 빠져들게 되었답니다. 둘째 언니의 체면을 생각해서라도 이번만은 용서해 주세요."

가모는 단호하게 대답했다.

"너희는 모른다. 이런 유모란 것들은 제각기 도련님이나 아가씨에게 젖을 먹였다는 이유로 다른 사람들보다 더 거들먹거리는데, 이들이 말썽을 일으키면 다른 이들보다 더욱 고약하단다. 저런 것들은 주인을 부추겨서 자기 잘못을 감싸고 두둔하게끔 한단 말이야. 내가 다 겪어본 일이야. 그렇잖아도 한 사람을 잡아다 본보기로 보여야 할 판이었는데 마침 잘 걸려들었어. 너희는 상관 말아라. 내가 다 알아서 처리할 테니까."

가모가 이렇게 말하니 보차 등도 어쩔 수가 없었다.

잠시 후 가모가 낮잠을 자러 들어가자 모두들 밖으로 물러나왔다. 그러나 가모가 오늘 이처럼 화를 내고 있었으므로 사람들은 흩어지지 못하고 밖에서 대기하고 있었다. 우씨는 희봉의 거처로 가서 잠깐 얘기를 나누다가 희봉의 몸이 불편하였으므로 바로 나와서 원내로 들어가 자매들과 한담을 나누었다. 형부인은 왕부인의 거처에서 잠시 앉아 있다가 산보하기 위해 대관원으로 향했다. 형부인이 대문 앞을 막 지나는데 가모의 방에서 일하는 사대저傻大姐란 어린 시녀 아이가 손에 울긋불긋한 물건을 하나 들고 고개를 숙여 들여다보면서 혼자서 히죽거리며 걸어오고 있었다. 그런데 앞을 제대로 살피지 않고 걷던 사대저는 그만 형부인과 정면으로 마주치게 되었다.

형부인이 물었다.

"이 바보야. 무엇을 주웠기에 그따위 개가 봐도 물어가지 않을 걸 가지고 그렇게 좋아하느냐? 어디, 내가 한번 보자꾸나."

사대저란 시녀는 올해 열네댓 살 먹은 아인데 얼마 전에 새로 데려와 가모의 방에서 물통이나 나르고 마당이나 쓸면서 허드렛일이나 하는 일꾼 시녀였다. 얼굴이 못생기고 몸이 뚱뚱한 데다 발이 커서 허드렛일은 제법 시원하고 재빠르게 해냈다. 다만 심성이 우둔하고 아는 게 없어서 하는 짓이나 말이 엉뚱하고 상식에 벗어나는 경우가 많았다. 가모는 그래도 이 아이가 일을 잘하고 하는 말이 우스꽝스러워서 '바보 아가씨〔呆大姐〕'라고 부르면서 심심하면 데려와서 장난치며 놀리기도 하였다. 이 아이는 앞뒤를 재거나 사리는 법이 없어 '멍청한 시녀〔痴丫頭〕'라고도 불렀다. 설사 예법에 어긋나는 일이 있다 해도 가모가 좋아했으므로 사람들도 그 아이를 그다지 탓하지 않았다.

지금 사대저는 그런 후광을 입고 가모가 일을 시키지 않을 때는 자주 대관원에 들어와 제멋대로 돌아다니며 놀곤 하였다. 사대저는 오늘 마침 원내에 귀뚜라미를 잡으러 왔다가 산석 뒤에서 오색으로 수놓은 향주머니를 하나 줍게 되었다. 화려하고 정교하여 마음에 들었으나 겉에 수놓은 그림이 꽃이나 새 등이 아니라 남녀가 발가벗은 채 서로 끌어안고 엉켜있는 그림이었으며 다른 한 면에는 글자 몇 자가 새겨있었다. 사대저는 아직 남녀 간의 일을 모르는 지라 나름대로 속으로 생각했다.

'두 요정이 서로 싸우고 있는 걸까? 그게 아니면 부부끼리 싸우고 있는 것인지도 몰라.'

사대저는 아무리 봐도 알 길이 없었으므로 가모에게 가져가서 물어보려는 참이었다. 그래서 혼자 낄낄거리며 들여다보면서 길을 걷다가 형부인과 부딪쳤던 것이다. 사대저는 형부인이 그렇게 묻자 웃으며 대답했다.

"마님 말씀이 지당하십니다. 이런 건 개도 알아보지 못할 거예요. 마님이 한번 봐 주세요."

수춘낭〔繡春囊: 춘화가 수놓인 주머니〕을 넘겨받은 형부인은 무심코 들여다보다가 화들짝 놀라 얼른 단단히 감추면서 물었다.

"너 이게 어디서 났느냐?"

"귀뚜라미를 잡으러 갔다가 동산의 바위 위에서 주웠어요."

"절대로 다른 사람한테 이 말을 하면 안 된다. 이건 아주 나쁜 물건이야. 너까지도 맞아죽을 수 있어. 하지만 너는 평소에 바보 같은 짓만 하니까 살려두겠어. 그러나 앞으로 절대 이 얘기를 해서는 안 되느니라!"

사대저는 놀라서 얼굴이 노랗게 변하며 말했다.

"네, 알았어요. 절대로 말 안 할게요."

사대저는 머리를 조아리고는 바보같이 휘청거리며 가버렸다. 형부인이 둘러보니 모두 처녀애들만 뒤를 따르고 있는지라 건네줄 수가 없어서 하는 수 없이 자신의 소매 속에 감추어 넣으면서 속으로는 정말 이상하다는 생각이 들었다. 형부인은 이런 물건이 대체 어디서 났을까 생각하면서 겉으로는 내색하지 않은 채 영춘의 방까지 왔다.

영춘은 자신의 유모가 잘못을 저질러서 자기도 면목이 없어서 마음이 거북하기 짝이 없는 판이었는데 갑자기 모친이 찾아왔다는 전갈이 오자 얼른 안으로 모시고 들어갔다. 차를 마시고 나자 형부인이 말했다.

"너도 이젠 이렇게 나이가 들었는데 네 유모가 그런 일을 하고 있으면 당연히 그만두라고 말을 했어야지. 지금 남들은 다 멀쩡한데 하필 우리한테만 이런 일이 일어났으니 어떻게 낯을 들고 다닌단 말이냐?"

영춘은 고개를 숙이고 옷고름만 만지작거리다가 한참 만에 한마디를 내뱉었다.

"제가 두어 번 얘기를 했는데도 유모가 말을 안 들으니 어떡해요? 더구나 유모는 유모니까, 유모가 저를 야단치는 법은 있지만 제가 유모를 야단칠 수는 없잖아요."

"쓸데없는 소리! 네가 잘못했으면 당연히 그 사람이 야단치겠지만 지금 그 사람이 잘못을 저질렀으니 네가 아가씨의 신분과 체면으로 야단치는데 제까짓 게 감히 어떡하겠느냐? 만약 고분고분 따르지 않으면 그때 나한테 말하면 될 게 아니냐? 그래 이제 남들이 다 알게 될 때까지 내버려두었으니 어떻게 하면 좋단 말이냐. 또 유모가 노름판 주범이 되려면 모르긴 몰라도 너한테 온갖 감언이설로 비녀나 반지, 의복을 가져나가서 밑천으로 삼았을 것이 아니냐. 너처럼 마음 약하고 무른 사람이 유모의 뒷배를 봐주지 않았을 까닭이 없어. 만일 네가 속아서 그런 걸

다 내주었다면 어떡할 거냐. 지금 내 수중엔 한 푼도 없는데 앞으로 추석 명절을 어떻게 지낼 작정이냐."

영춘은 아무 말 없이 고개를 숙이고 옷섶만 만지고 있었다.

형부인은 냉소를 지으면서 말했다.

"너희 그 잘난 오빠와 올케는 둘이 얼마나 양양대고 으스대며 사느냔 말이다. '가련 나리, 희봉 아씨'하고 다들 떠받들어 주니까 두 부부가 세상을 뒤덮을 듯 온갖 일을 다 챙기고 보살피면서 통틀어서 여기 하나밖에 없는 제 누이한테는 이토록 무관심하다니 말이 되느냔 말이야. 네가 내 몸에서 떨어진 친딸이라면 그래도 뭐라도 할 말이 있겠지만…. 그러니 그것들이 하는 대로 내버려두고 보는 수밖에 없어. 넌 내가 낳은 딸도 아니지 않니. 네가 비록 네 오빠와 같은 어머니배에서 나온 건 아니더라도 같은 아버지의 자식이니 마땅히 서로 보살피고 보듬어야 남들 웃음을 사지 않을 게 아니냐. 세상일이란 뜻대로 되는 건 아니겠지. 하지만 너는 큰 대감의 시첩이 낳았고 저쪽 탐춘은 둘째 대감의 시첩이 낳아서 길렀으니 출신은 같고, 네 어미는 죽었지만 전에 너희 두 어미를 비교해보면 네 어미가 지금 조이랑보다 열 배는 나은 사람이었으니 너도 탐춘보다는 나아야 할 게 아니냐. 어째서 그 애의 절반도 못 따라가느냔 말이다. 왜 정반대로 이렇게 되었는지 정말 아무리 생각해도 알 수 없는 일이구나. 내가 평생 아들딸 낳지 않고 딸린 것 없이 사는 게 되레 다행이야. 남들한테 비웃음이나 뒷말을 듣지 않고 살 수 있으니 말이다."

곁에서 시중들던 어멈들이 그 참에 끼어들었다.

"우리 아가씨는 얌전하고 인자하신 분이에요. 탐춘 아가씨처럼 잽싸고 영리하여 자매들 사이에서 승벽을 부리는 사람이 아니에요. 다들 우리 아가씨의 이러한 점을 잘 알면서도 조금도 보살펴주지 않는군요."

형부인이 말했다.

"제 친 오라비나 친 올케도 그러한데 남들이야 오죽하겠느냐."

그때 마침 밖에서 전갈이 왔다.

"희봉 아씨께서 찾아뵈러 오셨습니다."

형부인이 듣고 두어 번 코웃음 치더니 말을 전하게 했다.

"돌아가서 제 몸의 병이나 고치라고 해. 여기 시중은 들 필요 없다고 전하고."

잠시 후 탐춘의 어린 시녀가 달려와서 전했다.

"노마님께서 낮잠을 주무시고 일어나셨습니다."

형부인은 그제야 가모의 처소로 갔다. 영춘이 대문 밖에까지 배웅 나갔다가 들어오자 영춘의 시녀 수귤繡橘이 말했다.

"어떡하지요? 지난번에도 아가씨한테 말씀드렸지만 진주 박은 금실 봉황비녀가 어디로 갔는지 보이질 않아요. 말씀을 드렸는데도 아가씨는 왜 한마디 말씀도 없으세요. 틀림없이 유모 할머니가 갖고 나가서 전당 잡히고 그 돈으로 노름밑천을 했을 거라고 제가 말씀드렸잖아요. 아가씨는 그걸 안 믿으시고 사기가 챙겨두었다고 하셨는데 제가 사기한테도 물어보았어요. 비록 병석에 있지만 사기는 정신이 분명하거든요. 제가 물어보았더니 자기는 안 챙겼다고 했어요. 분명히 서가의 문갑 안에 넣어 두었대요. 팔월 보름 추석날에 머리에 장식해야 할 테니까요. 아가씨가 유모 할머니한테 직접 한번 물어보셨어야 했는데 그냥 마음이 약해서 남이 속상할까 봐 그냥 두신 거잖아요. 이제 와서 그걸 어디서 찾아요? 다음에 그걸 써야 할 때 아가씨만 안하고 나가면 어떡하겠어요?"

영춘이 대답했다.

"보나마나 유모가 잠시 갖고 나가서 임시변통으로 썼을 거야. 난 그저 유모가 몰래 가져갔으니 며칠 지나면 또 몰래 가져와서 제자리에 갖다 놓을 줄 알았는데 그 노인네가 잊어버릴 줄 누가 알았겠어. 오늘 이 난리가 났으니 이제 와서 물어봐도 소용없게 됐어.”

수귤이 또 말했다.

“잊기는 뭘 잊어요? 애초부터 아가씨 성격을 이용하느라고 그런 거예요. 제게 생각이 있어요. 지금 제가 곧바로 희봉 아씨를 찾아가서 사실대로 말씀드리고 사람을 보내 찾아오게 하든지 아니면 아예 돈을 몇 푼 갖고 가서 그걸 대신 찾고 나중에 돈을 벌충하게 하는 게 어떨까요.”

“그만둬라, 그만둬! 공연히 일을 만들지 말고. 차라리 없는 게 낫지 굳이 말썽을 일으킬 필요가 뭐 있겠니?”

수귤은 안달이 났다.

“아가씬 어째 이렇게 마음이 연약하세요! 뭐든지 쉬쉬하려고만 하시면 앞으로 아가씨까지 속여먹으려고 달려들 거예요. 아무래도 제가 찾아가 봐야겠어요.”

수귤은 말을 마치고 곧바로 나가려고 했다. 영춘은 입을 다물고 말없이 수귤이 하려는 대로 내버려두었다.

그때 마침 영춘 유모의 며느리인 왕주아王住兒댁이 시어머니의 잘못을 덮어달라는 청을 하려고 영춘을 찾아왔다가 안에서 금실 봉황비녀의 얘기를 하고 있자 성큼 들어서지 못하고 밖에서 지켜보고 있었다. 평소 영춘이 나약했으므로 그들은 영춘을 아랑곳하지 않았지만 지금 수귤이 고집을 부리며 희봉에게 찾아가 사연을 밝히겠다고 하자 아무래도 이 일을 피할 수 없을 것 같았고, 또 영춘에게 애원도 해야 했으므로 왕주아댁은 용기를 내서 안으로 들어갔다. 그녀는 먼저 만면에 웃음을 띠면서 나가려던 수귤을 잡고 말했다.

“공연히 일을 만들려고 나가지 말고 내 말 좀 들어봐요. 아가씨의 금실 봉황비녀는 확실히 우리 시어머님이 잠시 정신이 나가서 그것으로 돈을 구해 본전을 찾으려고 했던 거예요. 잠시 빌렸다가 하루이틀이면 되돌려 드리려던 것인데 본전을 되찾지 못해서 그만 지금까지 질질 끌게 된 거예요. 그런 걸 가지고 누가 소문을 퍼뜨려서 일이 이 지경까지 이르렀지 뭐예요. 그렇지만 그래도 주인님의 물건인데 저희가 감히 그 대로 모른 척할 리가 있겠어요? 언젠가는 꼭 찾아다가 드리겠어요. 그 러니 아가씨, 제발 어려서 젖을 드시던 때를 생각해서라도 노마님께 저 희 시어머님 말씀을 잘 좀 해주세요."

그러자 영춘이 말했다.

"아주머니도 일찌감치 그런 허망한 생각일랑 하지 마세요. 제가 가서 말씀드리겠거니 기다리자면 내년까지 기다린다 해도 소용없을 거예요. 방금 전에도 보차 언니와 대옥이 등이 다함께 말씀드려보았지만 노마 님이 단호하게 거절하셨거든요. 그러니 지금 나 혼자 다시 가서 말한들 무슨 소용이 있겠어요. 그렇지 않아도 면목이 없어서 얼굴을 들 수조차 없는 지경인데 어떻게 나더러 가서 그런 말을 하라는 거예요?"

수귤이 곁에서 가만있지 않았다.

"금실 봉황비녀를 찾아오는 일과 유모 사정을 봐 달라고 간청하는 일 은 별개의 문제예요. 공연히 뭉뚱그려서 말하지 마세요. 아가씨가 사 정을 드리러 가지 못한다고 봉황비녀를 안 찾아오겠다는 건 아니겠지 요? 아주머니는 어서 그거나 찾아오고 나서 다시 말씀하든지 하세요."

왕주아댁은 영춘이 이처럼 거절하고 수귤이 말속에 그렇게 칼날을 세우자 더 이상 대답할 말이 없었다. 잠시 얼굴을 들지 못하고 있었지 만 그래도 영춘이 평소 무던한지라 만만히 보고 수귤의 말을 꼬투리 잡 아 대들었다.

"아가씨도 너무 그렇게 위세 부리지 마세요. 아가씨도 한번 이 집안 구석구석을 다 좀 살펴보란 말이에요. 자기 주인 도련님이나 아가씨의 위세에 힘입어 덕을 보지 않고 사는 유모가 어디 있는가 말이에요. 그 런데 우리 집에서만 이렇게 고지식하게 따지고 있잖아요. 그러면서도 안속으로는 자기네만 적당히 주인을 속여먹고 있는 걸 모를 줄 아세요?

형수연 아가씨가 이곳에 온 뒤로 마님이 분부하셔서 한 달에 한 냥을 염출하여 외숙모 마님한테 드리도록 하였고 형수연 아가씨 비용은 여기서 쓰도록 했으니 우리는 오히려 한 냥 돈이 모자라게 된 셈이에요. 그래서 늘 이것이 모자란다, 저것이 부족하다고 해서 우리가 다 보탠 게 아니던가요? 아니면 누가 보탰겠어요? 그저 다들 그럭저럭 참고 지냈던 것이잖아. 지금까지 보탠 돈을 셈해보면 아마도 서른 냥은 족히 될 거에요. 그런데 이렇게 되고 보니 그동안 우리가 공도 없이 이 돈을 갖다 처박은 꼴이 되고 말았지 뭡니까?"

수귤은 왕주아댁의 말이 미처 끝나기도 전에 코웃음을 치면서 욕을 퍼부었다.

"무슨 서른 냥이나 공짜로 밀어 넣었다고 그러는 거예요? 지금 한 번 셈해봅시다. 우리 아가씨가 무엇을 달라고 했단 말이에요?"

영춘은 이 여자가 형부인의 사적인 이야기를 끄집어내려고 하자 얼른 제지하면서 말렸다.

"됐어요, 됐어! 금실 봉황비녀 얘기를 하다 말고 온갖 쓸데없는 일까지 끄집어낼 필요가 뭐 있어? 나도 이제 그따위 금실 봉황비녀는 필요 없어. 마님이 물으시면 잃어버렸다고 말해버리면 될 거 아냐. 그럼 당신네들하고는 아무 상관없는 일이 되니까 이제 그만 돌아가 쉬도록 해."

그러면서 영춘은 수귤에게 차를 따라오라고 일렀다. 그러나 수귤은 화가 치밀어 올라서 견딜 수가 없었다.

"아가씨는 그게 별거 아니라고 하시지만 그럼 우리는 도대체 뭐가 되겠어요? 아가씨의 물건을 잃어버린 게 되잖아요. 게다가 저 사람들은 지금 또 아가씨가 자기네 돈을 썼다고 떼를 쓰고 있으니 지금 분명히 밝혀놓지 않으면 안 돼요. 혹시라도 나중에 마님께서 아가씨가 왜 남의 돈을 썼느냐고 물으실 수 있고, 그렇게 되면 마치 우리가 그 돈을 중간에서 챙긴 것이라고 오해하실 수도 있는 거예요. 그러니 이 일을 어쩌면 좋아요!"

수귤은 제 분을 참지 못하고 말하다 말고 훌쩍훌쩍 울기 시작했다. 건넛방에서 듣다 못한 사기가 하는 수 없이 건너와서 수귤에 이어서 그 여자에게 대들었다. 영춘은 말려도 소용없자 《태상감응편太上感應篇》[3] 한 권을 손에 들고 그들이 싸우거나 말거나 조용히 읽기 시작했다.

세 사람이 엉켜 말다툼을 벌이고 있을 때 마침 보차와 대옥, 보금, 탐춘 등이 영춘의 심사가 괴로울 것을 생각하여 위로하려고 찾아왔다. 대문 안에 들어서자 두세 사람이 방 안에서 한창 실랑이하는 소리가 들려와 탐춘이 창문을 통해 안을 들여다보니 영춘은 침상에 기대어 책을 보면서 마치 아무 소리도 안 들리는 귀머거리처럼 앉아 있었다. 탐춘은 그 모습이 너무 우스웠다. 어린 시녀가 그들을 알아보고 얼른 문발을 열어젖히며 안에다 소리쳤다.

"아가씨들께서 오셨습니다!"

영춘은 그제야 책을 놓고 일어섰다. 왕주아댁은 사람들이 들어오고 특히 그중에 탐춘이 있는 걸 보고 제풀에 말을 멈추고는 기회를 봐서 얼른 나가려고 했다.

탐춘이 자리에 앉으면서 물었다.

"방금 누가 여기서 떠들었어? 말다툼하던 것 같던데."

영춘이 웃으면서 발뺌을 했다.

"아무것도 아니야. 공연히 저 애들이 별거 아닌 것을 가지고 소란 피운 것뿐이야. 그런 걸 뭐하러 물어?"

탐춘이 말했다.

---

3 진나라 갈홍(葛洪)이 태상노군(太上老君)의 이름을 빌어 권선징악과 인과응보를 설파한 도교의 서적. 태상노군은 노자를 신격화하여 부르는 호칭.

"방금 듣자하니 무슨 '금실 봉황비녀'니, 무슨 '돈이 없어서 우리 하인한테 달라고 한다'는 등 하던데 누가 하인한테 돈을 달라고 했다는 거야? 설마 언니가 하인한테 돈을 달라고 하지는 않았겠지? 언니도 우리처럼 한 달에 받는 월급이 일정하고 나가는 용처도 다르지 않을 거 아냐?"

사기와 수귤이 함께 말했다.

"아가씨 말씀이 맞습니다. 아가씨들은 모두 같지요. 어느 아가씨네 돈이건 모두 유모들이 쓰면서 저희조차도 어떻게 쓰는지 모르고 있어요. 물건이 필요할 때마다 얘기해서 타서 쓸 뿐이거든요. 지금 저 사람은 우리 아가씨가 자기네 돈까지 내다 쓴다고 하면서 자기들이 손해 보았다고 하는데, 대체 우리 아가씨가 언제 무엇을 얻어 썼다고 그러는지 모르겠어요."

탐춘이 웃으면서 물었다.

"언니가 저 사람들한테 달라고 하지 않았다면 필시 우리가 저 사람들한테 달라고 했다는 얘기가 되겠구먼! 그 사람을 불러와 봐! 내가 한 번 물어봐야겠어."

영춘이 웃으며 말렸다.

"그게 무슨 소리야? 너희하고는 아무 상관도 없는데 공연히 그 사람을 왜 끌어들이는 거야?"

탐춘이 말했다.

"그건 그렇지가 않아요. 나나 언니나 처지는 마찬가지란 말이에요. 언니의 일이라면 내 일이나 마찬가진걸요. 저 사람이 언니한테 말했으면 그건 나한테 말한 거나 마찬가지에요. 우리 저쪽의 사람들이 나를 원망하는 소리를 언니가 들으면 언니가 원망을 듣는 것과 같은 거예요. 우리는 주인이니까 당연히 그런 사소한 돈 얘기는 따질 필요가 없어. 필요하면 얻어다 쓰는 거야 얼마든지 있을 수 있는 일이거든. 그런데 금실 봉황비녀 얘기는 왜 나왔던 거야?"

왕주아댁은 수귤의 입에서 얘기가 나올까 봐 자기가 먼저 나서며 얼버무리려고 했다. 탐춘이 그 의도를 훤히 알고 웃으며 말했다.

"그래서 자네들이 어리석다고 하는 거야. 지금 자네 시어머니가 잘못을 저질렀으니 희봉 아씨께 사정해서 몰수된 돈을 사람들에게 나눠주기 전에 받아다가 전당포에 맡겼던 물건을 찾아왔으면 되질 않았겠어? 아직 일이 터지기 전에 그렇게 해결했으면 다들 체면도 유지했을 거 아냐. 이제 와서 서로 체면도 다 깎이고 말았으니 설사 열 가지 죄가 있다고 해도 한 사람이 다 받을 수밖에 없지 않겠어? 한 가지 죄에 머리 두 번 내려칠 수는 없을 테니까. 그러니 내 생각대로 지금 희봉 아씨한테 찾아가서 말해요. 여기서 이렇게 소리치고 다툰다고 해서 무슨 소용이 있겠어."

탐춘이 이렇게 조목조목 지적하자 왕주아댁은 더 이상 할 말이 없게 되었다. 하지만 감히 희봉을 찾아가서 자수할 엄두도 나지 않았다.

탐춘이 말했다.

"내가 안 들었으면 모를까 기왕 들은 이상 최대한 화해시켜 줄 테야."

그때 탐춘은 벌써 눈짓으로 시녀인 대서待書를 내보냈었다. 그래서 이런 얘기를 나누고 있던 도중에 갑자기 평아가 들어왔던 것이다. 그러자 보금이 박수치며 웃으면서 말했다.

"정말 셋째 언니는 귀신을 부려 장수를 불러내는 도술이 있나봐!"

그 소리에 대옥이 웃으며 말했다.

"이건 도술이나 현묘한 술수가 아니라 용병술이 기막히게 정교하다는 거야. 그게 바로 이른바 '지킬 때는 수줍은 처녀같이, 도망칠 때는 날랜 토끼같이'[4] 하라는 것이잖아. 무방비한 허점을 찌르는 묘책인 거

---

4 《손자병법(孫子兵法)》에 나오는 구절. 전쟁에서 싸울 때는 처녀처럼 조용히 접근

야."

두 사람이 농담으로 웃고 있을 때 보차가 눈짓으로 그만 하라고 하자, 두 사람은 슬쩍 화제를 돌렸다.

탐춘은 평아가 들어오는 것을 보고 물었다.

"아씨마님께서 몸은 좀 어떠셔? 정말 병 때문에 정신이 나갔나 봐. 무슨 일이든 상관 않고 있으니까 우리가 이렇게 억울함을 당하잖아."

평아가 궁금하여 얼른 물었다.

"아가씨가 왜 억울함을 당하고 계세요? 누가 감히 아가씨를 화나게 했단 말이에요. 어서 말씀해 보세요."

그러자 왕주아댁은 당황하여 얼른 달려와서 평아에게 매달렸다.

"평아 아가씨 앉아서 제 말씀 좀 들어보세요."

평아가 정색하며 말했다.

"아가씨께서 말씀하고 계시는데 어디 감히 당신하고 내가 끼어들 수 있단 말이에요? 예의범절을 알거든 밖에서 기다려요. 불러들이지 않으면 들어올 수 없다는 걸 몰라요? 바깥의 어멈들이 이유 없이 함부로 아가씨 방에 마구 들어오는 전례가 언제부터 있었나요?"

수귤이 거들면서 말했다.

"우리 이 방은 예의도 없는 곳이에요? 아무나 들어오고 싶으면 제멋대로 들어온다고요."

평아는 수귤도 나무랐다.

"이건 다 너희 잘못이야. 아가씨 마음씨가 착하셔서 그러시면 너희라도 나서서 내쫓아야지. 그런 다음에 마님께 말씀드리면 되잖아."

왕주아댁은 평아의 말을 듣고 얼굴이 벌겋게 달아올라 밖으로 나갔다.

하여 적이 경계하지 않도록 하고, 싸움이 끝난 뒤에는 토끼처럼 신속하게 빠져나와야 한다는 뜻.

탐춘이 이어서 말했다.

"그럼 내가 말 좀 하겠어. 만일 다른 사람이 나한테 잘못을 저지른다면 그건 상관없을 수도 있어. 하지만 지금 왕주아댁과 그 시어머니가 유모라는 걸 빌미로 삼고 또 우리 영춘 언니의 착한 성격을 악용하여 이처럼 자기 멋대로 달려들었단 말이야. 남모르게 언니의 머리장식을 가져나가 노름밑천을 삼았으면서도 오히려 거짓 셈을 날조하여 자기네 돈을 더 썼다고 하고, 또 은근히 언니를 위협하여 희봉 아씨께 사정해 달라고 하다가 지금 이 방에서 저 두 시녀하고 입씨름을 했단 말이야. 우리 언니가 이들을 제압할 수 없기에 내가 우연히 보고 도저히 참고 넘어갈 수가 없어서 지금 평아를 불러 한번 따져보려고 한 거야. 저런 여편네는 애초부터 하늘에서 떨어진 인간이라 도리를 모르는 건지? 아니면 어느 주인께서 부추겨서 그렇게 하라고 한 건지 모르겠어. 혹시 먼저 둘째 언니를 제압한 다음 나와 넷째를 다스려보려는 건 아닐까?"

평아가 얼른 웃음을 띠면서 말했다.

"아가씨 오늘은 어째 그런 말씀을 다 하세요? 저희 아씨마님께서 그 말씀을 어떻게 감당하시겠어요?"

탐춘은 코웃음 치면서 말했다.

"속담에도 동병상련同病相憐이란 말이 있고 순망치한脣亡齒寒[5]이란 말도 있으니 내가 자연히 경계심을 가질 수밖에 없잖아."

평아가 말했다.

"그 일만이라면 별것이 아니므로 처리도 간단해요. 하지만 아가씨의 유모이기 때문에 아무래도 아가씨가 어떻게 생각하는가가 중요해요."

그 순간 영춘은 보차와 함께 《감응편》의 이야기를 보느라고 방금 전

---

5 입술이 없으면 이가 시리다는 의미, 같은 처지에 놓인 두 사람이 서로 의존한다는 뜻.

에 탐춘이 무슨 말을 했는지 제대로 듣지 못했다. 그러다가 갑자기 지금 평아의 질문을 받자 영춘이 웃으며 말했다.

"나한테 묻는 거야? 나도 별다른 방법이 없어. 그 사람들 잘못은 스스로 죗값을 받아야 해. 나는 찾아가서 애원할 수도 없지만 그렇다고 심하게 질책하기도 싫단 말이야. 그리고 몰래 가져간 머리장식 봉황비녀는 가져오면 받을 것이고 안 가져오면 구태여 달라고도 하지 않겠어. 마님들이 물으셨을 때 거짓으로 잃어버렸다고 하여 그대로 넘어가면 다행이고 안 되면 나로서도 어쩔 수가 없어. 그렇다고 저 사람들 때문에 마님들을 끝까지 속이고 솔직하게 말씀드리지 않을 수는 없겠지. 너희는 내가 성격이 유순하고 결단성이 없다고 하지만 사방팔방을 다 만족시킬 수 있는 좋은 방도가 있으면 한번 말해 봐요. 마님들이 화를 내지 않으시도록 잘 처리하기만 하면 돼. 난 정말 모르겠어."

영춘이 그렇게 말하자 사람들이 모두 웃음을 터뜨렸으며, 대옥이 한마디 했다.

"정말 그야말로 '호랑이와 이리가 궁중에 몰려와 진을 치고 있는데도 인과응보를 강설하는 격'이로구먼. 영춘 언니가 남자로 태어났으면 이 집안의 위아래 수많은 하인을 어떻게 다스렸을지 정말 궁금해."

영춘이 웃으면서 대꾸했다.

"그러게 말이야. 남자들 여럿이 나서도 이 모양인데 하물며 나 같은 사람이야 말해 뭐 하겠어."

그 말이 끝나기도 전에 누군가 밖에서 들어서는 것이었다.

그가 누구인지 궁금하면 다음 회를 보시라.

惑奸讒抄檢大觀園
矢孤人杜絕甯國府

한밤의 대관원 수색

참소 들은 왕부인은 대관원 수색을 명하고
청정 지킨 가석춘은 녕국부 인연을 끊었네

惑奸讒抄檢大觀園 矢孤介杜絕寧國府

평아는 영춘의 말을 듣고 웃음이 터져 나오려는 참이었는데 마침 찾아온 사람이 있으니 그는 바로 보옥이었다. 알고 보니 주방 일을 맡고 있는 유씨柳氏댁의 여동생도 노름판을 열었다는 죄로 걸려들었는데 평소 유씨댁과 사이가 안 좋았던 사람들이 유씨댁까지도 고소하였던 것이다. 그녀와 여동생이 한패라고 하면서 겉으론 여동생의 이름을 내세웠지만 사실은 돈을 벌어서 둘이 나누었다고 뒤집어씌우며 무고하였다. 그래서 왕희봉은 유씨댁까지도 처벌하려고 하였다.

유씨댁은 그 소식을 전해 듣고 손발이 부들부들 떨리도록 겁이 났다. 다급해진 유씨댁은 평소 이홍원 사람들과 잘 지냈던 것을 생각하여 얼른 은밀히 찾아가 청문과 금성유리〔방관〕 등에게 사정해보았다. 금성유리는 그 말을 보옥에게 전했고 보옥은 영춘의 유모도 이번에 걸려들었다고 들었으므로 차라리 영춘과 함께 애원하러 가면 자기 혼자 가는 것보다 낫겠다는 생각이 들어 영춘을 찾아갔던 것이다. 그런데 그곳에 여러 사람이 먼저 와 있다가 보옥에게 온 까닭을 묻는 것이었다.

"병은 다 나은 거예요? 여긴 뭐 하러 왔나요."

보옥은 그 자리에서 사실대로 말하기가 거북하여 둘러댔다.

"둘째 누나를 좀 만나보러 왔어요."

자리에 있던 사람들은 그런가보다 하고 아무도 개의치 않고 한담을 계속했다.

평아가 금실 봉황비녀의 일을 처리하러 나가자 왕주아댁은 평아의 뒤를 바짝 따르면서 애원했다.

"평아 아가씨! 아가씨의 말에 우리 목숨이 달렸으니 제발 좀 살려줘요. 어쨌든 물건은 찾아다 드릴 테니까요."

평아가 웃으면서 말했다.

"봉황비녀는 어쨌든 찾아와야 해요. 언제고 찾아야 할 걸 왜 진작 못 했어요? 아마 그럭저럭 지내보자는 심사였겠지. 만약 그러시다면 나도 남의 말 하기 싫어하는 사람이니까 일찌감치 찾아와서 나한테 갖다 주면 아줌마네 일은 한마디도 입 밖에 내지 않겠어요."

왕주아댁은 그 말에 비로소 마음을 놓으며 사례하면서 말했다.

"그럼 가서 볼일 보세요. 제가 오늘 저녁내로 가서 찾아다 드릴게요. 먼저 아가씨한테 보고하고 돌려드릴 테니 그러면 되겠죠?"

"저녁내로 안 가져오면 그땐 날 원망 마세요."

말을 마치고 두 사람은 각각 헤어졌다.

평아가 집에 돌아오니 희봉이 물었다.

"탐춘 아가씨가 너를 왜 불렀느냐?"

"탐춘 아가씨는 아씨가 화내실까 봐 저를 불러 잘 위로해 드리라고 했어요. 그리고 요 며칠 사이에 아씨가 무엇을 드시는가 물었어요."

"그래도 역시 탐춘 아가씨가 날 생각해 주는군그래. 방금 또 한 가지 일이 생겼어. 누군가 와서 유이柳二댁이 제 여동생과 어울려 함께 노름

판을 열었다는 거야. 제 여동생이 한 짓도 사실은 그 사람이 뒤에서 대
줘서 한 거라고 그러더군. 그런데 내가 가만히 생각해보니까 네가 평소
에 나한테 '큰일은 작게, 작은 일은 없게 하라'고 충고했었잖아. 그래야
한가로운 시간도 생기고 자기 몸도 보살필 수 있다고 말이야. 그런데
그 말을 안 들었더니 일이 커져서 벌 받게 된 거야. 결국 마님한테 잘못
보이게 되었고 자신에겐 이런 병이 생기게 된 것이지. 지금은 나도 이
제 세상 이치를 깨우쳤어. 그 사람들끼리 물고 뜯고 싸우라고 해. 어쨌
든 아직도 일할 사람은 얼마든지 있으니까 말이야. 공연히 마음 졸이며
애를 써보았자 숱한 사람한테서 원망만 사게 될 테니 우선 내 몸 하나
돌보는 게 급선무야. 설사 몸이 낫는다 해도 이제부터는 나도 그냥 좋
은 게 좋다고 즐겁게 웃으면서 살아갈 테야. 일체 옳고 그른 시비는 남
들이 알아서 하라고 할 작정이야. 그래서 지금 알았다고 말은 했지만
그냥 말로만 그랬던 것이고 전혀 어떻게 할 생각은 없어."

평아가 웃으면서 말했다.

"아씨께서 그렇게 생각하신다면 저한테는 더할 수 없는 행운이지요."

그 순간 마침 가련이 들어서며 한숨을 지으면서 말했다.

"멀쩡하더니 또 말썽이 생기고 말았어. 지난번 내가 원앙한테 물건을
빌려 저당 잡힌 일을 우리 어머님께서 어떻게 아시게 된 걸까? 방금 나
를 부르시더니 이번 팔월 보름 추석명절에 쓰신다고 하시면서 어디서
염출하든지 이백 냥을 마련하라고 하시는 거야. 그래서 지금은 돈을 염
출할 데가 없다고 했더니 역정을 내시면서 이러시는 거야. '네 수중에
돈이 없더라도 너에게 돈을 돌려쓸 만한 곳은 있질 않느냐? 돈 얘기만
나오면 나를 막아세우는구나. 네가 돈 변통할 곳이 없다면 지난번 천
냥짜리 저당잡힌 상자는 대체 어디서 난 것이냐. 노마님의 물건까지 손
대는 신통한 녀석이 지금 이백 냥을 가지고 그렇게 말한단 말이냐. 내
가 아직 아무한테도 말하지 않았으니까 망정이지만 말이야.' 내 생각에

는 어머님이 분명히 돈이 모자라서 그러시는 건 아니실 텐데 굳이 일을
만들어서 사람을 괴롭히는 게 무슨 까닭인지 모르겠어."

희봉이 말했다.

"그날 외부 사람은 아무도 없었는데 누가 그런 소문을 흘렸을까요?"

평아가 가만히 그날 누가 이곳에 있었는지 생각해보더니 한참 만에
웃으며 말했다.

"참! 생각이 났어요. 그날 얘기를 나누고 있을 때 다른 사람은 아무
도 없었어요. 하지만 저녁때 물건이 왔을 때 마침 노마님 쪽에 있는 사
대저의 어미가 빨아서 풀 먹인 옷을 가져와서 아랫방에 잠시 앉아 있었
어요. 아마 큰 상자가 눈에 뜨이니까 자연히 물었겠죠. 어린 시녀들이
뭘 모르고 아무렇게나 대답했을지도 모르는 일이에요."

평아는 곧 시녀 몇 사람을 불러다 그날 누가 사대저의 어미에게 무슨
말인가를 했는지 물었다. 시녀들은 깜짝 놀라 모두 무릎을 꿇고 맹세하
면서 말했다.

"평소에 감히 한 마디도 허튼 소리를 하지 않았습니다. 누가 무엇을
묻든지 모두 모른다고만 말했습니다. 이런 일을 감히 누가 쓸데없이 입
을 놀렸겠습니까?"

희봉이 곰곰이 생각해보더니 평아에게 말했다.

"저 애들이야 감히 말할 수 없었을 것이다. 공연히 애들을 괴롭히지
마라. 그보다도 조사는 일단 뒤로 미루고 시어머님한테 돈을 갖다 드리
는 일이 시급하게 되었구나. 차라리 우리한테 돈이 모자라는 형편이 되
더라도 그쪽을 섭섭하게 해서는 안 된다."

희봉은 평아를 시켰다.

"어서 내 금목걸이를 가져오너라. 가서 이백 냥만 만들어 보내드리고
일을 마무리하자꾸나."

가련이 듣고 있다가 한마디 덧붙였다.

"거 돈 구하는 김에 이백쯤 더 하는 게 어때. 우리도 써야 하잖아."

희봉이 막았다.

"그럴 필요 없어요. 난 돈 쓸 데도 없어요. 지금 잡히면 언제 되찾을 지도 모르는데."

평아가 하인을 시켜 왕아댁을 불러다 그 금목걸이를 가지고 가서 돈을 마련해오라고 하였다. 잠시 후 왕아댁이 돈을 마련해오자 가련이 직접 형부인에게 가지고 갔다. 그 얘기는 그만 하기로 하겠다.

한편 희봉과 평아는 도대체 누가 소문을 흘렸을까 일일이 따져보았지만 좀처럼 생각나는 사람이 없었다. 희봉이 말했다.

"그런 일을 누가 안다고 해도 별건 아니지만 혹시 못된 놈들이 알고 그걸 빌미로 유언비어를 만들어 내거나 쓸데없는 일을 만들까 봐 그게 걱정이야. 그렇지 않아도 지금 시어머님네는 원앙과 틀어져서 원수가 되어 있는 마당인데 지금 원앙이 사사롭게 우리 서방님께 물건을 빼돌 렸다고 한다면 못된 놈들이 얼씨구나 좋다할 게 분명해. 눈에 보이면 배가 아무리 불러도 게걸스러워지는 법이니 갈라진 틈도 없는 달걀에서 구더기가 나온다는 격으로 헛소문을 만들어내는 사람들이 아니냐. 지금 이런 빌미를 잡고 나면 또 뭐라고 사리에도 맞지 않는 숱한 말들을 만들어 낼지도 모른단 말이야. 우리 서방님 쪽이야 그렇다 치더라도 원앙 같이 착실한 아이한테는 큰 타격이 될 텐데 그럼 그게 우리 잘못이 아니겠어?"

평아가 웃으면서 말했다.

"그건 상관없을 거예요. 원앙이 물건을 빌려준 것은 아씨마님을 보아서 그런 것이지 결코 서방님을 위해서 그런 건 아닐 거예요. 그리고 원앙이 우리 부탁을 들어주면서 사사로이 은밀하게 넘겨준다고는 했지만 사실은 노마님께도 말씀을 드렸을 거예요. 노마님은 자손들이 많으니까 여기서도 빌려달라 저기서도 빌려달라며 눈앞에 와서 애교를 부린다면 어떻게 누구는 빌려주고 누구는 빌려주지 않을 수 있겠어요. 그러니까 아예 모르는 척하시는 거예요. 설사 시끄럽게 일이 터져도 결국엔 별문제가 안 될 겁니다."

희봉이 말했다.

"이치야 그렇긴 하지만 그래도 그건 우리 두 사람만이 아는 일이지. 저 모르는 사람들이야 어떻게 의심하지 않겠어?"

그 말이 끝나기 전에 밖에서 아뢰는 소리가 들렸다.

"마님께서 오셨습니다."

희봉이 듣고 웬일로 직접 오셨을까 궁금히 여기며 평아와 함께 얼른 나가 맞아들였다. 왕부인의 안색이 심상치 않았다. 심복 시녀도 단 한 사람만 데리고 찾아왔다. 왕부인은 한마디도 입을 열지 않고 곧장 안으로 들어와 자리에 앉았다. 희봉이 급히 차를 따라 대접하며 웃음을 띠고 문안 인사를 했다.

"마님께서 오늘 어인 일로 여기까지 행차하셨는지요?"

왕부인은 대답 대신 엄한 목소리로 소리쳤다.

"평아는 나가 있어라!"

평아는 그 말을 듣고 어쩔 줄 몰라 하며 어린 시녀들을 데리고 함께 밖으로 나와서는 문밖에 서 있다가 아예 문을 닫고 자신은 계단에 앉아 아무도 방 안으로 들어가지 못하게 했다.

희봉은 무슨 일인지 몰라 놀란 가슴이 마구 뛰었다. 왕부인은 눈물이 글썽글썽하면서 소매 속에서 향주머니를 하나 꺼내 눈앞에 내던지며 말했다.

"이걸 좀 보란 말이야!"

희봉이 얼른 주워 들여다보니 온갖 색실로 춘화도를 수놓은 향주머니였으므로 깜짝 놀라며 반문하였다.

"마님, 이게 도대체 어디서 나셨어요?"

왕부인은 희봉의 물음에 더욱 눈물을 비 오듯 흘리며 떨리는 목소리로 말했다.

"내가 어디서 그런 걸 얻었겠느냐? 나는 날마다 우물 속에 갇혀있는 신세가 아니더냐. 난 그래도 널 세심한 사람으로 여기고 일을 맡겨서 틈을 좀 냈다고 생각했었다. 그런데 너도 나와 별반 다를 바가 없을 줄 누가 알았겠느냐. 이런 물건이 벌건 대낮에 대관원의 산돌바위 위에 널려 있었다니 말이 되느냐. 노마님 방의 시녀가 주웠는데 다행히 네 시어머니 눈에 띄어 받아왔으니 말이지 아니면 일찌감치 노마님 면전에 갖다 바칠 뻔했질 않느냐? 너한테 묻겠는데 이 물건을 대체 어디서 떨어뜨린 것이더냐?"

희봉이 그 말을 듣고 안색이 바뀌면서 급히 되물었다.

"마님께서는 그게 어떻게 제 것이라고 단정해서 말씀하십니까?"

왕부인은 또 눈물을 흘리고 한숨을 쉬면서 말했다.

"네가 되레 나한테 묻다니! 한번 생각해 보아라. 온 집안에 너희 젊은 부부 이외에 나머지는 다 할멈들인데 이런 것을 어디다 쓴단 말이더냐? 나머지는 어린 계집들인데 그걸 어디서 얻었겠느냐? 그러니 온갖 못된 짓을 다 하고 다니는 네 서방이 어디서 구해온 것이 분명해. 너희 부부야 금실이 좋으니까 그걸 장난감처럼 썼을 테지. 아무래도 젊은 나이인지라 그럴 수도 있는 것이니. 굳이 아니라고 발뺌할 필요는 없다. 다행히 원내의 위아래 사람들이 줍지 않아서 아직은 모르고 있으니 괜찮겠지만 만일 시녀애들이 주워서 너희 자매들이 보기라도 했다면 어쩔 뻔했느냐. 그렇지 않고 만일 어떤 시녀들이 주워서 밖으로 나가 대관원에서 이런 걸 주웠다고 떠벌리고 다니다 외부 사람들한테 알려지기라도 했다면 정말 목숨이 붙어 있을 수 있었겠느냐?"

희봉은 왕부인의 말을 듣자 부끄럽고 화가 난 나머지 금세 새파랗게 질리며 구들 모서리에 두 무릎을 꿇고 앉아 눈물을 머금고 말했다.

"마님께서 하신 말씀이 물론 일리가 있습니다. 저도 그러한 물건을 가지고 있지 않다고는 변명하지 않겠습니다. 하지만 그 가운데서도 마님께서 상세하게 살펴주셔야 할 것이 있습니다. 그 향주머니는 시중의 가게에서 궁중의 솜씨를 흉내 내어 수놓은 것입니다. 줄과 술도 모두 시장에서 파는 물건입니다. 제가 비록 나이 어려 아직 신중하진 못하지만 이렇게 천한 것을 쓰지는 않습니다. 당연히 이것보다는 좋은 것으로 가지고 있습니다. 그것이 첫째이고요.

둘째는 이런 물건은 언제든지 차고 다니는 것이 아닙니다. 설사 제가 갖고 있다고 해도 집에서나 갖고 있는 것이지 그런 걸 몸에 차고 어딜 나가 돌아다니겠습니까? 하물며 대관원 안에 갈 까닭이 어디 있겠습니까. 여러 자매들이 평소에도 서로 잡아당기고 장난도 치는데 만일 드러나기라도 한다면 설사 자매들 앞에서뿐만 아니라 하인들 앞에서도 도대체 제가 뭐가 되겠습니까? 제가 비록 나이 어리고 진중하지는 못해도 그렇게까지 세상물정을 모르지는 않습니다.

셋째로는 주인들 가운데선 제가 젊기는 하지만 하인들까지 셈을 해보면 저보다 젊은 신혼부부도 한둘이 아닙니다. 더욱이 그들노 늘 대관원에 들락거리다 저녁이면 집으로 돌아가는데 그 사람들 물건이 아니라고 단정할 수도 없습니다.

넷째로는 저도 늘 대관원에 들어가지만 저쪽 마님께서도 언홍이나 취운과 같은 젊은 시첩을 데리고 함께 원내를 다니시는 경우가 종종 있습니다. 다들 젊은 시첩이므로 더더욱 이런 물건을 가지고 있을 수 있습니다. 또 동부의 우씨 동서도 아주 늙은 사람은 제외하더라도 늘 패봉과 같은 젊은 시첩을 데리고 원내에 오가기도 하였습니다. 그러니 그 사람들 몸에서 나온 것이 아니라고도 할 수 없을 것입니다.

다섯째로는 대관원 안에 시녀들이 아주 많습니다. 그 애들 모두가 다 바르고 착한 아이들이라고 장담하기도 어렵습니다. 그중에서 나이든 아이들은 벌써 그런데 눈을 뜬 사람도 있어 한두 시간씩 남의 눈을 피해 몰래 나갔다가 얻어왔거나 중문을 지키는 시동들에게 집적거려서 밖에서 구해왔을 수도 있을 것입니다. 지금 저는 그런 일이 전혀 없을 뿐만 아니라 저희 평아도 제가 보증설 수가 있습니다. 마님께서는 한 번 더 곰곰이 생각해주시기 바라옵니다."

왕부인은 희봉의 말이 구구절절 일리가 있다고 생각되어 긴 한숨을 쉬면서 말했다.

"어서 일어나라. 나도 네가 대갓집 아가씨 출신으로 이렇게 경박한 짓을 했을 거라고는 생각지 않는다. 내가 너무도 화가 치밀어서 그만 너한테 지나치게 하였구나. 그렇지만 이제 이를 어쩌면 좋단 말이냐? 너의 시어머님이 방금 이 물건을 봉해서 내게 보내면서 전날 사대저로부터 이것을 얻었다고 하였을 때 나는 화가 나서 죽을 뻔하였다."

"숙모님, 어서 노여움을 푸세요. 만일 여러 사람들이 눈치챘다면 노마님께도 알려지지 않는다고 장담할 수 없어요. 그러니 침착하고 남모르게 은밀히 조사하여야 확증을 잡을 수 있어요. 설사 밝혀내지 못한다 할지라도 바깥사람이 알 수는 없을 겁니다. 이런 것을 '팔이 부러져도 소매 안에 있다'고 하는 것입니다. 이번에 노름판을 벌인 이유로 많은 사람을 내쫓았는데 그 빈자리에 주서댁이나 왕아댁과 같은 심복으로 소문내지 않을 너덧 명을 원내에 박아두고 노름판을 조사한다는 핑계로 알아보도록 하는 게 좋겠어요. 또한 지금은 시녀들도 너무 많은데 사람이 커 가면 마음도 자라서 일을 꾸미고 못된 짓을 저지르게 된단 말이에요. 그것들이 문제를 일으킨 다음에는 이미 후회해도 소용없게 됩니다. 그렇다고 지금 아무 까닭도 없이 잘라내면 아가씨들이 억울하다면서 화를 낼 뿐만 아니라 숙모님이나 저까지도 입장이 난처해질 거예요. 그러니 이런 기회에 나이가 든 시녀들이나 말 많고 다루기 어려운 애들은 잘못을 지적하여 밖으로 내보내서 짝을 지어주는 게 좋겠어요. 그렇게 되면 우선 다른 일이 일어나지 않도록 예방할 수 있게 되고 또 경비도 절약할 수 있게 되질 않겠어요? 마님, 제 생각이 어떠세요."

왕부인은 탄식하며 대답했다.

"네 생각이 언제 그른 적이 있더냐. 하지만 곰곰이 생각해보면 지금 너의 몇몇 자매들도 참 가엾다는 생각이 드는구나. 멀리 비교할 것도 없이 대옥이의 어머니만 해도 시집가기 전에는 얼마나 기가 막히게 애지중지 받들어 모셨는 줄 아느냐. 금이야 옥이야 소중하기가 그지없었지. 그래야 비로소 천금 같은 대갓집 아가씨의 체통이 서는 법이 아니더냐. 지금 너의 자매들은 그저 남들보다 좀 낫기는 하다고 하지만 통틀어서 사람마다 겨우 둘이나 셋 정도가 그나마 제대로 된 시녀이고 나머지는 설사 너덧 명이 있다고 해도 다들 절간에 세워 놓은 귀신만도 못하니 어떡하겠니? 그런데도 지금 거기서 또 몇을 잘라낸다면 나도 차마 그럴 수가 없고 아마 노마님도 따르지 않으시려고 하실 게다. 집안사정이 어렵기는 하지만 그 정도까지 어려워지진 않았지 않느냐. 나야 비록 최상의 부귀영화를 누려보지는 못했다고 할지라도 그래도 너희보다는 나았단다. 지금 내가 조금 절약하더라도 그 애들을 너무 힘들게 하지는 않는 게 좋겠다. 앞으로 경비를 줄이려면 우리부터 씀씀이를 줄이도록 하자. 우선 주서네 식구 등을 불러들여 조용히 이 일을 추진하도록 분부하는 게 중요하겠구나."

희봉이 듣고 나서 곧 평아를 불러 분부하였다. 잠시 후 주서周瑞댁과 오홍吳興댁, 정화鄭華댁, 내왕來旺댁, 내희來喜댁 등 다섯 집의 배방들이 들어왔다. 나머지는 모두 남방에서 각각 집사를 맡고 있었다. 왕부인이 사람이 적어서 혹시 제대로 조사하지 못할까 은근히 걱정하고 있을 때 마침 형부인의 배방인 왕선보王善保댁이 찾아왔다. 그녀는 바로 방금 전에 향주머니를 보내왔던 사람이었다. 왕부인은 전부터 형부인의 심복

하인에 대해서도 다른 뜻 없이 동등하게 잘 대해 주곤 했는데, 지금 그녀가 찾아와 그 일에 관심을 가지고 알아보려고 하므로 아예 그 일에 참여시키고자 하였다.

"돌아가서 큰마님께 말씀드리고 나서 원내로 함께 들어가 좀 살펴주게나. 아무래도 남들보다는 나을 테니까 말이야."

이 왕선보댁이란 사람은 평소 대관원에 들어가도 시녀들이 별로 떠받들어주지 않았으므로 늘 꽁해 있었다. 그래서 어떻게든 그들의 꼬투리를 잡으려고 하였지만 잡을 수가 없었는데 지금 이런 일이 발생하여 마침내 칼자루를 쥐게 된 것이었다. 더구나 왕부인의 지시를 직접 받고 보니 쾌재를 부르지 않을 수 없었다.

"네. 그런 일은 아주 간단합니다. 이건 외람된 말씀이지만 사실 이치대로라면 이런 일은 일찌감치 엄하게 다스렸어야 했습니다. 마님께서 원내에 자주 안 들어가시니까 거기 있는 시녀들은 아주 자기들이 제각각 무슨 봉작이라도 받은 양 스스로 천금 같은 대갓집 아가씨가 된 것처럼 천방지축으로 야단들이랍니다. 아무리 말썽부려도 누구 하나 뭐라고 하는 사람도 없고요. 조금이라도 건드리면 아가씨들을 꼬드겨서 그건 아가씨들을 욕보이는 거라고 해대니 누가 감히 나설 수 있겠어요."

왕부인이 말했다.

"그거야 흔히 있는 일이지. 아가씨를 모시는 시녀는 다른 사람보다 교만해지고 지체가 높은 것처럼 구는 건 사실이니까. 자네들이 잘 타이르도록 하게나. 주인 아가씨들도 잘못이 있으면 타일러야 하는데 시녀들이야 말해 무엇 하겠나."

왕선보댁은 내친 김에 하지 않아도 될 말을 더 했다.

"다른 애들은 그만두고라도 보옥 도련님 방에 있는 청문이는 문제가 많아요. 마님께서는 모르실 거예요. 그 애는 자기가 남들보다 반반하게 생기고 말솜씨를 타고났다고 해서 날마다 서시西施처럼 차려입고 남

의 앞에서 입방아를 찧고 재주를 부리며 우쭐대고 있지요. 그러다 한마
디라도 제 비위에 거슬리면 당장 두 눈썹을 치켜뜨고 욕설을 퍼붓곤 한
답니다. 아주 요사스럽고 경박한 태도가 정말 꼴불견이라니까요.”

왕부인은 그 말을 듣자 갑자기 전에 보았던 장면이 떠올라서 희봉에
게 물었다.

“지난번 노마님을 모시고 원내에 들어가 바람을 쐴 때 허리가 가늘고
어깨가 동그스름한 데다 눈매가 대옥이를 닮은 시녀가 한쪽에서 어린
시녀를 야단치는 걸 본 적이 있는데, 난 그런 경망스러운 태도가 못마
땅했지만 노마님을 모시고 있던 참이라 뭐라고 말하지는 않았어. 나중
에 그게 누구냐고 물어보려고 했다가 그만 잊고 말았는데 그 말을 듣고
보니 바로 그 애가 맞는 거 같구나.”

희봉이 말했다.

“아마 시녀들을 통틀어 봐도 청문만큼 잘생긴 아이는 없을 거예요.
행동거지와 말솜씨로 말하면 그 애가 좀 경박하기는 하므로 방금 마님
께서 말씀하신 그 아이가 맞는 거 같습니다. 하지만 저는 그날 일을 잊
어서 감히 함부로 말씀드릴 수는 없어요.”

왕선보댁이 말했다.

“그러실 필요 없이 지금 바로 불러와서 마님을 뵙도록 하면 되질 않겠
습니까.”

왕부인이 말했다.

“보옥의 방에서 늘 보던 아이는 습인과 사월이었는데 그 두 아이는 수
수한 모습이 오히려 좋아. 만일 그런 아이가 있다면 감히 내게 찾아와
보려고 하지 못했을 거야. 내 평생에 그런 사람을 제일 싫어하는데 하
물며 그런 짓을 하다니. 멀쩡한 보옥이가 혹시나 그런 년한테 잘못 물
이 들면 큰일이 아닌가?”

왕부인은 즉시 시녀더러 원내에 다녀오라고 분부했다.

"내가 할 말이 있다고만 이르고 습인과 사월이는 올 필요 없이 보옥을 시중들고 있으라 하고 청문이란 아이가 아주 똑똑하다니까 그 애더러 즉시 오라고 해라. 너는 아무 말도 해서는 안 되느니라."

어린 시녀는 대답하고 이홍원으로 갔다. 마침 청문은 몸이 불편하여 낮잠을 자고 막 깨어난 상태였다. 청문은 정신없이 멍하게 있다가 왕부인이 부르신다는 말을 듣고 곧바로 어린 시녀를 따라 나섰다. 평소 이들 시녀들은 왕부인이 가장 싫어하는 것이 화려한 화장이나 경박한 말씨라는 것을 너무나 잘 알고 있었기에 그동안 청문은 감히 앞으로 나서지 못했던 것이다. 청문은 요즘 며칠사이 몸이 불편하여 화장도 제대로 하지 않고 있었지만 괜찮을 것이라고 여기고 곧장 희봉의 방으로 갔다.

청문이 방안으로 들어서자 왕부인은 그녀의 모습을 훑어보았다. 비녀는 비뚤게 꽂혀서 떨어지려고 하고 살쩍은 흐트러진 데다가 적삼은 늘어지고 허리띠는 흘러내린 것이 봄날 낮잠에서 깨어난 양귀비나 가슴을 두 손으로 부여잡고 있던 서시의 모습 그대로였다. 얼굴을 보니 바로 지난달 보았던 그 아이였으므로 왕부인은 자신도 모르게 방금 전에 났던 화가 다시 치밀어 올랐다. 왕부인은 원래 천진난만하고 단순해서 희로애락의 감정을 그대로 드러내는 사람이었다. 겉으로 좋은 말을 하면서 속마음을 감추는 사람들과는 전혀 다른 부류였다. 그런 왕부인이고 보니 노기가 충천한 데다가 지난 일까지 떠올라서 차갑게 웃으며 입을 열었다.

"흥! 정말 대단한 미인이로군그래. 병든 서시가 따로 없네. 넌 그렇게 요사하게 몸단장을 해서 대체 누구에게 보일 심사더란 말이냐? 네가 하는 짓거리를 내가 모를 줄 아느냐? 내 지금은 그냥 돌려보내겠지만 머지않아 너를 혼쭐낼 날이 있을 것이니 그리 알아라. 그래 보옥이는 오늘은 좀 어떠하냐?"

청문은 왕부인의 말을 듣고 어리둥절하면서 누군가 자신의 험담을 했음을 직감하였다. 불현듯 화가 치밀어 올랐지만 감히 내색할 수는 없었다. 청문은 본래 남달리 총명하고 똑똑한 아이였으므로 왕부인이 보옥의 일을 묻자 곧이곧대로 말하지 않고 둘러댔다.

"저는 도련님 방에 자주 들어가지 않습니다. 도련님과 별로 함께 있지도 않고요. 그래서 지금 도련님이 어떠신지는 잘 모릅니다. 습인이나 사월에게 물어보십시오."

"저런 주둥이를 비틀어 죽일 년 같으니라구. 넌 도대체 죽은 송장이더냐? 너희들이 할 일이 뭔데 그 따위 소릴 하는 게야?"

청문이 또박또박 대답했다.

"저는 원래 노마님의 방에서 시중들고 있었습니다. 노마님께서 대관원이 넓은데 시중들 사람은 적고 또 보옥 도련님이 겁이 많으니 저를 보내시면서 바깥쪽 방에서 숙직 서는 일을 하라고 하셨습니다. 그래서 저는 그저 집 보는 일만 하고 있습니다. 저는 천성이 둔하여 도련님 시중을 잘 들지 못할 것이라고 말씀드렸더니 노마님께서 '너한테 다른 일을 맡으라는 것도 아닌데 똑똑해서 뭐에 쓴단 말이냐'고 하시기에 그냥 건너갔던 것입니다. 그저 열흘이나 보름에 한 번 정도 도련님이 심심하시면 다 같이 놀다가 흩어지곤 하였습니다. 도련님의 식사나 기거에 대해서는 위로 유모님과 어멈들이 돌봐 주시고 아래로는 습인과 사월이, 추문이 등이 담당하고 있습니다. 저는 틈이 나면 노마님 방의 침선을 도와드리기도 하기 때문에 도련님의 일은 별로 신경 쓰지 못했던 것입니다. 마님께서 그것을 탓하신다면 지금부터라도 마음에 두고 유의하도록 하겠습니다."

왕부인은 청문의 말이 사실인 줄로만 믿고 가슴을 쓸어내리며 말했다.

"나무아미타불! 네가 보옥에게 가까이 가지 않는 것만으로도 나한테는 큰 다행이다. 굳이 네가 나서서 신경 쓸 필요는 없다. 노마님께서 보옥에게 준 것이라면 다음 날 노마님께 말씀드려서 너를 다시 옮기도록 하마."

그리고는 옆에 있던 왕선보댁에게 말했다.

"자네들이 저 애를 잘 감시하도록 하게나. 보옥의 방에서 잠들게 하지 말고. 내가 노마님께 말씀드려서 처리할 테니까."

왕부인은 다시 청문에게 차갑게 소리쳤다.

"썩 꺼져라! 그렇게 서 있지 말고. 그런 야한 꼴을 차마 봐줄 수가 없구나. 누가 그렇게 요란하게 치장하라고 허락했더냐!"

청문은 하는 수 없이 밖으로 나왔다. 생각할수록 억울하고 화가 나서 청문은 나서자마자 손수건으로 얼굴을 가리고 눈물을 펑펑 쏟으며 대관원으로 돌아왔다.

왕부인은 왕부인대로 희봉 등이 보는 앞에서 스스로를 원망하며 탄식하였다.

"지난 몇 년 사이 나도 점점 기력이 떨어져서 제대로 살펴보지를 못했구나. 그러니 저런 요사스런 것들이 눈에 안 띄었던 것이겠지. 저런 애가 또 있을지도 모르니 나중에 잘 찾아보도록 하여라."

희봉은 왕부인이 잔뜩 화가 나 있는 데다가 또 왕선보댁이 형부인의 심복으로서 형부인을 부추겨 말썽을 부리는 사람인지라 지금 속으로 할 말이 숱하게 있었지만 감히 드러내놓고 말하지 못하고 꾹 참으면서 고개를 숙인 채 대답만 하고 있었다.

왕선보댁이 가만있지 못하고 나서서 부추기며 말했다.

"마님께서는 아무 걱정 마시고 정양하시면서 몸조리나 잘하세요. 이런 사소한 일은 그저 저한테 맡겨만 주시면 되옵니다. 지금 대관원을 조사하는 일은 아주 간단합니다. 저녁에 원내의 문을 닫아걸면 안팎으로 내통하지 못하게 될 테니 그때 저희가 불시에 들이닥쳐 사람들을 데리고 각처의 시녀들 방을 수색하면 틀림없이 나올 거예요. 생각건대 이런 물건을 가진 년이라면 틀림없이 하나만 있지는 않을 겁니다. 그래서 다른 것이 발각되면 이것도 그년 것이 분명한 것이지요."

"그 말이 맞을 것 같군그래. 그렇게 하지 않으면 분명하게 시비를 가릴 수 없을 거야."

왕부인은 희봉의 생각은 어떠냐고 물었다. 희봉은 내키지 않았지만 그저 옳다고 대답할 수밖에 없었다.

"마님 말씀이 옳습니다. 그렇게 하시지요."

왕부인이 말했다.

"그 방법이 아주 좋겠어. 그렇지 않으면 일 년이 걸려도 조사할 수가 없을 거란 말이야."

대체적인 상의를 끝내고 그들은 저녁이 되기를 기다렸다. 저녁밥을 먹고 가모가 잠자리에 든 이후 보차 등이 대관원으로 돌아갔을 때 왕선보댁은 희봉을 앞세우고 원내로 들어가서 추상같은 명을 내려 원내의 모든 쪽문을 걸어 잠그게 하고 숙직하는 할멈 방부터 수색을 시작했다. 하지만 찾아낸 것이라곤 동강난 초나 쓰다 남은 등잔기름과 같은 것뿐이었다. 왕선보댁은 위세를 부리느라 그마저 한마디 했다.

"그것도 장물이니까 건드리지 마. 내일 마님께 보고하고 처분하도록 할 테니까."

그리고는 먼저 이홍원으로 가서 문을 걸어 잠그도록 명하고 안으로 들어갔다. 그때 보옥은 청문의 일로 인해 기분이 언짢은 상태로 있었는데 갑자기 사람들이 들이닥치며 어쩐 일인지 곧장 시녀들 방으로 들어가는 것이 아닌가. 보옥이 희봉을 맞아들이며 무슨 까닭이냐고 묻자 희봉이 대답했다.

"뭔가 중요한 물건 하나를 잃어버렸는데 다들 서로 모르겠다고 발뺌을 해서 혹시 시녀들이 가져갔나 하고 다 같이 조사해 보려는 거야. 조사하면 의심이 풀릴 테니까."

희봉이 천천히 앉아서 차를 마시는 사이 왕선보댁은 한바탕 살펴본 다음 상자 몇 개를 들어내며 하나하나 누구 것이냐고 따져 물었다. 그리고 각자 상자 주인이 나서서 열어젖히고 안을 보여주도록 하였다. 습인은 청문이 불려갔다 온 일로 무언가 이상한 일이 벌어지고 있다고 느끼던 차에 또 이번에는 집안을 수색하기 시작하자 자신이 먼저 달려 나와 상자와 문갑을 열고 검사하도록 하였다. 상자 속에는 평상시 사용하던 물건이 들어 있을 뿐이었다. 왕선보댁은 다른 상자를 꺼내 순서대로 일일이 수색을 마치고 이번에는 청문의 상자를 건드리게 되었다.

"이 상자는 누구 것이냐? 왜 열어젖히지 않는 거야?"

습인 등이 청문을 대신하여 열어 보이려고 하는 순간 청문이 머리채를 손으로 잡고 달려 나와 상자를 열어젖히더니 두 손으로 상자를 거꾸로 들어서 그 안에 들어있던 물건들을 몽땅 바닥에 쏟아냈다. 왕선보댁도 거북하여 잠시 살펴보고 별다른 사사로운 물건이 없자 희봉에게 다른 곳으로 가자고 했다.

그러자 희봉이 말했다.

"세세하게 잘 살펴보도록 해. 이번에 찾아내지 못하면 마님께 드릴 말씀이 없어질 테니까."

"다 찾아보았습지만 이상한 물건은 없었습니다. 몇 가지 남자 물건들이 있기는 하지만 모두 애들 쓰던 것이나 보옥 도련님이 전에 쓰던 물건이어서 상관없습니다."

희봉이 듣고 나서 웃으며 말했다.

"그렇다면 나가서 다른 곳을 보러 가자."

곧바로 나온 희봉은 왕선보댁에게 말했다.

"내가 한마디 하겠는데 맞는 말인지 모르겠어. 물건 수색을 하려면 우리 집안사람만 해야지 보차네 방을 뒤지는 건 절대로 안 돼. 자네는 어떻게 생각하나?"

"그야 물론이지요. 친척집을 수색하는 법이 어디 있겠어요?"

왕선보댁의 말을 듣고 희봉은 고개를 끄덕였다.

"내 말이 바로 그거야."

그들은 이렇게 이야기를 나누면서 소상관에 이르렀다.

대옥이 잠이 들어 있다가 사람들이 들이닥쳤다는 말을 듣고 무슨 일인가 궁금하여 일어나려고 하자 희봉이 들어와서 황급히 잡으며 일어나지 말라고 하였다.

"그냥 자고 있어. 우린 곧 갈 거니까."

희봉이 이쪽에서 한담을 나누고 있는 동안 왕선보댁은 사람들을 데리고 시녀의 방으로 들어가서 일일이 상자를 열고 수색을 마쳤다. 그런데 자견의 방에서 보옥이 항상 바꿔 차는 기명부寄名符 두 개와 소매 없는 옷에 차는 허리띠, 그리고 향주머니와 부채 주머니 등이 나왔다. 주머니 안에는 부채도 들어 있었다. 열어보니 모두 보옥이 어렸을 때 가지고 있던 것들이었는데, 왕선보댁은 대단한 물건이라도 발견한 양 달려와 희봉에게 살펴보라고 했다.

"이런 물건은 어디서 난 걸까요?"

희봉이 웃으면서 설명했다.

"저 애들은 보옥과 어려서부터 함께 여러 해를 지냈으니 보나마나 보옥이 쓰던 물건들을 갖고 있을 거야. 그런 건 희한한 것이 아니니 얼른 정리하고 다른 곳이나 찾으러 가봅시다."

자견이 웃으면서 말했다.

"지금까지 우리 두 곳을 오고 간 물건은 서로 따져볼 수도 없을 만큼 많아요. 이게 언제 가져 온 것이냐고 물으시면 저도 정확한 연월일을 말씀드릴 수가 없어요."

왕선보댁은 보옥이 쓰던 물건이라는 희봉의 말을 듣고 어쩔 수 없이 그만 손을 떼었다.

다음에는 탐춘의 집으로 들어갔다. 그런데 벌써 누군가 소식을 전하였던 모양이다. 탐춘도 필시 무슨 까닭이 있으니까 이런 추태를 연출하는 거라고 생각하고 시녀들에게 대문을 열고 촛불을 들고 서서 기다리게 하고 있었다. 잠시 후 사람들이 들이닥쳤다. 탐춘이 무슨 일이냐고 이유를 묻자 희봉이 웃으면서 설명했다.

"한 가지 요긴한 물건을 잃어버렸는데 연일 찾아도 찾지 못했어. 혹시 남들이 이곳의 시녀들에게 혐의를 씌울까 봐 차라리 몽땅 수색을 해서 의심을 털어버리는 게 오히려 좋은 방도인 것 같아서 이렇게 온 거야."

탐춘이 코웃음을 치면서 말했다.

"우리 집 시녀들이 다 도둑으로 보인단 말이죠? 물론 나는 도둑 소굴의 두목이겠구요. 그렇다면 먼저 내 옷상자부터 수색하는 게 순서예요. 저 애들이 훔쳐온 물건은 모두 나한테 감춰두고 있으니까요."

탐춘은 곧 시녀들을 시켜 옷상자를 모두 열어젖히고 화장대며 화장품 서랍, 이불장과 옷 보따리 등 크고 작은 물건을 한꺼번에 다 꺼내놓고 희봉에게 철저히 수색하라고 하였다.

희봉이 웃으면서 말했다.

"난 그저 마님의 명을 받고 나온 것뿐이니 공연히 나를 탓하지는 마. 왜 그렇게 화를 내고 그래?"

그러면서 희봉은 시녀들을 시켜서 어서 상자를 다 닫으라고 일렀다. 평아와 풍아 등이 얼른 달려들어 탐춘의 시녀인 대서 등을 대신해서 닫을 건 닫고 거둘 것은 거두어 담았다.

그러자 탐춘이 말했다.

"내 물건은 당신들이 수색하도록 허용할 수 있지만 우리 집 시녀들의 물건은 그렇게 못해요. 난 원래 남들하고 달리 지독한 년이라 우리 시녀들이 갖고 있는 물건이란 물건은 다 알고 있고 또 내가 보관하고 있어요. 바늘 하나 실오라기 하나도 저 애들이 갖고 있는 건 없다고요. 그러니 수색하려면 내 것을 수색하란 말이에요. 만일 그렇게 못하겠다면 마님한테 얼마든지 가서 말씀하세요. 내가 마님의 명을 거역했다고 말씀드리란 말이에요. 어떻게 처분하든 내가 가서 죗값을 받을 테니까요. 당신들도 너무 서둘지 않는 게 좋을 거예요. 당신 자신들을 수색할 날도 언젠가는 오고야 말 테니까. 당신들 오늘 아침 강남의 진씨 댁 일을 얘기하지 않았던가요. 자기 집안에서 멀쩡하게 수색하고 소란을 피우더니 결국 오늘날 진짜 집안 전체가 수색당하고 말았잖아요. 우리 집안도 이제 서서히 그런 최악의 상황으로 치닫고 있다고요. 세상의 대갓집이란 밖에서부터 충격을 가해서는 절대로 일시에 망할 수가 없어요. 옛말에도 있듯이 '다리 백 개 달린 지네는 죽어서도 꿈틀거린다'고 했잖아요. 반드시 안으로부터 망해들어가야 비로소 완전하게 몰락하는 법이에요."

탐춘이 격한 감정을 이기지 못하고 눈물을 흘리자, 희봉은 난감하여 어멈들을 둘러보았다.

주서댁이 나서서 말했다.

"정말 시녀 애들의 물건이 다 여기 있다면 아씨께선 이제 다른 곳으로 가셔도 되겠이요. 아가씨도 편안히 주무시게 하셔야지요."

희봉이 나간다고 인사하자 탐춘은 여전히 독한 목소리로 못을 박았다.

"샅샅이 했겠지요? 내일 다시 오면 난 절대로 허락하지 않을 거예요."

희봉이 말했다.

"시녀들의 물건이 다 여기 있다는데 더 이상 수색할 필요가 뭐 있겠어."

탐춘은 차갑게 코웃음 치면서 말했다.

"과연 똑똑하시군요! 내 옷 보따리까지 다 뒤져 놓고 이제 와서 수색을 안 하겠다고요? 그러고 나서 내일 내가 시녀들을 감싸서 수색하지 못하게 했다고 말하려는 거지요? 그러니 일찌감치 말해요. 다시 또 와서 뒤질 거라면 아예 지금 당장 한 번 더 뒤져보라고요."

희봉은 탐춘이 평소 남다르다는 걸 잘 알고 있었으므로 만면에 웃음을 띠며 물러섰다.

"알았어요. 알았어. 방금 시누이 물건까지도 다 살펴보았으니까 아무 문제없어요."

탐춘은 사람들에게 다짐을 받았다.

"당신들도 모두 틀림없이 수색을 다 한 거지?"

주서댁 등이 모두 웃으면서 흔쾌히 대답했다.

"네! 모두 조사를 마쳤습니다."

그때 함께 있던 왕선보댁은 원래 제대로 속이 차지 않은 여자였다. 평소 탐춘이 대단하다는 말은 들어서 알고 있지만 그건 사람들의 안목이 부족하고 담이 적어서 그렇게 생각한 것뿐이라고만 여겼다. 설마 시집도 안 간 어린 처녀 아가씨가 대단하면 얼마나 대단하겠느냐고 생각했다. 더구나 첩의 소생인 서출인데 제가 감히 어쩌겠느냐고 업신여기기까지 했다. 자신은 형부인의 배방으로 왕부인까지도 특별히 대우하는 판이니 다른 사람들이야 더 말해 무엇 하랴 생각했던 것이다. 왕선보댁은 지금 탐춘의 행동을 보고 그건 희봉한테만 화를 내는 것이지 자기들하고는 상관없는 일이라고 착각했다. 왕선보댁은 이런 기회에 체면을 세우고 멋진 모습을 보여줄 요량으로 남들 앞으로 썩 나서서 탐춘의 옷자락을 잡고 일부러 들어 보이며 깔깔 웃으면서 말했다.

"아가씨 몸까지도 저는 다 수색했습니다. 과연 아무것도 없군요."

희봉은 깜짝 놀라 황급히 말렸다.

"이 할멈이 왜 이래? 미친 짓거리 하지 말고 어서 나가요!"

하지만 그 말이 미처 끝나기도 전에 "철썩!"하는 소리가 났다. 왕선보댁의 뺨을 탐춘이 호되게 한 번 후려 친 것이었다. 탐춘은 순식간에 불같이 화를 내며 왕선보댁을 가리키며 욕을 퍼부었다.

"넌 대체 뭐 하는 년이냐! 감히 내 옷을 잡아당기고 희롱을 해! 난 그저 마님의 체면을 생각하고 또 네년이 나잇살이나 처먹었다고 해서 부를 때도 노인네 대접을 해줬건만, 이 개 같은 년이 대체 무슨 위세를 등에 업고 밤낮으로 못된 짓을 일삼고 돌아다니며 평지풍파를 만들고 있느냔 말이야. 오늘 차라리 아주 잘되었다! 넌 내가 영춘 아가씨처럼 고분고분한 성질인 줄 알고 언니한테 욕보이듯 나한테도 멋대로 하려고 드는 모양인데 그건 잘못 생각한 거야. 내 물건을 뒤지는 건 얼마든지 좋지만 나를 갖고 희롱하는 건 절대 참을 수 없어."

탐춘은 직접 옷을 벗고 치마를 내리며 희봉을 잡아당겨서 몸수색을 하라고 다그쳤다.

"저런 종년들한테 몸수색을 당하지 않도록 당신이 하란 말이야!"

희봉과 평아 등이 얼른 달려들어 탐춘에게 옷을 입히고 치마끈을 매어주며 달래는 한편 왕선보댁을 나무랐다.

"저 할멈이 술을 두어 잔 먹더니 이런 미친 짓거리를 다 하네. 지난번에는 마님 앞에서도 실례를 저지르더니 말이야. 얼른 나가지 않고 뭐해."

그러면서 탐춘에게 화내지 말라고 위로했지만 탐춘은 여전히 코웃음을 쳤다.

"내가 정말 성질 더러운 사람이었으면 벌써 머리통을 박고 죽어버렸을 거야. 그렇지 않으면 어떻게 종년이 내 몸에 손을 대고 장물을 수색한다고 내버려 둘 수가 있었겠어. 내일 아침 일찍 내가 먼저 노마님과 마님한테 말씀드리고 큰마님한테 사죄하러 가겠어. 무슨 벌을 내리시든 달게 받을 거야."

뺨을 맞은 왕선보댁은 밖으로 나가서도 무안하여 계속 중얼댔다.

"아이고 내 팔자야! 내 평생 처음으로 뺨을 맞아보네. 내일 마님께 말씀드려서 친정집으로 돌아가든지 해야지. 이 늙은 몸이 이제 와서 뭘 더 바라겠어."

탐춘이 안에서 듣고 시녀에게 명했다.

"너희 저년이 하는 말을 못 들었어? 내가 나가서 저년하고 입씨름이라도 하란 말이냐?"

탐춘의 호통에 대서 등이 당장 나가서 할멈한테 퍼부었다.

"만일 할멈이 친정집으로 돌아간다면 그건 우리한테 행운이구 말구요. 하지만 차마 떠나기가 아쉬워서 안 나갈까 봐 그게 걱정인걸요."

희봉이 웃으면서 한마디 했다.

"그 애도 참 대단하구먼. 정말 그 주인에 그 시녀라니까."

탐춘은 여전히 냉소를 지으며 말했다.

"우리같이 도둑질이나 하는 사람들은 입으로 한마디도 지지 않아요. 그 애는 그래도 어수룩한 편이에요. 뒷구멍으로 주인 부추기는 것들하고는 다르지요."

평아가 나서서 웃으면서 말리며 대서를 데리고 들어왔다. 주서댁 등도 나서서 좋은 말로 권했다. 희봉은 탐춘이 잠자리에 다시 드는 걸 보고 비로소 사람들을 데리고 나와 석춘의 처소인 난향오暖香塢로 향하였다. 그때 이환은 병상에 누워 있었다. 그녀의 처소는 석춘이 사는 옆이기도 한 데다 탐춘하고도 가까웠다. 그래서 가는 길목에 우선 이 두 곳을 먼저 들르게 된 것이다. 이환은 방금 전에 약을 먹고 잠이 들었으므로 그녀가 놀라지 않도록 그들은 시녀의 방 쪽으로만 가서 일일이 수색하고 나왔다. 그러나 역시 아무것도 나오지 않았으므로 이어서 석춘의 방으로 갔다. 석춘은 나이가 어리고 아직 세상 물정을 몰랐으므로 이런 광경을 보자 무슨 큰일이나 벌어진 줄 알고 놀라서 어쩔 줄을 몰랐다. 희봉은 그런 석춘을 달래지 않을 수 없었다. 그런데 뜻밖에도 입화入畫의 상자 속에서 여러 개의 금덩이와 은덩이가 나왔다. 모두 서른 개에서 마흔 개 정도가 큰 보따리에 싸여 있었다. 뿐만 아니라 남자용 허리띠에 붙이는 옥판과 남자용 장화와 양말 등도 함께 나왔다. 입화는 얼굴이 샛노랗게 변했다. 어디서 난 것이냐고 물으니 입화는 무릎을 꿇고 울면서 사정을 밝혔다.

"동부의 가진 나리께서 저의 오라버니에게 상으로 내려주신 것이옵니다. 저희 부모는 남쪽에 계시기 때문에 오라버니는 지금 숙부님과 같이 생활하고 있습니다. 그런데 숙부와 숙모는 술이나 마시고 노름이나 하는 사람이라 오라버니는 그곳에 두면 다 없앨 것 같아서 매번 상으로 받으면 몰래 저한테 맡겨서 보관하도록 하였던 것입니다."

석춘은 담이 작고 보니 이런 물건을 보는 것만으로도 겁이 나서 말했다.

"난 정말 모르고 있었어요. 어떻게 이런 일이 있을 수 있어요? 이건 정말 큰일이에요. 희봉 언니, 이 애를 때려주려거든 아예 데리고 나가서 때리세요. 저는 그런 소리 못 듣겠어요."

희봉이 말했다.

"그 말이 사실이라면 용서할 수도 있는 일이야. 다만 몰래 사사로이 전해서 갖고 들어온 일은 잘못이지만. 이런 걸 전해 받을 수 있다면 무슨 물건이든 전해받지 못하겠어? 이는 전해준 사람이 잘못한 거야. 하지만 만약 네 말이 사실이 아니고 훔친 거라면 넌 살아날 생각을 말아야 해."

입화는 무릎 꿇고 울면서 통사정을 했다.

"제가 어찌 감히 거짓말을 하겠어요? 아씨마님께서 내일 저희 동부 아씨와 나리께 한번만 물어보시면 금방 알 수 있는 일이에요. 만일 이것이 상으로 받은 게 아니라면 저와 저의 오라버니를 잡아다 때려죽인다 해도 원망하지 않을 거예요."

"그야 물론 물어봐야지. 하지만 진짜 상으로 받은 것이라고 해도 잘못은 있는 거야. 누가 너에게 사사롭게 이런 물건을 전해 받도록 허락했느냐 말이야. 중간에 전달해준 사람이 누군지 말하면 너를 용서해주겠다. 하지만 다음에는 절대로 안 돼."

석춘이 나서면서 오히려 희봉에게 청하였다.

"희봉 언니! 이번 일을 절대로 용서해서는 안돼요. 이곳에 사람이 적지 않은데 한 사람이라도 잡아다 본보기를 삼지 않으면 머리가 큰 것들은 더욱 말을 안 들을 테니 그럼 어찌 되겠어요? 언니가 저 애를 용서해준다고 해도 내가 가만있지 않을 거예요."

희봉이 말했다.

"평소에 저 애가 얌전하게 잘하고 있었잖아. 한번쯤 잘못을 저지르지 않는 사람이 어디 있겠어? 이번만은 봐 줘도 될 것 같아. 다음에 잘못하면 벌을 두 배로 받게 하면 되잖아. 하지만 중문 밖에서 이걸 전해준 사람이 누군지 모르겠는걸."

"전해 준 사람이라면 다른 사람이 있을 리 없어요. 필시 후문에 있는 장씨 할멈일거예요. 그 할멈이 저 애하고 평소에도 뭔가 소곤 소곤대며 못된 짓을 했으니까요. 시녀들이 모두 그 할멈을 잘 대접하더라고요."

희봉은 사람을 시켜 잘 기억해두라고 일렀다. 물건은 주서댁에게 잠시 보관하라고 하고 다음 날 분명하게 확인하여 처리하도록 하였다.

석춘의 방을 나온 일동은 영춘의 방으로 찾아갔다. 영춘은 이미 잠이 들었고 시녀들도 막 잠이 들려는 참이었다. 사람들이 문을 두드리자 한참 만에 문이 열렸다. 희봉이 사람들에게 분부했다.

"아가씨가 놀라 깨지 않도록 조심해."

그러면서 희봉은 시녀들의 방을 조사하러 들어갔다. 그런데 이곳에 있는 사기는 바로 왕선보댁의 외손녀였으므로 희봉은 혹시라도 왕선보네 집의 은밀한 물건이 감춰져 있지 않을까 하는 생각에 신경써서 수색할 참이었다. 먼저 다른 사람의 상자를 뒤져보았으나 아무 물건도 나오지 않았다. 사기의 차례가 되어 상자를 살펴보더니 왕선보댁이 말했다.

"여기도 아무것도 없어요."

그러면서 상자 뚜껑을 닫으려는 순간 주서댁이 말했다.

"잠깐! 이건 대체 뭐지요?"

주서댁은 상자 안에서 남자용 비단 허리띠와 양말, 신발 한 켤레를 끄집어냈다. 그리고 또 작은 보따리 하나가 있기에 풀어보니 그 안에 동심여의同心如意[1] 한 개와 편지도 한 통이 있었다. 주서댁은 그것을 모두 희봉에게 건넸다. 희봉은 집안 살림을 위해 매번 편지를 보내고 서류를 봐야 했기 때문에 이제는 글자를 상당히 알아볼 수 있게 되었다. 편지는 붉은 색 쌍희자雙喜字 무늬의 편지지에 적혀 있었는데 내용은 다음과 같았다.

지난달 그대가 집에 다녀간 이후 부모님은 우리 사이의 관계를 눈치채신 듯하오. 하지만 영춘 아가씨가 출가하지 않고 있는 이상 우리의 소원은 이룰 가망이 없지 않겠소. 만약 원내에서 만날 수 있다면 그대는 장씨 할멈에게 소식을 전해주오. 그래서 원내에서 한번 만날 수 있다면 집에서 이야기하는 것보다 훨씬 나을 것 같소. 제발 부탁이오. 보내준 향주머니 두 개는 이미 받았소. 향주香珠 하나를 정표로 보내니 받아 주시오.

고종사촌동생 반우안潘又安 올림

희봉은 다 보고 나서 화를 내기는커녕 오히려 빙글빙글 웃고 있었다. 다른 사람은 글을 모르기 때문에 희봉만이 먼저 그 사연을 알게 되었기 때문이었다. 왕선보댁은 평소 그들 고종사촌남매 간에 그런 사연이 있

---

1 상서로운 도안이 새겨진 일종의 금속노리개로, 두 개의 여의가 교차된 형태이므로 사랑하는 남녀 간에 증표로 많이 사용되었음.

388

는 줄은 모르고 있었지만 이 같은 신발이며 양말 등속이 나오자 속으로 뭔가 잘못돼가고 있다는 것을 알아챘다. 게다가 붉은 색 편지까지 나오고 그걸 본 희봉이 빙긋이 웃자 궁금해하며 물었다.

"필시 그 애들이 멋대로 쓴 장부인 모양이죠. 워낙 글씨가 서툴러서 아씨께서 웃으시는 거죠?"

희봉이 웃으며 말했다.

"그럼! 이거야말로 셈할 수 없는 장부이고말고. 당신은 사기의 외할머니니까 그 애의 고종사촌이면 성이 왕씨일 텐데 어째서 반씨인가?"

왕선보댁은 왜 그런 질문을 하나 생각하면서도 어쩔 수 없이 대답했다.

"사기의 고모가 반씨한테 시집갔으니 그 애의 고종사촌 동생이 반씨가 되죠. 지난번 도망갔다는 녀석이 바로 그 애의 고종사촌 동생이에요."

희봉이 웃으며 말했다.

"그렇다면 바로 맞혔군. 자, 그럼 내가 읽어 볼 테니 다들 잘 들어봐요."

희봉이 처음부터 다시 한 번 읽어 내려가니 모두들 놀라움을 금치 못했다. 왕선보댁은 그동안 남의 잘못을 들춰내려고 갖은 애를 썼는데 결국은 뜻밖에도 자기 외손녀의 발목을 잡은 격이 되었으므로 스스로 화가 치밀고 부끄러워서 어쩔 줄을 몰라 했다. 주서댁 등 네 사람이 모두 그녀에게 물었다.

"잘 들었죠? 증거가 분명하니 더 이상 할 말이 뭐 있겠어요. 자, 말해봐요. 이제 이 일을 어떡하면 좋겠어요?"

왕선보댁은 그 순간 쥐구멍에라도 들어가고 싶었다. 희봉은 그녀를 바라보며 싱글싱글 웃으면서 주서댁에게 말했다.

"그것도 참 잘된 일이네그래. 외할머니가 속을 끓일 필요도 없이 아무도 모르게 제 손으로 그렇게 좋은 신랑감을 구해 왔으니 얼마나 좋아. 다들 큰 걱정을 덜게 되었으니 좀 좋아?"

주서댁도 함께 웃으면서 재미있어 했다.

왕선보댁은 스스로 화가 나서 견딜 수가 없자 자신의 손으로 제 뺨을 후려치며 욕을 해댔다.

"아이고 이 죽지도 않는 화냥년 같으니라고! 어쩌다 저런 못된 종자를 낳았단 말인가! 자랑 끝에 불붙는다고 사람들 앞에서 당장 죗값을 치르게 되다니."

그러한 모습에 사람들은 웃음을 멈추지 못하면서 달래기도 하고 비꼬기도 하였다. 희봉은 사기가 말없이 고개를 숙이고 있었으나 결코 두려워하거나 부끄러워하는 기색이 없자 조금 의아한 생각이 들었다. 하지만 이미 밤이 깊었으니 더 이상 따져 묻지 않기로 했다. 다만 밤 사이에 혹시 수치심 때문에 딴 생각을 할지도 몰라서 따로 할멈 둘을 불러 사기를 감시하도록 하였다. 희봉은 사람들을 데리고 증거물을 챙겨 돌아와서 다음 날 처리하기로 하였다. 하지만 희봉은 밤새도록 깊이 잠들지 못하고 몇 번이나 잠에서 깨어났다. 하혈이 멈추지 않았기 때문이었다.

다음 날 희봉은 몸이 나른하고 어지러워서 점점 움직일 수조차 없게 되었으므로 곧 태의를 불러 진맥하고 처방전을 쓰도록 하였다.

"아씨마님께서는 심기가 부족하시고 열기가 비장에 이르렀는데 이는 모두 근심과 과로에 의한 것으로, 자꾸 눕게 되고 졸음이 오게 됩니다. 또 비위가 약해지니까 식욕도 없게 됩니다. 그러니 소화를 돕고 몸을 보하는 약을 쓰도록 하겠습니다."

태의는 몇 가지 약을 처방했는데, 고작 인삼이니 당귀, 황기 등의 약재가 들어간 정도였다. 태의가 물러가자 할멈들이 처방을 가지고 왕부인에게 고하러 갔다. 왕부인은 걱정이 보태진 격이 되었으므로 사기의 일은 잠시 뒤로 미뤘다가 처리하기로 하였다.

한편 그날 우씨는 희봉에게 문병 와서 잠시 앉아 있다가 대관원 내의 이환을 찾아갔다. 그리고 다시 여러 자매들을 만나보려는데 갑자기 석춘이 사람을 보내 잠시 뵙자는 것이었다. 석춘은 어제 저녁에 있었던 일을 우씨에게 얘기하면서 입화의 물건을 모두 우씨에게 보여주었다.

우씨가 말했다.

"이것들은 모두 아가씨의 오라버니가 그 애의 오라비한테 상으로 내려준 것이 분명해요. 다만 사사롭게 안으로 전해 들여온 게 잘못이랄 수 있겠지요. 말하자면 관염官鹽이 사염私鹽이 된 격²이라고나 할까요."

우씨는 그 자리에서 입화를 야단쳤다.

"왜 그런 바보 같은 짓을 했어? 처먹기만 해서 생각이 콱 막혀버리기라도 했단 말이냐?"

그러자 석춘이 말했다.

"언니 집에서 잘못 가르쳐 놓고선 되레 시녀만 나무라고 계시네요. 우리 자매들 중에서 내가 데리고 있는 시녀만 이렇게 창피한 꼴을 보였으니 내가 어떻게 남들 앞에서 얼굴을 들겠어요? 어제 내가 희봉 언니한테 저 애를 당장 데려가라고 했더니 안 데려갔단 말이에요. 내 생각에 저 애는 동부 쪽 사람이니까 희봉 언니가 안 데려간 모양이에요. 그것도 일리는 있겠죠. 오늘 정식으로 저 애를 돌려드리려고 했는데 언니가 마침 잘 왔어요. 어서 데려가세요. 데려가서 때리든지 죽이든지 팔아먹든지 난 상관하지 않을 테니까요."

입화가 곁에서 황급히 무릎을 꿇고 엎드려 울면서 사정하였다.

"다시는 안 그러겠어요. 아가씨! 어려서부터 함께 지내온 정을 생각해서라도 어쨌든 제발 이곳에서 함께 있게 해주세요."

---

2 허가받아 파는 소금을 관염이라고 하고, 사사로이 판매하는 소금을 사염이라고 함. 여기서는 주인이 하사한 물건이었으나 사사로이 전달하는 바람에 불법이 된 상황을 비유함.

우씨와 다른 어멈들도 좋은 말로 달래며 석춘의 마음을 풀어주려고 애썼다.

"그저 잠시 실수로 그런 건데 뭘 그러세요. 다음번에는 절대 안 그런다고 하잖아요. 저 애는 어려서부터 아가씨 시중을 들어왔으니 아무래도 데리고 있는 게 좋지 않겠어요?"

하지만 뜻밖에도 석춘은 비록 어리기는 하지만 천성적으로 제 고집을 굽히지 않는 성격이었다. 누가 뭐라고 해도 고집을 꺾지 않았다. 석춘은 자신의 체면이 깎였다는 생각에 이를 악물고 용납하지 않았다. 더구나 이런 말까지 덧붙였다.

"입화를 내보내는 것뿐만 아니라 저도 이제는 다 컸으니 그쪽 집에는 드나들기가 불편하게 되었어요. 요즘 그쪽 집에 대해서 뒷구멍에서 되지 못한 쓸데없는 말들을 수군거리고 있으니 내가 그쪽 집을 드나들게 되면 나까지도 말려들지 모르잖아요."

우씨가 의아해 하며 물었다.

"대체 누가 무슨 소리를 하고 다닌다는 거예요? 뒤에서 수군거릴 일이 뭐가 있다고 그래요? 아가씨는 누구고 또 우리는 누구예요? 한집안 식구가 아닌가요? 아가씨가 남들이 우리 집 얘기하는 걸 들었다면 마땅히 따져 물어 봤어야 할 게 아니에요?"

석춘이 코웃음 치면서 대답했다.

"언니가 그런 말을 정말로 나한테 묻는 거예요? 난 아직 정결한 처녀의 몸이라 시시비비에서 벗어나 숨고 싶을 뿐인데 나더러 직접 나서서 온갖 시비를 따져보라니 그럼 내가 뭐가 되겠어요? 그리고 또 한마디 하겠어요. 언니가 화를 내든 말든 난 상관 안 해요. 어쨌든 세상에 공정한 여론이란 게 있으니까 굳이 남들한테 물어볼 필요도 없어요. 옛말에도 좋은 말이 있잖아요. '선악과 생사는 부자간에도 서로 도와줄 수가 없다'고요. 하물며 언니와 저 사이에 어쩌겠어요. 저 하나도 지키고 살기가 벅찬 판에 언니네 집을 제가 어떻게 하겠어요. 앞으로 언니네 집에 무슨 일이 생기든지 제발 저를 끌어들이지나 마세요."

우씨로서는 화가 치밀어 오르기도 하고 우습기도 해서 그 자리에 있던 여러 사람을 향해 말했다.

"나는 남들이 다들 우리 넷째 아가씨가 나이가 어려 세상물정에 어둡다고 했지만 그 말을 믿지 않았어. 방금 다들 들었겠지? 아무런 이유도 없고, 사리분별도 못하는 데다가 경중도 가릴 줄 모르잖아. 비록 나이 어린 사람의 말이라고 해도 정말 소름끼치게 해."

할멈들이 웃으면서 달랬다.

"아가씨가 아직 어려서 그러시는 거니까 아씨께서 참으세요."

그러자 석춘이 여전히 냉소를 품고 할멈들에게 말했다.

"내가 비록 어리지만 하는 말은 절대로 어리지가 않아요. 당신네들은 책도 볼 줄 모르고 글자도 모르니까 모두가 바보 멍텅구리란 말이야. 그러니까 멀쩡한 사람을 보고 되레 나이 어리고 물정 모른다고 말하는 거란 말이야."

우씨가 말했다.

"그럼요, 그럼! 우리 시누이님은 그야말로 과거에서 장원狀元에 방안榜眼에 탐화探花[3]에 다 급제하실 분이죠. 천하에서 제일가는 재사才士니까요. 우리야 물정 모르는 바보 멍텅구리니까 당연히 아가씨만 못하죠. 그럼 됐어요?"

"장원급제만 했다고 다 똑똑한 줄 아세요? 그런 사람들도 깨닫지 못한 이가 많다고요."

"그래요, 그래. 방금 전엔 재사더니 이번엔 큰스님이 되신 모양이지.

---

3 과거시험에서 장원은 첫 번째, 방안은 두 번째, 탐화는 세 번째로 급제한 것을 가리킴.

깨달음을 말씀하시고 계시네."

"내가 깨우치지 못했다면 입화를 내보내자고 못했을 거예요."

"과연 아가씨는 마음도 입도 차디차고 독한 사람이군요."

"옛날 사람도 '독한 마음으로 끊지 않으면 자기 마음대로 이룰 수 없다'고 했거든요. 나같이 결백하고 정결한 사람을 공연히 왜 언니네 집에 끌어들여 나까지 망치려고 하는 거예요?"

우씨는 마음속에 걸리는 것이 있었으므로 말이 나올까봐 두려웠다. 사람들이 뒤에서 수군댄다는 말을 들었을 때부터 우씨는 벌써 속으로 화가 치밀고 창피했었다. 다만 석춘과는 시누이와 올케 사이인지라 거기다 대고 뭐라고 할 수가 없어서 억지로 참고 있었는데, 지금 석춘이 다시 그런 말을 끄집어내자 더 이상 끓어오르는 화를 참지 못하고 석춘에게 달려들어 따졌다.

"누가 어떻게 아가씨를 끌어들였다는 거예요? 자기 시녀가 잘못한 걸 가지고 이유 없이 나를 걸고 넘어지는 데도 난 한참을 참고 있었건만 정말 보자보자 하니까 점점 못하는 소리가 없군그래. 아가씨는 천금 같은 대갓집 따님이니까 앞으로는 더 이상 가까이 지내지 않을 테니 걱정 마세요. 공연히 그 잘난 이름을 더럽히면 어쩝니까? 당장 입화를 데려가도록 하겠어요."

우씨는 화가 나서 벌떡 일어나 밖으로 나갔다.

거기다 대고 뒤에서 석춘이 더욱 화를 돋웠다.

"앞으로 정말 오지 않는다면 온갖 시비나 구설수가 사라질 테니 다들 얼마나 홀가분하겠어."

그 말에 우씨는 대꾸도 하지 않은 채 횡하니 가버렸다.

뒷일이 어떻게 될 것인지….

開夜宴異兆發悲音
賞中秋新詞得佳讖

가을밤의 한숨소리

한밤중 가진의 연회에 비탄소리 들리고
추석날 가환의 시구에 장래를 예언했네
開夜宴異兆發悲音　賞中秋新詞得佳讖

　화가 잔뜩 난 우씨가 석춘의 거처에서 나와 왕부인의 방으로 가려고
하자 뒤따르던 할멈들이 조용히 아뢰었다.

　"아씨, 지금 그곳에는 안 가시는 게 좋겠어요. 방금 전에 강남 진씨
댁에서 몇 사람이 왔는데 물건도 함께 가지고 온 것 같더라고요. 무슨
비밀스러운 일이 있는지도 모르겠어요. 그러니 지금 아씨께서 들어가
시면 곤란해지실 것 같아요."

　우씨가 할멈의 얘기를 듣고 말했다.

　"어제 나리께서 하시는 말씀이 관보에 보니까 강남 진씨 댁이 무슨 죄
를 범하여 지금 가산은 몰수하고 경성으로 압송하여 치죄한다고 적혀
있다고 하시던데, 왜 그 사람들이 찾아왔을까?"

　"글쎄 말입니다. 방금 여자 집사 몇 사람이 왔는데 안색이 말이 아니
에요. 당황해 하는 것이 아무래도 무언가를 숨기고 있는 것 같았어요."

　그 얘기를 듣고 우씨는 왕부인의 처소로 가지 않고 이환의 거처로 방

향을 돌렸다. 이환의 거처로 가보니 마침 태의가 찾아와 진맥하고 나간 뒤였다. 이환은 요즘 들어 병세가 좀 나아졌으므로 침상에 앉아 이불을 끌어안고 베개에 기댄 채 한두 사람이라도 얘기나누러 와줬으면 하고 기다리던 참이었다. 그러던 중 우씨가 찾아왔는데, 평소와 같이 상냥하고 친절하지가 않고 무언가 골똘히 생각하는 듯한 굳은 표정으로 그저 앉아있기만 하였다.

이환이 의아한 심정으로 물었다.

"이 시간에 건너오셨네요. 다른 데서 뭐 좀 드셨어요? 시장하지 않으세요?"

그러면서 이환은 시녀인 소운素雲에게 맛있는 간식이라도 있으면 내오라고 시켰다. 그러자 우씨가 얼른 말리면서 말했다.

"아니야, 필요 없어. 이렇게 누워 있는 처지에 무슨 맛있는 먹을거리가 있다고 그래? 게다가 나도 배고프지 않은걸."

"어제 저 애의 이모네 집에서 더운물에 타먹는 가루차를 보내왔는데 그것이라도 한 대접 타서 맛보시겠어요?"

이환은 그러면서 가루차를 타오라고 했다.

우씨가 여전히 말없이 넋을 놓고 앉아있자 뒤따라온 시녀와 어멈들이 물었다.

"아씨, 오늘 점심때 아직 세수를 못하셨는데 지금 여기서 좀 씻으시겠어요?"

우씨가 고개를 끄덕였다. 이환은 곧 소운에게 명하여 자신의 화장대를 가져오도록 하였다. 소운은 화장대를 들고 오면서 자신의 연지와 분도 함께 가져왔다.

"저희 아씨께서 이게 마침 떨어져서 없으시니까 아씨마님께서는 더럽다고 꺼리지 마시고 이걸 쓰도록 하세요. 이건 제 것인데 쓸 만하거든요."

이환이 말했다.

"내 것이 없으면 다른 아가씨들한테 빌려오든지 해야지 어째 공공연히 네가 쓰던 물건을 드린단 말이냐? 큰댁 아씨였으니 망정이지 다른 사람 같았으면 벌컥 화를 냈을 거야."

우씨가 웃으면서 말했다.

"그게 무슨 상관이야? 내가 평소에 여기 올 때마다 누구 것이든 다 써 봤는데 오늘 갑자기 뭘 꺼린다고 그래?"

그러면서 우씨는 구들 위에서 가부좌를 하고 앉았다. 은접銀蝶이 얼른 달려와 우씨의 팔찌와 반지 등을 풀어주었다. 그리고 커다란 수건을 둘러 옷이 젖지 않도록 가렸다. 어린 시녀 초두아炒豆兒가 큰 대야에 따뜻한 물을 가득 담아서 우씨의 면전에 가져와 허리를 굽힌 채 어정쩡하게 받치고 서 있었다.

이환이 말했다.

"넌 어째 그리도 뭘 모르는 거냐?"

은접이 나서서 웃으며 말했다.

"하나같이 융통성이라곤 눈곱만큼도 없다니까. 조롱박이면 다 바가지인 줄만 알고 있으니. 우리 아씨가 너그럽게 대해 주고 집에서도 그냥 내버려두니까 기가 살아서 집에서든 나가서든 친척 어르신 앞에서도 함부로 하는구나!"

우씨가 말렸다.

"그냥 내버려둬라. 씻기만 하면 될 걸 가지고 뭘 그래."

초두아가 얼른 무릎을 꿇고 앉자 우씨가 웃으며 말했다.

"우리 집 하인들은 어른, 아이 할 것 없이 겉치레로 허례허식이나 체면만 따지고 있다니까. 하기야 해내는 솜씨들이 쓸 만하긴 하지만 말이야."

이환은 우씨의 말을 듣고 그녀가 지난밤의 일을 알고 있다고 생각되어 물었다.

"까닭이 있는 말씀 같은데, 누가 무슨 일을 했기에 쓸 만하다는 건가요?"

"그걸 지금 나한테 묻는 거야? 그럼 그동안 병이 들어 저승에라도 다녀왔단 말이야?"

그 말이 끝나기 전에 밖에서 전갈이 들렸다.

"보차 아가씨께서 오셨습니다."

이환이 어서 안으로 모시라고 말하는 순간 보차는 벌써 들어와 있었다. 우씨가 얼굴을 수건으로 닦으면서 앉으라고 권했다.

"어쩐 일로 혼자 여기를 다 왔어? 다른 자매들은 다 어디 가고?"

보차가 말했다.

"저도 그 사람들을 만날 수가 없네요. 어머님 몸이 불편하다고 하시는데 일하는 아줌마 두 사람도 하필이면 감기에 걸려 누워 있는 형편이지 뭐예요. 다른 사람은 믿을 만하지도 못하고 해서 아무래도 제가 집에 가서 밤중에 어머님 곁에서 시중들어 드려야 할 것 같아요. 원래는 노마님과 마님께 말씀드려야 하지만 뭐 대단한 일도 아니라서 굳이 말씀드릴 필요 없을 것 같아요. 괜찮아지시면 돌아올 텐데요, 뭘. 그래서 큰아씨께 말씀드리려고 왔어요."

이환은 그 말을 듣고 우씨를 쳐다보며 웃었다. 우씨도 이환을 바라보며 웃기만 했다. 잠시 후 우씨가 세수를 끝내자 다 같이 가루차를 마셨다.

이환이 웃으며 말을 꺼냈다.

"그렇다면 사람을 보내 이모님께 무슨 병이신지 문병을 드려야겠군. 나도 병이 들어서 직접 가뵙지는 못하겠고. 아무 걱정 말고 잘 다녀와. 사람을 보내 그쪽 집을 살펴주도록 할게. 어쨌든 하루이틀 가 있다가 오도록 해. 나중에 내가 꾸중 듣지 않도록 말이야."

보차가 웃으며 말했다.

"꾸중은 무슨 꾸중을 들어요? 이거야 누구나 다 아는 상식적인 일인데요. 눈감고 도둑을 놓아주는 것도 아니잖아요. 내 생각에는 번거롭게 사람을 보낼 필요 없이 그냥 상운이를 청해 하루이틀간 있게 하면 좋을 것 같아요."

이환이 말했다.

"그런데 상운이는 어딜 간 거지?"

"방금 제가 탐춘 아가씨한테 보냈어요. 함께 이 집으로 오라고 했으니 곧 올 거예요."

과연 잠시 후에 밖에서 전갈이 왔다.

"상운 아가씨와 탐춘 아가씨가 오셨습니다."

다들 서로 인사하며 자리를 권하고 나자 보차는 일이 있다면서 먼저 일어섰다.

탐춘이 말했다.

"잘 생각했어요! 이모님이 쾌차하시면 돌아와도 좋고 굳이 안 돌아와도 괜찮아요."

우씨가 웃으면서 물었다.

"그것 참 이상한 말이네. 어디 친척을 내쫓는 법이 어디 있어?"

탐춘이 코웃음을 치면서 말했다.

"글쎄 말입니다. 남이 나가라고 하기 전에 자신이 먼저 나가는 게 훨씬 좋은 거예요. 친척사이에 아무리 사이가 좋아도 죽을 때까지 함께 붙어살 수는 없는 법이지요. 우리는 다 같이 일가의 피붙이들이지만 서로 싸움닭처럼 잡아먹지 못해 안달이잖아요!"

우씨가 웃으며 말했다.

"오늘은 왜 이렇게 운수가 사나운지 모르겠네. 엉뚱하게 시누이들한테 화풀이만 당하고 있으니 말이야."

탐춘이 말했다.

"누가 억지로 뜨거운 부뚜막에 오시라고 했나요? 그런데 또 누가 그렇게 언니를 기분 나쁘게 했어요?"

탐춘은 속으로 넷째인 석춘이 그랬을 거라고 생각했다.

우씨는 즉답을 피하고 얼버무렸다. 탐춘은 우씨가 공연한 일로 거북해하지 않으려고 말을 삼가는 걸 알아차리고 오히려 웃으며 말했다.

"너무 그렇게 점잔 뺄 필요는 없어요. 조정에서 죄를 다스릴 때가 아니라면 목을 벨 까닭은 없으니까요. 무얼 그렇게 앞뒤를 재세요? 사실대로 말하자면 내가 어제 왕선보네 그 늙은 마누라의 따귀를 후려쳤으니 죄를 진 셈이에요. 하지만 그것들이 뒤에서나 수군거릴 테지 감히 나서서 나를 치기야 하겠어요?"

보차가 궁금하여 그 사람을 왜 때리게 되었느냐고 물었다. 탐춘은 지난밤에 있었던 대관원 수색과 왕선보댁을 때린 사건을 일일이 들려주었다. 우씨는 탐춘이 먼저 그 얘기를 다 털어놓자 자기도 석춘에게서 들은 얘기를 다 털어 놓았다.

탐춘이 말했다.

"그건 석춘의 성격이 천성적으로 모가 나고 괴팍해서 그런 것일 뿐이에요. 그걸 이길 재간은 없어요. 오늘 아침까지 아무런 동정이 없기에 알아보았더니 희봉 언니는 몸져누웠다고 하더라고요. 그래서 우리 집 유모를 보내 왕선보 마누라가 어찌 되었나 살펴보라 했더니, 돌아와서 하는 말이 공연한 일에 참견했다고 큰마님한테 한바탕 매를 맞았다는 거예요."

우씨와 이환이 동시에 말했다.

"당연히 그래야지."

탐춘이 코웃음을 치면서 말했다.

"그런 눈가림은 누구라도 할 수 있어요. 앞으로 두고 봐야지요."

우씨와 이환은 입을 그만 다물었다. 잠시 후 식사가 차려질 시간이
되자 상운과 보차는 방으로 돌아가 옷을 챙겨 입었다. 이 얘기는 그만
하기로 하겠다.

우씨 등은 이환의 거처에서 나와 가모의 거처로 갔다. 가모는 나무
침상에 기대고 앉아 있었고 왕부인은 강남 진씨네 집이 어떤 이유에서
인지 죄를 짓고 가산을 몰수당해 현재 경성으로 소환되어 치죄를 받는
다는 말을 아뢰고 있었다. 가모는 그런 말을 듣고 마음이 언짢아서 속
이 거북한 상태였는데 여러 자매들이 함께 찾아오자 물었다.

"어디서들 오는 거냐? 희봉이네 두 동서의 병은 좀 어떠하더냐?"

우씨 등이 얼른 대답했다.

"오늘은 좀 나아졌습니다."

가모는 고개를 끄덕이며 말했다.

"남의 일은 상관 말고 팔월 보름 추석날 달구경하는 일이나 함께 상의
하자꾸나."

왕부인이 나서며 웃었다.

"벌써 준비를 다 해놓았습니다. 어디가 좋을지 어머님께서 골라보시
지요. 대관원 안은 넓어서 밤이면 바람이 찰 거예요."

가모가 말했다.

"그거야 옷을 몇 겹 더 입으면 되지 뭐가 대수냐. 거기가 달맞이하는
데 가장 안성맞춤이야. 거길 놔두고 어딜 가겠어."

그 사이에 어멈들과 시녀들이 밥상을 들고 들어왔다. 왕부인과 우씨
는 얼른 일어나 수저를 놓고 밥을 차렸다. 가모는 자기가 먹을 반찬은
이미 다 차려 있는데 따로 커다란 두 개의 찬합에 갖가지 반찬이 담겨
있는 걸 보고 그것은 각 방에서 조금씩 맛을 보라고 따로 보내온 것임을
알았다. 그건 전부터 내려오던 법도이기도 했다.

"그건 다 뭐야? 지난번에도 내가 말했지 않았어? 이런 걸 따로 보내지 말라고 했는데 너희가 도통 말을 듣지 않는구나. 지금은 전처럼 식구들이 다 모여 흥청대고 있을 때가 아니질 않니."

원앙이 나서서 말했다.

"제가 몇 번 말씀을 전했는데도 그러네요. 오늘은 그냥 드시지요."

왕부인도 웃으면서 권했다.

"그래야 별거 아니고 늘 자시는 것들뿐이에요. 오늘은 제가 소식을 하는 날이라 별다른 반찬이 없고 쫄깃쫄깃한 면발과 두부 따위로, 어머님이 별로 안 좋아하시는 거라서 그저 고추기름을 넣은 순채부추장 한 가지만 가져왔어요."

가모가 웃으며 말했다.

"그거면 됐어. 내가 마침 그걸 먹고 싶었단다."

그러자 원앙이 얼른 접시에 담아서 앞에 갖다 놓았다. 가모는 보금에게 자리에 앉아 함께 먹자고 했다. 보금이 여러 번 사양하고 나서 비로소 자리에 앉았다. 가모가 탐춘에게도 함께 먹자고 하자 탐춘 역시 사양하고 보금의 맞은편에 앉으니, 대서가 얼른 밥그릇을 옮겨왔다. 원앙이 찬합에 들어있는 반찬을 보면서 말했다.

"이건 큰 대감님 댁에서 보내온 것인데 무엇으로 만들었는지 통 알 수가 없어요. 그리고 이건 바깥에서 대감님이 보내오신 것인데 닭의 골수에 죽순을 넣은 계수순鷄髓筍이란 거예요."

원앙이 죽순요리를 가모의 식탁 앞으로 내놓자, 가모가 두어 점 맛을 보고는 말했다.

"내가 다 먹어보았다고 말하고 이 두 가지 요리는 돌려보내라. 앞으로는 날마다 이런 걸 보낼 필요 없다고 이르고. 내가 먹고 싶으면 보내달라고 할 테니까."

가모의 분부에 어멈들이 도로 갖고 나갔다. 이 얘기는 그만 하기로 하겠다.

　가모가 또 물었다.
　"죽이나 좀 먹으련다."
　우씨는 얼른 죽을 한 공기 담아왔는데 홍도미紅稻米로 쑨 죽이라고 했다. 가모가 받아 반 공기쯤 먹고는 생각난 듯 말했다.
　"이 죽은 희봉이한테 보내줘라. 그리고 저 죽순요리와 너구리고기 조림은 각각 대옥이하고 보옥이에게 먹으라고 갖다 주어라. 고기 한 그릇은 난이에게 먹이도록 하고."
　가모는 이어서 우씨를 보고 말했다.
　"난 다 먹었으니까 여기 와서 어서 먹도록 하렴."
　우씨는 대답하고 나서 가모가 양치하고 손을 씻기를 기다렸다. 가모는 한담을 나누며 잠시 소화시키느라고 몸을 움직였다. 우씨는 그제야 인사하고 자리에 앉았다.
　탐춘과 보금도 일어나 웃으면서 말했다.
　"저희는 먼저 일어나겠어요."
　"나 혼자만 남았네. 이렇게 큰 밥상에 혼자 앉아 먹자니 영 어색한걸."
　우씨의 말에 가모가 웃으며 말했다.
　"원앙이와 호박이도 이참에 손님을 모시고 같이 먹으려무나."
　"좋구 말구요. 제가 바로 그 말을 하려고 했어요."
　그러자 우씨의 말에 가모가 말했다.
　"여럿이 밥 먹는 걸 구경하는 것도 꽤나 재미있는 일이지."
　가모는 은접을 가리키며 덧붙였다.
　"이 애도 있었군. 어서 네 아씨마님하고 같이 먹으려무나. 예의범절 따위는 내가 없는 데서나 지키도록 하고."

우씨도 은접을 불렀다.

"어서 오너라. 공연히 격식 차리지 말고."

가모는 뒷짐을 지고 서서 그들이 즐겁게 먹는 모습을 바라보았다. 그러다 시중들며 밥을 퍼주는 사람 손에 하인들이 먹는 흰 멥쌀밥이 들려 있고 우씨가 먹는 것도 흰 멥쌀밥인 것을 보고 물었다.

"도대체 정신이 있는 거냐, 없는 거냐? 이런 멥쌀밥을 왜 너희 아씨한테 담아드렸느냔 말이다."

하인이 말했다.

"노마님께서 드시던 밥이 다 떨어져서 그래요. 오늘 아가씨 한 분이 늘어나서 밥이 좀 모자랐거든요."

원앙이 말했다.

"지금은요, 각각 '머리를 재서 모자를 만들 듯이' 사람 숫자대로 식사 준비를 하거든요. 조금도 여유가 없어요."

왕부인이 얼른 나서서 말했다.

"요 이삼 년 동안 가뭄과 홍수가 수시로 닥쳐서 장원에서 식량이 제대로 올라오지 못했어요. 이런 상등품 쌀은 더욱 얻기 어려워서 먹을 분량만큼만 얼마간 내놓고 나머지는 전부 보관해 둔답니다. 필요할 때 없을까 봐 걱정되어서 그러지요. 밖에서 사들여 온 건 입맛에 안 맞으니까요."

가모가 웃으며 말했다.

"이거야말로 '재간 많은 며느리도 쌀 없이는 죽 못 쑨다'는 격이로구나."

사람들이 와르르 웃었다.

원앙이 아랫사람들에게 말했다.

"정 그럼 셋째 아가씨 밥을 가져다가 보태드리면 되잖아. 왜 그렇게 생각이 없어?"

우씨가 웃으며 말했다.

"난 이거면 족해. 그러니 가지러 가지마."

원앙이 말했다.

"아씨마님이야 충분하다고 하시지만 저희는 먹을 수가 없는걸요."

원앙의 말에 일하는 어멈들이 얼른 밥을 가지러 갔다. 잠시 후에 왕 부인도 식사하러 돌아가자 우씨는 남아서 가모를 모시고 재미있는 얘기를 나눴다.

날이 저물자 가모가 말했다.

"이제 밖이 어두워졌는데 돌아가 보려무나."

우씨는 그제야 인사하고 밖으로 나와서 대문 앞에서 수레를 탔다. 은접은 수레 끝에 앉았다. 어멈들이 주렴을 내려주고 어린 시녀들을 데리고 곧장 먼저 동부의 대문 밖에 가서 수레를 기다렸다. 두 저택 사이는 사실 화살을 쏘면 닿을 만한 가까운 거리였다. 늘 오가는 사람이 많았으므로 군이 삼엄하게 지킬 필요는 없었다. 하물며 어둑어둑한 저녁 무렵이면 돌아오는 사람들이 더욱 많았다. 할멈들은 어린 시녀들을 데리고 몇 걸음 옮기지 않아서 곧바로 동부의 대문에 다다랐다. 우씨의 수레가 도착하자 양쪽 대문을 지키는 사람들은 모두 동서의 거리입구로 가서 행인을 막고 기다리게 했다. 우씨의 큰 수레는 사실 소나 말이 끌 필요도 없었다. 일고여덟 명의 젊은 하인들이 고리를 당기고 바퀴를 밀면 가볍게 이쪽 집 계단 아래에까지 닿을 수 있었던 것이다. 시동들은 돌사자의 바깥쪽으로 물러나고 할멈들이 주렴을 열자 은접이 먼저 내린 다음 우씨가 천천히 내려섰다.

대문 앞에는 크고 작은 일고여덟 개의 등롱이 밝게 비추고 있었다.

우씨는 양편의 돌사자 옆에 큰 수레 네다섯 채가 서 있는 걸 보고 노름하는 사람들이 타고 온 것임을 알았다. 그래서 은접과 주변의 사람들에게 말했다.

"너희들 저것 좀 보아라. 타고 온 수레만 해도 저렇게 많으니 말을 타고 온 사람들은 또 얼마나 많겠느냐? 말은 마구간에 매어 두었을 테니 우리 눈에는 안 띄겠지. 저 사람들 부모가 돈이 얼마나 많으면 이렇게 기분을 풀고 노는 것일까?"

우씨는 그 사이에 대청에 이르렀다. 가용의 처가 집안 시녀들을 데리고 나와서 촛불을 켜들고 맞이하였다. 우씨가 웃으며 말했다.

"매일같이 노름하는 저 사람들을 한번 엿보았으면 했는데 한 번도 기회가 없었어. 오늘 마침 잘되었으니 노름방 창문가로 지나가면서 한 번 보도록 하자."

어멈들이 등불을 들고 그쪽으로 길을 안내하였다. 먼저 한 사람이 건너가서 그쪽에서 지키는 시동에게 공연히 놀라서 소리치지 말라고 귀띔하였다. 우씨 일행은 가만히 창문 아래에 이르러 노름방의 동정을 살폈다. 안에서는 잘한다 잘해 하는 소리와 웃고 떠드는 소리가 왁자지껄하게 흘러 나왔다. 또 서로 욕지거리를 하고 투덜대는 소리도 적지 않게 들렸다.

사실 가진은 그동안 친상 중이었으므로 마음 놓고 멋대로 놀 수가 없었고 연극이나 음악도 즐길 수가 없었다. 무료하기 짝이 없었으므로 심심풀이의 하나로 낮에는 활쏘기 연습을 한다는 구실 하에 닝문세가의 자제나 부잣집 친구들을 불러다 서로 활쏘기 시합을 하곤 하였다.

"그냥 활만 쏘면 아무런 소득이 없으므로 실력도 늘지 않고 오히려 활쏘는 방법만 잘못 배우게 되니 반드시 벌칙을 만들어 놓고 재물을 걸어야 모두들 열심히 하려는 마음이 드는 법입니다."

가진은 이렇게 핑계를 대고 천향루天香樓 아래 길에 과녁을 세운 다음 매일 조반을 마친 후에 다들 모여서 과녁을 향해 활쏘기를 하기로 정하였다. 하지만 자기 명의로 하기는 거북하였으므로 가용을 모임의 주선자로 삼았다. 여기에 참가하는 사람들은 모두 작위를 세습 받은 귀공자들로서 집안이 부유하고 혈기 왕성한 젊은 사람들이라 도박과 투기, 기생놀음에 이르기까지 온갖 못된 짓은 다 하는 한량들이었다. 그런지라 다들 상의하여 매일 돌아가며 한 사람씩 서로 만찬에 초대하기로 하였다. 매일 활쏘기를 하므로 가용 한 사람에게만 노상 신세를 질 수는 없었기 때문이었다. 그래서 날마다 돼지와 양을 잡고 거위와 오리를 요리하여 마치 '임동투보臨潼鬥寶'[1]와 마찬가지로 자기 집의 고급 요리사와 잘하는 요리를 맛보려고 애썼다.

그런데 불과 보름도 안 되어 가사와 가정에게 그 소문이 들어갔다. 그들은 속사정은 전혀 모르는 채 마땅히 그래야 한다고 하면서 글 읽는 일을 이미 그르쳤으면 무예를 닦는 일이라도 해야 한다고 강조했다. 그리고 이 집안은 본래부터 무예로 일어난 집임을 상기시켰다. 그리하여 양쪽 부중에서는 가환과 가종, 보옥, 가란 등 네 명에게 식후에 건너가 가진을 따라서 활쏘기 연습을 하라고 명하였다.

가진의 본뜻이 여기에 있지 않았으므로 하루이틀 하다가는 힘든 어깨를 풀어서 쉬고 힘을 길러야 한다는 등의 이유를 내세워 저녁에는 골패를 하거나 술자리를 만들어서 사람을 청하곤 하였다. 그러다가 나중에는 점점 돈내기 노름판으로 바뀌어갔다. 이렇게 해서 서너 달이 지나다 보니 활쏘기는 뒷전이고 도박판이 더욱 성해져서 결국 공공연하게 밤낮을 가리지 않고 도박판만 벌이게 되었다. 하인들은 각자 조금씩 개평이라도 얻게 되니 도박이 계속되기만 바랐다. 이리하여 도박판은 갈수록 흥성해졌지만 바깥에서는 그런 사실을 조금도 모르고 있었다.

요즈음에는 노름이라면 사족을 못 쓰는 형부인의 친정동생인 형덕전邢德全도 여기에 참여하게 되었다. 또 설반도 돈을 물 쓰듯 하는 사람인

---

1 춘추시대 진나라 목공(穆公)이 섬서성 임동(臨潼)에서 각 나라 제후들을 불러 모아 보물을 서로 비교하도록 한 이야기로, 여기서는 부와 사치를 과시한다는 의미.

지라 좋아라하며 여기에 끼어들었다. 형덕전은 형부인의 동생이기는
했지만 마음 씀씀이나 행동거지는 판이하게 달랐다. 형덕전은 오로지
술 마시고 노름하고 오입질하는 데만 정신이 팔려서 수중의 돈을 아낌
없이 썼으며, 남들 대하는 데도 술만 좋아하면 무턱대고 사귀고 술을
안 마시는 사람과는 가까이 하지도 않았다. 상대가 상전이건 하인이건
따지지 않고 마음에 들기만 하면 귀천을 가리지 않았기 때문에 사람들
은 바보 같은 외삼촌이란 뜻으로 사대구傻大舅라고 놀렸다. 설반은 역
시 일찌감치 이름난 별명이 있었으니 바보 나리란 뜻으로 애대야獃大爺
라고 불러왔던 터였다. 지금 이 두 사람이 짝이 되어 뭉치게 되었는데
둘 다 주사위를 던져 승패를 가르는 창신쾌搶新快[2]를 좋아해서, 이번에
도 두 사람은 바깥쪽 구들에 올라앉아 주사위를 던지고 있었다.

　다른 사람들은 몇 사람이 바닥의 큰 탁자를 둘러싸고 타요번打么番[3]을
하고 있었고 안에서는 다 같이 점잖게 골패를 만지며 타천구打天九[4]를
놀고 있었다. 시중드는 하인들은 열다섯 살 이하의 어린아이로서 어른
이 된 하인들은 이곳에 들여놓지 않았다. 그래서 우씨는 창문 밖에서
몰래 들여다보던 것이다. 그중 열여섯이나 열일곱 살쯤 되어 보이는 미
동美童들이 예쁘게 분장하고 옥을 깎은 듯한 몸매로 술을 따르고 있었
다. 오늘 설반은 노름판에서 한판 지고 나서 기분이 나빴지만 다행히
둘째 판을 던지고 나서 셈을 해보니 오히려 돈이 남아서 속으로 흐뭇해
했다.

　그때 가진이 일동에게 말했다.

　"자, 자. 이제 좀 쉬었다 해. 뭐 좀 먹고 나서 계속하지그래."

---

2 6개의 주사위에 있는 점의 숫자와 색깔의 조합에 따라 점수가 정해지는 놀이.

3 어떠한 놀이인지는 알려져 있지 않음.

4 골패 놀이의 일종으로 12개의 점이 있는 천패(天牌)와 9개의 점이 있는 구패(九
　牌)를 합치면 최고 점수가 되는 놀이.

그러고 나서 나머지 두 군데에다 물었다. 안에서 골패의 타천구를 놀던 사람들은 셈을 끝내고 밥 먹기를 기다리고 있었지만 타요번을 놀던 사람들은 아직 끝나지 않았으므로 먹으려고 하지 않았다. 계속 재촉하기도 뭣하자 가진은 우선 큰 탁자를 하나 놓고 손님을 접대하며 먹기 시작했고, 가용에게는 조금 기다렸다가 다음 사람들을 대접하라고 하였다. 설반은 흥이 올라 미동 하나를 끌어안고 술을 마시다가 형덕전에게도 술을 권하라고 하였다. 그 사대구는 노름에 진 판이라 기분이 울적하여 술을 두어 사발 들이키자 곧 취기가 올랐는데, 미동 둘이 이긴 사람한테만 붙어있고 진 사람은 상대조차 않는 것을 보고 화를 내면서 시비를 걸었다.

　"이 토끼새끼 같은 남창놈들아! 그렇게 잘 나가는 사람 옆에만 붙어있기냐? 날이면 날마다 너희가 누구 덕인들 안 본 적이 있었더냐. 지금 잠시 돈 몇 푼 잃었다고 너희가 아예 나를 거들떠보지도 않는구나. 설마 앞으로 너희가 나한테 사정할 날이 없을 줄 아느냐, 이놈들아!"

　사람들은 그가 약간 술기운이 있는 걸 보고 얼른 맞장구를 쳐주었다.

　"맞아요 맞아! 과연 저 녀석들의 버르장머리가 고약하구먼!"

　그리곤 얼른 소리를 질러 분부했다.

　"어서 술 한 잔 가득 따라 드리지 않고 무얼 하느냐!"

　두 미동은 원래 눈치 빠르고 연극도 잘하는 자들이라 얼른 무릎을 꿇고 엎드려 술잔을 올리면서 애원했다.

　"저희들같이 이런 일을 하는 사람들은 스승님으로부터 멀고 가깝고 친근하고 소원한 관계를 떠나서 언제나 금전과 세력이 있는 곳으로만 가까이하고 공경하라는 가르침을 받았습니다. 그런 분이 바로 살아있는 부처님이시고 신선이시라는 겁니다. 그러다 일시에 돈과 힘이 없어지면 곧 상대하지 않는 게 저희의 직업윤리이기도 합니다. 게다가 저희는 아직 어리고 또 이런 일로 입에 풀칠하고 살아가는 처지가 아닙니까. 외삼촌 나리께서 넓은 마음으로 한번 넘어가 주시기 바라옵니다."

두 미동은 말을 마치자 무릎을 꿇고 술잔을 들어 바쳤다. 형덕전의 마음은 벌써 다 풀어졌지만 일부러 화가 풀리지 않아서 상대하지 않는 체하였다. 그러자 사람들이 한 번 더 달랬다.

"이 애들 말이 맞긴 맞다오. 외삼촌 나리께서 평소에는 이런 애들을 잘 보살펴주고 아껴주시더니 이번에는 왜 이러시오? 술잔을 안 받으시면 저 애들이 뭐가 되겠소?"

형덕전은 더 이상 버틸 수가 없어서 슬그머니 물러섰다.

"만일 자리에 계신 여러분들이 말씀하지 않으셨으면 내 다시는 상대하지 않았을 거야."

그리고 비로소 술잔을 받아서 고개를 젖히고 다 마셔버렸다. 미동이 큰 술잔 하나에 또 가득 술을 따랐다. 형덕전은 마침내 술기운 때문에 문득 지나간 일이 떠올라 속마음을 드러내기 시작했다. 그래서 책상을 탁 내려치며 가진에게 긴 한숨과 함께 하소연을 시작하였다.

"정밀 그래요! 돈을 목숨같이 여긴다는 저 애들 말이 하나도 틀리지 않고말고요. 아무리 명문세가의 출신이라고 하더라도 돈과 권세 앞에서는 혈육도 나몰라라 한다니까요. 조카님은 혹시 내가 엊그제 저쪽 댁 우리 누님하고 말다툼한 일을 알고 계시는가요?"

"아니 못 들었는데요."

가진의 말에 형덕전이 길게 한숨을 쉬었다.

"그놈의 돈 때문에 그러지 않았겠수? 정말 지독해요, 지독해!"

가진은 형덕진이 형부인과 화목하지 않은 데다가 형부인으로부터 늘 무시당하고 있어서 원망이 많다는 것을 잘 알고 있었으므로 타이르기 시작했다. 가진이 달랬다.

"그건 외삼촌이 너무 돈을 함부로 써서 그러지요. 도대체 돈을 얼마나 많이 쓰신 겁니까?"

"그렇지 않아요. 조카님이 우리 형씨 집안을 잘 몰라서 하시는 말씀입니다. 우리 모친이 돌아가실 때 나는 아직 어려서 세상일을 모를 때였지요. 누님 세 분 중에서 첫째 누님만 이 댁으로 시집오셨는데 집안 재산을 그 누님이 다 갖고 오셨답니다. 지금 둘째 누님도 시집가셨지만 집안 형편이 아주 어렵습니다. 셋째는 아직 집에 있구요. 집안 살림의 필요한 것들은 아직도 왕선보댁이 맡아서 처리하고 있지요. 그래서 내가 돈이 필요하면 이 가씨 댁에 와서 부탁하지 않으면 안 되는 거라고요. 우리 형씨네 집안 재산은 나 혼자 실컷 쓸 수 있을 만큼 되는 것인데도 지금 내 손에 들어오지 않으니 이런 억울함을 대체 어디다 하소연해야 하는 겁니까?"

가진은 그가 술이 취해 아무렇게나 투덜대는 소리를 남들이 들으면 좋을 게 없겠다는 생각에 얼른 좋은 말로 달래며 화제를 돌렸다.

한편 밖에서 귀를 기울이고 있던 우씨에게는 그 말이 아주 분명하게 들렸다. 그래서 가만히 웃으며 은접에게 말했다.

"너도 들었지? 저 사람이 북원北院에 사시는 큰마님의 친정동생인데 원망하는 거 좀 봐. 불쌍하게도 친동생이 저런 말을 하고 있으니 다른 사람이 원망하는 것도 무리는 아니지."

우씨는 좀더 엿듣고 싶었는데 안쪽에서 타요번 노름이 끝나서 다들 술을 마시려고 나왔다. 그중의 한 사람이 형덕전에게 물었다.

"누가 우리 외삼촌 나리한테 잘못을 저지른 거요? 자세히 듣지 못해서 모르겠지만, 우리한테 말해주면 한번 시비를 따져봐 드리겠어요."

형덕전이 방금 미동들이 노름에 진 사람은 상대도 않고 이긴 사람한테만 달라붙어서 아양을 떨고 있었다는 말을 한바탕 떠들어댔다. 그러자 방금 물었던 귀공자가 나서며 말했다.

"그거야 화낼 만한 일이로군그래. 외삼촌 나리가 화를 내는 것도 무리는 아니지. 그럼 내가 너희 미동 두 사람한테 한번 물어보겠다. 우리 형덕전 나리가 비록 노름에 지긴 했지만 돈이나 몇 푼 잃은 것밖에 없고 두 다리 사이에 있는 물건은 멀쩡하신데 너희는 어인 일로 상대조차 안 해드렸단 말이냐?"

사람들이 그 말에 와하하 웃음을 터뜨렸다. 형덕전 자신도 입안에 든 밥을 쏟아내며 웃지 않을 수 없었다. 밖에서 엿듣고 있던 우씨가 가만히 혀를 차면서 욕을 해댔다.

"저런! 저런 고약한 소리 좀 들어봐. 염치라곤 눈곱만치도 없는 급살 맞을 놈들! 대가리에 피도 안 마른 것들이 제멋대로 지껄여대고 있으니, 거기다가 술까지 처마시고 나면 무슨 헛소리를 토해낼지 모르겠군 그래."

우씨는 그제야 안으로 들어가 옷을 갈아입고 잠자리에 들었다. 새벽녘인 사경이 되어서야 노름판이 파하자 가진은 패봉의 방으로 들어갔다.

다음 날 가진이 일어나니 누군가 와서 수박과 월병 등은 모두 마련되었고 나눠주기만 기다리고 있다고 말했다. 가진이 패봉에게 말했다.

"네가 아씨께 말씀드려서 잘 살펴보고 나누시라고 하여라. 나는 다른 일이 있어서 가봐야겠다."

패봉이 그 말을 우씨에게 전하자 우씨가 일일이 나눠서 사람을 보내 전달했다. 잠시 후에 패봉이 다시 와서 말했다.

"나리께서 아씨께 오늘 외출하시려는지 여쭈라고 하셨습니다. 나리께서 우리 집은 지금 친상 중이기 때문에 내일 추석 명절도 쇨 수 없으니까 오늘 저녁에 식구들이 다들 모여서 달맞이도 하고 수박과 월병을 먹고 술도 마시는 게 좋겠다고 말씀하셨어요."

우씨가 대답했다.

"나도 나가고 싶은 생각은 없어. 하지만 저쪽 댁의 큰아씨도 병이 났고 희봉 아씨도 누워있는 마당에 나마저 안 건너가면 점점 일 볼 사람이 없어져서 말이야. 더구나 바빠서 정신이 없는데 달구경은 무슨 달구경을 한다고 그래?"

패봉이 말했다.

"그래도 나리께서 말씀하셨어요. 오늘 벌써 사람들하고 작별인사를 하셨고 그분들은 열엿새날이나 오겠다고 하셨대요. 어쨌든 오늘 아씨마님과 함께 술 한 잔 하시겠다는데요."

"나를 초대하신다고 그러서? 나는 답례도 못할 텐데."

우씨 대답을 듣고 패봉이 웃으면서 돌아갔다. 잠시 후에 다시 와서 웃으며 말했다.

"나리께서 오늘은 저녁식사까지 아씨마님을 초대하신댔어요. 어쨌든 일찍 돌아오시라고 하셨어요. 그리고 저에게 아씨마님을 따라갔다 오라고 하셨어요."

"그래? 그럼 아침식사는 어떻게 하신다던? 나는 어서 먹고 가봐야 하는데."

우씨의 물음에 패봉이 대답했다.

"나리께서 아침은 밖에서 드신다고 하셨어요. 아씨께서 먼저 따로 드시랍니다."

"오늘은 바깥채에 누가 와 계시느냐?"

"네. 듣자하니 바깥 서재에는 남경에서 새로 오신 손님이 계시다고 하시던데 누구인지는 모르겠어요."

우씨가 패봉과 얘기를 나누는 사이 가용의 처가 단장을 마치고 나와서 아침인사를 했다. 그리고 잠시 후 조반상이 들어왔다. 우씨가 상석에 앉고 가용의 처가 아래쪽에 앉아 배석했다. 고부간에 식사를 마치고 우씨는 옷을 갈아입고 영국부로 건너갔다가 저녁에야 돌아왔다.

과연 가진은 아침에 약속한 바와 같이 돼지 한 마리를 잡고 양을 잡아 굽는 외에도 갖가지 요리와 과일 등을 이루 말할 수 없이 풍성하게 차려놓고 가족잔치를 준비하고 있었다. 가진은 회방원會芳園의 총록당叢綠堂에다 공작이 깃을 펼치듯 병풍을 두르고 부용이 활짝 피듯이 자리를 깔아 놓고 처자와 시첩을 데리고 먼저 식사한 후에 술을 마시며 흐뭇한 마음으로 달구경을 하며 즐거워했다. 두어 시간쯤 지나니 정말로 맑은 바람이 불고 휘영청 밝은 달이 솟아올라 온 천지가 은빛으로 가득하였다. 가진이 주령놀이를 하고 싶어했으므로 우씨는 패봉 등 네 사람을 불러 자리에 앉으라고 하였다. 나머지 사람들도 덩달아 마주 앉아서 손에 쥔 것을 알아맞히는 시매猜枚놀이를 하거나 손가락 펴기로 숫자를 맞추는 화권을 하였다. 한참 술을 마시고 나서 가진은 술기운이 돌자 더욱 흥이 올라 검은 대나무로 만든 퉁소를 가져오라고 하여 패봉에게 불도록 명했다. 동시에 문화文花에게는 창을 한 곡조 하도록 하니 맑고 고운 노랫소리가 부드럽고 은근한 퉁소소리에 어울려 사람의 넋을 앗아갈 지경이었다. 노래가 끝나자 다시 주령을 하고 놀았다.

밤이 자정에 가까이 이르자 가진은 더욱 술이 취하여 기분이 흡족해 있었다. 다들 옷을 껴입고 차를 마시며 술잔을 바꿔 너 마시려고 하는데 갑자기 저쪽 담 아래서 누군가 길게 장탄식하는 소리가 들려왔다. 그곳에 있던 사람들 모두가 다 그 소리를 똑똑히 들었으며, 모두들 머리끝이 쭈뼛해지면서 두려움이 몰려왔다. 가진이 큰소리로 호통을 쳤다.

"거기 대체 누가 있는 것이냐!"

몇 번을 물어도 아무런 대답이 없자 우씨가 달래면서 말했다.

"담밖에 사는 사람인지도 모르죠."

"쓸데없는 소리! 이곳의 담밖에는 하인들 집이 없는 곳인데 무슨 소리야? 게다가 그곳은 바로 문중 사당에 붙어있는 곳인데 누가 산다고 그래?"

그 말이 끝나기도 전에 바람 부는 소리가 휘익 들리며 담장을 넘어가는가 싶더니 갑자기 사당 안의 문짝을 여닫는 소리가 들렸다. 온몸에 찬 기운으로 소름이 끼치며 앞서보다도 더욱 썰렁한 느낌이 일었으며 달빛도 어두운 것이 아까보다 밝기가 덜한 듯하였다. 사람들은 모골이 송연해졌다. 가진도 술이 절반은 깨는 것 같았지만 남보다는 좀더 의연하게 버티면서 속으로 이상하다고 생각했다. 그 바람에 흥이 깨진 가진은 억지로 잠시 더 앉아 있다가 방으로 돌아와 잠자리에 들었다.

다음 날은 바로 팔월 대보름 추석이었으므로 가진은 여러 자제들을 데리고 사당으로 가서 삭망 제사[5]를 지내고 나서 사당 내를 찬찬히 살펴보았지만 여전히 괜찮았고 별다른 징후는 보이지 않았다. 가진은 취중에 잘못 들었을 거라고 생각하고 더 이상 그 얘기는 꺼내지 않았으며, 제사를 마치자 문을 닫아걸고 자물통을 잘 채워 놓았다.

가진 부부는 저녁 식사를 마치고 영국부로 인사를 하러 건너갔다. 가사와 가정 등이 모두 가모의 처소에 모여 한담을 나누며 가모를 즐겁게 해주고 있었으며, 가련과 보옥, 가환, 가란 등도 바닥에 시립하고 서 있었다. 가진은 들어와서 그들과 일일이 인사를 나누었다. 가진이 두어 마디 인사말을 하고 나자 가모가 그에게 앉으라고 하였다. 가진은 문 가까이에 있는 등받이 없는 작은 의자에 살그머니 몸을 기울려 조심스럽게 앉았다. 가모가 가진을 보고 웃으면서 말했다.

"요즘 우리 보옥이 활 쏘는 솜씨는 좀 어떠한가?"

가진이 얼른 일어나 웃으면서 대답했다.

"아주 좋아졌습니다. 자세도 좋고 활에 힘도 많이 늘었습니다."

"그러면 됐다. 너무 욕심내면 오히려 다칠 수가 있으니 조심해야 해."

가모의 염려에 가진은 공손하게 여러 차례 "네, 네"하고 대답했다.

---

5 음력 초하루(朔)와 보름날(望)에 지내는 제사.

가모가 다시 말했다.

"어제 보내 준 월병이 아주 맛있더구나. 수박도 썩 좋아 보이던데 갈라보니까 속은 별로더구나."

가진이 웃으며 대답했다.

"간식을 전문으로 만드는 요리사가 새로 왔기에 시험 삼아 월병을 만들어 보라고 했더니 과연 괜찮더군요. 그래서 감히 만들어서 할머님 잡수시라고 드린 것입니다. 수박은 작년에는 그런대로 괜찮았는데 올해는 어찌 된 일인지 별로 안 좋았어요."

가정이 끼어들어 말했다.

"아마도 올해는 비가 너무 자주 와서 그랬던 모양입니다."

가모가 웃으며 말했다.

"지금쯤 달이 떴겠구나. 그럼 우리 나가서 향을 피우자꾸나."

가모는 보옥의 어깨를 짚고 천천히 걸어서 여러 사람과 함께 대관원으로 들어갔다. 대관원 정문은 이미 활짝 열려 있었고 환히 비치는 커다란 양각등羊角燈이 매달려 있었다. 가음당嘉蔭堂 앞의 월대에서 탑 모양으로 묶어서 세운 커다란 두향斗香에 불을 붙이고 바람막이를 한 촛불을 들고 수박과 월병 그리고 갖가지 다과를 진설하여 바쳤다. 형부인 등 여자들은 안에서 오랫동안 기다리고 있었다. 그곳은 밝은 달빛과 빛나는 등롱이 비치고 사람의 기운과 향불연기가 어우러져 참으로 형용할 수 없는 영롱하고 요염한 분위기가 느껴졌다. 바닥에는 배례용 담요와 비단 요가 깔려 있었다. 가모가 손을 씻고 나서 향을 올리고 절을 마치자, 나머지 사람들도 모두 절을 올렸다. 그리고 나자 가모가 입을 열었다.

"달맞이는 산 위에서 하는 게 제격이지."

그러면서 가모는 산등성이 위에 있는 큰 정자 위로 올라가자고 했다. 사람들이 모두 그곳으로 옮겨 자리를 마련하는 동안 가모는 가음당에

418

서 차를 마시며 잠시 한담을 나누고 있었다. 잠시 후에 하인이 와서 아뢰었다.

"준비가 다 되었습니다."

그제야 가모는 비로소 천천히 산으로 올라갔다.

"돌 위의 이끼가 미끄러우니 조심하세요. 아무래도 대나무 의자에 앉아서 가시는 게 낫지 않을까요?"

왕부인 등이 걱정스러워 하자 가모가 말했다.

"날마다 여기를 청소하지 않느냐? 게다가 완만하고 넓은 길인데. 뭐, 이참에 좀 움직여서 운동이라도 하는 게 좋아."

가사와 가정이 앞에서 인도하고 두 할멈이 앞에서 양각등을 손에 들고 길을 비췄으며, 원앙과 호박 그리고 우씨가 곁에서 바짝 붙어 가모를 부축하였고 형부인이 뒤에서 따르며 산 아래로부터 구불구불 길게 줄을 지어 산 위로 올라갔다. 불과 백여 보가량 가다보니 산등성이에 이르게 되었다. 그곳에 넓은 대청이 있었는데 산의 높은 등성이에 지었으므로 이름을 철벽산장凸碧山莊이라고 하였다. 산장 앞의 평지에 탁자와 의자를 배치하였고 또 커다란 병풍을 가운데 놓아 두 칸으로 나누었다. 탁자와 의자는 모두 원형으로 된 것이었다. 추석날 밤의 가족 모임은 단원團圓의 의미를 지니고 있기 때문이었다. 상석 중앙에 가모가 앉고 왼편으로 가사와 가진, 가련, 가용이 앉았으며 오른쪽으로 가정과 보옥, 가환, 가란이 둥글게 둘러앉았다. 그렇게 해서도 원형의 절반만 찼고 나머지 절반은 빈자리로 남아 있었다.

가모가 웃으며 말했다.

"평소에는 사람이 적다고 느끼지 못했는데 오늘 보니까 아무래도 우리 식구가 많이 줄어든 것 같구나. 예전에는 오늘 같은 명절날 밤이면 남녀 모두 서른이나 마흔 명은 족히 되었지. 얼마나 흥청대고 떠들썩했는지 모른단다. 그런데 오늘 이렇게 다들 모였는데도 너무 적구나. 몇 사람을 더 불러오고 싶어도 각자 부모가 있고 자기 집에서 달맞이를 할 테니 오라고 하기도 어렵겠고. 지금 자매들이나 불러다 그 자리에 앉히 도록 하여라."

그래서 병풍 너머 형부인의 좌석 쪽에 있던 영춘과 탐춘, 석춘 세 자 매를 불러왔다. 가련과 보옥 등이 일어나 먼저 그들 자매를 앉히고 나 서 자신들이 순서대로 앉았다.

가모는 곧 계화桂花 한 송이를 꺾어오라고 하여 어멈 한 사람으로 하 여금 병풍 뒤에서 북을 치게 하고 꽃돌리기 놀이를 시작하였다. 꽃이 누군가의 손에 들어갔을 때 북소리가 멈추면 술을 한 잔 들고 벌칙으로 우스개를 하나 하는 것이었다. 우선 가모로부터 꽃이 돌아서 다음에 가 사를 거쳐서 일일이 이어서 옮겨가고 있다가 꽃이 두 번쯤 돌 때까지 북 소리가 울리더니 마침 가정의 손에 이르러서 끊어졌다. 가정은 하는 수 없이 벌주를 한잔 마셨다. 자매들과 형제들은 서로 가만히 옷깃을 잡아 당기거나 손을 잡으며 신호를 보내면서 웃음을 머금고 가정의 입에서 어떤 얘기가 나오는지 주목하고 있었다.

가정은 가모가 기뻐하는 걸 보고 즐겁게 해드리기 위해 얘기를 시작 하려는데 가모가 먼저 웃으며 말했다.

"만일 재미가 없으면 또 벌칙을 내릴 거네."

가정이 웃으면서 말했다.

"겨우 얘기 한 가지밖에 모르는데 그게 재미없으면 벌칙을 받을 수밖 에 없겠지요."

가정이 이야기를 시작했다.

"에, 어떤 사람이 마누라를 아주 무서워했답니다."

그 말이 나오기가 무섭게 사람들은 웃음을 터뜨렸다. 가정이 우스개 얘기 하는 것을 전에는 한 번도 본 적이 없었기 때문이었다.

가모도 웃으며 말했다.

"그건 틀림없이 재미있는 얘기 같은데."

가정이 웃으며 청했다.

"만일 재미있으시면 어머님이 한 잔을 더 드셔야 합니다."

"그럼 물론이지."

가모가 흔쾌히 대답했다. 가정은 다시 이야기를 시작했다.

"마누라를 무서워하는 이 남자는 한 번도 감히 혼자서 멋대로 돌아다닌 적이 없었답니다. 그런데 하필 그날이 바로 팔월 보름 추석날이었답니다. 거리에서 물건을 사다가 우연히 친구를 몇 사람 만났는데 죽어라 하고 자기 집에 가서 술을 마시자고 하기에 따라가서 마시다가 그만 너무 취해서 친구네 집에서 자게 되었답니다. 다음 날 아침에서야 깨어나게 되었는데, 후회막급이었지만 때는 이미 늦었던 것이죠. 하는 수 없이 집에 와서 용서를 빌었답니다. 그때 마침 마누라는 발을 씻고 있었는데, 마누라가 '그래요? 당신이 내 발을 핥아주면 내가 용서해 주겠어요'라고 했답니다. 이 남자는 어쩔 수 없이 마누라 발을 핥아주었는데 속에서 구역질이 나서 견딜 수가 없었답니다. 그런데 갑자기 마누라가 '왜 이렇게 경망스러운 거예요!' 하면서 화를 내며 때리려고 했답니다. 남자는 깜짝 놀라 얼른 무릎을 꿇고 엎드려서 애원을 하였답니다. '당신 발이 더러워서가 아니고 어제 저녁에 황주를 많이 먹은 데다 또 월병 소를 몇 개 먹었더니 신물이 올라와서 그런 것이오'라고 했더랍니다."

가정의 얘기를 듣고 가모와 일동이 다 같이 웃음을 터뜨렸다. 가정이 얼른 술 한 잔을 따라서 가모에게 올리자 가모가 웃으며 받았다.

"그렇다면 어서 소주를 가져오라고 해라.[6] 그 남자 같은 사람들 괜히 힘들게 하지 말고."

---

6 소주로 전족(纏足)한 발을 씻어서 냄새가 나지 않게 하겠다는 뜻. 전족한 발에서는 고름이 나고 냄새가 났으므로, 주기적으로 향료 넣은 물로 씻거나 소독해야만 했음.

사람들은 또 '와하하' 하고 웃어젖혔다.

이어서 다시 북을 치기 시작했다. 가정부터 시작하여 이번에는 공교롭게도 보옥에게 이르렀을 때 멈추었다. 보옥은 그렇지 않아도 가정과 한자리에 있는지라 쩔쩔 매며 어찌할 줄을 몰라 좌불안석이었는데, 꽃이 자기의 손에 왔을 때 하필 북소리가 멈추자 속으로 생각했다.

'우스운 얘기를 해서 사람들이 웃지 않으면 구변이 없어서 그따위 우스갯소리 한 대목도 제대로 못하니 다른 것이야 말해 무엇 하겠느냐고 탓하실 것이다. 그렇다고 또 잘한다 해도 하라는 공부는 안 하고 주둥이만 나불거린다고 역시 탓하실 테니 차라리 안 하는 게 낫겠다.'

이렇게 생각을 정한 보옥은 일어나서 겸손하게 사양하였다.

"저는 우스개 얘기를 할 줄 모릅니다. 그러니 다른 것을 할 수 있도록 해주세요."

가정이 말했다.

"그렇다면 가을 추秋자가 들어가도록 즉경시即景詩를 한 수 짓도록 해라. 잘 지으면 상을 주겠지만 못 지으면 가만두지 않겠다."

가모가 얼른 말을 막았다.

"주령을 하다 말고 공연히 왜 시를 지으라고 그러나?"

"애는 지을 수 있습니다. 걱정 마세요."

가정의 말을 듣고 가모가 사람들에게 종이와 붓을 가져오라고 하면서 말했다.

"그렇다면 한 번 지어 보아라."

가정이 다짐을 했다.

"공연히 빙氷자니 옥玉자니 정晶자, 은銀자, 채彩자, 광光자, 명明자, 소素자 등만 이것저것 엮어놓지 말고 자신의 독창적인 견해를 넣어서 지어야 한다. 요 몇 년 사이에 시 공부가 얼마나 늘었는지 시험해 볼 테다."

보옥은 속으로 뜨끔했지만 곧 마음을 가다듬고 네 구절을 생각해 내서 종이에 적어 가정에게 바쳤다. 가정이 가만히 살펴보더니 고개를 끄덕이며 말이 없었다. 가모는 그 모습을 보고 그다지 잘못된 것은 아닌 줄로 생각되어 물었다.

"어떠하냐?"

가정은 가모가 즐거워하기를 바라는 마음에서 말했다.

"그런대로 제법이에요. 하지만 공부를 열심히 하지 않아서 자구가 우아하지 못한 게 흠이군요."

가모가 말했다.

"그만하면 됐다. 지금 겨우 몇 살이나 되었다고 그러느냐. 꼭 천재가 되기를 바라는 게 아니잖아. 잘하라고 상이라도 내리면 공부에 더 힘쓰게 되지 않겠니."

가정이 말했다.

"네. 그렇습니다."

가정은 할멈에게 명을 내려 서재의 시동에게 전하도록 했다.

"해남에서 가져온 부채 두 개를 가져다 보옥에게 주라고 일러라."

보옥이 얼른 일어나 사례의 절을 하고 다시 자리에 앉아 다시 주령을 하려고 하였다.

그때 보옥이 상을 받은 걸 본 가란이 자기도 시 한 수를 지어 가정에게 바쳤다. 가정이 시를 받아 보고 기뻐하면서 가모에게 들려 드리자, 가모도 대단히 기뻐하며 얼른 상을 주라고 가정을 재촉했다. 그런 다음 다들 자리로 돌아가 다시 주령을 계속하였다.

이번에는 꽃 돌리기에서 꽃이 가사의 손에 이르렀을 때 멈추었다. 가사 역시 벌주를 마시고 우스운 얘기를 시작하였다.

"어느 집 아들이 아주 효성스러웠는데 마침 어머니가 병이 들었답니다. 각처를 다니며 의원을 구하다가 침과 뜸을 놓는 할멈을 구하게 되었답니다. 이 할멈은 진맥을 볼 줄 모르는 엉터리 의원이었는데 무턱대고 가슴에 화가 있으니 침구요법을 써서 침과 뜸을 좀 뜨고 나면 낫는다고 말했답니다. 아들은 너무나 황당하여 물었답니다. '심장에 쇠가 닿으면 즉사할 텐데 어떻게 침을 놓는단 말이오?' 할멈 대답이 '심장에 침을 놓을 필요는 없고 갈비뼈에 놓으면 됩니다'고 말했답니다. 그래서 또 아들이 물었죠. '갈비뼈는 심장에서 멀리 떨어진 곳인데 어떻게 효과를 보겠소?' 그랬더니 할멈 하는 말이 '걱정 말아요. 이 세상 부모 가운데는 기울어진 마음을 가진 사람이 많다는 걸 모르시나요?' 하더랍니다."

사람들이 다들 웃었다. 그런데 가모는 술을 반잔 마시고 나서 한참만에야 웃으며 말하는 것이었다.

"나도 그 할멈한테 침을 좀 맞아야 되겠는걸."

가사는 그제야 자신이 말실수를 하여 가모의 심기를 건드린 모양이라고 여기고 얼른 일어나서 가모에게 술잔을 권한 다음 다른 말로 적당히 얼버무렸다. 가모도 더 이상은 아무 말도 하지 않아서, 주령은 계속되었다.

이번에는 뜻밖에 꽃이 가환의 손에서 멈추었다. 가환은 요즘 공부가 조금 진전이 있었지만 원래부터 보옥과 마찬가지로 제대로 된 공부는 하려고 들지 않았다. 그래서 매번 시사나 즐겨 읽든가 기이한 신선이나 귀신이야기에만 매달려 있었다. 지금 보옥이 시를 지어 상을 받자 가환도 몸이 근질거렸다. 하지만 가정의 앞이라 마음대로 나설 수도 없었는데 마침 기회가 온 것이었다. 가환은 종이와 붓을 찾아 일필휘지하여 시 한 수를 가정에게 바쳤다. 가정이 보고 나서 기특하게 여겼지만 구절 가운데 역시 독서를 즐기지 않는 뜻이 포함되어 있었으므로 기분이 언짢았다.

"아무래도 저 두 녀석이 형제는 형제인가 보구나. 글을 써서 마음을 토로한다는 것이 결국은 정통에 맞서는 부정한 소리일 뿐이니 장차 법도를 어기는 막돼먹은 천한 놈이 될 게 뻔하다. 옛말에 '이난二難'7이란 말이 있는데 네 두 녀석도 '이난'이라 할 만하구나. 다만 너희의 '난'이란 것은 정말 가르치기 어렵다고 하는 그 '난'자로 푸는 게 좋겠다. 형은 공공연히 온정균溫庭筠으로 자처하고 아우는 또 스스로 조당曹唐8이 다시 태어났다고 여기고 있으니 말이야."

그 말을 듣고 가사 등이 모두 웃었다.

그렇지만 가사는 시를 갖다 보고 나서 연거푸 칭송을 아끼지 않았다.

"이 시는 내가 보건대 상당한 기풍이 있는 작품인데 그래. 우리 집안에서는 가난뱅이 선비처럼 굳이 형설螢雪의 공을 들여 천신만고 끝에 월궁의 계수나무를 꺾듯 장원급제해서 의기양양할 필요는 없거든. 우리 집안 자제도 물론 글공부를 해야 하지만 다른 사람보다 조금 더 알아서, 벼슬할 때 벼슬자리를 놓치지 않을 정도면 되는 거야. 굳이 시간을 많이 들여 책에 빠지면 오히려 앞뒤가 꽉 막힌 책벌레나 만들게 된다니까. 그래서 난 이런 시를 좋아해. 우리 같은 대갓집의 기개가 살아 있으니까 말이야."

가사는 아랫사람에게 분부하여 많은 장난감을 가져다 상으로 주도록 일렀다. 그리고 또 가환의 머리를 쓰다듬으면서 말했다.

"계속 그렇게 해나가면 그게 바로 우리 집안의 분위기를 드러내는 거야. 장차 우리 집의 세습직은 갈 데 없이 너한테 물려주게 되겠구나."

가정이 듣고 있다가 얼른 말을 막았다.

---

7 동한 진식(陳寔)에게 원방(元方)과 계방(季方)이라는 두 아들이 있었는데 두 사람 모두 재능과 덕이 뛰어나 우열을 가리기 어려웠다고 함. 여기서는 그 반대의 의미로 쓰였음.

8 온정균과 조당은 모두 당나라 시인으로, 온정균은 화려한 사부를 지었고 조당은 일찍이 도사가 되어 유선시(遊仙詩)를 즐겨 지었음.

"그냥 아무렇게나 엮어 놓은 시인데 나중 일까지 말씀하실 게 뭐 있으십니까?"

가정은 가사에게 술을 따라주고 다시 주령을 시작하려고 했다. 그때 가모가 말했다.

"자네들은 이제 가보게나. 바깥에는 문객들이 기다리고 있을 텐데, 그 사람들한테도 너무 섭섭하게 대해서는 안 되겠지. 벌써 이경이 되었으니 남자들은 해산하고 우리 아가씨들하고 여자들만 남아서 좀더 놀다가 들어가면 잠도 잘 자게 될 거야."

가사 등은 곧 주령을 멈추게 하고 다들 술 한 잔을 따라서 들도록 권한 다음 자제들을 데리고 내려갔다.

뒷일이 궁금하면 다음 회를 보시라.

凸碧堂品笛感凄清
凹晶館聯詩悲寂寞

처량한 피리소리

철벽당의 피리소리 처량함을 드러내고
요정관의 시 구절에 쓸쓸함이 배어나네
凸碧堂品笛感凄清　凹晶館聯詩悲寂寞

가사와 가정은 가진 등과 함께 먼저 흩어지고 가모는 그곳에 남아 병풍을 철거해서 두 자리를 하나로 합치게 했다. 일하는 어멈들이 따로 탁자를 닦고 다과를 정돈하고 술잔과 그릇을 씻어 새로 상을 차렸다. 가모 등은 겉옷을 새로 걸치고 양치를 한 다음 차를 마신 후에 다시 자리로 돌아왔다. 다 같이 둥글게 둘러앉아 있을 때 가모가 둘러보니 보차와 보금이 자매가 보이지 않았으므로 아마도 따로 달구경을 간 모양이라고 생각했다. 게다가 이환과 희봉도 병 때문에 나오지 못했으니 네 사람이 빠진 자리가 유난히 썰렁하게 느껴졌다. 가모가 웃으면서 말했다.

"지난해에는 너희 아비가 집에 없어서 우리는 아예 설부인네 식구를 불러서 함께 달구경하면서 아주 재미있게 보냈었지. 그때 그래도 너희 아비가 생각나서 우리 모자와 너희 부부, 그리고 부자간 부녀간에 다함께 추석날을 보내지 못하는구나 하는 생각에 마음이 아팠었지. 올해는 너희 아비가 돌아와서 온 집안 식구가 다들 모여서 즐겁게 지내고 있다만 설부인네 식구들을 부르지 못하니까 기분이 좀 그렇구나. 그 집도 식구가 둘이나 늘었으니 그 사람들을 내버리고 이곳에 오지도 못하겠지. 이번엔 또 희봉이도 병이 나서 못 나왔으니 썰렁하게 되었어. 그 애 하나가 웃고 떠들면 한 열 사람 몫은 족히 하는데 말이다. 그것으로 봐도 세상에 온전한 것이라고는 없는 모양이다."

말을 마치고 가모는 길게 한숨을 쉬면서 큰 술잔에 더운술을 따라 오라고 분부했다.

왕부인이 웃으며 좋은 말로 위로했다.

"어머님! 그렇지만 올해는 모자가 함께 달구경하실 수 있어서 전보다 더욱 재미있으셨잖아요. 전에는 식구가 비록 많았지만 올해처럼 이렇게 육친이 다들 모인 것만 하겠어요?"

"그래. 바로 그래서 내가 즐거운 김에 큰 술잔으로 술을 한 잔 마시려는 게야. 너희도 큰 술잔으로 바꿔서 한 잔씩 하렴."

형부인 등은 그 말을 듣고 모두 큰 술잔으로 바꾸었다. 하지만 밤이 깊어지고 몸도 피곤하여 술도 이기지 못하고 다들 피곤한 기색이 있었지만 가모의 흥이 아직 남아있었으므로 곁에서 대작하는 시늉을 했다. 가모는 또 담요를 계단 위에 깔게 해서 월병과 수박, 과일 등을 옮겨다 놓고 시녀와 어멈들이 함께 둘러앉아 달구경을 하도록 하였다. 가모는 달이 중천에 떠오르자 전보다 훨씬 밝고 아름다웠으므로 새로운 제안을 했다.

"이렇게 좋은 달밤에 어찌 피리소리가 없을 수 있겠느냐?"

그러면서 가모는 곧 풍물재비 여자를 불러오라고 분부했다.

"악기가 너무 여러 가지면 오히려 우아한 분위기를 해치게 되니 피리만 가지고 멀리서 불도록 해라."

그 말에 따라 피리소리가 막 울려 퍼지는데 마침 형부인네 일하는 어멈이 찾아와서 형부인에게 뭐라고 한마디 하였다.

"무슨 일이냐?"

가모가 의아해 하며 물으니 어멈이 대답하였다.

"방금 전에 큰 대감 나리께서 내려가시다가 돌에 걸려 다리를 삐끗하셨답니다."

가모가 얼른 할멈을 보내 살펴보도록 하고 또 형부인에게도 어서 가보라고 하였다. 형부인은 일어나 인사를 하고 나갔다. 가모는 그 김에 또 우씨에게도 말했다.

"너도 이김에 집에 가 보아라. 나도 곧 잠이나 자러 가야겠다."

우씨가 웃으면서 대답했다.

"저는 오늘밤 안 돌아가고 할머님과 함께 밤새 술 마실 작정이거든요."

"그럼 안 돼. 그럴 필요 없다. 너희 같은 젊은 부부들은 오늘 같은 밤에 꼭 함께 붙어있어야 하는 거야. 괜히 나 때문에 생이별해서야 되겠느냐?"

우씨는 얼굴이 홍당무가 되어 웃으면서 대답했다.

"그렇게 말씀하시니 저희가 몸 둘 바를 모르겠어요. 저희가 아직 젊다고는 하지만 부부생활 한 지 벌써 십여 년이나 되었고, 나이도 마흔 줄에 접어들었답니다. 게다가 아직 상중이기도 하니 할머님 모시고 밤새 노는 것이 더 좋겠어요. 어떻게 저 혼자만 돌아갈 수가 있겠어요?"

"그렇구나. 그 말이 맞아. 아직 상중인 걸 깜빡 잊었구나. 가여운 너희 시아버지가 가신 지도 벌써 이태가 지났구나. 내가 그만 그걸 잊었었네. 나한테 벌주로 큰 술잔을 내려다오. 그렇다면 너는 가지 말고 나하고 함께 있어다오. 대신, 용아댁에게 모시고 돌아가라고 하면 되겠구나."

우씨가 말하니 가용의 처가 형부인을 부축하여 함께 대문을 나서 수레를 타고 건너갔다. 그 얘기는 그만 하기로 하겠다.

자리에 남은 가모는 여전히 여러 사람들과 함께 계화구경을 하고 다시 자리에 돌아와 술을 데워 오라고 하였다. 한담을 나누고 있는데 갑자기 저쪽 계화나무 아래에서 가늘고 긴 피리소리가 처량하게 들려왔다. 피리소리는 교교한 달빛 아래 맑은 바람을 타고 텅 빈 허공의 적막한 공간을 타고 흘렀다. 그 순간 사람들의 온갖 번뇌와 근심은 흔적도 없이 사라지는 듯하였다. 사람들은 숙연해져서 말없이 적막하게 흐르는 피리소리를 감상하고 있었다. 차 두어 잔 마실 시간이 지나자 피리소리가 멈추었다. 사람들은 그제야 칭송해 마지않으며 다시 더운술을 한 순배 돌렸다.

가모가 웃으면서 말했다.

"어때? 과연 그 소리가 들을 만하지 않더냐?"

"정말 훌륭해요. 저희도 이렇게 감동적일 줄은 몰랐어요. 노마님께서 이렇게 저희를 거느리고 계셔야 저희도 가슴을 열고 즐길 수가 있어요."

"그래도 저 가락은 아주 잘하는 건 아니야. 악보 가운데서 더 느린 것으로 골라서 연주했으면 더욱 기가 막히게 좋았을 거다."

가모는 자신이 먹던 궁중에서 해바라기씨로 소를 넣어 만든 월병과 따끈하게 데운 술을 큰 잔으로 한잔 피리 분 사람에게 보냈다. 그러면서 천천히 먹고 나서 좀더 느린 가락으로 한 곡조 더 불어보라고 청하였다. 그때 가사를 보러 갔던 두 할멈이 돌아와서 보고를 하였다.

"큰 대감마님께서는 오른발 발등이 부어올라서 지금 약을 드셨는데, 약을 드시고 나니 좀 괜찮으시답니다. 별 문제는 없을 것입니다."

가모는 고개를 끄덕이고 한숨을 쉬었다.

"내가 너무 걱정을 했구나. 나더러 편애하는 마음이 있다고 한 사람을 두고 도리어 이렇게 노심초사하고 있었으니."

가모는 방금 전에 가사가 말한 우스개를 왕부인과 우씨에게 들려주었다. 왕부인 등도 웃으면서 위로를 하였다.

"그건 술기운에 다 같이 웃자고 드린 말씀일 뿐입니다. 미처 생각 못한 점은 있지만 절대로 노마님을 두고 말씀하신 건 아닐 겁니다. 그러니 노마님께선 마음을 푸세요."

그때 원앙이 부드러운 머리 수건과 큰 망토를 가지고 왔다.

"밤이 깊어져서 이슬이 내리고 바람이 불 테니 이걸 쓰고 계세요. 조금만 더 계시다가 돌아가서 쉬셔야 해요."

"한창 즐거운 판에 네가 와서 재촉하며 흥을 깨는구나. 내가 술이라도 취했단 말이냐. 날이 샐 때까지 있어야겠다."

그러면서 가모는 다시 술을 따르라고 하였다. 가모가 머리에는 두건을 쓰고 어깨에 망토를 걸치자, 다들 가모를 모시고 또 한잔씩 마시면서 재미있는 얘기를 나눴다. 그때 다시 계화나무그늘 아래서 가늘고 길게 처량한 피리소리가 들려왔다. 아까 들었던 곡조보다 더 쓸쓸하고 처량하여 사람들은 다시 적막한 분위기에 휩싸여 말없이 앉아 있었다.

고요한 밤 밝은 달빛 아래 들려오는 피리소리는 애절하기 그지없었다. 연로한 데다가 술까지 한 잔 마신 가모로서는 그 소리를 듣자 문득 마음에 와 닿는 바가 있어 자신도 모르게 눈물을 뚝뚝 떨어뜨렸다. 사람들도 서로 바라보며 처량하고 적막한 느낌을 지울 수 없었으나, 한참만에야 가모가 슬퍼하고 있음을 눈치채고 얼른 만면에 웃음을 머금고 온갖 재미있는 이야기로 마음을 풀어주려고 애썼다. 술도 따뜻하게 데워오도록 하였고 피리소리는 멈추게 하였다.

우씨가 웃으며 말했다.

"저도 우스운 얘기를 하나 배워 두었는데 오늘 노마님께 말씀드릴 테니 한 번 들어보세요."

가모가 억지웃음을 띠며 말했다.

"그래 그거 좋지. 어서 한번 해봐라."

우씨가 우스갯소리를 하기 시작했다.

"어느 집에서 아들 넷을 키우고 있었답니다. 큰아들은 눈이 하나뿐이고 둘째 아들은 귀가 한쪽이고 셋째 아들은 콧구멍이 하나뿐인데 넷째 아들만은 다 가지고 있었는데 하필이면 벙어리였답니다."

겨우 여기까지 말을 했는데 가모는 벌써 눈이 게슴츠레 한 게 잠이 든 것 같았다. 우씨는 얘기를 멈추고 왕부인에게 눈짓을 해서 살그머니 깨워 드리라고 하였다.

그러자 가모가 눈을 뜨며 웃었다.

"나 안 졸린다. 그냥 눈을 감고 기운을 차려보려는 거야. 넌 아무 상관 말고 어서 얘기나 계속 하렴."

왕부인이 웃으며 권했다.

"벌써 밤이 깊어 사경이 되었어요. 바람도 차고 이슬도 내리는데 이제 그만 돌아가서 주무세요. 내일 열엿새 밤의 달구경을 해도 오늘 못지않을 거예요."

"뭐가 벌써 사경이나 되었다고 그러느냐?"

"정말 사경이에요. 저 애들도 잠을 못 이겨 모두 자러 갔답니다."

가모가 왕부인의 말을 듣고 가만히 살펴보니 과연 다들 흩어지고 겨우 탐춘만이 지키고 앉아 있었다.

"그래. 너희는 밤을 새워보질 않았으니 견디기가 어렵겠지. 게다가 몸이 약하거나 병이 난 애들이 집에 돌아갔다고 하니 오히려 맘이 놓이는구나. 불쌍하게도 셋째가 아직도 우릴 지키고 앉아 있었네. 너도 이젠 가 봐라. 우리 그럼 이만 자리를 거두자꾸나."

가모가 맑은 차를 한 잔 마시고 나서 준비된 작은 대나무 가마에 올라 망토를 걸치고 앉으니 할멈 두 사람이 가마를 들었으며, 여럿이 가모를 에워싸고 대관원을 나와 처소로 돌아갔다. 그 얘기는 그만 하기로 한다.

철벽당에 남아있던 어멈들은 술잔과 쟁반 그릇을 정리하다가 찻잔 두 개가 부족한 것을 발견했다. 아무리 찾아도 보이지 않자 여러 사람들에게 물었다.

"필시 누군가 실수로 깨뜨린 모양인데 어디다 내버렸는지 알려주세요. 저희가 깨진 조각이라도 가져가야 증거물이 될 거 아녜요. 아니면 또 저희가 훔쳤다 할 거예요."

"깬 사람은 없었어. 아마도 아가씨를 따라다니는 시녀들이 깼을지도 모르지. 잘 좀 생각해 봐. 아니면 그애들한테 물어보든지."

그 말을 듣더니 그릇을 관리하는 어멈이 생각이 난 듯 웃으며 말했다.

"그래 맞아! 아까 취루가 가지고 갔어. 내가 가서 물어볼게."

그리하여 그 어멈이 취루를 찾아가다가 큰 통로에 이르렀을 때 마침 다가오던 자견과 취루를 만났다.

"노마님네는 자리를 파하셨다는데 우리 아가씨는 어딜 가신 거죠?"

취루가 묻자 어멈이 말했다.

"난 찻잔 하나가 어디로 갔는지 너한테 물으러 가는 참인데, 오히려 나한테 너희 아가씨 행방을 묻고 있어?"

"제가 차를 따라서 아가씨한테 드리고 돌아섰는데 눈 깜짝할 사이에 아가씨가 사라졌어요."

"마님이 방금 그러시는데 다들 자러 갔다고 하더니 네가 어딜 놀러 다니느라고 그것도 아직 모르고 있었던 게 아니냐?"

취루가 자견에게 말했다.

"절대로 저희들 모르게 집으로 주무시러 가셨을 리가 없어요. 아마 어디선가 산보하고 계실 거예요. 아니면 노마님이 돌아가시는 걸 보고 먼저 앞서서 모시고 갔는지도 모르죠. 저희가 가서 찾아볼게요. 아가씨를 찾게 되면 찻잔도 찾을 수 있으니까 걱정 말아요. 내일 아침 일찍 찾아도 되는데 뭘 그렇게 서두르세요?"

어멈은 웃으면서 말했다.

"물론 행방이 분명하면 서두를 필요가 없지. 그럼 내일 너한테 찾으러 갈게."

어멈은 돌아가서 계속 그릇을 정리하여 챙겼고, 자견과 취루는 가모의 거처로 상운과 대옥을 찾으러 갔다. 그 얘기는 그만 하기로 하겠다.

사실 대옥과 상운은 잠을 자러 간 것이 아니었다. 대옥은 가부의 모든 사람이 함께 달구경하고 있을 때 가모가 예전보다 사람이 적어 즐겁지 못하다고 탄식하는 말을 들은 데다가 보차네 식구들이 모녀와 자매들끼리 따로 모여 달구경하고 있다는 말을 듣자, 달빛을 바라보며 마음이 불현듯 서글퍼져서 혼자 난간을 부여잡고 눈물을 흘리기 시작했다. 그때 보옥은 청문의 병이 날로 위중해짐에 따라 다른 일에는 도무지 관심이 없었으며, 왕부인이 어서 가서 잠자리에 들라고 거듭 재촉하는 바람에 가버리고 난 뒤였다. 탐춘은 최근 집안일이 번잡하여 마음 놓고 놀 수도 없는 입장이었고 영춘과 석춘이 있기는 했으나 대옥과는 평소에 그다지 잘 어울리지 않았으므로, 결국 상운 한 사람만이 남아서 대옥을 위로해주고 있었다.

"언니는 세상사 이치를 잘 알고 있으면서도 왜 그렇게 굳이 자신을 괴롭히며 슬퍼하는 거야? 나도 언니랑 다를 바 없는 사람이야. 그렇지만 언니처럼 이렇게 속 좁은 생각은 안 해. 더구나 지금 언니는 몸에 병도 끊이지 않는데 자신을 보양하여 건강을 잘 지킬 생각을 해야 하지 않겠어? 그러고 보니 보차 언니가 참 원망스럽네. 밤낮으로 자매들끼리 즐겁게 놀면서 진작부터 올해 추석에는 다 같이 한군데서 달구경하면서 시모임을 열어 연작시를 꼭 지어보자고 약속을 해놓고선 이제 와서 우리를 버리고 자기만 따로 달구경가면 어쩌란 말이야. 모임도 흩어지고 시도 못 짓게 되고 말았잖아. 되레 이 댁의 부자와 숙질간만 실컷 즐기고 말이야. 언니도 송태조宋太祖가 한 말을 잘 알고 있지? '내 침상 옆에 다른 사람이 잠자도록 누가 내버려두랴'¹라고 하는 말이 있잖아. 다른 사람이 짓지 않으면 우리 둘이라도 연작시를 지어보면 되는 거지 뭐. 그래서 내일 다른 사람들 앞에서 멋지게 자랑하자는 거야."

대옥은 상운이 이렇게 은근하게 위로하며 제안하자 시흥을 저버릴 수가 없어 웃으면서 말했다.

"이렇게 시끄럽고 복잡한 데서 어떻게 시흥이 일어날 수가 있겠어?"

상운이 웃으며 말했다.

"이 산 위가 비록 달구경하는 곳으로는 좋으나 물가에서 달구경하는 것만은 못할 거야. 저 산 아래 물가에 움푹 들어간 곳에 물 가까이 세워진 요정관凹晶館이 있잖아. 이 정원을 만들 당시 상당히 신경 쓴 게 분명해. 산이 높은 곳에는 불쑥 튀어나왔다고 하여 철벽凸碧이라 이름 붙이고 산이 낮은 물가에는 움푹 들어갔다고 하여 요정凹晶이라고 이름을 붙였으니 말이야. 이 철凸자와 요凹자를 쓰는 경우가 예부터 아주 드물었는데 지금 건물의 이름에 붙여놓으니 신선하고 정말 독특한 것 같아. 이 두 곳은 한 곳은 위에 한 곳은 아래에, 한 곳은 밝은 곳에 한 곳은 어두운 곳에, 한 곳은 높게 한 곳은 낮게, 한 곳은 산 위에 한 곳은 물가에 집을 지어 서로 완벽하게 대비가 되면서 특별히 달구경을 위해 만들어 놓은 곳이란 말이야. 그래서 높은 산에서 멀리 달을 구경하려면 이곳으

---

1 송태조가 자신의 영역 안에 다른 사람이 발 들여 놓는 것을 용인하지 않겠다는 뜻으로 말한 것인데, 여기서는 대관원에서 시 짓는 일은 원래 여자들끼리 서로 재주를 뽐내던 일이었으므로 남자들이 끼어드는 것을 용납할 수 없다는 뜻으로 쓰였음.

로 오고 하얀 달이 물결에 비치는 모습을 보려면 저 아래로 가면 되는 거지. 이 두 글자는 민간에서 속어로 와窪와 공拱으로 읽히는데[2] 너무 속되다고 하여 그다지 많이 쓰이진 않아. 다만 육유陸遊가 오목 요凹자를 쓴 적이 있지. '옛 벼루는 우묵하여 먹물이 많이 고이네〔古硯微凹聚墨多〕'라고 말이야. 그래도 누군가는 속되게 그런 글자를 썼다고 비판한 적이 있으니 우습지 않아?"

이번에는 임대옥이 말했다.

"육유만 쓴 게 아니라 옛사람 중에도 쓴 경우가 적지 않아. 강엄江淹의 《청태부靑苔賦》나 동방삭의 《신이경》, 그리고 《화기畫記》에 쓰여 있는 장승요張僧繇가 일승사一乘寺에 그림 그렸다는 이야기[3]에도 그런 글자가 쓰여 있어. 그런 예는 아주 많다니까. 다만 지금 사람들이 잘 모르고 속자를 잘못 쓰고 있을 뿐이야. 내가 솔직히 말해 줄까. 사실 그 두 글자는 내가 지어준 거야. 그때 보옥 오빠를 불러다 건물이름을 짓게 했을 때, 몇 곳은 남겨두었고 어떤 곳은 이름을 고쳤고 또 어떤 곳은 미처 안 지은 곳이 있었어. 이곳은 훗날 우리가 이름 없는 곳의 이름을 지어서 건물의 위치와 함께 궁중의 큰언니께 보내드렸던 거야. 그리고 그것을 다시 가지고 나와서 외숙부께 보여드리게 된 것이지. 외숙부께서 좋아하시며 말씀하시길 '그럴 줄 알았더라면 진작 자매들과 함께 이름을 짓도록 하였으면 좋았을걸' 하시며 내가 지었던 제목은 한 글자도 안 고치시고 그냥 쓰게 하신 거야. 그럼 우리 요정관으로 가보자꾸나."

두 사람은 함께 산기슭을 내려왔다. 산모퉁이를 돌자 바로 연못이 나

---

2 와는 웅덩이라는 뜻으로 오목할 요(凹)와 상응하고, 공은 솟아오른다는 뜻으로 볼록할 철(凸)과 상응함.

3 장승요(張僧繇)는 양나라 무제(武帝) 때의 화가로 남경의 일승사(一乘寺) 문 위에 요철화(凹凸畫)를 그렸음. 요철화란 멀리서 보았을 때 마치 조각해놓은 듯 입체감 있는 그림을 말하며, 《화기(畫記)》라는 책은 실제로는 전해지지 않음.

타났으며 못가에는 대나무 난간이 이어져 있었다. 곧장 우향사藕香榭로 이어지는 길이었다. 이곳의 건물은 산의 품속에 들어앉아 있는 형상을 하고 있어서 철벽산장에서 벗어나 쉬는 곳 같았으며, 우묵하게 들어가고 물 가까이에 자리 잡았으므로 현판에 요정계관凹晶溪館이라고 쓰여 있었다. 이 부근에는 건물이 많지 않은 데다가 낮고 작았으므로 할멈 두 사람만이 지키고 있었다. 두 할멈은 오늘 철벽산장에서 모임을 갖는다는 말을 듣기는 했으나 자신들과는 무관하다는 생각에 월병과 다과 그리고 특별히 배급된 술과 음식을 취하게 마시고 배부르게 먹은 뒤 벌써 불을 끄고 잠이 든 상태였다.

대옥과 상운은 불이 꺼진 걸 보고 조용히 대화를 나누었다. 상운이 먼저 웃으며 말했다.

"할멈들이 잠들어서 더욱 잘됐어. 우리 둘이 저 밑에 있는 나무시렁 아래의 물가에서 달구경을 하면 어떨까?"

두 사람은 대나무 걸상 위에 앉았다. 하늘에는 밝은 달이 둥글게 떠 있었고 물속에도 둥근 달이 잠겨 있었다. 두 달이 서로 밝은 빛을 다투는 것 같았다. 몸은 마치 수정궁이나 용궁에 가 있는 것만 같고, 미풍이 살랑살랑 불어오자 수면 위로 가느다란 파문이 일어나 사람의 마음이 깨끗하게 씻기는 듯하였다. 상운이 또 웃으며 말했다.

"이럴 때는 배를 타고 술을 마셔야 제격인데, 만일 우리 집이었다면 당장 배를 끌어내서 탔을 거야."

대옥이 웃으며 받았다.

"옛날 사람이 늘 '만사가 다 완벽하기를 바란다면 어찌 즐거움이 있으랴'라고 했잖아. 내 생각에는 이만하면 됐지 굳이 배를 타려고 할 게 뭐야."

상운이 대꾸했다.

"옛말에 '농隴 땅을 얻으면 촉蜀 땅을 바라본다'고 했잖아. 사람이 욕심 내는 건 인지상정이야. 그래서 노인들 말이 맞아. 가난뱅이들은 부자들이 무엇이든 제 맘대로 한다고 생각하지만 실제는 안 그렇잖아. 제멋대로 할 수 없는 게 있다고 말하면 가난뱅이들은 믿으려고 하지 않을 거야. 필히 직접 경험을 하고 나야 비로소 알 수 있겠지. 우리 두 사람만 하더라도 비록 부모님이 안 계시나 황송하게도 부귀한 집안에서 지내고 있지만, 마음대로 안 되는 일이 얼마나 많은가 말이야."

대옥이 말했다.

"너나 나 같은 사람만 뜻대로 안 되는 게 아니야. 노마님이나 마님에서부터 보옥 오빠나 시녀들에 이르기까지 큰일이든 작은 일이든 일리가 있든 없든 제각각 제 뜻대로 이룰 수 없는 것은 다 같은 이치라고 할 수 있지. 하물며 우리처럼 남의 집에 얹혀사는 사람이야 말해 무엇 하겠어!"

상운은 대옥이 또 가슴 아픈 얘기로 슬픔에 잠길까 봐 걱정이 돼서 얼른 말머리를 돌렸다.

"쓸데없는 말은 그만 하고 우리 어서 연작시나 지어 보자."

그때 마침 철벽산상 쪽에서 유장한 피리소리가 은은하게 들려왔다.

대옥이 말했다.

"오늘 노마님과 마님이 기분이 좋으신가봐. 피리소리가 아주 운치 있는데 그래. 우리의 시흥을 돋우고 있으니 얼마나 좋아. 우리 두 사람은 오언시를 좋아하니까 오언배율五言排律로 지어 나가는 게 좋겠어."

"운자는 무엇으로 하지?"

상운의 물음에 대옥이 웃으며 말했다.

"그럼 우리 이 난간의 기둥 수를 여기서 저쪽 끝까지 세어서 그 수에 따라 운자를 정하면 어떨까? 만일 열여섯 개가 되면 바로 '일선一先'[4]으로 시작하는 거지. 어때 재미있지 않을까?"

---

4 율시의 평수운(平水韻)에서 열여섯 번째에 해당되는 운율.

"그거 정말 재밌겠는데."

두 사람은 일어나서 처음부터 끝까지 기둥을 세어 나갔다. 모두 열세 개였다.

상운이 말했다.

"하필이면 '십삼원+三元'이야. 이런 운은 적어서 배율을 지으려면 억지로 맞추는 경우가 많으니 언니가 먼저 첫 구를 지어봐."

대옥이 웃으면서 말했다.

"그럼 우리 둘 중에 누가 나은지 겨루어 보는 거야? 그런데 종이와 붓이 없어서 어떡하지?"

상운이 말했다.

"그건 걱정 없어. 내일 다시 적어두면 되지 뭐. 그럴 만한 기억력이야 있을 테니까."

"그럼 내가 먼저 한 구절을 부를 테니까 여기에 맞춰 지어내 봐. 다들 아는 속어를 먼저 쓰지."

그러면서 대옥이 한 구를 읊었다.

팔월이라 십오일 추석날 밤은,　　　　　　　三五中秋夕,

상운이 잠시 생각하다가 이어 나갔다.

대보름날 밤 같이 맑게 빛나네.　　　　　　　清遊擬上元.
하늘에 뿌려놓은 반짝이는 별,　　　　　　　撒天箕斗燦,

대옥이 웃으며 다음을 이었다.

어디선가 들려오는 풍악의 소리.　　　　　　匝地管弦繁.
곳곳마다 흥겨워서 술잔 날리니,　　　　　　幾處狂飛盞,

상운이 웃으면서 말했다.

"좋아요, 좋아. '곳곳마다 흥겨워서 술잔 날리니'가 멋있어. 이 구절은 대구를 짓기가 좋지."

그리고 잠시 생각에 잠겼다가 바로 다음 구절을 읊었다.

집집마다 어디선들 창문 안 열랴.   誰家不啓軒.

가볍게 불어오는 소슬한 바람,   輕寒風剪剪,

대옥이 말했다.

"정말 내가 지은 것보다 대구가 더 좋은데. 하지만 아래 구절은 너무 평범해. 좀더 힘을 썼어야 했어."

상운이 말했다.

"시는 많이 지어야 하고 운자는 어려우니 그런 구절로 메워 두는 것도 괜찮아. 설사 좋은 운자가 있어도 다음 구절을 위해 남겨두는 거야."

대옥이 웃으며 말했다.

"그러다가 나중에 가서 좋은 구절이 안 나오면 어떡할 거야? 창피하지 않겠어?"

그리고 이어서 다음 구절을 읊었다.

멋지게 흐르는 달빛의 세계.   良夜景暄暄.

월병을 다투는⁵ 노인을 흉보고,   爭餠嘲黃髮,

상운이 웃으며 말했다.

"그 구절은 안 좋아. 언니가 엉터리로 만든 거야. 속된 일을 그려서

---

5 당나라 희종(僖宗)은 일찍이 궁중 요리사에게 명하여 붉은 비단으로 싼 월병을 곡강(曲江) 지역의 새로 급제한 사람들에게 하사하였다고 함.

나를 골리고 있네."

대옥도 웃으며 대답했다.

"아니 넌 책도 안 보았어? 월병 먹는 얘기는 옛날 전고에 있는 거야. 가서 당나라 때 역사책이나 읽어보고 다시 와."

"그렇다면 어렵지 않지. 나도 한 구절이 있거든."

| 수박을 쪼개며 아가씨 놀리네. | 分瓜笑綠媛. |
| 옥색 제화 향기는 새로 내뿜는데, | 香新榮玉桂, |

대옥이 웃으며 말했다.

"수박 자르는 얘기는 그야말로 멋대로 만든 게 분명해."

상운이 대답했다.

"그거야 내일 일일이 찾아서 한번 대조하면 될 일이니까 지금은 시간 끌지 말아요."

"그렇기는 하지만 다음 구절도 별로 안 좋아. 또 옥계玉桂니 금란金蘭 이니 하는 글자로 억지로 때워 넘기고 있잖아."

대옥은 투덜대면서 다음 구를 이어갔다.

| 금빛 훤초 빛깔은 더욱 짙어지네. | 色健茂金萱. |
| 촛불은 휘황찬란 잔칫상을 비추고, | 蠟燭輝瓊宴, |

상운이 말했다.

"금훤金萱⁶ 두 글자를 너무 손쉽게 가져갔어. 훨씬 힘을 덜 들였잖아. 그런 운이 왜 하필이면 언니한테 가는 거야? 굳이 저 사람들 공덕을 칭

---

6 훤초(萱草)는 망우초(忘憂草)라고도 하며 어머니를 지칭하는 말로도 사용됨. 여기서 금훤은 대옥의 외가인 가부의 공덕을 칭송한 표현.

송할 건 없을 텐데. 그리고 다음 구절도 그냥 책임을 면하려고 읊어낸
거지?"

대옥이 웃으며 말했다.

"네가 옥계를 말하지 않았으면 내가 억지로 금훤을 썼겠어? 또 지금
은 화려하고 멋진 구절을 써야 실제 경치에 부합할 때란 말이야."

상운은 다음 구절을 이어갔다.

술잔은 아름다운 정원에 어지럽네.	舭籌亂綺園.
주령은 짝을 나눠 한 사람 명을 받고,	分曹尊一令,

이번에는 대옥이 칭찬했다.

"아랫구절이 좋았어. 하지만 거기에 대구를 지으려면 어렵겠는걸."

대옥은 장시 생각에 잠겼다가 이윽고 다음 구절을 지었다.

숨겨진 사복놀이 세 번 선언하네.	射覆聽三宣.
주사위의 붉은 점은 돌아가며 찍혀 있고,	骰彩紅成點,

상운이 웃으며 말했다.

"세 번 선언한다는 말이 재밌네요. 원래 속된 것을 우아하게 만들었
군. 다음 구절에서 주사위를 쓴 것은 좀 어색한데."

상운은 곧 다음 대구를 이어갔다.

꽃 돌리기 북소리는 요란하게 들려오네.	傳花鼓濫喧.
밝은 달빛 고요히 전각 아래 흔들리고,	晴光搖院宇,

대옥이 웃었다.

"대구는 잘 지었어. 하지만 아랫구절은 또 잘못되었군. 그저 풍월이
나 가지고 땜질하려는 거지?"

상운이 대꾸했다.

"그래도 결국 달까지는 가지 않았어. 조금씩이라도 건드려야 제목에서 벗어나지 않을 테니까."

"알았어. 일단 내버려두자. 내일 다시 다듬어보면 되겠지."

대옥이 연작시를 이어갔다.

하얀 달빛 은은히 천지 가득 찼구나.　　　素彩接乾坤.

상벌을 받는 데는 주객이 따로 없고,　　　賞罰無賓主,

상운이 말했다.

"공연히 저 사람들 얘기는 왜 또 꺼내? 우리 얘기나 하면 될 걸 가지고."

시구를 읊을 때는 언니 동생 없다네.　　　吟詩序仲昆.

시상에 잠길 때는 난간에 기대섰고,　　　構思時倚檻,

대옥이 말했다.

"그 구절은 바로 지금의 우리를 읊고 있는 것이로군."

경치를 그릴 때는 문가에 의지하네.　　　擬景或依門.

술이 바닥나도 정은 아직 남았는데,　　　酒盡情猶在,

상운이 말했다.

"그건 바로 지금 이 순간이군그래."

밤이 늦어가니 음악도 쉬는구나.　　　更殘樂已諼.

얘기소리 웃음소리 점점 줄어가고,　　　漸聞語笑寂,

대옥이 말했다.

"이제부터는 점점 어려워지고 있네."

눈과 서리 자취 같은 달빛만 남았네.   空剩雪霜痕.

계단 밑 버섯에는 아침이슬 서리고,   階露團朝菌,

상운이 말했다.

"이 구절의 운은 어떻게 압운을 맞춘 거야? 내가 생각 좀 해봐야겠네."

상운은 일어나 손을 뒷짐 지고 골똘히 생각해 잠겼다가 이윽고 웃으며 말했다.

"됐어요, 됐어. 다행히 한 글자가 떠올랐거든. 하마터면 질 뻔했네."

정원 안 자귀나무 저녁연기 자욱해.   庭煙斂夕楮.

가을의 여울물 하얀 종유석 씻고,   秋湍瀉石髓,

대옥이 듣고 나서 일어나 칭찬을 마지않았다.

"요 깜찍한 것아! 좋은 구절을 남겨 놓았었구나. 이제야 '자귀나무 혼楮'자를 읊어 내다니 정말 기막힌 발상이야."

상운이 말했다.

"다행히 어제 역대 문선文選을 읽다가 이 글자를 보았거든. 난 그게 무슨 나무인지 몰라서 찾아보려고 했는데 보차 언니가 찾을 필요 없다고 하면서 그게 바로 평소에 말하는 낮에 피고 밤이면 오므라든다는 바로 그 합환수 나무라고 했어. 난 아무래도 미덥지가 못해서 결국 찾아봤더니 그게 맞더라고. 보차 언니는 아는 것도 참 많아."

---

7 합환수(合歡樹) 혹은 야합화(夜合花) 라고도 하며 밤이면 꽃이 오므라듦.

대옥이 이어서 말했다.

"이곳에 자귀나무를 쓴 건 아주 적절했어. '가을 여울물' 구절도 좋은 생각이야. 그 한마디가 들어가면 다른 건 모두 쓰러질 판이지. 나도 정신을 차려 한 구절을 대구로 만들어야 할 텐데 그만하게 만들기가 어렵겠어."

대옥은 잠시 생각에 잠겼다가 시구를 이어갔다.

우수수 낙엽은 돌부리에 모이네.	風葉聚雲根.
달 속의 항아는 성품이 고결하고,	寶婺情孤潔,

상운이 말했다.

"앞의 대구는 참 좋은데 다음 구절은 손색이 있구먼. 다행히 경치 속에 정이 있으니 항아를 가리키는 보무寶婺만 쓴 것보다는 괜찮지만."

은 두꺼비는 기운을 토하고 삼키고.	銀蟾氣吐吞.
신선약은 옥토끼가 절구로 찧고,	藥經靈兔搗,

대옥은 고개를 끄덕이며 말이 없다가 한참 만에 읊었다.

사람들은 광한루를 향해 달리네.	人向廣寒奔.
북두성을 범하여 직녀를 만나려나,	犯斗邀牛女,

상운도 달을 가리키며 이어서 지었다.

뗏목을 타고 직녀를 찾아가네.	乘槎待帝孫.
달님은 시시때때로 찼다가 기울고,	虛盈輪莫定,

대옥이 웃으며 말했다.

"또 비흥比興의 수법을 쓰는군."

초하루 보름에는 없어졌다 생기네.　　　　　晦朔魄空存.
물시계 소리도 장차 멈추려는데,　　　　　　壺漏聲將涸,

상운이 곧 이어서 시를 지으려할 때 대옥이 연못 속의 검은 그림자를 가리키며 말했다.

"저것 좀 봐. 물속에 사람 같은 검은 그림자가 있어. 혹시 귀신인가?"

상운이 웃으며 말했다.

"또 귀신을 보았단 말이야? 난 귀신이 무섭지 않아. 내가 돌멩이로 맞춰 봐야지."

상운은 허리를 굽혀 작은 돌을 하나 주워 연못 가운데로 던지자 풍덩 하는 소리가 들렸다. 커다란 물결이 달그림자를 부서뜨리며 둥글게 퍼져나갔다. 검은 그림자는 깜짝 놀라며 끼루룩 소리를 내며 날아올랐다. 한 마리의 백학이었다. 학은 곧장 우향사 쪽으로 날아갔다.

대옥이 말했다.

"알고 보니 학이었군그래. 그걸 생각 못하고 공연히 깜짝 놀랐잖아."

상운이 웃으며 대답했다.

"학이 날아올랐으니 잘되었어. 나를 도와준 셈이야."

상운은 곧 다음 구절을 읊었다.

창가의 등불도 벌써 어두워졌네.　　　　　窗燈焰已昏.
차가운 연못에는 학 그림자 지나는데,　　　寒塘渡鶴影,

대옥이 듣고 나서 발을 구르며 소리를 질렀다.

"에구머니! 정말로 그 학이 너를 도와주었구나. 이건 '가을 여울물'하고도 달라. 나보고 어떻게 대구를 만들라고 하는 거야? 그림자 영影자

448

에는 혼령 혼魂자밖에는 대구가 되는 게 없는데. '차가운 연못에 학의 그림자 지나고'라니 정말 얼마나 자연스럽고 또 실감 나는 표현인가 말이야. 지금 있던 그대로를 묘사하면서 이 얼마나 신선하고 우아한 경지란 말인가. 안 되겠어. 난 그만 붓을 놓아야겠어."

상운이 웃으며 달랬다.

"함께 생각해보면 이어질 구절이 나올 텐데 뭘 그래? 정 안되면 내일다시 이어가도 되고."

대옥은 상운의 말에는 대꾸도 않고 하늘만 쳐다보고 있다가 한참 만에 돌연 웃으면서 입을 열었다.

"조용히 좀 해! 나도 한 구절을 생각해 냈으니까. 자 한번 들어 봐."

싸늘한 달빛 아래 꽃의 넋을 묻는구나.　　　　　冷月葬花魂.

상운은 손뼉을 치며 좋아했다.

"정말 멋져요 멋져! 이것이 아니면 대구가 될 수 없어. '꽃의 넋을 묻는다'는 구절이 정말 멋지단 말이야."

상운은 또 이어서 탄식하며 말했다.

"이 시가 물론 새롭고 기발한 것이긴 하지만 너무 슬프고 비통한 느낌이야. 지금 언니는 병들어 있는데 이렇게 아름다우면서도 이상야릇한 구절은 안 쓰는 게 좋겠어."

대옥이 여전히 웃으면서 대답했다.

"이렇게라도 안 하면 어떻게 너를 누를 수가 있겠어? 이 구절에만 신경 쓰다 보니 다음 구절은 만들지도 못하겠어."

그 말이 끝나기도 전에 난간 밖의 바위 뒤에서 한 사람이 불쑥 나서며 웃으면서 말했다.

"참 좋은 시예요. 하지만 너무 슬프니 다음 구절은 잇지 않는 게 좋겠어요. 앞으로도 계속 이렇다면 이 구절이 드러나지 않을 테니까요. 그리고 억지로 이어가는 느낌도 들 테고요."

대옥과 상운 두 사람은 생각지도 못하고 있다가 깜짝 놀라 자세히 보니 다름 아닌 묘옥이었다. 두 사람은 이상히 생각하며 물었다.

"이런 시간에 묘옥 스님이 어떻게 이곳에 오셨나요?"

묘옥이 웃으며 대답했다.

"여러분들이 다 같이 달맞이한다는 말을 듣고 또 좋은 피리소리도 들리기에 나도 조용히 나와서 맑은 물과 밝은 달을 감상하다가 이곳에까지 이르게 되었지요. 그런데 갑자기 두 분이 이곳에서 연작시를 짓는 소리가 들리는 거예요. 아주 청아하고 기발한 느낌이 들어서 나도 그만 깊이 빠져들었죠. 지금 노마님께서도 일찌감치 잠자리에 드셨고 대관원 안의 모든 이들이 깊이 잠에 빠진 시각이니 두 분의 시녀들이 어디선가 찾고 있을 거예요. 그리고 두 분은 춥지도 않으세요? 어서 나와 함께 농취암에 잠시 들러 차라도 마시도록 하세요. 곧 날이 밝을지도 모르겠어요."

대옥이 웃으며 말했다.

"시간이 이렇게 늦은 줄 몰랐네요."

세 사람은 곧장 농취암櫳翠庵으로 갔다. 암자의 감실龕室에는 푸르스름한 등불이 켜져 있고 향로에는 향불이 아직 꺼지지 않고 있었다. 할멈들은 모두 잠이 들었고 어린 시녀만이 방석 위에 앉아 고개를 떨어뜨리고 졸고 있었다. 묘옥은 시녀를 깨워 차를 달이도록 하였다. 그때 문을 두드리는 소리가 났다. 시녀가 얼른 나가 문을 여니 자견과 취루와 할멈 몇 사람이 대옥과 상운을 찾으러 온 것이었다. 들어와서 그들이 차를 마시는 걸 보고는 모두 웃으면서 말했다.

"실컷 찾아다니게 만드시고는 여기서 뭐 하고 계세요? 원내를 다 뒤졌어요. 이모님 댁까지 가 보았는걸요. 그러다 조금 전에 산기슭의 작은 정자로 찾아갔더니 거기 숙직하는 할멈들이 잠이 깨어 있더라고요. 우리가 그 사람들한테 물었더니 방금 전에 정자 밖 나무시렁 아래서 두 사람이 얘기하고 있었는데 조금 있다가 한 사람이 더 오더니 다함께 암자로 가더라고 했어요. 그래서 이곳으로 찾아왔죠."

묘옥은 얼른 그들을 안으로 불러 잠시 쉬며 차를 마시라고 했다. 그리고 붓과 벼루, 종이와 먹을 가져다 방금 전의 시를 다시 읊어보도록 하여 처음부터 모두 옮겨 적어두었다. 대옥은 묘옥이 즐거워하자 웃으며 말했다.

"난 여태까지 스님이 이처럼 흥겨워하시는 걸 본 적이 없었어요. 그래서 감히 당돌하게 가르침을 청하지도 못하였죠. 지금 스님께 가르침을 청할 수 있을까요. 혹시 말도 안 된다고 생각하면 그냥 태워 없애버리고, 만일 고칠 만하시다면 청컨대 고쳐주시기 바랍니다."

묘옥이 웃으며 대답했다.

"감히 제가 어떻게 아가씨들의 시를 평할 수 있겠습니까? 지금 두 분이 스물 두개의 운韻자를 썼으니 괜찮은 글자는 다 쓰신 셈이므로 제가 뒤를 잇는다 해도 힘이 부칠 것 같습니다만, 옥에 티가 될까 두렵기는 하나 감히 후속 구절을 지어보겠습니다."

대옥은 묘옥이 시를 짓는 걸 본 적이 없었는데 지금 이렇게 즐거워하며 시를 짓겠다고 하자 얼른 나서며 말했다.

"그렇게만 해주시면 저희가 지은 것이 비록 형편없다 해도 스님의 시로 인해 볼 만하게 되지 않을까 합니다."

묘옥이 말했다.

"이제 뒤를 이어보려니까 결국은 본래의 모양대로 되돌아가야 하겠습니다. 만일 진정한 느낌이나 실제의 일을 버려두고 기발하고 괴벽한 글자만 찾는다면 첫째는 우리 규중 여자들의 품격을 잃게 되고 둘째는 제목과도 어울리지 않게 될 것입니다."

두 사람이 모두 그 말이 옳다고 찬동했다. 묘옥은 붓을 들더니 일필휘지하여 두 사람에게 건네주면서 말했다.

"너무 비웃지나 말아주세요. 저로서는 그렇게 쓸 수밖에 없었어요. 그래야 앞부분에 처량한 구절이 있다 하더라도 크게 지장이 없을 거예요."

두 사람이 펼쳐 보니 묘옥이 이어서 지은 시는 다음과 같았다.

향로에 꽂힌 향은 연기로 사라지고,	香篆銷金鼎,
대야에 묻은 기름 연지에서 나왔네.	脂冰膩玉盆.
퉁소소리 과부의 슬픔을 더하고,	簫增嫠婦泣,
이부자리 시녀의 손길로 덥히네.	衾倩侍兒溫.
늘어진 휘장에는 봉황의 무늬요,	空帳懸文鳳,
한가한 병풍은 원앙의 그림이라.	閑屛掩彩鴛.
이슬 젖은 이끼는 더욱 미끄럽고,	露濃苔更滑,
서리 내린 대나무는 잡기 어렵네.	霜重竹難捫.
구불구불 연못가 오솔길 걷고,	猶步縈紆沼,
적막하고 쓸쓸한 언덕 오를 때.	還登寂歷原.
기이한 돌들은 싸우는 귀신같고,	石奇神鬼搏,
괴상한 나무는 웅크린 이리 같네.	木怪虎狼蹲.
비석에는 새벽 빛 비쳐들고,	贔屭朝光透,
구멍 난 담장에는 이슬 내리네.	罘罳曉露屯.
숲 속을 울리는 천 마리의 새소리,	振林千樹鳥,
골짜기에 울부짖는 원숭이 울음.	啼谷一聲猿.
눈에 선한 길인데 길을 잊으랴,	歧熟焉忘徑,
샘물도 잘 아느니 근원 물으랴.	泉知不問源.
농취암의 종소리 울리고,	鐘鳴櫳翠寺,
도향촌에 닭소리 나노니.	雞唱稻香村.
흥겨울 때 슬픔을 왜 이을 것이며,	有興悲何繼,

근심 없는데 번뇌는 무슨 번뇌인가.　　無愁意豈煩.
꽃다운 님의 생각 풀어놓으니,　　芳情只自遣,
우아한 님의 취미 뉘와 말할까.　　雅趣向誰言.
밤을 새운들 곤하다 하지 말고,　　徹旦休云倦,
차를 마시며 다시금 논하여 보세.　　烹茶更細論.

그리고 뒤에 '추석날 밤 대관원 즉경 연작시 서른다섯 운자〔中秋夜大觀
園卽景聯句三十五韻〕'라고 적었다. 대옥과 상운은 다함께 칭찬을 그치지
않았다.

"그러고 보니 우리는 이렇게 가까운 곳에 훌륭한 분이 계신 걸 모르고
공연히 멀리 찾아다닌 꼴이 되었네요. 여기 이런 시선詩仙이 계셨는데
우리는 날마다 탁상공론만 일삼았으니."

그러자 묘옥이 웃으며 말했다.

"내일 다시 윤색하도록 해요. 지금은 곧 날이 밝아오려는 모양이니
아무래도 돌아가 쉬어야 할 거예요."

대옥과 상운은 곧 일어나 작별을 고하고 시녀를 데리고 함께 나왔다.
묘옥은 대문까지 배웅하러 나와서 그들이 멀리 가는 것을 본 뒤에 문을
닫아걸고 들어갔다. 그 얘기는 그만 하기로 하겠다.

한편 취루는 상운에게 말했다.

"큰아씨네 집에서 아직 저희를 기다리고 있을 거예요. 거기 와서 주
무시라고 하던데요. 지금 거기로 가시겠어요?"

상운이 웃으며 대답했다.

"네가 가는 김에 가서 말씀드려라. 어서들 주무시라고 해. 와병 중이
신 분한테 공연히 폐가 될 터이니 대옥 언니네 집으로 가서 잠깐 눈을
붙이는 게 낫겠어."

그리하여 다함께 소상관으로 갔는데, 시녀들의 절반쯤은 벌써 잠이

들어 있었다. 두 사람은 방 안에 들어가서 화장을 지우고 옷을 갈아입은 후 세수와 양치질을 마치고는 침상에 누웠다. 자견이 와서 휘장을 내리고 등불을 옮긴 후 문을 닫고 나갔다.

상운은 본래 잠자리가 바뀌면 잠을 못 자는 버릇이 있어서 잠자리에 누웠지만 영 잠이 오지 않았다. 대옥은 또 기혈이 부족하여 늘 불면증이 있곤 하였는데, 오늘은 시를 짓느라고 잠잘 때를 놓쳤으므로 더욱 잠을 이룰 수가 없었다. 두 사람은 이불 속에서 뒤척이다가 대옥이 먼저 물었다.

"왜 잠을 못 자는 거야?"

상운이 미소를 지으며 말했다.

"난 잠자리를 타는 버릇이 있어. 더구나 잠잘 때를 놓쳐서 그냥 누워 있기만 한 거야. 그런데 언니는 왜 잠을 못 이루고 있어?"

대옥은 길게 한숨 쉬며 말했다.

"내가 잠을 못 자는 게 어디 어제 오늘의 일이야? 일 년 중에 열흘 남짓이나 제대로 푹 자는지 몰라."

"그건 언니가 앓는 병의 원인이….."

과연 상운이 뭐라고 말했을까….

俏才襄
抱屈天
風流美
倦倫斬
情歸水
月

한을 품고 죽은 청문

고운 청문은 풍류의 누명쓰고 요절하고
예쁜 방관은 사랑을 단념하고 출가하네
俏丫鬟抱屈夭風流　美優伶斬情歸水月

왕부인이 보니 추석이 지나자 희봉의 병이 서서히 나아지고 있는 것 같았다. 희봉은 비록 완전히 쾌차하지는 않았지만 문밖출입도 할 수 있을 정도였다. 그리하여 의원에게 매일 진맥해서 약을 처방하여 탕약을 먹이고, 환약처방전도 내서 조경양영환調經養榮丸을 만들라고 일렀다. 환약을 지으려면 고급인삼 두 냥이 필요하다고 하여 왕부인이 사람을 시켜 찾아보게 하였더니 한나절을 뒤지다가 겨우 작은 상자 안에서 비녀만큼 가는 것을 몇 뿌리 찾아왔다. 왕부인이 그것으로는 성에 차지 않아 다시 찾아오라고 하자, 하인들은 큰 봉지에 든 인삼의 잔뿌리를 모아놓은 것만 찾아서 가져왔다.

왕부인은 울화가 치밀어서 짜증을 냈다.

"필요 없을 때는 많다가 정작 필요할 때는 찾을 수가 없으니 이런 낭패가 어디 있느냐? 그래서 내가 늘 뭐라고 했어? 잘 찾아서 한데 모아두라고 했잖아. 내 말을 뒷전으로 듣고 멋대로 팽개쳐 두니까 이렇게 되는 거야. 너희들은 그게 얼마나 중한 것인지 몰라서 그래. 그걸 쓰려고 하면 돈이 얼마나 드는지 알아? 밖에서 사 가지고 온 건 다 소용이 없어."

채운이 말했다.

"틀림없이 이것밖에는 없어요. 지난번 저쪽 큰마님이 오셔서 찾으셨을 때 마님께서 다 드린 것 같은데요."

왕부인이 부인했다.

"그럴 리가 없어. 얼른 가서 다시 잘 좀 찾아봐라."

채운은 어쩔 수 없이 다시 찾으러 가서 몇 가지 약재를 가지고 와서 말했다.

"이건 뭔지 저희가 모르는 거예요. 마님께서 한번 살펴봐 주세요. 이것 말고는 정말 없어요."

왕부인이 열어보니 자신도 그게 무슨 약인지 알 수 없었고 인삼은 한 뿌리도 없었다. 왕부인이 사람을 보내 희봉에게 좀 있는가를 물었더니 희봉이 식접 와서 대답했다.

"저는 인삼고만 가지고 있어요. 잔뿌리도 약간 있기는 한데 그다지 좋은 것이 아니라서 매일 약 달이는 데 넣고 있어요."

왕부인은 형부인에게 물어보기로 했다.

하지만 형부인도 이렇게 말했다.

"지난번에 집에서 찾다가 없어서 그쪽에서 구해다 벌써 다 썼는걸."

왕부인은 어쩔 수 없이 마지막으로 직접 가모에게 물어보기로 했다. 가모가 원앙을 시켜 전에 쓰다 남은 것을 가져오라고 하자 원앙이 큰 꾸러미 하나를 가져왔는데 그 안에 손가락만 한 굵기의 인삼이 들어있었다. 가모는 그 가운데 두 냥을 달아서 왕부인에게 주었다. 왕부인은 그걸 의원 집으로 보내도록 했다. 그리고 무슨 약인지 몰랐던 약봉지도 함께 보내면서 의원에게 무슨 약인지 알아내서 이름을 써서 돌려보내라고 일렀다.

얼마 후에 주서댁이 가져갔던 약봉지를 들고와서 말했다.

"이 봉지들은 각각 약 이름을 적어서 잘 봉하여 가지고 왔습니다. 그리고 이 인삼은 좋은 것이랍니다. 삼십 냥을 주어도 지금은 이런 인삼을 살 수 없다고 합니다. 하지만 너무 오래되었답니다. 이것은 다른 것과 달라 제아무리 좋아도 백 년이 지난 후에는 저절로 재가 된다는군요. 이건 아직 재가 되지는 않았지만 벌써 썩은 나무나 다름없어서 약효는 없답니다. 마님께서는 이것을 받아두시고 굵기는 상관없으니 새것으로 바꿔서 보내주십사고 했습니다."

왕부인은 그 말을 듣고 고개를 숙인 채 말이 없다가 한참 만에 비로소 입을 열었다.

"그럼 어쩔 방도가 없구나. 나가서 두 냥을 사는 수밖에."

그리고는 무심히 약봉지를 내려다보면서 분부했다.

"이걸 갖다 두어라."

그리고 주서댁에게 말했다.

"자네는 바깥사람들에게 말해서 좋은 인삼으로 골라 두 냥을 사오라고 이르게. 노마님이 물으시면 자네들은 그저 노마님이 주신 것으로 썼다고만 말씀드리도록 해. 다른 말은 하지 말고."

가서댁이 나가려 할 때 마침 곁에 앉아 있던 보차가 웃으며 불렀다.

"아주머니, 잠깐만요. 지금 밖에서 파는 인삼은 좋은 것이 별로 없어요. 비록 온전한 것이라도 사람들이 그걸 두세 가닥으로 쪼개서 잔뿌리와 껍질을 감쪽같이 붙여 팔고 있거든요. 그래서 굵고 가는 것을 구분할 수가 없답니다. 우리 가게에서는 전부터 인삼 가게와 거래를 해왔으니 지금 제가 집에 가서 오라버니한테 부탁하여 인삼 가게와 상의하여 좋은 인삼으로 두 냥 가져오라고 하는 게 어떨까요? 돈 몇 냥만 더 쓰면 좋은 것으로 얻을 수 있을 거예요."

왕부인이 웃으며 말했다.

"그래도 네가 제대로 사리가 밝구나. 수고스럽겠지만 한번 다녀와 주면 고맙겠구나."

보차가 나갔다가 한나절 만에 돌아와서 말했다.

"사람은 벌써 보냈어요. 저녁까지는 회신이 있을 테니까 내일 아침에 약을 만들 수 있을 거예요."

왕부인은 기뻐하면서 말했다.

"옛말에 '기름 파는 여자가 물로 머리 빗는다'더니 우리 집에 좋은 게 있을 때는 남들한테 퍼주다가 정작 우리가 써야 할 때는 다른 곳을 찾아다니면서 구해야 하는구나."

왕부인은 말을 마치고 길게 탄식했다.

보차가 웃으며 말했다.

"돈이 나가기는 하지만 그런 것은 어쨌든 약이니까 남에게 나눠줘서 도와주는 것도 좋은 일이지요. 저희야 세상 물정 모르는 사람들처럼 그런 물선 얻었다고 꼭꼭 감춰두고 있지는 못하죠."

왕부인 고개를 끄덕이며 말했다.

"그럼, 그럼. 그 말이 맞다."

잠시 후에 보차가 돌아가고 방 안에 다른 사람이 없을 때 왕부인은 주서댁을 불러다 지난번 대관원 수색의 결과가 어찌 되었는지 물었다. 주서댁은 이미 희봉과 상의를 마친 일이라 한 마디도 숨김없이 사실대로 아뢰었다. 왕부인은 그 말을 듣고 놀랍고 화가 치밀어 올랐지만 그렇다고 어떻게 마음대로 하기도 어려웠다. 사기는 영춘의 시녀인 저쪽 사람이니 데리고 가서 형부인에게 말할 수밖에 없다고 생각했다.

주서댁이 말했다.

"지난번 저쪽 큰마님이 왕선보댁한테 공연히 쓸데없는 짓을 했다고 화를 내시며 따귀를 몇 차례 때리신 뒤로 그 사람은 지금 병을 핑계로 집에서 두문불출하고 있답니다. 더구나 발각된 아이가 자기 외손녀라서 자기가 제 뺨을 때렸대요. 그래서 왕선보댁은 이 일이 사람들한테 잊히기만 기다릴 심산인 것 같습니다. 지금 저희가 가서 말씀을 드리면 저희가 일을 크게 만든다고 오해하실지도 모릅니다. 그러니 차라리 사기를 데리고 가서 증거물까지 저쪽 큰마님께 보여 드리면 한바탕 매를 치고 내쫓아서 시집보내든지 하시지 않을까요. 다른 시녀를 데려오면 그만이지요. 지금 저희가 찾아가서 말로만 하면 저쪽 큰마님은 아마 이리저리 시간을 끌며 '그렇다면 너희 마님이 다 해결할 일이지 뭐 하러 나한테 와서 얘기하는 거냐'고 하실 거고 그러면 되레 일이 지체될 것입니다. 그러다 만일 그 아이가 틈을 노려 죽으려고 무슨 짓이라도 하면 큰일이 아닙니까. 지금 사나흘을 지키는 데도 게으름을 피우는데 할멈들이 잠시라도 한눈을 팔다간 일이 잘못될지도 모르지 않겠어요?"

왕부인이 잠시 생각하다가 말했다.

"그럴 수도 있겠군. 그 일을 먼저 처리하고 우리 쪽의 여우 같은 년들을 어떻게 해보자."

주서댁은 명을 받고 어멈들 몇 사람을 불러 모아 영춘의 방으로 찾아가서 주서댁은 영춘에게 먼저 설명했다.

"마님들께서 말씀하시기를 사기가 나이도 든 데다가 그 아이 어미가 연일 찾아와서 마님한테 사정을 하는지라 마님께서 그 애를 내보내 시집보내기로 결정하셨답니다. 오늘 애를 내보내고 따로 좋은 애를 찾아서 아가씨 시중을 들게 해주신다고 하셨어요."

그러면서 주서댁은 사기에게 짐을 싸서 나가라고 하였다.

영춘은 그 말에 차마 떠나보내기 어려워서 눈물을 머금었다. 영춘은 지난밤에 다른 시녀로부터 은밀하게 그 얘기를 들어서 알고 있었다. 지난 수년간 오가는 정이 돈독하여 차마 보내기가 어려웠지만 사건이 풍기문란에 관련된 일이라 어찌해 볼 도리도 없었다. 사기는 영춘에게 매달리며 애원하기도 했는데 그것은 영춘이 죽음을 무릅쓰고 사면받도록 해주기를 바라는 마음에서였다. 하지만 영춘은 말이 느리며 귀가 얇고 마음이 약해서 결국 아무런 도움도 되지 못하였다.

사기는 일이 이렇게 되자 더 이상 가망 없다는 것을 알고 울면서 말했다.

"아가씨는 참 너무하십니다. 지난 이틀 동안 저를 달래시더니 지금 와서는 어째 한마디도 안 하시는 겁니까?"

주서댁 등이 말했다.

"그럼 아가씨더러 너를 데리고 있어 달라는 거냐? 설사 데리고 계신 다고 해도 네가 무슨 낯짝으로 원내 사람들을 만날 수 있겠어? 우리가 좋은 말 할 때 어서 짐 싸가지고 아무도 모르게 나가는 게 좋을 거다. 다들 체면이 서게 말이야."

영춘이 눈물을 머금고 말했다.

"난 네가 무슨 큰 잘못을 저질렀는지 알고 있어. 나도 너를 데리고 있고 싶지만 그러면 나까지도 끝장이야. 너도 봤질 않니? 입화入畫도 몇 년이나 같이 있던 사람인데 나가라는 말이 나오자 바로 나갔잖아. 너희 두 사람뿐만 아니라 생각해보면 여기 대관원에 있는 시녀들은 나이 들면 모두 다 나가야 돼. 내 생각에 장차 언젠가는 서로 헤어져야 하는 형편이니 각자 갈 길을 가는 게 좋겠어."

주서댁이 말했다.

"아가씨 말씀이 사리에 맞질 않니? 너만 그런 게 아니라 내일도 나갈 사람이 있을 테니 걱정 마."

사기도 이제는 더 이상 어쩔 수가 없었으므로 눈물을 머금고 영춘에게 엎드려 절을 하는 한편 여러 자매들에게도 작별을 고하였다. 그리고는 영춘에게 귀엣말로 한마디 부탁을 했다.

"그래도 저의 죄를 물으시면 제 대신 말씀 좀 잘해주세요. 제가 아가씨를 모시고 한동안이라도 시녀로서 주종 간에 함께 살았던 정을 생각해서라도 말이에요."

영춘도 눈물을 흘리며 대답했다.

"그래, 걱정 마."

그리하여 주서댁 등은 할멈 두 사람을 시켜 사기의 물건을 모두 들고 뒤따르도록 하고는 사기를 데리고 대문을 나섰다. 그런데 몇 걸음 가지 않아서 수귤이 눈물을 닦으며 달려와서 사기에게 비단 보따리 하나를 건네주었다.

"이건 아가씨께서 너한테 주시는 거야. 하루아침에 헤어지게는 되었지만 함께 살았던 정분이 있으니 이걸 이별의 정표로 주신다고 하셨어."

사기는 그걸 받아들고 다시 울음을 터뜨렸으며 또 수귤과 함께 눈물을 흘리며 이별을 아쉬워했다. 그때 주서댁이 참지 못하고 어서 가자고 재촉하였으므로 두 사람은 어쩔 수 없이 헤어져야 했다.

사기가 울면서 말했다.

"아주머님들! 제발 사정 좀 봐주세요. 지금 잠시 쉬고 계시면 제가 친하게 지내던 자매들과 작별인사라도 하고 가겠어요. 몇 년 동안 함께 지내면서 정이 들어서 그래요."

주서댁 등은 제각각 맡은 임무가 따로 있는 판에 부득이하게 이런 일을 맡아하게 되었을 뿐만 아니라, 평소에 이러한 애들의 잘난 척하는 꼴을 심히 미워하던 사람들이었으므로 지금 사기의 말을 듣고 시간을 내줄 까닭이 없었다. 그래서 코웃음을 치면서 말했다.

"자, 지금 좋게 얘기할 때 어서 가자꾸나. 공연히 잡고 당기고 그러지들 말고. 우리는 아직도 해야 할 일이 많은 사람이야. 그 애들이 너하고 한 탯줄에서 태어난 것도 아닌데 그 애들한테 가서 작별인사는 해서 뭐 해? 그 애들은 아직도 너를 비웃고 있을 거야. 그렇게 시간을 좀 끈다고 쫓겨나지 않을 줄 아느냐! 그러니 어서 가기나 하잔 말이야."

주서댁 등은 그렇게 말하면서 아랑곳하지 않고 곧장 뒤쪽에 있는 쪽문으로 사기를 끌고나갔다. 이제는 사기도 어쩔 수 없어서 아무 말 없이 그들 뒤를 따라 나왔다.

그때 마침 보옥이 들어오다가 사기를 밖으로 데려나가는 일행과 맞닥뜨렸다. 보옥은 그들 뒤로 물건을 들고 따르는 할멈이 보였으므로 사기가 이렇게 나가면 다시는 못 볼 것이라고 직감했다. 보옥은 지난밤의 일을 들은 데다 청문의 병이 그날부터 위중해졌기에 그 까닭을 캐물었지만 청문은 아무 말도 해주지 않았다. 전날 입화가 나갔는데 오늘 또 사기마저 쫓겨가는 걸 보고 보옥은 넋이 나가는 듯하여 사기의 앞을 가로막으며 붙잡고 물었다.

"어딜 가는 거야?"

주서댁 등은 보옥의 평소 행위를 잘 아는 터라 공연히 이러쿵저러쿵 얘기했다가 일이 잘못되기라도 할까봐 걱정돼서 웃으며 말했다.

"도련님과는 상관없는 일이에요. 어서 공부나 하러 가세요."

보옥도 웃으며 주서댁에게 애원하였다.

"아주머니들 잠깐만 멈춰 봐요. 제가 할 말이 있어요."

"마님이 조금도 지체하지 말라고 하셨어요. 무슨 할 말이 있다는 거예요? 저희는 그저 마님의 명을 따를 뿐이에요."

주서댁이 대꾸하였다. 사기는 보옥을 보자 소매를 잡아당기고 울면서 애원하였다.

"이 아주머니들한테 얘기해야 아무 소용 없어요. 제발 도련님이 나서서 마님께 사정 좀 해주세요."

보옥은 서글픈 마음을 금치 못하고 눈물을 글썽이며 대답했다.

"네가 무슨 큰일을 저질렀는지 모르겠지만 청문도 병이 들었는데 지금 너마저 이렇게 나가는구나. 모두 떠나려고 하니 이 일을 어찌해야 좋단 말이냐!"

주서댁이 짜증을 내면서 사기에게 말했다.

"넌 이제 아가씨 다음가는 권세를 부릴 수 없단 말이야. 말을 듣지 않으면 때릴 수도 있어. 제멋대로 못되게 굴어도 전처럼 아가씨들이 싸고돌 것으로 착각하지 마. 그렇게 얘기했는데도 꾸물대더니 지금은 또 도련님한테 애걸복걸 하며 매달리는구나. 그 꼴이 뭐냐!"

그러면서 어멈들은 다짜고짜 사기를 잡아끌고 밖으로 나갔다.

보옥은 그들이 돌아가서 나쁜 말로 고자질할까 봐 그저 두 눈을 부릅뜨고 노려보고만 있다가 그들이 멀어지자 비로소 손가락질을 하며 욕을 퍼부었다.

"정말 이상하단 말이야. 어째서 여자들은 사내한테 시집만 가면 사내들의 못된 기운에 전염되어 저렇게 이상하게 변한단 말인가? 남자보다 더 고약하게 굴고 있잖아!"

대관원 정문을 지키던 할멈이 그 말을 듣고 터져 나오는 웃음을 참지 못하며 물었다.

"그렇다면 처녀 여자애들은 누구나 다 좋고 시집간 여자들은 몽땅 나쁘다는 얘기인가요?"

보옥이 고개를 끄덕이며 말했다.

"그래, 맞고말고!"

할멈들이 웃으면서 말했다.

"그리고 저희가 뭐가 뭔지 잘 몰라서 그러는데 한 말씀만 더 여쭐게요."

그 할멈이 막 얘기를 하려는데 다른 할멈들이 뛰어 들어오면서 황급히 소리쳤다.

"다들 조심해요! 어서 시중드는 사람들한테 모두 전달해요! 지금 마님께서 몸소 대관원에 오셔서 수색하고 계신다고요. 여기까지 조사하러 오실지 몰라요. 그리고 또 이홍원의 청문 아가씨 오라비와 올케를 불러들이라고 명을 내리셨답니다. 여기서 기다리고 있다가 누이를 데리고 나가라고 했답니다."

말끝에 할멈은 한마디 덧붙였다.

"나무아미타불! 오늘에서야 하느님이 눈을 제대로 뜨셔서 그런 못된 여우 같은 년을 내쫓게 되었구먼. 이제야 다들 속 시원하게 살 수 있겠어."

보옥은 왕부인이 대관원에 들어와 수색을 시작했다는 말을 듣고 이제 청문이 더 이상 견디기 어렵게 되었다는 생각에 나는 듯이 이홍원으로 달려왔다. 할멈이 마지막에 한 말은 미처 듣지를 못했다. 보옥이 이홍원에 이르고 보니 벌써 사람들이 들어와 있었다. 왕부인은 얼굴에 노기를 띠고 방 안에 보옥이 들어와도 본체만체하였다. 청문은 네댓새 동안 밥 한 술, 물 한 모금 입에 대지 못하고 겨우 숨을 헐떡이고 있었는데 지금 구들 위에서 끌려 내려와 봉두난발을 하고 얼굴이 엉망인 채 두 어멈의 부축을 받고 있었다. 왕부인이 굳은 얼굴로 명을 내려 청문이 입고 있는 옷만 그대로 두고 나머지는 모두 다른 시녀들 주라고 했다. 그리고 동시에 이홍원의 모든 시녀들을 다 불러 모으라고 명하여 하나하나 점검하였다.

사실 그날 왕선보댁은 왕부인이 크게 역정을 내자 그 기회를 틈타서 청문을 고자질하였던 것이다. 게다가 대관원 내의 사람들과 화목하게 지내지 못했던 이곳의 누군가가 기회가 있을 때마다 그런 얘기를 한 적이 있었는데, 왕부인은 그런 것들을 모두 마음속에 넣어 두고 있었다. 왕부인은 중간에 명절이 끼어 있어서 이틀을 꾹 참고 있다가 오늘 특별히 직접 나서서 사람들을 일일이 문초하게 된 것이다. 우선은 청문의 일 때문이기도 했고 또 누군가가 보옥에 대해 이러쿵저러쿵한 것이 이유이기도 했다. 보옥이 이제는 나이가 들어 남녀의 일을 알 만하게 된 것은 모두 방 안에서 시중드는 시녀들이 잘못 꼬드겼기 때문이라는 것이었다. 그것은 청문의 일보다 더욱 엄중한 일이라 습인 이하 아직 어리고 막일하는 여자애들까지 일일이 살펴보게 된 것이었다.

"그래 보옥이와 생일이 같다는 계집애가 누구냐?"

본인은 감히 입을 떼지도 못하고 있는데 할멈 하나가 손가락으로 가리키며 말했다.

"바로 이 혜향蕙香이란 애입니다. 사아라고도 부르는데 보옥 도련님과 생일이 한날이에요."

왕부인이 자세히 눈여겨 들여다보니 미모는 비록 청문의 절반도 못미치지만 그래도 어딘가 매끈한 데가 있었으며, 그 행동거지를 보니 총명함이 밖으로 드러나고 차림새도 남달랐다. 그 모습을 본 왕부인이 코웃음을 치면서 말했다.

"이것도 부끄러움을 모르는 애로구나. 저 애가 바로 생일이 같으면 나중에 부부가 된다고 말한 애란 말이냐? 그래 네가 그런 말을 정말 했느냐? 내가 멀리 있다고 모를 줄 알아? 내가 비록 자주 오지는 못하지만 마음과 이목은 항시 이곳에 와 있다는 걸 모르느냐? 나한테 하나밖에 없는 보옥이를 그래 너희가 유혹해서 망치도록 가만히 보고만 있을 줄 알았단 말이냐?"

사아는 왕부인이 평소 자기가 보옥이와 사사롭게 했던 말을 다 알고 있자 얼굴이 새빨개지면서 고개를 떨구고 눈물을 흘렸다. 왕부인은 즉시 그녀의 가족을 불러다 데려가서 시집보내라고 분부를 내렸다. 이어서 왕부인이 또 물었다.

"야율웅노耶律雄奴란 애가 대체 누구냐?"

할멈들이 곧 방관芳官을 가리키자 왕부인이 말했다.

"창극을 부르던 애였으니 보나마나 불여우가 분명하겠지. 지난번 너희더러 나가라고 했는데도 억지로 남아 있더니, 안분지족하면서 조용히 있지 못하고 왜 요물처럼 찧고 까불어서 보옥이를 부추기며 온갖 못된 짓을 다 하였느냔 말이다!"

"저는 감히 부추긴 적이 없사옵니다."

방관이 미소 지으며 변명하자 왕부인은 냉랭하게 웃으며 말했다.

"그래도 무슨 말대꾸냐? 내가 묻겠는데 지난해 우리가 황릉에 갔을 때 누가 보옥이를 부추겨서 유씨네 딸 오아를 데리고 들어오겠다고 한 거냐? 다행히 그 애가 명이 짧아 요절했으니 망정이지 그렇지 않고 여기에 들어왔으면 네년들이 아주 작당을 해서 대관원을 망칠 셈이 아니었더냐? 너는 네 수양어미마저 깔고 뭉개려는 년이니, 다른 사람이야 더 말해서 무엇 하겠어?"

그리고 곧바로 엄명을 내렸다.

"저 애의 수양어미를 불러다 데려가라고 해라. 바깥에서 사위를 찾아 시집보내라고 그래. 그리고 그 애의 물건은 모두 다 줘버리도록 해라."

그러면서 왕부인은 지난해 아가씨들한테 배치되었던 연극하던 여자애들도 이 기회에 모두 대관원에 남기지 말고 각자의 수양어미들더러 데리고 나가 시집보내도록 했다. 그 말이 전해지자 수양어미들은 모두 좋아라하며 달려와서 왕부인에게 머리를 조아려 감사드린 뒤 여자애들을 데리고 나갔다.

왕부인은 또한 방 안에 있는 보옥의 물건을 온통 다 뒤져서 조금이라도 눈에 익지 않은 것이 있으면 치울 건 치우고 거둘 건 거둬서 자신의 방으로 가져가게 했다.

"이제야 깨끗하구나. 그래야 남들이 뭐라고 쓸데없는 말도 하지 않을 게 아니냐."

왕부인은 이어서 습인과 사월에게도 명했다.

"너희도 조심해! 앞으로 조금이라도 분수에 넘치는 일을 했다간 절대로 용서하지 않겠다. 이미 물건은 조사하게 했지만 금년에는 옮겨가기가 어려우니 잠시 해를 넘겼다가 내년에 한꺼번에 저쪽으로 옮기도록 해라. 그래야 마음이 놓이게 될 테니까."

왕부인은 말을 마치자 차도 마시지 않고 사람들을 데리고 다른 곳을 수색하러 갔다. 그 얘기는 나중에 하기로 하겠다.

한편 보옥은 왕부인이 잠시 수색할 따름이지 그다지 큰일은 아니라고 생각했는데 뜻밖에도 이처럼 천둥같이 화를 내실 줄은 미처 몰랐다. 그리고 야단맞은 것들이 모두 평소에 사사로이 주고받던 말들 때문으로 한 마디도 틀리지 않게 다그치고 있었으므로 보옥은 이는 결코 만회할 수 없는 일임을 직감하였다. 속으로 화가 나고 죽어버리고 싶었지만 왕부인이 심하게 화내는 중이라 감히 한마디도 끼어들 수 없고 한 걸음도 옮길 수가 없었던 보옥은 왕부인을 배웅하여 심방정까지 뒤를 따라갔다.

"돌아가서 공부나 열심히 하여라. 내일 물어 볼 테니 조심하란 말이다. 이제야 분이 풀릴 것 같구나."

보옥이 발길을 돌리면서 오는 길에 곰곰이 생각을 해보았다.

'도대체 누가 그렇게 고자질을 했을까? 이런 일은 남들이 알지도 못하는데 어떻게 그 말이 정확하게 맞아떨어지느냐 말이야.'

보옥이 그런 생각을 떨치지 못하면서 이홍원으로 돌아와 보니 습인이 한쪽에서 눈물을 흘리고 있었다. 제일 친하게 지내던 사람이 쫓겨갔으니 어찌 가슴 아프지 않으랴. 보옥이도 침상에 엎드려 울기 시작했다. 습인은 지금 보옥의 마음속에 다른 것은 둘째 치고 청문에 대한 것만이 가장 중대한 일임을 알고 있었으므로 조용히 달래며 말했다.

"울어도 소용없어요. 어서 일어나요. 내가 한마디 할게요. 청문은 벌써 몸이 많이 나아졌어요. 그러니 지금 집으로 나가서 며칠만 맘을 잘 다스리고 몸조리하면 괜찮을 거예요. 만일 도련님이 그래도 그냥 보낼 수가 없으면 마님의 화가 조금 풀리신 다음에 노마님한테 말씀드려서 기회를 봐가며 천천히 들어오도록 하면 그리 어렵지는 않을 거예요. 마님이 우연히 남들이 하는 나쁜 소리를 들으시고 잠시 화가 치밀어서 그렇게 하신 것뿐이에요."

보옥이 여전히 울면서 말했다.

"난 아직도 모르겠어. 청문이 도대체 무슨 천인공노할 죄를 범했다는 것인지 말이야."

습인과 보옥이 대화를 이어갔다.

"마님은 청문이가 너무 예쁘게 생겨서 경솔한 면이 있다고 그러신 거예요. 마님으로서는 그렇게 예쁜 사람들은 경박하기 마련이라고 미워하시는 거예요. 저희같이 촌스럽고 우둔한 사람들이 되레 좋다고 생각하시는 거죠."

"그건 그렇다고 쳐. 그런데 우리들끼리 장난삼아 한 말들을 어떻게 어머님이 아실 수 있는 거야? 바깥사람이 소문을 낸 것도 아닌데 말이야. 그게 아무래도 이상하지 않아?"

"도련님이 언제 조심한 적이 있어요? 그냥 즐거우면 남들이야 있건 없건 상관도 않고 별의별 말씀을 다 하시잖아요. 제가 눈짓을 보내고 은근슬쩍 신호를 보내도 남들은 다 알건만 도련님만 눈치채지 못했잖아요."

"그런데 사람들의 잘못은 다 들춰내시면서 습인이하고 사월이, 추문이 얘기는 꺼내지 않으시는 거야?"

습인은 그 말을 듣자 마음에 걸리는지 고개를 숙이고 잠시 말없이 있다가 비로소 웃으며 입을 열었다.

"그러게 말이에요. 우리들도 제멋대로 장난치고 도리에 벗어나는 일을 한 적이 많은데 어째 그걸 잊으셨을까요. 다른 일부터 끝내고 나서 우리를 내쫓으려고 그러실지도 모르겠어요."

그러자 보옥이 웃으며 말했다.

"습인은 여기서 가장 착하고 어질기로 이름난 사람이고 저 둘도 습인이 가르쳐서 버릇을 들여놨는데 그렇게 나쁜 일을 저질러 벌을 받을 리가 있겠어. 방관이만은 아직 어린데도 너무 총명하여 남을 억누르려는 데가 있어서 남들의 미움을 샀던 거지. 사아는 순전히 내가 망친 거야. 어느 해인가 내가 습인과 말다툼하던 그날부터 불러다 작은 일을 시키게 되면서부터 남의 지위를 빼앗게 된 셈이라 지금 그런 일이 일어난 거지. 하지만 청문이만은 습인과 마찬가지로 어려서부터 노마님 방에서 시중을 들었잖아. 생김새가 비록 남들보다 뛰어났다고는 하지만 별 지장은 없었는데. 설사 성격이 화끈하고 시원시원하고 말이 잽싸고 날카롭다고는 하지만 그렇다고 너희한테 잘못한 건 없었잖아. 아무리 생각해도 청문이는 너무 인물이 출중한 게 오히려 죄가 되었던 모양이야."

보옥은 말을 마치고 다시 울기 시작했다.

습인이 그 말을 듣고 가만히 생각해보니 보옥이 자신을 의심하는 눈치라 다시 달래기도 거북하였다. 그래서 그냥 한숨만 내쉬었다.

"하늘이나 아실 테죠. 이제는 누가 안 좋은 말을 했는지 찾아낼 수도 없잖아요. 공연히 울기만 한다고 무슨 소용이 있겠어요. 기운이나 차려서 노마님이 기분 좋으실 때를 기다렸다가 말씀드려서 다시 데려오게 하는 수밖에는 없어요."

보옥은 코웃음을 쳤다.

"공연히 내 맘을 달래보려고 그러지 마. 어머님 화가 풀어지기를 기다렸다가 분위기를 봐서 다시 데려오라고 말할 때쯤에는 청문의 병이 기다려 줄 것 같지가 않아. 청문이는 어려서부터 응석받이로 자랐는데 어떻게 그런 수모와 억울함을 견딜 수가 있겠어? 그 애 성격을 잘 알고 있는 나도 부딪치기 일쑤였잖아. 지금 그렇게 쫓겨나갔으니 마치 막 피어난 난초꽃 봉오리를 돼지우리에 집어던진 것과 무엇이 달라? 게다가 지금 병들어 있는 마당이니 억울한 생각으로 울화가 더 가득 찼을 거 아냐. 그 애는 친부모도 없고 다만 술주정뱅이 고종사촌 오빠가 있을 뿐이야. 지금 이렇게 나가면 당장 견디기 힘들어질 텐데 어떻게 며칠을 기다릴 수 있겠어? 앞으로 한두 번이나마 얼굴 보는 것조차 어려울지 몰라."

보옥은 이렇게 말하면서 더욱 슬퍼하였다. 습인이 그래도 웃으며 좋은 말로 달랬다.

"도련님이야말로 왜 그래요? '사또는 불을 질러도 그만이고 백성은 등불조차 켜지 못하게 한다'더니 우리가 우연히 좀 상서롭지 못한 말을 하면 불길하다고 야단치시면서 어째서 지금은 도련님이 되레 그렇게 불길한 말을 함부로 내뱉는 거예요? 그래도 뇌는 거예요? 청문이 비록 다른 사람보다 연약하지만 그렇게까지는 안 될 거예요."

보옥이 정색하고 말했다.

"아니야. 이건 내가 그 애를 저주해서가 아니야. 금년 봄에 벌써 그런 조짐이 보였어."

습인이 궁금하여 무슨 조짐이냐고 묻자 보옥이 대답했다.

"우리 집 섬돌 아래서 멀쩡하게 잘 자라던 해당화가 까닭 없이 절반은 말라 죽었잖아. 난 그게 기이한 조짐이라고 생각했는데 과연 청문이한테 나타나게 되었어."

습인이 웃으며 말했다.

"내가 아무 말도 않고 가만히 있으려고 했는데 참을 수가 없네요. 도련님도 참 할망구처럼 왜 그런 말을 하는 거예요? 그게 어찌 공부하는 남자가 할 말이에요? 초목이 어떻게 사람의 운명과 관계가 된단 말이에요? 할망구가 아니라면 정말 바보라도 된 거예요?"

보옥이 여전히 탄식했다.

"너희가 그걸 어찌 알겠어? 초목뿐만 아니라 천하의 모든 사물은 모두 정리情理가 있는 거야. 사람과 마찬가지로 지기知己를 얻으면 아주 영험해져. 좀 크게 비유하자면 공자님의 사당 앞에 전나무가 있고 산소 앞에는 시초풀이 있었잖아. [1] 제갈량의 사당에는 측백나무가 영험하고[2] 악비岳飛의 무덤에는 소나무가 영험하니[3] 모두 당당하게 사람의 정기를 받아 타고난 초목들로서 영원토록 변함없어. 세상이 어지러우면 시들고 세상이 평화로우면 무성해지면서 수천 년 수백 년간에 영고성쇠를 얼마나 되풀이했는지 알아? 그게 바로 조짐이 아니면 무엇이겠어. 작은 것으로 비유하면 양귀비의 침향정에 있던 모란이나 단정루에 있는 상사相思나무가 그런 것이고[4] 왕소군의 무덤에 나는 풀도 바로 그런 영험한 초목들이야.[5] 그러므로 해당화도 사람이 죽을 것을 미리 알고 절반이 말라죽었던 거야."

습인은 그런 엉터리 이론을 듣고 우습기도 하고 한심하기도 하였다. 그래서 웃으면서 말했다.

"정말 도련님이 그렇게 말씀하시니 제가 화가 다 치밀어 오르는군요. 청문이란 애가 대체 뭐기에 그런 위대하신 분들에게 감히 비유한단 말이에요? 또 설사 그 애가 아무리 잘났다고 하더라도 순서대로 따진다면 결코 저를 앞설 수는 없어요. 해당화가 그렇게 되었다면 마땅히 먼저

---

1 공자의 사당 앞에 있는 전나무는 진나라 영가(永嘉)의 난(亂) 때 갑자기 말라죽 었다가 수나라가 천하통일을 하자 다시 살아났다고 함. 시초(蓍草)는 점을 칠 때 사용되었던 풀로 공자의 무덤 앞에 있는 시초가 가장 영험하다고 전해짐.
2 제갈량(諸葛亮)의 사당 앞에 있는 측백나무는 당나라 말기에 말라죽었다가 송나라 초기에 다시 살아났다고 함.
3 악비(岳飛)의 무덤 앞에 있는 소나무의 가지들은 모두 남쪽을 향해 자란다고 하는데, 이는 죽어서도 남송(南宋)을 잊지 못하는 악비의 영혼이 깃들어있는 것이라고 전해짐.
4 침향정(沉香亭)은 당 현종과 양귀비가 모란을 감상하던 곳. 단정루(端正樓)는 양귀비가 화장을 하던 곳으로, 안사의 난 이후 현종은 그곳에 있는 상사수를 보면서 양귀비를 그리워했다고 함.
5 주변의 풀은 모두 누렇게 변해도 왕소군 무덤의 풀은 늘 푸르다고 하며, 이 때문에 청총(靑冢)이라 불리기도 함.

저한테 비유해야지 청문이한테 비유할 수는 없는 일이에요. 아마도 제가 죽으려는가 보죠."

보옥이 습인의 말에 얼른 달려가 입을 막으며 달랬다.

"무슨 그런 소릴 다 해? 하나가 저렇게 되었는데 너마저 이러면 어떡해? 알았어. 이제 그만 하자고. 셋이나 내보냈는데 또 한 사람을 보태서야 되겠어?"

습인이 듣고 속으로 은근히 기뻐했다.

'이렇게라도 하지 않으면 끝이 나지 않았을 거야.'

보옥이 말했다.

"앞으론 더 이상 얘기를 꺼내지 마. 그 세 사람이 다 죽었다고 생각하면 그만이야. 정말로 죽은 사람이 전에 없었던 것도 아니니까. 그렇다고 내가 어떻게 된 것도 아니고 말이야. 그건 다 같은 이치야. 지금 한가지 해야 할 일은 그 애의 물건을 윗사람 몰래 사람을 보내서 그 애한테 보내주는 거야. 그리고 우리가 평소에 모아 둔 돈을 다만 얼마라도 내서 병구완하도록 보내주는 게 자매로서 한동안 함께 지낸 정의 표시라도 되지 않겠어?"

습인이 웃으며 대답했다.

"우리를 너무 소심하고 인정머리도 없는 사람으로 보지 마세요. 그런 일을 도련님께서 말씀하실 때까지 기다리고 있을까 봐서요. 벌써 그 애가 평소에 쓰던 옷과 각종 물건을 다 정리해서 싸두었어요. 낮에는 사람들 눈이 있으니까 저녁에 몰래 송씨 할멈을 보내서 갖다 주려고요. 그리고 모아둔 돈에서 몇 관을 내어 주려고 준비해 두었어요."

보옥이 듣고 나서 더할 수 없이 고마워하자 습인이 웃으며 농담처럼 말했다.

"제가 어떤 사람이에요? 일찌감치 어질기로 소문난 사람인데 그런 정도 인심이야 쓸 줄 모르겠어요?"

보옥은 방금 전에 자기가 했던 말을 빗대서 하는 소리임을 알고 얼른 웃으면서 습인을 달랬다. 습인은 저녁에 과연 몰래 송씨 할멈을 시켜 물건을 청문에게 보내주었다.

보옥은 다른 사람들을 진정시킨 후 아무 말도 하지 않고 혼자서 뒤편 쪽문을 나섰다. 그리고 할멈 한 사람에게 청문을 찾아가 보겠다고 그녀의 집으로 데려다 달라고 애원하였다. 할멈은 처음에 남들이 알면 큰일이라고 하면서 절대로 안 된다고 거절하였다.

"누가 마님한테 말씀드리기라도 하면 저는 밥줄이 끊어지게 됩니다."

보옥은 죽어라 하고 애원하며 돈까지 건네주자 할멈은 마지못해 그를 청문의 집으로 데려다 주었다.

청문은 원래 뇌대賴大네 집에서 돈을 주고 사들인 시녀였다. 그때 청문은 불과 열 살가량이었으며 아직 머리도 땋지 않은 어린애였다. 늘 뇌씨 할멈과 함께 가부에 드나들다가 가모의 눈에 띄었다. 영리하고 생김새가 예뻐서 가모가 특히 좋아하였다. 그걸 알고 뇌씨할멈은 청문을 가모의 곁에서 모시라고 상납하였으며, 나중에 보옥의 방에까지 가게 되었다.

청문은 처음 들어올 때부터 제 고향과 부모를 기억하지 못하고 있었다. 다만 하나 있는 고종사촌 오라비가 백정 일을 하면서 외지로 떠돌아다니다 뇌씨네 집에 들어와 고용살이를 하겠다고 자청하였다. 뇌씨네 집에선 청문을 비록 가모에게 보냈지만, 그녀가 아주 영리하며 입이 맵고 성질이 대단함에도 지난 은혜를 잊지 않고 있는지라 그녀의 고종사촌 오라비도 함께 사들여서 집안의 시녀와 짝을 지워 살림을 차려주었다. 그런데 뜻밖에도 그는 하루아침에 신세가 편해지자 지난날 떠돌이 때의 괴로움을 다 잊어버리고 제멋대로 술이나 마시고 집구석을 돌보지 않았다.

하지만 그의 아내는 다정다감하고 미색이 있는 여자로서 그가 몸을 돌보지 않고 남녀간의 정사에도 아랑곳하지 않은 채 한사코 술만 퍼마시자 어울리지 않는 남편을 만나게 되었다고 탄식하면서 홍안의 적막함을 슬퍼했다. 하지만 그녀는 남편이 도량이 넓고 마음이 관대하여 잠자리에 대해서도 별다른 질투의 마음이 없음을 보고 점점 대담하게 욕심을 드러내고 멋대로 바람을 피우기 시작했다. 그리하여 그녀는 온 집안의 영웅들을 다 끌어들이고 재주깨나 있는 남자들을 다 맞아들였으므로, 윗사람이나 아랫것들이나 할 것 없이 절반가량은 모두 그녀의 시험을 거쳤다고 할 수 있다. 그들 부부가 누구냐 하면 지난번 가련이 데리고 들어간 다혼충多渾蟲[6]과 등고랑燈姑娘 바로 그 사람들이었다.

지금 청문으로서는 유일한 피붙이가 그들 부부밖에 없었으므로 가부를 나와서 그들 집에 머무르게 되었던 것이다. 보옥이 그 집에 이르렀을 때는 다혼충은 어딘가 외출하고 등고랑은 밥 먹고 나서 이웃에 마실 가고 없었으며 집 안에는 마침 청문 혼자서 바깥방에 누워 있었다. 보옥은 할멈더러 문밖에서 지키라고 하고 자기 혼자 짚으로 된 문발을 열고 안으로 들어섰다. 그러자 청문이 갈대 자리를 깐 구들 위에 잠들어 있는 모습이 눈에 들어왔다. 다행히 이부자리는 전에 대관원에서 쓰던 것이었다. 보옥은 속으로 어찌해야 좋을지 몰라서 눈물을 글썽이며 가볍게 그녀를 당기면서 조그만 소리로 두어 번 이름을 불렀다.

청문은 그때 또 찬바람에 감기가 들은 데다 오라비와 올케의 독살 맞은 소리를 들은 탓에 병이 더욱 악화되었다. 청문은 하루 종일 기침이 그치지 않다가 겨우 몽롱하게 잠들었는데 갑자기 자신을 부르는 소리가 들리기에 억지로 실눈을 떠보니 바로 보옥이 눈앞에 있는 것이 아닌가! 청문은 놀랍기도 하고 기쁘기도 하였으며 슬프기도 하고 고통스럽

6 청문의 오빠 오귀(吳貴)의 별명.

476

기도 해서 있는 힘껏 그의 손을 부여잡으며 한참 동안 오열을 그치지 못하였다.

한참 만에 청문은 입을 열었다.

"난 도련님을 영영 못 보는 줄로만 알았어요."

그 말끝에 청문은 숨이 넘어갈 듯 멈추지 못하고 기침을 했다. 보옥도 함께 오열하지 않을 수 없었다.

"나무아미타불! 도련님, 마침 잘 오셨어요. 어서 저기 차 반 잔을 따라서 마시게 주세요. 목이 말라요. 아까부터 목이 말랐는데 아무리 불러도 누구하나 와 주는 사람이 없어요."

보옥이 얼른 눈물을 닦으며 물었다.

"차가 어딨어?"

"저기 부뚜막에 있는 게 바로 차예요."

보옥이 바라보니 검은색 사기 주전자가 올려 있었지만 결코 찻주전자처럼 보이지는 않았다. 보옥은 탁자에 있는 사발 하나를 집어 들었으나 크고 거칠어서 찻잔으로 쓸 수 없는 것이었으며, 손에 들기도 전에 기름에 찌든 냄새가 진동했다. 보옥은 그래도 그걸 들고 가서 우선 물로 두어 번 씻어내고 다시 물로 헹군 다음 사기 주전자를 들어 반 잔가량 차를 따랐다. 따르고 보니 진홍빛을 띤 것이 도저히 차라고 할 수 없는 것이었다. 청문은 베개에 기대어 몸을 일으키며 말했다.

"어서 나한테 한 모금 먹여주세요. 그게 바로 차예요. 어떻게 우리가 먹던 차와 비교할 수 있겠어요."

보옥은 우선 자신이 먼저 한 모금 마셔보았다. 맑은 향내라고는 전혀 없고 차 맛도 나지 않았으며 쓴맛 때문에 겨우 차라는 걸 알 정도였다. 보옥이 맛을 보고 나서 청문에게 건네주니 청문은 감로수라도 얻은 듯 단숨에 모두 마셔버렸다.

보옥은 속으로 생각했다.

'전에는 그렇게 좋은 차도 트집을 잡았었는데. 지금 보아하니 옛사람이 이르기를 '배부르면 고량진미도 맛없고 배고프면 지게미와 쌀겨도 맛있다'고 했고 '쌀밥 먹다 죽 먹는 신세'라고 했다더니 과연 그 말이 맞구나.'

보옥은 생각에 잠겨 눈물을 흘리며 청문에게 물었다.

"무슨 할 말이 있으면 아무도 없을 때 어서 말해 봐."

청문은 흐느끼면서 입을 열었다.

"무슨 할 말이 있겠어요? 그저 하루 한 시각 목숨을 연명하고 있을 뿐이에요. 제 목숨은 이제 길어야 사나흘밖에 안 남은 것 같아요 그럼 저세상으로 가겠지요. 다만 한 가지, 죽어도 눈을 감지 못할 게 있어요. 제가 생김새는 남보다 좀 나을지 몰라도 결코 사사로이 도련님과 사사로운 정을 나누거나 유혹한 적이 없는데 어떻게 제가 그런 죄목을 뒤집어쓰고 불여우가 되고 말았단 말인가요? 전 그것만큼은 인정할 수가 없어요. 이제 헛된 이름을 남긴 데다가 죽음을 앞두게 되었다고 후회스러워서 하는 말이 아니라 진작 그럴 줄 알았더라면 아마 그때 다른 마음을 먹었을 거예요. 어리석고 바보 같은 마음에 다들 한군데에서 의좋게 살아갈 줄로만 알았어요. 그런데 뜻밖에도 이런 모함을 받아서 원한을 하소연할 곳도 없게 될 줄은 꿈에도 생각 못했지요."

청문은 말을 마치고 다시 통곡했다. 보옥은 그녀의 손을 당겨 잡았다. 청문의 손은 마치 마른 장작처럼 말라 있었는데, 팔뚝에는 그래도 네 개의 은팔찌가 여전히 끼워져 있었다. 보옥이 울면서 말했다.

"우선 빼놓고 있다가 병이 나으면 다시 차도록 해."

보옥은 팔찌를 빼서 베개 밑에 넣어주면서 말했다.

"이 두개의 손톱은 힘들여서 두 치나 길렀는데 참 아깝네. 병이 다 나으면 잘려나갈 테니 말이야."

그러자 청문은 눈을 닦으면서 손을 뻗어 가위를 집더니 파줄기 같은

478

왼손의 손톱 두 개를 바짝 잘랐다. 그러더니 또 손을 뻗어 이불 속에서 입고 있던 낡고 붉은 속옷을 벗어서 손톱과 함께 보옥에게 건네주었다.

"이걸 잘 간수하고 계시다가 앞으로 날 본 듯 해주시면 좋겠어요. 그리고 도련님이 입고 있는 속옷을 어서 벗어서 제게 입혀주세요. 제가 관 속에 들어가 혼자 누워있더라도 이홍원에 있는 것처럼 하고 싶어요. 물론 이래서는 안 되겠지요. 하지만 헛된 이름만 남기게 되었으니 저로서도 가릴 게 없어요."

보옥이 그 말을 듣고 얼른 옷을 벗어 갈아입은 뒤 손톱을 받아 넣었다.

청문은 또 울면서 말했다.

"돌아가서 사람들이 보고 물으면 굳이 거짓말할 것도 없어요. 그 옷이 바로 제 것이라고 말해요. 기왕에 헛된 이름만 얻게 된 마당에 차라리 이러는 게 더 나아요. 그래봤자 고작 이 정도지만요."

그 말이 채 끝나기도 전에 갑자기 그녀의 올케가 히히히 웃으면서 발을 열고 들어왔다.

"이렇게 다정할 수가 있나? 두 사람 말을 제가 죄다 엿들었는걸요."

그리고 보옥에게 말했다.

"도련님은 주인님으로서 이런 누추한 곳까지 뭐 하러 오셨나요? 내가 젊고 예쁘니까 혹시 나를 한번 유혹해보시려고 오셨나요?"

보옥이 깜짝 놀라 웃으며 애원하면서 말했다.

"누님 제발 큰소리 내지 마세요. 청문이가 내 시중을 몇 년간이나 들어줬기 때문에 내가 몰래 찾아와 본 거예요."

등고랑은 한손으로 보옥을 끌고 안방으로 들어가면서 웃었다.

"도련님이 나를 소리 지르지 않게 하는 건 간단해요. 내 소원 하나만 들어주면 돼."

그녀는 구들 가에 앉아서 보옥을 제 가슴팍에 꼭 끌어안고 놓아줄 생각을 안 했다. 보옥은 처음 당하는 일이라 심장이 벌렁벌렁 뛰면서 얼굴이 온통 빨갛게 달아올랐으며, 부끄럽기도 하고 두렵기도 하여 떨리는 목소리로 말했다.

"누님, 제발 이러지 마세요."

등고랑은 취한 눈빛으로 게슴츠레하게 쳐다보다가 웃으며 말했다.

"흥! 여자들이랑 놀아나는 데 이골이 난 사람이란 얘기를 노상 들었는데 어째서 지금은 이렇게 부끄러워하는 거지?"

보옥은 얼굴이 홍당무가 되어 웃으며 애원했다.

"제발 손을 놓아줘요. 그냥 말로 하면 되잖아요. 밖에 할멈이 지키고 있는데 들으면 어떡해요?"

등고랑이 웃으며 넉살을 부렸다.

"전 아까 벌써 들어왔는데 할멈에게 멀찌감치 대문 밖에 나가서 기다리라고 해뒀어요. 내가 이런 순간을 얼마나 기다려왔는지 알아요? 백문이 불여일견이라는데 공연히 모양만 잘생겼단 말인가요? 화약 안 터지는 대포란 말인가요? 그냥 깃발만 휘날리는 사람이던가요? 저보다 더 부끄럼을 타고 겁이 많으시니 말예요. 세상 소문을 다 믿을 게 못되는가 봐요. 예를 들면 우리 집 아가씨가 돌아왔을 때 나는 당신들이 서로 몰래 깊은 관계를 가졌던 것으로 철석같이 믿었죠. 하지만 제가 조금 전에 들어와 창문 아래서 가만히 엿들어보니 방 안에 당신네 두 사람밖에 없었는데 만일 서로 평소에 몸을 맞대던 사람들이라면 그런 말을 하지 않을 리가 없는데 두 사람이 서로 그런 관계는 안 가졌던 것 같군요. 그러니 세상에는 정말 억울한 일도 적지 않은가 봐요. 지금 난 두 사람을 오해한 걸 후회하고 있어요. 그러니 도련님 걱정 마세요. 그리고 앞으로 언제든지 찾아오세요. 내가 다시는 못된 짓을 하지 않을 테니까요."

보옥은 그제야 마음을 놓고 옷을 추슬러 입으며 애원했다.

"누님, 제발 저 애를 며칠간이라도 좀 잘 보살펴주세요. 오늘은 이만 돌아갈게요."

그러면서 보옥은 다시 청문에게 작별을 고했다. 두 사람은 차마 헤어지지 못해 안타까워했지만 헤어지지 않을 수는 없는 노릇이었다. 청문은 보옥이 떠나기 어려워하는 걸 알고 자신은 이불을 머리까지 뒤집어쓰고 작별인사조차 하지 않았다. 그제야 보옥은 밖으로 나왔다. 본래 생각은 방관과 사아에게도 가보려고 하였지만 날이 어두워진 데다 집을 나온 지 한참 되었으므로 안에서 자기를 찾느라 소동이 생기면 어쩌나 하는 생각에 곧장 대관원으로 들어가기로 하고 다른 곳은 내일 다시 생각해보자고 마음먹었다.

보옥이 뒤편의 쪽문에 이르렀을 때 시동은 이부자리를 안고 있었고 안에서는 어멈들이 사람들을 점검하고 있었다. 만일 조금만 더 늦었더라면 문이 닫힐 뻔했던 것이다.

보옥은 다행히 아무도 눈치채지 못하게 원내로 들어왔으며, 자기 방으로 돌아와서는 습인에게 설부인댁에 다녀왔다고 둘러댔다. 잠시 후 자리를 깔고 나서 습인은 오늘밤에는 어떻게 잘 것이냐고 묻지 않을 수 없었다. 그러자 보옥이 대답했다.

"아무렇게나 자지 뭐."

사실 지난 1, 2년 동안은 습인은 왕부인이 자기를 남다르게 생각하고 있기 때문에 스스로 더욱 은인자중하여 남들이 없을 때나 밤이면 보옥과 너무 가까이 어울리려고 하지 않았다. 그래서 어렸을 때보다도 더 소원해진 느낌이었다. 습인은 비록 무슨 큰일을 처리해야 할 것은 없었으나 바느질이나 보옥과 시녀들의 금전 출납, 그리고 옷가지나 신발 등을 챙기는 일로 번거로울 지경이었다. 습인은 한때 피를 토했던 병이 점점 나아가고는 있었지만 매번 감기에 걸리면 기침 중에 각혈도 하고 있었으므로 야간에는 보옥과 같은 방을 쓰지 않고 있었다. 보옥은 원래 밤에 자주 깨는 데다 담이 작아서 늘 눈을 뜨자마자 사람을 부르곤 했으므로, 잠귀가 밝고 몸이 빠른 청문 한 사람에게 밤이면 차를 따르거나 부를 때 대답하는 임무를 맡겼던 것이다. 그래서 보옥의 침상 옆의 다른 침상에는 청문이 혼자 자게 되었는데 지금 청문이 나가고 없었으므로 습인이 그것을 물었던 것이다. 이 임무는 한낮의 일보다 중요한 일이라고 생각되었기 때문이었다. 보옥은 어찌하든 상관없다고 말했지만 습인은 예전의 전례를 따라서 자신의 이부자리를 보옥의 침상 옆으로 옮겨왔다.

보옥은 밤새 넋이 나간 사람처럼 멍하니 있었다. 어서 잠자라고 재촉했지만 습인 등이 잠자리에 든 후에까지 보옥은 베개 위에서 장탄식을 하며 뒤척였다. 그러다가 삼경이 지나고 나서야 비로소 조용히 잠이 들었으며 가끔 코고는 소리도 들렸다. 그제야 습인이 마음을 놓고 자신도 몽롱하게 잠에 빠져 들었다.

하지만 차 반 잔 마시는 시간도 채 지나지 않아서 갑자기 보옥이 '청문아!' 하고 부르는 소리가 들렸다. 습인이 눈을 번쩍 뜨고 연거푸 대답하면서 왜 그러냐고 묻자 보옥이 차를 달라고 했다. 습인이 얼른 침상에서 내려와 대야의 물에 손을 씻고 따뜻한 주전자에서 차를 반 잔가량 따라다 마시게 했다. 보옥이 그제야 웃으며 말했다.

"요즘 그 애 이름을 부르는 게 버릇이 되어서 습인이 와 있는 줄을 깜빡 잊었나 봐."

습인이 웃으며 말했다.

"그 애가 전에 여기 와서 자기 시작했을 때도 도련님은 꿈속에서 계속 저를 찾았잖아요. 반년이나 지나서 그 버릇을 고쳤지요. 지금 청문이 비록 갔지만 그 이름 두 글자가 금세 잊혀질 수 없을 거예요."

그러고 나서 다들 다시 잠자리에 들었다.

보옥이 또 두어 시간쯤 뒤척이다가 오경이 되어서야 겨우 잠이 들었는데, 잠결에 청문이 밖에서 걸어 들어오는 모습이 보였다. 청문은 이

전과 다름없는 모습으로 다가와서 보옥에게 웃으며 말하는 것이었다.

"모두들 안녕히 계세요. 이제 영영 이별이에요."

그 말을 하더니 청문은 곧장 나가버리는 것이었다. 보옥이 허겁지겁 뒤에서 청문을 부르는 소리에 습인이 잠에서 깼다. 습인은 보옥이 정신없이 청문을 불렀지만 버릇이 돼서 그러려니 했는데 보옥이 눈물을 흘리며 말하는 것이 아닌가.

"청문이 죽었어!"

"그게 무슨 말이세요? 도련님은 공연히 소란만 일으키시는군요. 남들이 들으면 대체 뭐라고 하겠어요?"

그러나 보옥은 들으려고 하지 않고 어서 날이 밝기를 기다려 사람을 보내서 소식을 물어오기만을 고대하였다. 하지만 날이 밝자 왕부인의 방에서 어린 시녀가 찾아와 쪽문을 열고 왕부인의 말을 직접 전달했다.

"마님께서 말씀하시기를, '당장 보옥을 깨워서 세수시키고 옷을 갈아입혀 불러오너라. 오늘 대감님께서 가을의 계화 구경을 하시겠다면서 지난번에 보옥이 시를 잘 지었으니 이번에도 데려가시겠단다'라고 하셨어요. 마님의 말씀을 한마디도 빼지 않고 그대로 전했으니 당장 보옥 도련님한테 일러서 어서 일어나서 가보시라고 하세요. 대감마님께서 큰 채에서 도련님과 가루차를 함께 드시려고 지금 기다리고 계셔요. 환이 도련님도 벌써 왔어요. 어서 뛰어야 해요. 난이 도련님도 부르러 사람을 보냈어요."

안쪽의 할멈이 대답하고 옷의 단추를 여미면서 문을 열었다. 그 소리를 듣고 두세 사람이 옷을 입고 제각기 맡은 일을 하려고 달려 나갔다.

습인은 대문을 두드리는 소리가 들리자 무슨 일인가 알아보게 하는 한편 자기도 얼른 잠자리에서 일어났다. 시녀가 전하는 소리를 듣고 습인은 부랴부랴 더운 세숫물을 떠오라고 하여 보옥을 깨워서 세수를 시켰다. 습인은 가정과 외출할 것이라면 아주 멋지거나 새 옷은 마땅치 않을 것이라는 생각이 들어서 일부러 수수한 색을 골라서 내왔다. 보옥도 피할 수 없었으므로 서둘러 달려갈 수밖에 없었다.

과연 가정은 그곳에서 차를 마시며 즐거워하고 있었다. 보옥은 얼른 가정에게 아침인사를 올렸으며, 가환과 가란도 보옥과 인사를 나누었다. 가정은 다들 앉아서 차를 마시라고 하면서 가환과 가란에게 말했다.

"보옥이는 책 공부가 너희 두 사람만 못하다. 하지만 대련이나 시를 짓는 재주 하나만큼은 너희가 따르지 못할 것이다. 오늘 가면 너희에게 시를 억지로라도 지으라고 할 것이니 아무래도 보옥이가 도와줘야 할 것이야."

왕부인 등은 여태껏 가정이 보옥을 이렇게 칭찬한 말을 들은 적이 없었으므로 뜻밖인지라 기쁘기 그지없었다.

잠시 후 그들 부자를 비롯한 네 사람을 보내고 나서 왕부인이 가모의 거처로 가려고 할 때 방관 등 세 사람의 수양어미가 찾아와 보고하였다.

"방관은 전날 마님의 은전으로 집으로 돌아온 이후 마치 정신 나간 사람처럼 차도 마시지 않고 밥도 먹지 않으면서 우관과 예관까지 꼬드겨 세 사람이 죽느니 사느니 하며 소란을 피우며 머리를 자르고 비구니가 되겠다는 것이었습니다. 저는 어린애들이라 일시적으로 적응이 안 되어서 그럴 수도 있다고 생각하고 며칠 지나면 괜찮겠지 했습니다. 그런데 뜻밖에도 점점 더 흉악하게 변해서 때리거나 욕해도 겁을 안냅니다. 이제는 정말 방법이 없어서 이렇게 마님을 찾아온 것입니다. 차라리 그 애들 소원대로 비구니로 출가시키거나 아니면 잘 설득하여 다른 사람의 수양딸로 주는 것이 낫겠다 싶습니다. 저희들은 그럴 복마저도 없는 모양입니다."

왕부인이 버럭 화를 냈다.

"쓸데없는 소리! 누가 멋대로 그 애들 하자는 대로 해준대? 불문은 아무나 들어가는 줄 알아? 모두 데려다가 한바탕 매를 쳐. 그래도 계속 소동을 부리려는가 보게."

그때 마침 팔월 보름날 각 절에서 불공을 드리고 나서 각 절에 있는 여승들이 제물을 돌리러 찾아와서, 왕부인은 보름날 수월암水月庵의 지통智通과 지장암地藏庵의 원심圓心에게 며칠간 더 있다가 가라고 잡아두었는데 오늘까지 아직 돌아가지 않고 있었다. 그들은 이 소식을 듣자마자 두 명의 여자애를 어떻게든지 데려다 심부름이라도 시킬 요량으로 얼른 왕부인에게 찾아왔다.

"정말로 이 댁은 자선을 베푸시는 대갓집이십니다. 마님께서 선심을 후하게 쓰시니 어린 아가씨들까지도 감화되어 그런 생각을 갖게 되는 것입니다. 비록 불문은 아무나 함부로 들어오는 곳은 아니옵니다마는 또한 부처님의 법法은 만인 앞에 평등하다는 것도 아셔야 합니다. 우리 부처님께서 소원을 세우셨으니 닭이든 개든 막론하고 일체 중생을 깨우쳐 제도하려는 것입니다. 하지만 미망에 빠진 인간이 깨우침을 얻지 못하는 것이니 어찌하겠습니까. 그러나 만약 선근〔善根: 선을 행하는 근원〕을 가지고 능히 깨달을 수만 있다면 윤회의 바다에서 해탈할 수 있을 것입니다. 그러므로 경전에는 호랑이나 이리, 뱀이나 벌레들도 득도하였다는 말이 적지 않습니다. 지금 그 두세 명의 어린 아가씨들이 부모도 없고 고향에도 갈 수 없는 데다가 이제껏 이 댁에서 부귀영화를 다 겪었지만 어려서부터 고달픈 운명 속에 풍류의 세월도 보냈으므로, 장차 종신을 보장할 수 없음을 알고 고해를 떠나 출가하여 내세를 위해 수행하고자 하는 것입니다. 이 또한 그들의 높은 뜻이 아니겠습니까. 그러니 마님께서는 부디 그들의 선념善念을 이루게 해주시기 바랍니다."

왕부인은 본래 선행을 좋아하는 사람이었으나 앞서 그들의 말을 전해 듣고 저들이 하고자 하는 대로 들어줄 생각이 없었다. 방관 등이 어린 여자애들이라서 잠시 자기 뜻대로 되지 않자 이런 생각을 하게 된 것일 뿐으로, 아마도 적막한 비구니 생활을 견디지 못하고 오히려 죄를 얻게 될 것이라고 여겼기 때문이다. 그런데 지금 여자애들을 어떻게든지 끌고 가려는 두 여승의 말을 찬찬히 듣고 있으니 그 말 또한 일리가 있는 데다가 지금 집안에 온갖 사건이 끊이지 않아 왕부인은 마음이 어지러운 상태였다. 형부인이 사람을 보내 영춘을 선보이기 위해 이틀간 집으로 데려가겠다는 말을 전해왔고, 또 탐춘의 중매일로 관청의 매파가 다녀가는 등 마음속이 한창 어지러웠으므로 이런 작은 일은 일일이 신경 쓸 수도 없었다. 그래서 왕부인은 두 여승의 말을 듣고 웃으며 대답했다.

"두 분이 그렇게 말씀하시면 데려다 제자나 삼으시구려."

왕부인이 승낙하자 두 여승은 염불을 외우면서 좋아하였다.

"감사합니다! 감사합니다! 그렇게만 해주신다면 마님께 더할 수 없는 음덕이 내리게 될 것입니다."

그들이 머리를 조아려 절을 하고 나가자 왕부인이 양어미들에게 말했다.

"그럼 자네들이 가서 그 애들한테 한번 물어 보게나. 정말 진심에서 나온 말이라면 즉시 데려와서 저 두 분을 스승으로 모시도록 해줘."

양어미 세 사람은 그 말을 듣고 나가서 세 사람을 데리고 돌아왔다. 왕부인이 재삼 묻자 세 사람은 굳은 의지를 보이면서 즉시 두 여승에게 절을 올리고 왕부인에게도 하직인사를 드렸다. 왕부인은 그들의 생각이 결연함을 보고 억지로 말릴 수 없음을 알았으며 오히려 마음이 아프고 측은한 생각이 들었다. 그래서 그들에게 여러 가지 물건을 상으로 내려주고 두 여승에게도 선물을 주었다. 이로부터 방관은 수월암의 지통을 모시게 되었고 예관과 우관은 지장암의 원심을 따라 출가하게 되었다.

뒷일이 궁금하면 다음 회를 보시라.

老学士闲征姽嫿词
痴公子杜撰芙蓉诔

제문 지어 읊은 보옥

늙은 학사는 한가롭게 궤획사 모으고
다정한 공자는 청문에게 부용뢰 바쳤네
老學士閑徵姽嫿詞 痴公子杜撰芙蓉誄

두 비구니가 방관 등을 데리고 나가자 왕부인은 가모에게 찾아가 아침 인사를 드렸다. 가모가 즐거워하고 있을 때 틈을 타서 왕부인은 청문의 일을 보고하였다.

"보옥의 방에 있던 청문이란 아이가 나이가 든 데다가 일 년 내내 병이 몸에서 떨어지질 않았습니다. 제가 평소 살펴보니 다른 애들보다 장난이 심하고 게으르기도 하였는데 지난번 병이 들어 열흘가량 누워 있기에 의원에게 보였더니 여자애들이 걸리는 폐병이라고 하질 않겠어요? 그래서 안 되겠다 싶어서 밖으로 내보냈습니다. 만약 병이 낫는다 해도 다시 데려올 필요 없이 사람을 찾아 시집보내라고 했습니다. 그리고 연극하던 여자애들도 몇 사람은 제 생각대로 내보냈습니다. 우선 그 애들은 무대에서 연기하던 애들이라 평소 입이 싸고 예의범절이 없어 쓸데없는 말을 종종 하니 집안의 여자애들이 들으면 어찌 되겠어요? 또 그들은 본래 창을 부르며 연극하던 애들이라 그냥 내보내는 것이 마땅한 일입니다. 더구나 시녀들이 너무 많기도 하고요. 만약 앞으로 부릴 애들이 부족하게 되면 다시 몇 사람을 골라서 들여와도 될 것입니다."

가모가 듣고 고개를 끄덕였다.

"마땅히 그래야지. 나도 그런 생각을 하고 있었단다. 하지만 청문이는 내가 보기에 괜찮은 아이였는데 어떻게 그렇게 되었는지 모르겠구나. 내 생각에 시녀들 중에서 잘 생기고 말과 성격이 시원시원하며 침선을 잘하기로는 청문이만 한 애가 없을 거다. 앞으로 보옥이한테 주어서 시중들게 할 애는 그 애밖에 없다고 생각했는데 그렇게 변할 줄 어찌 알았겠느냐?"

왕부인이 웃으며 말했다.

"어머님께서 골라주신 아이라 역시 남달랐지요. 다만 그 애한테 복이 없어서 그런 병이 걸렸으니 어찌합니까. 속담에도 '여자는 커가면서 열여덟 번은 변한다'고 했잖습니까. 하물며 재주 있는 애들은 잘못될 가능성도 많으니까요. 어머님께서야 무슨 일이든 경험하지 않으신 게 있으신가요. 3년 전부터 저도 이 일에 신경을 써왔어요. 그 애가 괜찮겠다 싶어서 눈여겨 봐왔지요. 냉정하게 보니 그 애가 남들보다 나은 점은 많지만 신중하지 못한 게 흠이었어요. 듬직하고 예의범절이 바르기는 습인이 제일 나은 것 같아요. 비록 '현처賢妻에 미첩美妾'이란 말도 있기는 하지만 용모보다는 성격이 온순하고 행동거지가 듬직한 게 훨씬 낫지요. 습인의 몸매는 청문이보다 떨어지지만 방에서 시중들기에는 으뜸이라고 할 수 있어요. 일처리도 잘하고 심지도 굳어서 요 몇 년 사이에 보옥이 녀석의 장난에 맞장구치는 법이 없었어요. 보옥이 황당한 짓을 할 때면 그 애가 나서서 고쳐주려고 애쓰고 있답니다. 그래서 두 해를 지켜보았지만 조금도 틀림이 없었어요. 그래서 제가 은밀히 그 애의 시녀 월급을 중단시키고 제 월급에서 두 냥을 덜어서 따로 주고 있어요. 그건 그 애 자신이 깨닫고 좀더 조심하며 잘 배우라는 뜻이기도 해요. 그러나 다른 사람들에게 분명히 말하지 않은 것은 보옥의 나이가 아직은 어리고 나리께서 아시면 공부에 방해가 된다고 역정 내실까 봐 그랬어요. 또 보옥이도 습인이 자기 사람인 걸 알게 되면 타이르는 말을 듣지 않고 제멋대로 성질을 부릴 것 같아서 그랬어요. 그래서 지금에서야 어머님께 말씀드리는 거예요."

가모가 듣고 웃으며 말했다.

"그랬었구나. 그렇다면 더욱 잘되었다. 습인은 본래 어려서부터 입이 무겁고 말이 별로 없던 아이여서 우리가 '주둥이 없는 호리병'이라고 놀렸었지. 네가 그렇게 깊이 알고 있다면 큰 잘못이야 있겠느냐. 더구나 그런 일을 보옥에게 자세히 말하지 않은 건 잘한 일이야. 다들 그 일은 꺼내지 못하게 하고 다만 속으로만 생각하는 게 좋겠다. 보옥은 앞으로도 처첩이 권하는 말을 안 들을 녀석이란 걸 잘 안다. 나도 도대체 보옥이를 알 수가 없단다. 지금까지 한 번도 그런 애를 본 적이 없었으니까 말이야. 다른 장난이나 어리광은 그렇다 치더라도 시녀들과 그렇게 친하게 지내는 건 이해가 안 돼. 그것이 걱정되어 매번 주의 깊게 살펴보았지. 시녀들과 어울리는 것은 필시 나이 들어가면서 남녀의 일을 알게 되자 여자애들을 가까이하려는 것일 텐데, 가만히 살펴보아도 결코 그것 때문은 아닌 것 같단 말이야. 그러니 참 이상하기도 하지. 아무래도 원래 계집애로 태어나려다가 사내로 잘못 태어난 놈인지도 모르겠어."

가모의 그 말에 다들 웃었다. 왕부인이 오늘 가정이 보옥을 칭찬했다는 말과 어디론가 데리고 놀러 갔다는 말도 겸해서 하자 가모는 더욱 기뻐하였다.

잠시 후 영춘이 잘 차려입고 찾아와서 작별인사를 하고 갔으며, 희봉도 아침 인사를 와서 식사 시중을 들며 잠시 웃고 떠들었다. 가모가 잠시 휴식하는 사이에 왕부인이 희봉을 불러서 환약은 지어왔느냐고 물었다.

"아직 안 지었어요. 아직까지 탕약을 먹고 있어요. 너무 걱정하지 마세요. 전 이제 거의 다 나았어요."

왕부인은 희봉이 제대로 기운을 차리는 걸 보고 그 말을 믿었으며 청문을 내쫓은 얘기 등을 전해주면서 다른 일을 또 물었다.

"보차가 제 집으로 돌아가서 잔다고 들었는데 너희는 알고 있었느냐? 그리고 내가 지난번 내친 김에 한번 조사해봤더니 뜻밖에도 란이한테 새로 온 유모가 아주 요망스럽더구나. 난 그런 사람을 싫어해. 네 큰동서한테도 말은 해두었다. 내보내는 게 좋겠다고 말이야. 란이도 이젠 제법 컸으니 유모가 필요하지도 않을 게 아니냐? 그리고 네 큰동서한테 '보차가 나갔다는데 너도 몰랐단 말이냐'라고 했더니 자기한테는 말하고 갔다고 하더라. 이틀이나 사흘가량만 있다가 이모의 몸이 나아지면 들어온다고 했다는 거야. 이모의 병은 뭐 그리 대단한 게 아니고 그저 기침이 조금 나고 허리가 좀 아프다고 했을 뿐으로 본래 해마다 그래왔질 않느냐. 이번에 보차가 대관원에서 나간 것은 무언가 까닭이 있어서였을 거야. 누군가 잘못한 게 있어서 그런 건 아닐까. 그 애는 신중하니 친척 간에 함께 지내다가 피차간에 마음 상하는 일이 생기면 안 좋을 테니까 피해버린 건지도 모르겠구나."

희봉이 웃으며 말했다.

"누가 보차한테 무슨 잘못을 저지르겠어요? 날마다 대관원에서 지내면서 자매들과 어울릴 뿐인 걸요."

왕부인이 말했다.

"혹시 보옥이 무심결에 무슨 말이라도 잘못 내뱉은 것은 아닐까? 바보같이 아무것도 꺼리는 것이 없어서 기분이 들떠 있을 때는 제멋대로 떠드는 수도 있었잖아."

희봉이 말했다.

"그건 마님께서 너무 지나치게 걱정하시는 거예요. 보옥 도련님은 바깥에 나가 진지한 일을 하거나 바른 말을 하려고 할 때는 바보천치 같다고도 할 수 있지만 안에 들어와서 저들 자매들이나 여러 시녀들과 함께 있을 때면 정말 최선을 다해 양보하고 남에게 잘못을 저지를까 봐 얼마나 걱정하는데요. 보옥 도련님 때문에 화를 냈다는 사람은 아직 보지 못했어요. 제 생각에는 이번에 보차 동생이 나간 것은 지난번 대관원 내 시녀들의 물건을 조사했던 일과 상관있는 것 같아요. 보차로서는 우리가 원내의 사람들을 믿을 수 없으니까 수색했다고 생각했겠지요. 보차는 친척인 데다 시녀나 할멈도 데리고 있었지만 우리 입장에서는 수색하기가 거북했어요. 그렇지만 자기로서는 우리가 의심한다고 생각했을 것이고, 아무래도 속으로 찜찜하여 자연히 회피했던 모양이에요. 혐의를 피하려고 그런 것이겠지요."

왕부인은 그 말이 맞을 거라고 여기면서 고개를 떨어뜨린 채 한참 골똘히 생각하더니 사람을 보내 보차를 불러다 지난번 일을 해명하고 그녀의 의심을 풀도록 했다. 그러면서 다시 원내로 들어와서 전에 살던 곳에서 지내라고 권했다. 그러자 보차가 웃음을 머금고 말했다.

"실은 진작부터 나가려고 생각하고 있었어요. 다만 이모님께서 여러 가지 일로 분주하시기에 말씀드리기가 어려웠을 뿐이에요. 그런데 마침 지난번에 어머님 건강이 안 좋아지셨고 집안의 믿을 만한 어멈 두 사람도 병이 나서 제가 그 기회에 나온 것이에요. 기왕에 오늘 이모님께서 알게 되셨으니 제대로 이유를 말씀드리고 오늘부터 거처를 옮기고 물건도 옮겨가겠습니다."

왕부인과 희봉이 함께 웃으며 말했다.

"너도 참 고집이 세구나. 그러지 말고 다시 들어오는 게 좋겠다. 굳이 별일 아닌 일로 해서 친척간에 소원해져서야 쓰겠니?"

보차가 웃으며 말했다.

"그 말씀을 저는 이해할 수 없습니다. 저는 절대로 무슨 일이 있어서 나가려고 하는 것이 아닙니다. 무엇보다도 어머님의 기력이 전보다 크게 떨어지시고 저녁이면 믿을 만한 사람이 곁에 없어서 그러는 거예요. 다 둘러봐도 저 하나뿐이거든요. 둘째로는 또 저희 오라버니가 곧 새언니를 맞아들이려는데 여러 가지 바느질이며 일거리와 집안에서 쓸 그릇이 아직 제대로 준비되지 않았어요. 그것도 제가 어머님을 도와서 챙겨야 하거든요. 이모님과 희봉 언니는 저희 집을 잘 아시잖아요. 제가 거짓말하는 게 아닙니다. 셋째로는 제가 대관원에 사는 동안 동남쪽 쪽문을 늘 열어두었는데, 그건 제가 편히 다닐 수 있도록 배려해주신 것이지만 다른 사람들도 돌아서 다니기 싫으니까 그 문으로 들락거리고 있어요. 그런데 검사하는 사람도 없으니 만약 그렇게 들락거리다가 무슨 일이라도 생기면 양쪽 다 체면을 구기게 되지 않겠습니까. 그리고 제가 원내에 들어와서 살고 안 살고는 그다지 중대한 일도 아닙니다. 지난 몇 년간은 나이도 어리고 집안에도 별다른 일이 없었으므로 밖에서 따로 지내기보다는 원내에 들어와서 자매들과 어울려 침선도 하고 떠들고 놀기도 하면서 지내는 편이 좋았지만, 지금은 나이도 들었고 각자 일도 많아졌어요. 더욱이 이모님 댁에 전보다 뜻대로 안 되는 일이 자꾸 생기는데, 원내가 너무 넓어서 한꺼번에 다 살펴보기 어려운 점도 상관이 있습니다. 지금 몇 사람이라도 줄이면 그만큼 걱정을 줄이는 폭이 되는 것입니다. 그래서 지금 제가 기어코 나가려는 것입니다. 그 밖에 이모님께도 말씀드리고 싶은 것은 이제 줄일 것은 줄여야 한다는 겁니다. 그래야 대갓집의 체통을 잃지 않을 수 있습니다. 제가 보기에는 대관원의 비용도 대폭 줄여야 합니다. 굳이 옛날같이 하려고 할 필요는 없으니까요. 이모님도 저희 집을 잘 아시잖아요. 저희 집도 예전에는 지금처럼 썰렁하게 퇴락하지는 않았잖아요."

희봉이 보차의 말을 듣고 나서 왕부인에게 웃으며 말했다.

"보차의 말이 맞는 것 같습니다. 굳이 억지로 그러실 일은 아니옵니다."

왕부인도 고개를 끄덕였다.

"나도 대답할 말이 없구나. 그럼 네 뜻대로 해라."

그 사이에 보옥 등이 돌아와서는 부친은 아직 그곳에 계시는데 날이 어두워졌으므로 자기들더러 먼저 돌아가라고 하셨다는 말씀을 아뢰었다.

왕부인이 얼른 물었다.

"그래, 오늘은 망신당하지 않았느냐?"

"망신은 고사하고 오히려 선물을 많이 받아 왔어요."

곧이어 할멈들이 중문에 있는 시동들에게서 물건을 받아들고 들어왔다. 왕부인이 살펴보니 부채가 세 자루, 부채 손잡이 구슬이 세 개, 필묵 모두 여섯 갑, 향 구슬염주가 세 개, 옥 띠고리가 세 개였다.

보옥이 설명했다.

"이것은 매한림梅翰林께서 주신 것이고, 저것은 양시랑楊侍郎께서 주신 것이며, 또 이것은 이원외李員外께서 주신 것인데, 저희 셋이 나눠 가질 것입니다."

보옥은 또 품속에서 단향목으로 만든 호신불상을 하나 꺼내 보였다.

"이것은 경국공慶國公께서 저에게만 주신 겁니다."

왕부인은 또 그 자리에 누가 있었으며 어떤 시사를 지었는지 물어보고 나서 보옥의 몫만 나누어 시녀에게 들려 가지고 보옥과 가란, 가환과 함께 가모에게 찾아가 인사드렸다. 가모는 이것을 보고 매우 기뻐하면서 이것저것 몇 마디를 물었다.

하지만 보옥은 속으로 청문이 걱정되어 견딜 수가 없었으므로 웬만큼 대답이 끝나자 말을 타고 오면서 털썩거리는 바람에 뼈가 아프다고 핑계를 댔다.

가모가 말했다.

"그럼 어서 돌아가서 옷을 갈아입고 좀 편하게 쉬려무나. 곧바로 누워서 잠이 들어선 안 된다."

가모의 분부를 듣고 보옥은 얼른 대관원으로 돌아왔다. 그때 사월과 추문은 두 시녀를 데리고 밖에서 기다리고 있었는데 보옥이 가모의 거처에서 나오자 추문이 필묵을 들고 함께 보옥을 따라 원내로 들어왔다. 보옥은 연거푸 "아유 더워! 아유 더워!" 하며 걸어가면서 관을 벗고 옷을 벗었다. 보옥은 커다란 겉옷은 모두 벗어서 사월에게 주어 들리고는 송화빛 능라 겹저고리만 걸쳤는데 저고리 사이로 진한 붉은색 속바지가 내비쳤다. 추문은 그 바지가 청문이 직접 제 손으로 바느질한 옷임을 알아보고 길게 한숨 쉬며 말했다.

"이 바지는 앞으로 입지 말고 넣어두세요. 그야말로 '물건은 남고 사람은 갔다'는 말이 이를 두고 하는 말이네요."

사월이 얼른 웃으며 물었다.

"이건 청문이가 바느질한 옷이네."

그리고 또 탄식했다.

"정말 물건만 남고 사람은 갔군요!"

그러자 추문이 사월의 소매를 잡아당기며 웃었다.

"이 바지는 송화색 속저고리, 석청색 신발과 잘 어울려서 도련님의 검은 머리와 새하얀 얼굴을 잘 드러나게 하지 않아?"

보옥은 앞에서 못들은 척하며 두어 걸음을 가다가 걸음을 멈추고 물었다.

"내가 일이 좀 있어서 다녀와야 하는데 어떡하지?"

사월이 말했다.

"대낮인데 뭐가 겁이 나요? 설마 도련님을 잃어버릴까 봐 걱정이에요?"

그러면서 어린 시녀 두 사람에게 보옥을 따르도록 했다.

"우리는 이 물건들을 먼저 갖다놓고 다시 올게요."

보옥이 말했다.

"그러지 말고 좀 기다렸다가 같이 가자."

사월이 말했다.

"우리가 갔다가 바로 올게요. 두 사람이 모두 손에 물건을 들었으니 마치 남자 집사 같잖아요. 한 사람은 문방사우를 들었고 한 사람은 의관을 들었으니 무슨 꼴이랍니까?"

보옥은 듣더니 바로 제 의도대로 되는지라 두 사람에게 어서 가보라고 하였다. 그리고는 얼른 시녀 둘을 데리고 바위 뒤로 가서 다른 볼일은 보지 않고 다만 두 시녀에게 조용히 묻는 것이었다.

"내가 나간 뒤로 너희 습인언니가 청문언니한테 가보라고 누구를 보냈느냐?"

시녀가 대답했다.

"송씨 할멈을 보냈어요."

"그래 돌아와서 뭐라고 그러던?"

"돌아와서 하는 말이 청문언니는 목을 빼고 밤새 소리를 지르다가 오늘 아침에서야 눈을 감고 입을 다물었대요. 더 이상 인사불성이 되어 아무 소리도 안 내고 숨만 겨우 붙어 있었답니다."

"밤새 누구를 불렀다더냐?"

"엄마를 찾았대요."

보옥은 눈물을 닦으며 말했다.

"또 누구를 찾았다더냐?"

"다른 사람의 이름은 듣지 못했대요."

"네가 어벙해서 제대로 전해 듣지 못한 걸 거야."

곁에 있던 어린 시녀는 아주 영리해서 보옥이 그렇게 말하자 얼른 나서며 말을 받았다.

"맞아요. 저 애가 바보라서 못 알아들었어요."

그리고 보옥에게 말했다.

"제가 진짜로 듣기도 했고 또 직접 몰래 가서 보기도 했는걸요."

보옥이 그 말을 듣고 얼른 물었다.

"네가 어떻게 직접 가보았다는 거냐?"

"청문언니는 평소에 다른 사람과 달리 저희들한테 아주 잘 대해 주었어요. 비록 억울하게 누명을 쓰고 쫓겨나갔지만 저희들로서는 어떻게 해볼 다른 방법이 없어서 직접 만나보러 가는 수밖에 없었어요. 평소 우리를 아껴준 은혜를 갚아야 하잖아요. 설사 누군가 알고 마님한테 고자질한다 해도 저희를 한바탕 때리고 말 테니 차라리 벌을 받겠다고 생각했어요. 그래서 맞을 작정을 하고 몰래 보러간 거죠. 청문언니는 평소에 총명하였는데 죽을 때까지 변함이 없었어요. 속된 사람들한테는 말해도 소용없다고 생각했는지 눈을 감고 마음을 가다듬고 있었던가봐요. 그러다가 저를 보더니 눈을 번쩍 뜨고 제 손을 잡고 물었어요. '보옥 도련님은 어딜 가셨니?' 그래서 제가 사실대로 말했더니 한숨을 내쉬면서 '이제는 못 보게 되었구나!' 하는 거였어요. 그래서 제가 '좀 더 기다리면 보옥 도련님을 만날 수 있을 테니 그러면 서로 소원을 풀수 있잖아요' 했더니 언니가 웃으면서 '너희는 아직 모른단다. 나는 죽는 게 아니고 지금 하늘나라에 꽃의 여신이 한 자리 모자라서 옥황상제의 명으로 내가 그곳의 소임을 맡으러 가는 거야. 나는 지금 미시 정이 각〔未時 正二刻: 오후 2시 30분〕에 부임하러 가야하는데 보옥 도련님은 미시 정삼각〔未時 正三刻: 오후 2시 45분〕이 되어야 집으로 오실 테니, 일각—刻이 부족하여 만날 수 없게 되는 거란다. 세상에서 죽어야 할 사람은 염라대왕이 잡아가는데 귀졸들을 시켜서 혼백을 데려가는 거야. 만약 조금이라도 연장하려면 지전을 불사르고 물밥을 뿌려놓으면 귀졸들이 돈을 줍는 데 정신이 팔려서 잠시 목숨이 연장된다는 거야. 그렇지만 나는 지금 천상에서 신선이 청하러 오는데 어찌 시간을 끌 수가 있겠어?' 라고 하더군요. 그래도 저는 그 말을 그다지 믿지 않았는데 방에 들어와서 바짝 신경을 쓰며 시계를 보고 있자니 과연 미시 정이각에 청문언니가 숨을 거두었다고 하고 정삼각에 누군가 우리를 부르며 도련님이 오셨다고 하질 않겠어요? 그래서 정말 정확하게 맞혔다고 생각했죠."

보옥이 황급히 물었다.

"너는 글을 모르니까 잘 모를 거야. 원래 꽃에는 꽃의 신이 있는 거야. 하나의 꽃에 한 분의 신이 계실 뿐만 아니라 또 전체를 총괄하는 화신花神도 계시단다. 그런데 청문이 총괄하는 화신으로 간 것인지 한 가지 꽃의 신으로 간 것인지 모르겠구나."

그 시녀는 그 말에는 순간적으로 둘러댈 수가 없었다. 그런데 마침 이때는 팔월이라 원내의 연못에 부용〔芙蓉: 연꽃〕이 가득 피어있을 때였다. 그 시녀는 경치를 보고 얼른 생각이 떠올라 급히 대답했다.

"그래서 제가 언니한테 물어 보았지요. 무슨 꽃을 관장하는 신이냐고 말이에요. 우리한테 알려주면 앞으로 잘 모시겠다고 했어요. 그랬더니 언니는 '천기는 누설할 수 없지만 네가 이처럼 정성을 보이니 너에게만 말하겠다. 그러니 앞으로 보옥 도련님한테만 얘기하고 다른 사람들에게는 절대로 천기를 누설해선 안 된다. 만일 누설하면 다섯 개의 벼락이 한꺼번에 정수리를 칠 테니 그리 알아라' 하고 말했어요. 청문언니가 저한테 말했는데요, 언니는 오로지 연꽃을 관장한다고 했어요."

보옥은 그 말을 듣고 이상히 여기지도 않았을 뿐만 아니라 오히려 슬픔이 걷히고 기쁜 기색이 돌았다. 그리고 연꽃을 가리키며 웃으며 말했다.

"당연히 이런 꽃들은 청문이 같은 사람이 맡아서 다스려야지. 난 벌써부터 청문이 같은 사람이 무언가 큰일을 하게 될 줄 알았어. 비록 고

통의 바다를 떠나갔지만 지금부터 다시는 만날 수 없다는 생각에 슬픔이 복받쳐 오르는구나."

그리고 이어서 생각에 잠겼다.

'비록 임종하지는 못했지만 지금 영전 앞에 가서 절이라도 해야 지난 오륙 년간의 정분을 조금이라도 표시하는 게 되겠지.'

보옥은 생각을 정하자 방으로 돌아와 다른 옷으로 갈아입고 관을 쓴 다음 대옥을 만나러 간다고 한마디 하고는 혼자서 밖으로 나왔다. 지난 번에 갔던 곳을 다시 찾아가면 영구가 안치되어 있을 것으로 생각했다. 하지만 뜻밖에 청문의 오빠와 올케는 청문이 숨을 거두자 몇 푼의 장례 비라도 받아낼 심산으로 왕부인을 찾아갔다. 왕부인은 소식을 듣고 장례비로 열 냥을 내주면서 말했다.

"당장 밖으로 내다 화장하도록 해라. 폐병으로 죽은 시신은 집에 두어선 안 된다."

청문의 오빠와 올케는 그 말을 듣고 돈을 얻자마자 곧 인부를 사서 염하여 함께 성 밖의 화장터로 싣고 나갔다. 남은 의복이나 비녀와 팔찌 등은 대략 삼사백 냥 어치는 되는데 오빠와 올케가 뒷날 쓸 요량으로 거두어놓고 두 사람은 문을 걸고 관을 따라 나가서 돌아오지 않았다. 보옥은 허탕을 칠 수밖에 없었다. 보옥은 한참을 멍하니 서 있다가 별 도리가 없어서 다시 대관원으로 돌아왔다. 방에 돌아가도 재미가 없을 듯하여 돌아오는 김에 대옥을 찾아갔다. 그런데 하필 대옥이도 집에 없었다. 어디 갔느냐고 물었더니 시녀가 말했다.

"보차 아가씨한테 가셨어요."

그래서 보옥은 형무원으로 찾아갔지만 그곳도 아무도 없이 적막하였다. 방 안의 물건은 모두 옮겨가고 텅 비어 있었다. 깜짝 놀라 의아해하고 있는데 할멈이 걸어오기에 보옥은 어떻게 된 일이냐고 물었다.

"보차 아가씨는 본가로 나갔습니다. 그래서 저희가 이곳을 지키고 있답니다. 아직 짐을 완전히 다 옮기지 않았으므로 저희가 도와서 보내드렸는데 이제 다 끝냈습니다. 도련님은 어서 나가세요. 저희가 여기를 청소해야 하니까요. 이제 이곳까지 오실 필요가 없게 되셨습니다."

보옥은 넋이 나간 듯 한동안 아무 말도 못하고 서 있었다. 형무원에는 향기로운 등나무와 기이한 칡넝쿨이 아직도 푸르고 싱싱함을 자랑하고 있었다. 하지만 오늘따라 처량해 보였고 슬픈 느낌마저 들었다. 보옥은 말없이 형무원을 빠져 나왔다. 문밖에 있는 푸른 풀밭 제방에는 아무도 오가는 사람이 없었다. 전에는 각처의 시녀들이 끊임없이 오가던 길이었는데 오늘은 이렇게 썰렁해진 것이었다. 보옥은 허리를 숙여 제방 아래를 내려다보니 맑은 물은 여전히 쉬지 않고 흐르고 있었다.

'세상에 이렇게 무정한 일이 있을 수 있단 말인가!'

보옥은 슬픔이 북받쳐 올랐다. 갑자기 쫓겨나간 사기와 입화, 방관 등 다섯 사람이 생각났다. 죽은 청문이도 생각나고 지금 떠나간 보차도 생각났다. 영춘은 아직 떠나진 않았으나 연일 돌아오지 않고 있었다. 연신 중매쟁이가 드나들고 있기 때문이었다. 그러고 보니 대관원의 사람들이 머지않아 다들 흩어질 것만 같았다. 안타까워하고 화를 낸다고 한들 아무 도움이 안 될 것이었다. 그러니 대옥에게 찾아가 하루 지내는 것이 낫겠다는 생각이 들었다. 그리고 돌아와선 습인과 어울려서 보내면 될 것이다. 보옥은 겨우 이 두세 사람만이 자신과 함께 죽고 함께 돌아갈 것이라고 생각했다.

보옥은 그런 생각을 하면서 소상관으로 왔으나 대옥은 여전히 돌아와 있지 않았다. 그러자 보옥은 또다시 마땅히 장례에 가보는 게 좋았을 거라는 생각이 들었지만, 슬픔을 억누를 길이 없었을 것이므로 아무래도 안 가는 게 나았을 거라고 마음을 고쳐먹었다.

그리고는 고개를 떨구고 기운이 빠진 채 돌아왔다. 보옥이 그야말로 어떻게 해야 좋을지 몰라 망설이고 있는데 왕부인이 보낸 시녀가 찾으러 왔다.

"대감 나리께서 돌아오셨습니다. 지금 도련님을 찾고 계세요. 좋은 제목을 얻어 오셨다니까 어서 가보세요, 어서요."

보옥이 어쩔 수 없이 시녀의 뒤를 따라 왕부인의 방에 이르렀으나 부친은 이미 나가고 없었다. 왕부인은 사람을 시켜 보옥을 서재로 데려가라고 일렀다.

그때 가정은 마침 여러 문객들과 함께 가을 경치를 보고 온 얘기를 나누고 있었다.

"막 헤어지려할 때 한 가지 이야기를 하게 되었는데 그게 글쎄 천고에 드문 아름다운 이야기였답니다. '풍류준일, 충의강개風流雋逸 忠義慷慨'의 여덟 글자가 다 갖추어져서 좋은 제목이 될 것이니 지금 다 같이 만사〔輓詞: 죽은 사람을 애도하는 시나 글〕를 한 수씩 지어보는 게 어떻겠습니까."

문객들이 궁금하여 대체 무슨 이야기였느냐고 다그쳐 물었다.

가정이 대답했다.

"전에 항왕恒王이라고 하는 분이 청주青州를 지켰는데 그 양반이 상당히 호색하는 데다 공무를 마치고 한가해지면 무예도 좋아했더랍니다. 그래서 수많은 미녀를 골라 뽑아서 무예를 익히게 하고 여가가 있을 때 연일 잔치를 베풀어 여러 미녀들로 하여금 전투훈련을 하도록 하였는데, 그 미인들 중에 임씨네 넷째 딸이 자색이 으뜸이고 무예도 출중하여 모두 임사랑林四娘이라고 불렀답니다. 항왕이 그녀를 총애하여 그녀로 하여금 미녀들을 통솔하게 하면서 '궤획장군姽嫿將軍'[1]으로 불렀다고 합니다."

---

1 궤획은 아름답고 정숙한 여자를 형용하는 말.

문객들이 칭송해 마지않으며 소리쳤다.

"지극히 오묘하고 신기한 이야기군요. 궤획이란 두 글자에 장군 글자를 붙이다니요. 더욱 아름답고 풍류스러운 느낌을 자아내는군요. 그야말로 절세의 기담奇談이 분명합니다. 생각건대 그 항왕도 천고에 제일가는 풍류인물이겠지요."

가정이 웃으며 말했다.

"그야 물론입니다. 하지만 그보다 더욱 기이하고 감탄할 만한 일이 있습니다."

문객들이 다들 놀라서 물었다.

"그 다음에 어떤 기이한 일이 있었는데요?"

가정이 말을 이었다.

"그러던 중 뜻밖에도 다음해에 바로 '황건黃巾'이니 '적미赤眉'와 같은 농민군의 반란이 일어났습니다. 그들이 산동 일대를 노략질하게 되었는데 항왕은 그들을 좀도둑에 불과하다고 여겨 대단치 않게 생각하고 기병만 데리고 소탕하러 나갔답니다. 하지만 뜻밖에도 도적들의 전술이 만만치 않아서 결국 두 번 싸움에 모두 패하고 항왕은 마침내 도적들에게 살해당했지요. 청주 성내의 문무관원들은 각기 '왕이 이기지 못하였거늘 우리가 어찌하랴' 하면서 항복하려고 하였습니다. 이때 흉보를 접한 임사랑은 여장女將들을 불러 명을 내리기를 '우리는 하늘 같은 왕의 은혜를 입었으면서도 만분의 일도 갚지를 못하였다. 지금 왕이 나라를 위해 운명하셨으니 이 한 몸도 왕을 위해 목숨을 바치고자 한다. 그대들 중에서 원하는 자는 나와 함께 전진할 것이며 원하지 않는 자는 일찌감치 흩어지라!'고 했더니 여러 여자 장수들이 다 같이 원한다고 소리쳤답니다. 그리하여 임사랑은 무리를 끌고 밤을 도와 성문을 나가서 곧장 적의 진영으로 들어가니, 적이 미처 막지를 못하고 몇몇 두목들의 목이 잘려나갔답니다. 하지만 결국 상대가 여자라는 걸 알고는 도적들이 반격을 가하고 분전하여 임사랑 등을 하나도 남김없이 죽이고 말았답니다. 임사랑은 마침내 충의의 뜻을 펴게 된 것이지요. 훗날 이 사실이 조정에 알려지자 천자 이하 문무백관이 누구 하나 경탄하지 않는 사람이 없었답니다. 물론 조정에서는 군사를 보내 도적을 깡그리 섬멸했음은 두말할 필요도 없지요. 자, 지금 임사랑에 대해서 들으시고 여러분들 생각은 어떠십니까? 흠모할 만하지 않습니까?"

문객들이 모두 탄식하며 놀라워했다.

"정말로 놀랍고 기이한 일입니다. 시제로서 훌륭한 이야기이니 다들 한 수씩 만사를 지어보는 게 좋겠습니다."

그렇게 말하는 사이에 누군가 벌써 붓과 벼루를 준비하여 가정이 말한 내용을 몇 글자 고쳐서 짧은 서문으로 삼아 가정에게 검토하도록 건네주었다. 가정이 말했다.

"이야기는 그저 그 정도입니다. 사실 그쪽에도 원래의 서문序文이 있었습니다. 그런데 어저께 칙명을 받고 전대 이래로 포상받을 만함에도 불구하고 누락되어 주청되지 못한 사람들이 있나 일일이 찾아서 승려나 거지, 부녀자에 이르기까지 한 가지라도 선행이 있다면 즉시 그 이력을 예부禮部로 보내 장려하도록 하였습니다. 그리하여 그 원래의 서문도 지금 예부로 보내졌습니다. 지금 다들 이 소식을 듣고 〈궤획사媯嬝詞〉 한 수씩을 지어 충의를 기록하고자 한답니다."

문객들이 듣고 나서 웃으며 말했다.

"마땅히 그래야지요. 더욱 가상한 것은 본조는 천고 이래 전에 없던 크나큰 은혜를 베풀어서 역대 어느 조대에서도 해보지 못한 일을 하고 있으니 가히 '성조聖朝에 빠뜨린 일이 없도다'[2] 가 아니고 뭐겠습니까? 당나라 사람이 그런 말을 먼저 하긴 했지만 본조에 이르러 비로소 실현

---

2 어진 조정은 과실을 범하지 않는다는 뜻.

된 것입니다. 지금 시대를 보면 이 구절이 헛말이 아님을 알 것입니다."

가정이 고개를 끄덕이며 말했다.

"바로 그렇습니다."

그때 마침 가환과 가란도 당도했다. 가정은 그들에게 제목을 보여주었다. 그들 두 사람도 시를 지을 수 있었고 타고난 재주도 보옥에게 크게 못 미치는 것은 아니었지만 두 사람은 과거시험에 대한 것이라면 보옥이보다 나은 듯싶었으나 잡학에 대한 것이라면 아예 보옥을 따를 수 없었으며, 또한 재주와 생각이 둔하여 보옥이 같은 영감이나 기발함에는 미치지 못하였으므로 매번 시를 지을 때도 팔고의 법에 매이는 것처럼 따분하고 무디었다.

보옥으로 말하면 비록 글공부하는 선비라고는 할 수 없었지만 천성이 총명하고 민첩하며 평소 잡서를 읽기 좋아하여 옛사람의 글에도 멋대로 만들어낸 것도 있고 오류도 있다고 하면서 너무 얽매이면 안 된다고 생각하는 터였다. 보옥은 만일 지나치게 얽매이기만 한다면 설사 억지로 만들어낸다고 한들 무미건조할 뿐이라고 여겼다. 보옥은 그런 생각을 하고 있었으므로 매번 제목을 볼 때마다 어렵거나 쉬운 격식에 매이지 않고 조금도 힘들이지 않으면서 세상의 변설가들처럼 허무맹랑하지만 번지르르한 말솜씨로 멋대로 장편의 논조를 만들어내어 한편의 이야기를 꾸며내는 것이었다. 비록 황당무계할지라도 아주 그럴듯하게 들렸으므로, 바르고 엄정한 말을 하는 사람들이 있다 하더라도 이러한 풍류를 압도하지는 못하였다.

요즘 들어 가정은 나이가 들어감에 따라 세상의 명리로부터 많이 벗어나 있었다. 사실 가정도 천성적으로 시와 술을 좋아하고 거리낌 없이 자유로움을 누리려는 사람이기도 하였다. 다만 자제들 앞에서는 정색하고 바른 길을 걷는 모습을 보여주려고 하는 인간형이었다. 요즘 보옥을 보면 비록 공부를 열심히 하지는 않지만 이러한 것들을 그런대로 해

석하고 비평을 가하는 것을 보고 조상을 욕보일 정도는 아니라고 판단
되었다. 조상을 생각하면 모두들 이와 같으셨다. 비록 과거시험 공부
에 정성을 다하긴 했어도 한 분도 빛을 발해 본 적이 없었으니 그것도
생각하면 가씨 가문의 운수라고나 해야 할 것이다. 하물며 지금 모친이
보옥을 끔찍이 총애하고 있어서 억지로 과거시험 공부에 매진하게 할
수도 없었다. 그래서 지금 보옥을 대하는 가정의 태도도 많이 바뀌게
되었던 것이었다. 가환과 가란에게도 과거 시험공부 외에는 보옥과 더
불어 지내는 것이 좋겠다면서 매번 시를 짓게 할 때는 반드시 세 사람을
불러 함께 짓도록 하는 것이다.

그건 그렇고 가정은 세 사람에게 각각 임사랑에 대한 만사를 한 수씩
지으라고 하면서 먼저 완성하는 사람에게 상을 내리겠다고 하고 잘 지
은 사람에게 추가로 상을 주겠다고 말했다. 가환과 가란 두 사람은 최
근에 여러 사람 앞에서 몇 수 지어본 적이 있어 담이 점점 커지고 있었
으므로 제목을 보자 곧 생각에 잠기더니 잠시 후 가란이 먼저 지어냈
다. 가환도 뒤질세라 자기도 얼른 지어서 두 사람 모두 옮겨 적어 제출
하였으나 보옥은 여전히 골똘히 생각에 잠겨 있었다. 가정은 두 사람의
시를 먼저 사람들에게 보여주었다.

가란이 지은 칠언절구는 다음과 같았다.

아름다운 임사랑 쾌획장군 임사랑,　　　　　姽嫿將軍林四娘,
백옥 같은 살결에 무쇠 같은 속마음,　　　　　玉爲肌骨鐵爲腸,
항왕에게 몸 바쳐 은혜를 보답하니,　　　　　捐軀自報恆王後,
이날에는 청주에 땅조차 향기롭네.　　　　　此日青州土亦香.

문객들이 보고 나서 다들 칭찬해 마지않았다.

"아직 열세 살밖에 안 된 어린 도련님이 이렇게 지어내셨으니 가문의
학문 전통이 정말 헛말이 아니었군요."

가정이 웃으면서 말했다.

"아직 젖비린내 나는 녀석인데 그런대로 제법이군요."

이번에는 가환의 시를 보았다. 오언율시였다.

분바르는 여자로서 근심마저 잊고,	紅粉不知愁,
궤획장군 임사랑은 뜻을 굽힘 없네.	將軍意未休.
눈물을 감추고 수놓은 휘장을 나와,	掩啼離繡幕,
분노를 가슴에 안고 청주성 떠났네.	抱恨出靑州.
항왕의 원수를 갚겠다고 다짐하고,	自謂酬王德,
철천지원수에게 용감히 진격했네.	詎能復寇仇.
충의의 무덤 위에 누가 시를 바치나,	誰題忠義墓,
천고에 길이 빛날 풍류의 명장일세.	千古獨風流.

"이건 더욱 잘되었습니다. 과연 몇 살 더 위이고 보니 생각하는 점도 크게 다르군요."

사람들이 칭찬하자 가정도 말했다.

"아주 절실한 감은 부족하지만 크게 잘못된 점은 없는 듯합니다."

"그러면 됐습니다. 셋째 도련님은 나이가 위라고는 하지만 겨우 두 살 차이일 뿐인데 아직 약관이 되지 않은 나이에도 이와 같으니 좀더 노력하시면 몇 년 뒤에는 대완大阮이나 소완小阮³처럼 되지 않겠습니까?"

"너무 과한 칭찬이옵니다. 공부를 제대로 하지 않아서 아직은 많이 부족합니다."

그리고 이어 보옥은 어찌 되었느냐고 물었다.

사람들이 얼른 나서 변명을 하였다.

"둘째 도련님은 세심하게 퇴고를 하시느라 늦어지고 있습니다. 풍류

---

3 위진남북조의 죽림칠현(竹林七賢)에 속했던 완적(阮籍)과 그 조카인 완함(阮咸).

와 비감이 섞인 남다른 작품이 나오리라 생각됩니다."

보옥이 웃으며 대답했다.

"이 제목으로 볼 때 근체시는 적합지 않을 것 같고 고체시가 어울릴 것 같습니다. 혹은 가歌나 행行과 같은 장편으로 써야 그 애절함을 다할 수 있을 것입니다."

사람들이 듣고 모두 일어나 손뼉을 쳤다.

"그것 보세요. 발상이 아예 다르다고 했잖습니까. 어떤 시제이든 손에 들어오면 어떤 격식이 어울리는가를 가늠해보아야 합니다. 이런 것이 바로 노련한 고수의 수법이죠. 마치 옷감을 재단하는 것과 마찬가지로 아직 마름질하지 않았을 때 먼저 몸의 치수를 가늠해야 합니다. 이번 시제가 〈궤획사〉이고 서문이 이미 있으니 필히 장편의 가행이 어울리는 문체가 될 것입니다. 혹은 백낙천白樂天의 〈장한가長恨歌〉를 본받아도 될 것이고 혹은 고사古詞의 방식을 따라서 반은 서술하고 반은 노래하며 유창하고 표일한 맛을 드러내야 오묘함을 다 전할 수 있을 것입니다."

가정도 그 말에는 공감이 갔다. 그는 붓을 들어 종이에 적으려고 나서면서 보옥을 향해 웃으며 재촉했다.

"자, 그렇다면 어서 읊어보아라. 내가 적어주마. 제대로 못 지으면 혼쭐날 테니 그리 알아라. 부끄러운 줄도 모르고 큰소리를 치다니."

보옥은 우선 한 구절을 읊었다.

항왕은 무예도 여색도 함께 좋아했다지,　　　　恒王好武兼好色,

가정이 적어놓고 절레절레 고개를 흔들며 말했다.

"저속하구나, 저속해!"

한 문객이 말했다.

"이렇게 해야 비로소 고체의 맛을 내는 것입니다. 거칠지 않으니 다음을 보도록 합시다."

가정이 말했다.

"일단 남겨두고 보자."

보옥이 이어서 읊었다.

그래서 미녀한테 무예를 익히게 했다네.	遂敎美女習騎射.
노래와 춤으로는 즐거움 부족하여,	穠歌艶舞不成歡,
진 치고 창을 들고 스스로 즐거워졌다네.	列陣挽戈爲自得.

가정은 옮겨 적고 문객들은 모두 칭송했다.

"셋째 구절은 수수하고 고풍스러우면서도 힘이 있군요. 아주 오묘합니다. 넷째 구절은 무난하게 시작하여 잘 어울립니다."

가정이 말했다.

"너무 지나치게 칭찬하지 마시오. 어떻게 전환하는지 어디 봅시다."

보옥이 읊었다.

눈앞에 전쟁터 흙먼지 일지 않을 때,	眼前不見塵沙起,
장군의 고운 모습 등불 아래 어리네.	將軍俏影紅燈裏.

사람들이 소리를 질렀다.

"기가 막힙니다. 멋진 '흙먼지 일지 않을 때' 구절이 '고운 모습 등불 아래 어리네'로 이어지는 게 자구의 쓰임에서 그야말로 신의 경지가 틀림없습니다."

보옥은 뒤를 계속 이었다.

호령하는 장군의 입에선 향내가 나고,	叱咤時聞口舌香,
서리 같은 창검에는 애교가 묻어나네.	霜矛雪劍嬌難擧.

문객들이 박수치며 웃었다.

"점점 그림이 그려지고 있네요. 그때 그 순간에 보옥 도련님이 그곳에 계셔서 그 애교를 보고 그 향기를 맡기라도 하셨더란 말인가요? 그렇지 않다면 어이 이처럼 절절하게 그려낼 수 있단 말인가요?"

보옥이 웃으며 말했다.

"여자들이 무예를 닦는 것이니 아무리 용맹하다고 해도 어찌 남자와 같겠어요? 묻지 않아도 애교스런 모습이 남아있겠죠."

가정이 참지 못하고 호령했다.

"어서 뒤를 잇지 않고 무엇 하느냐? 왜 또 그렇게 주둥이를 놀리느냐?"

보옥은 잠시 생각하다가 다시 읊어나갔다.

정향꽃 같은 매듭과 연꽃 같은 실끈으로,　　　　　丁香結子芙蓉條,

사람들이 모두 말했다.

"조條자와 소蕭자 운을 서로 바꾼 것이 더욱 절묘합니다. 그래야 막힘이 없고 가볍게 됩니다. 이 구절은 아름답고 매끄럽기가 기가 막히군요."

가정이 적어놓고 보며 말했다.

"이 구절은 안 좋아. 이미 '입에 향기가 나고' '애교가 묻어난다'고 했는데 또 굳이 이럴 필요가 있느냐? 그건 네가 실력이 부족해서 그런 거다. 그래서 했던 말 또 하면서 땜질하려는 거야."

보옥이 웃으며 말했다.

"장가長歌에서는 이런 구절로 좀 분위기를 잡아주는 것도 괜찮습니다. 그래야 너무 썰렁하지 않게 됩니다."

"네 녀석은 오로지 그런 표현에만 열중하는구나. 그러면 이 구절 뒤에 어떻게 무예의 일로 전환시킬 수 있겠느냐? 만약 두어 마디를 더한 다면 그건 사족이 될 거야."

"그렇다면 아래 시구에서 슬쩍 돌려놓으면 될 것입니다."

"네 놈이 얼마나 재주가 있다고 그러느냐? 앞에서 시구를 그렇게 활짝 열어놓고 이제 와서 급하게 잡아주려면 힘이 달려서 생각대로 되지 않는 법이야."

보옥이 듣고 머리를 숙여 생각하다가 이윽고 한 구절을 읊었다.

명주구슬 차던 허리 보검을 찼구나.　　　　　　不繫明珠繫寶刀.

"이런 구절이면 되겠습니까?"

사람들은 책상을 치며 기막힌 구절이라고 소리쳤다. 가정은 그걸 받아 적으면서 바라보며 미소 지었다.

"그래 일단 놔두고 계속 해봐라."

"만약 그 구절을 쓸 수 있다면 전 그대로 단숨에 읊어가겠습니다. 그렇지 않다고 하시면 차라리 지워버리고 달리 생각해서 새로운 구절로 만들어 가고요."

"쓸데없는 소리! 잘못 지었으면 아예 다시 지어야지. 열 편이고 백 편이고 지어야 할 판에 힘들다고 할 작정이냐!"

보옥은 계속 생각에 잠겼다가 읊어냈다.

훈련 끝난 한밤에는 몸과 마음 피로하고,　　戰罷夜闌心力怯,
땀에 흐른 연지분은 손수건에 얼룩지네.　　脂痕粉漬汚鮫綃.

"어서 다음 구절을 읊어라. 다음에는 어떻게 이을 거냐?"

보옥이 계속 이었다.

이듬해 도적떼가 산동을 내달리니,　　　　明年流寇走山東,
호표를 삼킬 듯이 벌떼 같은 강도들.　　　　强吞虎豹勢如蜂.

사람들이 말했다.
"달릴 '주走'자가 좋았어요! 솜씨를 보여주었네요. 전체 구절을 어색
하지 않게 돌려놓았습니다."
　　보옥은 이어서 뒷구절을 읊어나갔다.

항왕이 군사 끌고 소탕에 나섰으니,　　　　王率天兵思剿滅,
한번 지고 또 지고 이기지 못하였네.　　　　一戰再戰不成功.
피비린내 바람은 언덕 위 보리를 꺾고,　　　腥風吹折隴頭麥,
햇빛은 깃발과 텅 빈 장막을 비추네.　　　日照旌旗虎帳空.
청산유수가 적막 속에 잠겨있을 때,　　　青山寂寂水漸漸,
항왕은 끝내 전장에서 목숨 잃었네.　　　正是恆王戰死時.
빗물은 백골 씻고 풀은 피로 물드니,　　　雨淋白骨血染草,
싸늘한 달밤에 귀신만 주검 지키네.　　　月冷黃沙鬼守尸.

사람들이 다함께 말했다.
"아주 좋습니다. 좋아요. 시의 배치며, 서술이며, 문구까지 어느 하
나 나무랄 데가 없어요. 이제 어떻게 임사랑으로 사연으로 이어질지 궁
금하군요. 필시 따로 전환의 구절이 나올 거예요."
　　보옥은 아랑곳하지 않고 계속 읊어나갔다.

장사들은 몸 하나 지키려 움츠리고,　　　紛紛將士只保身,
청주성은 눈앞에서 잿더미 되려는가,　　　青州眼見皆灰塵,
뜻밖에 충의로 뭉친 규중의 아녀자들,　　不期忠義明閨閣,
항왕이 만든 부대 분연히 일어났네.　　　憤起恆王得意人.

사람들이 모두 말했다.

"아주 자연스럽게 펼쳐지고 있어요."

가정이 말했다.

"너무 많이 지껄이고 있어. 다음 대목은 쓸데없이 복잡하게 될 거야."

보옥은 역시 아랑곳하지 않고 계속 이어 나갔다.

항왕의 총애 받은 으뜸이 누구던가,	恆王得意數誰行,
쾌획장군 임사랑 바로 그분이라네,	姽嫿將軍林四娘,
진나라 조나라 여러 여자 호령하여,	號令秦姬驅趙女,
오얏꽃 복사꽃 전쟁터로 달려갔네.	艷李穠桃臨戰場.
안장에 눈물 나고 근심도 깊었지만,	繡鞍有淚春愁重,
철갑 속에 말없이 밤기운만 차구나.	鐵甲無聲夜氣涼.
전쟁의 승부는 예측하기 어려운 것,	勝負自然難預定,
죽음으로 싸워 왕의 원수 갚자했네.	誓盟生死報前王.
도적의 파죽지세 대적하기 어려워라,	賊勢猖獗不可敵,
버들처럼 꺾이고 꽃처럼 지는 낭자,	柳折花殘實可傷,
죽어서도 혼백은 성과 나라 지키며,	魂依城郭家鄉近,
연지는 밟히어도 골수는 향기 뿜네.	馬踐胭脂骨髓香.
유성 같은 급보가 경사로 내달리니,	星馳時報入京師,
어느 집 아녀자가 슬퍼하지 않으리!	誰家兒女不傷悲!
천자도 놀라서 성의 함락 근심하고,	天子驚慌恨失守,
문무백관 고개 숙여 할 말을 잊었네.	此時文武皆垂首.
나라의 기둥이라 무엇으로 지켰던가,	何事文武立朝綱,
낭자군 임사랑을 따를 자가 없었구나.	不及閨中林四娘.
나 홀로 임사랑 위해 장탄식을 하노니,	我爲四娘長太息,
노래는 끝났어도 여운은 끝이 없구나!	歌成餘意尚傍徨!

읊조리기를 마치자 사람들은 모두 크게 칭송하기를 그치지 않았다. 그리고 다시 처음부터 끝까지 한번 훑어보았다.

가정이 웃으며 말했다.

"비록 몇 구절을 겨우 읊기는 했지만 여전히 간절한 바가 부족해."

그리곤 퉁명스럽게 말했다.

"나가 보아라!"

세 사람은 석방이나 된 듯이 일제히 달려 나와 각자 방으로 돌아갔다.

다른 사람은 별일 없이 저녁까지 편안히 쉬었을 따름이지만 보옥이만은 가슴속에 처량한 생각이 가득하였다. 원내로 돌아오는데 갑자기 연못 속의 연꽃이 눈에 들어왔다. 청문이 부용의 여신이 되었다고 하던 어린 시녀의 말이 떠올라서 자기도 모르게 기뻤지만 연꽃을 바라보며 슬픔 속에 탄식을 금할 길이 없었다. 그러다 아직도 영전에 제사 한번 지내지 못했음을 생각하고 지금 연꽃 앞에서 제사를 지내면 예를 다하는 것이라는 생각이 들었다. 그렇게 하면 보통 속된 사람이 영전에서 제사지내는 것과 비교해도 좀더 운치가 있을 것이었다.

보옥은 생각을 마치자 곧 행동에 옮기려고 하다가 다시 잠깐 멈추었다.

'비록 그렇기는 하지만 너무 경솔하게 할 수는 없어. 아무래도 의관을 정제하고 제물을 준비해야 정성을 다하는 격이 되겠지.'

그러다 또 생각을 이렇게 고쳐먹었다.

'지금 세속의 사람들처럼 제물을 마련한다는 것은 절대로 안 돼. 무언가 남다르게 준비해서 새로운 방식으로 기발한 풍류를 보여줘야 세속에 물들지 않고 우리 두 사람의 정을 저버리지 않는 게 되는 거야. 하물며 옛사람이 "웅덩이나 수레바퀴 자국에 고인 물과 마름이나 부평 같은 하찮은 풀도 왕공에게 진상하고 귀신에게 바칠 수 있다"고 하지 않았는가. 애초부터 제물의 귀천이 중요한 게 아니고 마음의 정성이 소중할 따름이다. 이것이 한 가지이고 또 한 가지는 뇌문誄文[4]과 만사輓詞는 모두 자신의 뜻에서 나와야 하고 자신이 직접 지어야 하는 것이다. 옛사람들의 상투적인 제문을 답습해서 몇 글자로 남의 이목이나 때우는 글을 짓는다면 절대 안 될 일이다. 반드시 눈물을 흘리고 피를 쏟아내어 한 글자에 한 번 오열하고 한 구절에 한 번 통곡하여 글이 슬픔을 이루다 그려내지 못하게 해야 하지, 절대로 문구를 멋지게 꾸미는 데만 힘써 슬픈 마음을 잊어서는 안 될 것이다. 하물며 옛사람의 글 속에는 진의를 드러내지 않고 다른 말로 빗대어 쓰는 미사微詞가 많은데 결코 이런 선례를 따라서는 안 될 것이다. 오늘날 사람들은 오로지 공명이란 두 글자에 미혹되어 고풍을 숭상하는 정신을 다 잃고 공명을 얻는 데 방해될까 걱정하며 시세에 따르느라 기를 쓰고 있다. 하지만 나는 공명 따위를 중히 여기지 않으므로 세인들이 보고 칭송해주는 걸 바라지 않으니 멀리 초나라 사람의 〈대언大言〉과 〈초혼招魂〉, 〈이소離騷〉, 〈구변九辯〉, 〈고수枯樹〉, 〈문난問難〉, 〈추수秋水〉, 〈대인선생전大人先生傳〉[5] 등을 본받아 혹은 단구單句를 넣거나 단련을 맞추고, 혹은 실전을 쓰거나 비유를 들어 내 뜻에 맞춰 붓이 가는 대로 만들어 보면 되겠다. 기쁘면 글로써 놀이 삼는 것이요, 슬프면 말로써 아픔을 기록하는 것이니 글이 뜻을 전하면 그뿐이지 어찌 굳이 세속의 구구한 격식과 절차에 얽매이리오.'

보옥은 본래 글공부하는 선비가 아닌 데다 마음속에 이런 괴팍한 생

---

4 죽은 사람의 덕행을 칭송하고 애도를 표시하는 글.
5 〈대언〉, 〈초혼〉, 〈구변〉은 초나라 송옥(宋玉)의 작품이고, 〈이소〉는 초나라 굴원(屈原)의 작품이며, 〈고수〉는 북주(北周) 유신(庾信)의 작품이고, 〈문난〉은 작자 미상의 작품이며, 〈추수〉는 《장자》의 편명이고, 〈대인선생전〉은 위나라 완적(阮籍)의 작품임.

각이 들어 있으니 어떻게 좋은 시문을 지을 수 있겠는가. 하지만 그 자신은 마음 내키는 대로 지을 뿐이지 남들이 알아주기를 바라지도 않았다. 그래서 방자하게 황당한 구절을 함부로 넣어 장편의 글 한 편을 제멋대로 만들어 낸 다음, 청문이 평소 좋아하는 비단 손수건에 해서체로 반듯하게 써서 완성하였다. 이름 하여 '부용여아뢰芙蓉女兒誄'[6]라고 적고 앞에는 서문을 쓰고 뒤에는 노래를 적어 넣었다. 그리고 청문이 좋아하던 네 가지 물건을 챙겨 달빛 비치는 밤에 시녀를 시켜 부용꽃 앞에 차려놓게 하고 나서 보옥은 먼저 예를 표한 다음 뇌문을 연꽃 가지에 걸어놓고 눈물을 쏟으며 읽어내려 갔다.

유세차

태평스러운 세월이 영원히 바뀌지 않는 해, 부용과 계화가 향기를 다투는 달, 하염없는 슬픔을 어쩌할 수 없는 날에 이홍원의 탁옥濁玉은 삼가 군화群花의 꽃술과 빙교冰鮫의 명주와 심방沁芳의 샘물과 풍로楓露의 차를 마련하여 삼가 바치옵니다. 비록 이 네 가지는 보잘 것 없는 것이오나 작은 정성을 나타내는 것으로 이 제물을 백제궁白帝宮의 무사撫司인 추염부용여아秋艶芙蓉女兒의 영전에 삼가 올리옵니다.

가만히 생각건대 여아께서는 혼탁한 세상에 나온 지 어언 10년하고도 6년이 되옵니다. 그 조상의 원적과 성씨는 연몰되어 고증할 수 없음이 오래되었습니다. 저 탁옥은 여아와 이부자리 펴고 머리 빗고 목욕하는 사이, 누워서 잠자고 잔치 열어 즐기는 저녁에 가까이 노닐며 서로 어울려 지내기를 어언 5년 8개월에 이르렀습니다. 아! 여아는 살아있을 적에 그 몸은 금과 옥으로도 비할 수 없을 만큼 고귀하였으며 그 성격은 얼음과 눈으로도 비할 수 없을 만큼 고결하였습니다. 그 정신은 별과 해와도 비할 수 없을 만큼 순수하였고 그 용모는 꽃과 달로도 비할 수 없을 만큼 아름다웠습니다. 자매들은 모두 그 아름다움을 부러워하였으며 할멈들은 모두 그 은덕을 추앙하였습니다. 하지만 뜻밖에도 비둘기와 짐새는 그가

---

6 부용여아뢰는 연꽃처럼 아리따운 여인의 죽음을 애도하기 위해 쓴 제문이라는 뜻.

높이 날아오름을 미워하여 송골매가 오히려 그물에 걸리게 되었습니다. 악취 나는 가시풀이 그의 향기를 싫어하여 난초가 오히려 꺾이고 말았습니다. 꽃은 원래 나약한 존재이니 어떻게 사나운 바람을 이겨낼 것이며 버들은 본래 근심 많은 존재이니 어찌 소나기를 이겨낼 수 있겠습니까. 가끔 독충의 참소를 받고 고자질을 당하기가 일쑤였습니다. 앵두 같은 입술에는 붉은색이 퇴색하고 입에서는 신음 소리 흘러나왔으며, 살구 같은 얼굴에는 향기가 말라서 핼쑥하게 말라만 갔습니다. 비방의 소리는 병풍 뒤에서 나오고 가시덩쿨 쑥대풀 같은 소인들은 창문 밖에 가득 찼습니다. 어찌 더 훌륭한 사람을 불러들여 자기를 대신하려 하였으리오. 사실은 비방을 물리치기 위해 스스로 목숨을 끊은 것입니다. 한량없는 수심에 잠겼는데 다시 끝없는 원한까지 겹치게 되었습니다. 빼어나면 질투를 받는 법으로 규중의 원한이 장사長沙로 귀양 간 가의賈誼에 비할 만하고 강직함으로 박해받은 아녀자가 우야羽野에서 처형당한 곤鯀[7]보다도 참혹합니다. 스스로 한없는 고통을 쌓았으나 그 누가 요절을 가련히 여기겠습니까. 신선 구름이 이미 흩어졌으니 꽃향기의 흔적은 어디서도 찾을 길이 없습니다. 취굴주聚窟洲[8]로 가는 길이 아득하니 어디서 죽은 자를 살려내는 향을 찾을 수 있겠습니까. 바다에는 신선의 뗏목을 잃었으니 어디에서 회생의 영약을 구할 수가 있겠습니까. 진한 눈썹 파르스름하게 어제도 내가 그려 주었거늘 차가운 옥반지를 누굴 빌려 따뜻하게 하겠습니까. 화로에는 달이다 남은 약이 아직도 남아있고 옷깃을 적신 눈물자국은 여전히 역력한데 거울 속의 난새는 헤어지고 사월麝月의 화장대는 다시 열기 어렵게 되었습니다. 머리빗은 교룡이 되어 날아가고 단운의 이빨은 부러졌습니다. 양귀비의 금전金鈿[9]은 풀밭에 묻혀버렸고 비취색 머리빗은 티끌 속에서 주웠습니다. 여아가 떠난 후에는 직녀의 지작루鳷鵲樓[10]도 텅 비어 버렸고 칠석날

---

7 우야는 전설상의 우산(羽山) 교외에 있는 들. 곤이 천제의 명령을 기다리지 않고 저절로 불어나는 흙을 훔쳐 홍수를 막자, 천제가 축융(祝融)에게 명하여 우야에서 곤을 죽였음.
8 취굴주는 봉래산(蓬萊山)에 있는 낙원 가운데 하나.
9 금전은 금꽃을 상감해 넣은 비녀. 청문에 대한 보옥의 그리움을 양귀비에 대한 현종의 그리움으로 비유한 구절.
10 견우와 직녀가 만나는 칠석날 밤에는 집집마다 여자들이 모여 구멍이 7개인 바늘에 실을 꿰면서 손재주가 좋아지기를 빌었다고 함. 이 구절은 청문이 죽으니 칠석

바늘만 덩그러니 걸려 있습니다. 원앙 허리띠가 끊겼으니 누가 오색의 실로 이어 주겠습니까. 하물며 지금은 가을이라 백제白帝가 다스리는 계절인데 외로운 금침 속에 꿈을 꾸다가도 잠을 깨면 텅 빈 방에는 아무도 없습니다. 오동나무 계단 아래 달빛은 어둡고 꽃다운 영혼은 아름다운 그림자와 더불어 사라지니 부용꽃 휘장 안엔 향기 남아 있지만 애교 어린 숨소리와 가느다란 목소리는 모두 다 사라졌습니다. 하늘가에 이르도록 가득한 마른 풀은 갈대만은 아니지만 온 사방을 뒤덮는 구슬픈 소리는 귀뚜라미 울음뿐이옵니다.

이슬 내리고 이끼 낀 가을의 섬돌에는 주렴 사이로 들려오는 차가운 다듬이 소리가 맴돌고, 가을 담 위에 찬비 내리면 담 너머 피리소리 처량하게 들려옵니다. 향기로운 이름은 사라지지 않고 처마 끝의 앵무새 아직도 울고 있습니다. 아름다운 몸이 장차 사라지려 하니 난간 밖의 해당화는 제 먼저 알고 늙어갑니다. 숨바꼭질하던 병풍 뒤에는 이제 발자국 소리 없고 풀싸움 벌이던 정원에는 난초의 새순이 기약 없이 기다립니다. 수놓는 실덩이를 내던져 버렸으니 그 누가 무늬를 본뜨고 마름질을 할 것입니까. 하얀 비단을 접어 끊었으니 다리미질은 할 수도 없습니다. 지난번에는 엄명을 받아 수레를 달려 멀리 꽃동산에 올랐으며 오늘은 자모의 위엄을 범하면서도 지팡이를 짚고 버려진 영구를 찾아갔으나 이미 관이 불태워졌다 하니 함께 묻히자던 맹세도 저버리게 되었습니다. 석곽이 재가 되었으니 함께 재가 되지 못하였다는 비난이 부끄러울 따름입니다. 이제 서쪽 바람 소슬한 옛 절에 푸른 도깨비불만 남고 해질녘 황량한 무덤에는 백골만 흩어져 있습니다. 가래나무 느릅나무에 찬바람만 음산하게 불고 쑥대풀 우거져 쓸쓸하기 그지없습니다. 안개 낀 들판 너머에는 원숭이 울음만 들리고 연기 자욱한 무덤가에는 귀신의 곡소리만 들리옵니다. 붉은 휘장 속에서는 귀공자의 정이 깊었더니 황토 무덤을 대하고 보니 소녀의 운명이 각박함을 알겠습니다. 여남왕汝南王은 애첩 유벽옥劉碧玉을 위해 서풍에 점점이 피눈물을 뿌리고,[11] 석숭石崇은 납치되어

날 바늘에 실을 꿸 사람이 없다는 것을 뜻하며, 청문이 평소 바느질 솜씨가 뛰어났기에 이를 칭송하며 표현한 구절.

11 남조 송나라의 여남왕은 첩인 유벽옥을 매우 총애하여 그녀를 위해 노래를 지어주었다고 함. 청문을 위해 뇌문을 지어주는 자신의 심정을 여남왕에 빗대어 표현한 구절.

자살한 녹주綠珠를 위해 묵묵히 달을 보며 슬퍼하였답니다. [12]

아아! 요괴와 여우는 본래 재난을 일으킨다 하지만 신령도 어찌하여 질투심이 있사옵니까. 간사한 무리의 주둥이를 찢는 데 어찌 관대함이 있을 수 있으며 악랄한 마누라의 염통을 가른다 한들 어찌 분이 풀리겠습니까? 그대의 속세 인연은 비록 짧다고 할 수 있지만 탁옥의 비루함은 끝도 없을 것이옵니다. 정성스런 생각이 쌓여서 충성스런 물음을 금치 못하노니 비로소 상제께서 굽어 살피시어 천상의 화원에서 꽃의 궁으로 초대받으시어 살아서는 난초나 혜초같이 살다가 죽어서는 부용꽃을 다스리게 되었습니다. 어린 시녀의 말이 허황된 듯하오나 탁옥의 생각에도 가히 근거가 없지는 않사옵니다. 그렇게 생각하는 것은 옛날 엽법선葉法善[13]은 혼을 불러 비문을 쓰고, 이장길李長吉[14]은 하늘에 불려가 문장을 지었다고 하오니 일은 서로 다르나 이치는 한가지이기 때문입니다. 사물에 맞추어 재주를 배치하는 것이니 그 사람이 적임자가 아니라면 어찌 함부로 그렇게 하였겠습니까. 상제께서 골라 위탁하심이 가히 흡족하고 지극히 적절하여 그대의 소질을 저버리지 않았음을 알 수 있나이다. 그대의 불매不昧한 영혼이 혹시 이곳에 머무는가 싶어 스스로 비속함을 돌보지 아니한 채 그대의 혜민한 귀를 더럽히게 될 것도 헤아리지 않고 이에 노래를 불러 그대의 영혼을 불러내고자 하나이다!

하늘은 어이하여 저리도 창창하게,	天何如是之蒼蒼兮,
옥룡을 타고서 높은 창공 노니시나?	乘玉虯以遊乎穹窿耶?
땅은 어이 저리 망망하게 드넓은가,	地何如是之茫茫兮,
상아수레 타고 황천으로 가시려나?	駕瑤象以降乎泉壤耶?
수레의 일산이 높이 솟아 눈부시네,	望鏾蓋之陸離兮,
기성과 미성[15]의 별빛을 바라보시나?	抑箕尾之光耶?

---

12 녹주의 죽음을 안타까워하였던 석숭의 심정을 통해 청문을 잃은 보옥의 침통한 마음을 묘사하고 있음.

13 엽법선(葉法善)은 당나라 도사로, 서예로 유명한 이옹(李邕)을 찾아가 조부를 위해 비문을 써달라고 부탁하였으나 들어주지 않자 자고 있는 이옹의 혼을 불러내서 쓰게 하였다고 함.

14 당나라 시인 이하(李賀)를 가리킴.

15 은나라 고종의 재상이었던 부열(傅說)은 죽어서 기성과 미성 사이에 있는 부열성

깃발을 벌려놓고 앞에서 인도하고,
위성과 허성을 지키며 호위하네.
구름의 신을 몰아 뒤를 따르고,
수레의 신은 달에서 멀어져 가네.
수레바퀴 삐걱삐걱 소리가 날 때,
봉황을 몰고 정벌을 가시려는가?
짙은 향기 물씬 풍겨 오는데,
향초를 엮어서 패물을 만드네.
치맛자락이 현란하게 빛나고,
귀고리는 둥근 달같이 달렸네.
풀을 깔아서 제단을 삼고,
연꽃 등에 난초를 태우는가?
표주박으로 술잔을 삼아서,
염록주와 계화주를 마시네.
구름을 바라고 멀리 응시하네,
마치 무언가 보이는 듯하여라.
머리 숙여 물결에 귀 기울이고,
마치 무언가 들리는 소리 있어.
망망한 태공서 만나기 기약하네,
어이 차마 자신을 속세에 버렸는가?
바람의 신이여 내 수레를 몰아주오,
둘이서 손잡고 돌아오지 못하는가?
내 마음에 자리 잡은 슬픔이여,
공연히 통곡한들 무슨 소용있으랴.
그대는 영영 땅속에 잠드는가,
어찌하여 천운이 이렇게 변했는가?
무덤 속에 그렇게 편안히 누웠는가,

列羽葆而爲前導兮,
衛危虛于旁耶?
驅豐隆以爲比從兮,
望舒月以離耶?
聽車軌而伊軋兮,
御鸞鷖以征耶?
聞馥郁而蔑然兮,
紉蘅杜以爲纕耶?
炫裙裾之爍爍兮,
鏤明月以爲璫耶?
籍蔵蕤而成壇畸兮,
爇蓮焰以燭蘭膏耶?
文匏匏以爲觶斝兮,
漉醽醁以浮桂醑耶?
瞻雲氣而凝盼兮,
仿佛有所覰耶?
俯窈窕而屬耳兮,
恍惚有所聞耶?
期汗漫而無天闕兮,
忍捐棄余於塵埃耶?
倩風廉之爲余驅車兮,
冀聯轡而攜歸耶?
余中心爲之慨然兮,
徒嗷嗷而何爲耶?
君偃然而長寢兮,
豈天運之變於斯耶?
旣宅穸且安穩兮,

(傅說星)이 되었다고 하는데, "기성과 미성의 별빛을 바라본다"는 표현은 사람이
죽었다는 것을 뜻함.

신선으로 변하여 또한 무엇 하리오?　　　　反其眞而復奚化耶?

나는 질곡 속에 인간으로 남아있네,　　　　余猶桎梏而懸附兮,

그대의 넋이여 와 주시려나!　　　　　　　靈格余以嗟來耶!

그대는 정녕 한번 와 주시려나,　　　　　來兮止兮,

그대여 정녕 한번 와 주시려나?　　　　　君其來耶?

그대가 만일 홍몽[鴻蒙: 천지개벽 이전의 혼돈상태]에 거처하고 정적靜寂에 지내고 계시다면 이곳에 강림하여도 내가 볼 수는 없을 것입니다. 넝쿨을 걸어 휘장으로 삼고 창포를 늘어 세워 대열을 삼엄하게 만들겠습니다. 버들눈의 지친 잠을 깨우고 연밥의 쓰라린 맛을 없애도록 하겠습니다. 소녀素女는 계암桂巖에서 청하고 복비宓妃는 난저蘭渚에서 맞이하며,[16] 농옥弄玉이 생황笙簧불고 한황寒簧에게 축어祝敔를 치도록 하겠습니다.[17] 숭악嵩嶽의 귀비를 부르고 여산驪山의 할머니가 길을 열도록 하겠습니다.[18] 낙포洛浦의 거북이 영험을 보이게 하고 함지咸池의 짐승이 춤추도록 하겠습니다.[19] 적수赤水에 잠긴 용이 소리하고 주림珠林에 모인 봉황이 날도록 하겠습니다. 응감은 오로지 정성에 달린 것입니다. 결코 제기나 제물에 달린 것이 아니옵니다. 하성霞城에서 수레가 떠나 현포玄圃에서 깃발이 돌아옵니다.[20] 희미하게 통하는 듯하다가 다시 안개 끼어 막혀 버립니다. 연기와 구름은 흩어졌다 모이고 안개와 비는 자욱합니다. 먼지바람 걷히면 별들이 높이 보이고 푸른 산과 맑은 계곡 펼쳐지니 달빛에도 한낮처럼 보입니다. 마음속의 탄식과 슬픔이 자나깨나 떠나질 않습니다. 저는 흐느껴 울며 슬피 바라보면서 눈물을 흘리며 서성댑니다. 사람의 말소리는 적막함에 묻히고 바람소리 물소리는 대

---

16 소녀는 달의 여신 소아(素娥). 복비는 복희(宓義)의 딸로 낙수(洛水)의 신.

17 농옥은 진목공의 딸로 생황을 잘 불어서 봉황을 불러올 수 있었다고 하고 한황은 월궁의 시녀가 되어 항아에게서 가무를 배웠다고 함.

18 숭악의 귀비는 숭산신(嵩山神)의 부인 영비(靈妃)를 말하고, 여산의 할머니는 여선(女仙)으로 여산노모(驪山老母)라고도 함.

19 우임금이 홍수를 다스렸을 때 낙수(洛水)에서 거북이가 등에 문서를 지고 나타나 그에게 주었다고 한다. 함지는 해가 지는 서쪽의 연못.

20 하성은 원시천존(元始天尊)이 사는 곳이며 현포는 곤륜산 위에 있는 곳으로 모두 신선들이 사는 낙원을 가리킴.

나무숲을 가릅니다. 새는 놀라 흩어져 날아가고 고기는 아가미로 소리를 냅니다. 내 슬픈 마음을 제문에 담아서 기도하노니 예를 다하고 제례를 마칩니다. 오호라, 이 슬픔을 어이하오리까. 부디 흠향 하소서!

보옥은 '부용여아뢰'의 제문을 다 읽고 나서 제문이 적힌 비단을 태운 다음 찻잔을 쏟아 흠향하도록 하고 천천히 몸을 일으켰다. 하지만 여전히 발길이 떨어지지 않았다. 어린 시녀가 서너 번이나 재촉하므로 보옥이 마지못해 자리를 떠나려고 하는데, 그때 갑자기 바위 뒤에서 누군가가 불쑥 나서서 웃으며 말하는 것이었다.

"잠깐! 기다려요!"

그 소리에 두 사람은 소스라치게 놀랐다. 시녀가 보니 그 사람은 부용꽃 속에서 걸어 나오고 있었으므로 더욱 놀라 자빠지면서 소리쳤다.

"아이고머니나! 귀신이에요. 청문 언니가 정말로 귀신이 되어 나타났나 봐요!"

그 말에 보옥이도 깜짝 놀라 뒤를 돌아보았다.

궁금하면 다음 회를 보시라.

薛文起悔娶河東吼
賈迎春誤嫁中山郎

잘못된 만남

설반은 하동의 사자 하금계에게 장가들고
영춘은 중산의 늑대 손소조에게 시집갔네

薛文龍悔娶河東獅　賈迎春誤嫁中山狼

청문에게 제사를 지내고 난 보옥은 갑자기 꽃 사이에서 사람이 불쑥 나타나자 소스라치게 놀랐다. 그런데 다가오는 사람을 자세히 보니 다름 아닌 바로 대옥이었다. 대옥은 만면에 웃음을 띠고 입을 열었다.

"정말 신기한 제문을 지었네요! 조아비曹娥碑[1]와 더불어 영원히 전해질 만한 명문이에요."

보옥은 대옥의 칭찬에 얼굴을 붉히며 웃었다.

"내 생각에 세상의 제문들은 천편일률인 것 같아서 좀 새롭게 고쳐보려고 한 것뿐이야. 그냥 잠시 장난삼아 지은 것인데 대옥 누이가 듣고 있을 줄은 꿈에도 몰랐어. 어딘가 아주 크게 잘못된 데가 있으면 좀 고쳐줘 봐."

대옥이 말했다.

---

1 동한 시기의 효녀인 조아의 비석. 비문이 뛰어나서 모든 제문(祭文)의 모범이 되었음.

"그 원고 어디 있어요? 내가 한번 찬찬히 읽어보게요. 아주 긴 글이라 무슨 말을 하였는지 잘 기억나지 않지만 '붉은 휘장 속 귀공자의 정이 깊지만 황토무덤 속 아가씨의 운명 각박하여라'고 말하지 않았나요? 그 부분의 의미는 상당히 좋지만 다만 '붉은 휘장 속'이라는 표현이 너무 흔해빠진 게 아닐까요? 실제 눈앞에 있는 걸 왜 그대로 안 쓴 거죠?"

보옥이 얼른 물었다.

"눈앞에 있는 걸 안 썼다니 무엇인데?"

대옥이 웃으며 말했다.

"지금 우리는 모두 창살에다가 하영사霞影紗를 바르고 있잖아요. 그러니 '붉은 방사 창틀 아래 귀공자는 다정해라'라고 쓰면 될 거 아녜요?"

보옥이 그 소리에 발을 동동 구르며 탄복했다.

"야! 멋있다, 멋있어! 역시 그런 좋은 구절은 대옥 누이가 아니면 생각할 수 없는 거야. 천하고금에 좋은 경치나 기막힌 일이 수없이 많아도 우리같이 우둔하고 멍청한 사람은 말힐 수도 없고 생각할 수도 없단 말이야. 그런데 한 가지 문제는 그렇게 고치면 신선하고 기막힌 맛이 나기는 하지만 그건 대옥 누이한테나 어울리는 것이지 나는 감히 쓸 수가 없다는 거야."

보옥은 자신이 그걸 감히 쓸 수 없다는 말을 수도 없이 되풀이했다. 그러자 대옥이 웃으며 말했다.

"그게 무슨 상관이에요? 내 창문을 오빠의 창문이라고 생각하면 되는 거지 굳이 그렇게 빡빡하게 따질 필요가 뭐 있어요? 옛사람들은 서로 듣도 보도 못한 남남이라도 '살찐 말을 같이 타고 가벼운 가죽옷을 번갈아 입다가 그것이 헐어서 못쓰게 되더라도 섭섭함이 없었다'[2]고 했는데

---

2 《논어》에 나오는 우의의 소중함을 강조한 구절.

하물며 우리 같은 사이야 어때요?"

보옥이 웃으며 말했다.

"아니야. 교제의 이치로 따지면 '살찐 말과 가벼운 가죽옷'이 아니라 '누런 금과 하얀 옥'이라 해도 저울질하고 따질 필요가 없겠지만 이건 규중의 일에 관계되기 때문에 절대로 쓸 수가 없어. 그래서 난 차라리 '공자'니 '아가씨'니 하는 구절을 고쳐버리고 대옥 누이가 죽은 청문을 위해 제문을 썼다고 했으면 좋겠어. 대옥 누이는 평소 청문이에게 상당히 잘 대해주지 않았어? 지금 장편의 제문을 모두 없앨 수는 있어도 '붉은 망사'란 멋진 구절만은 결코 버릴 수가 없겠어. 아예 그 구절을 '붉은 망사 창문 아래 아가씨는 다정했네. 황토무덤 속 시녀의 운명이 각박하여라'로 고쳤으면 좋겠어. 그렇게 되면 나하고 상관없는 글이 되겠지만 그래도 나는 만족해."

대옥이 웃으며 물었다.

"그 애는 내 시녀도 아닌데 굳이 그런 말을 뭐 하러 넣어요? 게다가 아가씨니 시녀니 하는 구절도 점잖지 못해요. 만일 우리 집 자견이가 죽게 되면 그때 가서 내가 그런 글을 지어도 늦지 않을 거예요."

보옥이 듣고 웃었다.

"공연히 자견이는 왜 끌어들이며 잘못되기를 바라는 거야?"

"그야 오빠가 먼저 그랬지 어디 내가 먼저 했나요?"

보옥이 다시 말했다.

"또 한 가지 생각이 났는데 이렇게 고치는 건 어떨까? '붉은 망사 창문 아래 나는 본래 인연 없고, 황토무덤 속 그대의 운명 어찌 그리 각박한가'라고 말이야."

대옥은 보옥의 말을 듣자 순식간에 얼굴빛이 변했다. 속으로는 온갖 생각이 어지럽게 들었지만 겉으로는 아무렇지도 않은 채 내색하지 않았다. 오히려 웃어 보이며 머리를 끄덕이고 멋진 구절이라고 말해주었다.

"참 잘 고쳤어요. 이젠 더 고치지 않는 게 좋겠어요. 그리고 이젠 돌아가 공부나 제대로 하는 게 좋겠어요. 방금 외숙모님께서 사람을 보내 오빠를 찾으셨어요. 내일 아침 일찌감치 큰외숙모댁에 가보라는 말씀을 하시려는 것 같았어요. 영춘 언니의 혼담이 정해졌다니까 아마 내일은 그 댁에서 정식으로 승낙 받으러 온다나 봐요. 그래서 오빠를 부르신 거예요."

보옥은 주먹으로 자기의 손바닥을 쳤다.

"왜 그렇게 서두르는지 모르겠네! 난 몸이 불편해서 내일 갈 수 없을지도 몰라."

"왜 그래요? 그 성질도 좀 고쳐요. 해마다 나이는 들어가고 있는데 그렇게 철없는 소리나 하고…."

그러면서 대옥은 기침을 하기 시작했다. 보옥은 그제야 얼른 말했다.

"여긴 바람이 찬 곳인데 우리가 너무 오래 서 있었네. 어서 돌아가자."

대옥도 말했다.

"나도 이젠 돌아가 쉬어야겠어요. 그럼 내일 봐요."

대옥은 그 길로 발길을 돌렸다.

한편 보옥은 답답한 마음으로 걸어가다가 문득 대옥을 따르는 사람이 없다는 사실이 생각나서 얼른 시녀에게 모셔다 드리라고 이르고는 자신은 이홍원으로 돌아왔다. 돌아와 보니 과연 왕부인이 할멈을 시켜 다음 날 일찍 가사의 집으로 오라는 전갈이 와 있었다.

원래 가사는 영춘을 손씨네 집에 시집보내기로 허락해 준 상태였다. 손씨네는 대동부大同府 출신으로 그 선조는 군관 출신이었지만 한때 이 영국부의 문객으로 있었던 관계로 오래전부터 세교가 있던 집안이었다. 그런데 지금 손씨네는 단 한 사람만 경성에 남아서 군정을 맡은 지휘指揮[3]의 벼슬을 세습하여 이어받고 있을 뿐이었다. 그 사람은 손소조

孫紹祖라는 사내였는데 생김새가 건장하고 체격이 우람할 뿐만 아니라 궁술弓術과 마술馬術 등 무술에 능하고 사교에 능란한 서른 살이 채 안된 젊은이였다. 게다가 집안이 부유하여 현재 병부에 결원이 생기기만 하면 곧 발탁될 예정이었고 아직 아내를 구하지 못하고 있었다.

가사는 양가가 선조 때부터 세교가 있어온 집안일 뿐더러 인품이나 살림 형편이 서로 걸맞다고 생각했다. 그래서 사위로 삼을 결심을 하고 나서 가모의 의사를 물어보았다.

가모는 이 혼사가 그다지 맘에 들지 않았다. 그러나 말을 한다 해도 가사가 듣지 않을 것 같았고 또 부부의 인연이란 전생에 정해지는 법이라는 생각도 들었다. 게다가 친아버지가 그렇게 주장하니 굳이 나서서 말할 필요가 있으랴 싶어서 그저 '알았다!'고 했을 뿐 다른 말은 하지 않았다. 가정도 손씨네 집안을 싫어하였다. 비록 세교가 있었다고는 하지만 그것은 그쪽 조부가 영국부나 녕국부의 세력에 끌려 덕 좀 보려고 문객이 되었을 뿐이지 결코 시서를 아는 지체 높은 대갓집 자손은 아니기 때문이었다. 그래서 몇 번이나 충고했지만 가사가 듣지 않았으므로 가정으로서도 어쩔 도리가 없었다.

보옥은 손소조란 사람을 한 번도 만나본 적이 없었다. 그는 다음 날 아침 찾아가서 대충 인사치레를 하고 돌아왔다. 혼사 날이 급하여 금년 안으로 시집가야 한다는 말을 들은 데다가 형부인이 가모에게 아뢰어 영춘을 대관원에서 데려나간다는 말을 듣고 보옥은 기분이 몹시 우울해졌다. 그래서 매일 넋 나간 사람처럼 멍하니 앉아 있노라니 이번엔 또 네 명의 시녀가 영춘을 따라가게 되었다고 하는 것이었다. 그 소리에 보옥은 더욱 발을 구르며 탄식했다.

'이제부터 이곳에는 세상에서 고결한 사람이 또 다섯이나 줄어들게

---

3 경사병마사지휘(京師兵馬司指揮)를 말하며 6품과 7품 사이에 있는 관직명.

되었구나!'

보옥은 매일같이 자릉주紫菱洲 일대를 서성이며 슬픔에 잠기곤 했다. 창문마다 사람 그림자 하나 없고 병풍과 휘장도 쓸쓸히 드리워져 있을 뿐 가끔 숙직하는 할멈 몇 명만이 눈에 띌 뿐이었다. 또 언덕 위에 피어 있는 여뀌와 갈잎을 보아도, 연못 속에 자란 마름을 보아도 바람에 우수수 흔들리고 있는 것이 마치 죽은 자를 슬퍼하는 것만 같았다. 평소에는 서로 아름다움을 뽐내는 것 같아 보였는데 지금은 전혀 그렇지 않았다.

이렇듯 쓸쓸한 풍경을 바라보니 보옥은 저절로 한 수의 시가 읊어졌다.

한밤중 연못에는 쌀쌀한 가을바람,	池塘一夜秋風冷,
연꽃의 붉은빛 그림자 흩어버리네.	吹散荷菱紅玉影.
여뀌 꽃 마름 잎도 근심에 겨워,	蓼花菱葉不勝愁,
이슬과 서리에 가는 줄기 눌렸네.	重露繁霜壓纖梗.
하루 종일 바둑소리 안 들리더니,	不聞永晝敲棋聲,
제비의 흙방울에 바둑판 얼룩지네.	燕泥點點污棋枰.
옛사람도 이별엔 벗을 아꼈었거늘,	古人惜別憐朋友,
하물며 골육의 정 나눈 남매간이랴!	況我今當手足情!

보옥이 시를 읊고 났을 때 갑자기 뒤에서 누군가 웃으며 말했다.

"우리 도련님은 여기서 또 뭘 하고 계시는 거예요?"

보옥이 돌아보니 바로 설반의 첩인 향릉이었다. 보옥은 반갑게 맞았다.

"난 또 누군가 했지. 한동안 여기엔 놀러 오지 않더니 지금은 무슨 일로 왔어?"

향릉은 손뼉을 치면서 생글생글 웃었다.

"나라고 왜 오고 싶지 않았겠어요? 하지만 서방님이 돌아오셔서 전처럼 마음대로 나다닐 틈이 있어야 말이죠. 그런데 방금 우리 마님께서 희봉 아씨께 사람을 보냈는데 안 계셨어요. 대관원에 가 계실 거라고 해서 제가 그곳으로 찾아가던 길인데 희봉 아씨 시녀를 만났어요. 그 애 말이 도향촌에 계신다고 하기에 그쪽으로 가던 길에 이렇게 도련님을 만나게 된 거예요. 그리고 참, 요사이 습인 언니는 잘 있어요? 청문 언니는 어떻게 갑자기 그렇게 된 건가요? 도대체 무슨 병이었나요? 영춘 아가씨도 그렇게 급히 옮겨가셨으니 여기가 이렇게 썰렁할 수밖에 없지요."

보옥은 향릉의 물음에 하나하나 대답한 다음 함께 이홍원에 가서 차한 잔 하자고 했다. 그러나 향릉은 고개를 저었다.

"지금은 바빠서 안 되겠어요. 희봉 아씨를 만나서 볼일을 마친 다음에 다시 올게요."

"볼일이 대체 뭔데 그렇게 급해?"

"우리 서방님이 장가를 드신데요. 그러니 바쁘지 않겠어요?"

"그래? 이번엔 어느 집하고 혼인을 맺는 거야? 지난 반년 동안만 해도 오늘은 장씨 댁과 말이 있고, 다음 날은 왕씨 댁과 할 것처럼 수선을 떨어서 공연히 남의 집 귀한 딸을 두고 이러쿵저러쿵 말도 많았잖아."

"이번엔 정말이에요. 이젠 남의 집을 두고 왈가왈부할 필요가 없어요."

"누구네 집으로 정해졌는데?"

"우리 서방님이 지난번 장사일로 길을 떠났다가 지나던 길에 어느 친척집에 들르셨대요. 그런데 알고 보니 아주 오랜 친척인 데다 우리 서방님처럼 호부戶部에 적을 둔 상인으로 이만저만한 부자가 아니래요. 얼마 전에 이야기가 나와서 들어보니 도련님 댁 양가에서도 잘 아는 집안이래요. 경성 장안에서 위로는 왕공으로부터 아래로는 장사꾼에 이르기까지 '계화桂花 하夏씨댁'이라면 모르는 사람이 없대요."

"그래? '계화 하씨댁'이라니, 그건 왜 그렇게 부르는 거야?"

"그 댁의 성씨가 본래 하씨인 데다 대단한 부자라는 거예요. 논밭은 말할 것도 없거니와 계화 밭만 해도 수십 마지기나 된다나요? 장안성의 모든 계화 가게는 전부 그 댁에 속해 있고, 심지어 궁중에서 쓰는 여러 가지 장식용 생화나 분재 같은 것도 모두 그 댁의 것을 쓰고 있대요. 그러니 자연 그런 별명이 붙게 된 거죠. 지금은 주인나리는 돌아가시고 늙은 마님이 딸 하나를 데리고 있을 뿐이며 대를 이을 아들이 없어서 대가 끊길 판인가 봐요."

"그런 집구석에 대가 끊어지든 말든 우리가 상관할 바 아니야. 문제는 그 하씨 아가씨가 좋은 사람인가 하는 거지."

향릉이 웃으며 대답했다.

"그야 물론이죠. 첫째는 두 사람이 천생연분일 거고요, 둘째는 '잘되려면 곰보도 서시처럼 예뻐 보인다'는 말이 있잖아요? 워낙 옛날부터 왕래가 빈번했던 집안이고 또 두 분은 어려서부터 함께 어울려 놀며 자랐대요. 말하자면 고종사촌 간으로 허물없이 지낸 사이지요. 그러다가 몇 년간 헤어졌다가 지난번 그 댁엘 들르게 되었는데 아들 하나 길러보지 못한 그 댁 마님이 어른이 된 우리 서방님을 보자 울다가 웃다가 하면서 반가움에 벅차 친아들처럼 극진히 대해주셨대요. 그리고는 그 댁의 따님과 자리를 마련해 주셨나 봐요. 결국 서방님은 그 아가씨한테 반하고 말았지요. 아가씨의 얼굴이 꽃처럼 아름다운 데다 집에서 공부도 할 만큼 한 규수라니까요. 함께 따라갔던 점포의 장사꾼까지 사나흘 붙들어 앉히는 것을 서방님이 겨우 뿌리치고 집으로 돌아오셨대요. 서방님은 집으로 들어서기가 무섭게 그 아가씨를 아내로 맞겠다고 마님을 졸라대셨어요. 마님께서도 그 아가씨를 만나본 적이 있는 터이고 또 문벌로 보아도 서로 어울리는 가문이라 이내 허락하셨어요. 그래서 이쪽 마님과 희봉 아씨들과 의논 끝에 중매인을 내세워 혼사를 정하게 된 거예요. 다만 혼례일을 너무 성급하게 정하다 보니 우린 요사이 여간 바쁜 게 아니에요. 근데 저는 하루라도 빨리 혼례를 치렀으면 좋겠어요. 그래야 시를 지을 사람이 한 사람 더 늘어나게 되니까요."

보옥은 듣고 코웃음 치며 대꾸했다.

"말이야 그럴 듯하지만 나는 향릉의 장래가 걱정돼."

보옥의 말에 향릉은 웃으려다 말고 얼굴을 붉혔다.

"그게 무슨 말씀이세요? 지금까지 우린 서로를 존중해 왔다고 생각했는데 어쩌면 그런 말씀을 다 하세요? 대체 무슨 뜻으로 하신 말씀이죠? 모두들 도련님은 사귀기 까다로운 분이라고 하더니 정말 그렇군요."

그리고는 얼른 돌아서서 가버렸다.

보옥은 향릉의 그러한 반응에 크게 상심해서 무엇을 잃었을 때처럼 멍하니 정신을 놓고 서 있다가 이런 일 저런 일들이 생각나 눈물을 흘리며 기운 없이 이홍원으로 돌아왔다.

그날 밤 보옥은 잠을 한숨도 이루지 못했다. 꿈결에 청문을 부르기도 하고, 도깨비에게 쫓기듯 깜짝 놀라며 일어나 앉기도 했다. 급기야 다음 날부터는 식욕이 떨어져 먹지도 못하고 몸에 열도 나기 시작했다.

이는 모두 최근에 대관원을 수색한 일로 인하여 사기가 쫓겨나고, 영춘이 떠났으며, 청문이 죽은 일 등으로 인한 치욕과 놀라움과 슬픔의 결과였다. 게다가 감기까지 겹쳐 보옥은 끝내 자리에 눕고 말았다.

가모는 거의 매일 몸소 건너와 보옥을 보살폈다. 왕부인도 청문의 일로 보옥을 너무 심하게 나무란 것을 후회했다. 그러나 겉으로는 전혀 내색하지 않고 유모들에게 간호를 잘하도록 일러두었을 뿐이었다. 그리고 하루에 두 차례씩 의원을 데리고 와서 맥을 짚어보고 약을 먹였다.

한 달가량 지난 후에 병은 점차 나아졌으나 백 일 동안 더 조리해야 육류나 기름기 요리, 국수 등을 먹을 수가 있고 바깥출입을 할 수가 있다고 했다. 그러니 보옥은 백 일 동안 대관원 안에서 지내야 했으며 대문까지도 나가지 못하고 방 안에서만 놀아야 했다.

그렇게 사오십 일이 지나자 보옥은 도무지 답답하여 견딜 수가 없었다. 여러 가지로 구실을 만들어 밖으로 뛰쳐나가려 했지만 가모와 왕부인이 절대로 허락하지 않았다. 어쩔 도리가 없이 보옥은 그저 하루 종일 시녀들과 온갖 장난을 다 치며 지낼 수밖에 없었다.

들리는 소문에 설반의 집에서는 잔치를 한다, 연극단을 불러들인다 하며 여간 흥청거리는 것이 아니었다. 그리고 새로 맞아들인 하씨댁 규수는 미모가 뛰어나다느니, 게다가 어느 정도 글도 아는 규수라느니 하는 말들이 오갔다. 보옥은 당장 찾아가서 자기의 눈으로 직접 보지 못하는 것이 한스러웠다. 그런데 또 얼마 뒤에 영춘이 시집갔다는 소식이 전해졌다. 지금까지 영춘과 한데 어울려 정겹게 지냈지만 이제 서로 이별하게 되었으니 설사 만나게 된다 해도 전과 같이 친하게 지낼 수가 없을 것이다. 또한 지금 당장 찾아가 만나볼 수도 없는 형편이고 보니 이것 역시 여간 슬픈 일이 아니었다. 보옥은 처량하고 울적한 심사를 속으로 애써서 참으며 시녀들과 장난치며 시간을 보내는 것으로 풀려고 했다. 한 가지 다행한 일은 가정으로부터 꾸중을 들으면서 억지로 공부하지 않아도 된다는 것이었다. 그래서 백 일 동안 보옥은 정말 이홍원에만 틀어박혀서 세상에 없는 일도 다 만들어가지고 시녀들과 함께 종일토록 무법천지처럼 멋대로 놀며 지냈다. 이제 그 얘기는 그만 하기로 하겠다.

한편 향릉은 그날 보옥에게 면박을 주고 나서 속으로 보옥이 일부러 그렇게 무례하게 대했을 거라고 생각했다.

'우리 보차 아가씨가 도련님을 멀리하는 것도 알 만해. 그런 면에서 나는 보차 아가씨보다 훨씬 많이 모자라지. 또 대옥 아가씨가 늘 도련님과 말다툼 하면서 울고불고하는 것도 이해가 돼. 대옥 아가씨한테도 역시 무례한 말을 거리낌 없이 했을 테니까. 나도 이제부터는 보옥 도련님을 멀리해야 하겠어.'

이날부터 향릉은 이홍원은 물론 대관원에도 별로 발을 들여놓는 일 없이 날마다 일에만 묻혀 지냈다. 설반이 정실부인을 맞아들이게 되면 시첩인 자기는 그만큼 책임이 줄어들고 할 일도 적어질 것이며, 게다가 새 신부는 인물도 빼어나고 재주도 많다니까 고상하고 온화한 사람일 것이라고 생각했다. 그래서 향릉은 당사자인 설반보다 열 배나 더 잔칫날이 기다려졌다. 마침내 잔칫날이 되어 새 신부를 맞아들이게 되자 향릉은 온갖 정성을 다하여 시중을 들었다.

그런데 이 하씨 댁에서 온 신부는 올해 겨우 열일곱 살인데 인물도 제법 곱거니와 글자도 조금은 아는 사람이라, 마음의 도량이나 경우로 말하자면 희봉을 따를 만하였다. 다만 단점이 하나 있다면 어려서 일찍 아버지를 여의고 형제자매가 없이 홀어머니 슬하에서 외동딸로 귀하게 자라왔다는 점이었다. 그녀의 어머니는 딸을 손안의 보물처럼 여기고 눈에 넣어도 아프지 않을 정도로 사랑한 까닭에 그녀는 도척盜跖[4]과도 같이 멋대로 행동하게 되었다. 그녀는 보살처럼 잘난 척하면서 남들은 더러운 거름처럼 같이 여기는 터였다. 그래서 겉으로는 부드럽고 아름다운 자태를 띠고 있지만 속으로는 광풍이나 우레와도 같은 성질을 지니고 있어서 집에선 늘 시녀들에게 매섭게 굴고 언제나 욕을 하거나 매를 들기까지 하였다. 더구나 지금은 시집와서 아씨마님이 된 처지라 얌전하게만 보이던 처녀 때와는 달리 위풍이 있어야 위신을 세울 수 있다고 생각했다. 게다가 설반도 성질이 괴팍하고 언행을 절제하지 않는 사내라 처음부터 단단히 길을 들이지 않았다가는 장차 남편을 다루기 힘

---

4 전설적인 대도(大盜).

들 것이라는 생각도 들었다. 또 설반에게 향릉처럼 얼굴도 곱고 재주 많은 애첩이 있는 것을 보자 '남당南唐을 끝내 멸망시키려는 송태조宋太祖[5]처럼 '내 침대 옆에서 남이 코를 골며 자도록 할 수는 없다'는 격으로 구박을 해대기 시작했다.

이 신부의 집에는 계화가 많았기 때문에 딸의 어릴 적 이름을 금계金桂라고 불렀다. 그래서 그가 집에 있을 때는 아무도 '금계'라는 두 글자를 입 밖에 내지 못하게 했다. 어쩌다 그 두 글자를 입 밖에 냈다가는 죽도록 매 맞기 일쑤였다. 그러나 계화가 많은 집에서 계화라는 말만은 아무래도 막을 도리가 없었으므로 그는 자기의 이름을 갈아야겠다고 생각했다. 문득 계화를 광한궁廣寒宮의 항아姮娥라고 불렀다는 전설이 생각나 '계화'를 '항아화嫦娥花'라는 이름으로 바꿨다. 그녀는 이 이름이 자기의 신분에 알맞다고 생각했다.

한편 설반은 본래 새것만 좋아하고 묵은 것은 금방 싫증내는 데다 '술을 먹을 때는 담력이 있지만 밥을 먹을 때는 맥을 못 추는' 그런 위인이 있다. 그러니 지금 이런 아내를 맞아들였어도 싫을 까닭이 없었다. 그래서 설반은 매사에 금계의 요구대로 양보하고, 금계 또한 설반의 이러한 약점을 빌미로 한 발 한 발 남편을 묶어 매었다. 그리하여 시집온 지 한 달쯤 지나자 두 사람의 세력이 엇비슷하게 되었고, 또 한 달이 지나자 설반의 위세는 금계보다 훨씬 뒤처지는 형세가 되고 말았다.

그러던 어느 날 설반이 술을 마신 끝에 금계와 어떤 일을 의논하다가, 금계가 한사코 반대하자 설반은 참다못해 몇 마디 내뱉고는 홧김에 나가버렸다. 그러자 금계도 화가 머리끝까지 나서 울며불며 난리를 쳤다. 그녀는 식음을 전폐한 채 몸이 아프다는 핑계로 드러누워 의원의

---

5 남당의 후주(后主)인 이욱(李煜)은 송태조에게 사신을 보내 군대를 지원해달라고 하였으나 태조가 칼을 뽑아들어 화를 내면서 거절하였다고 함. 질투가 심하고 남을 포용할 줄 모르는 사람을 가리키는 말.

진찰을 받았다.

"이는 기맥과 혈맥이 서로 맞닿은 탓입니다. 가슴이 확 트이고 기가 통할 수 있도록 안정제를 지어드리지요."

의원의 말을 듣고 설부인은 설반에게 한바탕 화를 냈다.

"이제는 장가까지 들어서 자식을 낳아 길러야 할 판인데도 아직도 그렇게 함부로 소동을 피운단 말이냐? 남은 금지옥엽으로 고이 기른 따님을 너 같은 것도 인물이라고 보고 잘 살아보라고 짝을 맺어준 것인데 너는 본분을 지켜가며 서로 금실 좋게 살아갈 생각은 못하고 왜 이렇게 말썽만 피우느냐? 술만 퍼마시면 이렇게 사람을 못살게 구니 언제나 사람 노릇할 셈이냐? 지금에 와서 돈을 퍼주고 약을 사다 먹이느니 어쩌느니 하지만 이게 다 안 해도 되는 걱정을 하는 게 아니겠느냐."

이처럼 하금계 때문에 욕을 얻어먹게 되자, 설반은 후회막심하여 어떻게든 아내의 기분을 돌려보려고 애썼다. 그러나 시어머니가 남편을 호되게 꾸짖는 것을 본 금계는 더욱 콧대가 높아져서 여전히 성난 태도를 지어 보이며 설반을 아랑곳하지 않았다. 설반은 후회하는 마음이 더욱 커졌다. 설반이 보름이나 애를 써서야 겨우 금계의 기분이 좋아지게 되었다. 그 후로 설반은 더욱 조심하게 되었고 그러다 보니 그의 기세는 절반이나 잘린 셈이 되었다.

이처럼 남편이 백기를 들었고 마음이 어진 시어머니도 모든 일에 별로 간섭을 하지 않자, 하금계는 점점 더 세력을 넓혀나가기 시작했다. 처음에는 그저 설반을 누르고 아양과 웃음으로 시어머니를 구워삶는데 그쳤지만, 나중에는 보차까지도 깔고 앉으려 했다. 그러나 그동안 금계의 속마음을 속속들이 알아차린 보차는 매사에 임기응변과 세심한 방어로 금계의 공격을 물리쳤다. 보차가 호락호락 넘어가지 않자 이번에는 달리 또 흠집을 잡아서 기를 죽이려 했으나 그런 기회조차 쉽사리 생기지 않았다. 그래서 금계는 이를 악물고 참는 수밖에 도리가 없었다.

그러던 어느 날 금계는 무료하여 향릉을 상대로 한담하던 중에 향릉에게 고향은 어디며 부모는 누구냐고 물었다. 향릉이 아무것도 기억나지 않는다고 대답하자 금계는 향릉이 일부러 자기를 무시하는 줄로 여기고 몹시 언짢아했다.

"그렇다면 향릉이란 두 글자는 누가 지어준 거야?"

"보차 아가씨가 지어 주셨어요."

"흥! 다들 아가씨가 유식하다고 칭찬하던데 향릉이란 이름만은 잘 어울리지 않는걸!"

"그것은 아가씨가 잘 모르셔서 그래요. 우리 보차 아가씨의 학문에 대해서는 가씨댁 대감님께서도 감탄하고 계시는걸요."

뒷일이 궁금하면 다음 회를 보시라.

美香羹
屈受貪
夫捧
王道士
胡詔姻
婦方

질투에 매 맞은 향릉

진향릉은 억울하게 설반에게 매를 맞고
왕도사는 질투병에 엉터리로 처방했네

美香菱屈受貪夫棒 王道士胡謅妒婦方

금계는 그 말을 듣자마자 목을 틀면서 입술을 삐쭉거리고 코를 킁킁거리며 손뼉까지 쳐가면서 냉소를 지었다.

"마름에서 향기가 나는 걸 누가 맡아 보았대? 만일 마름이 향기를 풍긴다고 한다면 진짜로 향내 나는 꽃은 어떻게 되겠어? 아무래도 그건 잘 어울리지 않아!"

향릉이 말했다.

"아니에요. 마름꽃뿐만 아니라 연잎이나 연밥 같은 것도 모두 뭐라고 형용하기 어려운 그런 향기가 있어요. 다만 그 향기가 꽃향기와는 종류가 다를 뿐이죠. 고요한 밤중이나 이른 아침에 가만히 향기를 맡아보면 그 맑고 그윽한 냄새가 정말 꽃향기만 못하지 않아요. 심지어 마름, 맨드라미, 갈대 잎, 갈대 뿌리 같은 것도 이슬을 맞고 있을 때의 향기는 사람의 기분을 매우 상쾌하게 해주거든요."

하금계가 말했다.

"그럼 향릉의 말대로라면 난초나 계화의 향기는 좋지 않다 그 말이야?"

향릉은 한창 열이 올라 얘기에 열중하고 있었으므로 마땅히 피해야 할 말을 잊고 입을 열고 말았다.

"난초나 계화의 향기야 물론 다른 꽃들에 비할 바가 아니지요."

그 말이 떨어지기가 무섭게 하금계의 몸종인 보섬寶蟾이 향릉의 얼굴에다 대고 손가락질을 하며 소리를 질렀다.

"어머나! 죽고 싶어 환장했구만! 어떻게 아씨의 함자를 함부로 부르는 거야?"

향릉은 그제야 정신이 번쩍 들어 미안한 마음에 웃음을 지으며 얼른 사죄했다.

"잠시 아무 생각 없이 주둥이를 놀리다가 그만 실수를 했어요. 아씨께서 부디 용서해주세요."

하금계는 짐짓 대범한 척 말했다.

"이무러면 어때? 너무 소심하게 그러지마. 그렇지만 너의 이름에서 그 향좁자만은 잘 어울리지 않아. 다른 글자로 바꾸었으면 하는데 어때? 내 말대로 할 거야?"

"원 아씨도 별말씀을 다 하시네요. 전 이미 몸뚱이까지도 아씨한테 속해있는 처지가 아닌가요? 아씨께서 아무 이름이나 좋으실 대로 한 글자 지어주세요."

"설사 내가 옳게 고쳐주었다 하더라도 이 댁 아가씨는 자기가 지어준 것보다 못하다며 달가워하지 않을 텐데. 여기 시집온 지 며칠 되었다고 남이 지어준 이름을 바꾸느니 어쩌니 한다고 말이야."

"그건 아씨께서 모르고 하시는 말씀이세요. 제가 처음 이 댁에 왔을 때 마님의 시중을 들었기 때문에 아가씨가 이렇게 이름을 지어주었어요. 그렇지만 그 뒤 서방님을 모시게 되면서 아가씨와는 아무런 상관이 없게 되었어요. 그리고 지금은 제가 아씨한테 속해 있는 만큼 아가씨와는 더욱 상관이 없어졌어요. 아가씨는 사리에 아주 밝으신 분이니 이런 일로 화내실 리도 없어요."

"그렇다면 향자 대신에 추秋자를 쓰는 게 어때? 마름이나 마름꽃은 가을에 가장 무성해지니까."

"아씨께서 좋으시다면 저는 분부대로 하겠어요."

그 후로 향릉은 이름을 추릉秋菱이라 고쳐 부르게 되었고, 이에 대해서 보차도 개의치 않았다.

그런데 설반은 천성이 '농隴땅을 얻으면 촉蜀땅을 바란다'는 말처럼 욕심이 끝없는 사람이라 하금계를 아내로 맞아들이고도 또 금계를 따라온 몸종 보섬에게 은근한 욕심을 품기 시작했다. 보섬은 얼굴도 반반하고 언행도 발랄하여 제법 매력이 있었다. 설반은 일부러 차를 가져오라느니 물을 떠오라느니 하며 보섬을 가까이 하려고 애썼다.

보섬도 비록 그 눈치를 모르는 바가 아니었지만 금계의 눈이 무서워 감히 어쩌지 못하고 있을 뿐이었다. 물론 하금계로서도 그런 눈치를 모를 리가 없었다. 그런데 하금계는 이 일을 이용할 꿍꿍이를 하고 있었다.

'어떻게든지 향릉을 처치하고 싶던 차에 설반이 보섬에게 마음을 두고 있으니 이를 이용하여 보섬을 그에게 넘겨주면 반드시 향릉과 소원하게 될 것이다. 그리되면 무슨 수를 써서라도 향릉을 처치할 수 있을 것이고, 그때 가서 보섬은 내 밑에 있는 사람이니 쉽게 처리하게 될 것이다.'

속으로 이렇게 작정한 금계는 때를 기다리고 있었다.

그러던 어느 날 저녁 설반이 술이 얼큰하게 취해서 돌아와 보섬에게 차를 내오라고 했다. 보섬이 차를 가져다주자 설반은 그것을 받는 체하면서 보섬의 손등을 슬쩍 꼬집었다. 보섬은 짐짓 설반의 손을 피하는 체한다는 것이 그만 찻잔을 떨어뜨려 쨍그랑하는 소리와 함께 찻물이 두 사람의 옷자락에 튀어 오르고, 설반은 제풀에 계면쩍어서 보섬을 나무랐다. 얼굴이 빨개진 보섬이 말했다.

"서방님이 잘못 받아서 이렇게 되었어요."

그 모습을 지켜보던 하금계가 코웃음을 치며 말했다.

"두 사람은 연극 좀 그만 하세요. 누굴 바보로 아시나본데 마음대로 안 될 걸요."

설반은 고개를 숙이고 미소 지은 채 말이 없었다. 보섬은 얼굴이 빨개져서 얼른 그 자리를 피하고 말았다.

이윽고 잠자리를 보게 되자 하금계는 일부러 설반을 밖으로 내쫓으며 나가서 자라고 했다.

"당신이 욕심 부리며 헐떡이는 꼴 보기 싫으니까 제발 나가 주무세요."

설반이 그저 미소만 짓고 있으니까 금계가 말했다.

"무슨 일이든지 하고 싶은 일이 있으면 저에게 솔직하게 말씀하세요. 그렇게 도둑 같은 시늉 하지 마시고요."

그 말을 들은 설반은 술기운을 빌려 이불 위에 꿇어앉아 애걸했다.

"마누라님! 제발 저 보섬이를 내게 줘요. 그러면 당신이 시키는 대로 뭐든지 다 할게. 산 사람의 머리통을 가져오라고 해도 가져다 바칠 테야."

금계가 웃으며 말했다.

"그것 참 별말씀을 다 하시네요. 누구든 맘에 들면 분명히 말하고 남들 눈에 띄지 않게 방 안에 들여놓으면 되잖아요. 전 아무렇지도 않아요."

금계의 말에 설반은 뛸 듯이 기뻤다. 그는 거듭 고맙다고 하고 난 다음, 그날 밤엔 금계에게 남편으로서의 봉사를 극진히 해주었다. 이튿날도 설반은 밖에 나가지 않고 방 안에 처박혀서 금계와 온갖 장난을 치면서 놀았다. 오후가 되자 하금계는 일부러 자리를 피해서 설반과 보섬에게 기회를 만들어 주었다.

보섬을 끌어들인 설반은 곧 보섬을 구슬리기 시작했다. 보섬도 이미 설반의 눈치를 알아채고 몸을 빼는 척하다가 도리어 설반에게 안겨들었다. 그리하여 설반이 계집을 올라타고 막 일을 치르려는 순간이 되자 밖에서 기다리고 있던 하금계가 얼른 사아(撬兒)라고 하는 시녀를 불렀다.

사아는 어릴 때부터 하금계의 시녀였다. 부모를 일찍 여의고 의지할 곳 없던 아이라 사아라는 이름을 지어주고 주로 막일을 시키고 있었다. 지금 금계는 일부러 그런 아이를 가만히 불러들인 것이다.

"너 지금 추릉의 방에 가서 이렇게 일러라. 내 방에 가서 손수건을 좀 가져다 달라고 말이야. 내가 시키더라는 말은 안 해도 돼."

사아는 바로 향릉을 찾아갔다.

"추릉 아가씨! 마님께서 손수건을 방에다 두고 나오셨나 봐요. 그것을 좀 가져다주시지 않겠어요?"

그렇지 않아도 향릉은 요즘 금계가 자기를 몹시 거슬려하며 트집만 잡으려고 하는 까닭을 알 수가 없어서 되도록이면 금계의 비위를 거스르지 않으려고 애쓰는 중이었다. 그래서 그는 사아의 말이 끝나기가 무섭게 금계의 방으로 달려갔다.

향릉이 방 안으로 불쑥 들어섰을 때 마침 설반과 보섬은 한데 엉켜 뒹굴던 참이었다. 너무도 뜻밖의 일이라 향릉은 자기 쪽에서 몹시 당황했다. 얼굴이 새빨개진 향릉은 급히 밖으로 물러나왔다.

설반은 원래 금계의 묵인을 받고 보섬을 손에 넣었기 때문에 아무것도 두려울 것이 없었다. 그래서 문도 잠그지 않았고, 지금 향릉의 눈에 발각된 것도 약간 창피하기는 하지만 별로 대수롭게 여기지 않았다. 그러나 자존심이 강하고 입심이 센 보섬은 당황하지 않을 수 없었다. 향릉에게 자기의 추태를 보이게 된 보섬은 쥐구멍에라도 숨고 싶은 심정이었다. 보섬은 설반을 와락 밀쳐내고 밖으로 뛰쳐나오면서 억지로 자기를 범하려 했다고 입에 거품을 물고 원망을 해댔다.

"남이 싫다는 데 억지로 붙들고 이게 무슨 짓이에요!"

설반은 애걸복걸하여 겨우 손에 넣은 떡을 방정맞은 향릉 때문에 놓쳐버리자 원통한 것은 말할 것도 없거니와 분통이 터져서 견딜 수가 없었다. 설반은 향릉을 뒤쫓아 나오면서 침을 퉤퉤 뱉어가며 욕설을 퍼부었다.

"이 못된 화냥년아! 무슨 짓거리를 하려고 하필이면 이 시간에 여길 들어온단 말이냐!"

설반의 손에 붙잡혔다간 사지가 성하지 못할 것이었으므로 향릉은 걸음아 날 살려라 하고 줄행랑을 쳤다.

설반은 향릉을 쫓다 말고 다시 보섬을 찾았으나, 보섬은 어디로 숨었는지 보이질 않았다. 설반은 애꿎은 향릉한테만 죽어라 하고 욕을 퍼부었다. 저녁을 먹고 술이 얼큰해진 설반은 목욕을 하려다가 물이 좀 뜨거워서 발을 데었다. 그렇지 않아도 심사가 뒤틀려 있던 판에 발까지 데였으므로 향릉이 일부러 자기를 골탕 먹이려고 그런 거라면서 발가벗은 채로 향릉에게 달려들어 두 차례나 발길로 걷어찼다.

"이년아! 일부러 나를 골탕 먹이려 그러느냐?"

향릉은 아직 한 번도 이처럼 무지막지하게 봉변을 당한 적이 없었지만 일이 이렇게 되고 보니 어찌 할 수 없어서 슬픔과 원망 속에 그 자리를 피해 나왔다.

이때 금계는 이미 보섬에게 가만히 일러서 그날 밤에 설반과 함께 향릉의 방에서 동침하라고 하였으며, 향릉에게는 자기 방에 와서 함께 자라고 했다. 처음에는 향릉이 말을 듣지 않으려 하자 금계가 화를 벌컥

냈다. 자신이 더러워서 그러느냐, 그게 아니라면 밤에 일어나 시중들기가 싫어서 그러느냐고 하면서 이번에는 설반에게 욕을 퍼부었다.

"저 세상물정도 모르는 주인 양반은 여자만 보면 눈독을 들인단 말이야. 내 시녀를 채가더니만 이젠 너까지 잡아 놓고 보내주지 않으니 도대체 무슨 심사란 말이냐? 나 같은 건 죽어 없어지란 소린가 보구나."

이 말을 전해들은 설반은 금계의 비위를 거슬렀다가 보섬을 놓치게 될까 봐 걱정이 되었다. 그래서 향릉을 찾아가 호통을 쳤다.

"이런 배은망덕한 년 같으니라고! 오라는 대로 안 갔다간 내가 가만두지 않을 줄 알아라!"

향릉은 하는 수 없이 이불을 안고 금계의 방으로 갔다. 금계는 향릉에게 마루에서 자라고 했다. 향릉은 명에 따라 마루에 자리를 펴고 누웠다. 막 잠이 들려는데 금계가 불러서 차를 가져오라는 것이다. 이윽고 다시 잠이 들 만하면 이번엔 또 다리를 안마해 달라고 했다. 이렇게 밤새 일고여덟 번이나 불러일으키는 통에 향릉은 한잠도 제대로 자지 못하였다.

보섬을 손에 넣은 설반은 마치 보석을 손에 넣은 듯 자나깨나 보섬을 끼고 지내면서 다른 일은 일체 관여하지 않았다.

그러나 금계가 마음이 편할 리가 없었다.

'오냐. 잠시는 네가 재미 보게 놓아두겠지만 어디 두고 보자. 며칠쯤지나서 천천히 손을 봐줄 테다. 그때 가서 나를 원망하지 마라.'

금계는 속으로 이렇게 이를 악물며 향릉을 처치할 궁리에만 골몰했다.

이렇게 반달쯤 지났는데 금계는 갑자기 몸이 불편하다며 자리에 누웠다. 명치끝이 아파서 못 견디겠다고 하고 사지를 움직이기도 힘들다고 했다. 급히 의원을 청해 보았지만 별로 효험이 없었다. 그러자 사람들이 향릉 때문에 애를 태워서 저렇게 생병이 난 것이라고 수군거렸다. 이렇게 이틀 동안 소란을 피우던 끝에 하루는 금계의 베개 밑에서 종이로 만든 인형 하나가 나왔다. 그 인형에는 금계의 생년월일이 적혀 있고 가슴에 바늘이 다섯 개 꽂혀 있었다.

일이 이렇게 되고 보니 온 집안이 발칵 뒤집히지 않을 수 없었다. 이 일을 전해들은 설부인은 놀라서 어쩔 바를 몰랐고, 설반은 곧 집안에 있는 시녀들을 모조리 불러다 문초하려 들었다.

그러자 금계가 웃으며 말리는 척했다.

"부질없이 죄 없는 시녀들을 왜 때리려는 거예요? 모르긴 해도 보섬이의 장난일 거예요."

"그렇지만 보섬인 당신 방에 들어갈 만한 틈도 없었잖아? 공연히 애꿎은 사람한테 죄를 덮어씌울 건 뭐야?"

설반의 대꾸에 금계가 차갑게 웃었다.

"보섬이 외에 또 누가 있단 말이에요? 설마 나 자신이 나를 죽이려 들겠어요? 또 설사 다른 사람이 그랬다손 치더라도 누가 감히 내 방에 함부로 들어올 수 있었겠어요."

"요즘은 향릉이 매일 당신 곁에 있잖아? 그러니 그년이 잘 알고 있을 테지. 먼저 그년부터 문초해 보면 알겠군."

금계가 여전히 코웃음을 치면서 말했다.

"아무도 건드릴 필요 없어요. 나 한 사람 죽어버리면 그만이잖아요. 어차피 내가 죽어야 나리께서 더 좋은 사람을 맞아들일 수 있지 않겠어요? 솔직히 당신들 세 사람은 나 하나를 원수같이 미워하고 있잖아요."

그러면서 금계는 큰소리로 울기 시작했다.

금계의 말에 울화가 치민 설반은 손에 잡히는 대로 빗장을 집어 들더니 쏜살같이 달려가 향릉을 찾아내선 다짜고짜로 얼굴이며 몸 등을 사정없이 두들겨 패기 시작했다. 그는 무턱대고 향릉의 소행으로 단정했다. 향릉이 아니라며 억울함을 호소하자, 그 소리에 설부인이 달려 나와 아들을 꾸짖었다.

"이 녀석아! 자세히 알아보지도 않고 왜 사람부터 때리는 거냐? 이 애가 몇 해째 너를 시중들어 왔지만 언제 한 번이라도 잘못한 일이 있었더냐? 그런 애가 어떻게 그런 끔찍한 일을 할 수 있겠느냐? 흑백을 가리고 나서 때리든지 쫓아내든지 해야 할 것 아니냐."

금계는 시어머니가 하는 소리를 듣고 귀가 얇은 설반이 중도에서 물러설까 봐 더욱 악을 쓰며 울어댔다.

"반달 동안 당신이 내 시녀를 빼앗아갔기 때문에 추릉이 내 방에 와서 같이 자준 거예요. 내가 보섬이부터 문초하려는데 당신이 굳이 그 애의 편을 들면서 죄 없는 추릉이만 들볶고 있단 말예요. 그럴 것 없이 아예 나부터 죽이고 나서 더 부유하고 더 잘난 계집을 맞아들이도록 하세요. 부질없이 이런 연극을 꾸미지 말고 말이에요."

금계의 말에 설반은 더욱 화가 치밀어서 어쩔 줄을 몰라 했다. 설부인은 금계가 말끝마다 아들의 약점을 꼬투리 잡아 제 마음대로 깔고 뭉개는 것이 분하기 그지없었다. 그러나 당사자인 설반이 계집의 손에 잡혀서 살고 있는 판이라 어쩔 도리가 없었다. 게다가 지금은 아들이 제 처의 시녀한테 손을 대 정실부인을 배반한 처지요, 금계는 시녀에게 남편을 빼앗긴 점잖은 현처의 위치에 있고 보니 더욱 어떻게 해볼 도리가 없었다. 그런데 이 인형으로 저주한 짓은 도대체 누구의 소행이란 말인가? 속담에 청렴한 관리도 제 집안일은 재판하지 못한다는 말이 있듯이 설부인도 지금 어떻게 판단해야 할지 알 수가 없었다. 그래서 그는 부질없이 설반만 붙들어 앉혀놓고 꾸짖었다.

"이 쓸개 빠진 자식아! 수캐도 너보단 점잖을 거다. 어느새 또 종년한테 손을 대서 여편네 몸종을 빼앗아 갔다느니 어쨌다느니 하고 욕을 얻어먹는 거냐? 그래 가지고서 어떻게 남들 앞에 얼굴을 들고 다닐 수 있겠느냐? 도대체 누가 그런 몹쓸 짓을 했는지는 모르겠다만 확실히 알아보지도 않고 어째서 아무나 함부로 두들겨 패고 야단이냐. 난 네가 새것을 보면 헌 것은 거들떠보지도 않는 성미인 줄을 잘 알고 있다. 예전에 내가 그만큼 타일렀건만 넌 벌써 다 잊었구나. 설사 이 애가 정말 그런 일을 했다 하더라고 넌 때릴 자격이 없어. 당장 사람을 불러 그 애를 팔아버려야겠다. 그래야 네놈도 속이 시원할 테니까."

그리고는 다시 향릉에게 명했다.

"네게 딸린 옷가지며 물건들을 챙겨 가지고 나를 따라오너라."

그러면서 설부인은 또 다른 사람들에게 소리를 질렀다.

"빨리 누구한테 시켜서 사람장수를 불러오도록 해라. 돈은 몇 냥 못 받아도 괜찮으니 어서 팔아치워서 눈에 든 가시를 뽑아버려야 다들 하루라도 편안히 살 게 아니냐?"

설반은 어머니가 이토록 화를 내자 고개를 푹 떨어뜨린 채 더 이상 아무 말도 하지 못했다. 그러나 금계는 시어머니의 말이 끝나기가 무섭게 창밖을 내다보며 목을 빼고 울었다.

"어머님은 사람을 팔겠으면 파실 게지 왜 당치도 않게 애꿎은 사람을 빗대어 말씀하시는 거예요? 저희들이 어디 그처럼 질투가 많아서 사람 하나 용납 못하는 옹졸한 사람인가요? 눈엣가시라니 누구를 두고 하시는 말씀인가요? 제가 추릉을 시샘해서 그러는 거로 생각하신다면 전 보섬이도 방 안에 들이지 않았을 거예요."

금계가 이렇게 대들자 설부인은 너무도 기가 막혀 온몸을 부들부들 떨었다.

"너는 그게 어느 집에서 배워먹은 버르장머리냐! 시어머니가 밖에서 말하고 있는데 며느리가 어찌 창밖에다 대고 말대답을 한단 말이냐! 그러고도 양가집 딸이라는 말이 나오느냐? 울고불고 앙탈을 부리는데 도대체 무슨 말이 하고 싶은 게냐?"

설반이 중간에서 발을 동동 굴렀다.

"됐어요, 그만하세요! 남들이 듣고 웃겠어요."

그러나 금계는 끝장을 볼 셈으로 더욱 발악하며 소리를 질렀다.

"난 남들이 비웃는 것도 겁나지 않아요. 당신의 첩이 나를 죽여 없애려는데 그깟 남이 웃는 일이 대수예요? 그렇지 않으면 그년을 그냥 남겨두고 아예 나를 팔아버리든가. 이 댁 설씨네 가문이 돈 많은 부자인 건 세상이 다 알고, 또 잘난 친척들이 많아서 걸핏하면 사람을 협박한다는 소문도 자자하던데요. 그러니 일찌감치 수완을 부려보실 일이지 뭘 이러고 있어요? 내가 나빠서 그렇다면 왜 처음에는 눈이 멀었던가요? 뭐 하러 세 번 네 번씩 우리 집에 찾아와 혼사를 구걸했냔 말예요. 이제 와서 사람을 손에 넣었겠다, 금은 예물도 받아 챙겼겠다, 또 얼굴 반반한 남의 몸종까지 차지했겠다, 그러니 이젠 나 같은 건 내쫓고 싶겠죠!"

금계는 울고불고하며 뒹굴면서 발광하며 제 손으로 자기 뺨을 때렸다.

일이 이렇게 되고 보니 설반은 더욱 곤란해졌다. 말리자니 말을 들어줄 것 같지도 않고, 달래자니 소용이 없을 것 같았으며, 때리자니 그렇다고 일이 해결될 것도 아니었고, 애원을 하자니 그것도 먹혀들 것 같지 않아서 장탄식을 하면서 그저 운수가 사납다고 원망할 뿐이었다. 이때 설부인은 보차에게 끌려 자기 방으로 돌아갔는데, 돌아가서도 소리를 지르며 당장 향릉을 팔아버리라고 명했다.

그러자 보차가 말했다.

"우리 집에서는 사람을 사들이기는 했어도 사람을 팔아버린 적은 없어요. 어머님이 화가 나셔서 잠시 정신이 어떻게 되신 모양이에요. 남들이 들으면 얼마나 웃겠어요? 오빠나 올케가 향릉을 싫다고 하면 제가 데리고 있으면 되질 않겠어요. 저도 사람이 필요하니까요."

설부인이 말했다.

"공연히 남겨둬 봤자 시끄럽기만 할 테니 내보내는 게 속 시원할 것 같구나."

보차가 웃으며 말했다.

"제가 데리고 있으면 마찬가지예요. 어쨌든 저쪽에 가지만 않게 하면 될 거예요. 팔아버린 거나 마찬가지로 올케네 하고 아주 관계를 끊어버리면 되잖아요."

향릉은 벌써부터 설부인 앞에 와서 통곡하면서 절대로 나가지 않겠으며 부디 아가씨를 모시고 있게 해달라고 애원하고 있었으므로 설부인으로서도 어쩔 수가 없어서 허락하고 말았다.

그로부터 향릉은 보차의 시중을 들며 함께 지냈으며 설반의 거처와는 완전히 왕래를 끊었다. 비록 그렇기는 하지만 여전히 달을 보고 슬퍼하고 등불을 돋우며 스스로 탄식하곤 하였다. 향릉은 본래 몸이 약해서 설반의 방에서 몇 년을 지내면서도 월경이 순조롭지 않은 병으로 임신을 못하고 있었다. 그런 데다 이번 일을 겪으면서 지금 화가 나고 감정이 격해져서 안팎으로 견딜 수가 없게 되자 마침내 건혈증乾血症[1]이 되고 말았다. 날마다 바짝바짝 말라가며 열이 치솟았고 음식도 입에 들어가지 않았으며 의원을 불러 약을 복용했지만 아무 효험도 없었다. 그동안 금계는 수차례나 더 소란을 일으켰으므로 화가 난 설부인과 보차는 속으로 눈물을 흘리며 팔자타령을 할 뿐이었다. 설반은 비록 술에 의지하여 서너 차례 대들면서 몽둥이를 들고 때리려고 해보기도 했지만 금계는 몸을 통째로 디밀며 맘대로 때리라고 오히려 달려들었다. 설반이 칼을 들고 죽이겠다고 나서면 금계는 오히려 목을 내놓으며 마음대로 내려치라고 맞받아쳤다. 그러니 설반도 두 손과 두 발을 다 들고 그냥 한바탕 시끄럽게 소동만 부리다 그만둘 수밖에 없었다. 이제는 그런 것이 아주 습관이 되어 버려서 금계는 위세는 높아만 갔고 반대로 설반은 점점 기가 죽었다. 비록 향릉이 아직 집안에 남아 있었지만 아예

---

1 부인병의 일종으로 월경이 순조롭지 않거나 폐경이 될 때 나타나는 병증.

없는 듯이 생각하고 있었으므로 금계는 비록 기분이 썩 좋은 것은 아니더라도 거치적거리는 느낌은 없었다. 그래서 더 이상 향릉에게는 신경 쓰지 않고 화살은 점점 보섬에게 겨누어졌다.

보섬은 향릉과 성품이 전혀 달라서 마른 장작에 붙은 불같았으며, 설반과 찰떡같이 붙어서 금계의 존재를 완전히 잊고 있었다. 요즘 들어 금계가 자신을 업신여기자 보섬은 조금도 지려고 하지 않았다. 처음에는 그래도 앞뒤 가리지 않고 말다툼이나 하는 정도였지만 나중에는 아예 금계의 화를 극도로 돋워서 마침내 금계가 욕설을 퍼붓고 매를 들게까지 하였다. 보섬은 맞받아치거나 욕할 수는 없었지만 미친 듯이 날뛰면서 머리를 싸매고 땅바닥을 뒹굴며 죽느니 사느니 하고 발광을 하였으며, 낮이면 칼이나 가위를 들고 설치고 밤이면 죽겠다고 밧줄을 걸고 나오는 등 온갖 험악한 짓을 안 하는 게 없었다. 설반은 이럴 때면 혼자 몸으로 두 사람을 상대할 수 없어 두 사람 사이를 오가며 관망하다가 아주 심각한 지경에 이르면 바깥채로 나가 숨어버렸다.

금계는 발작하지 않을 때는 때때로 사람들을 불러 모아 종이패를 치거나 주사위놀이를 하며 즐겼다. 그리고 평소에 갈비나 뼈를 뜯어먹기 좋아하여 매일같이 닭과 오리를 잡아서 고기는 남들한테 주고 자신은 뼈를 기름에 튀겨 술안주로 먹곤 하였다. 그러다가 짜증이 나거나 화가 나면 함부로 욕을 해대는 것이었다.

"어떤 놈은 기생을 끌어들여 놀고 있는데 난 왜 즐기지 못한다는 거야!"

그럴 때마다 설씨네 모녀는 전혀 모른 체하며 상관도 하지 않았다. 설반도 별다른 방도가 없는지라 저렇게 집안을 휘젓는 여자를 아내로 잘못 맞아들였다고 밤낮으로 후회를 거듭하였다. 하지만 어쩔 도리가 없었다. 그리하여 녕국부와 영국부 사람들은 윗사람이든 아랫것들이든 모르는 사람이 없었으며 또 탄식하지 않는 사람이 없었다.

그때 보옥은 이미 백 일이 지난 뒤여서 밖으로 나다닐 수 있게 되었다. 그래서 한번 찾아가 금계를 만나보았는데 행동거지도 그다지 그악스럽게 보이지 않았으며 아리따운 모습이 다른 자매들과 별반 다르지 않았다. 그런데 어떻게 그런 성질이 나올 수 있는지 그로서는 기이하게만 여겨졌다.

그렇게 의아한 생각을 갖고 있던 어느 날 보옥은 왕부인에게 문안 인사를 갔다가 마침 인사차 찾아온 영춘의 유모를 만났는데, 영춘의 유모는 손소조의 바르지 못한 행동에 대해 얘기하면서 이런 말을 하는 것이었다.

"아가씨는 남몰래 눈물을 흘리며 세월을 보내고 있어요. 단 이틀간이라도 여기로 불러서 위로해 드렸으면 좋겠어요."

왕부인이 말했다.

"그렇지 않아도 그 애를 불러올 생각이었네. 다만 일고여덟 가지 일이 뜻대로 되지 않아 잠깐 잊고 있었을 뿐이야. 지난번에 보옥이가 갔다 와서도 그런 말을 했거든. 내일이 좋은 날이니 불러오도록 하지."

그런 말을 하고 있을 때 가모가 사람을 보내 보옥을 찾았다.

"내일 아침 일찍 천제묘天齊廟에 분향을 하고 정성을 드리고 오라고 하십니다."

보옥은 지금 어디론가 나가지 못해서 안달하던 참이라 그 말을 듣고 좋아하며 밤새 설레는 마음으로 잠도 이루지 못하였다. 다음 날 보옥은 일찍 서둘러 세수를 마치고 옷을 갖춰 입은 다음 할멈 두세 사람을 따라 수레를 타고 서쪽 성문 밖에 있는 천제묘에 가서 분향하고 치성을 드렸다. 이 천제묘에서는 벌써 어제부터 모든 준비를 다 갖춰놓고 있었다. 보옥은 천성이 겁이 많아서 감히 귀신상에 가까이 다가가지도 못하였다. 천제묘는 본래 본조本朝에 와서 지은 것으로 규모가 웅장하였으나 세월이 오래 흐르다 보니 지금은 지극히 황량한 상태였으며 안에는 진흙으로 빚은 신상들이 모두 흉악한 모습으로 서 있었다. 보옥은 서둘러 종이말과 지전을 태우고 나서 도원道院으로 물러나와 휴식을 취하였다.

잠시 후 밥을 먹고 난 뒤에 할멈과 이귀 등은 보옥을 데리고 각처를 데리고 다니며 구경을 시켜주었다. 그러다가 보옥이 피곤해져서 다시 조용한 방으로 돌아와 쉬고 있는데 할멈들은 보옥이 잠이 푹 들까 봐 이곳 사당을 관리하는 왕도사를 데리고 들어와 이야기를 들려주도록 하였다.

이 왕도사는 세상을 돌아다니며 약을 파는 약장수였다. 그는 마구잡이로 약을 처방해서 사람을 치료하고 이득을 취하는 이로 이 사당의 문 앞에다 간판을 내걸고 환약과 가루약, 고약, 단약 등 색색의 약을 모두 팔고 있었다. 그는 평소에 녕국부와 영국부에도 자주 드나들던 사람이라 잘 알고 있었으며 모두들 그에게 별명을 지어서 왕일첩王一貼이라고 불렀다. 그의 고약이 하도 영험하여 한 번만 붙이면 백병이 낫는다는 뜻이었다.

왕일첩이 들어올 때 보옥은 구들에 비스듬히 기대 누워 잠을 청하려고 하고 있었다. 이귀李貴 등은 보옥이 잠들지 못하도록 자꾸 깨웠다.

"도련님! 이런 데서 주무시면 안 돼요."

그러면서 모두들 왕일첩을 맞으며 웃으면서 말했다.

"어서 오세요. 아주 잘 오셨어요, 왕 선생님. 재미있는 옛날 얘기를 잘하시니까 우리 도련님한테 좀 들려주세요."

왕일첩이 웃으며 말했다.

"그렇습니다. 도련님! 주무시지 마시고 어서 일어나세요. 방금 먹은 면발이 뱃속에서 난리를 일으킬 겁니다."

그 말에 방 안의 사람들이 다들 웃음을 터뜨렸다. 보옥이도 웃으며 일어나 옷을 바로 입었다. 왕일첩은 제자들에게 어서 질 좋은 차를 우려내 오라고 하였다.

그러자 명연이 대답했다.

"우리 도련님은 당신네들 차는 안 마셔요. 이 방에 앉아 있는 것만 해도 고약 냄새 때문에 괴로우신 걸요."

왕일첩이 웃으며 말했다.

"아이고 천만의 말씀을 다 하십니다. 고약은 방 안으로 가지고 들어온 적이 없습니다. 오늘 도련님이 반드시 오실 줄 알았기 때문에 사나흘 전부터 향을 가져와 피워두었거든요."

보옥이 말했다.

"그런데 말이야. 매일같이 왕 선생네 고약이 좋다는 말만 들었는데 도대체 무슨 병을 고치는 거요?"

"도련님께서 저의 고약에 대해 물으신다면 정말 드릴 말씀이 많지만, 그 세세한 사연은 이루 다 말씀드릴 수도 없습니다. 대체로 백스무 가지나 되는 약을 배합하여 만드는데 이 약을 쓰면 임금과 신하가 서로 어울리고 주인과 손님이 서로 화목하게 되며, 덥고 찬 것이 조화를 이루고 귀하고 천한 것이 고르게 됩니다. 안으로는 원기를 보태어 위장을 튼튼히 해서 소화를 도우며, 정신을 맑게 하고 심기를 안정시키며, 추위와 더위를 이기게 하고, 담을 제거하며, 밖으로는 혈맥을 잘 돌게 하고, 근육을 이완시키며, 죽은 살을 없애고 새살을 돋게 합니다. 풍을 가라앉히고, 독기를 빼버립니다. 그 효과가 신령스러워 붙여보신 분은 누구나 아실 수 있습니다."

"그렇게 고약 한 장 붙였다고 온갖 병이 다 낫는 만병통치약이 어딨어요? 한 가지 물어보겠는데 혹시 이런 병에 붙이는 약도 있나요?"

"백 가지 병이나 천 가지 재앙에도 즉시 효과보지 않은 게 없습니다. 만일 효과를 보지 못하면 제 수염을 다 뽑아버리고 이놈의 늙은 상판대기를 후려쳐도 좋고, 저의 사당을 다 무너뜨려도 좋습니다. 그러니 어서 무슨 병인지나 말씀해 보세요."

"한번 알아 맞혀 봐요. 만약 알아맞히면 도사님 고약을 붙여볼게요."

왕일첩은 골똘히 생각을 하다가 웃으면서 말했다.

"그거 참 맞히기가 어렵겠는데요. 고약으로는 고쳐지지 않을지도 모르겠군요."

보옥은 이귀 등에게 명하였다.

"나가서 바람이나 쐬다가 와. 여기 방 안에 사람이 너무 많으면 덥고 냄새가 나니까."

이귀 등은 그 말에 모두들 제 일을 보러 나가고 명연이 한 사람만 남겨두었다. 명연은 손에서 몽첨향夢甛香 하나를 꺼내 불을 붙였다. 보옥은 명연을 불러 옆에 앉으라고 하더니 자신은 그의 몸을 등받이 삼아 기대었다.

왕일첩은 무엇인가 생각이 난 듯 히히 웃으며 앞으로 다가와서 조용히 말했다.

"알았습니다. 틀림없이 도련님께선 지금 방중房中의 일이 있으실 테니 그걸 도와주는 약이 필요하신 거죠? 그렇지 않습니까?"

그 말이 끝나기도 전에 명연이 소리를 버럭 질렀다.

"쓸데없는 소리! 어서 입을 닥치지 못해요!"

보옥은 그때까지도 무슨 말인지 알아듣지 못하고 황급히 물었다.

"뭐라고 그랬는데?"

"쓸데없는 말이라 아실 것도 없어요."

왕일첩은 놀라서 감히 다시 물을 수가 없었다.

"그러지 마시고 도련님께서 분명하게 말씀해 주시기 바랍니다."

보옥이 물었다.

"여자들이 질투하는 병에 붙이는 고약이 있나 해서요."

왕일첩이 박수를 치며 웃었다.

"그건 정말 어쩔 수가 없군요. 그런 처방도 없을 뿐만 아니라 들어보지도 못했습니다."

보옥이 웃으며 말했다.

"그렇다면 도사님의 고약이란 것도 별게 아니로구먼."

왕일첩은 얼른 둘러대며 말했다.

"질투를 고치는 약으로 붙이는 고약은 없지만 먹는 탕약은 있습니다만 고칠 수 있을지는 모르겠습니다. 곧바로 효과가 나타나진 않고 좀 시간이 걸립니다."

"무슨 탕약인데요? 복용법은 어떠한지요?"

"이 약은 '요투탕療妬湯'이라고 부르는 건데 잘 익은 가을 배 한 개와 얼음사탕 두 푼, 진피陳皮 한 돈에 물 세 그릇을 넣어 배가 익을 때까지 달이면 됩니다. 매일 아침 일찍 이 배 하나씩 계속 먹으면 병이 나을 겁니다."

"그건 뭐 별로 어려울 게 없네요. 하지만 효과가 없을 것 같은데요."

"한 첩 먹고 효과가 없으면 열 첩을 먹으면 되고, 오늘 효과가 안 나타나면 내일 또 먹으면 되고, 올해 효과가 없으면 내년까지 계속 먹으면 되지요. 어찌 되었든 이 세 가지 맛이 나는 약은 폐에도 좋고 위장도 상하게 하지 않으며 달콤한 것이 기침을 멈추게도 하고 맛도 있습니다. 백살까지 먹다보면 사람이야 어차피 죽을 테니, 죽고 나면 무슨 질투하는 일이 있겠습니까. 그렇게 되면 바로 효과를 보게 되는 거지요."

보옥과 명연은 그만 앙천대소를 하고 말았다.

"저런 엉터리! 돌팔이 의원이었잖아!"

왕일첩도 여전히 싱글벙글 웃으면서 말했다.

"심심하니까 졸음이나 쫓으시라고 해드린 말씀입니다. 그게 무슨 상관이 있겠습니까. 웃음을 얻었으니 그게 바로 좋은 거 아니겠습니까. 도련님한테만 가만히 사실을 말씀드리면 저 고약도 사실은 가짜입니다. 나한테 진짜 약이 있으면 제가 그걸 먹고 신선이 되고 말지요. 여기 와서 이런 짓이나 하고 있겠습니까?"

그러는 사이에 시간이 되어 보옥 일행은 다시 나가 분향하고 치성을 드린 뒤에 집으로 돌아갔다.

그때 영춘은 이미 집으로 돌아온 지 반나절이나 되었다. 영춘을 따라 왔던 손씨네 집 할멈들과 어멈들은 저녁 대접을 받은 뒤에 자기네 집으로 돌아갔다. 영춘은 그제야 울음을 터뜨리며 왕부인에게 억울한 속사정을 호소했다.

"손소조는 지독한 호색한에다 노름꾼으로 술도 한없이 먹는 주정뱅이에요. 집안에 있는 하인 마누라나 시녀들을 어느 하나 손대지 않은 사람이 없어요. 보다 못해 두세 차례 충고했더니 못된 버릇을 고치기는커녕 저한테 마구 욕을 해대면서 저더러 '질투 항아리 할멈이 만들어낸 못된 년'이라고 하는 거예요. 또 돈 얘기를 꺼내기를 전에 아버님이 오천 냥을 받았다고 하는데 그걸 받아서는 안 되는 것이었어요. 지금 그걸 되받으려고 두세 번이나 재촉하다가 못 받아내니까 제 얼굴에 손가락질을 하면서 '너야말로 공연히 아씨마님 행세할 생각 마라. 네 아비가 돈 오천 냥을 쓰고 너를 나한테 팔아넘긴 거나 마찬가지야. 어찌 됐건 너에게 실컷 매를 쳐서 시녀방 속에 처넣어도 할 말이 없는 거야. 알겠어? 예전에 너희 할아버지가 있을 때는 우리 집의 부귀영화 덕을 좀 보자고 달라붙기에 상대해 주었던 거야. 따지고 보면 난 너희 아버지뻘이란 말이야. 지금 억지로 내 머리를 누르려고 이런 혼인을 시켜서 한 항렬을 내리게 했지 뭐냐. 이런 혼사를 하지 말았어야 해. 게다가 남들이 보기에는 마치 우리가 너희네 덕 보려고 빌붙은 꼴이 되었으니 말이야'라는 게 아니겠어요? 저는 어떡하면 좋아요!"

영춘은 이렇게 이야기하면서 계속 흐느꼈고, 듣고 있던 왕부인과 여러 자매들도 모두 눈물을 흘렸다.

왕부인은 좋은 말로 잘 달래는 수밖에는 없었다.

"어쩌다 그렇게 막돼먹은 인간을 만나고 말았니? 하지만 어쩌겠어? 그때 네 작은 아버님도 네 아버님을 말리면서 이 혼사를 하지 말라고 권하지 않았더냐. 큰 대감께서 고집을 피우시며 말씀을 듣지 않고 혼자 주장하시더니 결국은 이런 결과가 됐구나. 얘야. 그것도 네 팔자인 모양이다!"

영춘은 울면서 말했다.

"저는 내 운명이 이렇게까지 나쁘리라고는 생각지도 못했어요. 어려서 친엄마를 잃었지만 다행히 숙모님 곁에서 여러 해 동안 조용한 나날을 지내왔는데, 이제 와서 이런 지경에 이르다니요."

왕부인은 영춘을 달래면서 한편으로는 어디가 편한지 마음대로 골라서 쉬도록 하라고 일렀다.

"갑자기 자매들과 헤어지고 보니 꿈에도 잊지를 못했어요. 제가 있던 집 생각도 간절하게 났고요. 대관원의 옛날 집에서 사나흘만이라도 지내다 가면 죽어도 한이 없을 것 같아요. 다시는 대관원에서 지낼 수 없을지도 모르니까요."

왕부인이 얼른 달랬다.

"쓸데없는 소리 하지 마라. 젊은 부부는 가끔 다투기도 하는 거야. 그건 세상 사람들 누구나 다 마찬가지야. 그런 불길한 얘기는 하는 게 아니다."

왕부인은 사람을 시켜 전에 영춘이 지냈던 자릉주의 방을 잘 청소하도록 하고 자매들에게는 곁에서 동무하며 마음을 풀어주도록 했다. 그리고 보옥에게도 일렀다.

"노마님 앞에 가서 절대로 이런 얘기를 해서는 안 된다. 만일 노마님이 아시게 되면 그건 다 네가 일러바쳤다고 생각할 테다."

보옥은 잘 알겠다고 대답했다.

영춘은 이날 저녁 옛날 집에서 하루를 묵으며 자매들과 오랜만에 회포를 풀었다. 영춘은 그곳에서 연거푸 사흘을 묵고 나서야 형부인의 거처로 옮겨갔다. 영춘은 가기 전에 먼저 가모와 왕부인에게 인사하고 자매들과도 작별인사를 했는데, 그 순간 더욱 슬픔에 겨워서 차마 발길이 떨어지지 않았다. 왕부인과 설부인 등이 잘 달래며 위로한 끝에 영춘은 겨우 울음을 그치고 형부인의 거처로 건너갔다. 영춘이 그곳에서 이틀을 더 묵고 있노라니 손소조의 집에서 사람을 보내왔다. 영춘은 가고 싶지 않았지만 손소조의 행패가 두려워서 가까스로 마음을 추스르고 작별하였다. 그러나 형부인은 영춘의 일을 별로 마음에 두지 않았으므로 부부간에 화목한지 집안일은 어떤지 전혀 묻지도 않고 면전에서 인사치레만 할 뿐이었다.

영춘의 운명이 끝내 어찌 되려는지, 뒷일이 궁금하면 다음 회를 보시라.

(제 5권 〈엇갈린 운명과 이별〉로 계속)

등장인물

가교저(賈巧姐)　　가련과 왕희봉의 딸로 금릉십이차 중 한 명이다. 처음에는 대저大姐로 불리다가 유노파가 교저라는 이름을 지어준 후로 교저로 불린다. 가부賈府가 몰락한 뒤, 가운, 가환 등이 몰래 팔아버리려고 하나 유노파의 도움으로 위기를 벗어난다. [6]

가련(賈璉)　　가사의 장남이고 왕희봉의 남편이다. 임기응변에 능한 편이지만 재주나 영리함이 왕희봉보다 훨씬 못하다. 글공부는 멀리하면서 여인들과 어울려 다니는 데만 관심을 가지며, 왕희봉 몰래 우이저를 첩으로 들였다가 들통 나 곤욕을 치르기도 한다. 희봉이 죽자 시녀였던 평아를 아내로 맞이한다. [2]

가모(賈母)　　가씨 집안의 최고 어른으로 가대선의 부인이다. 금릉의 귀족 사후가史侯家의 딸로 사태군史太君이라 부르기도 한다. 가보옥의 조모이고 임대옥의 외조모이다. 적손자인 가보옥을 끔찍이 총애하고 귀하게 여긴다. 가부가 번성하던 시기의 부와 영예의 향유자이다. [2]

가보옥(賈寶玉)　　입에 옥을 물고 태어나 이름을 보옥이라고 한다. 영국부의 적손으로 가정과 왕부인 사이에서 난 아들이다. 임대옥과는 고종사촌지간이고 설보차와는 이종사촌지간이다. 귀족가문의 자제이지만 자유분방하고 전통적인 예교에 반하는 행동을 일삼는다. 괴팍한 성격과

* 〔 〕안의 숫자는 해당 인물이 처음 나오는 회를 뜻한다.

독특한 정신세계를 지닌 인물이기도 하다. 목석전맹木石前盟의 임대옥과
결혼하기를 원하지만 가모와 왕희봉의 계략으로 설보차와 결혼하게 된다.
인생무상을 느낀 가보옥은 과거장에서 사라지고 훗날 나루터에서 가정을
만나지만 목례만 남긴 채 스님과 도사와 함께 눈 덮인 광야로 사라진다. [2]

가석춘(賈惜春)　가경의 딸이고 가진의 누이로 금릉십이차 중 한
명이다. 가보옥과는 사촌지간이고 가부賈府의 네 자매 중 가장 어리다. 회
화繪畫에 소질이 뛰어나다. 평소 수월암水月庵의 어린 비구니 지능과 자주
어울렸는데 훗날 가부가 몰락한 뒤 비구니가 된다. [2]

가영춘(賈迎春)　가사의 딸이고 가련의 이복누이로 금릉십이차 중
한 명이다. 성격이 유약하고 순종적이며 모든 일에 대해 묵묵히 방관자적
인 태도를 취하는 인물이다. 포악하고 탐욕스러운 손소조에게 시집 가 온
갖 핍박을 당하다가 결국 1년 만에 죽는다. [2]

가용(賈蓉)　가진의 아들이고 진가경의 남편이다. 외모가 수려하
고 화려한 옷차림을 하고 다니며 음험한 속내를 지닌 인물이다. 왕희봉을
희롱하기도 하고 계책을 세워 가련이 몰래 이모인 우이저와 신방을 차릴
수 있게 도와준다. [2]

가운(賈芸)　가부賈府 일가의 인물로 가보옥에게는 조카가 된다. 가
보옥보다 서너 살 많지만 가보옥의 양아들이 되기를 원하며, 영리하고 잔
꾀가 많다. 왕희봉의 비위를 맞추어 대관원에서 화초와 나무 심는 일을 맡
는다. 후에 교저를 몰래 변방으로 팔아버리려는 계략을 세우기도 한
다. [13]

가진(賈珍)　녕국부 가경의 아들로 세상일에는 관심이 없고 풍류에
만 빠져 산다. 며느리인 진가경과 부정한 일을 저지르고 이 일로 진가경은
자살한다. 처제인 우이저와 우삼저에게도 음탕한 마음을 품는다. [2]

가탐춘(賈探春)　가정의 차녀로 금릉십이차 중 한 명이다. 생모는

조이랑이다. 적극적이고 활달한 성격에 가씨 자매 중 재능이 가장 비범하지만 서출이라는 지위와 몰락해 가는 집안 때문에 재능과 포부를 제대로 펼치지 못한다. 청명절淸明節에 바닷가 멀리 시집가 쓸쓸하게 살아간다.[2]

묘옥(妙玉) 농취암攏翠庵에 거주하는 비구니로 금릉십이차 중 한 명이다. 귀족가문 출신이어서 성격이 고상하면서도 괴팍한 면이 있다. 세속과 잘 어울리지 않았으나 가보옥에게는 은근한 정을 느낀다. 후에 가부에 침입한 도적떼에게 겁탈당하고 어디론가 끌려가 사라지는 불행한 운명을 맞는다.[17]

반우안(潘又安) 사기의 고종사촌으로 어려서부터 사기와 깊은 정을 나누어 서로 혼인하기로 약속한다. 대관원大觀園의 문지기 할멈들을 매수하여 사기와 밀회를 나누다가 원앙에게 발각된다. 사기가 집안의 반대로 반우안과 결혼 못하게 되어 자살하자 반우안도 따라서 자살한다.[71]

사기(司棋) 가영춘의 시녀로 강직한 성격의 소유자이다. 고종사촌 반우안과 대관원에서 밀회를 하다가 원앙에게 들킨다. 대관원이 수색 당할 때, 거처에서 반우안의 물건과 편지가 발견되어 쫓겨난다. 어머니로부터 반우안과의 결혼을 승낙 받지 못하자 벽에 머리를 부딪쳐 자살한다.[7]

사대저(傻大姐) 가모의 방에서 막일하는 시녀로 뚱뚱하고 우둔하여 '바보 아가씨'라는 뜻인 사대저로 불린다. 대관원에서 놀다가 수춘낭繡春囊을 발견하는데 이 일이 대관원 수색 사건의 발단이 된다. 또 가보옥이 설보차에게 장가들 것이라고 임대옥에게 발설한다.[73]

사상운(史湘雲) 가모의 질녀로 금릉십이차 중 한 명이다. 임대옥과 마찬가지로 일찍이 부모를 여의고 남의 집에 얹혀사는 신세이나 천성적으로 호방하고 쾌활한 성격 덕분에 처지를 비관하거나 상념에 젖는 일이

거의 없다. 후에 위약란과 결혼하나 행복한 삶을 누리지는 못한다. [19]

설반(薛蟠)　설보차의 오빠이다. 하금계의 남편이고 향릉을 첩으로 맞는다. 귀족자제임에도 불구하고 무지하고 저속한 인물이다. 향릉을 첩으로 사면서 사람을 때려죽인다. 후에 또다시 살인 사건에 연루되어 잡혀 들어가지만 결국 사면 받아 석방되고 잘못을 뉘우친다. [3]

설보금(薛寶琴)　설부인의 질녀이다. 용모가 빼어나고 재능과 식견이 뛰어나 설보차와 견주어도 손색이 없을 정도이다. 부친이 사망한 후, 가부에 잠시 머물면서 대관원의 여인들과 함께 시부詩賦를 지으며 어울려 지낸다. 후에 매한림의 아들과 결혼한다. [49]

설보차(薛寶釵)　설부인의 딸이고 설반의 여동생으로 금릉십이차 중 한 명이다. 왕부인의 질녀로 가보옥과는 이종사촌지간이다. 온유돈후溫柔敦厚하고 인정에 밝은 성품으로 유교의 전형적인 여인상이라 할 수 있다. 금옥양연金玉良緣의 연분으로 가보옥과 결혼하지만 가보옥이 출가하면서 독수공방하는 신세가 된다. [4]

손소조(孫紹祖)　가영춘의 남편이다. 집안 대대로 군관軍官 출신으로 노름을 좋아하고 주색에 빠져 산다. 영춘과 결혼하고서도 집안의 하녀들을 겁탈하고 영춘에게 난폭하게 군다. 제5회 영춘에 대한 판사判詞에서 '중산의 이리中山狼'로 비유된다. 영춘은 손소조의 학대를 이기지 못해 결혼 1년 만에 죽는다. [79]

왕부인(王夫人)　가정의 처이자 가보옥의 모친이다. 설부인의 언니이고 왕자등의 여동생이다. 영국부에서 가씨賈氏, 왕씨王氏, 설씨薛氏 가문을 연결하는 인물이다. 하나밖에 없는 아들인 가보옥을 지나치게 보호하고 걱정한다. [2]

왕희봉(王熙鳳)　가련의 처로 금릉십이차 중 한 명이다. 왕부인의 질녀이니 가보옥에게는 사촌누이이자 형수가 된다. 아름다운 외모에 남성적인 기질을 가진 인물이다. 재치와 유머 감각이 매우 뛰어나고 사무처리 능력 또한 탁월하여 가부의 안팎을 장악한다. 권모술수에 능하고 자신의 이익을 위해서라면 수단과 방법을 가리지 않아 고리대금을 놓고 사람의 목숨을 해치기도 한다. [3]

우삼저(尤三姐)　녕국부 우씨尤氏의 이복동생이고 우이저의 친동생이다. 당차면서 남성을 유혹할 줄 아는 매력적인 여성이다. 유상련을 연모하여 약혼하게 되지만 유상련이 그녀의 정조를 의심하여 파혼을 선언하자 원앙보검으로 스스로 목을 베어 자살한다. [63]

우씨(尤氏)　녕국부 가진의 처이자 가용의 계모이다. 주변 사람에 대해 배려가 깊으나 우유부단하고 무능하여 하인들이 우씨의 지시를 잘 따르지 않는다. 녕국부가 몰수당하자 영국부에 얹혀사는 신세가 된다. [5]

우이저(尤二姐)　녕국부 우씨尤氏의 이복동생이고 우삼저의 친언니이다. 가련과 정분이 나 살림을 차리지만 이 사실이 왕희봉에게 발각된다. 그 후 왕희봉의 계략으로 가부에 들어가 살게 되고 왕희봉으로부터 온갖 학대를 받다가 절망하여 금을 삼키고 자살한다. [63]

원앙(鴛鴦)　가모의 시녀로 가모의 두터운 신임을 받는 인물이다. 대대로 노비 집안의 자식이지만 강직하고 신의가 있다. 가사가 첩으로 데려가려고 하자 머리를 자르겠다고 하며 저항한다. 가모가 죽자 따라서 목을 매 자살한다. [20]

유상련(柳湘蓮)　원래 명문가의 자제로 성격이 호탕하고 의협심이 강한 인물이다. 극단 사람들과 함께 어울려 연극 공연을 하기도 하고 가보옥, 진종 등과 친분을 쌓으며 지낸다. 우삼저와 약혼하나 그녀에 대한 안 좋은 소문을 듣고 파혼을 요구한다. 우삼저가 원앙검으로 자살하자 후회하면서 출가한다. [47]

이환(李紈)　가보옥의 형인 가주의 처이고 가란의 모친으로 금릉십이차 중 한 명이다. 일찍이 청상과부가 되어 목석같은 마음으로 살지만 말년에 아들 가란이 공을 세워 높은 지위에 오르자 여복을 누리게 된다.[4]

임대옥(林黛玉)　　가모의 외손녀이고 가보옥의 고종사촌동생으로 금릉십이차 중 한 명이다. 일찍 부모를 여의고 이러한 처지 때문에 늘 비애와 상실감에 젖어 산다. 병약하고 감수성이 예민하여 감정의 기복이 심하다. 미모와 재능이 남다르고 가보옥의 정신세계를 가장 잘 이해하는 인물이다. 가보옥과는 목석전맹木石前盟으로 맺어진 사이이지만 두 사람의 사랑은 비극적인 결말을 맞게 된다. 아무것도 모르는 가보옥이 속아서 설보차와 결혼하는 날, 임대옥은 홀로 쓸쓸하게 죽는다.[2]

청문(晴雯)　　가보옥의 시녀이다. 신분은 비록 비천한 시녀이지만 도도하고 자존심이 강하여 무조건 주인의 비위를 맞추거나 떠받들지 않는다. 가보옥의 총애를 받는 데다 외모와 바느질 솜씨가 뛰어나 시기와 질투의 대상이 된다. 모함을 받아 대관원에서 쫓겨난 뒤 병이 들어 홀로 쓸쓸하게 죽는다.[5]

평아(平兒)　　왕희봉의 시녀이자 가련의 첩이다. 신중하고 사려 깊으며 주인에게 충심을 다해 왕희봉의 신뢰와 총애를 받는다. 가련과 왕희봉 사이에서 일어나는 일을 세심하게 보살피고 사단을 없애는 역할을 한다. 왕희봉이 죽은 뒤 가련의 정실부인이 된다.[6]

하금계(夏金桂)　　계화 밭을 독점한 대부호의 딸로 설반의 처이다. 어려서부터 귀하게 자라서인지 제멋대로이고 성격도 포악하다. 시어머니 설부인과 시누이 설보차와의 관계도 좋지 않고 늘 집안의 분란을 일으킨다. 향릉을 질투하여 독살하려다가 자신이 독을 마시고 죽는다.[79]

향릉(香菱)　　진사은의 딸로 본명은 진영련이다. 원소절元宵節에 하인의 등에 업혀 등 구경을 나갔다가 납치된다. 우여곡절 끝에 설반에게 팔려와 이름을 향릉으로 바꾼다. 설반의 정실부인 하금계가 향릉을 학대하

고 독살하려다 도리어 죽게 되고 향릉은 정실부인이 된다. 아이를 낳다가 난산으로 죽는다.[1]

형부인(邢夫人)　　가사의 처로 천성이 우둔하고 재화에만 탐을 낸다. 대관원을 산보하던 중 수춘낭繡春囊을 발견하고 이것을 왕부인에게 전달한다. 이 사건을 트집 잡아 왕부인이 집안관리를 엄격히 하지 않았다고 몰아세운다. 이 때문에 대관원을 수색하는 사건이 일어나게 된다.[3]

형수연(邢岫烟)　　형부인의 질녀로 부친을 따라 서울에 왔다가 형부인에게 맡겨진다. 가영춘의 처소에서 함께 지내게 되는데 온화하면서 단아한 모습 때문에 대관원 사람들이 모두 아낀다. 특히 묘옥과의 관계가 돈독하다. 후에 설보금의 오빠인 설과에게 시집간다.[49]

화습인(花襲人)　　가보옥의 시녀이다. 원래는 가모의 시녀로 본명은 진주珍珠이다. 가보옥과 운우지정雲雨之情을 함께 나눈 관계로 가보옥을 극진하게 보살펴주는 인물이다. 가보옥이 출가한 후 수절하려고 하나 후에 장옥함에게 시집간다.[3]

🌸 대관원의 구조 🌸

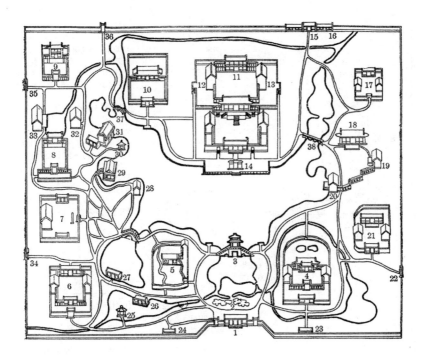

1 정문 2 곡경통유 3 심방정 4 이홍원 5 소상관 6 추상재 7 도향촌 8 난향오 9 자릉주
10 형무원 11 대관루 12 함방각 13 철금각 14 성친별서패방 15 후문 16 주방 17 절 18 가음당 19 철벽당
20 요정관 21 농취암 22 각문 23 숙직방 24 의사청 25 적취정 26 유엽저 27 행엽저 28 노설엄 29 우향사
30 모란정 31 파초오 32 홍향포 33 유음당 34 각문 35 각문 36 후각문 37 판교 38 심방갑교

*양내제(楊乃濟)의 대관원 모형도 (《홍루몽연구집간》제3집, 상해고적출판사, 1980)를 따랐음.

홍루몽 인물 관계도

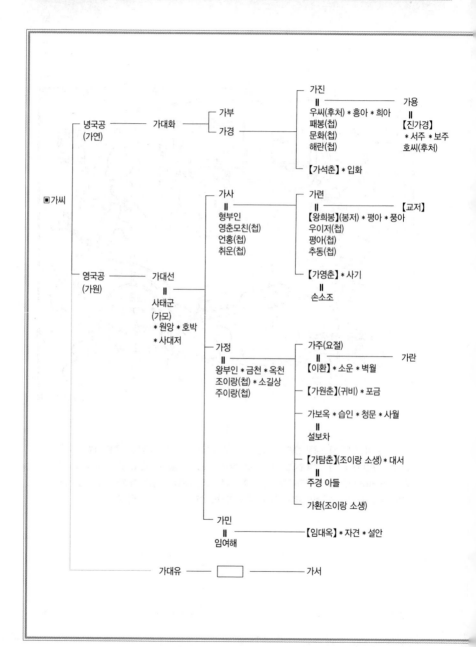

■가씨

녕국공 (가연) ── 가대화 ┬ 가부
　　　　　　　　　　　└ 가경 ┬ 가진
　　　　　　　　　　　　　　　‖ ────── 가용
　　　　　　　　　　　　　　　우씨(후처) * 흥아 * 희아　‖
　　　　　　　　　　　　　　　패봉(첩)　　　　　　【진가경】
　　　　　　　　　　　　　　　문화(첩)　　　　　　* 서주 * 보주
　　　　　　　　　　　　　　　해란(첩)　　　　　　호씨(후처)
　　　　　　　　　　　　　└【가석춘】* 입화

영국공 (가원) ── 가대선 ┬ 가사
　　　　　　　　　　‖　　‖
　　　　　　　사태군　형부인
　　　　　　　(가모)　영춘모친(첩)
　　　　　　　* 원앙 * 호박　언홍(첩)
　　　　　　　* 사대저　취운(첩)
　　　　　　　　　　　├ 가련
　　　　　　　　　　　‖ ────────【교저】
　　　　　　　　　　　【왕희봉】(봉저) * 평아 * 풍아
　　　　　　　　　　　우이저(첩)
　　　　　　　　　　　평아(첩)
　　　　　　　　　　　추동(첩)
　　　　　　　　　　　└【가영춘】* 사기
　　　　　　　　　　　　　‖
　　　　　　　　　　　　손소조

　　　　　　　　　　├ 가정
　　　　　　　　　　‖
　　　　　　　왕부인 * 금천 * 옥천
　　　　　　　조이랑(첩) * 소길상
　　　　　　　주이랑(첩)
　　　　　　　　　　├ 가주(요절)
　　　　　　　　　　‖ ────── 가란
　　　　　　　　　　【이환】* 소운 * 벽월
　　　　　　　　　　├【가원춘】(귀비) * 포금
　　　　　　　　　　├ 가보옥 * 습인 * 청문 * 사월
　　　　　　　　　　‖
　　　　　　　　　　설보차
　　　　　　　　　　├【가탐춘】(조이랑 소생) * 대서
　　　　　　　　　　‖
　　　　　　　　　　주경 아들
　　　　　　　　　　└ 가환(조이랑 소생)

　　　　　　　　　　├ 가민
　　　　　　　　　　‖ ──────【임대옥】* 자견 * 설안
　　　　　　　　　　임여해

가대유 ──［　　］── 가서

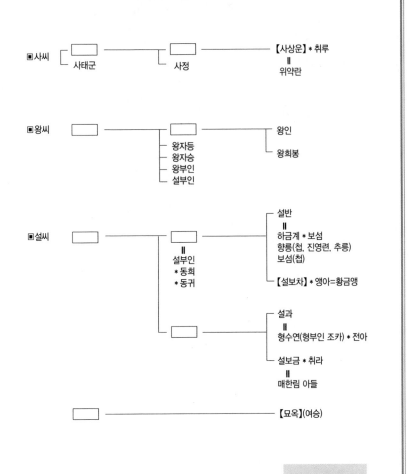

■사씨
　사태군 ─ 사정 ─ 【사상운】 * 취루
　　　　　　　　　　 ‖
　　　　　　　　　　위약란

■왕씨
　　　　 ┌ 왕인
　　　　 └ 왕희봉
　왕자등
　왕자승
　왕부인
　설부인

■설씨
　　　　　 ‖
　　　　설부인
　　　　* 동희
　　　　* 동귀

　┌ 설반
　‖
　하금계 * 보섬
　향릉(첩, 진영련, 추릉)
　보섬(첩)
　└ 【설보차】 * 앵아＝황금앵

　┌ 설과
　‖
　형수연(형부인 조카) * 전아
　└ 설보금 * 취라
　　 ‖
　　 매한림 아들

　　　　 ─ 【묘옥】(여승)

　■　　 사대가문
　□　　 성명미상
　‖　　 배우자 관계
　【 】　 금릉십이차
　*　　 주요 시녀

❀ 저자약력

• 조설근 曹雪芹

조설근(약 1715~1763)은 본명이 점(霑), 호를 근포(芹圃), 근계거사(芹溪居士), 몽완(夢阮) 등으로 부르며, 남경의 강녕직조(江寧織造)에서 귀공자로 태어나 부귀영화를 누렸으나 소년시절 가문이 몰락, 북경으로 이주하여 불우한 생활을 하였다. 만년에는 북경 교외 향산(香山) 아래에서 빈궁한 생활 속에 그림과 시를 즐기며 《홍루몽》의 창작에 여생을 보냈다. 다른 저술은 남아있지 않고 그의 생전에는 《석두기》(石頭記)란 이름으로 필사본 80회가 전해지고 있었다.

• 고악 高鶚

고악(1763~1815)은 자를 난서(蘭墅), 호를 홍루외사(紅樓外史)라고 했으며, 요동(遼東)의 철령(鐵嶺) 사람이다. 건륭 53년(1788) 향시에 합격하여 거인(擧人)이 되었으나 진사 시험에는 계속 낙방하였다. 건륭 56년(1791) 친구인 정위원(程偉元)의 부탁으로 그가 수집한 《홍루몽》 후반부 30여 회를 수정 보완하여 활자본 120회를 간행하는 데 도움을 주었다.

❀ 역자약력

• 최용철 崔溶澈 choe0419@korea.ac.kr

고려대학교 중어중문학과 교수. 고려대 중문과를 졸업하고 국립타이완(臺灣) 대학에서 《홍루몽》 연구로 석·박사학위를 취득했다. 중국고전소설과 동아시아 비교문학 등의 연구에 주력하고 있다. 박사논문 "청대 홍루몽학의 연구" 외에 《홍루몽의 전파와 번역》과 "조설근 가세고", "구운기에 나타난 홍루몽의 영향연구" 등의 저서와 논문이 있다.

• 고민희 高旼喜 miniko@hallym.ac.kr

한림대학교 중국학과 교수. 고려대 중문과를 졸업하고 동 대학에서 《홍루몽》 연구로 석·박사학위를 취득했으며, 《홍루몽》의 사상성 및 《홍루몽》 연구사 등에 관심을 기울이고 있다. 박사논문 "홍루몽의 현실비판적 의의 연구" 외에 "홍루몽에 나타난 휴머니즘 연구", "중국 신문학운동 초기의 홍루몽 평가에 관한 고찰" 등의 논문이 있다.